LE COMTE DE BARCELONE

Fanny Audibert

Le Comte de Barcelone

TOME I

LE PASSEUR
ÉDITEUR

12 rue du Dragon – 75006 Paris
www.le-passeur-editeur.com

ISBN : 978-2-38521-046-5

Avertissement

Mon lecteur à moi,

J'ai conçu ce livre comme un pastiche. Je ne sais pas s'il est réussi ; mais je le crois suffisamment bien fait pour mériter de se trouver entre vos mains. Il se placerait entre *Les Trois Mousquetaires* et *Vingt ans après*, qui a lui-même pour suite *Le Vicomte de Bragelonne* : trilogie la plus célèbre d'Alexandre Dumas.

Mon *Comte de Barcelone* entend surtout ne rien briser de ce que ces trois œuvres construisent entre elles, pour s'introduire à la fois le plus légèrement et le plus fidèlement possible, à l'intérieur de cet édifice que j'aime beaucoup, et de façon à n'en rien déranger.

Il y a en particulier une règle que j'ai eu à cœur de respecter : Dumas écrit en toutes lettres que, dans les *Vingt ans* qui prennent la suite des *Trois Mousquetaires*, d'Artagnan ne revoit pas Athos, Porthos et Aramis. Autrement dit, si j'employais l'un, je ne pouvais guère donner de place aux autres à ses côtés. Principe qui m'a guidé dès le commencement.

Je rappelle les grands traits de l'intrigue du premier volet : c'est sous Louis XIII ; il y a, d'une part, l'amitié entre d'Artagnan et les trois autres ; d'autre part, leur affrontement avec un agent du cardinal de Richelieu, la démoniaque Milady de Winter, secondée parfois de l'ignoble de Wardes et du mystérieux Rochefort (on est feuilletonesque, ou on ne l'est pas) ; tout s'achève par la victoire des quatre héros, mais non sans sacrifices.

Je crois que ce n'est pas faire de tort au souvenir d'Alexandre Dumas que d'avoir composé ce roman de trois intrigues entrelacées : d'Artagnan est envoyé dans l'Espagne du Siècle d'or ; Cyrano de Bergerac, après avoir quitté l'armée, a progressivement l'idée de ce qui deviendra *Les États et Empires de la Lune* ; et le favori de Louis XIII, Cinq-Mars, fomente quelque chose dans l'ombre.

Lorsqu'il est arrivé à Dumas de porter un jugement sur les figures historiques qui sont passées entre ces pages, je l'ai gardé, afin d'être sûr de vous offrir les mêmes composantes que lui.

Plus important. Si vous êtes allergique à son écriture à lui, et à son éloquence d'un autre âge (pour ne pas dire : complètement dépassée) ; à sa grandiloquence, à ses latinismes, à ses balancements ; à ses dialogues qui ressemblent à du théâtre, à ses récits qui empruntent à l'épopée ; à sa poésie, qui assemble la ligne du classicisme et la couleur du romantisme : puisqu'*on* a constamment écrit avec ce modèle-là sous les yeux, et qu'*on* a forcément fait moins bien que lui, à ce stade, vous êtes normalement déjà parti en courant.

Dernière précision (surtout pour les dumasiens qui seraient toujours là) : en sus de puiser dans *la* trilogie, j'ai aussi jeté un œil dans un autre de ses romans historiques qui se déroule dans la France de Louis XIII et de Richelieu. Il s'agit du *Sphinx Rouge*, parfois publié sous le titre *Le Comte de Moret*. Dumas n'y est pas à son meilleur, et peut-être qu'on n'a pas eu tort d'oublier celui-là ; j'en ai néanmoins repris le personnage d'Étienne Lathil, avec quelques autres idées.

Mon bavardage est fini. L'imitation commence juste après.

« Et maintenant, messieurs, dit d'Artagnan, tous pour un, un pour tous, c'est notre devise, n'est-ce pas ? »

ALEXANDRE DUMAS,
Les Trois Mousquetaires, chap. IX

« *Cyrano*
Je suis musicien, comme tous les disciples
De Gassendi !... [...]
C'est un pari que j'ai gagné sur Dassoucy.
Nous discutions un point de grammaire.
– Non ! – Si ! [...]
"Je te parie un jour de musique !" Il perdit. »

EDMOND ROSTAND,
Cyrano de Bergerac, III, 1

« Je songeais au roi, dit Cinq-Mars. Que peut-il me vouloir, mon ami ? Que faut-il faire s'il veut m'approcher du trône ? Il faudra plaire. À cette idée, vous l'avouerai-je ? je suis tenté de fuir, et j'espère que je n'aurai pas l'honneur fatal de vivre près de lui. »

ALFRED DE VIGNY,
Cinq-Mars, chap. 11

I

Amiens

VERS le milieu du mois de juillet 1640, le roi Louis XIII arriva en vue de la ville d'Amiens, où il devait faire une entrée solennelle, escorté de ses gardes et accompagné des personnes de sa cour qui avaient quitté Paris avec lui deux jours plus tôt.

On était en plein dans l'après-midi. Le long cortège avait à sa tête les gardes royaux ; ensuite venait le carrosse du roi, qui était suivi de près par une compagnie de mousquetaires. Derrière eux s'étirait la file impressionnante des courtisans et des commensaux, dont les voitures ou les équipements passaient à toute allure, et dont les parures, les armes, les livrées, envoyaient aux regards éblouis des reflets miroitants, pareils à ces semblants d'écaille que le soleil fait paraître à la surface des rivières.

Le long conflit que l'on devait tristement baptiser la guerre de Trente Ans faisait rage depuis 1618.

Ce furent les princes catholiques de l'Empire germanique qui ouvrirent la boîte de Pandore ; car en essayant d'étouffer des rébellions protestantes, ils avaient seulement réussi à dresser contre eux presque toutes les nations d'Europe qui suivaient les préceptes de Luther ou de Calvin.

Face au péril, les deux branches des Habsbourg avaient fait cause commune, ce qui fit redouter que les puissances de l'Espagne et du Saint-Empire, après six décennies de séparation, ne se trouvassent de nouveau réunies, et que les Habsbourg ne redevinssent l'arbitre de la destinée des autres nations en Europe.

Ce spectre effrayant précipita à son tour la France dans la guerre, et l'on vit, chose inouïe jusque-là, la France d'un Roi Très Chrétien, secondé par un cardinal, devenir l'alliée des puissances protestantes.

Ce fut, sinon la première, du moins l'une des plus éclatantes démonstrations de ce que l'on appela *la nécessité d'État*, et dont on a tant abusé depuis.

Entre la France de Louis XIII et l'Espagne de Philippe IV, ce fut d'abord une hostilité de pensée, mais non de fait. D'un côté, la nation espagnole, maîtresse sur terre et sur mer, était secrètement sur le déclin ; de l'autre, la française sortait à grand-peine des conséquences sanglantes des guerres de Religion et de la désobéissance des Grands, mais commençait à montrer qu'il faudrait désormais compter avec ses armes à elle. Il y avait là un équilibre qu'il importait de sauvegarder.

En revanche, on pouvait s'affronter indirectement ; ce fut, en Italie, en 1628, la question de la Succession de Mantoue, dont nous nous sommes assez occupé dans l'un de nos précédents romans[1] pour ne pas avoir à y revenir beaucoup. Là, les Français eurent la gloire de défaire les armées du plus brillant général des Espagnes, Ambroise Spinola, et de montrer aux yeux du monde que le vainqueur de Breda n'était pas invincible, et même qu'il était mortel ; et le siège de Cazale, quelques mois seulement après la prise de La Rochelle, compta parmi les plus éclatantes réussites du règne de Louis XIII.

Comme l'on ne pouvait s'éviter indéfiniment, à la fin il fallut se déclarer la guerre : c'était en 1635.

1. *Le Sphinx rouge.*

Ce conflit franco-espagnol que l'on menait au nom de la paix allait durer vingt-quatre ans ; né de la guerre de Trente Ans, il aurait le triste sort de se finir bien après elle.

En 1640, l'année où commence notre histoire, on se battait sur plusieurs fronts à la fois : l'Artois, mais aussi le Piémont, le Pays basque, et le Roussillon. Une alternance régulière dans les victoires et les défaites avait longtemps empêché l'avantage d'aller à l'un des deux camps ; quand soudain, la bataille des Dunes avait permis à la France de battre définitivement les Espagnols sur la mer. Puisque ce chemin lui était désormais interdit, Philippe IV n'avait d'autre ressource, pour faire monter ses redoutables *tercios* sur le nord de la France, que de les faire cheminer à travers l'Italie, puis les Alpes, et enfin l'Allemagne ou la Franche-Comté ; contrainte considérable qui signalait le premier coup décisif que l'on eût jusque-là porté à l'hydre espagnole.

Sur ces entrefaites, l'attention de Louis XIII et de son principal ministre, le cardinal-duc de Richelieu, se porta tout spécialement sur l'Artois, qui était encore, à l'époque, presque tout espagnol. Arras, c'était la place la plus riche et la plus importante dans cette province ; la faire tomber entre les mains de la France, c'était livrer celle-ci à nos armées.

Sur les ordres du roi et du cardinal, les généraux de Chaulnes, de Châtillon et de La Meilleraye, qui commandaient les régiments français en Artois, prirent position devant la ville. Vingt-trois mille fantassins et neuf mille cavaliers se trouvaient sous leurs ordres.

Un grand mois passa pourtant sans rien amener de décisif. Les difficultés redoublèrent lorsque les renforts espagnols, sous le commandement du Cardinal-Infant, prirent la décision, non plus d'attaquer les armées françaises, dont les forces étaient numériquement égales aux leurs, mais d'empêcher leur ravitaillement. Ils firent si bien qu'ils interceptèrent la moitié des convois qui s'acheminaient depuis Amiens ou

Doullens jusqu'aux assiégeants, lesquels se trouvèrent en aussi grand danger de mourir de faim que ceux qu'ils assiégeaient dans Arras.

Ces inquiétantes nouvelles parvinrent à Louis XIII et à Richelieu au milieu du mois de juillet, et elles parurent suffisamment graves pour motiver un départ vers Amiens.

Le roi se mit en route le premier, le cardinal ne devant partir que le jour suivant. C'est ce qui fait que notre roman commence à l'heure où le roi, dans sa voiture, sans son principal ministre, était sur le point d'entrer dans Amiens.

Louis XIII avait alors trente-huit ans. Ce roi pâle, mélancolique en ses mauvaises heures, et seulement taciturne lorsqu'elles s'amélioraient ; qui ne fut gai que bien peu de fois dans sa vie, dont l'une était le jour où il fit tuer le maréchal d'Ancre ; ce roi, disons-nous, avait, pour se soutenir, par-dessus ces vicissitudes d'humeurs, une passion qui le rendait terrible, et c'était la jalousie, en particulier lorsqu'elle avait pour objet l'honneur de la France et de la monarchie française. Il songeait donc à Arras comme il savait le faire, c'est-à-dire jalousement ; et c'était à cette proie convoitée qu'il eût voulu borner toutes ses pensées.

Louis XIII, fidèle à ses habitudes de sobriété, car c'était un être d'habitude et de fidélité, portait un pourpoint noir, ayant pour seul ornement un rabat de dentelle blanche, ainsi qu'un large chapeau de feutre noir, paré de plumes noires également.

Le roi appréciait fort ses mousquetaires, dont toute une compagnie chevauchait autour de lui. Ayant désiré rehausser l'éclat de ce corps déjà illustre, il avait donné l'ordre, comme à chaque fois qu'il ressentait ce désir, que chacun de ces hommes fût revêtu de velours noir.

Qu'on se figure l'effet de cette colonie en deuil, qui passait rapide comme une bande d'éperviers, menant à toute vitesse un cortège brillant et chamarré, sous un ciel dont l'azur rutilait au soleil de juillet.

Le roi avait adopté un air ferme et impassible, qui était de rigueur en la circonstance ; ce fut à peine si, lorsqu'on ne fut plus qu'à une centaine de toises des remparts d'Amiens, un éclair passa dans son œil morne, trahissant une furieuse envie d'en découdre.

L'instant d'après néanmoins, une pensée chassa l'autre, et ce même œil qui s'était illuminé s'agrandit. C'est que Louis XIII, qui avait une mémoire terrible et implacable, avait le souvenir d'un autre siège d'Arras, qu'on lui avait raconté ; ce siège, qui avait échoué, avait été conduit par son père Henri IV, auxquels tous les « ventre-saint-gris ! » dont il était coutumier n'avaient pas été d'une grande aide. Aussi le roi tremblait ; car, s'il est une chose plus difficile que d'avoir à hériter une couronne du roi Henri IV, universellement aimé, c'est bien d'être celui des enfants du Béarnais, réels ou supposés, qui lui ressemble le moins, ou qui ne l'imite que dans la défaite.

Le souvenir de son père, au lieu d'être une bénédiction, revenait parfois à Louis comme une douleur.

Mais bientôt le visage du roi redevint ce qu'il devait être ; car on abordait la citadelle faite de brique et de pierre, on atteignait enfin les portes de la ville.

On entra dans Amiens par la porte Royale. Le peuple était dans les rues, mais le peuple n'était pas en liesse. On aurait acclamé le conquérant de l'Artois ; on faisait silence pour le complice du cardinal de Richelieu.

Sa Majesté, en prenant une nouvelle fois la mesure de l'inimitié que cette alliance étroite faisait naître chez ses sujets, fut prise d'un petit tremblement fébrile, ce qui était chez elle la marque de la plus vive contrariété.

L'impopularité du cardinal rejaillissait sur sa personne royale : autre douleur de Louis XIII.

Lorsque ce tremblement disparut, le cortège gagnait la rue des Trois-Cailloux, qui était la plus large et la plus belle de la ville. Bientôt on arrivait à proximité de l'hôtel de ville et de la cathédrale : c'était là, dans la demeure des gouverneurs de la province, que devait résider le roi.

Il y eut quelques secondes durant lesquelles l'attention du roi parut encore s'éloigner de ce qui aurait dû être son unique objet. En effet, on était non loin de la Somme : et l'esprit torturé du roi se rappelait que c'était près de là, dans un jardin qui bordait cette rivière, que le duc de Buckingham avait eu, pour la reine Anne d'Autriche, des attentions que l'on serait en droit d'appeler des privautés.

Rien, pas même la mort du rival abhorré, ni le fait que la reine eût accouché d'un dauphin en 1638, ou l'événement d'une nouvelle grossesse, qui retenait alors Anne d'Autriche à Saint-Germain, n'avait pu tout à fait rapprocher les deux époux, que séparaient par ailleurs bien d'autres sujets de discorde : puisque, nous l'avons déjà dit, la mémoire de Louis XIII était implacable.

Le roi était aussi jaloux et aussi ombrageux au sujet de sa femme que s'il l'eût, non pas même aimée, mais seulement estimée.

Aussi, autre souvenir, autre douleur du roi.

Comme chaque fois qu'il était sous le coup d'une puissante contrariété, Louis porta la main à son chapeau et l'abaissa sur ses yeux ; car, s'il lui était indifférent qu'on vît la couleur de son humeur, qui était presque toujours la même, il ne le lui était pas que l'on en vît directement l'effet sur sa physionomie.

Le carrosse de Louis XIII s'arrêta, et les mousquetaires vinrent former une haie à plusieurs rangs sur le chemin qui menait à la porte de la maison, qu'on appela depuis *le logis du roi*.

Le gouverneur de la ville en sortait pour venir au-devant de Louis XIII ; mais, au lieu de se tourner dans sa direction, le roi, qui était resté dans la voiture, regardait la personne assise en face de lui.

En effet, le roi n'avait pas voyagé seul ; il avait avec lui son favori.

Cette faveur était sans rapport avec celle d'un Richelieu : le cardinal était un favori tout politique, placé et maintenu par Louis XIII à la position qui était la sienne, au nom de ce qu'il jugeait être les sacrés intérêts de la France ; mais l'autre, celui qui avait fait le trajet dans le carrosse royal, était un favori de cœur, qui avait succédé à Baradas, à Saint-Simon, père du mémorialiste, et à d'autres encore, qui avaient parfois été des femmes.

C'était, tout simplement, l'homme que le roi aimait.

Cette personne, qui était le Grand Écuyer, et que, pour cette raison, on devait appeler M. le Grand, n'était pas sans donner, lui aussi, des tourments plus ou moins visibles au monarque ; car le jeune homme – il avait dix-neuf ans – ne demandait qu'à paraître en cavalier sur le champ de bataille, et, en prévision des combats, il avait réclamé avec insistance, durant une bonne partie du voyage, qu'on lui confiât un rôle qui le rendît digne d'illustrer le beau titre qui était déjà le sien.

Mais la simple pensée qu'il y eût du danger, et que le souffle de la guerre pût rompre cette jeune existence, et à laquelle il tenait plus qu'à la sienne même, suffisait à faire frissonner ce roi guerrier, qui ne rêvait, pour lui-même, que traques et que champ de bataille.

C'était là une nouvelle douleur, et en même temps une nouvelle contradiction, du roi Louis XIII.

L'émotion qui agita le roi fut l'affaire de quelques secondes ; bientôt on vint ouvrir sa portière, et c'est à peine si l'on put remarquer qu'il descendait de voiture avec un peu moins de vivacité qu'à l'ordinaire.

Lorsqu'il parut, ce fut en donnant l'image de ce souverain martial et résolu que chacun attendait.

Le roi s'avança au milieu de cette haie de mousquetaires en noir dont nous avons déjà parlé. Louis les aimait : il les connaissait chacun par son nom, qu'on fût lieutenant, cornette ou brigadier. En passant parmi eux, il laissa son regard aller de l'un à l'autre, d'un coup d'œil qui éclatait d'une estime et d'un orgueil superbement royaux.

Ce coup d'œil ne s'arrêta à aucun mousquetaire en particulier.

Puis le roi, suivi, à distance, de son jeune favori, rejoignit le gouverneur et pénétra avec lui à l'intérieur.

L'entrée du roi venait de prendre fin.

II

L'auberge du Lis d'Or, dans la rue des Archers

Dix heures du soir sonnaient au beffroi d'Amiens ; ce fut sous ce ciel noir qui n'existe qu'au septentrion de nos frontières, et sous l'éclosion de ces fleurs dorées, mystérieuses et nocturnes, qu'on appelle les étoiles, que le héros de notre récit, ou du moins, l'un d'entre eux, fit son apparition.

Cet homme était un officier, et il venait de finir son service ; il était le lieutenant de la compagnie des mousquetaires qui avait chevauché tout autour de Louis de Paris à Amiens. Il avait tenu son cheval tout près du carrosse royal pendant tout le trajet ; il s'était trouvé au côté de ses soldats, devant la porte du logis du roi, quand on était arrivé à destination. Comme tous ses pairs, il portait du velours noir ; comme tous ses pairs, il avait accompli son service avec un silence et une réserve parfaits.

Seulement, ce lieutenant avait un regard que tous les autres n'avaient pas, un regard dur et étincelant comme de l'acier. Tous les signes que nous avons mentionnés plus haut, c'est-à-dire toutes les humeurs traversées par le roi, nul n'avait su les cueillir, nul n'avait su les garder, nul n'avait su les lire, hormis l'homme que nous évoquons.

C'était clairement un homme auquel peu de choses échappaient.

L'impassibilité fait partie des premiers devoirs du soldat ; le rendre à sa liberté, c'est en même temps le rendre à sa mobilité et à sa vivacité naturelles. Par conséquent, à peine quelques pas eurent-ils séparé notre homme du lieu où il avait servi, que son front se plissa, que ses sourcils se froncèrent, et que sa bouche vint dessiner un pli exprimant l'amertume, que relevait pourtant une légère pointe d'une ironie ou d'un esprit auquel il n'eût sans doute renoncé qu'à la dernière extrémité. Quant à savoir si ce sentiment amer avait quelque relation avec ce regard si dur, si éclatant, si clairvoyant, mais auquel personne ne demandait jamais rien, c'est ce que nous nous garderons bien de démêler ici.

Le lieutenant s'éloignait d'un pas rapide, pour s'acheminer du côté de la Somme avec l'empressement de celui qui a un rendez-vous, et qui connaît déjà les lieux.

Il traversa les différentes rues de la ville sans paraître y prêter attention ; ce fut à peine s'il leva la tête devant la cathédrale, et si cette parole de Dieu gravée dans de la pierre, et qui méritait bien qu'on la contemplât, lui parut digne de l'arracher pour un moment à ses réflexions.

Il atteignit l'endroit qu'il cherchait, à deux pas de l'église Saint-Leu. On était alors dans la rue des Archers, comme l'attestait une vieille inscription dans un coin du mur, en lettres que le temps avait un peu noircies.

Là se trouvait une auberge, dont le nom paraîtra familier à quelques-uns de nos lecteurs : *Le Lis d'Or*.

La porte de l'établissement s'ouvrit, juste à l'instant où le lieutenant s'engageait dans cette rue.

Un homme, ou plutôt une ombre en sortit ; et cette ombre se mit aussitôt à rabattre vivement les pans du manteau et du chapeau qui la couvraient, comme si elle eût craint d'avoir été reconnue, ou bien, ce qui est la même chose, comme si elle eût reconnu, à son grand déplaisir, celui qui s'avançait dans sa direction.

Dans un autre temps, notre officier, en voyant un quidam faire tant d'efforts éloquents, eût fait, lui, tous les efforts pour éclairer cette obscurité vivante. Cela lui venait, non seulement du caractère assez vif dont la nature l'avait doté, mais aussi des recommandations paternelles, à lui adressées lorsqu'il s'était élancé de son Béarn natal, qui lui avaient fait une loi de chercher les occasions et de ne jamais craindre les aventures.

Mais c'était, nous l'avons dit, un autre temps.

Cependant, si l'officier ne s'occupa point de l'ombre, l'ombre parut s'occuper de lui ; car, après sa réaction craintive, elle s'éloigna d'un pas furtif, avant de disparaître dans le noir complet.

Tout au contraire, l'officier marchait dans la lumière ; car à mesure qu'il s'approchait de l'enseigne du Lis d'Or, enseigne qui arborait toutes les promesses dorées et fleuries contenues dans un pareil nom, il recevait sur lui l'éclairage qui filtrait au travers des carreaux de la fenêtre qui donnait sur la rue des Archers.

C'est ce dont nous profiterons pour le décrire.

Il portait encore le chapeau gris à plumes rouges, signalant qu'il était de service ; il n'avait quitté ni son équipement, composé d'une épée et de mousquets, ni son habit de velours noir, qui remplaçait, pour l'occasion, sa casaque de lieutenant ; mais ce velours noir, loin de le déparer, semblait en harmonie avec quelques-unes des pensées profondes que renfermait cette physionomie. Il avait la taille petite, puisqu'elle ne dépassait guère cinq pieds, mais fort bien prise ; et à son allure, à sa vivacité, on devinait déjà quelque chose de l'énergie, de la force et de l'ardeur peu communes qui, au combat, en faisaient pour ainsi dire un autre Roland, en ces temps où la guerre s'éloignait peu à peu de l'âge de la chevalerie. Il avait un visage long, fort brun, des pommettes saillantes, et des yeux qui, n'étant jamais en repos, ne s'éteignaient que lorsqu'il souhaitait qu'il en fût ainsi ; la mâchoire assez forte, et qui devenait dure, quand venait l'heure de la bravoure, ou bien de la férocité.

Le lieutenant d'Artagnan, car c'était lui, et nos lecteurs, du moins nous l'espérons, ne l'auront pas oublié depuis sa précédente aventure, avait alors atteint l'âge de trente-trois ans.

Douze ans avaient passé depuis qu'il occupait le rang que nous lui avons donné ; douze ans pendant lesquels il s'était déroulé trop peu de choses en sa vie pour que ces choses vaillent la peine qu'on en fasse mention.

Ayant franchi le seuil de l'auberge, il jeta un coup d'œil sur les localités.

L'homme qu'il devait retrouver était déjà attablé ; il avait gardé une place libre en face de lui.

Le lieutenant n'eut qu'à fendre la presse habituelle à ce genre d'endroit, et à s'asseoir en face de cet homme.

Il s'appelait Baisemeaux de Montlezun ; c'est à lui que nous devons la première physionomie vraiment joyeuse entre ces pages. Sa figure ronde et épanouie, son œil où ne passaient que de limpides lueurs, tout lui attirait la sympathie immédiate, que renforçait encore l'étalage de cette honnêteté et de cette libéralité d'humeur qui le rendaient fort apprécié parmi les gardes et les mousquetaires.

D'Artagnan connaissait Baisemeaux depuis près de quinze ans ; c'est-à-dire, depuis qu'il avait rejoint le corps des gardes du roi d'abord, celui des mousquetaires ensuite. Baisemeaux était donc l'une des rares figures de son passé que d'Artagnan eût la sûreté de trouver près de lui, les rares fois où sa tête se relevait et où son regard paraissait chercher quelque chose.

Le garde du roi célébra avec sa gaieté coutumière l'arrivée de son commensal.

Celui-ci, dont l'attention s'était portée sur le pichet qu'il avait devant lui, demanda, en le désignant du doigt :

— Est-ce du beaugency, Baisemeaux ?

— Tout à fait.

Et d'Artagnan, dont les préférences allaient tantôt au beaugency et tantôt au vin d'Anjou, se servit une rasade avec une générosité qui parut de bon augure à son compagnon.

— Voulez-vous que nous commandions à souper ? demanda Baisemeaux avec une sorte de hâte.

— Ma foi, je n'y tiens pas ; mais ne vous en privez pas, si vous le souhaitez.

Après cette bonne parole, Baisemeaux ne se fit point prier davantage ; et, ayant exprimé à qui de droit les vœux de son estomac, le garde se tourna vers d'Artagnan, qu'il eut la surprise d'entendre grommeler :

— C'est une triste campagne, Baisemeaux, une bien triste campagne ; pour nous, du moins !

— Vous voulez dire qu'elle s'annonce fort gaie et fort reposante, au contraire, répondit son interlocuteur.

Ce n'était pas un lâche que Baisemeaux de Montlezun ; seulement, il appréciait si pleinement les bonnes choses de la vie, qu'il eût voulu ne jamais avoir à s'accommoder des mauvaises.

— Il est même à craindre, continuait d'Artagnan, que, cette campagne, nous ne la verrons jamais commencer ; et ce ne sont pas les premiers ordres donnés par le roi qui me feront changer d'avis.

— Quels ordres ?

— Vous savez bien que le roi et le cardinal préparent des renforts pour accompagner un nouveau convoi de ravitaillement.

— Ah ! oui. Parfaitement.

— Convoi qui devra rejoindre les troupes déjà stationnées devant Arras.

— C'est bien cela, dit Baisemeaux du ton d'un homme qui voit confirmée une nouvelle qu'il avait déjà entendue. Mais, pourquoi cela vous rendrait-il triste ?

— Eh bien ! parce que je perds là une formidable occasion, Baisemeaux, de parier avec vous toute la fortune que vous n'avez point, en prévoyant que, parmi tous les soldats que l'on a fait venir pour assurer le secours des assiégeants d'Arras, ceux auxquels on ne demandera rien, ceux que l'on aura fait venir pour bayer aux corneilles et se répandre dans les auberges, quand ils n'assureront pas la protection de Sa Majesté, ce sont tout simplement vous, Baisemeaux, moi, et tous ces gaillards que l'on appelle du nom des mousquetaires de Louis XIII.

— Et vous voilà bien amer !

— Depuis cette affaire de Mantoue et le pas de Suze, voilà bientôt dix ans, à quelle action d'éclat avons-nous été mêlés, vous et moi ? Voyons, rassemblez un peu vos souvenirs, et répondez-moi franchement.

— Depuis Mantoue ?

— C'est ce que je vous demande.

— Mais, aucune.

— Aucune, oui. Hélas ! Baisemeaux, quand reverrons-nous flamberge au vent et bravoure en campagne ?

— Je crains que cela ne dépende du bon vouloir du roi, mon cher lieutenant.

— De Louis XIII, oui ; seulement, il paraît que le roi aime trop ses mousquetaires pour les exposer dans toutes les occasions où ils trouveraient pourtant ce à quoi ils tiennent fort, c'est-à-dire du danger et l'occasion de se distinguer, fût-ce pour périr en combattant.

— C'est, du moins, avança timidement Baisemeaux que cette dernière phrase avait fait frémir, ce que Sa Majesté a déclaré en plus d'une occasion ; et je crois son affection trop sincère pour que ses décisions puissent découler d'un autre sentiment.

— Aussi ne lui reproché-je point de mentir, à ce triste, à ce sombre, ce lugubre roi ; mais, s'il en est ainsi, il me semble que j'ai le droit de dire : malheur à tout ce qu'aime le roi Louis XIII ; et je vous avouerai que le feu de son affection à lui me fait bien peu chaud au cœur, et que je préférerais mille fois me réchauffer à ce feu là-bas, derrière les lignes espagnoles, et qui devrait bien attendre les plus braves d'entre nous.

Baisemeaux ne voulut point disputer sur ce point épineux avec son convive ; car la vue de l'assiette bien garnie que l'hôte venait de déposer devant lui le portait, plus encore que d'ordinaire, à la jovialité et à la paix universelle : aussi tourna-t-il toute son attention sur les merveilles qu'on avait mises à disposition de son palais.

Le silence qui suivit fut rompu par une chose étonnante ; ce fut lorsque d'Artagnan, qui n'était pas homme à méconnaître la valeur d'une parole, et alors qu'il avait exprimé déjà deux fois son avis, trissa.

— Oh ! dit-il, la triste campagne, en vérité !

— Çà, mon cher lieutenant, dit Baisemeaux entre deux bouchées, j'ai de la peine à vous reconnaître ce soir. Je n'ai point été habitué à pareil langage de votre part.

— Depuis quinze ans, voulez-vous dire ?

— Sans doute ; car, du temps où nous faisions toutes ces belles parties avec ces messieurs de vos amis…

— Quels amis ? interrompit d'Artagnan.

— Vous savez bien, dit son interlocuteur un peu surpris ; les quatre fameux, vous compris… Eh bien ! en ce temps-là, disais-je, vous buviez moins, et vous parliez peu. Oh ! je vous demande pardon, s'écria Baisemeaux, car d'Artagnan avait soupiré ; vous aurais-je déplu en quelque façon ?

— Pas le moins du monde.

— Vous parliez peu, c'est vrai ; mais vous disiez toujours plus que cet autre de vos amis qui, à lui seul, buvait parfois autant que trois hommes réunis, mais qui n'en lâchait pas un seul mot pour autant. C'est celui, je crois, que vous appeliez du nom d'Athos.

Un « hum » de d'Artagnan fut tout ce qui lui répondit.

Disons qu'on aurait eu tort de borner là le portrait de ce digne ami ; car Athos, s'il n'avait pas laissé derrière lui le souvenir d'un homme d'une sobriété exemplaire, avait su pourtant, en presque toute occasion, se signaler par une noblesse qui frappait l'attention, parce qu'elle brillait dans chacun de ses gestes, et qu'elle illuminait chacun de ses regards, après avoir donné forme à chacune de ses pensées.

Athos avait laissé dans l'esprit de d'Artagnan le souvenir d'une sagesse et d'une grandeur d'âme dont il savait ne devoir pas retrouver l'équivalent en ce monde-ci ; et ce souvenir lui avait fait d'autant plus d'effet, que, parmi ces quatre amis auxquels il avait été fait allusion, d'Artagnan était le plus jeune, et Athos, le plus âgé.

— Ah ! fit d'Artagnan, passez-moi ma mauvaise humeur, Baisemeaux ; je m'en voudrais de n'être pour vous qu'un piètre compagnon de table : mais accusez-en ce pays sinistre où nous sommes arrivés.

— Comme vous y allez ! s'exclama Baisemeaux. Je vous invite, vous qui ne prenez rien, à goûter ce que l'on trouve dans leurs excellents établissements, et je me fais fort de vous voir changer d'avis, M. d'Artagnan.

— Chantez-le autant qu'il vous plaira ; mais vous ne m'ôterez pas de la cervelle que tout ce nord de la France, ou si vous préférez, puisqu'il a l'heur d'être à demi castillan, que tout ce septentrion espagnol aux couleurs de carême, est un pays sinistre. On n'y trouve qu'un soleil qui est un faux soleil, qu'un brouillard qui pourrait être anglais, qu'une bière qui n'est d'aucun pays, et que des sons innommables que ces drôles essaient de faire passer pour du français.

— Oh ! M. d'Artagnan, dit Baisemeaux en souriant, voilà un Gascon qui parle, ou je ne m'y connais pas.

Cette allusion à son pays natal ne provoqua, de la part de d'Artagnan, qu'un haussement d'épaules qui avait encore moins d'expression que le monosyllabe qui lui avait échappé cinq minutes auparavant.

— Tant mieux pour vous, Baisemeaux, si ce mauvais climat reste sans influence sur votre bonne âme ; mais, du moment que le roi lui-même en subit les effets, j'ai bien le droit de m'en plaindre moi aussi.

— Que dites-vous ! le roi ?

— Le roi, bien certainement ; est-ce qu'Amiens n'a pas tout ce qu'il faut pour lui être insupportable ?

— Mais, il me semble que le roi est pâle, taciturne et silencieux : c'est-à-dire qu'il est comme il nous a accoutumés à le contempler depuis son arrivée sur le trône.

Les propos de Baisemeaux ne manquaient pas de sens ; pourtant il y manquait bien quelque chose, et c'était le fruit de toutes les observations et des subtilités dont pas une n'avait échappé à l'œil et à la pensée de d'Artagnan, comme elles avaient échappé à l'entendement de Baisemeaux.

Cette constatation, par contraste, fit un instant surgir dans l'esprit du lieutenant la figure intelligente, les manières délicates, le regard à la fois doux et profond du subtil Aramis, dont l'apparente facilité d'accès pouvait cacher des plis et des replis d'une insondable finesse.

Il est vrai qu'il disait souvent n'être entré aux mousquetaires que par intérim, et qu'il se destinait avant tout à l'Église ; et, fidèle à sa parole, s'il avait abandonné la casaque, c'était pour revêtir une robe noire. Mais, plus d'une fois, d'Artagnan s'était demandé si Aramis n'allait pas apporter dans les ordres un peu de cet esprit de bravoure et de résolution que l'on développait aux mousquetaires, tant d'années après avoir mêlé parmi les mousquetaires cette ruse tacticienne et ce silence prudent qui le faisaient d'Église.

— Mon cher lieutenant, s'exclamait Baisemeaux qui avait, à son grand regret, fait perdre à son assiette son rôle de contenant, par la disparition du contenu ; à la fin, vous aimeriez que le roi désigne votre compagnie pour faire partie de l'escorte que l'on est en train d'assembler en ce moment même ? Ah ! voilà bien une idée que je n'aurais jamais. Tout mon bonheur serait de rester ici le plus commodément, et de ne point voir Arras !

— Et moi, je sens que je suis voué, pour mon plus grand malheur, à ne pas le revoir !

— Ah ! vous connaissez déjà Arras, vous ?

— Je l'ai traversé, du moins.

— En quelle occasion donc ? dit Baisemeaux, dont les yeux s'agrandirent. Quand était-ce ?

— Mais, juste à la fin du siège de La Rochelle. Nous avions quartier libre ; je dis *nous*, car je n'étais pas seul.

— Je le conçois. C'était, alors, un voyage d'agrément ?

— Si vous le voulez, dit d'Artagnan d'une voix qui aurait inspiré l'idée à des oreilles plus perspicaces de borner là l'investigation.

— Mon Dieu ! fit Baisemeaux en se mettant à rire ; quelle idée avez-vous eu là, M. d'Artagnan, d'aller rechercher des plaisirs dans une région si fort opposée à votre tempérament !

— Drôle d'idée, Baisemeaux. Je ne vous le fais pas dire.

— Vous avez traversé Arras, avez-vous dit ; jusqu'où vous êtes-vous rendu ?

— Jusqu'à Béthune.

— J'espère du moins, que vous saviez où mener vos affaires, afin qu'elles fussent conclues au plus vite ?

— C'est-à-dire que nous savions où rencontrer une certaine personne, que nous étions venus chercher.

— Cette personne, dit Baisemeaux qui se remettait à interroger parce qu'il soupçonnait, à juste titre, une histoire galante ; cette personne, l'avez-vous rencontrée ?

— Oui… Oui.

— Et l'avez-vous emmenée avec vous ?

— Non ; cela nous fut impossible.

— Bah ! pourquoi cela ?

À cet endroit, d'Artagnan se retint de donner la réponse directe, qui eût été : « Elle est morte. »

— Parce que, répliqua le lieutenant d'une voix glaciale, nous avions prévu certaines choses, soit ; mais il n'avait pas été en notre pouvoir de les prévoir toutes.

— De sorte qu'il vous fallut repartir ?

— Nous eûmes tout juste le temps d'entendre une cérémonie, et de mettre en ordre quelques affaires. Et puis, vous savez ce que c'est, dit-il d'un ton coupant et définitif : il y avait le service.

Un interlocuteur plus avisé et, peut-être, moins curieux, eût changé de sujet.

Baisemeaux s'y enferra.

— Béthune, hein ? répéta celui-ci d'un air fin. Eh bien ! vous me faites l'air d'un homme qui a une grande envie d'y retourner pour son plaisir.

D'Artagnan ne disait rien ; pas un seul de ses membres, pas un muscle de son visage, n'avait même tressailli, parce que, du moment qu'il se commandait à lui-même l'immobilité, il fallait que cela fût ; mais ses yeux lançaient des flèches, mais ses yeux paraissaient cribler Baisemeaux avec autant d'acharnement que s'il se fût agi d'emporter morceau par morceau une cible aussi considérable.

La cible ne s'en émut point, parce qu'elle n'en perçut absolument rien, aidée en cela par une sorte de cécité naturelle.

Aussi Baisemeaux repartit-il étourdiment :

— Dites-moi, alors : pourquoi ne vous y rendez-vous point ?

— Plaît-il ?

— Pardieu, oui. Qui vous empêche de refaire, en 1640, ce que vous avez su faire en 1628 ?

D'Artagnan parut méditer sa réponse, en homme qui hésite entre plusieurs armes pour choisir celle avec laquelle il doit frapper.

Mais, et ce changement en dit peut-être davantage qu'un long discours sur l'effet que le passage des ans avait eu sur d'Artagnan, celui-ci, au lieu de poursuivre le mouvement commencé, eut l'air de rengainer ce qu'il s'apprêtait à brandir, et il se contenta de répliquer :

— Mon cher Baisemeaux, j'ai une chose à vous dire.

— Et c'est ?

— Que nous sommes en guerre contre l'Espagne.

— Et vous croyez, M. d'Artagnan, qu'il faut me rappeler une réalité comme celle-là ?

— Ma foi, je le croyais presque. À votre très humble avis, Baisemeaux, de quel côté de la frontière peut bien se situer Béthune ?

— Ah ! ah ! je crois que je saisis.

— C'est heureux.

— Béthune est en territoire espagnol.

— Non seulement elle l'est, mais elle l'a été de longues années durant, et, ma foi ! rien ne vient m'assurer qu'elle ne le sera point encore pour longtemps.

— En sorte qu'il vous est tout à fait interdit de vous rendre là-bas. Oh ! oh ! c'est fâcheux, en effet.

Et là-dessus, Baisemeaux fit un geste comme pour recommander à d'Artagnan de ne plus penser à l'ancien objet de ses poursuites.

Ce geste rendit d'Artagnan rêveur.

Sa pensée, pour un instant encore, revola du côté des années évanouies, et l'image du bon, du généreux, de l'excellent Porthos, se leva dans son esprit.

Il est vrai que Baisemeaux lui ressemblait un peu, par la grande joie qu'il mettait à la consommation des biens de ce monde ; mais ce que, par comparaison avec Porthos,

Baisemeaux gagnait, quoique sans avoir très nettement l'avantage, en bonheur et en épanouissement, il le perdait, avec force intérêts, en naïvetés du cœur et en scrupules de l'âme.

Il faut aussi rappeler que Porthos, ce géant, avait un corps qui semblait taillé à la mesure de ce cœur et de cette âme ; et c'est aussi ce qui faisait que son image se levait si bien dans l'esprit de quiconque, à plus forte raison dans l'esprit de quiconque avait éprouvé, durant plusieurs années, le danger qu'il y avait à risquer une poignée de main avec le colosse au bon visage.

Tout à coup d'Artagnan s'aperçut que Baisemeaux avait laissé échapper un souffle puissant.

Il n'y avait pas à s'y tromper.

— Vous êtes heureux, Baisemeaux ? demanda d'Artagnan.

— Ma foi ! oui. Si la suite du repas qui m'attend tient seulement la moitié des promesses de ce qui ne m'attend plus, je pourrai dire que j'ai eu bon souper, comme j'ai eu bonne journée, et bonne compagnie.

— Bonne compagnie ! est-ce pour moi que vous dites cela ?

— Eh ! pour qui d'autre ? D'abord, un homme comme moi s'honorera toujours de la compagnie d'un homme tel que vous.

— Convenons-en si vous voulez ; et la suite ?

— Eh bien, quand on a le plaisir de converser avec vous, on a aussi celui que vous laissez voir votre pensée, au moins.

Ce fut la seule fois, ce soir-là, que d'Artagnan laissa échapper un fin sourire.

À partir de là, la conversation roula sur d'autres sujets, qui doivent nous demeurer indifférents.

On enjamba les minutes, puis les quarts d'heure, pendant que les lieux se vidaient peu à peu, au point qu'il ne resta plus, outre Baisemeaux et d'Artagnan, qu'un petit groupe de mousquetaires, qui s'étaient mêlés à quelques familiers de l'établissement.

Rien n'en fût sorti sans doute, si, en voulant suivre une mode qui commençait à se répandre, l'hôte n'avait pourvu l'endroit d'un billard. On ne sait si ce jeu excita l'intérêt des soldats qui venaient là pour la première fois, ou bien celui des bourgeois heureux de trouver de nouveaux adversaires ; toujours est-il qu'au cours de la partie qui s'ensuivit, un coup, que l'on pourrait qualifier de malencontreux, avait tout à coup envoyé une boule dans le visage d'un mousquetaire qui se trouvait là ; et ce qui rendit ce coup plus malencontreux encore, c'est que le digne Amiénois qui en était l'auteur avait un frère parmi les gardes du cardinal, comme il avait eu l'imprudence d'en faire l'étalage peu de temps auparavant.

L'esprit de corps, que l'on avait si chatouilleux en ce temps-là, s'émut avec cris et fracas.

Il y eut d'abord des invectives ; des invectives, on passa aux menaces ; et chacun était déjà en mesure de prévoir ce qui allait constituer le troisième acte de cette rencontre improvisée, lorsque d'Artagnan, qui avait suivi l'ensemble de la pièce qui s'était déroulée à quelques toises de lui, se pencha pour voir lequel, parmi ses hommes, en faisait le personnage principal.

— Tiens donc ! dit-il en observant son visage. C'est Menneville, sur ma parole ! Un homme de tête ; beaucoup d'esprit, gâté seulement par un sang trop vif. Voué quelque jour à finir mal, ou à s'égarer… s'il n'y a pas quelqu'un pour y veiller, s'entend.

— Que faites-vous ? lui demanda tout à coup Baisemeaux.

— Vous le voyez bien ; je me lève.

— Vous allez arrêter la rixe.

— Je m'en vais, au contraire.

— Vous partez !

— Certainement que je pars. Je crois les miens capables de se débrouiller très bien sans ma personne à moi, qui ne servira qu'à retarder le moment où le combat doit commencer, et qu'à rapprocher celui où il doit finir. Le presque inévitable n'a pas besoin d'un d'Artagnan ; surtout d'un d'Artagnan auquel on ne demande plus rien. Sur ce, je me retire, ou plutôt je me sauve. Adieu, Baisemeaux ; je vous remercie pour cette charmante soirée.

Baisemeaux resta sans voix.

Voir d'Artagnan marcher dans la voie opposée à celle que lui dictait son devoir d'une voix si impérieuse, c'était quelque chose de si énorme, que Baisemeaux en oublia de commander le dessert.

Pendant ce temps, d'Artagnan avait laissé quelques pièces sur la table ; puis, après avoir agrafé son manteau, il remit soigneusement son feutre, et, sans articuler une autre parole, il s'éloigna.

Lorsqu'il se retrouva dans la rue des Archers, d'Artagnan, d'un geste mécanique, leva les yeux vers l'enseigne de cette auberge qui lui rappelait une de ses aventures ; puis il se secoua, comme pour chasser, mais inutilement, un poids trop lourd qui aurait pesé sur ses épaules.

Outre Athos, Aramis et Porthos, il y avait encore deux souvenirs qui revenaient souvent à la mémoire de d'Artagnan ; c'était ceux des deux ennemis qu'il s'était faits en traversant les menées de Richelieu dans sa jeunesse : de Wardes, sa créature, et Rochefort, son âme damnée. Nous devons avouer qu'il eût accueilli ces deux vieux témoins de ses aventures avec presque autant de joie qu'il eût revu un de ses trois amis.

Mais, pour ce soir-là, il ne lui restait plus qu'à regagner ses quartiers, ce qu'il fit d'une traite, et sans qu'aucun objet, fût-ce une ombre humaine, inopinément surgie de son passé, eût le pouvoir de l'arrêter au passage.

III

Le démon de la bravoure

Nous laisserons d'Artagnan s'en aller de son côté, et le mystérieux inconnu qui avait menacé sa progression vers le Lis d'Or en faire autant du sien.

Nous regarderons, nous, du côté d'un autre de nos héros. Pour cela, il nous suffira d'un léger saut dans l'espace et dans le temps, qui nous emmènera trois jours après l'entrée du roi dans Amiens, et près de vingt lieues plus à l'est, en direction d'Arras.

Il était à peine six heures du matin, et la lumière avait commencé à paraître : non point sous l'apparence de cette *aurore aux doigts de rose et au voile de safran* évoquée par Homère, mais sous l'espèce d'une brume trouble, grisâtre, indécise, qui enveloppait le bois du comté de Saint-Paul, et cependant se levait peu à peu.

Ce jour encore éteint faisait voir un spectacle étonnant : celui d'une plaine servant de couche à seize ou dix-sept mille hommes, qui y étaient arrivés la veille au soir, avec armes, montures et bagages, et qui s'étaient reposés des fatigues du jour dans l'accablement de la nuit.

Parmi tous ces soldats, nous nous intéresserons à deux hommes en particulier, qui, soit désir, soit hasard, s'étaient endormis à la lisière du bois. On eût dit qu'ils avaient éprouvé le besoin, pour glisser dans les bras de Morphée, de sentir au-dessus d'eux, outre le dôme nocturne, la protection de ce dais naturel qu'étendait sur leur tête le feuillage vert des grands arbres.

L'un de ces deux hommes venait d'ouvrir les yeux ; il avait environ vingt-deux ans, un visage long et mince, et une constitution qui dénotait autant de vigueur que de finesse. D'abord, il regarda autour de lui, comme s'il eût cherché la cause de son éveil : mais bientôt son attention s'arrêta sur son compagnon qui, bien qu'il fût toujours endormi, montrait des signes d'une agitation profonde, entrecoupée de gémissements, de plaintes, de halètements, et traversée par des gestes qui indiquaient des efforts aussi terribles que vains.

Il comprit que son ami était en proie à un cauchemar ; il ne s'agissait que de le faire revenir à la réalité.

Cet ami ne connaît de la France, que la vallée de Chevreuse, où il a été élevé ; que Paris, où il a fait ses études ; que les diverses places du nord de la France où il a été conduit par les hasards de la guerre. Il faut encore dire qu'il est un peu plus jeune que l'autre ; il a vingt et un ans.

— Cyrano ! murmura son compagnon en posant sa main sur son épaule. Cyrano ! Réveille-toi !

Celui qu'on appelait ouvrit les yeux avec un tressaillement. À peine les eut-il posés sur son ami, qui avait nom Le Bret, qu'ils s'illuminèrent de joie et de soulagement, et peu à peu Savinien Cyrano redevint aussi tranquille qu'il avait été agité.

Poussant un soupir, il se mit debout, comme s'il avait voulu finir de chasser, par ce mouvement, les derniers fantômes du rêve qui l'avait oppressé, et, frissonnant encore, il se dressa de toute sa hauteur.

Cette hauteur, qui était alors peu commune, donnait naturellement quelque chose de formidable à sa physionomie, qui se signalait suffisamment à l'attention, par les lignes nettes, dures, vigoureuses de tout son corps ; par la silhouette élancée, et cependant pleine de force, qui en était le résultat ; par l'espèce d'impatience énergique qui brûlait et se dégageait physiquement, pour ainsi dire, de cette présence humaine.

Dans son visage arrondi, au teint brun, au menton ferme, on remarquait des yeux petits ; un nez assez long, un peu dévié toutefois, ayant sans doute gardé l'empreinte d'une blessure de jeunesse ; des lèvres au dessin fin et délicat. À peine ce visage s'animait-il, la mobilité de ses traits était si grande, qu'il pouvait prendre tour à tour l'expression de la plus singulière douceur, comme de la plus brutale férocité ; l'une et l'autre parlant d'une nature sanguine, ardente, mais aussi nerveuse et sensible. Les yeux surtout étaient pleins de vie, annonçant du feu dans l'expression, parce qu'ils faisaient voir qu'il y en avait dans la pensée.

Mais, s'il faut être juste, nous devons dire que ce feu-là était quelque peu moins vif qu'à l'accoutumée, pareil à ce jour commençant qui faisait peu honneur à l'astre qui en était à l'origine.

Le Bret s'était assis ; il examinait Cyrano, qui demeurait debout, adossé contre un arbre.

Ce fut dans ces positions respectives que tous deux s'entretinrent à voix basse, mais de façon à ce que chacun ne perdît aucune parole de l'autre.

— J'ai l'impression, dit Le Bret, que tu étais en mauvaise posture.

— En effet, et tu as toute ma reconnaissance. On pouvait difficilement être en plus grand péril que je ne l'étais.

— Peste ! regarde où tu retombes, dit Le Bret avec un faible sourire.

Il esquissa un geste vers cette armée endormie, qui s'en allait au combat, à la destruction et à la mort, après avoir passé déjà de longs mois à suivre ces trois mots d'ordre avec une constance et un zèle remarquables.

L'œil de Cyrano ayant un moment erré sur tous ces soldats étendus, sa figure prit l'expression d'une indéniable mélancolie ; mais il ne répondit rien.

Le Bret, que ce silence surprenait, comme s'il lui eût paru peu en rapport avec le caractère qu'il connaissait à l'homme qui était devant lui, reprit presque aussitôt :

— Peut-on savoir, alors, en quoi consistaient ces visions terrifiantes ?

— Bah ! un rêve !... Pourquoi interroger ce dédale, où se perdent le fou aussi bien que le sage ?

Et le regard de Cyrano, lorsqu'il prononça ces mots, prit insensiblement la direction des arbres et de la forêt toute proche, comme s'il eût trouvé là réconfort et apaisement.

Pendant ce temps, Le Bret, ayant palpé et retourné, d'une main familière, les effets de son ami, finit bientôt par brandir un objet qu'il avait trouvé enveloppé dans du linge, et qui avait servi d'oreiller ou d'appui-tête à Cyrano pendant son sommeil. Cet objet, c'était un livre.

— Ah ! fit Le Bret, je t'y prends.

— Tu connais Montaigne, dit Cyrano qui souriait : « je ne voyage sans livre, ni en paix, ni en guerre ».

— Peut-être ; seulement, je ne te complimente pas sur la façon dont tu choisis tes lectures.

— Bah ! pour quelle raison ?

— Passe encore, que, pareil à Alexandre le Grand, tu eusses toujours avec toi quelque *Iliade*.

Cette comparaison sembla faire un plaisir immense à celui auquel elle était adressée.

— Mais enfin, reprit Le Bret, j'attends que tu me dises pourquoi un soldat tel que toi dévore *Les Songes*, de l'Espagnol Francisco Quevedo.

— Tu pars donc du principe que c'est une mauvaise lecture ; prouve-le.

— Comment !

— Tu m'as entendu. Attaque, charge, bats-toi, puisque tu le désires ; je suis prêt à recevoir tes arguments.

Le Bret regarda avec stupeur, mais non avec surprise, celui qui faisait bien voir, par son attitude, que la jeunesse est parfois cette *fièvre de la raison* dont parle La Rochefoucauld dans ses *Maximes*.

— Tu parles de raisonner, à six heures du matin ?

— C'est ta faute ; il est six heures du matin, et tu m'empêches de rêver.

— Tu ne t'en plaignais pas tant, il y a quelques minutes.

— Bon ! dit Cyrano, qui eut un geste énergique pour écarter cette objection quelque peu embarrassante. Si tu ne veux pas développer ton idée, permets que je le fasse, moi. Il est mal que Cyrano, soldat du roi de France, s'intéresse à l'œuvre d'un écrivain qui est un honnête homme, parce qu'il a la malchance, pour ledit Cyrano, d'être né de l'autre côté des Pyrénées.

— Mais, à peu près.

— Et tu nommes cela un raisonnement, malheureux !

— Pare-le donc, puisque tu en as si grande envie.

— Avec joie. Je t'en promets trois parades. Voici, pour commencer : l'œuvre de Quevedo prouve sans aucun doute qu'il s'agit d'un des plus honnêtes hommes de la Terre. Or, un honnête homme n'est ni français, ni espagnol : il est citoyen du monde, comme se disait Socrate, et sa patrie est partout.

— Tu peux bien dire cela, une fois le livre refermé ; mais enfin, ce n'est pas cela qui t'autorise à l'ouvrir.

— Alors, voilà un autre argument. Tu voudrais sûrement me faire croire que nous sommes en guerre avec les Espagnols ?

— Allons donc ! fit Le Bret ; depuis six ans, nous ne sommes pas en guerre avec l'Espagne ?

— Ce n'est pas ce que j'ai dit. Depuis presque deux ans que nous battons toi et moi toutes les forêts et toutes les plaines de l'Artois, te souviens-tu d'avoir rencontré un Espagnol, je veux dire un Ibère ?

— Je ne crois pas, du moins.

— Mais, des Italiens ?

— Oh ! quant à cela, oui ; les ai-je assez entendus, du temps qu'ils nous assiégeaient, à Mouzon !

— Et des Flamands ?

— Il le faut bien, puisqu'il paraît que nous sommes chez eux, si nous ne sommes pas en France.

— Tu vois que je ne combats nullement les compatriotes de Quevedo, et qu'ils ne luttent pas contre les miens. Tu comprends donc que le rappel du lieu où je me trouve, et de la raison pour laquelle j'y suis, ne saurait me détourner du plaisir qu'il m'offre.

Le Bret écoutait ces paradoxes en secouant la tête, et en souriant néanmoins, comme s'il eût écouté une musique triomphale et familière de la part de cet ami qui rêvait souvent aussi haut qu'il raisonnait.

— Après cela, il n'y a plus rien à dire ; hormis que tu m'avais prédit trois parades, et que tu n'en as encore fourni que deux.

— Eh bien ! la troisième, la voilà : il ne peut y avoir de querelle entre Quevedo et moi, parce que c'est une histoire entre Philippe IV et Louis XIII. Ah ! çà ! depuis quand est-il au pouvoir de deux rois de nous faire croire que les versants des Pyrénées peuvent se tourner le dos ? À moins que tu ne me dises que, pour tous ceux qui vivent par ici, l'enjeu soit d'importance, s'écria Cyrano avec un feu subit, puisqu'il s'agit de savoir si l'on doit être vassal d'un roi qui porte une fraise ou d'un roi qui porte un rabat. On combat pour la couleur de sa servitude, pour la coupe de sa livrée ; vraiment ! c'est enrageant.

— Là ! fit Le Bret, que de pareils excès portaient au contraire à la modération. Je t'ai connu plus philosophe, autrefois.

— Philosophe ! Ah !... Je ne sais pas d'autre manière d'être philosophe que de raisonner sur les causes ; or, plus j'examine celle de l'effet où nous nous trouvons en ce moment, et moins elle me plaît.

— Tu disais déjà ces choses, avec un air gai, autrefois ; mais aujourd'hui, elles reparaissent avec la couleur de la tristesse. Prends bien garde, du moins, que de pareilles pensées ne t'entraînent pas à commettre quelque sottise.

— Eh ! s'exclama Cyrano comme s'il eût tressailli sous une morsure : et quand, dis-moi, ai-je abandonné nos amis, quand ai-je manqué à nos compagnons d'armes ?

— C'est toi qui me fais une injustice ; ai-je un seul jour cessé, dit Le Bret avec insistance, de mêler ma voix à toutes celles qui te nomment le démon de la bravoure ?

Ce rappel avait été accompagné par un regard dont l'éloquence, tendre et passionnée, disait assez clairement les sentiments de celui auquel il appartenait.

Et pourtant, malgré le regard, malgré les sentiments, les mots prononcés par Le Bret eurent l'air de rejeter Cyrano à son abattement et à ses incertitudes. Non qu'il eût désavoué ce titre qu'on lui donnait ; seulement, il y avait pour lui comme une gêne autour de cet hommage.

Aussi, lui que nous avons pourtant vu se réclamer hautement de la philosophie, il ne voulut pas dénouer cette contradiction qu'il portait en lui-même ainsi qu'un nœud gordien ; et il se rejeta à un sujet antérieur, pour n'avoir pas à approfondir celui qui se présentait à lui.

— Le Bret, quoi qu'il en soit, ton hostilité envers Quevedo était mal fondée ; car ton amitié se figurait sans doute que les étranges inventions décrites par cet esprit fantasque avaient peuplé mes nuits ? Et cependant, Quevedo n'y est pour rien.

— Ah ! tu vas enfin m'apprendre…

— Ce que tu sais déjà, mon ami, dit Cyrano en poussant un soupir.

— Quoi ! C'est encore ce même rêve ? Je croyais qu'il ne te tourmentait plus depuis quelque temps.

— Tu dis vrai. Je ne te cache jamais rien. Mais il est vrai aussi que jamais, depuis que je suis au monde et que je me souviens d'en avoir été hanté, jamais je n'en ai eu l'impression aussi vive que cette fois-ci.

— Pour être plus vive, était-elle différente ?

— Oh ! à peine. J'erre dans un méandre ; au moment que je crois l'extérieur tout proche, on me presse, on me serre, on me traque ; de toutes parts, ma vie et ma liberté sont menacées. Or, contre toute logique, par une fatalité inextricable, si je tourne pour m'échapper, c'est à un mur que mon élan se heurte ; si je décide de confronter mes agresseurs, ceux-ci n'en restent pas moins derrière moi, en sorte qu'ils ne cessent pas d'être les chasseurs, ni moi, d'être celui que l'on chasse : et si, par une sorte de miracle, je m'élève dans les airs, une fois de plus je rencontre des murailles, une fois de plus je retombe aux mains de mes bourreaux.

À mesure qu'il dévidait, avec une gravité morne, le contenu des visions qui étaient venues le visiter, l'effarement reparaissait dans le regard, si clair et si vif auparavant, de ce soldat qui s'endormait confiant sous le couvert des arbres, et qui frissonnait lorsqu'il lui fallait évoquer des hommes.

La voix de Le Bret, chargée d'une sollicitude inquiète, vint enfin le faire sortir de sa torpeur.

— Sais-tu ce que je crois ?... C'est que ce n'est pas le songe qui est cause de la mélancolie où je te vois.

Son interlocuteur ne fit rien pour combattre ce mot ; son apathie était peut-être plus impressionnante encore que ses éclats.

— C'est, poursuivit Le Bret, ta mélancolie qui est la cause de ce songe. Oh ! tu ne me caches rien, tu l'as dit ; mais enfin, peut-être, tu te la cachais à toi-même. J'ai soupçonné sa présence, lorsque nous avions notre camp aux environs d'Amiens ; j'en ai épié les signes, quand il a fallu revenir escorter le convoi qui avait quitté Doullens ; elle était à mes yeux une chose sûre, depuis que ce convoi a rejoint celui d'Amiens. Et plus nous marchons vers le but, plus je te vois repris de ce même mal, dont, ajouta Le Bret avec un soupir, j'avais eu l'espérance de te guérir, lorsque, il y a deux ans, je te priai d'employer ta force et ton courage en te joignant à moi parmi les Gardes.

— Tu sais, dit Cyrano sur les lèvres duquel ce souvenir fit venir un sourire, avec quelle ardeur j'ai saisi la main que tu m'offrais ! Mais, reprit-il en secouant la tête, tu peux être tranquille, je ne suis pas tout à fait dans l'état où tu me crois. Une chose précise me navre et me glace jusqu'aux os : c'est ce temps affreux qui nous environne et qui semble nous suivre, depuis bientôt huit jours.

— Vrai ? dit Le Bret en fixant Cyrano d'un œil incrédule.

— Eh ! pourquoi non ?... Je cherche seulement le soleil, Le Bret !

Un bruit retentissant interrompit les deux jeunes gens ; c'était le clairon.

Les moments qui suivirent furent consacrés à tout ce qui doit faire la préoccupation d'un corps d'armée aux premières heures du jour, le repas en particulier ; comme on s'occupait d'accompagner le convoi qui devait approvisionner Arras, et qu'on avait sept ou huit mille charrettes pleines à cet effet, on conçoit que ce n'étaient pas les convoyeurs qui allaient manquer de vivres.

Puis on se disposa à se remettre en marche.

Cyrano et Le Bret, qui, en tant que mousquetaires, avaient pris place au premier rang des leurs, virent passer devant eux une troupe de cavaliers, ces hommes en armes par excellence, et qui suscitaient toujours, autour d'eux, le respect et l'admiration, bien que l'artillerie eût déjà fait d'eux des anachronismes que le temps avait épargnés par un étrange oubli.

Il sembla à Cyrano que l'un d'eux, aussi lourdement équipé et aussi complètement armé que les autres, et partant, aussi méconnaissable qu'eux, lui faisait un signe en cheminant à sa hauteur. À ce signe, notre héros crut identifier Neuvillette, baron de son état, et mari de sa cousine ; donc un parent et un allié. Mais les cavaliers se succédaient dans un mouvement si rapide, que l'auteur de cette aimable adresse eut bientôt disparu.

De tous ces guerriers, qui étaient comme l'image des chevaliers du Moyen Âge, on ne distinguait que le passage éblouissant de ces splendides armures qui parlent d'un art aujourd'hui si mort, et si bien enterré, que l'on doit rappeler qu'il fut autrefois bien vivant. Cet art répandait alors, sur ces surfaces rutilantes, les déesses et les emblèmes, les saisons et les éléments, avec une habileté vraiment merveilleuse : la profusion était le mot d'ordre de toute cette créativité, et les armures sur lesquelles avait travaillé la main du ciseleur n'étaient pas moins ornées que le bouclier d'Achille, lequel portait, à en croire Homère, la Lune, le Soleil, et les étoiles qu'il appelle la couronne du ciel.

Enfin vint le tour du régiment des Gardes, auquel appartenaient Le Bret et Cyrano, et l'on partit en s'enfonçant dans la forêt.

Au rebours de la plupart de ces hommes qui ne voyaient, dans le bois du comté de Saint-Paul, qu'un obstacle à franchir, Cyrano montrait une hâte fiévreuse, une avidité dévorante, à surprendre, pour en jouir, tous les ravissements du lieu qu'on traversait. Le Bret, qui s'en aperçut, se garda bien de l'en détourner.

Tous deux, situés à l'extrémité d'un rang, marchaient sans mot dire dans cette nature où l'homme ne se sent jamais que de passage. Aux alentours, c'était une gamme étonnante et splendide de verts, bien qu'elle fût assombrie et comme plus calme dans le demi-jour : il y avait harmonie, dans le tapis de velours dont le sol était recouvert ; harmonie, dans les profondeurs où l'œil s'enfonçait entre les arbres ; harmonie, sur les cimes inaccessibles, qu'un soleil pâle couronnait çà et là de sa pâle lumière.

De temps à autre, ce fouillis sombre et clair, ce jaillissement lent et spontané, cette organisation dans laquelle l'homme ne compte pour rien, et où il n'est pas même à l'état de supposition, imposaient au convoi le foisonnement de leur matière vivante. Des racines étendant leurs bras sur le chemin, une souche qui semblait avoir marché par enchantement jusqu'au milieu du passage, un arbre renversé dont le large sommeil s'étirait au travers de la voie, forçaient la troupe à faire un écart ou à se disjoindre : tant la forêt n'avait, nous ne dirons pas à opposer, mais seulement à présenter, que le désordre qui est son ordre et sa vie.

Cyrano, avec une sorte de vivacité nerveuse, excitait son attention, comme s'il eût espéré surprendre, autour de ses pas, la sensation de ces frôlements furtifs et discrets, de cette foule d'existences qui bruissaient, tissaient, vibraient, et que la marche de la troupe dérangeait sans y penser. S'il n'y avait pas eu le déplacement bruyant de cette pesante colonne, on eût pu entendre le concert de ces milliers de voix, les unes sonores, les autres muettes, dont le rythme est si délicieux, parce que la voix humaine n'y entre en aucune part.

De ces absences, une surtout désolait Cyrano, qui relevait les yeux avec espoir et les abaissait avec tristesse : c'était celle des oiseaux, qui avaient eu la sagesse de prendre leur vol pour des environs moins belliqueux.

Les heures succédant aux heures sans incident, on fit définitivement halte après avoir marché les sept ou huit lieues réglementaires. On se disposa à passer la nuit dans un lieu pareil à celui dont on était parti le matin.

La fatigue du jour aidant, tout sombra vite dans un profond sommeil.

Il ne pouvait guère s'être écoulé plus de trois ou quatre heures, lorsque Cyrano s'éveilla subitement, au milieu d'une confusion de bruits et de lueurs.

Des ordres donnés se perdaient au milieu des mille rumeurs qui soufflaient parmi tous ces hommes, pareilles à ces vents furieux qui annoncent la tempête ou bien l'orage. La nuit était sombre, et cependant des lumières passaient quelquefois, avant de s'évanouir, dans les profondeurs mystérieuses du bois.

Malgré l'embarras où l'on se trouvait à cette heure nocturne, en un instant tout fut sur pied, on s'équipa, et le cliquetis des piques, des mousquets et des épées se joignit au tumulte environnant. Peu à peu les rumeurs se précisaient : c'était un parti d'Impériaux, qui avait maîtrisé des sentinelles et avait profité de l'obscurité pour fondre sur des soldats qui dormaient ; où étaient-ils ? ils s'étaient retirés sous le couvert des arbres ; combien étaient-ils ? nul ne le savait au juste.

Le premier soin de Cyrano avait été de s'assurer, de la voix, du geste et du regard, de la présence de Le Bret alerte à ses côtés ; présence qui était venue rallumer ses ardeurs et durcir sa détermination.

Peu à peu, une voix puissante domina toutes celles qui environnaient Le Bret et Cyrano ; c'était celle du capitaine de leur compagnie, Carbon de Castel-Jaloux, qui rappelait chacun à l'ordre et à la discipline. Bientôt les hommes firent silence et se regroupèrent autour de leur chef. La nécessité d'être organisés était d'autant plus grande que, comme la veille, on s'était installé pour dormir à la lisière du bois : on se trouvait donc en première ligne en cas d'attaque.

Les mousquetaires passèrent devant, se mirent à genoux, épaulèrent leurs armes ; et on attendit.

Ces manœuvres parurent être exécutées en différents endroits de la troupe immense.

Les forces des Gardes, aux aguets, s'étaient tendues dans la direction des ténèbres. Des secondes s'écoulèrent, qui donnèrent l'impression de durer des siècles.

Soudain, plusieurs détonations partirent de l'intérieur du bois ; presque immédiatement, sur un rang d'une cinquantaine de toises environ, les artilleurs ripostèrent, et la fusillade éclata.

Ce fut un grondement pareil à celui du tonnerre, dont l'écho roula longtemps par-dessus toutes les têtes.

Quasiment à chacune des détonations ennemies, le hasard frappait un soldat français, qui s'effondrait, mort ou blessé. Le feu des mousquetaires, en revanche, n'eut pour résultat que d'illuminer un bref instant la ligne sombre des arbres qu'on avait devant soi ; puis tout rentra dans l'obscurité.

On s'occupa de recharger les mousquets le plus vite possible. Une seconde attaque était imminente ; mais l'on n'obtiendrait rien en demeurant sur place : à un commandement qui fut plus senti qu'entendu, par une détente prodigieuse de toute leur énergie, une partie des hommes qui étaient au premier rang s'élança dans la forêt à la poursuite des Impériaux. Il y avait là une cinquantaine de Gardes : Cyrano et Le Bret se trouvaient parmi eux.

Aiguillonnés par le désir de venger les leurs, rendus à demi fous par l'attente anxieuse et par cette menace dont ils sentaient les coups sans voir la main qui les donnait, ces hommes étaient possédés d'une rage qui les faisait avancer, en dépit des obstacles, quasiment aussi vite qu'en plein jour. Bientôt une exclamation féroce se propagea parmi la bande : on avait rejoint quelques-uns des attaquants, moins rapides que les autres. On fondit sur eux comme une meute, on s'abattit sur le groupe avec un élan et une sauvagerie que l'ardeur de la course avait accrus au lieu de ralentir.

Cyrano, comme les autres, avait frappé ; comme les autres, il avait senti ses mains se couvrir de sang ; et à chaque coup qu'il avait porté, avec une force et une fougue qui, peut être, n'étaient pas celles de tous les autres, la compagnie des siens redoublait son exaltation.

Néanmoins, on sentait que ce n'était là que l'arrière-garde ; aussi, bien vite, on se remit en chasse. Peut-être la prudence eût-elle dû commander de reprendre la direction du camp, au lieu de s'enfoncer dans un pays dont on ne connaissait pas la carte ; mais une sorte d'instinct sanguinaire emportait toutes les têtes.

On avançait de nouveau dans la masse noire de la forêt. De temps en temps, un froissement de feuilles, un craquement brutal, ou la chute violente d'une branche, faisaient croire à la présence de ceux que l'on cherchait ; et puis l'on reconnaissait que ce n'était que l'agitation naturelle de ce lieu naturel, traversé avec tant d'insouciance pendant le jour, devenu si redoutable et si redouté pendant la nuit.

Brusquement, on aperçut, au travers des feuillages, des lueurs qui se mirent à paraître et à disparaître. Elles devaient être à trente toises : les soldats prirent aussitôt cette direction.

Les Gardes, depuis le début de la riposte, étaient restés unis ; ils cheminaient de conserve, presque sur une seule rangée, et ayant retrouvé, face à ce danger inattendu, cette habitude propre à la chevalerie, ou à la cavalerie, qui consistait à ce qu'on s'exposât ensemble et sans laisser à personne le privilège de marcher en avant des autres.

On avait progressé lentement d'abord, puis de plus en plus vite ; on devinait qu'on se rapprochait ; on hâta encore le pas : un même souffle, rauque, haletant, s'exhalait de toutes les poitrines.

Tout à coup, on sentit que le terrain, moins couvert, moins boisé, déclinait presque insensiblement, tandis que, à vingt pas, l'obscurité se faisait plus épaisse. Quelques-uns, alors, devinèrent le danger ; plusieurs ralentirent, et voulurent, de la voix et du geste, avertir leurs camarades ; mais c'était trop tard.

Au même moment furent dévoilées des lanternes sourdes cachées sur les côtés, dans les buissons, et qui jetèrent leur lumière, à la fois sur la troupe qui arrivait, pêle-mêle, hors d'haleine, éblouie, et sur une ligne régulière de tirailleurs impériaux, positionnée sur une hauteur, plane et longue comme une terrasse : tous leurs fusils brillaient comme une rangée d'éclairs.

C'est alors que nous dirions, comme Don Quichotte à Sancho Panza : bienheureux et bénis les siècles qui ne connurent pas la terrifiante rage de ces démoniaques instruments d'artillerie !

Quelqu'un cria un ordre d'une voix tonnante : une tempête de plomb et de feu se déchaîna sur les guerriers français. Ce fut comme si le ciel noir se déchirait au-dessus d'eux, comme si la terre ferme s'ouvrait sous leurs pieds ; cette foudre qui faisait trembler, ces éclats qui aveuglaient comme la nuit, les enveloppèrent avec la frénésie du plus furieux des orages.

Un nuage sanglant enveloppa tous ces hommes ; aux cris effrayants des premiers instants, il succéda un silence qui ne l'était pas moins.

Et pourtant tout n'était pas achevé ; sous l'agonie ou sous la mort de ces combattants, plusieurs, frappés ou non, cherchaient encore à s'échapper.

Un coup de feu avait frappé l'homme qui était devant Cyrano, et qui s'était abattu sur lui : sous ce poids, il était tombé à la renverse ; la mitraille était passée au-dessus de lui sans l'atteindre. Il eut le plus grand mal à s'extraire de la mêlée : son cœur battait avec épouvante, il n'y voyait plus à force de lumière, il n'y voyait plus à force d'obscurité, ses oreilles bourdonnaient, ses mains qui avaient lâché son arme glissaient dans le sang de tous ceux qui étaient tombés sur lui et autour de lui. Enfin il sentit l'air froid de la nuit sur son visage, il rampa à l'aide de ses poignets et de ses genoux sur le sol humide, il parvint à se relever, et il s'enfonça dans les bois qui s'ouvraient devant lui, poursuivi par les cris et les pas des massacreurs.

Il courut ; il vola ; sans qu'il s'arrêtât de courir, ses yeux cherchaient avec angoisse une présence amie, sans la voir : tous ceux qui avaient fui en même temps que lui s'étaient éparpillés. On le traquait à son tour ; il fuyait, pourchassé, oppressé : deux fois, il tourna la tête, ayant cru sentir avec terreur, sur son cou, le souffle de l'un de ses poursuivants ; mais deux fois, sa vue ne put rien distinguer. Deux fois, néanmoins, il fit obliquer sa course.

Au bout d'un quart d'heure environ, ayant fait une halte, il se sentit glacer d'une émotion funèbre, qui l'étreignit comme un lugubre avertissement.

Alors, ayant regardé autour de lui, il comprit avec horreur qu'il était de nouveau à l'endroit qu'il venait de quitter, et qui était désormais désert de toute vie humaine.

Ce qui l'avait trompé, c'était le silence qui planait sur toute cette scène de désolation, c'était le silence du tombeau, qui l'avait attiré comme si ç'eût été celui d'un havre ou d'un lieu de paix, et qui l'avait fait revenir sur celui du massacre.

Il lui semblait être encore dans son cauchemar, et non dans la réalité.

Il s'enfuit encore.

Le bruit de son propre sang qui battait furieusement à ses tempes, celui de sa respiration, qui était devenue un râle, furent les seules choses qu'il entendit pendant de longues minutes.

Puis, il entendit des crépitements d'artillerie, des sifflements de balle ; parfois, c'était un cri humain, ou la lueur d'un éclair menaçant : mais il ne voyait personne encore, mais il était dans un tel état, que tous ces signes ne l'ébranlaient même plus.

C'est alors qu'un coup terrible l'atteignit à la tête : il s'effondra, assommé.

Lorsqu'il commença à revenir à lui, dans sa faiblesse, des images effrayantes et pleines de flamme dansaient devant son regard ; il revoyait le guet-apens, l'orage de mort auquel il avait échappé, et, tout autour de lui, mille blessures ouvertes qui le fixaient comme des yeux sanglants. Enfin ces fantômes brûlants s'évanouirent, et Cyrano, retrouvant peu à peu ses esprits, porta la main à son crâne : il n'avait rien, le casque qu'il avait eu la précaution d'enfiler avait arrêté une balle dont il avait reçu le choc. On avait dû le croire mort du coup, nul, ami ou ennemi, n'étant là pour s'enquérir de lui.

Sans cette circonstance, il n'eût sans doute pas remarqué l'objet terrible qui arrêta sa vue lorsqu'il se releva en prenant appui sur un arbre : c'était un corps étendu de tout son long, le visage contre terre. À l'armure, ou plutôt, car cette armure était incomplète, au plastron qui la revêtait, on comprenait qu'il s'agissait d'un cavalier. Il n'y avait pas à douter que ce cavalier fût tout à fait mort.

Or, en l'examinant, Cyrano avait tressailli ; car il avait vu les armes sur les fontes de ce cavalier, et il lui avait paru que c'étaient celles de son parent et allié Neuvillette.

Il s'approchait, saisi d'un froid de glace, la démarche tremblante.

À peine lui restait-il dix pas à faire qu'il aperçut, couchée près du cadavre, la forme d'un autre cavalier, ayant l'habillement des Impériaux, et visiblement dans la même condition que le premier.

Cette vision sinistre des deux cavaliers morts, malgré l'heure, malgré le lieu, revêtait quelque chose de si grave et de si solennel, qu'elle devrait se graver dans la mémoire de Cyrano pour ne plus en sortir.

Mais ce n'était pas tout ; car le même mouvement qui découvrit le second corps à Cyrano lui révéla la présence d'un soldat ennemi, qui marchait dans la même direction que lui, et auquel lui-même venait de se rendre visible.

Pendant une à deux secondes, Cyrano et le soldat s'immobilisèrent, incapables de détacher leur regard l'un de l'autre, chacun formant pour l'autre une vision d'épouvante.

C'était un membre de cette nation espagnole que Cyrano trouvait si semblable à la sienne.

Tous deux firent le geste de se saisir de leur arme à feu ; mais aucun ne l'avait plus avec lui : et Cyrano, avec terreur, se rappela que, après avoir perdu son mousquet dans la mêlée, il avait lâché son épée en tombant au sol, et qu'elle était restée là-bas, à trente pas de distance.

Aussitôt soldat français et soldat espagnol eurent la même pensée : tous deux s'abattirent en avant, chacun sur le cavalier le plus proche de lui ; comme un seul homme, ils cherchèrent frénétiquement, en s'aidant de leurs deux mains, jusqu'à ce qu'ils eussent senti sous leurs doigts l'acier froid désiré.

Au moment où tous deux se redressèrent, Cyrano se sentit terrassé d'un violent désespoir.

Ce désespoir n'avait pour cause, ni la lassitude horrible qui pesait dans tous ses membres, ni l'angoisse, identique à la sienne, qu'il crut apercevoir dans les yeux de son ennemi ; seulement, il songeait qu'il allait peut-être mourir comme jamais il n'avait souhaité mourir, c'est-à-dire privé du regard d'un ami, et surtout d'un amant.

Ayant relevé l'épée qu'il avait prise, Cyrano frappa avec plus de force et d'énergie que d'adresse ; mais ce coup fut paré, et le jeune homme s'apprêtait à brandir le fer une nouvelle fois, lorsque quelque chose rendit son mouvement impossible.

C'est qu'il y avait une différence, mais une différence essentielle, dans l'escrime de part et d'autre des Pyrénées.

En France, on employait une arme blanche.

En Espagne, l'usage était d'en avoir deux.

Tandis que d'une main, l'Espagnol avait habilement paré le coup que lui destinait Cyrano, de l'autre, il lui tranchait la gorge avec sa dague.

Cyrano ne vit plus qu'un éblouissement noir ; il tomba renversé, sans connaissance.

Ce furent des hommes de sa compagnie qui le trouvèrent un peu plus tard, et qui, s'avisant que, malgré les apparences, il n'était pas mort, le remportèrent jusque parmi les leurs.

IV

Les affections du roi Louis XIII

L'OPÉRATION pour investir Arras fut regardée comme un succès complet.

En effet, les renforts purent se joindre avec les troupes des maréchaux qui assaillaient la ville. Il était temps ; les Impériaux avaient décidé d'attaquer le camp français, lorsque la colonne arriva, ayant à sa tête le corps de mille quatre cents volontaires sortis des rangs de la noblesse française, conduit par M. le Grand, le favori de Louis XIII.

Tout ce corps fit si bien que les troupes du Cardinal-Infant se retirèrent, en renonçant à secourir Arras.

La capitulation fut signée le 9 août ; le 10, un peu moins d'un mois après son arrivée solennelle dans Amiens, Louis XIII faisait son entrée dans la ville qu'il venait de conquérir. Conformément au cérémonial, M. le Grand s'avançait devant lui, en portant l'épée royale. On savait qu'il avait fait bonne contenance pendant son exposition au feu ; il conserva, pendant cette démonstration publique, la même prestance qu'il avait montrée à cheval pendant le combat. On prédisait au jeune homme, qui n'avait pas vingt ans, et dont la faveur était déjà éclatante, un avenir de gloire et d'héroïsme.

Cette victoire sur Arras était décisive ; elle annonçait que la France occuperait tout l'Artois d'ici à plusieurs mois.

C'était donc, comme nous l'avons dit, une réussite majeure pour Louis XIII, qui s'en revint vers la capitale.

Si Louis appréciait cette réussite dans toute sa portée, elle ne fit cependant rien pour changer le caractère royal, qui était si rarement à l'enjouement.

Le roi passa le plus fort du mois de septembre au château de Saint-Germain, pendant que le cardinal s'était retiré à Rueil : cette distance n'empêchait pas leur communication, tous deux échangeant quantité de courriers et d'avis plusieurs fois dans la journée.

Le matin du jour où nous le retrouvons – on était en octobre –, Louis, après s'être levé de bonne heure pour visiter ses mousquetaires, avait trouvé que le temps ne lui permettait pas de monter à cheval pour chasser le cerf et le sanglier. Il en avait conçu de l'humeur, comme à chaque fois que ce plaisir, qui remplaçait si bien la guerre, lui était retiré. Aussi avait-il passé quelque temps à lancer, depuis la cour, des faucons et des éperviers dressés à fondre sur les merlettes qui passaient au-dessus du parc de Saint-Germain. Puis il s'était rendu auprès de ses chiens, qu'il ne pouvait sortir, jouant pour un quart d'heure avec les meilleurs de ses limiers. On remarqua que cette compagnie fit beaucoup pour dissiper la mauvaise humeur de Louis.

Seulement, au moment où il traversait la terrasse qui séparait le Château Neuf, construit par Henri II, du Château Vieux où il se rendait, un cri se fit entendre. Ce cri semblait provenir d'une fenêtre entrouverte des étages. Le roi leva la tête ; quoiqu'on ne vît rien, un mouvement de colère lui échappa, et il se remit en marche en hâtant le pas.

Toute sa gaieté avait disparu.

Une fois à l'intérieur, le roi voulut qu'on le laissât seul ; aussi ce fut sans personne qu'il monta les degrés vers le premier étage, sans personne également qu'il se rendit dans les appartements de la reine.

En effet, le Château Vieux de Saint-Germain était la résidence principale d'Anne d'Autriche.

Le roi, ayant sur la tête son chapeau noir, entra dans la chambre de la reine sans se faire annoncer.

Ce qu'il trouva en arrivant composait véritablement un tableau de la félicité privée.

La reine était allongée sur une chaise longue ; elle suivait du regard les jeux du dauphin, qui avait alors deux ans et qui se trouvait sur un tapis à côté d'elle, vêtu d'une longue robe, suivant l'usage.

Anne d'Autriche avait alors trente-huit ans ; son visage d'un ovale finement dessiné, où l'on voyait briller deux yeux d'émeraude parfaitement beaux, son front élevé, ses lèvres vermeilles, concouraient encore à lui donner cet air à la fois magnifique et naturellement altier qui avait tant frappé les contemporains. Mais ce que l'on voyait paraître sur son visage, c'était le doux rayonnement des sentiments d'une mère qui ne songe qu'à son enfant.

La reine souriait en regardant son fils ; plus elle le regardait, plus son sourire allait s'épanouissant.

Non loin de l'enfant se trouvait une épée en miniature, qui était le premier cadeau d'importance que l'enfant eût reçu de son père.

Le futur roi avait encore derrière lui sa gouvernante, Mme de Lansac ; derrière la chaise de la reine se tenait Mme de Brassac, qui lui servait de dame d'honneur.

Dans le fond de la pièce, il y avait un berceau ; dans ce berceau dormait le second enfant royal, un garçon aussi, né il y avait un mois environ.

Peut-être fut-ce la vision de l'amour si pur et si vif de la reine pour ses enfants qui fit que Louis s'arrêta, au lieu de s'avancer droit vers le groupe comme il en avait eu l'intention.

Ce qu'il y a de sûr, c'est que cette irruption du roi éteignit momentanément, comme un vent glacé, cette fragile flamme de bonheur et de gaieté qui brillait dans l'âme de tous ceux qui assistaient à la scène.

Les deux dames firent une révérence ; la reine se leva.

Sur un signe du roi, les deux accompagnatrices de la reine sortirent.

Puis le roi s'avança vers son fils aîné. Il se pencha vers lui, dans l'intention de l'embrasser. Mais l'enfant, qu'effrayait peut-être le panache endeuillé du feutre de son père, se rejeta en arrière et se mit à pleurer, pareil à Astyanax dans les bras d'Andromaque, et que Homère appelle le fils chéri d'Hector, semblable à un bel astre.

Aussitôt le roi se redressa, pâle de colère.

Anne d'Autriche eut un geste comme pour ramener le dauphin près d'elle : et ce geste, au lieu de paraître conciliant, eut sur le roi le même effet qu'une provocation. L'enfant pleurait toujours.

— Eh bien, madame ! s'écria Louis XIII que ce bruit exaspérait. Voilà que mon propre fils ne peut souffrir ma vue, à présent !

— Votre Majesté fait erreur, commença la reine.

Mais le roi ne lui laissa pas le temps d'achever :

— La chose est si vraie, madame, qu'il suffit que le dauphin me voie pour qu'il se mette à crier, comme s'il apercevait le diable. Est-ce qu'il ne venait pas, quand je passais pour entrer dans le Château Vieux, de pousser un grand cri, parce qu'il m'a vu arriver par la fenêtre ? Ou bien le nierez-vous ?

— Ce n'est point le fait que j'en nierai, Sire, mais la cause : il est vrai que le dauphin a poussé un cri ; mais il était alors dans ses jeux, et je suis bien certaine qu'il ne pensait point à vous.

— Je passais, pourtant ; je suis sûr qu'il m'a vu.

— Comment aurait-il pu vous voir, Sire ? La fenêtre est trop haute pour lui.

— C'est donc qu'on l'aura porté, dit le roi, avec cet entêtement tyrannique qui avait quelque chose de maladif et de puéril.

— Ces dames qui m'entourent pourront vous dire que cela ne s'est point fait.

— En vérité, madame, il n'importe. Trop souvent, j'ai entendu cet enfant réclamer sa mère en ma présence.

— C'est parce qu'il me voit presque constamment auprès de lui, répliqua Anne d'Autriche avec patience. Votre Majesté sait que j'ai tout fait pour que le dauphin soit élevé sous mes yeux, et que je ne veux point le quitter.

— La place d'un futur roi de France n'est pas auprès d'une mère, déclara durement Louis XIII. J'ai eu le tort de céder à vos demandes : j'en constate à présent le résultat. En vérité, c'est une étrange éducation que la sienne ; mais je vous jure que j'y mettrai bon ordre.

— Et que prétendez-vous faire ? s'écria la reine avec effroi.

— Le dauphin ne tardera point à requérir un gouverneur ; il faut que j'y réfléchisse.

— Un âge si tendre, Sire, réclame-t-il autre chose qu'une gouvernante ? Et n'êtes-vous plus content de Mme de Lansac, que vous avez choisie vous-même, et sans me consulter ?

— Du moins espérais-je ainsi soustraire en partie l'enfant à votre pernicieuse influence ; mais je m'afflige de voir que j'ai échoué.

Anne d'Autriche devint pâle à son tour.

— Votre Majesté a-t-elle eu à se plaindre de mon comportement à son égard ?

— Ces derniers temps, non, madame.

— Lui ai-je donné des raisons, depuis plus de deux ans qu'on a resserré la surveillance dont je suis l'objet, de se méfier de moi ?

— Pas davantage.

— Et est-ce que je ne vous ai pas, de mon propre chef, transmis les dernières lettres que je reçus ici de la duchesse de Chevreuse, afin de vous montrer que je ne voulais plus avoir de commerce avec elle, et que tous les complots auxquels elle me mêlait sont à présent derrière moi ?

— Il est vrai, et sur ce point vous avez fait preuve d'une sagesse que l'on n'attendait pas de vous.

— Consentez-vous, reprit la reine sans montrer qu'elle eût été atteinte par cette dernière remarque, à admettre que je ne fréquente que des gens dont la dévotion ou la fidélité puissent vous être agréables ?

— Parfaitement.

— Alors, Sire, si je ne vous ai pas paru suspecte ces dernières années, si je ne vous cache rien, si je n'ai point de fréquentations qui vous désobligent…

L'impassibilité de Louis fut tout ce qui lui répondit.

— Alors, Sire, s'écria enfin la reine outrée de douleur, comment pouvez-vous avoir la pensée de me frapper aussi cruellement, en menaçant de me retirer mes enfants ?

— C'est que, madame, avant d'être les vôtres, ou les miens, ces fils sont à la France ; et il ne convient pas qu'un dauphin soit élevé dans la méconnaissance de son père, ventre-saint-gris ! ni en subissant la malignité d'un ascendant comme le vôtre.

— De quel ascendant parlez-vous ?

— Je parle, madame, d'une femme qui s'est montrée aussi longtemps l'ennemie de son mari, et qui n'avait point voulu oublier qu'elle était espagnole pour devenir toute française.

— Ne vous ai-je pas dit, déjà, et à de nombreuses reprises, que je me repentais de mes erreurs passées ?

— Si vous vous repentez, dit Louis XIII, moi, madame, je n'oublie pas.

— Mais, dit la reine en faisant un geste vers le berceau dont l'unique occupant reposait toujours tranquillement,

Votre Majesté peut-elle parler sérieusement, lorsqu'elle parle de me faire vivre sans mes deux fils ? moi qui m'estime heureuse partout où ils me suivent ? moi qui ne respire qu'en les sachant près de moi ? moi qui, enfin, les aime autant qu'une mère peut aimer ses enfants ? En vérité, il ne resterait à Votre Majesté, après ce coup de force, qu'à m'envoyer dans un couvent, comme elle m'en a tant de fois menacée.

Le roi supporta, imperturbable, cette supplique de son épouse.

Il ne répliqua rien.

Cette cruauté fit chanceler la reine, sans que le roi fît aucun mouvement pour tenter de la soutenir.

Depuis un moment, le dauphin ne faisait plus un bruit ; seulement, il s'était rapproché de la chaise longue de sa mère, et, avec cet air sérieux que l'on remarquait déjà chez lui, il observait de ses grands yeux cette figure sinistre qui se tenait devant lui, pareille à une statue, et qui paraissait en vouloir à la reine.

Au bout d'un long silence, le roi dit :

— Vous savez dorénavant ma pensée. Au revoir, madame.

La reine trouva la force de murmurer :

— Au revoir, Sire.

Louis XIII tourna les talons et s'en alla, en abaissant son chapeau sur ses yeux, ce qui dénotait toujours chez lui la contrariété la plus vive.

Dire ce que furent, à la sortie du roi, les pensées et les émotions d'Anne d'Autriche, ce serait hors de notre capacité.

Les pas du roi s'éloignèrent ; bientôt, on ne les entendit plus.

V

Les contradictions du roi Louis XIII

Louis XIII était peut-être le plus sombre de nos rois, comme Louis XI en avait été le plus sanglant. Ce souverain qui était resté enfant enfantissime, suivant l'expression d'un mémorialiste de ce temps, était presque toujours malheureux des relations qu'il développait ou plutôt qu'il déchirait autour de lui.

Il faut dire que sa jeunesse s'était passée au milieu des deuils, ceux d'un père et d'un frère aimés et perdus trop tôt, et au milieu des haines, celles d'une mère et d'un frère qui avait eu la préférence maternelle.

De là sans doute ce bouillonnement intérieur, ce tempérament ombrageux, qui n'aimait qu'en se tournant en jalousie, et qui ne se déchaînait à l'extérieur que comme une violente tornade de vents contraires.

Il n'y avait chez Louis XIII aucune ardeur sans violence, aucun élan sans inquiétude.

Lorsque le roi fut sorti de chez son épouse, il parcourut d'un pas rapide les pièces qui le séparaient de son propre appartement, scrutant le visage de chacun, et cherchant manifestement une personne qu'il s'irritait de ne point rencontrer. À la fin, las de se mettre en colère tout bas, le roi donna cours publiquement à sa mauvaise humeur, en criant :

— Où est-il ?

Et comme nul ne répondait, le roi répéta, avec une impatience croissante :

— Où est M. le Grand ?

On ne l'avait pas vu de toute la matinée.

Louis atteignit son antichambre sans être mieux renseigné. Là, il défendit qu'on le suivît et renvoya son valet de chambre, mais réitéra l'ordre qu'on fît venir M. le Grand aussitôt qu'il aurait paru.

Une fois seul, le roi tourna lugubrement dans sa chambre, ainsi qu'un fauve enfermé dans une cage. Plusieurs minutes passèrent, lorsque, comme s'il avait été saisi d'une idée subite, le roi bondit plutôt qu'il ne marcha jusqu'à la portière d'un grand cabinet qui faisait office de garde-robe.

Au moment où il en eut soulevé la tenture rouge, ce qu'il vit lui arracha une exclamation partagée entre la victoire et la plainte :

— Ah ! vous voilà enfin, monsieur.

Puisque son entrée en scène est pour ainsi dire à moitié faite, il ne nous reste qu'à l'achever tout à fait, et à donner à nos lecteurs le portrait du troisième de nos héros ; nous voulons parler de M. Henri d'Effiat, le jeune marquis de Cinq-Mars.

C'était lui que tout le monde appelait M. le Grand.

La garde-robe était spacieuse : le roi, dans son geste, n'en avait découvert qu'une partie. Par l'ouverture, on voyait que celui qu'il avait fait chercher était assis auprès d'une fenêtre qui donnait sur le parc, ayant un livre sur les genoux, dans un fauteuil de damas rouge orné de fleurs blanches.

Le jeune homme avait un pourpoint de satin blanc, un haut-de-chausses brodé d'or, pourvu de vastes canons de dentelles qui tombaient sur des bottes à revers ; les manchettes aussi étaient ornées de dentelles, tout comme le col, qui était en point de Venise. C'était une sorte d'Adonis que M. de

Cinq-Mars. Il avait alors dix-neuf ans ; son visage d'un ovale parfait, encadré de longs cheveux bruns et bouclés, était serti de deux profonds yeux noirs, dans lesquels passait souvent un regard rêveur, qui accusait cependant moins de profondeur que d'instabilité ou de légèreté. La pose qu'il avait adoptée sans y prendre garde, la tête reposant sur une main, et la jambe tendue vers l'avant, révélaient la grâce et l'élégance qui lui étaient naturelles, couplées à une vigueur corporelle qui faisait honneur à sa jeunesse ainsi qu'à son état.

Il avait entre les mains un livre armorié, qui était *Amadis de Gaule* ; et lorsqu'il eut été découvert par le roi, le jeune homme ne parut abandonner qu'à regret l'univers de ces chevaliers dont il était comme la vivante image.

C'était lui qui, depuis un an et demi, sans l'avoir vraiment cherché, occupait la première place dans le cœur et dans l'esprit du roi ; lui que le roi appelait son cher ami, titre que Louis n'avait réservé à personne avant Cinq-Mars, et qu'aucun roi n'avait donné à ses favoris avant Louis XIII, pas même Henri III.

Une chose doit encore être expliquée.

Cinq-Mars vivait près du roi, l'accompagnait, conversait avec lui, et, les rares fois où Louis était d'humeur généreuse, en obtenait du bien ; là se bornait son état de cher ami.

Au reste, Louis XIII aimait à déclarer que, plus il était roi et en état de se faire écouter, plus il devait penser que Dieu le lui défendait, et qu'il n'avait été fait roi par lui qu'afin de lui obéir et de montrer l'exemple.

On peut douter si pareille idée était appliquée dans tous les domaines avec la même rigueur et la même exemplarité ; mais elle l'était dans celui-là.

Toute la cour savait donc à quoi s'en tenir sur le rôle de M. le Grand ; toute la cour connaissait donc le sentiment de Louis, et n'avait pas songé à s'étonner qu'un amour pût venir à un roi de quarante ans, non seulement pour un homme

– ce qui était, en ce milieu et en ce temps, plus fréquent qu'on ne se le figure généralement –, mais surtout pour un homme qui en eût vingt de moins que lui, et même, qui en avait dix-sept, lorsqu'on les avait mis en présence pour la première fois.

Rappelons que, dans le siècle dont nous parlons, dix-sept ans ne signifiait pas la même chose qu'en notre XIXe siècle ; pour beaucoup, c'était déjà le moment des chaînes ou des nœuds du mariage.

C'est l'âge qu'avaient la duchesse de Montpensier, Isabelle de Lautrec ou Louise de la Vallière, dans les récits où nous nous sommes intéressé à elles ; l'âge des héroïnes, en somme, que nous avons fait voir occupées soit à rêver d'amour, soit à ne pas en rêver.

Dans tous les cas, nous devons avouer que la position spéciale qu'occupait Cinq-Mars auprès du roi eût été, pour quiconque, difficile ou délicate à tenir.

Il nous reste à voir si celui qu'on appelait M. le Grand se comportait alors d'une manière qui marquait toujours de la sagesse ou du jugement.

Le jeune homme se leva et passa dans la chambre du roi, non sans pousser force soupirs, et jeter autour de lui des regards maussades.

Pour Louis, qui avait d'abord eu l'intention de quereller son favori, il fut arrêté dans cette intention, par la vision même de celui qu'il voulait quereller : vision qui se présentait à lui avec des couleurs d'autant plus charmantes, à cause du si grand désir qu'il avait eu d'elle.

— Monsieur, reprit le roi sans sévérité, que faisiez-vous donc ? Ignorez-vous qu'il y a un grand quart d'heure que je vous fais chercher ?

— Sire, dit Cinq-Mars chez qui le mensonge était toujours maladresse, j'attendais le bon plaisir de Votre Majesté.

— Dois-je croire que c'est mon bon plaisir qui vous fait vous renfermer chez moi, sans que vous me parliez, sans que je vous voie ? Vous agissez, mon cher ami, comme quelqu'un qui demeure insensible à toutes mes inquiétudes et à toutes mes peines.

— Je regrette si je vous donne cette impression, Sire ; seulement, je ne pensais pas qu'il y eût du mal à chercher la paix et la tranquillité.

— Vous savez pourtant avec quelle ardeur il m'arrive de souhaiter votre présence, s'écria Louis ; vous savez dans quel trouble me jette l'ignorance sur votre sort.

— Je le sais en effet, puisque Votre Majesté avait la bonté de m'en entretenir dans les lettres qu'elle m'écrivait, lorsque j'étais sur le front, à Arras.

— Ah ! mes lettres, c'est bien à vous à m'en faire ressouvenir ; pour trois que j'envoyais, il ne m'en arrivait qu'une !

— Il me semble avoir déjà eu l'honneur d'expliquer à Votre Majesté, répondit Cinq-Mars un peu plus froidement, que le soin de la grandeur et de la gloire justifie l'irrégularité qu'on met à d'autres devoirs.

— Pourquoi, dit Louis qui s'était rapproché de son favori, pourquoi vous étonner, car je n'ose dire : pourquoi vous plaindre, du souci que j'ai pour votre personne ? Vous avez devant vous l'homme qui, il y a un an, vous a déclaré qu'il vous donnait son cœur ; que celui-ci ne serait point partagé ; qu'il ne négligerait jamais l'hommage qu'il doit à votre beauté et à votre esprit. J'espérais que vous respecteriez cet aveu, en respectant le désir que j'ai de vous avoir toujours auprès de moi.

— Je ne vois pas, dit le favori en baissant les yeux par dérobade plutôt que par modestie, en quoi je manque à ce souhait de Votre Majesté.

— Allons ! ne faites pas l'enfant ! s'exclama Louis.

Et il frappa du pied sur le parquet.

Cet éclat parut momentanément soulager le roi, qui reprit sur un ton de lamentation :

— Je parle de cette compagnie que vous fréquentez à Paris, dans le quartier du Marais, et qui jette comme une ombre sur votre vie sans tache. La nuit, vous courez les routes pour retrouver les compagnons de vos plaisirs ; le jour, votre fatigue vous empêche d'exécuter votre service auprès de moi. Le nierez-vous, monsieur ? s'écria Louis avec une ardeur douloureuse.

— Je regrette que ces relations déplaisent à Votre Majesté ; mais c'est en vain qu'elle m'entreprendra à ce sujet, car je ne compte point m'en défaire, déclara Cinq-Mars, en tournant malgré lui ses regards du côté de la fenêtre, comme s'il eût cherché, à travers la vision des feuillages et du ciel, la vision de ces plaisirs qu'on reprochait à sa jeunesse.

— Vous me paraissez en effet tenir fort à vos amis, monsieur, dit le roi qui s'en était aperçu.

— Je tiens fort à mes amis, répondit Cinq-Mars, parce que c'est un nom sacré, et qu'il mérite certains égards.

— C'est un nom que vous respectez beaucoup, du côté de Paris ; mais comme vous l'honorez mal, lorsque c'est le roi qui vous le donne !

— En vérité, je déplore que Votre Majesté ne m'ait cherché si longtemps que pour me quereller comme elle le fait.

— Eh bien ! monsieur, je vous ai paru désobligeant jusque-là ; je m'apprête à vous paraître plus désobligeant encore, mais ce sera votre faute. Vous cesserez tout lien avec ces gens-là ; en particulier, ajouta Louis en rougissant, vous cesserez de voir cette Marion Delorme, dont le nom, qui était si connu déjà à Paris, est devenu si bien connu à la cour, qu'on ne l'y appelle plus que Madame la Grande. Est-ce là une compagne digne de ce que vous êtes et de ce à quoi vous pouvez aspirer ?

Cinq-Mars, piqué dans son orgueil, et surtout dans sa susceptibilité, répliqua :

— J'ai déjà affirmé à Votre Majesté il y a quelques jours que cette femme n'occupe plus mes pensées, et que c'est sans aucun motif que Votre Majesté revient sur ce sujet.

— J'aurais espéré, monsieur, que vous eussiez plus de considération pour celui qui s'abaisse à vous faire de semblables prières, avant que de vous rappeler que cet homme-là est votre roi, et qu'il peut vous commander ce respect que vous ne lui consentez point.

— Dois-je en conclure, répliqua Cinq-Mars avec animation, qu'il me faut absolument rendre compte de tout mon temps à Votre Majesté ?

— Monsieur, dit Louis en pâlissant, je vois que vous êtes décidé à n'avoir aucune pensée pour moi, alors que vos amis de Paris occupent tout votre esprit : pourquoi, alors, ne repartez-vous pas les retrouver à l'instant même ?

— J'y suis tout prêt, Sire ! éclata Cinq-Mars.

— Alors, monsieur l'insolent, tonna Louis, puisque vous êtes d'une pareille humeur, je vous ordonne de disparaître de ma vue.

— Je le fais volontiers, Sire !

Et M. le Grand sortit bruyamment des appartements du roi.

Le roi, qui avait si fort désiré la compagnie de son favori, et n'était parvenu qu'à le chasser, se trouva de nouveau seul ; et il allait s'abandonner, peut-être, à des transports dont il n'aurait pas été le maître, lorsqu'il entendit un bruit qui semblait provenir de la garde-robe.

Il est plus juste de dire qu'il y eut deux bruits ; cependant, ils s'étaient suivis de si près, qu'ils étaient presque confondus. Un même événement les avait provoqués : car, si le second bruit correspondait à la chute, toute sonore et vibrante, d'un instrument à cordes, le premier était le halètement d'une personne qui n'avait pas réussi à empêcher la chute en question, ou dont les efforts, peut-être, n'avaient concouru qu'à la hâter.

Le roi se rappela qu'il n'avait pas inspecté entièrement le contenu de la garde-robe lorsqu'il y avait découvert Cinq-Mars.

Toute sa rage suspicieuse se ralluma d'un seul coup ; il cria d'une voix terrible :

— Qui est là ?

Quelques secondes après, la même portière qui s'était levée pour dévoiler Cinq-Mars se releva une fois encore ; tout aussitôt, la jalousie du roi, qui connaissait son favori, s'évanouit.

La personne qui venait d'apparaître était un homme.

Cet homme, de petite taille, au visage spirituel, pouvait avoir de trente à trente-cinq ans. Toute sa physionomie montrait un air de soumission et d'humilité parfaite : et néanmoins, cette humilité recouvrait des profondeurs d'orgueil et d'indépendance d'esprit, dont on sentait l'action sans même les apercevoir.

Tandis que d'une main il relevait le rideau rouge, de l'autre, il tenait un luth, objet probable de la chute qui l'avait forcé à manifester sa présence.

— Comment ! fit le roi qui commençait à se demander si la cour tout entière ne s'était pas cachée chez lui ; vous étiez là, Garderobin ?

Celui qu'on appelait de ce nom répondit :

— Si c'est un crime, alors j'en suis coupable, en effet, Sire.

— Que faisiez-vous ?

— J'ai l'honneur de rappeler à Votre Majesté qu'elle m'a concédé le privilège de pouvoir entreposer mes instruments dans cette partie de ses appartements. Je suis arrivé ce matin, en empruntant cet escalier dérobé que Votre Majesté connaît ; j'y ai rencontré M. le Grand, qui m'a aimablement permis d'y demeurer pour accorder mon luth et puis pour composer des vers, pourvu que je ne le gênasse point dans sa lecture.

— Et l'idée ne vous est pas venue de vous manifester plus tôt ?

— Ma foi ! Sire, je me suis trouvé tellement bien installé dans votre garde-robe que, sans l'avoir du tout prévu, je m'y suis endormi. Je viens seulement de sortir du sommeil.

Un instant, Louis fut sur le point de lui demander s'il avait entendu sa conversation avec M. le Grand.

Mais un coup d'œil jeté à cette physionomie à la fois soumise et impénétrable le convainquit que sa tentative serait inutile, et que son interlocuteur lui glisserait comme une salamandre entre les doigts.

— Venez là, dit enfin le roi en désignant un point de sa chambre.

— Que désire Votre Majesté ?

— Que vous me jouiez un air.

Le joueur de luth s'avança avec le pas souple qui lui était coutumier, et s'installa sans mot dire dans le fauteuil qu'on lui avait présenté.

— Votre Majesté souhaite-t-elle un air en particulier ? demanda gracieusement celui qu'on appelait Garderobin. Sera-ce une chanson gaie, ou bien mélancolique ?

Le roi, qui s'était mis à une fenêtre, de laquelle il semblait suivre l'évolution de quelqu'un, répondit :

— Mélancolique.

Garderobin acquiesça comme si ce mot-là n'avait pas été la réponse qu'il attendait, parce qu'elle était celle que Louis XIII, qui en plus d'aimer fort la musique, était un joueur et un compositeur passable, donnait le plus fréquemment.

Il se composa également une expression de circonstance, avec une facilité qui semblait dire que cette expression n'était pas entièrement étrangère à sa nature profonde. L'instant d'après, il commença à jouer.

On entendit alors les premières notes qu'éveillait l'activité des cordes, sous les doigts du joueur de luth ; ces notes tombaient, grêles et fines, comme des perles blondes, qui auraient répandu des morceaux de soleil.

La composition était signée de feu Mézangeau ; doux nom qui fait rêver l'âme de coup d'aile et d'envol.

Comme on retrouvera le joueur de luth, autant que nous nous attardions un peu sur lui.

Son véritable nom était Charles Coypeau ; mais, lorsqu'il paraissait dans le palais royal, il se faisait appeler Phébus Garderobin : Phébus, en hommage à Apollon, dieu du soleil, des poètes et des musiciens ; Garderobin, pour le privilège que le roi lui avait octroyé, et qui a déjà été dit par le principal intéressé.

Ce dernier, en pinçant et en touchant les cordes de l'instrument au dos bombé qu'il tenait contre sa poitrine, exprimait, avec agilité, toutes les métamorphoses du sentiment. L'agitation tendre, qu'on entendait la plus fréquemment, était traversée de temps à autre d'un long frisson, qui rappelait que le luth n'était pas seulement l'instrument de la plainte, et qu'il pouvait être aussi celui de toutes les secousses de la volupté. Dans un cas comme dans l'autre, c'était toujours la passion qui résonnait.

Charles Coypeau, ou Phébus Garderobin, n'ignorait pas ce qu'était la passion ; il la jouait fort bien ; il faut dire – précision qui fût apparue à beaucoup comme une cause – qu'il avait dans les veines du sang italien.

Quant à Louis XIII, faut-il que nous le rappelions ? Louis XIII était le fils d'une Florentine.

VI

Les agents du cardinal de Richelieu

QUITTONS le château de Saint-Germain pour celui de Rueil, qui ne lui est distant que de deux lieues et demie.

Le lecteur croira peut-être que nous allons l'entraîner vers l'un de ces réduits secrets, vers l'une de ces oubliettes maudites qui ont fait la réputation du domaine. Il n'en est rien ; mais la vaste pièce où nous le conduisons, avec son plafond élevé, ses murailles nues, son ameublement sévère, n'était pas sans rappeler l'intérieur d'une prison. En son centre était une longue table dont la surface disparaissait sous un ensemble de cartes, de dépêches ou de papiers, où l'on avait mis néanmoins un certain ordre. C'était la fin de l'après-midi : un feu qu'on avait allumé dans la cheminée diffusait par toute la pièce de grandes lueurs rougeâtres et inégales. Une haute et unique fenêtre, en partie masquée par un rideau, donnant à peine vue sur les frondaisons environnantes, qui étaient d'un vert éclatant d'été sous le ciel gris.

C'était là tout ce qu'on apercevait des jardins magnifiques de Rueil, qui faisaient sept hectares.

Quant au maître des lieux, le voici.

Il se tenait près de la cheminée, agrippant le dossier d'un siège avec une énergie et une vigueur qui n'avaient pas diminué avec les années. L'heure était passée peut-être de revêtir la cuirasse et de faire parade d'une prestance qui tenait plus du militaire que du cardinal ; mais dans cette figure pointue, qui s'était encore amaigrie, on voyait luire, par-dessus la royale et la moustache grises, les mêmes yeux perçants qu'autrefois, sous l'action d'une pensée et d'une intelligence qui étaient, elles aussi, aussi vives que par le passé.

L'attitude du cardinal-duc de Richelieu, qu'il nous était, nous l'espérons, à peine nécessaire de désigner par son nom, était celle d'un homme en proie à une violente crispation, physique ou morale. Dans son visage contracté, aux pommettes empourprées, et dont le front d'ivoire se perlait d'une légère sueur, l'œil, songeur, se perdait dans des profondeurs vagues, parfois traversées du rougeoiement d'une étincelle. Il s'y joignait une respiration haletante, avec un pincement des lèvres qui avait quelque chose de convulsif, et qui n'eût pas manqué d'alerter les médecins que cet illustre malade avait en nombre autour de lui.

C'était pourtant là cet homme que son génie avait élevé jusqu'à des hauteurs d'où il pouvait présider au sort de l'Europe entière ; cet homme dont les contemporains brocardèrent la violence, la cupidité et l'ambition ; celui qui se regardait avant tout comme l'instrument de la force, de la puissance et de la grandeur de la France de Louis XIII, même s'il lui arrivait de confondre un peu trop l'État avec sa personne à lui.

Mais, en dépit de ses succès contre les protestants et les partisans de Marie de Médicis ; de ses victoires contre l'Espagne, contre les Impériaux, et même contre l'Angleterre ou plutôt contre Buckingham ; en dépit de ce qu'il regardait comme l'une de ses réussites, qui était d'avoir fait donner un dauphin à la couronne ; en un mot, malgré ces objectifs atteints, l'âme du cardinal n'était jamais en repos, et faisait penser à celle de ces damnés qui paient les fautes d'une vie au prix d'une éternité de souffrances et de labeurs.

Cet après-midi-là, le cardinal jetait des regards furieux sur deux objets qui excitaient de nouveau sa rage : c'étaient deux billets qu'on lui avait apportés dans la journée, et qui étaient de la main du roi.

Le premier disait :

« Monsieur le Cardinal,

Je suis hors de moi depuis qu'il plut à M. le Grand de me quereller et de me faire la mine. Je suis bien marri de vous importuner, mais, n'ayant que vous seul en qui j'aie confiance entière... »

La suite poursuivait sur le même ton.

Le second billet disait :

« Je vous écris ce mot parce que j'ai peur que vous soyez en peine de moi sur ce que je vous ai écrit ce matin. Dès aussitôt que M. le Grand a voulu revenir, il a été très bien reçu de moi, et je puis vous assurer que nous sommes à présent en parfaite intelligence.

Il y a eu quelques brouillards, mais ils sont à présent dissipés.

Louis. »

La fureur qui agitait le cardinal n'était pas encore évanouie lorsque, après s'être de nouveau assis derrière sa table, il fit appeler son capitaine des gardes, Étienne Lathil.

Une porte qui donnait sur une antichambre s'ouvrit ; celui qu'on avait mandé parut et s'avança jusqu'au centre de la pièce, où, après s'être incliné, il attendit respectueusement.

— Étienne, commença le cardinal, il y a quatre ans, je t'ai désigné un commandant des gardes sur lequel j'avais certaines visées. Tu te souviens de ma demande, je le vois ; donc tu dois te souvenir de ta réponse ?

— J'avais dit à Monseigneur que ce M. de Cinq-Mars n'était pas sûr ; que mieux valait le laisser là où il était, et chercher quelqu'un qui fût plus à même de partager la compagnie du roi.

— Eh bien ! tu avais cent fois, mille fois raison, Lathil ; et comme j'ai eu tort de ne pas t'écouter !

— C'est donc à M. le Grand que nous en avons, Monseigneur.

— « M. le Grand » n'existe pas, lâcha le cardinal avec feu. Ce n'est qu'une invention, et, pour mon malheur, c'est la mienne, bien que le roi et Cinq-Mars s'imaginent chacun qu'elle est de lui. J'avais besoin d'opposer quelqu'un à la favorite royale, cette Hautefort qui servait la reine mère, les dévots, les Habsbourg, autant dire tous mes ennemis ; j'ai pensé à ce Cinq-Mars, le fils d'un de mes meilleurs serviteurs, et je l'ai fait remarquer par le roi. Seulement, le fils, devenu Grand-Maître de la garde-robe, s'est révélé aussi rétif que le père avait été dévoué. Après avoir arraché à son souverain la charge de Grand Écuyer, il s'est servi de Marion Delorme, qui était avant cela l'un de mes agents les plus fiables, pour exciter la jalousie du roi et fonder plus sûrement son empire. Non content de me transmettre, sur les états d'âme de Sa Majesté, des renseignements dont je ne pouvais tirer aucun profit, ni pour ma conservation, ni pour celle de l'État, M. le Grand a fait chasser des appartements royaux un valet de chambre, qui était ma créature. Et voilà qu'à présent, le roi lui-même se dérègle, redoublant les caprices et les emportements d'un favori irresponsable. J'avais espéré, par ce moyen, assurer mes décisions par une connaissance sûre de l'esprit du roi ; mais je n'ai fait qu'accroître, hélas ! ce désordre et cette instabilité dont j'ai constamment déploré l'action chez lui !

Lathil, qui avait apparemment déjà écouté des discours de cette sorte, entendit celui-ci sans s'émouvoir.

Le cardinal reprit :

— Il est temps de chercher un remède ; c'est pourquoi j'ai songé à toi.

— Je suis tout au service de Son Éminence.

— Je le sais, Lathil ; tu l'as prouvé plus d'une fois.

— Alors, quels sont les ordres ?

— Il s'agirait d'étudier la personne de ce M. de Cinq-Mars. Je parle de se renseigner sur lui, plus encore que je n'ai su le faire moi-même ; de le suivre, de l'espionner, peut-être. En un mot, je désirerais savoir par quel côté on puisse l'entreprendre, l'attaquer, ou même le châtier ; quand bien même il ne devrait rien en savoir, ajouta-t-il dans un murmure.

— Je remarque que Son Éminence n'a pas dit : il s'agit, je désire.

— C'est que, Lathil, des hommes pourraient s'offusquer de ce que je demande là.

— Monseigneur me commande de lui trouver le moyen de rendre un de ses serviteurs, c'est-à-dire un rouage de l'État, à la discipline et à l'obéissance. Je ne vois là rien dont le service d'un homme d'épée ait à prendre offense.

Richelieu ne put réprimer un sourire.

— Maître Étienne, décidément, vous avez réponse à tout.

— C'est ce que Monseigneur me dira lorsque je lui aurai apporté ce qu'il recherche. J'ai, à mon tour, une question à soumettre à Son Éminence.

— Laquelle ?

— J'ai entendu le nom de Marion Delorme ; j'ai entendu aussi que cette histoire se conjuguait au passé.

— Eh bien ! je vois ce que tu veux me dire, et c'est justement une information qui me manque ; j'ignore si quelqu'un a recueilli sa succession. Sans doute, il ne serait pas mauvais de commencer par là.

Recevoir encore quelques renseignements de même sorte, prendre congé du cardinal et sortir de la pièce, furent pour le capitaine des gardes l'affaire de quelques secondes.

Le cardinal garda un instant la tête tournée vers la porte par laquelle il avait disparu.

— Ou je me trompe fort, murmura-t-il rêveur, ou de pareils dévouements deviendront de plus en plus précieux et de plus en plus rares.

Puis il frappa sur un timbre.

Une autre porte s'ouvrit. Par cette porte entra Boisrobert, l'un des nombreux secrétaires de Richelieu, et certainement celui auquel il était le plus attaché.

C'était, avec Lathil, et combien d'autres, l'un de ces familiers dont le cardinal s'entourait où qu'il fût, et qui étaient indispensables à la souveraineté – nous n'osons pas écrire : à la royauté – qu'il entendait conserver sur les choses de l'État ; mais ces familiers, le cardinal veillait toujours à les employer séparément.

Le simple fait de confier au zèle efficace du lieutenant Lathil le problème que représentait Cinq-Mars avait suffi, momentanément du moins, à soulager l'esprit du cardinal, qui pouvait de nouveau se tourner vers d'autres préoccupations qui ne le réclamaient pas moins que la précédente.

Comme elle n'est pas entièrement indifférente à la suite de notre histoire, nous nous permettrons d'écouter cette conversation comme nous avons écouté la précédente.

Richelieu commença par une ouverture assez semblable à celle qui avait démarré son entretien avec Lathil.

— Boisrobert, je sollicite tes conseils. Tu sais s'il est impératif pour mes intérêts, c'est-à-dire ceux de la France, que je sache reconnaître une menace avant qu'elle ne paraisse telle au reste des mortels.

— Quel est le nom de la menace de Son Éminence ?

— Le duc de Soissons, qui en veut à ma personne, et surtout qui s'est rebellé contre le roi. Voilà deux ans qu'il demeure dans sa forteresse de Sedan, où il se tient tranquille ; mais il a déjà été d'intelligence avec l'ennemi par le passé : aussi je crains que nos derniers succès contre les Espagnols ne raniment ses mauvais souvenirs. Voici le pis : j'ai appris qu'il avait à Sedan un homme qui s'est donné à lui pour échapper à la justice du roi et à la mienne, et qui pourrait bien souffler sur les braises de son ressentiment.

— Votre Éminence veut parler du marquis de Wardes.

— Exactement. Et je connais bien son intelligence et son esprit retors, dit-il, avant d'ajouter avec une grimace : avant d'être à Soissons, il était à moi.

— Que désire alors Votre Éminence ?

— Eh bien ! Boisrobert, toi dont les amitiés sont nombreuses à la cour, et qui recueilles sur elle toutes les nouvelles utiles, je veux que tu me nommes quelqu'un qui soit en mesure de nous renseigner sur les agissements du duc.

— Monseigneur a-t-il un critère à me soumettre ?

— Veille seulement à me proposer quelqu'un qui soit prêt à écouter nos arguments et à se rallier à nous.

Boisrobert réfléchit un instant. Enfin il prononça :

— Monseigneur, je crois que j'ai l'homme qu'il vous faut.

— Ah !

— Votre Éminence connaît L'Hermite ?

Le cardinal le regarda avec incrédulité.

— Tristan L'Hermite ? Le poète ? Tu rêves, Boisrobert ! Je ne veux point d'un poète, et lui ne voudra pas de moi : il est trop attaché à MONSIEUR, le frère du roi ; celui-là ne se laissera jamais prendre, va.

— Aussi n'étais-je point à lui que je pensais, repartit Boisrobert ; mais à son frère Jean-Baptiste L'Hermite. Il est au mieux avec le duc de Guise, lequel est au mieux avec le duc de Soissons ; c'est pourquoi j'avais songé qu'il était propre au dessein que m'a soumis Son Éminence.

— C'est un élément en sa faveur, je te le concède ; mais, les arguments qu'on pourrait lui présenter ?

— Il est pauvre.

— Ah !… dit encore Richelieu. Ton conseil me paraît bon ; je verrai par moi-même si Jean-Baptiste L'Hermite est accessible à la raison.

Mais Boisrobert, au lieu de s'en aller, demeurait sur place, pris d'une légère hésitation.

— Tu as quelque chose à me dire, fit le cardinal.

— Oui, Votre Éminence. C'est au sujet de Mme de Brassac.

Richelieu leva un sourcil.

— Et que veut-elle ?

— Monseigneur, elle dit que la reine sait depuis longtemps que c'est vous qui l'avez placée auprès d'elle, avec pour mission de la surveiller.

— Oui ; et après ? demanda dédaigneusement Richelieu.

— Anne d'Autriche elle-même est passée par elle pour en appeler à Son Éminence.

— Comment cela ?

— La reine se plaint de la dureté du roi à son égard, et des soupçons mal fondés qu'il a sur elle ; elle craint qu'on ne lui retire ses enfants : elle supplie Monseigneur de bien vouloir parler au roi en sa faveur.

— Hélas ! le roi est le roi, et je ne suis que son ministre : ce qu'elle espère de moi est entièrement hors de ma portée. J'ai les mains liées, Boisrobert. Voilà la réponse que tu peux aller porter à Mme de Brassac, ou plutôt à la reine.

Le secrétaire s'inclina.

— Attends, dit soudain le cardinal. Elle a découvert Brassac, soit ; mais son joaillier ?

— Le joaillier de la reine ?

— Oui.

— Monseigneur peut être tranquille. Il n'y a aucun soupçon de ce côté.

— Ah ! très bien.

C'était son congé ; Boisrobert s'inclina une nouvelle fois, et s'en alla.

Demeuré seul, le cardinal sortit un carnet, et y inscrivit ces quelques mots : *Acheter Jean-Baptiste L'Hermite.*

À peine avait-il lâché la plume, que deux coups légers furent frappés à la porte.

Sur un mot qu'il prononça, il vit reparaître la figure du lieutenant des gardes Étienne Lathil.

— Tu n'es donc pas parti ? dit Richelieu.

— Monseigneur, j'allais le faire, lorsque j'ai rencontré sur les degrés du château un homme qui demande à parler à Son Éminence, et qui, voyant mon uniforme, m'a prié de l'introduire auprès d'elle.

— Le connais-tu ?

— Non, et je doute qu'il soit connu de Monseigneur.

— De quoi a-t-il l'air ?

— Assez bien d'un Espagnol, quoiqu'il s'exprime en bon français.

— D'un Espagnol ! dit Richelieu stupéfait. En es-tu sûr ?

— Votre Éminence oublie que j'ai été capitaine dans les Flandres. Au reste, elle s'en rendra compte par elle-même, surtout si elle apprend son nom.

— Qui est ?

— Le chevalier de Vilaplana y d'Agulló.

— En effet ! Mais, dis-moi enfin : à quel titre vient-il ?

— Il n'a pas voulu me le dire, non plus que ses intentions. Il n'a pas d'arme sur lui. Il m'a seulement remis un pli, que je donne à Son Éminence.

Et Richelieu accorda au message toute son attention, avec une aussi grande netteté d'esprit que s'il n'avait pas eu à résoudre deux autres problèmes, l'un d'ordre domestique et privé, l'autre touchant à une menace intérieure pour la sûreté du trône.

Quand il eut pris connaissance du pli espagnol :

— Fais entrer ce chevalier, fais-le entrer ! commanda-t-il avec une certaine excitation. Ensuite, tu pourras partir accomplir ce que je t'ai demandé.

Et Lathil partit s'exécuter, enchanté de trouver le cardinal de meilleure humeur qu'auparavant.

Richelieu demeura seul un moment encore ; moment qu'il employa d'abord à aller consulter certains papiers qu'il tenait serrés dans un tiroir. Quand ce fut fait :

— Allons ! voilà une surprise qui se heurte à mes filets. Il y aurait donc du neuf du côté de l'Espagne ? Mais aussi, faute d'avoir su plus tôt, combien de temps perdu peut-être !... Ah ! murmura-t-il avec un dépit rageur. Voilà ce que l'on gagne à se fier aux poètes : maudit soit ce Quevedo !... Comme il a été bête de se laisser prendre, et plus bête encore de se laisser emprisonner !

VII

Où la Catalogne commence à jouer un rôle

LE CARDINAL vit bientôt entrer le chevalier Francesc de Vilaplana y d'Agulló, que, par commodité, et parce que nous n'avons pas à traiter avec lui, nous ne nommerons plus que Vilaplana.

Lathil avait raison, et on eût difficilement pu s'y tromper : l'Espagnol était bien un Espagnol. C'était un homme âgé d'une quarantaine d'années, au teint mat, grave, dont l'habit était entièrement noir, excepté la chemise, dont on voyait paraître aux crevés les poignets de dentelle blanche. L'ensemble était complété par une vaste cape sombre, des bottes de cuir, et un chapeau à larges bords avec des plumes multicolores, qu'il tenait à la main.

Il ne manquait que la fraise, dont l'usage se perpétuait de ce côté-là des Pyrénées, alors qu'il s'était perdu en France ; mais c'était sans doute à cause de ce détail, qui eût, plus encore que tout le reste de son équipement, signalé la présence de l'ennemi, que Vilaplana avait eu la prudence de ne pas s'en encombrer.

Après l'avoir salué, Richelieu le pria de s'asseoir sur le siège en face de lui ; c'était veiller à ce que l'envoyé restât dans la lumière, tandis que lui, en tournant le dos au feu, demeurait dans l'ombre.

Le cardinal commença l'entrevue en ces termes :

— Chevalier, j'ai autant d'impatience à vous entendre que vous en avez eu sans doute à venir jusqu'à moi : aussi vous trouverez bon que j'entre dans le vif du sujet. Si j'ai correctement pris connaissance du contenu de votre lettre, vous m'êtes envoyé de Catalogne par votre oncle, le chanoine Pau Claris.

— C'est cela même.

— Et, reprit lentement le cardinal, votre oncle affirme, par écrit, être devenu à peu près le maître de cette province, comme s'il la gouvernait à la place du roi Philippe IV.

— C'est-à-dire, reprit l'Espagnol avec une fière indignation à laquelle on ne pouvait se tromper, que Philippe IV a perdu la Catalogne pour y avoir autorisé l'erreur et l'abus. Mon oncle, il est vrai, a ramassé, ou plutôt recueilli, le sceptre qu'on avait ainsi laissé tomber ; mais il entend moins le garder pour lui, que le soustraire aux tentatives pour le reprendre : et vers qui m'aurait-il dépêché, si ce n'est la France, l'ennemie naturelle des Espagnes ?

— Vous me supposez, chevalier, plus au courant des affaires du royaume espagnol que je ne le suis en réalité.

Vilaplana se raidit.

— Votre Éminence est en effet mal informée ; car elle me parle d'un royaume espagnol qui ne figure sur aucune carte, au lieu de parler des Espagnes au pluriel. Surtout, elle me semble ignorer combien l'heure est solennelle en Catalogne en ce moment.

— Quelques rumeurs, reprit Richelieu qui opposait une expression impassible au visage enflammé de son interlocuteur, en étaient bien parvenues jusqu'à moi. Mais les faux-semblants ne sont rien, pour un homme dans ma position ; ou bien il perdrait ce sang-froid qui est si nécessaire à la conduite des affaires de l'État.

— Eh bien ! que je vous apprenne l'injustice dont il est question. Il existe en Catalogne quelque chose de plus sacré que le roi : ce sont les constitutions de la principauté, dont nos chères *Corts* sont les gardiennes. Or, ces saintes lois, Philippe IV les a ignorées ; mon oncle, qui occupe aux Corts une position suprême, a seulement voulu les défendre.

— Ce sont là des événements qui ne regardent que les Espagnes, et qui n'intéressent la France en rien.

— Votre Éminence tiendra-t-elle le même langage, s'écria Vilaplana, lorsqu'elle saura que nos lois nous interdisent de défendre un territoire qui n'est point le nôtre, tout comme elles nous empêchent de loger des gens de guerre d'une nation différente ? Si Louis XIII n'a pas su en voir les conséquences, ce ne fut pas le cas de Philippe IV : aussi, mal conseillé, a-t-il foulé aux pieds les lois de nos pères, qui avaient éternellement régné par nos contrées. D'abord, on nous prit nos maisons, pour y héberger ces soldats des *terç*, comme nous nommons les tercios, dont la brutalité afflige toute l'Europe en ce moment ; ensuite, ce furent nos biens ; enfin, ce furent nos hommes.

— Ainsi, la Catalogne se sent l'amie de la France ? demanda Richelieu toujours impavide.

— Monseigneur en doute-t-il encore ? Il y a aujourd'hui huit ans, lorsque votre prince, Gaston d'Orléans, s'est rebellé contre le Roi Très Chrétien, son propre frère, et que les Espagnes ont fourni des subsides et des armes, une seule principauté, ne voulant rien donner, répondit par le silence à cette déloyauté : je suis fier de vous dire que c'était la mienne.

— Cette mauvaise disposition seule, je présume, n'a pas suffi à amener une rupture avec le roi.

Tandis qu'il rassemblait ses souvenirs, une ombre s'étendit sur le visage de Vilaplana.

— Hélas ! les terç, si dignes de leur mauvais renom, montrèrent que Dieu même n'était à l'abri de leur insolence. Après les pillages de chapelles, après les pillages d'églises, le peuple accablé exprima une colère légitime : en guise de représailles, la fois d'après, ce furent des villages entiers qu'on saccagea. On eut également l'audace d'arrêter, en mars, un député des Corts et deux membres de la municipalité de Barcelone, qui avaient eu le seul tort de mêler leurs voix à celles du peuple.

« Un incendie couvait : il éclata le 7 juin. Ce jour-là, qui était la Fête-Dieu, les segadors, ces paysans de nos montagnes qui se louent comme moissonneurs, entrèrent dans Barcelone. Ils furent joints par la foule, qui fut jointe par la milice ; tous n'avaient qu'un cri : qu'on libérât les prisonniers ! Une parole sensée, voilà ce qu'ils attendaient ; et voilà, j'en suis sûr, qui eût mis fin à leur colère. Mais, pour toute réponse, on fit partir des coups de feu depuis le palais du Vice-roi. Ce fut le point de départ de quatre jours d'une violence sans égale, et qu'il eût été aussi facile de prévoir que d'éviter. Le vice-roi de Catalogne en personne finit par payer de sa vie une si lourde erreur.

Le cardinal fronça un sourcil.

— Ce que vous me décrivez là, chevalier, ressemble fort à une révolte de la populace contre son roi.

— Oh ! Monseigneur, détrompez-vous. Nous avons été les premiers à nous dire que cette agitation était d'abord le fait de *persones sense cap i sense consell.* Mais mon oncle a toujours pris le parti de la Justice : il s'est rangé dans le camp des opprimés, pour n'avoir pas à être du côté des oppresseurs.

— Votre oncle, soit ; mais, si je ne me trompe, tout en la présidant, il n'est qu'un membre de la Généralité des Corts, qui en comporte six : et encore n'est-ce là que l'élite dirigeante.

Vilaplana regarda avec surprise celui qui lui parlait ainsi.

— Je croyais Votre Éminence peu au fait des événements et des institutions.

— Oh ! ce que j'en connais est bien peu de choses, dit le cardinal environné d'ombre. Considérez que je ne sais rien.

— Monseigneur, reprit l'ambassadeur, l'émeute cherchait un chef, et elle en a trouvé un, en la personne de mon oncle, le chanoine Claris. Les rameaux de notre famille se diffusent parmi les plus puissants et les plus influents ; leur ombre protectrice s'étend sur les plus humbles. La France est donc assurée de rencontrer en Catalogne un ralliement universel, si elle nous offre cet appui dont nous avons besoin. En ce moment même, le marquis de Los Vélez, que le roi eut l'affront de nommer vice-roi de Catalogne, recrute une armée pour reconquérir la principauté.

— Ainsi, vous demandez…

— La force de la France, monseigneur.

— Ah ! fit simplement Richelieu. Mais, comment proposez-vous de faire arriver en Catalogne des troupes françaises, si le Roussillon est encore occupé par les troupes espagnoles ?

— Les ports de mon pays ne sont pas fermés : ils sont déjà disposés à s'ouvrir aux vaisseaux de la France.

— Vous vous êtes en effet préparés à un soulèvement contre votre roi, dit Richelieu d'un ton calme, tandis que sa main serrait avec une énergie terrible le bras du fauteuil sur lequel il était assis.

— Je dois une nouvelle fois corriger Votre Éminence. Le soulèvement a un ennemi ; mais ce n'est pas le roi.

— Que voulez-vous dire ?

— Je veux parler de l'homme qui trop souvent gouverne à la place du roi, car il est principal ministre : c'est le comte-duc d'Olivares. C'est lui qui a fait proclamer la mobilisation générale en Catalogne ; c'est lui qui a voulu étouffer la voix du passé dans notre pays ; c'est parce que le vice-roi était sa créature qu'il a été traqué et tué. Quand nos représentants, cet été, ont été reçus à Madrid, la fureur déraisonnable d'Olivares a été leur seule interlocutrice.

— Chevalier, dit Richelieu après avoir gardé un long moment le silence, vous êtes donc décidé à ouvrir à une armée étrangère le passage vers la péninsule ibérique.

— C'est-à-dire, reprit Vilaplana en se redressant, à amener sur Philippe IV un châtiment exemplaire ; car c'est permettre ce que nul n'a réussi à faire depuis Charles Quint, et briser à la fois le prestige et l'intégrité des royaumes espagnols, qui étaient restés intacts depuis plus de cent ans.

— C'est possible, dit Richelieu avec cette froideur qui dissimulait si bien sa pensée.

Vilaplana ajouta :

— Nous savons qu'Olivares n'a pas d'ennemi plus puissant ni plus déterminé que Son Éminence ; c'est encore l'une des raisons qui nous ont incités à venir jusqu'à vous.

— Néanmoins, dit Richelieu comme s'il n'avait pas entendu cette dernière intervention, vous exciterez contre vous toutes les épées espagnoles, en vous mettant derrière le bouclier de la France.

— Un roi qui insulte autant ses sujets n'est plus sacré à leurs yeux. Nous ne sommes plus à Philippe IV. Nous voulons être à Louis XIII.

— Être à Louis XIII ?

— Parfaitement, déclara Vilaplana. Que votre roi jure de ne jamais reproduire les erreurs commises par Madrid, alors nous ferons de lui notre roi et accueillerons ses armées, dont l'action devra être défensive avant d'être offensive.

Richelieu avait un soupçon ; il s'agissait de l'exposer sans détours.

— Il y a, dit le cardinal, une chose que je veux apprendre de vous.

— Tout ce que désire Votre Éminence.

— Vous parlez de la principauté catalane comme si elle n'avait qu'un seul cœur. L'expérience m'a pourtant appris que, partout où le pouvoir s'impose brutalement, on entend des voix dissidentes, bientôt suivies de bras armés : aussi, j'aimerais savoir si l'aide que vous demandez à la France n'a pas pour objectif de terrasser l'ennemi intérieur, au moins autant que de vous garantir de l'ennemi extérieur.

— Il n'en est rien. Je n'ai rien à cacher ; j'ai tout dit à Votre Éminence.

Le cardinal songea qu'il ne tirerait rien d'autre de l'ambassadeur, au moins pour le moment.

Puis il prononça, comme s'il fût arrivé à une décision :

— Si ce que vous proposez reçoit l'aval de mon maître, je crois que vous apprendrez dès les prochains jours combien nous pouvons vous être utiles. Le temps presse, vous l'avez dit.

— J'en suis heureux, monseigneur.

— Pas autant que nous : car rien n'est plus agréable que la franchise et l'amitié chez un allié ; au contraire, il est tant d'envoyés dissimulés, il est tant de protestations déloyales ! Heureusement, il n'est pas de mal qui n'ait son remède. Ainsi, tenez : vous savez sans doute, mon cher Vilaplana, qu'il arrive, y compris à des puissances belligérantes, de s'échanger des otages, ou de se rendre des services ? Un homme qui serait dans votre position, et qui garderait des secrets pour moi, ne tarderait pas à s'en repentir. Après tout, vous n'êtes pas seulement le neveu de l'homme qui est la tête de la plus grande rébellion qu'ait jamais eu à redouter le pouvoir espagnol : vous êtes également celui qu'il a jadis condamné pour l'assassinat du gouverneur de Copons, et qu'il recherche encore en ce moment.

Et Richelieu eut un sourire d'une amabilité parfaite.

Vilaplana, pétrifié, attacha sur le cardinal un regard où la stupéfaction le disputait à l'effroi.

— Chevalier, reprit le cardinal d'un ton affable, ayez encore la bonté de bien m'avertir de l'endroit où l'on pourra vous trouver. Prenez garde de ne pas vous tromper ; nous sommes en guerre, et vous venez des Espagnes : en cas d'erreur ou de difficulté à vous retrouver – et cette difficulté, car je fais confiance à mes services, ne saurait être que temporaire –, je ne puis pas vous garantir que je saurais vous mettre à l'abri de la suspicion ou de la malveillance.

L'ambassadeur s'acquitta de ce qu'on lui demandait, quoiqu'il fût encore mal remis de la surprise que le cardinal lui avait faite ; et, l'entretien ayant touché à son terme, il salua et quitta la pièce sans mot dire, avec le même maintien raide et digne qu'il avait eu à son entrée.

Aussitôt que Richelieu se vit seul, il perdit ce sang-froid qu'il avait tantôt prêché à Vilaplana ; il se mit à faire les cent pas, avec une hâte qui dénotait sa fébrilité.

— Trompeur ? Trompé lui-même ? Tout est possible. Cependant, même si mon intuition est juste, il n'y a là qu'un contre-temps ; que le roi entre en Espagne avec une armée, et je me trompe fort si l'obstacle catalan, quelle que soit sa nature, ne s'évanouit pas comme un songe. Mais, cela, ce n'est rien !

« Oh ! s'écria-t-il sans pouvoir réprimer un mouvement de joie. Olivares s'était cru fort lorsque, en aidant La Rochelle, il armait contre moi toute une ville ; ma revanche arrive tard, mais elle lui arrache une province. Le roi acceptera... il doit accepter... il faut qu'il accepte ! La Catalogne emportée, l'Espagne est détachée de son Italie ; et si elle est en lutte avec elle-même en deçà des Pyrénées, comment défendra-t-elle le Roussillon, qui est au-delà ? Alors, le Roussillon ne doit-il pas devenir, après l'Artois, le deuxième fleuron que j'aurai ajouté à la couronne de Louis XIII ?

« Mais mon regard voit plus loin. Vilaplana l'a dit lui-même : porter le fer en Espagne, c'est frapper sa suprématie d'une atteinte inédite, mortelle, définitive. La France cessera désormais d'avoir les ailes liées : elle pourra occuper le rang qui lui revient en Europe ; grandeur qu'elle gardera pendant des décennies... et, qui sait ? pour le siècle ! »

Arrivé à ce point de sa réflexion, Richelieu se tut ; son visage était fixe, son œil se perdait dans une absorption passionnée.

Jamais sa main ne lui avait paru si près que ce jour-là de se refermer sur ce but tant convoité, et qui avait aimanté tous ses vœux, déterminé toutes ses décisions, depuis près de quinze ans qu'il était aux affaires. Aussi ce calculateur, ce raisonneur, ce froid stratège, voyant au bout de l'horizon une lumière si vive et si grandiose, laissa les yeux de son esprit s'emplir de cet éblouissement, erra longtemps au milieu des clartés ignorées que réservait l'avenir.

Sa pensée planait toujours dans ces régions supérieures, lorsqu'il perçut qu'on frappait à sa porte.

C'était un courrier du roi.

— Demeurez dans l'antichambre, dit Richelieu au messager après lui avoir remis une bourse qu'il destinait à ces usages. J'aurai à vous donner un message pour Sa Majesté.

Alors il prit connaissance du mot, qui disait :

« J'ai eu la patience jusqu'à cette heure avant de vouloir vous écrire pour voir si les mauvaises humeurs de M. le Grand ne passeraient point. Mais il a recommencé ses méfaits ; quant à moi, je suis dans un tel chagrin, que je ne prends plaisir à rien.

Louis. »

Le sang-froid du maître, la paix de ce silence pénétré, le profond recueillement qui avaient régné là depuis de longues minutes, tout vola en éclats, tout s'effaça ainsi qu'un reflet sur l'onde.

Ce furent de tels transports d'exaspération et de rage, que le courrier sortit épouvanté.

L'orage de Saint-Germain venait de s'abattre sur Rueil.

VIII

Les deux favoris

Les succès des mois suivants firent beaucoup pour conjurer, dans l'esprit du cardinal, le désagrément qui pouvait lui venir d'une certaine relation royale.

L'alliance nouée avec la Catalogne donna les plus beaux résultats. Elle venait au bon moment ; car les troupes du marquis de Los Vélez, qui étaient sur le point d'attaquer la principauté, s'étaient rendues si tristement célèbres par leurs déportements, qu'elles firent généralement regarder les cavaliers et les fantassins envoyés par la France comme des libérateurs.

Les Catalans honorèrent leur part du traité avec la même promptitude que les Français. Philippe IV avait perdu chez eux toute prétention à la souveraineté ; le 23 janvier 1641, Louis XIII était devenu comte de Barcelone.

On vit donc cette situation qui doit nous sembler unique et paradoxale : la Catalogne était française, et le Roussillon était espagnol.

Il se présenta bien un obstacle, dont Vilaplana, au reste, n'avait pas été long à faire l'aveu. Le temps fit bien voir que cet obstacle n'était pas de ceux qu'une armée souffle sur son passage ; mais Richelieu finit par penser qu'il avait le moyen de s'en débarrasser.

Seulement, le matin de février où il voulut mettre son projet à exécution fut d'abord consacré à une tout autre affaire. Ce matin-là, en effet, le cardinal-duc de Richelieu recevait le marquis de Cinq-Mars.

Ce dernier s'était déplacé jusqu'à Rueil pour lui porter un message de la part du roi. Sa mission accomplie, le jeune homme croyait qu'on ne le retiendrait guère. Mais, après qu'on l'eut fait patienter quelques minutes, on le pria de passer chez Son Éminence pour un moment d'entretien.

Cinq-Mars fit son entrée en souriant chez le cardinal.

— M. le Grand, dit Richelieu. Permettez-moi d'abord de vous remercier de votre bonté : c'est bien aimable à vous d'avoir consenti une petite visite sur mes terres.

Cinq-Mars entendait mal l'ironie.

Il se contenta de répondre poliment.

Le cardinal reprit :

— Deux lieues vous séparent de la cour, où vous brûlez de retourner en ce moment. Deux lieues, M. le Grand : ce n'est pas assez pour que le bruit de vos exploits là-bas ne parvînt jusqu'à moi. On dit, M. le Grand, que tout vous est prétexte pour vous brouiller avec Sa Majesté, à Saint-Germain, à Versailles, à Livry. On dit aussi, M. le Grand, que vous êtes allé jusqu'à adresser un reproche stupéfiant, insensé, inouï, au roi qui vous aime : qu'il ne vous aimait point assez, puisqu'il ne vous permettait pas d'agir selon votre désir. Est-ce bien exact, cela, M. le Grand ?

Ce titre de *M. le Grand*, appliqué à Cinq-Mars, avait été redit chaque fois avec une intonation différente, et suivant une gradation pleine de nuances dont seuls étaient capables les esprits de l'espèce de Richelieu.

Sans pleinement le pénétrer, Cinq-Mars avait vaguement senti que cette répétition recelait quelque chose de désagréable pour lui.

— Votre Éminence est si bien informée, dit le jeune homme, que je n'ai plus rien à lui apprendre. Mais j'avoue que je vois mal en quoi tout ceci est de son ressort.

— Monsieur, tout ce qui regarde le roi regarde également son principal ministre, et votre étrange attitude mérite une semonce.

— Me faudra-t-il, s'écria Cinq-Mars impatienté, en tout temps et en tout lieu, entendre le même langage ? Et que ne me reproche-t-on à Rueil, comme on le fait à Saint-Germain, ma paresse, ma débauche, ma dissipation, ma dépense ?

— Tout cela m'importe peu, déclara nettement le cardinal. Mais l'année passée, vos querelles incessantes retentissaient par toute la cour ; déjà, il avait fallu que j'y mette bon ordre : où est-elle, la parole que vous avez donnée, lorsque, par ce traité que j'ai fait signer au roi et à vous-même, vous vous engagiez à ne plus lui causer de déplaisir à l'avenir ?

— C'est vrai, et je suis reconnaissant à Son Éminence de ses interventions, comme je le suis de la protection et de l'intérêt qu'elle a eu la bonté de me manifester depuis longtemps. Cependant, l'année passée n'est pas l'année présente ; et il est bien permis à un homme de montrer du ressentiment, lorsqu'il lui paraît qu'on ne fait pas assez de cas de sa personne.

— Et en quoi, M. le Grand, vous aurait-on manqué d'égard ?

Cinq-Mars se recueillit pendant quelques secondes, puis répondit avec solennité :

— J'ai fait récemment part à Sa Majesté de mon désir de me marier. En faisant cette demande, il me semble que j'étais dans mon droit, tout en n'oubliant point mon devoir. La personne dont je parle avait reçu favorablement mes vœux. Elle est maîtresse de son sort, ou peu s'en faut ; il ne nous fallait plus que le consentement de Louis XIII.

— Le roi ne vous l'a pas donné ?

— Le roi ne nous a pas laissé le temps de le demander ; car nous avons appris qu'il cherchait, pour la personne qui m'est chère, une alliance étrangère. Par ce que je viens de dire, Votre Éminence a sans doute compris que je veux lui parler de la princesse Marie de Gonzague.

On eût considérablement ajouté aux étonnements de Cinq-Mars, en lui disant non seulement que Richelieu était déjà au courant de ce qu'il croyait lui apprendre, mais surtout que, l'ayant su avant tout le monde, grâce aux discrètes recherches de son lieutenant Étienne Lathil, c'est le cardinal lui-même qui avait inspiré cette idée au roi.

Aux questions que le roi lui avait faites sur cette nécessité, Richelieu, sans lâcher un mot sur Cinq-Mars, avait seulement répondu qu'il en allait des intérêts de l'État.

— Quand je m'en suis expliqué à lui, poursuivit Cinq-Mars, le roi a paru surpris, pour une raison que je n'ai pas comprise. Cependant, il n'a point voulu revenir sur sa décision.

— Il a bien fait. La fille du prince qui régnait à Mantoue est destinée à une main illustre ; il entre dans son avenir d'être l'épouse d'un roi, et non celle d'un jeune homme auquel on n'aurait pas dû permettre de s'élever au-delà du titre de premier écuyer.

— Premier écuyer, vraiment ! s'exclama Cinq-Mars dont l'orgueil, dont nous connaissons la susceptibilité, s'irritait de subir blessure sur blessure.

— Je crois que vous vous permettez d'élever la voix, M. le Grand.

— C'est que je ne comprends pas ce qui fait sortir Votre Éminence de l'amitié qu'elle a toujours eue pour moi, en l'autorisant à m'attaquer sur ma personne, sur ma fonction et sur mes espérances. Je relève directement de Sa Majesté : il est vrai que je ne reçois pas toujours favorablement ce qu'elle me fait l'honneur de me dire ; mais elle en a le droit, du moins.

— Alors, l'avis du roi doit vous êtes plus sacré que le mien ?

— Naturellement.

— Vous en appelleriez donc à l'autorité du roi contre la mienne ?

— Si j'en sentais le besoin, oui, Éminence.

— Allez-vous vous plaindre à lui de la façon dont je vous traite en ce moment ?

— C'est mon intention, monseigneur, déclara Cinq-Mars.

— Alors, avant que vous ne preniez congé de moi, M. le Grand, j'ai une faveur à vous demander.

— Laquelle ?

— Ce serait, dit Richelieu, de bien vouloir retourner ce papier qui est à portée de votre main.

C'est alors que Cinq-Mars remarqua un détail que, dans sa hâte puis dans sa colère, il avait négligé jusque-là.

Il y avait, juste devant Richelieu, et bien en évidence, un billet qui était posé face sur la table, de sorte que le jeune homme ne pouvait en voir le contenu.

Cinq-Mars fit ce qu'on lui demandait.

Il lut un ordre de châtier M. le Grand, ordre signé du roi et adressé à Son Éminence.

C'était ce message que Cinq-Mars était allé porter tout scellé à Richelieu.

Aussitôt qu'il en eut pris connaissance, Cinq-Mars eut un violent mouvement de recul, comme on fait quand on aperçoit devant soi une bête venimeuse. Sa respiration devint un grondement rauque ; son exclamation, un long gémissement de rage.

— Monseigneur, cria le jeune favori qui, pendant près d'une demi-minute, s'était tenu haletant et sans dire une parole ; Monseigneur, je demande à être dessaisi de mes charges immédiatement : je ne veux plus servir Louis XIII.

— Eh ! non, s'écria Richelieu avec un mouvement de dépit furieux : le roi ne le permettrait pas.

On aurait difficilement pu rêver situation plus douloureuse et plus inextricable que celle qui unissait ces trois êtres, entre lesquels les rôles du patient, de l'enclume et du marteau, alternaient avec une équité presque admirable.

C'est alors que le cardinal se leva.

— Monsieur, il me reste à vous apprendre toute l'étendue de votre faute, puisque vous ne la connaissez pas encore. Vous dites que vous vous souvenez ce que vous me devez ; mais tous vos actes prouvent que vous l'avez oublié, au contraire. Vous devez vous regarder comme ma créature.

— Votre créature ! moi !

— Et à qui devez-vous le regard du roi, et la fonction que votre insolence déshonore aujourd'hui ? Votre ingratitude ne m'a valu qu'indifférence, lorsque je demandais ; que dédain, lorsque je passais aux ordres.

— Monseigneur, dit Cinq-Mars avec conviction, j'ai refusé de vous obéir, parce que ce que vous vouliez était une trahison.

— Une trahison ? fit lentement Richelieu en relevant un sourcil. Comment l'entendez-vous ?

— Sans doute, dit le Cinq-Mars en se redressant comme si cette idée eût été un soutien solide. J'aurais dû, pour vous complaire, vous rapporter ce que le roi m'aurait permis, soit de voir, soit d'apprendre de sa voix : une telle confidence devant s'arrêter au confident, oublier cette loi aurait fait de moi un traître.

— Ce raisonnement-là n'est pas de vous. C'est un manteau bien opportun pour couvrir votre égarement et votre inconduite.

— Ce que vous proposiez n'en reste pas moins une trahison.

— La trahison, M. le Grand, dit Richelieu en martelant chacun de ses propos, c'est lorsqu'on se refuse à accomplir une mauvaise action, quand cette mauvaise action est nécessaire au bien de l'État. Si vous n'aviez pas le discernement pour comprendre ces choses-là, il fallait du moins avoir celui de ne pas les contrarier. Par-dessus tout, vous avez commis deux fautes presque impardonnables. La première : vous introduisez le trouble, le désordre, la confusion, dans l'esprit du roi, c'est-à-dire chez un être qui devrait vous être sacré, et qui se regarderait comme le premier serviteur du royaume, si je ne devais pas tenir ce rôle moi-même. Votre seconde erreur, M. le Grand, c'est que vous me mettez en colère : erreur qui accuse un plus grand manque d'intelligence que la première.

Richelieu s'interrompit ; il darda son regard en feu sur le jeune homme qui, immobile, suffoqué, ne trouvait rien à répliquer.

— La faveur royale n'a plus rien à vous donner ; en revanche, ma protection vous sera nécessaire jusqu'au bout. Faites donc la paix avec Sa Majesté ; veillez à me satisfaire ; et, en retour, je ferai des efforts pour oublier les désagréments que m'a causés votre insubordination. Il faut que vous renonciez à vos rêves de grandeur, à moins de vous tourner vers qui peut vraiment vous y aider. Mais, ajouta-t-il à mi-voix, si vous avez réellement cru pouvoir posséder un jour la princesse de Gonzague, c'est que vous avez été fou ; et Marie de Gonzague, plus folle encore.

Il dit encore, se tournant vers une petite pendule qui était dans un coin de la pièce :

— Je ne vous retiens plus, M. le Grand ; partez donc, vous êtes sûrement attendu chez le roi.

Moins d'une minute plus tard, on vit Cinq-Mars qui sortait ou plutôt qui courait, tout embrasé d'une colère qui, s'il se fût arrêté, l'aurait laissé pantelant et éperdu ; il prenait en courant le chemin des écuries. Bientôt, il s'élança sur les routes, en abandonnant Rueil.

Seulement, ce ne fut pas pour s'en retourner vers Saint-Germain, comme le croyait le cardinal.

Où il se rendit après cette scène, c'est ce que nous verrons plus tard.

Quant au cardinal de Richelieu, il considérait qu'il avait fait ce qu'il devait pour régler le problème. Déjà, il avait déjà tourné son esprit dans une autre direction : c'était celle de la Catalogne.

Il frappa sur un timbre ; Lathil, fidèle au poste, fit son apparition.

— Étienne, dit le cardinal, va me chercher le chevalier d'Artagnan.

IX

Deux figures de Callot

LATHIL partit au galop dans la direction de Saint-Germain. Là, il apprit que celui qu'il cherchait n'était pas de garde aujourd'hui, mais qu'on le trouverait sans doute à Paris où il avait son logement. Moins d'une heure plus tard, Étienne était dans la capitale.

Il savait déjà où habitait d'Artagnan, quoiqu'il ne s'y fût jamais rendu.

Deux bravoures et deux fiertés comme celles que possédaient d'Artagnan et Lathil étaient fatalement vouées à se rencontrer. Dans le cas de nos deux héros, c'était la guerre qui avait amené leurs chemins à se croiser, et plus précisément la guerre d'Italie qui avait eu lieu après la prise de La Rochelle, et sur le déroulement de laquelle nous avons déjà instruit nos lecteurs dans *Le Sphinx Rouge.*

C'était l'époque où d'Artagnan venait de recevoir sa lieutenance aux mousquetaires, position qui le comblait de joie et dont il ne songeait pas encore à se lasser ; quant à Lathil, il avait momentanément quitté le service des gardes de Richelieu, parmi lesquels il occupait un rang tout semblable à celui de d'Artagnan, pour retrouver celui de capitaine, qu'il s'était déjà acquis par ses faits d'armes dans les Flandres plusieurs années auparavant.

La dissymétrie que ces grades introduisaient alors entre eux, n'empêcha point chacun de reconnaître en l'autre un homme forgé du même métal que lui ; et, comme tous deux estimaient fort l'esprit, l'intelligence et le courage partout où ils les rencontraient, quels que fussent les appartenances ou les fidélités qui leur donnaient une couleur, promesse avait été faite de se revoir après l'Italie, si Dieu leur prêtait vie.

Depuis ces années, Lathil saluait d'Artagnan comme une connaissance, et d'Artagnan retrouvait Lathil, nous ne dirons pas avec régularité, car chaque service avait ses exigences, mais au moins avec une sincérité de laquelle il n'y avait pas à douter.

Il ne fallut à Lathil, entré dans Paris par la porte Saint-Honoré, qu'un peu plus d'un quart d'heure pour rallier la rue des Fossoyeurs, que nous avons déjà présentée dans *Les Trois Mousquetaires*. Mais, si rapide qu'il fût, nous le devancerons de quelques instants, afin d'expliquer brièvement à quoi s'occupait pendant ce temps, au n° 12 de cette même rue, le chevalier d'Artagnan.

La réponse tient en deux mots : à rien.

Dans cette espèce de mansarde, d'Artagnan, presque assis sur l'unique lit de l'unique chambre, un traversin placé sous son dos, tandis que les deux jambes croisées reposaient sur le dessus de lit, n'avait strictement aucune occupation. Son visage était tourné vers la fenêtre, laquelle donnait sur la rue ; mais aucune lueur hivernale, aucune rumeur extérieure, aucun souffle du dehors ne semblait parvenir jusqu'à lui. L'œil éteint, la main pendante, annonçaient un enfoncement des plus profonds : il songeait en effet, mais de la manière dont on songe aux choses inconsistantes ou enfouies, comme le sont ces richesses et ces existences sur lesquelles la mer s'est refermée, et qui se sont abîmées pour jamais.

C'était là le divertissement ordinaire de d'Artagnan lorsqu'il avait congé.

C'était, faut-il y insister, la période de sa vie où d'Artagnan se sentait encore un peu veuf ; où le souvenir de certaine belle mercière venait hanter ses jours, et quelquefois ses nuits ; où, se sentant sans famille, dans cette partie de la France du moins – mais, d'Artagnan paraissant moins Gascon que jamais, il semblait avoir oublié l'endroit d'où il venait –, sans ses anciens amis, il lui arrivait de croire que ses beaux jours étaient désormais derrière lui. Et lorsque, de triste, il se faisait sceptique, ce qui est l'écueil habituel des esprits vifs et railleurs, il en venait à se dire que, ce passé qui s'était écoulé comme un rêve, il n'était plus si sûr qu'il eût vraiment eu lieu. Et sans doute était-ce dans l'espoir de ressaisir quelque lambeau de ce rêve évanoui, que d'Artagnan était resté dans la rue des Fossoyeurs, à proximité des logements que son souvenir, ou que son illusion, associait à ses trois compagnons, rue Férou, rue de Vaugirard et rue du Vieux-Colombier.

C'étaient quatre habitations voisines, et dont la disposition, sur un plan du Paris de ce temps, reproduisait assez exactement la configuration des étoiles qui dessinent, dans le ciel, la puissante épée du chasseur Orion.

Soudain, chose inusitée en ces lieux, un coup fut frappé à la porte de l'antichambre. D'Artagnan, sans autrement se déranger, cria d'entrer.

Après n'avoir trouvé personne pour le recevoir à la porte qui donnait sur la rue, après n'avoir rencontré ni valet ni maître à l'appartement du dessous, après avoir découvert seul le passage qui menait au logis de d'Artagnan, Étienne Lathil, puisque c'était lui, ne croisa pas âme qui vive pour l'annoncer à celui qu'il venait voir. C'est ainsi que le lieutenant des gardes fit son entrée chez le lieutenant des mousquetaires, qu'il trouva dans la position que nous avons déjà décrite.

D'Artagnan dut se tortiller sur son lit pour s'assurer de l'identité de celui qui s'était introduit dans sa thébaïde.

— Ah ! c'est vous, Lathil !

— Moi-même, en effet, dit Étienne en rendant à d'Artagnan le salut que celui-ci, tout couché qu'il fût, lui avait adressé.

En dépit de cet accueil, qui avait été le plus gracieux possible, Lathil demeura sur le seuil de la pièce, depuis lequel il observait les localités avec circonspection.

— Je vous dérange, sans doute ? demanda-t-il.

— Pas le moins du monde, Lathil. Donnez-vous donc la peine d'entrer complètement, puisque vous avez pris celle de monter jusqu'ici.

— Je vous trouve seul au logis ?

— Mais oui.

— « Seul », je m'entends ; car, vous devez bien avoir un domestique ?

— Oui ; au fait, l'avez-vous vu ?

— Moi ? certainement pas.

— Ah ! tant mieux.

— Comment, tant mieux ?

— Sans doute ; je l'envoie faire une course toutes les fois que je vois sa tête, qui ne me revient pas.

— Pourquoi ne pas lui donner tout simplement son congé ?

— C'est qu'il est passablement serviable dans le reste du temps.

— Il se nomme… ?

— Ma foi ! vous en savez presque autant que moi : j'oublie son nom une fois sur deux.

— Il m'a également semblé voir que vous échappiez à la profonde disgrâce d'avoir des voisins.

— En effet : l'appartement au-dessous du mien est demeuré inoccupé.

— La raison ?

— Ce n'est pas moi ; seulement, on prétend qu'il porte malheur.

— Bénédiction ! Je n'aurais plus qu'à apprendre que vous êtes exempté de l'obligation de voir le visage de votre propriétaire de temps à autre, pour vous croire le plus fortuné des mortels ?

— C'est, hélas ! une exemption que je n'ai pas. Mais, j'ai une chance : il est fort complaisant.

— Ah ? et de quelle façon ?

— Il faut d'abord que vous sachiez que le précédent maître des lieux a disparu d'une manière que nous qualifierons d'inexpliquée.

— Bon.

— Eh bien, le nouveau propriétaire n'est autre que l'héritier de ce disparu-là ; il paraît que c'en était un parent éloigné. De sorte qu'avec les biens, meubles et immeubles, dont il ne savait déjà que faire, il a hérité du chevalier d'Artagnan, et le chevalier d'Artagnan ne lui a point paru plus remuant ni plus encombrant que tout ce qui était déjà tombé dans son escarcelle : aussi l'a-t-il gardé avec le reste.

— Moyennant espèces comptées fidèlement chaque mois, je suppose ?

— Naturellement ; mais là se borne son intérêt pour la rue des Fossoyeurs, avec ce qu'elle contient de vivant et de non vivant. Comprenez-vous ?

— Ventre-saint-gris ! Je comprends, et même à la perfection, dit Lathil. De sorte que vous passez le plus fort de vos congés…

— Dans une maison où je pourrais ne pas voir âme qui vive trois cent cinquante-deux ou trois cent cinquante-trois jours par an. Le roi lui-même, mon cher, n'a pas une paix aussi royale, et la rue des Fossoyeurs porte fort bien son nom.

Étienne ne répondit que par un sourire qui pouvait à bon droit passer pour une grimace.

Pendant qu'il s'avançait, il entendait résonner le bruit de ses bottes de cavalier sur les carreaux qui recouvraient partout le plancher ; partout, sauf en un coin où, sous un carreau mal remis en place, on pouvait voir que ce plancher avait été gratté. Cela témoignait, au moins, de quelque mystérieuse occupation dans cette partie-là de la pièce ; mais un examen plus attentif révélait que cette occupation remontait à des temps presque immémoriaux, et qu'on avait seulement négligé de remettre en place tout le dispositif.

Il décida de borner là ses observations topographiques.

— Savez-vous, lieutenant, que je m'étonne d'une chose ? dit Lathil en se tournant vers d'Artagnan.

— Laquelle ?

— C'est, répondit tranquillement Étienne, que vous n'avez pas daigné bouger de votre place, depuis que j'ai fait mon entrée chez vous.

— C'est vrai, et j'espère que vous me pardonnerez ces manières un peu frustes ; mais, que voulez-vous ? répliqua d'Artagnan. Lorsque j'ai un congé, lorsque aucune guerre ne vient me chercher dans mon trou, je deviens paresseux comme un lézard.

— C'est bien ce que vous dites ; et cependant je n'en crois rien.

— Bah !

— Tellement, que je suis parfaitement sûr que tout cela n'est qu'un jeu, et que vous mourez tout simplement d'envie de savoir ce que j'ai dans ma poche.

D'Artagnan fronça les sourcils ; il s'aperçut qu'en effet, il avait négligé d'interroger Lathil sur le pourquoi de son irruption chez lui.

— Eh bien ! fit-il, je vous le demande, puisque vous y tenez ; seulement, je vous préviens, mon ami, vous perdez votre temps.

— Vraiment ? Et pourquoi cela ?

— Parce que je présume que vous avez envie de m'entraîner quelque part ; or, j'ai congé pour aujourd'hui, aussi ai-je résolu de passer toute la journée dans cette pièce. Et quoique j'aime beaucoup porter la contradiction aux autres, je ne suis pas si sot que de me la porter à moi-même, surtout, vous en conviendrez, pour une question d'une pareille importance.

— De sorte que vous ne bougerez pas d'ici ?

— Parbleu !

— Et ce, quel que soit ce que je puis vous présenter ?

— Eussiez-vous, je vous le jure, une mise en demeure de la part du diable en personne.

— Voyez le fourbe ! qui feint de n'être pas intéressé, et qui devine du premier coup. J'ai presque ce que vous avez dit : un ordre écrit du cardinal.

— Ouais ! fit d'Artagnan dont l'œil s'était soudain élargi. Du cardinal !

— Qui a bien voulu penser à vous, comme vous le saurez bientôt.

— Comment cela, comme je le saurai bientôt ?

— Sans doute, puisque j'ai ordre, non seulement de venir vous trouver de sa part, mais de vous ramener jusqu'à lui.

— Moi ! à lui ! Et vous a-t-il donné une raison, Lathil ?

— Pas du tout ; dans cette affaire, je suis le modeste exécutant, et voilà tout.

Une seconde, c'est tout ce que réclama la solide constitution de d'Artagnan pour se ressaisir ; et puis soudain, comme sous la brusque détente d'un ressort en acier, d'Artagnan jaillit de son lit et se mit à arpenter sa chambre, par laquelle, nous avons omis de le dire, il avait éparpillé tous ses effets.

Il ramassa ses bottes avec assez de flegme ; lorsqu'il passa son ceinturon, auquel il n'oublia point de placer son épée, le geste fut un peu précipité ; quand il saisit son chapeau, c'était déjà un autre homme. Quelque chose lui gonflait la gorge et l'empêchait de parler ; mais le son que rendirent ses éperons sur le carreau, mais le cliquetis de son épée contre le mur, et jusqu'à l'agitation de la plume de son feutre, étaient autant de langages différents qui n'articulaient qu'un seul mot ; et ce mot était : *enfin !*

— Avez-vous un cheval ? demanda Étienne, qui avait suivi avec intérêt tous ces préparatifs.

— Certainement ; du moins, s'il n'a pas eu la fantaisie de me quitter pour un autre depuis la dernière fois que je m'en suis servi.

— À la bonne heure.

— Et s'il n'est pas trop rouillé, j'espère bien faire sans encombre la route jusqu'au Palais-Cardinal.

— Au Palais-Cardinal ! Par mon saint patron, mais vous n'y êtes pas du tout ! C'est à Rueil que je vous conduis.

— Ah ! aujourd'hui le cardinal est à Rueil ; je l'avais oublié. Heureusement que vous êtes là, mon cher.

Lathil ne répondit rien et sortit.

Au moment de le suivre, d'Artagnan se rendit compte qu'il avait été sur le point d'oublier une autre chose essentielle, et qui l'était même davantage que la précédente.

Il revint en arrière et enfila sa casaque de lieutenant des mousquetaires.

Ce pouvait être, si l'on voulait, une pique à l'endroit de Richelieu que de lui rappeler que l'on servait un corps qui n'avait pas l'heur d'être fort ami des amis de Son Éminence ; mais, puisque c'était au cardinal lui-même que d'Artagnan devait d'avoir revêtu cette casaque, la porter devant lui n'était pas non plus de trop mauvaise politique.

Cinq minutes après, les deux cavaliers prirent la direction de la porte Saint-Honoré, à partir de laquelle ils s'élancèrent hors de Paris, pour dévorer les lieues qui les séparaient de Rueil. D'Artagnan constatait non sans plaisir que sa monture filait à aussi bonne allure que celle de son compagnon, malgré les inquiétudes qu'il avait exprimées à son endroit.

On suivit sans obstacle la route que Lathil avait prise à l'aller, au milieu de la campagne enneigée, qui s'étendait blanche et pure tout autour d'eux.

Lathil et d'Artagnan, après avoir pénétré dans l'enceinte du parc de Rueil, où ils laissèrent leurs montures, entrèrent dans le palais et traversèrent les pièces qui les séparaient de l'appartement de Richelieu.

Ces deux hommes s'avançaient côte à côte et du même pas martial ; c'étaient deux figures fières et brunes, au profil dur, à l'œil étincelant, à la moustache relevée, et la main au pommeau d'une longue épée qui leur battait les flancs. L'âge seul, extérieurement, pouvait mettre une vraie différence entre eux, puisque Lathil avait presque vingt ans de plus que d'Artagnan. À cela, bien sûr, il fallait ajouter la casaque, qui signalait que l'on avait affaire, dans un cas, à un mousquetaire gris, et dans l'autre, à un mousquetaire noir.

Il va sans dire qu'en pareil lieu, l'habit de d'Artagnan n'était pas sans faire naître sur son passage une nuée de regards et de gestes chargés d'intentions hostiles ; mais la ferme expression d'Étienne eût sans peine imposé le respect à ceux que n'aurait pas déjà retenus l'éclair fort éloquent qui brillait alors sur la figure de notre héros.

Les deux lieutenants atteignirent l'antichambre, où on leur dit qu'il leur fallait attendre.

Tout en marchant, tout en lançant des éclairs, d'Artagnan n'avait pas oublié d'observer ces lieux nouveaux pour lui ; et c'est cette activité qu'il reprit, aussitôt que l'attente qu'on lui imposait lui en redonna le loisir.

— Me direz-vous à quoi vous pensez ? lui demanda Étienne.

— Eh bien ! je constate, d'abord, que le duc de Richelieu a le goût toujours aussi sûr, et je ne me rappelle pas avoir vu un pareil mélange de splendeur et de sobriété depuis que j'ai eu l'heur d'étudier l'intérieur du Palais-Cardinal. Seulement, j'ai aussi à m'affliger, Lathil, que le cardinal, puisqu'apparemment il se souvenait que j'existais, ait autant tardé avant de me faire découvrir un endroit de si bon goût.

— Je comprends ce que vous voulez dire ; mais, ventre-saint-gris ! avouez qu'il en va aussi un peu de votre faute.

— Pourquoi de ma faute ?

— Parce que vous avez négligé qu'un homme tel que vous est toujours précédé de sa réputation, et qu'il faut, de toute nécessité, que cette réputation le serve, ou bien qu'elle le desserve ; et convenez qu'entre ces murs, la vôtre ne pouvait pas vous rendre précisément service. Car, si l'on sait ce que vous avez fait pour le roi, il y a tout ce qu'on ne sait pas au sujet de la reine ; est-ce que vous n'auriez pas agi, voyagé, conspiré pour elle ?

— Vous croyez donc, Lathil, fit d'Artagnan rêveur, que le cardinal serait homme à être rancunier pour ces fantômes-là ?

— Je pense que non seulement il peut l'être, mais surtout que, avant vous, il préfèrera mille fois utiliser des hommes dont la fidélité n'a pas montré un pareil écart.

— Mais, en parlant d'écart, vous-même, Lathil, avant d'être à Richelieu, n'aviez-vous pas servi autrefois le comte de Moret ?

— Que voulez-vous dire ?

— Parbleu ! rien de plus que ce que je vous dis. Il était fils du roi Henri, c'est vrai ; mais il était aussi fils de Jacqueline de Breuil, et, si je me souviens bien, sa position particulière l'a incité à de certaines libertés d'action qu'on n'eût pas tolérées chez un autre qu'un prince de sang.

— Vous faites doublement erreur, répliqua Lathil assez vivement, tandis qu'une ombre passait dans son regard. D'abord, je n'ai pas quitté Richelieu pour me mettre aux ordres du comte de Moret : c'est le cardinal qui m'a autorisé à commander sous lui, pour ces batailles d'Italie où nous avons été, vous et moi. Ensuite, ce prince, que j'aimais, il est vrai, était franc et loyal : franc en temps de paix, loyal en temps de guerre. S'il a fini, par conspirer contre le cardinal, qui avait de l'amitié pour lui, c'était par une sorte d'entraînement chevaleresque, qui prouve sa bravoure bien plus qu'elle ne la dément ; et il me semble que l'on doit déjà assez de respect à un homme qui, dans sa rébellion, est tombé au côté d'un Montmorency en criant : « Vive le roi ! », pour ne pas s'exposer à ce qu'on vous rappelle que c'est du frère de ce roi que vous parlez.

— Un frère du roi, Lathil, qui a agi contre lui ; étourdiment et bravement, peut-être bien, mais enfin, il l'a fait, comme la reine avant lui, et peut-être, en même temps que lui. On ne vous en fait point de reproche, à vous, qui aviez eu l'esprit de déclarer votre fidélité à Richelieu à temps, et qui n'avez presque jamais servi Moret que lorsqu'il servait aussi la politique du cardinal ; mais pour moi !... Convenez cependant que voilà une faute bien légère, parce qu'elle est bien ancienne, que l'on reproche à l'homme que je suis aujourd'hui.

— *Andar calzato fra le spine*, prononça sentencieusement Lathil, qui savait l'italien.

— Ce qui veut dire ? demanda d'Artagnan, qui ne le savait pas.

— Que lorsqu'on veut marcher dans les épines, il faut prendre ses précautions. Mêlez-vous de servir un grand, quel qu'il soit, au milieu de ce nid d'intrigues qu'on appelle la cour, et, à moins de quelque sortie éclatante, c'est à ce grand que vous verrez votre sort lié pour toute votre vie.

— C'est encore plus vrai, dit d'Artagnan, quand on a le malheur de servir en ce temps-ci, où toutes les humeurs royales ont la couleur de l'orage, où la pluie n'épargne pas plus ceux qu'aime le roi, et qui sont si rares, que ceux qu'il n'aime pas. Vrai ! que la cour est triste !

Et il soupira.

X

Douze ans après

L'HUISSIER revint et indiqua à d'Artagnan de le suivre.

Le mousquetaire se retourna une dernière fois pour saluer Lathil, et entra d'un pas leste dans le bureau du cardinal, où l'huissier le laissa, au milieu d'un grand silence.

Ce ne fut pas sans un léger frisson que d'Artagnan se retrouva devant cet homme dont le caractère inflexible et la puissance morale avaient déjà à maintes reprises traversé sa destinée. Un coup d'œil lui suffit pour apprécier le regard sûr, le front impérieux, le poignet solide de celui qui pouvait être le maître, non seulement de la France, mais de l'Europe entière ; toutefois, ce même coup d'œil montrait à d'Artagnan le gantelet de fer qu'il portait sous son habit, comme il lui avait montré la présence redoublée des gardes en habit rouge, et qui avaient possiblement leur rôle à jouer dans cette impression de maîtrise et de sûreté qui enveloppait comme une mante le ministre de Louis XIII.

De son côté, le cardinal ne voyait pas d'Artagnan, ou plutôt feignait de ne pas le voir ; il était occupé à relire une dernière fois la dédicace d'un homme de lettres qui demandait, pour les enfants de son génie, la glorieuse protection de Son Éminence.

Seulement, cet homme avait commis une faute de goût, ce qui est peu pardonnable chez un poète, à plus forte raison chez un poète aspirant stipendié ; car il avait donné à celui dont il sollicitait la bienveillance le titre de *héros.*

Richelieu raya l'expression d'un trait de plume, et, à la place, écrivit : *demi-dieu.*

Ce ne fut qu'alors qu'il écarta ostensiblement le manuscrit, et qu'il fixa son œil d'aigle sur d'Artagnan.

Cette physionomie lui apprenait tout ce qu'il voulait savoir ; il y lisait l'ennui de plus d'une décennie.

Pendant un instant, ces deux intelligences s'observèrent sans se parler.

— M. d'Artagnan, dit soudain Richelieu du même ton que s'il lui eût parlé pour la dernière fois quelques heures auparavant. Je suis bien heureux que vous ayez consenti à vous rendre à mon appel.

— Votre Éminence, dit d'Artagnan en s'inclinant, me comblera chaque fois qu'elle aura le bonheur de se souvenir de moi.

— Vous m'avez assuré, il y a bien longtemps, que votre vie m'appartenait, et que je pouvais en disposer comme il me semblait bon ; vous souvenez-vous ?

— Monseigneur jugera si j'ai changé dans mes dispositions à son égard.

— Que savez-vous, dit le cardinal, qui ne voulait pas perdre de temps, sur le sujet de la Catalogne ?

— La Catalogne ?

— Oui. Je veux parler de la situation qui est celle de la France dans ses relations avec elles.

— Je ne cèlerai point à Votre Éminence que je n'ai pas pour principe, hélas, de suivre avec grand soin les campagnes qui ne peuvent pas me concerner ; et d'ailleurs, j'en fis si peu ces dernières années, que j'ai été fort près de penser que je n'en ferais plus.

— Les campagnes auxquelles vous prîtes ou ne prîtes point part, monsieur, sont du ressort du roi, et non du mien.

Quoi qu'il en fût, j'aurais pourtant de la peine à croire qu'un homme tel que vous aurait négligé l'occasion de s'instruire sur des faits d'armes sur lesquels toute l'Europe arrête son regard en ce moment.

— Ma foi ! peut-être bien y a-t-il du vrai dans ce que dit Votre Éminence ; et cependant, ne pourrais-je pas, moi, chétif, négliger ou alors oublier de temps à autre ces choses et ces événements qui s'accomplissent en si grand nombre sous le soleil ? C'est chose si commune que l'oubli, Monseigneur.

— Et que faudrait-il à votre mémoire, M. d'Artagnan, pour qu'elle se montrât un peu moins capricieuse ?

— Dam ! je ne sais ; mais, si j'osais…

— Osez donc, M. d'Artagnan ; osez.

— Je songeais à une assurance que cette mémoire ne serait pas sortie en vain de son long sommeil, à quelque chose comme un dessein matériel et tout concret, enfin, et dans lequel votre serviteur aura un rôle à jouer.

— Considérez, M. d'Artagnan, que cette assurance, vous l'avez ; j'ai un projet vous concernant, et ce projet, vous le saurez. À présent, veuillez répondre à la question que je vous ai faite tout à l'heure sur la Catalogne.

— Eh bien ! sans m'y être intéressé tout à fait, ainsi que j'ai eu l'honneur de le dire à Monseigneur, je crois pourtant savoir que la Catalogne est l'amie de la France, quoique les Catalans ne l'entendent pas tous de cette oreille ; que l'Espagne, devenue l'ennemie de sa province, a repris Tolosa sur les Catalans rebelles ; que le comte d'Espenan, envoyé pour commander sur place à quatre mille Français, s'est entendu avec l'Espagnol pour lui rendre Tarragone sans coup férir ; et que, pour remédier à la situation, Sa Majesté a fait partir là-bas le comte de La Mothe-Houdancourt, lequel aura beaucoup à faire, puisqu'il devra se battre contre les Espagnols qui en veulent aux Catalans, c'est-à-dire presque tous, et contre la minorité des Catalans qui en veulent aux Français.

— Il est heureux que la mémoire vous soit revenue, M. d'Artagnan ; car je n'ai plus à vous apprendre que deux ou trois choses. L'Espagnol a certes repris Tolosa, mais nous avons emporté Montjuich, qui défend Barcelone ; et La Mothe-Houdancourt, que vous croyez seulement parti, est arrivé sur place il y a peu.

— Puisque nous voilà instruits tous les deux, Monseigneur, vous sur ma mémoire et moi sur la Catalogne, Votre Éminence consentirait-elle à me dire ce qu'elle attend de moi ?

Le cardinal prit alors ce ton froid et détaché qu'il lui arrivait d'affecter en traitant de matières d'importance.

— Il y a lieu de croire qu'on a besoin à Barcelone d'un homme tel que vous.

— Votre Éminence m'envoie en Espagne ? s'écria d'Artagnan dans les yeux duquel passa un rayon de joie.

— C'est ce que je viens de dire, il me semble. Vous devez cela à une requête du comte de La Mothe-Houdancourt en personne ; car c'est lui qui vous réclame.

— La Mothe-Houdancourt ?

— Oui.

— Il est cependant impossible qu'il me demande personnellement : je ne le connais point.

— Aussi ne donne-t-il pas votre nom. Seulement, d'après ses dires, il lui faut un soldat qui sache l'espagnol, ce qui s'applique à presque tous ceux qui ont servi en même temps que vous ; mais aussi un soldat dont on eût pu éprouver la valeur et l'intelligence, un homme à la fois de cœur et d'esprit.

— Je dois cependant avouer que je reste fort étonné, Votre Éminence.

— Étonné ! et de quoi ?

— Mais, que des qualités que j'ai le bonheur de posséder puissent paraître si nécessaires et si considérables à un homme qui ne m'a jamais vu, et qui veut les employer en Espagne, alors qu'elles m'ont valu si peu de considération dans mon propre pays.

— Et moi, je crois que vous faites erreur, M. d'Artagnan. Songez qu'une série d'incidents, remontant à 1625 ou 1626, vous rendit indésirable – d'aucuns diraient gênant – pour les affaires que j'avais à traiter. Un homme moins impatient que vous eût compris que c'est à ces mêmes qualités dont vous déplorez l'inutilité, qu'il devait sa sauvegarde et sa conservation. Les demandes du comte, qui ne sont jamais vaines, me donnent aujourd'hui raison, et la part que j'ai eue dans votre élection devrait suffire à vous dire que je suis heureux qu'il en soit ainsi.

Après un tel compliment, il n'y avait qu'à se rendre ; aussi d'Artagnan s'inclina de nouveau.

Il était bien loin de s'attendre à ce que prononça ensuite Richelieu, et qui le laissa ébahi :

— D'autant qu'il y avait une dernière condition, absolument indispensable, parmi celles dont m'avait fait part La Mothe-Houdancourt : c'est que celui qu'on lui enverrait fût gascon.

— Un Gascon !

Comme nous croyons l'avoir déjà dit, cette qualité brillait si faiblement aux yeux de notre héros, qu'autant valait dire qu'elle avait disparu : aussi l'importance qu'un autre lui donnait ne lui procurait-elle pas une moins grande surprise que celle qu'il avait déjà exprimée à Richelieu ; une plus grande, peut-être.

— Ainsi, reprit le cardinal, vous voyez bien que, pour une raison ou pour une autre, vous étiez tout désigné pour la mission que l'on s'apprête à vous confier.

— C'est que je commence à comprendre ; mais il y a là une énigme que me pose Votre Éminence, à moins qu'elle n'ait la bonté de l'éclairer pour moi ?

— C'est un soin que je laisse au comte, qui sera moins susceptible d'erreurs et d'approximations que moi. Vous êtes chargé de retrouver La Mothe-Houdancourt à Barcelone le plus tôt que vous pourrez, avec ce pli que vous lui remettrez de ma part. Vous vous conformerez aux instructions précises que le comte jugera bon de vous donner.

— Comment atteindrai-je Barcelone ?

— Par le plus court moyen, c'est-à-dire par la mer. Vous vous rendrez à Marseille, et là, vous embarquerez directement pour la Catalogne.

— Fort bien ; il ne me reste plus qu'à vous demander le nom du vaisseau, Monseigneur.

— Il ne m'en souvient plus, fit le cardinal qui, après avoir paru consulter sa mémoire, s'était pincé les lèvres par dépit ; mais c'est ce que je vous dirai incessamment.

Richelieu frappa sur un timbre ; une porte sur le côté s'ouvrit, et un homme parut.

D'Artagnan avait tourné la tête dans la direction de cette porte, puis de cet homme, avec une vivacité et même une ardeur qui n'avait point échappé à Richelieu. Toutefois, lorsque le secrétaire Boisrobert pénétra dans la pièce, le visage du mousquetaire n'affichait plus qu'une complète indifférence.

Boisrobert remit silencieusement un papier à Richelieu, et sortit.

— Le vaisseau que vous devez emprunter a nom *La Dauphine*, dit le cardinal après avoir jeté un coup d'œil sur le papier. Et, puisque vous cherchez le comte de Rochefort, à l'égard duquel, je n'en doute pas, vous êtes animé des meilleures intentions, je dois vous apprendre que le comte n'est pas ici, qu'il n'est pas même à Paris en ce moment, et qu'il n'y a donc guère de chance que vous le revoyiez avant votre départ. Voilà tout ce que je puis vous dire à son sujet.

— Diable d'homme ! se dit d'Artagnan. Il a tout deviné.

Rochefort, on se le rappelle, c'était l'âme damnée du cardinal, celui dont d'Artagnan avait fait son antagoniste, comme il avait fait de d'Artagnan le sien ; Rochefort, que d'Artagnan mettait de moitié dans des événements qui avaient eu de si sinistres conséquences pour lui, et qu'il avait déjà traversé de deux coups d'épée, en attendant l'occasion de lui en asséner un troisième.

— Allez, monsieur, dit Richelieu ; je vous remets encore ce papier que l'on vient de m'apporter, et qui vous servira à montrer au capitaine de *La Dauphine* que vous êtes bien celui qu'il attend. Prenez aussi cette bourse, qui contient trois cents pistoles. Le reste ne dépend plus que de vous. Je ne crois pas avoir besoin de vous recommander la discrétion.

— Votre Éminence me fixe-t-elle une date pour revenir, au cas où elle aurait besoin de moi ?

— Non, M. d'Artagnan. Parce que si l'on est content de la manière dont vous aurez mené à bien ce que le comte vous confiera, et si les événements tournent comme je l'espère, on vous chargera d'une seconde mission après la première, qui vous conduira dans un autre endroit en Espagne que je ne puis encore vous révéler.

D'Artagnan s'inclina une fois encore.

— Quand partirai-je ?

— Mais, immédiatement, si vous le pouvez. À moins qu'il n'y ait un obstacle à ce départ ?

— J'en vois un.

— Lequel ?

— Ne dois-je d'abord en avertir M. de Tréville, qui…

— Qui, interrompit le cardinal avec un geste de la main, en a déjà été avisé.

— Je reconnais là les façons de faire de Votre Éminence.

Pendant un instant, Richelieu, les mains jointes, parut étudier d'Artagnan, avec l'air d'un homme qui se demande s'il va gagner ou perdre à livrer le fond de sa pensée.

— M. d'Artagnan, dit-il enfin, je ne doute pas qu'un homme de vos talents s'y connaît en fortifications ; ni qu'il sait que la première qualité qu'on demande à ces sortes d'ouvrages, c'est la solidité ?

— Si fait, Monseigneur.

— Que se passerait-il, selon vous, si l'on devait employer, pour édifier ces murailles, une maîtresse pierre qu'on soupçonnerait d'être moins solide que les autres ?

— En ce cas, je ne donnerais pas cher de tout ce qui passerait auprès de ces murailles, Votre Éminence.

— Ni, je suppose, de ce qui passerait dessus ?

— Encore moins.

— Eh bien ! un ministre tel que moi ne peut avoir la prétention de bâtir des œuvres pour l'État, encore moins d'édifier, en son nom, des monuments appelés à défier l'avenir, sans avoir éprouvé mille fois au préalable que ce dont il se sert ne lui manquera pas ou ne se brisera pas, ni sous ses mains, ni sous son pied. La requête de La Mothe-Houdancourt vous fournit l'occasion de montrer que vous êtes homme dont on puisse faire fond sur la solidité ; tâchez de la saisir et de vous en rendre digne. Vous allez aborder prochainement sur une terre qui, quoique rebelle, n'en a pas moins appartenu au roi de toutes les Espagnes, qui essaie de la reconquérir. Or, ce roi a une sœur, comme vous le savez.

— Si j'ai bien deviné ce que s'apprête à me dire Son Éminence, qu'il me soit permis de la devancer, en disant que la sœur de ce roi est aujourd'hui reine de France.

— Exactement. Je ne doute pas que, malgré l'ennui de vos années passées, votre cervelle soit toujours si féconde en idées ; aussi, puisque je ne puis pas vous empêcher d'avoir ces idées, vais-je néanmoins tenter de vous mettre en garde contre l'emploi que vous seriez tenté d'en faire. Je serais véritablement au regret, mon cher M. d'Artagnan, d'avoir à vous compter parmi les ennemis de la couronne. Nous sommes en guerre : pour allumer les soupçons d'un ministre du roi, une étincelle suffit.

— Je ferai de mon mieux pour donner tort aux soupçons de Son Éminence.

— Allez, monsieur, déclara enfin le cardinal avec une nonchalance toute royale ; et méditez à tout ce que vous serez en droit de me demander si vous rentrez.

Le mousquetaire sortit avec un sourire sur les lèvres, et, dans le cœur, tous les sentiments que l'on peut imaginer.

Son ambition se s'était trouvée clouée au sol depuis trop longtemps ; mais les dernières paroles de Richelieu venaient de lui redonner des ailes.

Il y avait presque plus inusité encore ; c'est que d'Artagnan avait une bourse ronde.

Aussi s'éloigna-t-il du château sans prendre la peine de se retourner, encore moins de considérer le domaine, dont il n'avait pu se faire une idée exacte ni de l'étendue, ni de la disposition, d'autant que la neige masquait une partie du paysage. Ce fut peut-être une faute chez d'Artagnan, d'ordinaire excellent observateur, parce qu'il était excellent tacticien, et que, les grands étant ce qu'ils sont, il n'est jamais mauvais de savoir où ils vivent et comment ils s'y tiennent ; mais son état d'esprit excusait cette étourderie.

Tout au plus put-il se dire, tout en faisant route vers Paris, qu'il n'avait point revu Lathil, sans doute appelé ailleurs par les nécessités du service ; et cette pensée, comme si elle l'eût tirée par une chaîne invisible, fit venir celle de Rochefort, qu'il eût, plus encore que Lathil, souhaité revoir avant de partir pour l'Espagne.

Quand il fut de retour chez lui, arranger ses préparatifs fut l'affaire d'une minute. Puis il s'achemina vers l'hôtel de Tréville.

D'Artagnan jouissait de la confiance et de l'amitié du capitaine, qui veillait sur tous ses hommes avec un soin paternel ;

il avait, de surcroît, l'avantage que confère l'écoulement des années : aussi fut-il introduit en un instant auprès de lui.

Il trouva son chef dans des dispositions pour le moins irritables, le visage sombre, l'œil en feu, et frappant du bout de sa botte sur le parquet.

Il tenait, objet visible de son irritation, une lettre entre ses doigts.

— C'est vous, lieutenant, répondit-il avec familiarité au salut que lui fit d'Artagnan. Il paraît que l'on vous envoie quelque part.

— C'est vrai ; je viens moi-même d'en être averti, monsieur.

— Il paraît, continua Tréville dont l'irritation se muait en colère, il paraît que l'on vous soustrait à mon commandement, sans me dire la raison, sans me consulter, sans me prévenir, si ce n'est au moment où l'on voit que l'on ne peut plus l'éviter.

D'Artagnan ne répondit rien.

— Ah ! un beau coup que voilà ; nos soldats ont bien besoin de se porter en Catalogne, vraiment ! Inutile avec moi, ajouta-t-il en voyant l'étonnement de d'Artagnan, de feindre ou de dissimuler ; je vous rappelle que je vois le roi chaque jour, et que Sa Majesté me fait l'honneur de m'estimer assez pour me permettre de voir dans quelle direction va le vent qui gonfle les voiles de ses pensées, surtout lorsque ce souffle provient du cardinal en personne. Ah ! le souffle mauvais ! Ah ! le souffle maudit ! Nous voilà avec une nouvelle guerre sur les bras ; et une guerre, grand Dieu ! contre le roi d'Espagne, ce qui n'est pas une nouveauté, mais surtout contre un peuple, ou du moins contre ceux qui ont assez de bon sens pour ne pas vouloir de nous. Si votre départ avait eu pour motif une campagne ordinaire, je vous aurais envié ; mais puisque c'est pour une cause aussi regrettable que celle-là, laissez-moi vous dire que je vous plains de tout mon cœur.

Il eût été vain, et même dangereux, de chercher à interrompre M. de Tréville, qui, pour dire le vrai, ne discourait plus : il vociférait, en s'agitant, en faisant les cent pas, en laissant libre cours à l'exécration qu'il vouait au cardinal, laquelle n'était un secret pour personne et n'avait fait que croître avec les années passées.

À la fin, il dit avec un soupir :

— À votre âge, le service est toujours bon ; prenez-le, puisqu'il vous tente : seulement, gardez-vous bien des pièges que vous aurez en chemin.

— Aussi, monsieur, réitéra d'Artagnan, venais-je pour prendre congé de vous. L'on m'avait bien dit que vous aviez été informé : cependant j'aurais regardé comme une faute de ne pas vous saluer avant mon départ.

— Mon cher ami, s'écria Tréville dont la colère avait fondu à ces paroles, dites-moi s'il y a encore quelque chose que je puis faire pour vous. Je ne vous parlerai point d'argent, puisque je vois que vous n'en manquez pas ; mais faut-il encore que je prévienne quelqu'un en votre nom ?

— Personne, monsieur ; il n'y avait que vous.

— Je compte donner votre compagnie à M. de Cambon en votre absence. Est-ce que cela vous agrée ?

— Je m'en remets entièrement à votre jugement.

— Alors, dit Tréville en s'avançant et en lui serrant affectueusement la main, il ne me reste qu'à vous souhaiter un bon voyage ! Vous êtes un homme brave et résolu ; j'espère bien pouvoir célébrer avec vous le jour où le tyran ne sera plus au pouvoir. Revenez-nous vite.

Au moment où il se tournait pour sortir du bureau de M. de Tréville, les yeux de d'Artagnan se posèrent sur une fenêtre qui donnait sur la rue ; c'était la fenêtre par laquelle, au terme de sa première rencontre avec le capitaine, il avait eu le malheur d'apercevoir Rochefort, ce qui l'avait entraîné à courir après lui : malheur auquel il devait de s'être jeté dans les bras, de façon successive, et, parfois, plus que métaphorique, du sage et noble Athos, du gigantesque Porthos et de ce fin prélat d'Aramis ; malheur sans lequel, en somme, il eût fallu s'en remettre, pour cette triple rencontre qui devait être si féconde en aventures, en dévouements et en amitiés, à des divinités d'un aspect moins farouche et d'une nature moins terrestre que le comte de Rochefort.

Quand il se retrouva dans l'escalier, d'Artagnan descendit quelques marches d'un air songeur.

— Où sont-ils, mes amis, à l'heure qu'il est ? Athos doit rayonner dans un de ses châteaux, à moins, par malheur, qu'il ne soit occupé à moisir au fond d'une de ses caves ; Aramis est, sans nul doute, enfermé dans un monastère ; quant à Porthos… quant à Porthos… je crois bien qu'il s'est marié avec un coffre à écus. Baste ! je ne sais pas, à tout prendre, si ma destinée n'est pas aussi absurde qu'aucune de ces trois-là.

Et, après cette pensée, d'Artagnan se remit à avancer.

Il n'avait pas fait deux pas dans la cour, qu'une nouvelle réflexion succéda à la première ; preuve que les idées viennent quelquefois en marchant.

— Ainsi je m'en vais en Espagne, avec l'aval du cardinal ; ce qui ne peut manquer d'être meilleur que de courir en Angleterre sans lui, d'abord parce que l'Angleterre est un fâcheux pays, où j'espère bien que je ne mettrai plus jamais les pieds ; ensuite, parce qu'*il paraît*, comme dirait M. de Tréville, qu'il y a des récompenses à aller cueillir dans ces paysages secs. Ma foi, puisqu'on m'y invite, allons ramasser.

Cette deuxième idée parut définitive à d'Artagnan ; et néanmoins, une fois qu'il fut monté à cheval, il donna l'étonnement aux palefreniers de l'hôtel de Tréville qui lui avaient approché son cheval, au lieu de piquer immédiatement, de demeurer en selle avec les yeux levés, comme s'il eût voulu consulter le ciel.

— Ah ! murmura-t-il, peut-être que j'aurais dû, avant de quitter le Sud, méditer vingt fois ces mots que répétait souvent ma mère : *On ne sait jamais ce qui peut arriver*. Et, ma foi ! maintenant que je les ai retrouvés, ces mots-là, je ferais bien de ne pas les perdre. Qui sait ? c'est peut-être la seule chose qu'il me restera dans la poche au bout du compte.

Et puisqu'il lui semblait que ce qu'il venait de prononcer convenait à merveille pour un départ, il résolut de ne pas différer ce dernier plus longuement.

L'instant d'après, il quittait Paris au galop par le faubourg Saint-Marcel.

Le soir même, il couchait à Villeneuve-Saint-Georges, qui était sa première étape.

XI

L'ami

Nous avions laissé M. le Grand au moment où celui-ci quittait au galop le domaine de Rueil après son entrevue orageuse avec le cardinal.

Son ressentiment inspira à Cinq-Mars quelque chose comme une révolte ; l'idée de reparaître devant le roi devenait insupportable. Aussi, au lieu de repartir à Saint-Germain, finit-il par prendre la direction de Paris.

On était à la fin de l'après-midi lorsque, après une course accomplie presque d'une traite, le jeune homme arriva rue des Poitevins, dans le Quartier latin. Il fit bientôt son entrée dans la cour de l'hôtel de Thou.

Quelques mots ne seront pas superflus sur François-Auguste de Thou, qui était peut-être le plus cher, en tout cas un des plus intimes amis, de Cinq-Mars.

Son père, Jacques-Auguste de Thou, était un conseiller au Parlement dont Marie de Médicis avait fait un ministre. Après cette élévation, il avait trouvé dans la corbeille de sa femme l'alliance avec les Guise et les d'Épernon : noms illustres qui avaient apposé leurs signatures sanglantes à la fin du siècle des Valois.

C'est ce qui avait fait dire à M. de Thou père qu'il avait dans sa famille les plus grands comploteurs du royaume.

Deux sujets de tristesse étaient venus assombrir sa vie sans tache : c'était de n'avoir su s'extraire de la roture, d'abord ; et ensuite, qu'on lui ait refusé, malgré ses bons services, le titre de premier président au Parlement, qui était tout ce qu'un homme dans sa position était en droit, non seulement d'espérer, mais même d'attendre.

Le fils, François-Auguste, avait hérité en quelque sorte des douleurs paternelles. Seulement, en se faisant moins matérielles, ces douleurs s'étaient raffinées et comme spiritualisées ; leur essence, plus rare et plus précieuse, était d'un genre qui tourmentait davantage. Car ce qui, pour le père, avait été une envie frustrée une fois pour toutes, était devenu pour le fils l'obsession et le scrupule moral de toute une vie. Il ne s'agissait plus d'obtenir ou d'arracher une noblesse, mais d'en être digne. De Thou, nous voulons dire le de Thou de Cinq-Mars, était perpétuellement travaillé de l'idée de son devoir et de sa vertu ; il eût voulu être irréprochable en toutes les occasions. Aussi ses interrogations le jetaient-elles fréquemment dans les affres de l'incertitude : ce qui fait que Cinq-Mars l'appelait en riant *Son Inquiétude*.

Mais de Thou était aussi, par un paradoxe qui faisait le fond de sa personne, un esprit libre, ennemi de toutes les sujétions, auquel ses nombreux voyages, et ses expériences qui ne l'étaient pas moins, n'avaient rien fait perdre d'un tempérament vif à l'extrême, qu'il savait toutefois modérer par un recours à la raison.

En un mot, c'était un ambigu d'irrésolution et d'impétuosité que François-Auguste de Thou.

De Thou père avait une terre qui jouxtait le château du maréchal d'Effiat : aussi de Thou était-il pour ainsi dire un ami d'enfance de Cinq-Mars. Nous écrivons : *pour ainsi dire*, en raison du nombre d'années qu'il y avait entre eux. En cette année 1640, Cinq-Mars avait dix-neuf ans, de Thou en avait trente.

Cinq-Mars aimait la nature franche et droite de de Thou, l'absence de toute dissimulation, et jusqu'à ses scrupules de vertu et d'honnêteté ; il disait que de Thou lui était supérieur moralement, et son attitude montrait quelquefois qu'il ne lui contestait pas cette supériorité. De Thou s'en affligeait ; mais il lui en aurait coûté de risquer d'éloigner Cinq-Mars en s'ouvrant à lui de son affliction.

Lorsque Cinq-Mars arriva dans son appartement, il trouva son ami agenouillé à un prie-Dieu. Enfin, devinant sa présence, de Thou releva vers son visiteur sa figure ronde et pâle, ornée de la royale qui était encore à la mode à cette époque ; sur cette figure, on remarquait surtout de grands yeux, aux paupières un peu lourdes, mais dont l'expression pouvait devenir intense : on eût dit alors que toute l'exaltation qui brûlait au-dedans de lui venait paraître et reluire comme de la lumière.

C'était une figure qui semblait le vouer à finir, soit comme un prophète, soit comme un martyr.

— Mon cher ami, dit de Thou, je serais parfaitement aise de vous recevoir, si votre aspect ne laissait présager une nouvelle désagréable. Parlez ; que puis-je faire pour vous ? Et que vous arrive-t-il ?

— Savez-vous, s'écria Cinq-Mars, que je reviens de chez le cardinal ? Je m'en suis fait traiter de la façon la plus ignominieuse. Oh ! je gage que cela ne fera rien pour vous réconcilier avec lui.

Et, sur un geste d'invitation, Cinq-Mars répéta, une à une, les déclarations de Richelieu.

Ce ne fut pas sans mal ; car, à mesure qu'il entrait dans son récit, Cinq-Mars, en s'échauffant, devenait de plus en plus rouge ; ce que voyant, de Thou devenait de plus en plus sombre.

Surtout, il connaissait la nature sensible de son ami : aussi, lorsqu'il décela chez lui les premiers signes d'une excitation dangereuse, comme Cinq-Mars en était coutumier, il s'empressa de le guider vers un siège, où il le fit asseoir avec une tendre sollicitude, en le priant de s'interrompre et de reprendre son souffle. Il était temps ; le jeune homme, qui articulait avec peine, parut recouvrer ses esprits, et, maîtrisant peu à peu sa respiration, poursuivit son explication d'une voix plus ferme.

— Ce sont là, reprit de Thou après qu'un long silence eut succédé aux explications de Cinq-Mars, les procédés d'un homme sans honneur, et tout prêt à perdre son âme, en plus de celles des autres. Après vous avoir, une première fois, incité à briser le secret des confidences royales, il profite d'une brouille passagère entre le roi et vous pour vous l'ordonner à nouveau.

— Comment ! de Thou, vous croyez qu'il s'agit d'une brouille passagère ?

— Mais, certainement ; le roi reviendra vers vous, comme il l'a toujours fait.

— Il n'est pas ici question du roi, cher ami. C'est de moi que je parle.

— Que voulez-vous dire ?

— Que je quitte définitivement Louis XIII, et rien de plus. En vérité, il faudrait que j'aie bien peu d'orgueil pour m'en retourner auprès de lui, quand c'est lui qui m'a envoyé à Richelieu pour m'en faire quereller de la sorte. Avouez, mon cher, que c'est un traitement indigne d'un gentilhomme comme moi.

— Je ne dis pas, fit de Thou avec précaution, que le roi n'ait pas commis une faute en se laissant entraîner à cette décision ; mais songez aussi combien il doit tenir à vous, puisque, au lieu de vous chasser, il vous expédie auprès du cardinal comme on use de son dernier recours.

— C'est un dernier recours que je ne veux plus revoir de ma vie, et son maître non plus, s'exclama Cinq-Mars excédé.

— Vous n'êtes pas de sang-froid, mon ami.

— Certainement que je ne le suis pas ; mais, le diable m'emporte !... pardonnez-moi ; je voulais seulement dire que l'on ne me reprendra plus dans cette position insupportable, que je n'ai ni voulue, ni recherchée, et qui ne m'a rien valu, si ce n'est d'être malmené à la fois par un prêtre qui ne fait rien comme l'Évangile, et un roi qui se mêle de vouloir aimer alors qu'il le fait si mal.

Cinq-Mars n'était pas tout à fait juste, et oubliait un certain nombre d'avantages que cette même position lui avait permis d'obtenir, à commencer par ce titre de M. le Grand auquel il tenait si fort ; mais c'est une remarque que de Thou renonça à lui faire.

— Ainsi, reprit de Thou, vous êtes bien décidé ?

— À ne plus reparaître devant le roi ? Je crois que c'est le plus sage ; n'en tombez-vous pas d'accord ?

— Je crois, dit de Thou en regardant Cinq-Mars avec un mélange de douceur et de fermeté, que le plus sage est de revenir au plus vite auprès de Louis XIII.

— Hein !

— Vous savez si je vous aime, et si je vous conseille autre chose que ce qui doit vous rendre heureux.

— Rester le compagnon du roi ! Jamais ! jamais ! jamais !

Mais toutes les dénégations de Cinq-Mars n'eurent pour effet que d'installer plus solidement de Thou dans son opinion. Quand le jeune homme vit tout le fruit de sa réaction, il s'écria :

— Ah ! monsieur qui vous dites mon ami, vous me prêchiez tantôt un autre langage, s'agissant du cardinal et de ses voies retorses ; mais apprenez-moi seulement le moyen, quand je vais voir Louis XIII, de me tenir à distance de son principal ministre, puisqu'ils sont en si grande intelligence, y compris quand il s'agit de se liguer contre moi ?

Mais de Thou ne souhaitait pas répondre immédiatement à l'objection ; il dit seulement, d'une voix qui vibrait de conviction et d'énergie :

— Réfléchissez, cher et excellent ami. Le roi tient à votre amitié ; il ne tient qu'à vous d'en profiter.

— Voilà que vous me donnez, à votre tour, la même directive que le Richelieu.

— Une directive ! à vous ! fit de Thou que ce mot blessait plus que le reste. Vous ne le pensez pas.

— Alors, de Thou, mettons que vous vous faites mon directeur de conscience ; et vos conseils, je le redis, me rappellent beaucoup ceux du cardinal en personne.

— Parce qu'ils sont, pour une fois, ceux du meilleur parti ; qui est aussi ce que vous désirerez vous-même : vous le savez bien.

— Tentateur ! tentateur !... fit Cinq-Mars à voix basse.

— Pourquoi cette recommandation, que vous écoutiez avec patience autrefois, vous déplaît-elle tant aujourd'hui ? Lorsque, il y a plus d'un an et demi, je vous donnai le conseil de feindre d'accepter le calcul de Richelieu, en acceptant l'affection de Louis XIII, qu'avez-vous répondu ?

— Que je le ferais, puisque tel était votre avis.

— Lorsque je vous fortifiai dans la résolution de ne rien rapporter de ce que le souverain vous confiait au cardinal, et de chasser de chez le roi les espions de Son Éminence, qu'avez-vous fait ?

— Je vous ai suivi en tout, je l'admets.

— Et lorsque, il y a six mois, alors que les choses en étaient arrivées à un degré inquiétant avec Sa Majesté, je vous ai enjoint à la patience et à la modération, ne vous en êtes-vous pas fort bien trouvé ?

— C'est-à-dire que j'ai eu le privilège de me faire quereller plus longtemps que si j'avais suivi, pour une fois, mon idée : voilà, de Thou, jusqu'où m'ont conduit tous vos beaux conseils.

— Ces conseils, vous les avez toujours écoutés ; n'est-ce pas parce que, au fond de vous, vous en sentiez la justesse ?

Quelle chance de pouvoir être auprès du roi, non seulement cette voix qui le console et qui lui plaît, mais surtout cette voix qui conseille, qui guide, qui éclaire. Oh ! la reconnaissance d'une nation ne vous tente pas, vous me l'avez dit cent fois ; mais songez à celle que le roi aurait pour vous, et à ce qu'elle peut vous accorder. Est-ce que cela ne vaudrait pas la peine de vous y contraindre ? Ce dont je vous parle là, vous l'avez éprouvé ; n'est-ce pas ?

Cette voix qui lui parlait à la fois d'une grande cause et de son bonheur personnel, avec des accents si éloquents et si persuasifs, exerça sur la nature de Cinq-Mars sa séduction ordinaire.

— Ah ! de Thou, soupira le jeune homme, il est dommage que le roi ne connaisse pas tout ce que vous faites pour lui en ce moment, et combien vous êtes, sans sortir de l'ombre, un modèle de serviteur.

Un doux sourire, mélancolique et résigné, apparut sur le visage de son ami.

— Je sais ce que vous allez dire, murmura de Thou.

— Permettez que je le réitère.

— C'est inutile ; tous vos soins pour moi seraient superflus : pire, ils risqueraient de gâter votre position.

Cinq-Mars s'exclama alors, avec un feu qui prouvait que son esprit mobile avait momentanément perdu de vue ce qui avait commencé la conversation :

— Il est pourtant injuste qu'un homme de votre mérite et de vos qualités ne puisse pas occuper le rang qui devrait lui revenir. Et pourquoi ? Parce que vous êtes généreux et charitable ; parce que vous avez secouru une femme démunie et dans la détresse !

— Oui ; mais, ajouta de Thou rêveur, il s'agissait de Mme de Chevreuse, et c'était pour rendre service à la reine : voyez le double crime, aux yeux du roi et du cardinal.

— Par quelle patience vous arrivez à tolérer que cette action si pure vous soit imputée comme une faute, c'est ce que je ne comprendrai jamais.

— Dire d'une action qu'elle est vile est la seule manière qu'ont les esprits impies de reconnaître qu'elle est vraiment noble et désintéressée.

— Avec ce beau résultat que l'on tient votre clairvoyant esprit écarté des affaires !

— En m'écartant, dit de Thou avec un geste de paix et de conciliation, on a beaucoup fait pour mon salut. Chaque jour loin du monde est un jour consacré à l'étude ; c'est dans l'obscurité qu'on aperçoit le mieux reluire les commandements divins. Mais vous, c'est différent : vous disposez d'une place et d'un pouvoir que nul autre n'a eu avant vous ; ou plutôt, vous en disposeriez, si vous consentiez à vous en servir.

— Vous me l'avez souvent déclaré.

— Oui ; mais aujourd'hui, fit de Thou dont les yeux s'étaient mis à briller d'un étrange éclat, je vous dirais tout net une chose que je n'ai pas osé vous dire jusque-là, parce que, ayant eu la faiblesse d'hésiter, j'ai encore eu celle de craindre que vous n'approuvassiez pas mon projet.

— Je reconnais bien là Votre Inquiétude ; mais alors, expliquez-vous.

Lorsque de Thou parla, il n'y eut pas d'hésitation ; les mots semblèrent jaillir d'eux-mêmes, avec une force et une détermination qui disaient avec quelle ferveur il les avait longtemps abrités dans son esprit.

— Vous devez convaincre le roi de se défaire de Richelieu.

Ces mots frappèrent Cinq-Mars comme si la foudre s'était abattue à côté de lui.

— Quoi !... De Thou, est-ce que vous pensez vraiment !...

— Ai-je pour habitude de vous dire autre chose que ce que je pense ?

— Mais, cher ami, c'est immense, ce que vous proposez là.

— C'est-à-dire que c'est un remède bien fort ; toutefois, le mal qui l'exige est-il moins grand ?

— Je croyais, dit Cinq-Mars en riant, que votre père vous avait adressé, avant de mourir, un poème dans lequel il vous mettait en garde contre toutes les conspirations ?

— Ce que je vous propose n'en est pas une, dit de Thou en secouant la tête avec vivacité ; il n'y aura rien d'obscur, puisque vous agirez en pleine lumière ; rien de déloyal, car votre main guidera celle du roi, que vous secourrez dans la même entreprise. C'est une belle action, n'en doutez pas.

Cinq-Mars en convenait, mais mollement.

— Ah ! puisque vous êtes allé vous battre, dit de Thou avec flamme, vous ne pouvez pas l'ignorer : nous sommes gouvernés par un mauvais prêtre qui ensanglante toute l'Europe en appelant les hérétiques nos frères, après avoir ensanglanté la France en y traquant ceux qu'il nommait ses ennemis. Ces considérations, peut-être, vous laissent froid : moi, elles me blessent profondément ; moins, pourtant, qu'une autre qui les dépasse en cruauté.

Et de Thou poussa un long et profond soupir, avant de poursuivre :

— Cher ami, songez-vous quelquefois à Anne d'Autriche ? À une reine qu'on persécute plus injustement que moi-même, puisqu'on a persuadé à son mari que son épouse, née espagnole, resterait une étrangère ; à une mère qui n'a qu'un bonheur, ses enfants, et à qui on menace de retirer ce bonheur ! Si une telle idée ne parvient pas à éveiller votre sens du devoir et de l'honneur, que je sais vif, rien ne le pourra.

En disant ces dernières paroles, de Thou avait relevé ses yeux, à l'expression grave et profonde, vers le jeune homme.

Comme il était embarrassé, Cinq-Mars se releva et s'avança avec indécision vers le centre de la pièce. Ce fut alors que son regard accrocha une psyché qui était dans un angle.

Ce soir-là, il portait un habit fait de drap de Hollande, couleur noisette, doublé de satin et garni de dentelles d'or et d'argent. Et, tout en étudiant son reflet, ce qu'il ne faisait jamais sans une espèce d'inquiétude, Cinq-Mars prononça sans se compromettre :

— J'en dis que c'est une question bien sérieuse, et que je tâcherai d'y réfléchir.

Le jeune homme s'était mis à sourire à son reflet ; toute l'inquiétude dont nous avons parlé avait été chassée, comme toujours, par cette orgueilleuse satisfaction qui lui tenait lieu d'assurance.

Quels que fussent les défauts de Cinq-Mars, il ne dissimulait pas, et ne songeait jamais à déguiser ses sentiments. Son visage reflétait si bien l'état de son esprit, que de Thou perçut, aux nuances qui y parurent, que le cours des idées de son ami, une nouvelle fois, avait pris une autre direction.

Il renonça à poursuivre son argumentaire, et dit en souriant :

— Je vois que vous songez à *elle* : partez donc, je ne vous retiens pas.

— Vraiment, vous ne m'en voulez pas si je vous abandonne ?

— Non ; profitez donc de votre bonne fortune.

L'impatient Cinq-Mars partait déjà ; il était sur le seuil de porte, quand un dernier mouvement le retint.

Malgré toute son envie de courir dehors, il avait du moins l'honnêteté de se rendre compte qu'il était arrivé chez de Thou avec une fureur qui l'étranglait, et qu'il en repartait comme s'il avait eu des ailes.

Aussi, s'étant retourné, il courut de nouveau à de Thou, dont il serra les deux mains avec une joie vive et pénétrée de reconnaissance.

— En vérité, de Thou, vous êtes un ami parfait, un ami véritable ; vous avoir, c'est avoir un trésor. Adieu !

Et il sortit.

XII

La maîtresse

Cinq-Mars se rendait à l'hôtel de Nevers, où résidait la princesse Marie de Gonzague, duchesse de Nevers. On avait bâti cet hôtel sur les ruines de l'hôtel de Nesle, possession des rois de France depuis Philippe le Bel ; l'endroit était célèbre depuis que, au XIVe siècle, le roi Jean II y avait fait trancher la tête à un de ses connétables.

De cet ancien hôtel, il ne subsistait qu'un seul vestige, qui était la tour de Nesle. Cette fière gardienne d'une porte de la capitale de même nom qu'elle se dressait, terrifiante et muette, aux abords de la Seine, en vis-à-vis du Louvre ; c'était comme une blessure du vieux Paris, qu'on ne devait démolir que vingt ans plus tard.

Jean II, ou plutôt son connétable, avait rendu célèbre l'hôtel de Nesle ; mais c'est à une reine que la tour devait son renom sinistre, à cette Marguerite de Bourgogne qui s'y rendait avec ses amants, qu'elle faisait tuer ensuite pour, dit-on, voir jeter leurs cadavres dans le fond de la Seine.

Ce soir de février, alors que la nuit se mettait à tomber, cette tour, où rien ne faisait de la lumière, ne formait plus qu'une ombre parmi les ombres lorsque Cinq-Mars aborda la cour de l'hôtel de Nevers. La princesse Marie de Gonzague recevait chez elle. Cinq-Mars parut, avec son air aimable et cette gaieté pleine de grâce qui pouvaient le rendre si agréable.

À un moment, quelqu'un de la compagnie demanda malicieusement au jeune homme s'il faisait encore attendre le roi en bas, dans son carrosse.

La plaisanterie faisait allusion à une histoire déjà ancienne, et pour laquelle, on le comprend, Louis n'avait pas décoléré avant longtemps.

Cinq-Mars, au lieu de répondre, détourna la conversation.

Les plus fins comprirent qu'il s'était passé quelque chose ; les plus rapides virent Marie de Gonzague réprimer un geste de surprise : mais personne ne voulut interroger directement Cinq-Mars.

Peu à peu le cercle qui entourait la princesse s'éclaircit ; les derniers invités s'en allèrent : bientôt, Cinq-Mars, qui n'avait pas même feint de prendre le chemin de la sortie, demeura seul avec Marie.

Marie de Gonzague avait alors vingt-huit ans.

Elle descendait, par son père, d'une famille qui avait régné sur Constantinople, que son père avait follement voulu reconquérir, avant que les circonstances ne lui fissent venir sur la tête la couronne de Mantoue, où il mourut. Elle descendait aussi, par sa mère, de cette Henriette de Clèves qui pleura publiquement son amant mort sur l'échafaud au côté de celui de la reine Margot, dont elle était l'amie.

Assurément, il y aurait bien d'autres choses à dire sur cette personne que sa généalogie ; mais elle-même montrait, par un certain air de hauteur qui lui était naturel, qu'elle ne voulait pas oublier le sang dont elle était issue, et qui, selon elle, devait la porter à aimer avec éclat, autant qu'à désirer la grandeur.

Elle avait les cheveux noirs, les yeux bleus, le teint mat. Les flatteurs et les poètes convoquaient, tour à tour, le cygne des Clèves et l'aigle des Gonzague pour décrire sa grâce ou le feu sombre qui passait dans ses regards. Et Marie de Gonzague ne manqua, durant sa vie, ni de flatteurs, ni de poètes ; élevée dès son plus jeune âge à Paris, introduite dans le salon de Mme de Rambouillet où se signalait tout ce qui avait de l'intelligence, elle en montra tant, qu'elle fit presque oublier qu'elle avait aussi de la beauté.

Lorsqu'on voulait renchérir sur tous ces superlatifs qu'on lui envoyait en bouquets, on disait encore qu'elle avait de l'esprit comme une reine, ou l'âme d'une héroïne de Corneille.

C'est de cette femme-là que Cinq-Mars, depuis plusieurs mois, était profondément amoureux.

Marie de Gonzague était assise ; le jeune homme, avec une soumission tendre et respectueuse qui était son attitude ordinaire auprès d'elle, était debout, à quelque distance, et ne la quittant pas du regard.

— Eh bien ! monsieur, dit-elle en souriant ; vous n'avez pas dit, en arrivant, ce qui nous valait cette joie inattendue de vous voir aujourd'hui ?

— Madame, cette joie dont vous avez la bonté de me parler est aussi la mienne ; et j'aurais cru qu'après ce mot-là, je n'avais pas d'autre justification à fournir.

— Pourtant, ce sentiment ne saurait être un motif pour quitter la cour, où l'on a raison de vous garder.

— Eh bien ! on ne l'a pas fait cette fois-ci.

— Le roi vous a chassé ? demanda immédiatement Marie.

— Nullement ; seulement, il ne m'a pas revu.

— Que voulez-vous dire ?

— Que, à dire le vrai, déclara Cinq-Mars avec hauteur, c'est moi qui, après l'affront que j'ai eu à subir par sa faute, n'ai pas voulu le revoir.

— Un affront ! dit-elle en frémissant.

— Oui.

— Ah ! mon ami, avant que vous ne me le contiez… car, vous me le conterez, n'est-ce pas ?

— Si vous l'ordonnez, madame, je le ferai.

— Avant cela, jurez-moi que vous êtes venu me trouver moi la première, lorsque cela s'est produit ?

— Madame, je l'aurais fait, si je n'avais pas senti d'abord la nécessité d'en toucher deux mots à un ami que vous estimez, et que vous me pardonnerez d'avoir fait passer avant vous, je l'espère.

— Et qui est ?

— Le fidèle de Thou.

— Ah ! mais celui-là vous aime presque autant que moi ; celui-là, je sais qu'il ne veut que votre bien. Je n'ai rien à vous pardonner. Mais, vous alliez me raconter ce qui s'était passé.

Cinq-Mars, en dépit de ses protestations d'obéissance, voulut d'abord résister : mais enfin Marie se montra si insistante et si insinuante, et l'assaut, si l'on peut dire, fut mené avec tant de fermeté et d'obstination, que le jeune homme se laissa vaincre.

Une réticence inexplicable lui était venue au moment de décrire toute la scène qui avait eu lieu à Rueil : en réalité, sans bien savoir pourquoi, il avait peur que Marie l'aimât moins, si elle venait à connaître ce qui s'était passé entre le cardinal et lui.

Quand il fut arrivé au bout de son histoire, il releva la tête.

Marie semblait se retenir violemment aux bras de son fauteuil, comme si elle eût redouté de laisser se montrer toute son animation au dehors : mais son visage pâle de rage et d'indignation, ses lèvres serrées, ses yeux qui étincelaient, en étaient d'assez vifs témoignages.

Quelque chose comme une crainte serra un instant le cœur de Cinq-Mars ; néanmoins, aux premiers mots de Marie, cette crainte disparut.

— Ah ! s'exclama-t-elle, que ce roi mériterait bien l'abandon, lui qui use aussi mal de son autorité et de ses serviteurs ! Quant aux ruses et aux traîtrises du cardinal, il y a plus longtemps que vous, hélas, que je ne devrais plus m'étonner ; et pourtant, chaque semaine qui passe semble me faire découvrir une raison de le haïr davantage. Hier, c'était son intention de décider de mon sort comme si je lui appartenais ; aujourd'hui, c'est la façon dont il prétend traiter l'homme que j'aime.

En disant ces mots, la princesse se leva, et se mit à marcher avec fièvre au travers de la pièce.

— Je me rappelle, dit Cinq-Mars, que lorsque le roi annonça qu'on vous cherchait un mari, vous étiez persuadée que c'était l'œuvre du cardinal.

— Eh ! en doutez-vous ? s'écria-t-elle avec feu.

— À présent, non ; mais jusque-là, je ne savais qu'en croire ; j'avais même, je l'avoue, le dessein d'engager Richelieu à faire changer son avis au roi, lorsque je lui exposai ce matin mes intentions de vous avoir pour épouse.

Pour toute réponse, Marie lui pressa le bras avec tendresse ; mais cette pression venait aussi dire à Cinq-Mars : *vous avez agi en enfant.*

L'intéressé, à ce reproche qu'il ne perçut que vaguement, haussa les épaules.

— Il a fallu, murmura Marie, cette épreuve pour que vous compreniez enfin la vraie nature du cardinal. Ce dut être bien cruel et bien dur !

Cinq-Mars se mordit les lèvres et se remit à rougir.

— Le plus dur, le plus cruel, reprit-il rapidement, ce fut surtout lorsqu'il se permit de dire, de vous, des choses si insultantes, que je n'ai pas voulu vous les répéter.

— Pourquoi ? Je peux tout entendre.

— Ce sont des paroles indignes, fit Cinq-Mars qui regretta d'avoir parlé, et qui profanent une personne qui m'est chère ; aussi vous permettrez que je ne les redise point.

— Me croyez-vous incapable de supporter les propos d'un homme que j'ai déjà toutes les raisons du monde de détester ?

Mettez-moi à l'épreuve, déclara-t-elle avec hauteur, et nous verrons.

À contrecœur, et aussi lentement s'il eût fallu lui tirer les syllabes une à une de sa poitrine, Cinq-Mars expliqua que le cardinal avait traité Marie de *folle*, si elle avait voulu chercher une alliance avec lui.

Un tremblement parcourut la princesse. Elle se contint cependant ; et, avec une dignité que venait encore rehausser sa fureur maîtrisée, elle prononça :

— On m'insulte, vous avez raison ; et on l'a fait deux fois : en flétrissant mon choix ; en humiliant celui que j'ai choisi !

Cette réaction pénétra Cinq-Mars, d'admiration, d'abord ; puis d'une reconnaissance dans laquelle, s'il faut tout dire, il entrait un certain contentement de lui-même.

C'est alors qu'une pensée douloureuse lui vint ; qui fit qu'un gémissement lui échappa.

— Hélas ! Madame, songez que l'espérance ne nous est plus permise. Il me semble que vous voilà plus loin de moi que jamais.

— Pas encore, mon ami, murmura-t-elle.

— Comment ! pas encore ?

— Non : je suis encore en France ; mais enfin, je n'y serai plus, si l'on m'impose une alliance étrangère.

— C'est vrai. Oh ! comme j'oubliais !...

— On a parlé de la Lorraine ; on a voulu pour moi un prince scandinave : mais j'ai aussi ouï dire que l'on songeait à la couronne de Pologne.

Marie avait parlé d'une voix peut-être plus songeuse qu'elle ne l'aurait souhaité.

Tout épris qu'il fût, Cinq-Mars perçut ce changement. Il poussa un soupir.

— Qu'y a-t-il ? Qu'avez-vous ? lui demanda la princesse.

— Il y a, madame, que je regrette de ne pouvoir vous apporter un trône, ce qui serait vraiment digne de vous.

— Loin de moi cette pensée, s'écria aussitôt Marie ; c'est vous que j'aime : j'ai formé des vœux, et ces vœux ne me quitteront pas, je vous le jure.

Et, avec une allure pleine de majesté, elle alla chercher sur une console un coffret en bois d'ébène, qu'elle ouvrit devant Cinq-Mars.

— J'ai là une surprise que j'avais fait faire à votre intention, et dont je voulais vous faire cadeau plus tard ; mais je vous la cède aujourd'hui volontiers, monsieur, s'il faut ce gage pour que vous soyez sûr que, lorsque j'ai donné une fois ma parole, je ne la reprends point.

Elle plaça entre les mains de Cinq-Mars un portrait de facture délicate et exquise, une miniature où le portraitiste, dont nous n'avons pas su retrouver le nom, avait su peindre les boucles noires, l'œil plein de vie, les lèvres roses de la princesse.

Cinq-Mars s'inclina et la remercia avec chaleur.

En lui remettant son portrait, elle avait glissé sa main dans celle de Cinq-Mars, et l'y laissa un moment, en montrant au jeune homme un doux sourire et un tendre regard, en tout point identiques à ceux de la miniature ; l'expression de noble abandon et de sincérité y était la même.

Puis, comme si cette expression eût suffi à exprimer toute sa pensée, elle se remit à s'éloigner de lui.

— Il y a plus, ajouta-t-elle en reprenant place près de la cheminée.

Au lieu de poursuivre, elle considéra le jeune homme d'un air méditatif.

— Apprenez-moi d'un mot, madame, s'écria Cinq-Mars, comment je puis vous servir.

— Un mot ! certes, il n'en faudra qu'un ; mais j'ai peur qu'il ne soit bien difficile à entendre.

— Quel mot ?

— Le roi.

— Le roi ? répéta Cinq-Mars sans comprendre.

— Oui. Il nous le faut absolument ; sans lui, vous n'arriverez à rien ; avec lui, vous pourrez tout.

— Vous me parlez exactement comme le fit de Thou, il y a deux heures à peine !

— Eh bien ! n'est-ce pas là la preuve que ce que je vous dis est sensé ?

— Et je devine que, comme lui, vous allez me recommander de revenir auprès du roi sans attendre.

Marie vit que cette parole, dite à cet instant, eût été désagréable à Cinq-Mars.

— Vous comprenez bien, reprit-elle, que je ne me soucie pas précisément d'avoir la faveur de Louis XIII, ayant beaucoup d'amitié pour la reine, et fort peu pour le roi.

— C'est pourquoi vous permettrez que je m'étonne un peu, madame, de ce changement de discours.

— Ce n'est pas que je tienne à son appui ; seulement, songez que vous n'êtes pas le seul, mon ami, à vouloir vous venger du cardinal.

— Eh ! qui dit que je souhaite me venger ?

— N'est-ce donc pas votre cas ? dit-elle avec une flamme subite. Un homme vous fait un affront pareil, et vous prétendez ne pas vouloir vous venger ! Ah ! si je le pouvais, et que ma destinée n'eût pas à dépendre, depuis la mort de mon père, de l'accord d'un roi et de son ministre ; si je le pouvais, comme j'aurais fait regretter à Richelieu le jour où il rompit une première fois un mariage auquel j'aspirais, en éloignant mon fiancé et en m'enfermant à Vincennes, où je restai deux mois entiers. C'était il y a dix ans ; et, mon cher et tendre ami, j'aurais toutes les raisons du monde pour me féliciter aujourd'hui que cette occasion eût manqué ; mais, vous voyez, je ne pardonne pas, moi !

Cinq-Mars, pour toute réponse, prit sa main qu'il baisa.

— Je vous avais promis le mariage, reprit Marie ; mariage qui devait vous donner, souvenez-vous, le rang de duc et pair.

— Je m'en souviens.

— Puisque l'on s'est opposé avec tant d'injustice à notre souhait commun, ce ne serait pas une réparation assez éclatante ; or, je veux que notre union soit célébrée avec l'éclat qui convient pour des gens tels que vous et moi. Vous pouvez obtenir du roi un titre plus élevé encore, et qui doit vous revenir.

La princesse s'était exprimée de ce ton qu'elle employait lorsque, plus jeune encore, elle implorait la Vierge de lui donner une couronne, dans la chapelle du Saint-Amour, à Nevers.

— Et ce titre, quel est-il ? demanda Cinq-Mars en frissonnant.

— Si vous voulez être digne de moi…

— Oui ?

— Vous serez connétable.

Un silence s'étendit, profond et grave.

— Connétable ! murmura enfin le jeune homme.

— Oui ; Louis XIII en a le pouvoir : si vous plaisez au roi, le roi ne vous le refusera pas.

— Ange !… Non ; ma Clorinde !

— La Sarrasine ! dit Marie, souriant malgré elle à cette allusion à la *Jérusalem délivrée.*

— Pardon ! L'amazone ! dit Cinq-Mars en lui rendant son sourire.

Marie laissa échapper de sa poitrine un soupir d'aise.

— Et, dit le jeune homme à mi-voix, que pensez-vous que je doive accomplir, pour recevoir cette épée qu'on donna à du Guesclin ?

Cinq-Mars s'exprimait à mi-voix, parce que ses yeux brillaient ; il croyait voir passer, dans un éblouissement, cette épée dont il parlait avec tant de vénération et de désir.

Cinq-Mars aimait, on l'a compris, à s'environner de grandeur ; elle lui apparaissait comme son milieu naturel.

Marie de Gonzague darda sur lui des yeux ardents.

— Il ne s'agit que d'une chose.

— Qui est ?

— Aimer la gloire autant que je l'aime moi-même.

— N'en ai-je pas donné assez de preuves ?

— Alors, du moment que vous avez pour le cardinal une haine que je partage…

— Ah ! je devine encore, dit Cinq-Mars. Vous aussi ! Après de Thou !… Vous allez me conseiller de dresser le roi contre lui.

— Du moment que vous voyez clair, quel besoin ai-je de poursuivre ?

— Cependant, madame, dit le jeune homme en hésitant, je pourrais bien vous opposer les mêmes arguments qu'à de Thou.

— Il y en a donc !

— Mais oui ; par exemple : c'est s'attaquer à l'homme puissant, au maître.

— C'est-à-dire à celui que le roi, seul, n'osera jamais le faire descendre de là où il l'a placé lui-même ; sauf si on le lui inspire, sauf si on lui en fait voir toute la nécessité.

— Croyez-vous que je puisse le faire, moi ?

— Non seulement vous le pouvez, mais vous le devez. Du moment que vous ne servez pas le cardinal, vous paraîtrez son ennemi. On ne doit pas attendre d'être frappé le premier : devancez-le.

— Il me semble pourtant qu'il ne pourra rien reprocher à ma froideur ou à mon indifférence.

— Bien ! monsieur, attendez donc qu'on vous jette à Vincennes !

— Il ne le ferait pas, dit Cinq-Mars pâlissant néanmoins.

— Ah ! dit la jeune femme, comme on reconnaît là la force et l'ascendant du cardinal !

— Que dites-vous !

— La vérité ; puisque, au premier mot qu'il dit, vous rengainez votre ardeur, avec une prompte obéissance que, à tout vous avouer, je ne comprends pas très bien. Vous l'aurez bientôt persuadé qu'il n'avait pas tort, en vous appelant un trop petit compagnon pour ma personne.

Le jeune homme était sensible à tous ces arguments ; seulement, le pas à franchir était encore bien grand.

— Voudriez-vous, reprit-il d'une voix faiblissante, d'un amant qui prît le nom de rebelle ?

— Qui le déclarerait rebelle ? Serait-ce le roi, qui a pour son ministre les mêmes sentiments que le plus acrimonieux de ses sujets ?

— Même ainsi, je sens que je n'oserais. Le cardinal a eu soin de mon éducation, il a veillé sur les miens depuis la mort de mon père ; et, bien que je ne doive jamais lui pardonner son affront du présent, on m'a appris à garder en mémoire les bienfaits du passé.

— Ce bienfait que vous chérissez n'est ni dévotion, ni générosité ; c'était l'intérêt du cardinal en personne : car quel meilleur moyen avait-il, pour se faire élever des serviteurs ? Et ce respect, dont vous vous faites une gloire, ne trahit-il pas la soumission de votre cœur, au lieu de proclamer l'indépendance de votre esprit ? C'est donc que vous entendez rester la chose du cardinal, et non voler de vos propres ailes jusqu'à cette grandeur qui devait vous revenir. Mais voulez-vous, au contraire, montrer à tous que vous n'êtes l'homme d'aucune sujétion ?

Cet appel, rendu plus impérieux encore par le regard de Marie, fit vivement relever la tête à Cinq-Mars.

— C'est alors, acheva-t-elle, que vous mériteriez vraiment qu'on vous appelât M. le Grand.

Et, une nouvelle fois, elle tendit sa main vers lui.

Cinq-Mars n'hésita qu'à peine ; il fit un pas et saisit avec résolution cette main qu'on lui offrait.

XIII

Où l'on entend parler d'un philosophe

Il faut que nous revenions à Cyrano, que nous avons laissé grièvement blessé dans le bois du comté de Saint-Paul, près du corps sans vie de deux cavaliers français et espagnol, et qui ne dut qu'au courage et qu'au dévouement de quelques compagnons d'armes, qui l'emmenèrent avec eux, de ne pas y rester tout à fait.

Sa blessure à la gorge n'avait donc pas été mortelle ; mais les suites ne laissaient pas d'être dangereuses, et, durant plusieurs semaines, on eut des raisons de désespérer du malade. Une fièvre terrible s'était déclarée ; peu s'en fallut qu'elle ne consumât jusqu'au bout, dans ce corps affaibli par les blessures et par les privations d'une vie errante, tout ce qui y subsistait d'énergie et de vigueur. Mais la détermination à vivre fut la plus forte. Peu à peu ce ne fut plus la fièvre qui alluma un éclat sous ses paupières ; les images brûlantes qui défilaient dans son esprit, et où reparaissait le sanglant orage auquel il avait échappé de justesse, durent capituler sous les assauts victorieux d'une imagination déchaînée, que le jeune homme excitait à lui peindre la guérison et la santé.

Tant et si bien, que le malade ne fut plus malade, et put se faire la réflexion que la campagne contre l'Espagne et ses alliés, qui avait été, pour quelques-uns, synonyme d'honneurs et de distinctions, ne lui avait apporté, à lui, que malheur et qu'infortune.

Une fois l'ordre de démobilisation signé, le jeune homme quitta le Nord pour revenir à Paris, tourbillon qui aspirait tous les désœuvrés du royaume de France, pour beaucoup sans famille, sans amis, enfin libres comme l'air.

Quiconque avait servi sous les drapeaux obtenait de s'inscrire en classe de rhétorique dans un collège de son choix. Cette disposition rencontrait le vœu de notre héros qui, dégoûté du métier des armes et décidé à consacrer ses jours aux délices de l'étude et des livres, réintégra le collège de Lisieux, rue Saint-Étienne-de-Grès, sur la montagne Sainte-Geneviève. Il y prit résidence comme pensionnaire, solution qu'il préféra à celle qu'eût naturellement adoptée un jeune homme sans le sou et dont les parents habitaient à Paris.

C'était fuir l'injuste férule paternelle, qui avait irrité plus d'une fois ses désirs de révolte, pour tomber sous celle de Lisieux, plus cruelle et plus insidieuse aussi. La première avait attisé ses ardeurs ; la seconde ne fut pas loin de les étouffer. En douter serait méconnaître la réalité d'un *collège* en ce temps, où les maîtres rigides et sévères, la baguette, le fouet, étaient faits pour évoquer quelque basse-geôle de notre histoire médiévale, plutôt qu'un endroit propre à éveiller la jeunesse ; où un élève aussi curieux et aussi sensible que Cyrano se trouvait mêlé à une compagnie que l'on ne s'occupait de rendre, ni plus déliée, ni plus fine, ni plus instruite, et qu'on échouait parfois à faire moins pédante ou moins grossière ; où, enfin, l'on semblait ignorer que le monde n'était plus tout à fait le même qu'à l'époque où, aux questions que posaient toutes les disciplines, saint Thomas d'Aquin avait chaque fois répondu : Aristote.

C'était risquer une asphyxie complète, de celles qui viennent à bout des flammes les plus tenaces. Cyrano dépérissait dans son collège noir et sévère, des fenêtres duquel sa distraction maussade apercevait la flèche de l'église Saint-Étienne-du-Mont : vision pieuse, mais assez peu propice aux envols de l'imagination, vers l'atmosphère plus respirable, ou plus saine, où un esprit comme le sien eût déployé ses ailes tout à son aise.

Du moins Cyrano aurait-il pu dire avec son cher Montaigne : je ne meuble pas mon âme, mais je travaille à la forger.

Le Bret était toujours aux armées. On s'était écrit ; on s'était même revu, à la faveur de la prise des quartiers d'hiver : mais les sentiments avaient pris un autre cours.

Nous retrouvons Cyrano un soir de janvier, non pas dans le Quartier latin, où il se serait probablement morfondu tout seul, mais dans le faubourg Saint-Marcel, qu'on appelait aussi le quartier des Gobelins, où il se morfondait en compagnie.

On nous reprochera peut-être la mélancolie qui escortait notre héros à chacune de ses apparitions entre nos pages. Ce serait un mauvais procès à nous faire : rien n'étant éternel en ce monde, cet état de tristesse devait bientôt fondre comme neige au soleil, sans que le principal intéressé s'en doutât encore le moins du monde.

L'endroit où cet heureux changement commencerait à survenir était le cabaret du *Dauphin*, de réputation infiniment supérieure à celle de ses confrères dans le voisinage.

Cyrano était assis à une petite table au fond des localités. Il était plus maigre encore que la dernière fois où nous l'avons vu ; une balafre qui rayait sa gorge était le souvenir le plus visible que lui eût laissé son séjour aux armées, à défaut d'en être le plus profond et le plus marquant. Il avait la mine assombrie et vaguement pensive, et son regard errait sans la voir dans la pièce enfumée.

Telle n'était pas, tant s'en faut, l'attitude de la personne attablée avec lui.

C'était un jeune homme âgé de dix-sept à dix-huit ans, au visage éveillé, à l'œil malicieux et vif, au sourire plein de gaieté, et dont les attentions pour le pichet de vin qui était à sa portée sur la table, paraissaient dire qu'il ne lui serait pas désagréable de mûrir et même de vieillir en présentant l'aspect d'un Silène accompli.

Il avait nom Claude Lhuillier, mais on le connaissait ordinairement sous celui de Chapelle. Ce surnom recevra son explication en son temps ; mais, hâtons-nous de le dire, la fréquentation des lieux saints de la religion n'y était absolument pour rien.

Quand ces deux-là s'étaient-ils rencontrés ? Lorsque Cyrano retrouvait Paris, vers l'automne. Comment la rencontre avait-elle eu lieu ? C'est ce que nous serions bien embarrassés de raconter. Mais il eût été plus surprenant que ces deux esprits aussi forts que vifs, et épris de liberté, ne se fussent pas rencontrés du tout. Chapelle faisait ses classes à Clermont, que l'on devait renommer Louis-le-Grand sous l'autre règne, et qui donnait dans la même rue que le collège de Lisieux : cela doit nous suffire, à défaut d'autres précisions.

Chapelle donnait libre cours à sa volubilité coutumière ; ce qui ne l'empêcha pas de remarquer que son compagnon ne sortait guère de son mutisme. Or, Chapelle avait l'âme à la fois trop sensible et trop généreuse pour se satisfaire d'une disparité, quelque avantage qu'elle présentât pour lui.

— Savez-vous bien, dit Chapelle, que vous n'avez pas desserré une seule fois les lèvres, sinon pour dire des sottises, depuis trois grands quarts d'heure que je vous tiens avec moi ? Quoi ! Après un mois sans vous voir, sans recevoir de vous le plus petit mot, comme si vous aviez disparu de la surface de la Terre, je vous rencontre au coin d'une rue ; j'ai encore la bonté de vous amener jusqu'ici, où j'espérais du moins que, à défaut du plaisir de votre joie de vivre, vous me feriez celui de la conversation, que j'ai connue, chez vous, vive et brillante : mais j'en suis pour mes frais, et je recherchais une incarnation passée, à ce qu'il paraît.

— Vous n'êtes pas juste ; est-ce que je ne vous ai pas exprimé, en vous revoyant, toute la joie que j'avais à vous retrouver ?

— C'est vrai, vous avez cette qualité de ne jamais celer à votre entourage ce que vous éprouvez pour lui ; et c'était bien flatteur pour l'amitié que j'ai pour vous. Mais depuis, ah bah ! vous êtes aussi riant qu'une bougie sous l'éteignoir. Morbleu ! je ne connais qu'une personne d'aussi désespérée que vous.

— Qui est-ce ?

— Mon confesseur. Du reste, il y a longtemps que je ne le vois plus ; c'était mauvais pour ma santé.

— Au fait, pourquoi m'avez-vous conduit ici, et non près des collèges ?

— C'est que, dans l'humeur d'expansion extravagante où j'ai compris que vous étiez, j'aurais cru que vous apprécieriez de ne point rencontrer vos condisciples, que vous portez si bien dans votre cœur. Ici, l'on croise moins d'étudiants que de tanneurs, et le vin, si vous m'en croyez, est aussi bon qu'ailleurs.

— Et je vous en rends grâce ; mais alors, pourquoi n'être pas allé chez vous, comme autrefois ? Car il y a presque aussi loin, de là où nous étions, à l'île Notre-Dame[1] qu'au quartier des Gobelins.

— Eh bien… c'est parce que… parce que cela ne pouvait pas être chez moi, et voilà tout.

— Pourquoi ?

— Chez moi, aujourd'hui et à cette heure-là, c'est plein. Mais voilà que nous parlons de moi, au lieu de parler de

1. Aujourd'hui l'île de la Cité.

vous. Qu'avez-vous fait, depuis la dernière fois que nous nous sommes vus ?

— Bah ! rien d'intéressant.

— On est toujours brouillé avec père et mère et frère et sœur ?

— À peu près.

— Mais, j'y songe. Vous n'étiez pas brouillé avec moi, dites ?

— Assurément non !

— Je veux dire : vous ne vous imaginiez pas que j'aurais eu la bêtise de vous en vouloir ?

— C'est-à-dire que je ne le pensais pas. Mais, puisque vous voilà, vous pouvez me répondre franchement.

— Toujours !

— M'en avez-vous voulu ?

— Moi ! Allons donc ! dit Chapelle avec un sourire qui découvrit trente-deux dents avec une sorte de gourmandise.

Et il lui échappa un claquement de la langue, qui semblait dire que le jeune homme, avec ou sans Cyrano, vivait en sybarite le plus heureusement du monde.

— Je suis heureux de vous l'entendre dire, fit Cyrano.

— Hum ! Vous l'entendez, c'est indubitable ; mais quant à être heureux… Là, voyons : vous ne faites rien ?

— Comme je vous dis.

— Avec personne ?

— Pas davantage.

— Mais c'est affreux. Faites-vous donc moine.

— Moine !

— Dam ! Il me semble que vous en prenez assez bien le chemin. Avec cela que la voie est dégagée, puisque l'on décrète en ce pays que vous n'avez nullement besoin du consentement paternel pour cela, et que, à bientôt vingt-deux ans, vous êtes libre de vous ensevelir au monde autant qu'il vous plaira.

— Oui, Chapelle, oui ; c'est une des rares libertés qui me restent, dit Cyrano en arborant une sombre expression : m'ensevelir au monde, comme vous disiez. Et je gage que, dans l'indifférence qui est le sentiment le plus tendre que le chef des Cyrano ait jamais eu pour sa progéniture, il ne mettrait aucune opposition à une issue qui le déferait de mon encombrante personne.

— Mais alors, cela ne ferait pas vos affaires ; nous cherchons donc un parti qui le ferait enrager ?

— Pardieu ! poursuivait Cyrano, dont les yeux s'étaient mis à flamboyer de colère. On me concède le droit devenir moine et de renfermer ma vie ; mais je dépends d'un père pour l'ouvrir à ce qui m'attire, ou bien pour me marier.

— Oh ! s'exclama Chapelle en abattant sa main sur la table, en voilà une idée !

— Laquelle ?

— Mariez-vous !

— Vous n'y pensez pas ! dit Cyrano qui se mit à rire.

— Mais si, j'y pense, au contraire. Tenez, écoutez encore un peu, et vous verrez si je n'ai pas de la suite dans mes idées, lorsque je les ai. Ce mariage, passé sans l'accord du patriarche, serait toujours une désobéissance ; mais est-ce qu'il n'y aurait pas aussi, si j'ai bonne mémoire, du côté de votre *potnia meter*, comme disait Homère, de votre respectable mère, un héritage à recueillir ? Non ? Vous ne voyez pas ? Celui de ce cavalier… là… de votre… ah ! Comment l'appeliez-vous ?

— Neuvillette ?

— C'est cela, merci. Neuvillette. Ne m'aviez-vous pas dit que le cousin Neuvillette vous laissait une veuve ?

— C'est-à-dire qu'il l'a laissée, oui ; seulement, je doute que c'eût été à mon intention.

— Bah ! question d'interprétation.

— C'est elle qui est ma cousine, ou pour être exact, la fille d'une cousine de ma mère.

— Raison de plus, morbleu ! on restera en famille. Vous savez que, moi-même... Est-elle encore accorte ?

— Elle a trente-deux ans.

— Bah ! c'est un peu vieux, mais on s'en accommodera : vous épousez... Comment appelez-vous l'ancienne et future mariée ?

— Madeleine Robineau, épouse de Christophe, baron de Neuvillette.

— Vous épousez Madeleine, baronne de Neuvillette ; avec elle, vous épousez toutes ses relations, dans la robe et dans l'Église, ce qui couvre avantageusement une jeunesse agitée, et vous donne la promesse d'une vieillesse tranquille ; et, comme je le prédisais, vous recevez l'héritage de ce brave cavalier mort au combat. C'est trois indispositions, pour le moins, que votre bonne fortune inspirera à monsieur votre père.

— Votre plan a ses mérites, incontestablement, Chapelle ; seulement, il présente plusieurs failles, qui viennent de ce que vous ignorez les derniers développements concernant Madeleine de Neuvillette.

— Racontez donc.

— Eh bien ! j'ai su que la baronne était enceinte, au temps où nous partions pour l'Artois.

— Ah.

— Que, lorsque son mari fut envoyé près d'Arras, elle craignit tant pour sa vie, qu'elle eut le malheur de perdre l'enfant qu'elle attendait. Lorsque la mort de Neuvillette fut connue, on la lui cacha d'abord, car on redoutait qu'elle n'y succombât tout à fait.

— Oh ! fit le généreux Chapelle avec commisération.

— Mais enfin, elle finit par connaître la vérité ; et la baronne fut si affligée, si frappée du double coup qui s'abattait sur elle, qu'aussitôt rétablie, elle se dépouilla de tous ses biens, meubles, bijoux, argent, pour les transformer en aumônes. Elle que l'on vit mener assez grand train, et vivre sur le pied d'une femme de son rang, voilà qu'elle a fait vœu d'humilité et de pauvreté, et qu'elle s'est donnée à Dieu.

— Diable !

— De sorte qu'aujourd'hui, elle vit aussi misérablement qu'elle avait connu l'opulence autrefois ; on la trouve abîmée en prières, toutes les fois qu'elle ne travaille pas à soulager son prochain, à l'Hôtel-Dieu ou bien à la Conciergerie. C'est une générosité vraiment admirable, et vous savez si j'admire la générosité partout où je la trouve. Il est seulement dommage qu'elle ne puisse suivre les préceptes divins, sans faire en même temps le sacrifice de sa vie.

— Je comprends. Vous n'allez pas épouser un crucifix. Tant pis ! mettons que je n'ai rien dit.

Et, puisque son projet s'était heurté à un obstacle si absolu, Chapelle se mit en devoir de revenir à une valeur sûre : d'un geste prompt, qui dénotait la force de l'habitude, il voulut servir à boire à son ami de ce précieux liquide dont il avait largement absorbé sa part.

Mais il eut la surprise de voir Cyrano arrêter son geste et lui déclarer net :

— Non, merci.

— Ah ! dit Chapelle en se frappant le front de sa main libre, c'est vrai ! Vous ne buvez jamais, vous. Mordieu ! Et moi qui m'étonnais comme un niais que vous fussiez toujours triste !

— Mauvais raisonnement, Chapelle. Je vous vois toujours enjoué, moi, sans qu'une bouteille concoure toujours à ce résultat.

— Eh bien, monsieur le raisonneur, cela veut seulement dire que je prends mon plaisir partout où je le trouve : heureux sans le boire, heureux avec lui.

— Un plaisir qui trouble la raison est un plaisir dont je me passe volontiers. Une fois de plus : non, merci.

— Comme vous y allez ! est-ce donc un crime que de donner congé à sa raison de temps à autre ?

— Sans doute, si cela vous fait croire à des bêtises qui reviennent hanter votre cervelle lorsque l'ivresse qui leur a donné naissance s'en est allée depuis longtemps. Il me semble parfois que c'est là l'explication de ces théories qui veulent nous faire accroire que la Terre est occupée à tourner autour du Soleil : ne dirait-on pas là, dites-moi, l'élucubration d'un homme que l'égarement de sa tête ne rend plus aussi sûr de ses jambes ? Ainsi, résolument, et pour la troisième fois : non, merci.

— Vous croyez donc la vigne capable de produire des théories scientifiques ? Que voilà un vrai miracle !

— Je crois que l'homme est faible et orgueilleux ; je crois que son entendement l'est aussi : par conséquent, je le crois tout prêt à recomposer l'ordre de tous ces feux qui errent dans l'azur autour de nous, aussi sûrement que s'il avait créé ce monde au lieu d'en subir les lois. De pareilles idées ne montrent-elles pas que l'homme voudra toujours s'élever au-dessus de ce qui est trop grand pour le chétif appareil de son corps et de son esprit ? Cela me blesserait moins l'entendement, je vous le jure, de revenir à saint Augustin, qui disait que la Terre était plate comme une limande, et qu'elle nageait sur l'eau comme la moitié d'une orange coupée. Mais, pardon ! je blasphème, j'oubliais qu'il était inspiré du Saint-Esprit.

— Ah ! dit Chapelle avec un sérieux plus grand que ne laissait augurer l'assiduité de sa consommation des produits de la maison. Ah ! mais… c'est grave, ce que vous dites là.

— Quoi ! pour saint Augustin ?

— Non, celui-là, je vous l'abandonne ; mais je veux prendre le parti de tous les autres.

— Voyons ! dit Cyrano surpris. Vous jugez donc qu'elles ne sont pas fausses, toutes ces réécritures de l'ordonnancement du ciel, qui n'ont que la fantaisie pour guide, et qui nous font tourner autour du Soleil ?

— Vous ! vous, grand homme, libre et révolté comme Prométhée en personne, vous recommenceriez le procès de Galilée !

— C'est-à-dire que j'ignore si, en le condamnant, l'Église fit bien ou mal. Je ne dis pas qu'elle eut raison : seulement…

— Seulement, vous ne trouvez pas qu'elle a eu tort. Mais, puisque vous admettez l'orgueil de votre espèce, pourquoi n'admettez-vous pas que son habitat, au lieu d'être le centre du monde, comme on nous le fait croire depuis Ptolémée, en soit plus humblement à la périphérie ?

— Eh ! comment jugerais-je d'une chose sur laquelle je n'ai aucune lumière, du moment que ni mes sens, ni ma logique, ne peuvent prétendre me conduire à la vérité ?

— Exigez-vous des preuves matérielles et sensibles, des systèmes complets, des réponses faites de bonne foi ? Eh ! morbleu ! il n'y a que cela.

— Et donc ?

— Et donc ? répéta Chapelle. Vous en avez de bonnes, vous ! Croyez-vous que je me rends au cabaret, avec des dessins et des explications plein les poches ! Voyez-vous d'ici l'émeute, si je m'avisais de les sortir ? On me chasserait de mon paradis terrestre, le diable m'emporte !

— C'est fort dommage ; voilà votre position qui s'affaiblit. Ma raison, à laquelle je tiens beaucoup, alors que vous faites parfois si peu de cas de la vôtre, est pour ainsi dire ma reine : toute votre conviction n'entraînerait pas la mienne. Je ne défère à l'autorité de personne, entendez-vous ? si elle n'est accompagnée de raison.

En entendant ces derniers mots, Chapelle partit d'un grand rire.

— Qu'y a-t-il ? fit Cyrano, si surpris qu'il ne songeait nullement à s'offenser.

— Il y a, monsieur, que j'ai déjà entendu votre phrase, dont vous étiez sûrement très fier. Je veux dire que vous êtes la deuxième personne à me dire cela aujourd'hui.

— Par qui l'avez-vous entendu prononcer ?

— Par un homme avec qui je m'entretenais ce matin.

— Ah !... Nous ne parlons donc plus de Galilée et de l'ordre du ciel ?

— Non, dit Chapelle avec hésitation ; pour l'instant, du moins.

— Eh bien ! dit Cyrano, cet homme auquel vous faites allusion, dites-m'en plus sur lui.

— Vraiment ? Vous voulez...

— Oui. Vous avez fait le tour de tout ce que je suis et de tout ce que je ne serai jamais : il me semble que vous pouvez bien me parler de cette personne avec laquelle ma pensée se rencontre étrangement.

— Oh !...

— Quoi donc ?

— Mais, je crois, s'écria Chapelle dont le regard parut s'illuminer au flambeau de sa superbe intelligence, je crois qu'il va sortir de cela quelque chose d'intéressant.

— Pourquoi dites-vous cela ?

— Parce que ce que j'ai à vous dire sur cet homme-là est si bizarre, si extravagant, que vous n'aurez plus qu'une envie : celle de le rencontrer au plus vite.

— Mais, cette si extraordinaire personne, d'où la connaissez-vous ?

— Rien de plus facile : voilà bientôt un mois qu'elle loge au même endroit que moi, dans la maison que vous connaissez, celle du sieur Lhuillier, qui a l'honorifique honneur d'être mon honorable père.

— C'est donc un de ses amis ?

— Peut-être le meilleur.

— C'était en songeant à cet hôte que vous me disiez que, à pareille heure, la maison était pleine ?

— Oui ; car il reçoit beaucoup.

— Il n'est point parisien ?

— Non, puisqu'il arrive du sud de la France. Quelque chose dans son nom me ferait même croire qu'il a des origines… espagnoles. C'est *italiennes* que je devrais dire : mais puisque, depuis Charles Quint, l'Italie a renoncé à ses prétentions à rester italienne !

— Que vient-il faire dans la capitale ?

— Avant que je ne vous en instruise, souffrez que je vous raconte l'histoire à ma façon, c'est-à-dire à l'envers. Ce sera même en trois parties : parfaitement aristotélicien, comme vous le voyez. Ah ! on ne dira jamais assez combien les études déforment la jeunesse.

— Bon ! allez-y, dit Cyrano, chez qui ce rappel universitaire fit venir une grimace de déplaisir.

— Première partie, déclara Chapelle avec un air sentencieux. Notre homme, arrivé à Paris, s'enquiert d'une chose : c'est si l'on connaît la hauteur, sinon du bâtiment qu'il occupe, au moins de tout autre à proximité, sur lequel il lui prend la fantaisie de s'informer ; si le toit est bien plat ; et si l'on peut y accéder.

— Est-ce là tout ?

— Mais oui ; qu'est-ce que vous en dites ?

— Peut-être est-ce quelqu'un qui aime à s'étendre au soleil, et qui souhaite s'assurer qu'il présentera son corps à l'ardeur de midi dans une parfaite horizontale, afin d'être bien cuit sur toute sa surface, comme un rôti à point.

— Mauvais drôle ! il n'est pas question de cela. J'en viens à ma deuxième partie. Notre homme, vous comprenez, ne pouvait pas arriver jusqu'ici par la voie des airs ; il a pris une voiture depuis Marseille. Eh bien ! je puis vous jurer, comme si je l'avais vu de mes propres yeux, que durant une notable partie de son trajet, celui dont je vous parle a empoigné chacun de ses effets, et les a, l'un après l'autre, jetés par la fenêtre, le plus consciencieusement du monde.

— De sorte qu'il est arrivé ici nu comme la main ?

— Non pas ; car, à peine ses effets étaient-ils dehors, qu'il se précipitait pour aller les chercher.

— Même poudreux, abîmés, en morceaux ?

— Je dirais : surtout poudreux, abîmés, en morceaux. Là ! qu'avez-vous à dire à présent ?

— En effet, dit Cyrano d'une voix lente, cela est singulier.

— Je vous avais promis une troisième partie : celle qui se passa dans la ville de Marseille.

— Eh bien ? Qu'arriva-t-il ?

— Notre homme, dans la vieille rivale de Phocée, a des relations ; il est l'ami du gouverneur : aussi, sur la demande qu'il fit à celui-ci, on fit affréter...

— Quoi ?

— Eh ! je vous dis qu'on est à Marseille : que voulez-vous que l'on fasse affréter ?

— Ah ! une galère ? demanda Cyrano surpris.

— Tout juste ; une galère vidée de ses artilleurs, car l'expédition est pacifique, mais qui contenait tous ses rameurs : et même, qui contenait un peu plus que cela, puisque celui dont je vous parle avait avec lui une étrange compagnie.

— Un animal ?

— Non : un caillou.

— Hein !

— Ainsi lestée, la galère fit voile, ou plutôt force de rames, en direction du large.

— Où arriva-t-elle ainsi ?

— Nulle part.

— Quoi ? pourquoi cela ?

— Tout simplement parce que, alors qu'on allait d'un bel élan, on donna l'ordre de faire demi-tour. De sorte que notre homme regagna la terre ferme, moins de trois quarts d'heure après avoir pris congé d'elle, ayant toujours son caillou entre les mains, et avec tout l'air d'un voyageur enchanté de sa traversée.

Cyrano était allé d'étonnement en étonnement.

Il s'exclama :

— Mais, que diable allait-il faire…

— Oh non ! oh non ! oh non ! l'interrompit Chapelle. Ne me demandez rien, à moi : je me suis engagé à vous intriguer, non à vous apporter des réponses. Admettez que vous qui aimez si fort à trouver pour tout effet une cause, vous voilà réduit à quia, pour une fois.

— C'est si vrai, que je ne chercherai pas à le nier : je m'avoue vaincu ; je mets bas les armes.

— Bien ! Mais, rassurez-vous, toute votre perplexité trouvera satisfaction, lorsque vous rencontrerez l'homme dont je vous parle.

— Ah ! je le rencontrerai donc ?

— Oh, certainement !

— Et comment le savez-vous ?

Avant de répondre, Chapelle examina Cyrano ; et son sourire prit une expression moins espiègle que tendre, moins moqueuse que réjouie.

— Cela se voit, à ton regard.

— À mon regard !

— Oui, à cette étincelle que j'ai vue s'y allumer, à ton air curieux, affamé, dévorant, qui me disent que tu es bien vivant, toi qui me faisais l'effet d'être mort, il n'y a qu'un instant. Ah ! à la bonne heure !

— Et cet homme-là, qui se réclame si fort de la raison, se livre à tout ce qui n'est, extérieurement, qu'extravagances ?

— Naturellement. Tu comprends que, du moment qu'il sait, au fond de lui, que toutes ses actions sont fondées en raison, il lui est à peu près égal de passer pour un fou.

Ce trait frappa Cyrano d'admiration. On sait déjà si lui-même mettait la raison au-dessus de tout.

C'est-à-dire, tout, à l'exception du rêve et de l'imagination.

— D'ailleurs, reprenait Chapelle, ce que je viens de dire pourrait passer pour la définition qui convient à son état ; puisqu'il est prêtre.

— Prêtre ! dit Cyrano ébahi.

— Et plutôt deux fois qu'une : il est chanoine de Digne. Mais garde-toi bien d'émettre la plus légère raillerie, garde-toi de faire la plus petite critique ; ne touche pas à celui dont je te parle, car il m'est presque sacré.

— En vérité !

— C'est qu'il est le plus sage et le meilleur des hommes que j'aie jamais rencontré. Et il est, en même temps, le plus galiléen ; c'est pourquoi je riais si fort, s'exclama Chapelle en faisant entendre une nouvelle édition de son hilarité, lorsque l'expression de ton scepticisme a rencontré celle de sa certitude.

— Tu crois qu'il me convertira à Galilée ?

— Eh ! eh ! cela se pourrait bien. La conversion des âmes, sous une forme ou sous une autre, voilà son occupation ; car, lorsque son saint ministère ne l'emploie pas, il enseigne.

— Il enseigne ? et quoi donc ?

— La philosophie.

— Eh bien, quel est son nom, à ce professeur de philosophie, d'origine méridionale et peut-être espagnole, que tu tiens si fort à me faire rencontrer ?

— Pierre Gassendi.

Ce nom ne disait rien à Cyrano. Mais Chapelle avait dit vrai, et tout ce qu'il avait ouï sur son compte, ce qu'il avait compris, ce qu'il n'avait pas compris, lui avait inspiré le désir de faire sa connaissance.

On était à ce point de la conversation, lorsque l'on convint de se lever et de partir. Chapelle, l'unique acteur de la consommation, régla, et l'on se dirigea vers la porte.

XIV

Comment on forme un trio

Aussitôt qu'il fut dehors, Cyrano sentit la nuit d'une soirée d'hiver poser sa main froide sur sa poitrine et lui glacer le cœur ; toute son excitation, toute son ardeur retrouvées, s'éteignirent d'un seul coup comme une chandelle qu'on souffle.

Il est des âmes dont l'exquise sensibilité peut devenir, suivant les circonstances, extase ou tourment.

L'âme de Cyrano réagissait avec la plus grande vivacité à un changement de lumière, à sa présence ou à son absence : elle s'épanouissait, lorsqu'il faisait jour ; elle s'assombrissait, lorsqu'il faisait nuit : et, dans la disposition à la tristesse où le jeune homme se trouvait, ce trait de son organisation ne pouvait que s'accentuer.

Il faisait noir ; aucune étoile ne paraissait dans le ciel.

La rue que l'on suivait était étroite et longue ; elle était fermée, sur un côté, par des façades presque borgnes, et sur l'autre, par un parapet de l'autre côté duquel, en contrebas, serpentait le cours de la Bièvre. Les deux amis, pour le moment, étaient seuls ; le bruit de leurs pas sur le pavé n'éveillait aucun écho.

— Bon ! à quoi songez-vous ? demanda brusquement Chapelle. Car un homme tel que vous a toujours l'esprit occupé de quelque idée.

— Je pensais seulement, dit Cyrano en poussant un soupir, que l'hiver est une saison effroyable.

— Ah bah !

— Voyez ces façades noires, qui nous observent de leurs yeux morts, derrière lesquels ne brille qu'une trop rare lumière, comme certains visages, au feu de leur esprit, ne laissent reluire qu'une trop rare pensée ; ce froid qui, en dominant l'usage de l'esprit et des sens, pétrifie leur action, aussi sûrement que si l'on subissait la dure étreinte de la vieillesse et de la mort ; et, voyez, voyez cette rivière, qui a tourné vers nous sa face gelée comme l'eau d'un miroir…

— Je la vois ; eh bien ?

— Eh bien, dit Cyrano absorbé dans sa contemplation : ne diriez-vous pas que vous avez là un monstre, au corps blême, morne, vitreux ; un monstre, enfin, qui ne serait fait que d'un œil ?

Chapelle prit l'expression d'un homme sensé qui découvre la folie, ou la demi-folie, de son interlocuteur.

— Oh ! il ne fait pas bon être dans votre tête par un temps pareil. Votre imagination travaille, comme toujours, mais un peu trop au noir, parole d'honneur !

— Que faites-vous ?

— Je sors ma pipe, et mon tabac ; et maintenant, mon briquet. Vous comprenez, du moment que vous m'obscurcissez de la sombre vapeur de vos sombres idées, vous ne protesterez pas si je vous enfume un peu à mon tour. Comme je sais que vous n'aimez pas plus le tabac que vous n'aimez l'alcool, je m'étais retenu d'y recourir ; mais, cette fois, tant pis pour vous ! Prenez cela comme une pénitence.

Et Chapelle, s'étant mis en devoir d'exécuter ce qu'il annonçait, battit consciencieusement son briquet, tout en laissant échapper un rire joyeux.

Au même moment, un souffle de vent plus fort que les autres fit grandir la flamme que Chapelle faisait jaillir devant lui : son visage, tout à coup illuminé, ressortit vivement dans l'obscurité ambiante.

Ce fut un effet semblable à ceux que l'on voit sur les tableaux de Georges de La Tour ; mais nous n'oserions écrire que le sujet de pareille illumination fût aussi pieux que ceux du maître lorrain.

Ce visage enflammé faisait voir une intelligence et un esprit si vifs, tant de malice railleuse, tant de joie pétillante, qu'il semblait ne devoir sa lumière qu'à une sorte d'éclat intérieur et profond, au lieu de la recevoir d'une source extérieure.

Or, si brève que dût être cette apparition, elle ne fut pas sans produire une puissante impression chez quelqu'un qui en avait été le spectateur invisible.

Depuis quelques secondes, en effet, une ombre descendait la rue que Chapelle et Cyrano étaient occupés à monter. Cette ombre allait à pas pressés, nerveux, et presque fugitifs ; elle allait guidée par la plus pressante de toutes les nécessités, celle de trouver de l'argent. Mais, malgré la force de cet appel irrésistible, en voyant le phénomène lumineux que nous avons décrit, elle s'était immobilisée, comme si elle avait été foudroyée.

L'homme, puisque cette ombre était un homme, demeura à la même place, subjugué, ébloui, et semblant aspirer de toute la force de ses yeux les rayons de cette figure qui avait surgi comme un astre au milieu de l'obscurité.

Il aimait fort la lumière, à la façon de Cyrano ; mais il aimait aussi fort les contrastes, à sa façon à lui, et celui-là le séduisait beaucoup.

Si cet homme avait aperçu Chapelle, Chapelle, en revanche, ne l'avait pas remarqué ; non plus que Cyrano, qui s'était détourné, et dont les traits étaient restés dans la pénombre.

Un rougeoiement de braise indiqua bientôt que Chapelle avait eu satisfaction ; la flamme retomba, et les deux amis se remirent à avancer du même pas, enveloppés d'un même silence.

L'ombre, cependant, n'osait faire un geste ou prononcer un mot.

Elle se retenait d'aborder celui qu'elle avait vu, d'abord parce qu'elle constatait qu'il était accompagné.

Bientôt les deux jeunes gens, qui s'étaient approchés de cette ombre, parvinrent à sa hauteur, et puis la laissèrent derrière eux.

Avec une sorte d'affolement de tout son être, elle sentit passer, puis s'éloigner d'elle, cette présence qui lui avait fait l'effet d'un vivant soleil.

Une seconde durant, l'homme eut la tentation de se retourner, de tenter quelque chose ; néanmoins ce moderne Orphée, plus sage que son prédécesseur, demeura aussi immobile qu'il l'avait été jusque-là, mais l'âme navrée, mais le visage bouleversé, mais le cœur consumé de regret et de dépit.

Puis, lentement, tristement, il s'éloigna le long de la Bièvre, non sans remâcher entre ses dents quelques propos amers sur l'injustice de sa fortune.

Tout à coup une exclamation, partie de l'endroit où étaient les deux jeunes gens, qui s'étaient remis à converser, le fit s'arrêter net.

— Cette voix !... C'est Cyrano ! s'écria-t-il en se redressant, stupéfait.

Et cette fois, aussi résolument que si sa vie en dépendait, il se mit à courir dans la direction des deux amis, en appelant :

— Cyrano ! Cyrano !

Tout en haut de la rue, Chapelle, qui avait entendu, tira Cyrano par un pan de son habit, en disant avec ironie :

— C'est après vous qu'on en a, je crois.

Et Chapelle, pour une fois dans sa vie, n'avait qu'à moitié raison.

Tous deux se retournèrent pour faire face au nouvel arrivant : Chapelle, son instrument à la main, arborant un air de maline curiosité ; Cyrano, ayant les sens aux aguets.

Il ne fallut pas longtemps à notre demi-Orphée, à notre complet adorateur du soleil, comme l'était Orphée lui-même, en plus d'être le père des musiciens et des poètes ; il ne lui fallut pas longtemps, disons-nous, pour parvenir devant eux.

Pour donner une idée de la composition du groupe ainsi formé, nous dirons que Cyrano, comme souvent, était le plus grand ; Chapelle était de taille moyenne ; quant au troisième élément, il était, sans conteste, le plus petit.

Fût-ce opération tactique, ou bien réel changement de préoccupation : toujours est-il que ce troisième élément, sans prendre le temps de se présenter, après avoir courtoisement salué celui qui était au côté de Cyrano, ne parut accorder la plus grande part de son attention qu'à ce dernier.

Il s'adressa à Cyrano avec un ton qui impliquait un certain degré de familiarité.

— Cyrano ! Je suis bien aise de vous rencontrer : vous allez peut-être me rendre un grand service.

— Ah ! vous avez besoin d'aide ? dit Cyrano avec un mouvement de joie.

— Affreusement. Un ancien… un mien… ma foi ! disons : un mien ami, est venu me trouver aujourd'hui, après quinze jours entiers qu'il avait eu la très grande amabilité d'oublier mon existence. Or, pour mon malheur, il est venu me réclamer ce soir une dette que j'avais contractée envers sa personne, négligeant tout à fait d'avoir au moins l'urbanité de s'enquérir de ma santé, qui au vrai lui importe peu, et de l'état de mes finances, qui cependant le regarde beaucoup.

— Et je présume que vous n'avez pas ce qu'il est venu chercher.

— Mon cher, on me réclamerait le plus petit maravédis, que je n'aurais pas de quoi donner satisfaction. Aussi voilà une heure que je bats tous les lieux de ma connaissance, *Le Juste*, *Le Lion d'or*, à la recherche d'une bonne âme qui accepterait de me tirer d'embarras.

— C'est donc bien pressant ?

— C'est-à-dire que mon ami l'est beaucoup. Tel que je le connais, si je reviens sans son dû à l'endroit où je l'ai laissé…

— Où est-ce donc ?

— Mais, chez moi.

— Où il s'est mis à son aise, naturellement ?

— Je vous assure que je n'ai pas eu à prendre le soin de l'en prier. Et si je rentre les mains vides, il se mettra en colère, ce qui détruirait l'harmonie de ses traits, et ce ne serait sûrement qu'un début ; or c'est là une disgrâce que je voudrais absolument lui épargner.

— Je vous sais dévoué pour votre prochain. Combien, pour éviter la destruction promise ?

— Mon cher, je dois quinze pistoles.

— Quinze pistoles !

— Oui.

— Et comment espérez-vous lever une somme pareille ?

— La belle affaire ! il faudra que je m'endette autre part, et voilà tout. D'où ma prochaine question : auriez-vous, non la totalité, mais au moins le commencement de ces quinze pistoles ?

— Vous savez que je vous le donnerais sans balancer. Mais, tel que vous me voyez, je suis aussi impécunieux que vous, dit Cyrano en secouant la tête.

En entendant cette réponse, qui pouvait difficilement lui convenir, son interlocuteur éclata.

Seulement, il éclata en italien.

— *Diavolo !*

— En revanche, reprit Cyrano en prenant une pose martiale, vous savez que, si je ne vous suis pas utile sous ce rapport-là, je peux encore, du moins, vous être bon à quelque chose ; et s'il vous fallait, pour prévenir la menace à laquelle vous faisiez allusion, des arguments solides et tranchants…

— Inutile de vous mettre en peine : ce serait à refaire toutes les semaines, car je crois que l'animal a le cuir si épais, qu'il est imperméable à la raison, et que tous les arguments sont sans effet sur lui.

— Vous choisissez étrangement vos… comment disiez-vous ? vos amis.

— Ce n'est pas vous, du moins, qui allez m'en faire le reproche.

— Ainsi, mon offre doit demeurer sans effet ?

— C'est ainsi.

— Bon ! n'en parlons plus, alors, dit Cyrano, secouant la tête une seconde fois. Mais aussi, comment vous êtes-vous mis en position de lui devoir une somme que vous n'avez jamais eue, que vous n'avez pas, et que vous n'aurez jamais ?

— Ah ! ne m'en parlez pas : j'ai perdu au jeu contre lui.

— Au jeu !

— Oui ! oui ! oui ! admit l'autre avec un gémissement qui allait *crescendo*.

— Je croyais cependant, dit Cyrano dont le sourcil s'abaissa avec une once de réprobation, que vous saviez l'art de vous garder contre ces sortes de hasards malheureux.

— Vous aurez plus vite fait de m'appeler, dans mon genre, un bien mauvais artiste, repartit son interlocuteur avec un air de susceptibilité froissée. Mais je vais plutôt finir par croire, nom d'un diable ! que tout le monde est marié, sauf votre serviteur.

Pendant tout ce dialogue, les expressions du visage de notre troisième homme étaient allées de la raillerie à l'angoisse la plus sincère, avec une mobilité surprenante, trace d'une agitation bien réelle, tandis qu'il accompagnait ses propos de force gestes des deux mains.

Chapelle, de son côté, l'avait observé curieusement.

On sait si c'étaient l'acuité et la finesse qui faisaient défaut à Chapelle ; aussi avait-il remarqué les quelques coups d'œil que, presque malgré lui, au début de son échange avec Cyrano surtout, l'autre avait adressés dans sa direction.

Or il paraît que l'observation de Chapelle était arrivée à son terme, et même, qu'elle avait abouti à un jugement, puis à une décision ; car il déclara d'un seul coup :

— Vous dites que c'est quinze pistoles qu'il vous faut ?

— Je l'ai dit, oui, dit le troisième homme un peu surpris.

— Bon ! les voilà, dit Chapelle.

Et, de sa main libre, il mit sans plus de façon la bourse qu'il portait à la ceinture entre les mains de son interlocuteur, qui la reçut de l'air d'une personne qui ne peut croire à sa bénédiction.

— Quoi ! comme cela !

— Tout bonnement. Comme cela.

— Et il y a là quinze pistoles ?

— Un peu plus du compte, je crois. Mais, si j'ai bien compris, vous n'avez pas de temps à perdre à de pareilles vérifications.

— Vous avez sur vous une pareille richesse !

— C'est parce que, répondit le jeune homme en souriant, je cherche toujours le moyen de la dépenser.

— Et vous ne craignez pas...

— De faire de mauvaises rencontres ? dit Chapelle dont le sourire s'élargit dans un rire. Avec Cyrano, que vous connaissez comme moi ?

Il n'avait pas tort ; car nous avons oublié de dire que Cyrano, quoiqu'il n'eût plus l'état de soldat, avait toujours avec lui sa longue rapière qui lui battait les jambes.

On a vu que Cyrano lui-même n'avait pas hésité à proposer ses services offensifs et défensifs à celui qui lui demandait seulement un secours financier ; ce qui indiquait qu'il n'était peut-être pas si éloigné de son ancienne vie aux armées qu'il ne paraissait le croire lui-même.

À ce rappel de la présence de son ami, qui lui remit en tête tout un ordre d'idées, le dernier arrivant releva la tête vers celui-ci, avec une vivacité qui contenait une frayeur.

Mais Cyrano, qui ne pouvait pas avoir l'esprit moins délié que Chapelle, répondit par un signe dépourvu d'équivoque.

Pour la troisième fois, il secoua la tête.

Ce signe inspira un frisson de joie et de soulagement à celui auquel il était adressé. Il se tourna de nouveau vers Chapelle, auquel il déclara :

— Malgré tout le plaisir avec lequel je reçois ce que vous me donnez, il faut que je vous avoue une chose : c'est que bien des gens vous diraient que vous prêtez à fonds perdu. Non que je sois de leur avis, ou le diable m'emporte ; cependant je vous dois de vous en avertir.

— Moi, je prête aussi libéralement qu'il me plaît. D'ailleurs, ce n'est peut-être pas un prêt, c'est un investissement.

— Un investissement un peu bien dispendieux.

— Dam ! ce n'est pas ma faute : il paraît que je suis le fils d'un financier.

— « Il paraît » ?

— C'est presque une longue histoire. Mais, hâtez-vous, ajouta Chapelle.

— Pour quoi faire ? dit l'autre, dont les yeux ardents, fixés sur la personne de Chapelle, recevaient le reflet de la braise.

— Pour porter cet argent à l'endroit où on l'attend, pardi !

— Oh ! c'est vrai, murmura son interlocuteur, un peu décontenancé.

De même que, plus tôt, il pouvait avoir donné l'impression d'oublier Chapelle, cette fois, il était clair qu'il avait presque perdu le souvenir de la raison pour laquelle il était sorti de chez lui.

— Mais cependant, s'écria-t-il, pour vous le rendre… ?

— Allons ! est-ce que je vous parle de ces choses-là, moi ? Je ne suis pas si pressé que votre créancier : j'aime à croire que mon sens des convenances et de la politesse est plus développé que le sien.

— Il faudra, néanmoins, que je connaisse le moyen de vous adresser plus tard ce que vous me donnez aujourd'hui.

— Vous avez nommé tout à l'heure deux endroits où je sais que l'on peut vous trouver, si l'on a besoin de cet argent ; cela me suffit.

— Mais, vous l'avez dit vous-même, il y a trop dans ce que vous m'avez remis. Ce reste n'appartient, ni à ma personne, ni à celui que vous appelez mon créancier : je ne puis donc le garder.

— C'est juste, dit Chapelle avec un sérieux inimitable. Il y a ce reste, et il ne serait pas correct que vous le conservassiez. Fort bien : aussitôt que vous aurez payé ce que vous réclame votre Chevalier de la Grimace...

— Oui ?

— Vous viendrez me voir, et nous ferons nos comptes, au nom de l'honnêteté et de la bienséance. Je vois bien à présent que vous êtes trop scrupuleux pour ne pas vous rendre à cette parole-là.

— C'est bien pensé à vous ; seulement, l'adresse ?

— Au cloître Notre-Dame : franchissez le seuil, et prenez tout de suite à main gauche, rue Saint-Louis, non point la grosse porte cochère, mais la petite, qui est à son côté. Vous me demanderez, et l'on vous ouvrira.

— Sous quel nom, peut-on savoir ?

— Mon véritable nom n'a pas grande importance. Vous demanderez Chapelle ; sous ce nom-là, on me reconnaîtra.

— Chapelle ! dit-il, les yeux brillants, comme si ce nom eût fait venir à sa pensée des idées singulières.

— Oui. Mais moi, pour vous recevoir, il faudra bien que je sache un peu quel est le vôtre, et qui je dois attendre.

— *Se vuole*, s'écria-t-il gaiement.

Ces mots, lancés d'une voix forte, résonnèrent dans la ruelle, comme, plus tard, le terrible *che vuoi ?* que Lesage devait faire dire à son *Diable amoureux*.

Chapelle s'était engagé à faire rencontrer à Cyrano un religieux.

Cyrano, sans s'être engagé à rien, lui avait fait rencontrer le contraire d'un religieux, et voilà tout.

Au reste, c'est lui que nous avons déjà vu se réveiller derrière un rideau de Saint-Germain, paraître devant un Louis XIII mélancolique et passionné, près duquel il avait accompli un devoir passionné et mélancolique de musicien et de poète, sous l'identité de Charles Coypeau, aussi appelé Phébus Garderobin.

— J'ai plusieurs noms moi aussi, reprit l'intéressé avec un sourire aigu ; cependant je préfère qu'on m'appelle Dassoucy.

XV

La patrie des vaillants

D'ARTAGNAN avait gagné Marseille avec sa célérité ordinaire, et là, avait pris place à bord du bâtiment *La Dauphine*, que lui avait indiqué Richelieu. Afin de ne pas donner prise aux poursuites, car la Méditerranée regorgeait en ce temps de pirates et de corsaires, on ne leva l'ancre qu'à la nuit tombée.

Alors le navire glissa lentement sur les eaux sombres, pendant que d'Artagnan, qui n'avait point sommeil, errait sur le pont de *La Dauphine* en gardant les yeux levés sur la voûte étincelante au-dessus de sa tête. Il semblait que tous ces astres dont la mer est couronnée, comme dit Homère, se fussent réunis pour tendre leur diadème depuis les rives de la France jusqu'au bord des Espagnes ; et l'on voyait parfois le trait d'or d'une étoile filante, comme s'il eût été décoché par un arc invisible, qui passait sans un bruit sur l'immensité noire.

Trois jours plus tard, au matin, on était à Barcelone, ville que Cervantès appelle *la patrie des vaillants.*

Baignée à l'orient par une mer de saphir, Barcelone s'adosse, vers l'occident, à une chaîne de collines, près desquelles elle dresse noblement sa vieille tête, c'est-à-dire la cathédrale, qui avait nom Sainte-Croix. La cité avait atteint alors une grosseur qui la rendait comparable à Lyon, et montrait, aux yeux de ses admirateurs, l'heureuse harmonie de ses maisons ocre et blanches, qu'une muraille de pierre séparait des constructions des faubourgs, aux nuances plus diverses.

Rassembler ses effets, prendre congé du capitaine, mettre pied à terre et s'enquérir de la direction de la maison du Vice-roi, ce fut tout un pour d'Artagnan, qui était pressé de se mettre sous les ordres de La Mothe-Houdancourt.

Après avoir traversé un quartier où chantaient tous les accents et toutes les langues du monde, d'Artagnan apprit qu'il approchait de sa destination, ayant reconnu qu'il était près de la cathédrale. Onze heures sonnèrent lorsqu'il passa devant la Maison de la Députation, dont le nom indique suffisamment qu'elle sert à la délibération des députés de Catalogne, auxquels les circonstances donnaient bien plus d'activité qu'à l'ordinaire ; aussi l'agitation était-elle permanente, aussi bien à l'intérieur qu'à l'extérieur.

Le voyageur qui aurait eu la curiosité de se promener entre ses murs aurait pu y contempler les portraits de tous ceux qui portèrent le titre de comte de Barcelone, depuis le premier d'entre eux, qui avait nom Wilfried, ou Guifré, jusqu'au dernier, c'est-à-dire Louis XIII. Et ce n'eût pas été un mince objet de réflexion, que cette alternance curieuse et plusieurs fois observée, entre un prince français et un prince espagnol ; que ce hasard qui avait donné la souveraineté, tantôt à Charlemagne, à Louis le Débonnaire ou à Louis XIII, et tantôt aux rois d'Aragon ou à Philippe IV. Et pour peu que ce voyageur eût un esprit tourné vers la philosophie, il n'eût pas manqué de lire, dans cette alternance qu'il eût fallu une certaine complaisance pour trouver régulière, ou une grande naïveté pour imaginer pacifique, une édifiante image des caprices de la fortune.

Toutefois, notre propos n'étant pas de moraliser, mais bien de raconter une histoire, nous devons reprendre le fil de notre récit pour constater que d'Artagnan était parvenu jusque dans le palais du Vice-roi, où, muni du message de Richelieu qui devait faire office de laissez-passer, il avait été introduit sans attendre auprès du comte de La Mothe-Houdancourt.

Le comte employa plusieurs minutes à relire devant d'Artagnan la lettre que lui avait écrite le cardinal ; lecture qu'il accompagna de force hochements de tête et de force coups d'œil en direction de notre mousquetaire, qui demeurait impassible.

Enfin le comte replia la lettre et déclara :

— Monsieur le lieutenant, le cardinal m'écrit que l'on peut faire fond sur vous, et que vous avez rendu d'importants services à la couronne ; trop importants, à ce qu'il paraît, pour être racontés.

D'Artagnan s'inclina en retenant un sourire.

— On m'apprend également que vous vous êtes distingué plusieurs fois au feu, au pas de Suse en Italie, et, avant cela, à La Rochelle. La Rochelle ! répéta La Mothe-Houdancourt. J'y ai combattu moi-même, sous les ordres de feu le duc de Montmorency. Sous quelle enseigne y étiez-vous ?

— Je pourrais vous répondre que j'y ai servi sous deux enseignes, monsieur.

— Deux ! comment cela ?

— C'est que j'eus le bonheur de changer de corps d'armée pendant la durée du siège : je m'y rendis parmi les Gardes, où je me trouvais ; par la suite, je suis passé aux Mousquetaires, grâce au cardinal, qui voulut bien faire cela pour moi. Mais, si vous m'interrogiez pour connaître sous quel drapeau je me sentis le plus honoré de combattre…

— Je comprends ; celui des Mousquetaires, je présume ?

— Non, M. le comte.

— Alors, celui des Gardes.

— Ni l'un, ni l'autre. Je m'aperçois que j'ai eu tort en vous parlant de deux enseignes, car il y en eut trois : celle que j'ai eu le malheur d'oublier était une serviette d'hôtellerie.

— Une serviette d'hôtellerie !

— Oui, mais quelques trous qu'y laissèrent les balles des ennemis eurent tôt fait de la changer en drapeau, et ce trophée fit voir que mes trois camarades, ou plutôt mes trois amis, et moi-même, avions approché d'assez près le camp des Rochelais. J'ajoute que pas un d'entre nous ne manqua à l'appel, tandis qu'ils y laissèrent douze ou quinze des leurs.

— Ah !... fit La Mothe-Houdancourt. C'est donc ce fameux épisode de... du bastion... Veuillez rafraîchir ma mémoire.

— Cela se passait dans le bastion Saint-Gervais.

— Mais, fit tout à coup le comte, vous deviez avoir, alors, à peine quelques années de moins que je n'en avais moi-même ; c'est-à-dire...

— J'avais tout juste vingt ans, monsieur, dit d'Artagnan, dont le cœur, à ces souvenirs, se gonflait de fierté.

Les yeux de La Mothe-Houdancourt s'écarquillèrent avec quelque chose qui ressemblait à de la surprise.

— Monsieur, dit-il enfin, le cardinal, qui s'y connaît en hommes, n'avait sans doute pas tort en vous envoyant jusqu'à moi.

— C'est ce qu'il semblait croire.

Le regard de d'Artagnan contenait une interrogation ; le comte la comprit.

— Je ne veux pas discuter ici avec vous. Lieutenant, veuillez me suivre.

La Mothe-Houdancourt, qui s'était levé, venait d'ouvrir une petite porte dans la boiserie ; cette porte donnait sur une terrasse, laquelle dominait une partie de la ville.

Le panorama s'ouvrait, d'un côté, sur la mer, qui s'étendait limpide et bleue, tout émaillée de reflets d'or ; et de l'autre côté, sur les collines aux flancs verts, et, derrière elles, sur les pierres grises et hautes du massif de Montserrat : cette sécheresse fermait le paysage.

Les lieux rendaient à peu près impossible d'être surpris.

L'entrevue, commencée de la façon la plus réglementaire, venait donc de prendre un tour particulier.

— Lieutenant, dit La Mothe-Houdancourt, apprenez-moi d'abord une chose. Que savez-vous au sujet de la mission que je m'apprête à vous confier ?

— Rien, ou si peu ; le cardinal m'en a bien touché un mot, mais ce mot était tellement sibyllin, tellement énigmatique, que j'ai renoncé à le comprendre.

— Et quel était ce mot ?

— Gascon.

À cette réponse, La Mothe-Houdancourt eut un sourire bref et rude.

— Vous en êtes un, cependant ; on me l'écrit, et je l'entends.

— C'est ce que disent, du moins, les noms que l'on m'a transmis.

— Quels noms ?

— De Batz de Castelmore d'Artagnan.

— À merveille, répliqua La Mothe-Houdancourt, comme s'il eût vu dans ces noms une confirmation. À présent, permettez que je vous instruise, puisque le cardinal ne l'a pas fait. Cela, d'ailleurs, m'agrée ; car une indiscrétion eût pu être fatale à mon projet, comme vous comprenez, lieutenant, qu'elle pourrait l'être encore.

— Vous avez ma parole que rien de ce que vous m'apprendrez ne sera révélé au-dehors.

— Fort bien. Vous devez savoir que le déploiement de nos armées n'a rencontré que peu d'obstacles en Catalogne ; mais que ces obstacles se sont montrés suffisamment résistants pour qu'on désire y mettre un terme le plus rapidement possible. Ces obstacles ne viennent pas de la population générale, qui nous est reconnaissante de l'avoir préservée du joug castillan ;

ni des forces du roi des Espagnes, qui demeurent faibles et peu efficaces dans leur action.

— Alors, quelle forme revêtent ces difficultés que vous évoquiez ?

— Lieutenant, dit La Mothe-Houdancourt, savez-vous ce que sont les *bandoleros* ?

— Certainement pas aussi bien que vous, monsieur.

— Je vous parle de ces bandits qui se font connaître par des attaques, des pillages, des coups de mains, et qui sont fort actifs au nord et à l'ouest de la région où nous sommes. Convois, mas, ermitages, aucun lieu n'est à l'abri de leurs menées terribles.

— Menées, monsieur, qui me sembleraient devoir être du ressort des forces catalanes, au lieu d'être celui de l'armée française.

— Et, en temps normal, vous eussiez dit vrai ; par malheur, l'une de ces bandes a choisi une cible bien particulière, et ce sont tous ceux qui représentent l'autorité du roi Louis XIII.

— Comment se fait-il que de tels agissements aient pu perdurer jusqu'à aujourd'hui ?

— Parce qu'on ne combat pas des bandes aussi aguerries dans l'art du pillage et de la dissimulation comme on affronte une armée régulière, dont les codes sont les mêmes que ceux de l'armée qu'elle a en face d'elle. Depuis des années, les gouvernements qui se sont succédé, tant en Catalogne qu'en Aragon, ont voulu mettre fin à ces pratiques ; aucun de ces Espagnols n'a réussi : jugez la chance qui reste aux Français, qui ne font que d'arriver, et qui sont vus tantôt comme des alliés, et tantôt comme des conquérants.

— Vous avez parlé d'un art de la dissimulation.

— Oui ; c'est le premier avantage que tous ces bandits ont sur nous. Une troupe d'isards à pourchasser dans les Pyrénées nous créerait moins de difficultés. Les plaines sans nom par lesquelles ils se dispersent, les métairies isolées qui les abritent, ces montagnes qui nous entourent et dont ils font leurs complices, tout conspire à les préserver de nos ripostes. Lorsqu'ils se sentent serrés de près, une ressource leur reste : celle de passer en Aragon, dont les autorités sont ennemies des nôtres.

— En d'autres termes, ils sont maîtres du terrain.

— Exactement. Ils ont un deuxième avantage sur nous, en la personne de leurs compatriotes, qui ne s'exposeront pas à les dénoncer ; car, à tous les emplois qu'ils ont déjà, ces bandits ajoutent celui de contrebandiers. Or s'il est, parmi les Catalans, quelque chose de plus fort que la peur des représailles, c'est l'appréciation des services qu'ils retirent de ce charmant métier qu'exerce, bien souvent, un de leurs parents ou de leurs amis.

— En somme, dit d'Artagnan, toutes nos difficultés se résument à ceci : c'est que nous sommes en Espagne, et que ce sont des Espagnols.

— Il y en a une troisième, lieutenant.

— Quelle est-elle ?

— Les Gascons.

— Ah !

Cette syllabe avait été énoncée d'une façon qui montrait que d'Artagnan avait saisi d'un seul coup tout ce qu'il lui restait à comprendre de la situation.

— Oui, dit La Mothe-Houdancourt. Vous n'ignorez sûrement pas que les gens de votre nation sont en grand nombre de ce côté-ci des Pyrénées.

— Hélas ! non. La Gascogne est une fort belle terre, qui a pour ses fils la tendresse et la chaleur d'une mère ; mais il vient un moment où cette chaleur ne suffit pas pour vivre.

— La fierté des Espagnols n'aime guère à manier l'argile ou la houe, qu'elle abandonne à ceux qui traversent leurs frontières ; mais il arrive que ces derniers en soient aussi dégoûtés qu'eux : aussi rejoignent-ils les rangs du grand banditisme.

La bande à laquelle je faisais plus particulièrement allusion a beaucoup recruté chez eux : elle s'en est accrue presque d'un tiers.

— Et ces Gascons opposent une résistance farouche à l'armée française, exactement comme s'ils avaient été espagnols toute leur vie.

— C'est bien cela. Vous voyez à présent, lieutenant, l'idée à laquelle je veux vous conduire.

— Mais, certainement, répondit d'Artagnan. Vous attendez de moi que je me mêle à ceux que vous appelez les gens de ma nation, pour me faire *bandolero* à mon tour, afin de vous permettre de rencontrer la bande que vous cherchez, au grand complet, dans les circonstances qui seront les plus avantageuses pour vous.

— C'est parfaitement exact.

D'Artagnan fit un signe pouvant exprimer la satisfaction ; et, tout en faisant ce signe, il murmura :

— Ah ! Richelieu maudit !

— Vous comprenez, dès lors, poursuivit le comte, pourquoi je ne pouvais point faire appel aux hommes que j'ai ici avec moi ; on les aurait déjà vus : on aurait trop vite fait de les reconnaître.

— Le vieux lion ! fit d'Artagnan tout bas. Aussi, j'aurais dû me méfier ; il me semblait bien qu'il n'avait pas assez sorti ses griffes.

— Enfin, une seule rumeur qui se fût échappée parmi mes soldats eût suffi à mettre en péril tout le projet. Vous, arrivant de Paris, vous ne risquiez point de nous causer cet ennui.

— C'est égal, se disait d'Artagnan : punition, ou épreuve, il n'importe ; il faut que je me fasse bandit, malgré l'horreur que cela m'inspire ? eh bien ! j'accepte sans balancer. Ce diable en intrigues apprendra à connaître ce que je vaux, s'il ne le savait pas déjà.

Et il se mit à présenter à l'examen du comte un visage si égal et si clair, qu'il fut impossible à ce dernier de soupçonner le mince colloque que d'Artagnan venait d'avoir avec lui-même.

La Mothe-Houdancourt, satisfait, reprenait :

— Il me reste une dernière chose à vous apprendre.

— Qui est ?

— Vous savez aussi bien que moi, lieutenant, que le meilleur moyen d'atteindre un ennemi puissant, ce n'est pas toujours de s'en prendre à son corps : parfois, il faut viser la tête.

— Ah ! j'entends bien. Cette bande a un chef.

— Un chef, oui, qui nous fait l'injure de nous résister aussi bien qu'il résistait auparavant aux troupes catalanes. Pour diverses raisons, il jouit d'un grand prestige et d'une popularité presque sans égale parmi la population de cet État ; popularité et prestige que n'entament pas, hélas, les violences qu'il exerce contre les nôtres, et qui pourraient bien susciter contre nous de nouveaux ennemis.

— Et vous désirez, M. le comte, que je vous remette cet homme-là.

— Mort ou vivant. Acceptez-vous la mission que je veux vous confier ?

— Oui, monsieur.

— Sans aucune réserve ?

L'œil de d'Artagnan, qui s'était mis à flamboyer, fut ce que le comte reçut pour toute réponse.

— Bon ! dit La Mothe-Houdancourt d'un ton appréciateur. Voilà qui est sûr.

— Je vous prierai seulement de me dire tout ce que vous pouvez sur l'homme que vous voulez que je vous livre.

— Tout ce que je puis ? c'est bien peu, malheureusement. Ses origines surtout sont obscures. Certains prétendent qu'il fut autrefois renvoyé d'un *colegio mayor* pour une histoire qui fit scandale ; d'autres avancent qu'il s'est enfui de chez sa famille, qui tenait un haras, mais où il ne pouvait espérer aucun héritage.

— Ce qui en fait, suivant les versions, un érudit ou un cavalier.

— Deux possibilités dont aucune n'empêche son état de guerrier. Une chose est sûre, c'est qu'on le désigne fréquemment par son titre, qui est : *El Dueño de los caminos* ; c'est-à-dire, vous le comprenez, le maître des chemins. C'est une appellation fréquente parmi de tels bandits ; nous ne la croyons pas usurpée, s'agissant de lui, car outre le fait qu'il a du sol catalan cette connaissance que je vous ai dite, nous pensons qu'il a des agents dispersés sur toutes les voies. On estime à deux cents les hommes qui luttent sous ses ordres : ce qui en fait un groupe considérable, qui n'a aucun rival de Barcelone jusqu'à Gérone.

— Et ces hommes lui sont dévoués ?

— Comme des soldats à un chef d'armée. On ne connaît pas d'exemple d'un homme qui lui ait fait défaut. On le sait brave, intelligent, fin stratège ; redoutable au combat comme Hector en personne ; insaisissable de surcroît, car, malgré tous les efforts qui ont été entrepris, nul ne parvient à prédire sa trajectoire.

— Et c'est cet Hector-là que je dois rencontrer, et dont vous voulez que je partage l'existence, afin de gagner sa confiance, de le tromper, et de le mener là où vous le désirez.

— Oui.

— Vous ne m'avez pas dit son nom.

— Rojas.

— Rojas ! C'est bien un nom espagnol. Cela vient de *rouge*, cela. Est-ce encore un surnom ?

— Non, c'est bien ainsi qu'il s'appelle. La cruauté n'est pas ce qui le définit ; ce qui ne le rend pas, hélas, moins acharné, ni moins victorieux.

— Comment pensez-vous que je pourrai entrer en contact avec lui ?

— Par bonheur, nous connaissons une ou deux personnes à Barcelone qui lui sont toutes dévouées, et qui lui servent de recruteurs. On s'est bien gardé de les arrêter : libres, elles nous seront plus utiles que dans les fers. On a déjà dû vous dire, lieutenant, que l'on devine en vous le soldat à une lieue ?

— C'est mon état.

— Eh bien ! dorénavant, vous êtes un déserteur : la fortune ne vous ayant pas souri dans les armées du roi de France, vous êtes venu la chercher en Catalogne. Je vous crois assez habile pour attirer l'attention de ces recruteurs, une fois que je vous aurai donné leurs noms et l'endroit où on peut les trouver. Vous tâcherez de ne pas me donner tort.

— Et, cette étape franchie, monsieur, comment, cette fois, entrerai-je en contact avec vous ?

— Rojas n'est pas le seul à avoir des dévouements dispersés dans la principauté, M. d'Artagnan. Vous connaîtrez qui ils sont ; et je compte que vous vous mettrez en relation avec l'un ou avec l'autre d'entre eux, selon l'endroit où vos errances vous entraîneront. Quel autre renseignement puis-je vous fournir ?

— Un seul, monsieur. Je ne suppose pas que l'on me voie mener à bien une pareille tâche sans m'avoir donné une identité fausse, avec un passeport établi à un autre nom que le mien.

— En effet.

— En ce cas, j'ai une requête à formuler.

— Parlez, monsieur.

— Je consens à tout ce que l'on voudra, pourvu que ce nom ne vienne pas de Gascogne.

— Comment ! dit La Mothe-Houdancourt étonné. Mais ce serait affaiblir tout notre dispositif.

— Je ne le crois pas. Ce serait même risquer de tout perdre, que de s'attendre à ce qu'un patronyme fasse tous les efforts qui doivent être les miens.

— Et pourquoi cette requête ?

— C'est qu'il est, certes, impensable de risquer dans l'aventure mes véritables noms, qui pourraient être connus ; seulement, considérez aussi qu'un nom qui aura pour origine un autre point de la France dépistera tous les limiers qui ne manqueront pas de se trouver, croyez-moi, parmi les Gascons auxquels je me mêlerai.

— C'est juste. Il ne faut pas oublier que ces gens-là sont aussi rudes et aussi obstinés que la terre qui les a portés.

— Il est vrai ; mais il est vrai aussi, dit d'Artagnan dont c'était le premier véritable sourire, que le plus rusé des Grecs était né parmi les rochers d'Ithaque.

Cette réponse plut autant à La Mothe-Houdancourt que le sourire dont elle était accompagnée.

Comme la demande de d'Artagnan lui avait paru raisonnable, le comte s'en alla pour donner des ordres à cet effet et faire dresser la liste dont il lui avait parlé.

Pendant ce temps, d'Artagnan, demeuré seul, faisait quelques pas sur la terrasse, le regard tourné vers la mer azurée, comme si son attention eût été absorbée par un point à l'horizon.

Mais peu après, ses yeux s'abaissèrent vers la garde de son épée, que sa main eut bientôt tirée à demi hors du fourreau avec quelque chose qui ressemblait à de la mélancolie ; c'était la première fois que cette épée, qui avait si peu servi au cours des dernières saisons, allait devenir celle d'un déserteur.

XVI

Bentré !

LE LECTEUR a suivi nos trois héros sur la route que chacun devait prendre. Comme il est malheureusement hors de notre pouvoir de suivre trois pistes à la fois, nous nous contenterons d'une seule pour le moment, et nous demeurerons en Catalogne.

À l'intérieur de la ville, près de l'endroit où la muraille qui entoure Barcelone donnait, non point vers les collines ou vers la mer, mais vers la plaine qui sommeille entre elles deux, il y avait un réseau de ruelles antiques, pavées, étroites. L'une de ces ruelles nous occupera plus particulièrement ; quoiqu'un peu plus large que ses consœurs, elle n'était pas moins inquiétante qu'elles : un coude à l'une de ses extrémités la privait totalement, pendant les heures nocturnes, de l'éclairage dispensé par l'unique lanterne qui fût allumée dans cette portion de la ville.

C'était un de ces lieux qui semblent faits exprès pour être le théâtre d'une mauvaise rencontre.

Cette nuit-là, un homme prit le chemin de cette ruelle, d'un pas où il y avait plus d'enjouement que de prudence et plus d'insouciance que de sobriété. Cette insouciance était assurément peu convenable pour un homme qui venait de gagner, dans un endroit que la vérité nous force à appeler un mauvais lieu, l'équivalent d'une bourse ronde. Une telle rotondité eût dû inciter son heureux possesseur à une plus grande circonspection ; mais ce genre de préoccupation, on le sait, résiste mal à la célébration qui suit un pareil présent du sort.

Cet homme était maçon ; il était Français ; il avait nom Rancez. La voie qu'il avait prise, à défaut d'être la plus sûre, était la plus courte pour retourner chez lui.

Lorsque Rancez commença de s'engager dans le passage, il était seul ; quand il en eut franchi le tiers, il entendit un son qui lui apprenait que cette solitude avait pris fin. Ce son était celui de deux pas bottés sur le pavé. Bientôt, il distingua devant lui deux hommes. Rancez n'était pas armé ; les lames rutilantes de deux rapières brillaient dans la main des deux arrivants, dont le visage était, selon l'usage espagnol, recouvert par un pli de leur cape : précaution au reste superflue, puisque Rancez, qui ne les voyait que fort mal éclairés, ne les verrait plus du tout dès que ceux-ci avanceraient dans l'obscurité.

La suite de ce prologue eût été assez aisée à prévoir, et se serait même passée de nos services de narrateur, si un événement inattendu n'avait subitement tout renversé.

Une exclamation était partie de l'extrémité de la ruelle opposée à celle par laquelle les mercenaires étaient apparus ; elle avait donc pour origine un point situé derrière Rancez, qui ne fut pas moins étonné qu'eux.

La voix inconnue, qui s'était faite grondante et qui demandait en castillan ce qui se passait, se mit à se rapprocher. Une silhouette eut tôt fait de dépasser Rancez et de se placer devant lui.

L'un des deux agresseurs dit, avec une correction teintée d'ironie :

— Señor, vous êtes étranger à la querelle qui va se dérouler ici ; c'est pourquoi mon compagnon et moi-même vous donnons une chance de vous retirer sans dommage.

— Naturellement, lui répliqua-t-on : de la sorte, vous mèneriez commodément vos affaires ; mais je suis au regret de vous dire que j'ai pour furieuse habitude de me mêler de ce qui ne me regarde pas.

— Dans votre intérêt, je vous recommande de partir.

— Pour vous laisser tranquillement égorger monsieur que voilà, et qui m'a l'air, contrairement à vous, d'être un fort honnête homme ? Je reste.

— Alors, en garde !

L'état de Rancez lui interdisait la fuite ; seulement, il mit tous ses efforts à s'aplatir contre le mur.

Les deux agresseurs fondirent sur le nouvel arrivant, qui venait de tirer une épée.

Au dernier moment, celui-ci opéra un quart de conversion, manœuvre nécessaire pour se mettre provisoirement à l'abri des offensives de l'un des assaillants, tandis que, avec une rapidité foudroyante, il engageait le fer avec l'autre.

Quoique l'épée de son adversaire eût cinq pouces de plus que la sienne, il soutint son attaque sans effort apparent, opposant une défense infaillible à chacun des assauts qu'on lui portait. Puis, profitant d'un instant où la lame ennemie s'écarta de la ligne, il se fendit jusqu'aux épaules et perça les chairs de la cuisse de son opposant.

Ce dernier tomba à terre, en laissant échapper un cri. Aussitôt, l'inconnu se porta résolument contre l'acolyte de celui qu'il venait de frapper, et engagea l'épée en tierce.

Cette fois, son poignet d'acier parut avoir rencontré un jeu égal au sien. Près d'une minute se passa, durant laquelle l'agresseur le pressa d'un bras si expert, que Rancez, plus d'une fois, crut que celui qui s'était fait son défenseur allait devoir se soumettre. Mais, tandis que l'agresseur, qui était le plus ardent des deux, se fatiguait en luttes inutiles, son champion, lui, n'usait de son agilité et de sa sûreté merveilleuses que dans le but de réserver toute son énergie pour le moment opportun.

Un observateur moins directement intéressé à l'issue du combat que ne l'était Rancez n'eût pas manqué de remarquer que le champion en question veillait soigneusement à ne jamais sortir de l'ombre. Eût-il failli à cette règle qu'il paraissait s'être donnée, que les deux agresseurs auraient eu la surprise de le reconnaître ; ou, du moins, de reconnaître en lui l'homme qui avait laissé échapper devant eux, d'un ton aussi dépité que naïf, aussi envieux qu'impuissant, la bonne fortune qui avait échu à Rancez, ainsi que le chemin peu commode qu'il devrait emprunter pour mettre cette bonne fortune à l'abri.

Au bout d'un moment, l'inconnu, qui n'avait fait, jusque-là, que modérer son ardeur, soudain bondit, attaqua, frappa, enfin il étourdit son opposant, tant par le nombre que par la force des coups qu'il lui portait.

L'assaillant fit une tentative pour lier l'épée de son adversaire ; mais celui-ci se dégagea et, sans lui laisser le temps de modifier sa position, il lui passa sa lame au travers du corps.

L'agresseur tomba sans une plainte.

Soudain, un cri retentit.

— *¡ Cuidado !* s'exclamait Rancez.

Dans le même temps que l'inconnu dépêchait son affaire au second de ses assaillants, le premier, qui n'avait pas tout à fait eu son compte, était parvenu à se redresser : avec la rapidité de l'éclair, il avait tiré un poignard de sa botte, et l'avait lancé contre le vainqueur du combat.

Ce dernier, averti, l'esquiva de justesse, et le poignard alla rebondir contre le mur juste derrière lui.

Sans plus s'occuper de l'homme qui gisait à ses pieds, il franchit l'espace qui le séparait du lanceur, et, cette fois, il le frappa à la poitrine, avec une imprécation furieuse. L'autre retomba en arrière et ne fit plus un bruit.

Cela fait, l'inconnu fit quelques pas et promena son regard sur l'ensemble du champ de bataille, avant d'essuyer son épée et de la remettre au fourreau.

Rancez, que l'aventure avait subitement dégrisé, se tenait toujours au même endroit. Une chose était venue changer sa crainte en saisissement, sa méfiance en intérêt : c'était l'exclamation qui avait échappé à ce sauveur sous le coup de la colère, l'instant auparavant.

Cette exclamation était : « *bentré !* »

C'était, tout simplement, la traduction en gascon de *ventrebleu.*

Le vainqueur parut alors aviser Rancez, toujours immobile, et lui demanda, en revenant au castillan :

— Êtes-vous blessé ?

— Non, par bonheur, je n'ai rien, répondit Rancez dans la même langue.

— Je puis en dire autant, et je crois bien que c'est grâce à vous, monsieur.

— Puis-je vous prier de vous mettre dans la lumière ? Je n'aime pas à discuter dans le noir ; moins encore, vous le comprenez, après un épisode comme celui que je viens de traverser.

L'inconnu fit une inclination de la tête, comme s'il rendait grâce aux raisons qu'on lui avançait, et il obtempéra.

La lueur de la lanterne montra un homme d'environ trente-cinq ans, de petite taille, mais qu'on sentait vif et nerveux ; son chapeau fatigué, ses vêtements qui semblaient avoir vu autant d'ouragans que les murs de la ruelle où se déroulait cette scène, et dont l'éclairage creusait d'une profondeur noire et cruelle toutes les entailles et toutes les déchirures, soulignaient que cet homme, s'il avait jamais eu une bonne fortune, était en tout cas en position d'en souhaiter une meilleure. Autant qu'on pouvait en juger, il était fort brun et avait ce teint mat qui appartient au Méridional.

— Ce que vous voyez vous agrée-t-il ? demanda-t-il.

— Beaucoup, sur ma foi !

— Que voilà un étrange compliment ! Et, par sainte Raffine ! j'attends toujours certains remerciements.

— « Par sainte Raffine » ! bégaya Rancez. Ah ! çà, monsieur, apprenez-moi une chose. Vous êtes français ?

— Eh bien, là ! oui.

— Et même gascon ?

— Dix fois oui.

Cette confirmation était tout ce que semblait attendre Rancez, qui s'élança aussitôt vers son interlocuteur.

— Ah ! vrai ! un homme du pays ! s'exclama Rancez en français. Quel bonheur que ce soit à vous que je doive la vie ! Comment vous appelez-vous ?

L'autre baissa sa lame, et répondit avec un long sourire :

— Carpiaux.

— Carpiaux ! dit le maçon interloqué. Mais c'est un nom du Nord, celui-là.

— Je le sais bien ; seulement, mon père a eu l'intelligence de se marier dans le Midi.

— Où êtes-vous né ?

— *Tarbe.*

— *Sangdiou !* Un Béarnais ! s'écria l'autre avec ravissement.

— Mais, vous-même, monsieur ?... Monsieur ?...

— *Rancez* ; vous savez que cela veut dire : français, lâcha-t-il avec un gros rire. Je suis de *Sant Gaudenç.*

— C'est un charmant pays que le vôtre, mon cher Rancez ; car figurez-vous que je le connais un peu. Et, maintenant que nous sommes des connaissances, vous daignerez bien me donner une explication.

— Oui ?

— C'est, reprit l'autre avec un froncement de sourcil, ce que vous avez entendu tout à l'heure par ce « cela me plaît beaucoup ! » qui vous a échappé au sujet de mon apparence ?

Il était assez facile de voir que le dénommé Carpiaux, en faisant cette question, gardait encore un reste, sinon de suspicion, du moins de susceptibilité.

— C'est seulement, monsieur mon sauveur, répondit Rancez, que j'ai été doublement heureux, d'abord de voir que vous étiez un homme du Sud ; et ensuite, de constater que vous étiez dans un état où je pouvais sans doute faire quelque chose pour vous.

— Quelque chose pour moi ? répéta Carpiaux d'une voix froide.

— Certainement. Car enfin, un homme qui va comme vous allez n'a pas tous les jours le loisir de manger et de boire ce qui lui fait envie ; n'est-ce pas ?

— Monsieur, je dois vous arrêter, déclara Carpiaux qui s'était hérissé imperceptiblement : je vous ai rendu un service, parce que tel était mon désir ; mais, si j'ai pu attendre de vous certains remerciements, auxquels il me semble que j'ai droit, mon *aunor* et ma *fiertat* se révoltent, dès lors que vous parlez d'une récompense.

— Ah ! *diable hòu !* vous ne me comprenez pas du tout. Mais, *sacrabiu !* ajouta-t-il en riant d'aise, comme on voit que vous êtes un enfant du pays ! *Qu'ei la sang qui parla.* Voyons ! et si j'ai envie, moi, par amitié pour vous, de savoir un peu qui vous êtes ?

— Ah !... Si c'est affaire d'amitié, la chose est différente.

— Eh ! alors ?

— Dans ce cas, je vous suis où vous voulez.

— Et vous auriez eu tort de faire autrement, parole d'honneur ! Allons chez moi, allons chez moi.

— Mais, je vais sans doute déranger toute votre famille.

— Il n'y a pas de famille ; je suis seul au logis.

— Est-ce loin d'ici ? demanda Carpiaux d'un ton propre à indiquer une ignorance parfaite.

— Pas du tout ; cinq minutes à peine.

— Alors, passez devant ; je vous suis.

Et il rengaina tout à fait son épée.

Rancez était Gascon, mais il avait dit vrai : les deux hommes eurent tôt fait de se retrouver entre quatre murailles, à l'abri de toute volonté offensive et de toute nécessité défensive.

La première précaution de Rancez fut de servir lui-même à boire à Carpiaux, qui n'y consentit qu'à la condition que son hôte ne devînt aussi son commensal. Rancez n'y fit aucune difficulté ; et bientôt, le vin de Penedes, que tous deux apprécièrent en connaisseurs, faisait merveille pour les rendre, l'un comme l'autre, à la volubilité de leur terre d'origine.

La métamorphose fut complète surtout en ce qui concernait Carpiaux ; car, pour Rancez, nous l'avons vu, il y avait longtemps qu'il n'était plus à moitié chemin.

— Mon bon Rancez, s'exclama Carpiaux, ce n'est pas moi qui suis votre sauveur, c'est vous qui êtes le mien. Voilà des journées entières que je tâche à trouver un vin qui ne me fasse pas trop regretter d'être descendu dans ces contrées. Et, *Diu me dau !* voilà le premier qui remplisse mes attentes.

Ce *Diu me dau !* fit faire d'un coup à la fraternisation entre les deux hommes presque tout le progrès qu'il lui restait à accomplir, comme le *Godam !* qui devait donner au Figaro de Beaumarchais toute la compréhension et toute la tranquillité qu'il eût pu désirer chez les habitants de la brumeuse Albion.

— Et pourquoi, mon cher Carpiaux, vous trouvez-vous à Barcelone ? demanda Rancez.

— C'est bien simple ; je servais comme fantassin dans les armées du roi Louis. C'était déjà une première *bestiessa* ; à celle-là, j'ai ajouté celle de me faire prendre comme prisonnier, près de Turin. J'y restai un mois : comme mes geôliers, qui étaient aux ordres d'un Espagnol appelé Leganès, étaient des gens civils, ce fut l'occasion d'apprendre un peu de castillan. On me renvoya à mon armée ; mais je m'avisai que cet état-là ne me plaisait pas si fort que je l'avais cru d'abord. Un jour, c'était près d'une bourgade dont j'ignore le nom, nous subîmes une telle débandade que j'y vis l'occasion de fuir pour tout de bon, sous peine de retomber dans ma seconde bêtise. *E ben !* j'ai déserté. *Adiu !*

À chaque mot méridional que prononçait son invité, le visage de Rancez progressait du rose aimable qui lui était naturel vers une teinte qui approchait, au gré des variations qu'y introduisait le caprice de la flamme, tantôt de l'incarnat, et tantôt du vermillon.

— N'avez-vous point voulu revenir au pays ? demanda l'amphitryon.

— Pour quoi faire ? *Arrés mei que jo medish* : je n'y ai plus personne.

— Voyons : que savez-vous faire, mon cher Carpiaux ?

— Me battre, *pardiou !* et rien d'autre.

Cette interjection eut son effet ; le teint de Rancez avait fini par prendre ce rouge vif qu'on observe moins facilement sur une carnation humaine que sur les crinodendrons.

— Mais, vous ne songez tout de même point à vous faire enrôler dans les *tercios* d'Espagne ?

— Assurément non. Cependant, il me semble que lorsqu'on a une épée et que l'on sait s'en servir, et vous savez, Rancez, si ce que je dis là est la vérité ; bref, que si on a ces deux fortunes-là, pourvu qu'on ne soit pas en Gascogne, on peut en avoir une troisième, et trouver à remplir sa bourse *un bon pauc.*

— Hé hé !... fit Rancez avec un sourire pensif.

— Qu'y a-t-il ? dit Carpiaux étonné.

— Il y a que vous pourriez bien avoir raison.

— Vous croyez ?

— *Òc !*

C'était un *oui.*

— En vérité, Rancez, vous m'intriguez.

Mais Rancez eut subitement l'expression d'un homme qui regrette d'en avoir trop dit en une seule fois.

— *Rai !* dit-il pour y couper court. Nous verrons cela plus tard.

— Plus tard ! Plus tard ! Vous en parlez à votre aise. Il est vrai que vous avez une occupation, vous.

— Qui vous l'a dit ?

— Personne que cette *borsa* ronde, qui vous a valu les inconvénients dont je vous ai débarrassé.

— Je l'ai gagnée au jeu.

— Ah !... Mais c'est donc que vous ne faites aucun métier ?

— Si fait ; je suis maçon.

— *Vertat !* dit Carpiaux en éclatant de rire. Oh ! pardon, je ne me moque pas de vous ; seulement, il me paraît drôle, à moi, d'avoir mis derrière soi autant de lieues, de France et d'Espagne, pour devenir ailleurs ce qu'on aurait pu rester dans son propre pays.

— Vous faites erreur, dit Rancez dont la nature joviale et placide, bien aidée, au reste, par le Penedes, ne songeait pas à se vexer. Ici, je suis ce que je n'aurais jamais été en *Gasconha.*

— *De qué parlatz ?*

— Un maçon riche ; assez pour jouer, et pour envoyer parfois de l'argent à la *casa.* Les gens d'ici n'aiment pas à faire les métiers comme les nôtres : et le résultat, vous le voyez et vous l'entendez à ma ceinture.

Ce mot profond laissa Carpiaux rêveur.

— Ouais ! Il est bien dommage que mes parents, avant de mourir, n'aient point eu l'idée de ne me donner d'instruction que ce qu'il fallait pour savoir lire et écrire. Mais le fait est que je ne me sens de goût pour aucun métier, fût-ce *murralhar*, fût-ce *vailet.*

Rancez était parvenu à impressionner son sauveur : c'était plus qu'il n'en fallait pour donner à son teint l'éclat de la grenade comestible.

— Carpiaux, où couchez-vous ?

— Dans un méchant *aubèrga* que j'ai trouvée, à quelques rues d'ici.

— Et vous dites qu'il ne vous satisfait guère ?

— Cela dépend ; j'y dors très mal, mais j'y ai fort bien dîné. Il faut dire que s'il n'en avait tenu qu'à la mauvaise volonté de l'aubergiste, les choses auraient tourné autrement.

— Que voulez-vous dire ?

— Figurez-vous que cet aubergiste a eu l'excellente *idèa* d'exposer un quartier de mouton en le pendant dans un coin de sa cheminée. Voir une pareille merveille, c'était la désirer, et surtout désirer la *tostada* donc ce beau quartier faisait la promesse à tous ceux qui avaient de bons yeux. Seulement, l'hôtelier avait l'étourderie de croire que ce mouton était réservé à un groupe de voyageurs mieux mis que moi. Lorsque j'ai compris qu'il avait oublié, par-dessus le marché, que j'étais en possession d'une arme, *la sang non m'a pas hèit qu'un torn* ; car, vous en conviendrez, rien n'est plus horripilant qu'un hôtelier qui a l'esprit comme une passoire. C'est pourquoi je me suis chargé de raviver ses souvenirs.

— Et qu'advint-il ?

— Le brave homme était accommodant ; après quelques protestations, il a reconnu son erreur.

— Et, dit Rancez épanoui, le résultat de tout cela ?

— Le résultat ? Plusieurs côtelettes fort longues, *atau !*

Et Carpiaux écarta les bras comme pour y recevoir tout le golfe du Lion, depuis le Cap Sicié jusqu'au Cap de Creus.

— Eh bien, dit Rancez, puisque l'on ne vous y rend pas justice, j'ai une solution à vous proposer.

— Laquelle ?

— Devenez mon hôte, pour ce soir, et pour tous ceux que vous voudrez.

— Quoi ! s'écria Carpiaux stupéfait.

— Mais oui. Et nous verrons si je ne trouve pas bientôt un emploi pour vous et pour votre *espada*.

L'accord fut scellé par une nouvelle visite au vin de Penedes.

Quand il fut temps d'aller dormir, Rancez était rouge *com ua escarravisha.*

Les jours suivants s'écoulèrent de la façon la plus agréable. L'ancien soldat faisait ce qu'il pouvait pour ajouter son écot aux dépenses que le maçon faisait pour lui. Le temps que mettait Rancez à travailler, Carpiaux l'employait à parcourir Barcelone, à la recherche d'une occasion de s'enrichir comme il l'avait espéré ; mais le diable devait s'en mêler, car c'était toujours en vain.

Or, Rancez ne semblait guère pressé de dire à son sauveur par quel moyen il pourrait gagner sa pitance, soit honnêtement, soit par un autre moyen. Si d'aventure celui-ci le questionnait sur ce sujet, l'autre, comme il l'avait déjà fait, renvoyait à plus tard une franche explication.

Un soir que tous deux avaient particulièrement fait honneur au cru de Penedes, Carpiaux s'écria :

— *Tè !* Rancez, je crois bien que tu es encore plus Gascon que moi.

Depuis quelques jours, les deux hommes, on le voit, en étaient à se dire *tu*.

— *Qué ?*

— N'as-tu pas prétendu qu'avec ce que tu gagnais, tu nourrissais ta famille restée dans le Béarn ?

— Je l'ai prétendu, ou plutôt je l'ai affirmé, parce que c'est la vérité.

— Tu me prends pour un *bruto*, un *nèci*, un *pegàs* !

— Je te le jure pourtant ; je n'ai jamais menti.

— Est-ce que les lois n'interdisent pas que l'on fasse sortir de l'argent des Espagnes ? Et ce n'est pas parce que la Catalogne est française, désormais, que la situation s'en est trouvée modifiée.

Rancez ne répliqua rien.

— Ah ! tu vois bien, s'écria Carpiaux qui triomphait. Et je sais bien, moi, que tu ne perds pas ta nuit à envoyer au pays ce que tu gagnes pendant le jour ; jamais je ne t'ai surpris courant sus aux Pyrénées pour que, ensuite, l'argent dévale tout seul la montagne pour descendre jusqu'à *Sant Gaudenç* en passant par le pic Perdiguère.

— Moi, non, dit brusquement Rancez ; mais…

— Mais ? Achève donc.

— Mais un autre le fait à ma place ; ou plutôt, il a des hommes qui s'en chargent pour lui.

— *Qui ?*

— Quelqu'un de parfaitement sûr ; quelqu'un qui connaît les chemins à prendre, de jour comme de nuit, à travers les rochers, les montagnes et les landes ; quelqu'un dont la puissance s'étend parfois des Pyrénées jusqu'à ce quartier de Barcelone où nous sommes.

Mais le sourire de Carpiaux restait si incrédule, que Rancez, piqué au vif, ajouta :

— Celui dont je te parle existe bel et bien ; il emploierait même une personne comme toi, si tu étais *rasonable.*

— Ah ! ah !…

— Ah ! dit en écho Rancez, dont c'était le tour de triompher. Voilà que tu ne me fais plus l'injure de douter de ma parole, à présent ?

— Oh ! pour cela, non ! Dès lors qu'il y aurait peut-être un emploi pour moi, la chose devient sérieuse.

— *Avisa-t'i !* J'ai ajouté : si tu étais raisonnable.

— Je l'ai bien compris ; et que faudrait-il faire pour t'en convaincre ?

— Je m'en vais, puisque tu le désires, te donner quelques précisions à ce sujet ; mais garde-toi de chercher à en savoir davantage, et plus encore, d'en parler autour de toi.

Et il donna à Carpiaux quelques informations, que le lecteur connaît déjà, sur celui que La Mothe-Houdancourt avait comparé à Hector, et que les Catalans surnommaient *el Dueño de los caminos.*

Quand cela fut fait, Carpiaux demeura un moment absorbé dans une songerie.

— Oui, Rancez, dit-il enfin, il y a là quelque chose qui me plaît ; mais c'est une histoire à avoir sur son dos les armées française, catalane et aragonaise ; c'est-à-dire, car je sais compter, trois armées à la fois.

— *Ànem !* Avec les hommes dont tu seras, c'est plutôt toi qui feras peur à trois armées à la fois.

— Nous ne serons qu'une poignée.

— Deux cents ! Un *batalhon* !

— C'est encore un obstacle ; car enfin, deux cents têtes dures ne font pas une volonté ferme.

— Celui dont je te parlais pense pour tous les autres. Un chef de guerre, un vrai *capitani* que cet homme-là.

— Si nous étions tous également équipés et armés, je ne dis pas, dit Carpiaux d'une voix incertaine ; mais…

— *Hilh de pica de macarèu !* rugit Rancez, qui était devenu plus rouge que jamais. Carpiaux, on dirait bien que tu as peur ?

— Peur ! s'écria Carpiaux en donnant un rude coup sur la table. Mène-moi à cet homme-là, et tu le sauras.

— *Bravo !* Toutefois, il te faudra patienter encore un peu : voilà tout ce que je te demande, et je te jure que c'est la dernière fois.

Rancez était un homme de parole. Trois jours plus tard, il vint dire à Carpiaux, sans s'embarrasser d'un prologue ou d'explications :

— Trouve-toi demain matin, sur les huit heures, aux alentours du couvent de Sainte-Catherine. Ce qu'il arrivera ensuite, *Diu que s'ac sap !* c'est toi que cela regardera désormais.

Carpiaux saisit alors à deux mains celle de son hôte, qu'il serra avec la même reconnaissance que celui-ci avait eue pour lui, le soir où tous deux s'étaient rencontrés ; et il lui dit, avec un large sourire qui illumina tout son dur visage de soldat :

— Un grand merci ! Tu es *un frair*.

XVII

El Dueño de los caminos

COMME on le pense bien, huit heures n'avaient pas encore sonné que d'Artagnan patientait à l'ombre bleuâtre que projetaient, autour du couvent de *Santa Catalina*, les pâles rayons d'un pâle soleil d'hiver.

Il n'attendait que depuis dix minutes, quand il entendit une voix prononcer le nom qu'il s'était attribué.

Un homme lui faisait signe de le suivre. Son habit, l'aspect de ses mains, les traits de son visage même, tout donnait l'impression d'un honnête laboureur ; et néanmoins, quelque chose dans son allure, vivace, frénétique, trahissait que rien n'était plus loin de la réalité.

On tourna dans une ruelle déserte, et, après quelque pas, on parvint à une borne où un autre homme, qui était sans doute autant valet de ferme que le premier était laboureur, tenait attachés trois ânes.

Deux de ces ânes avaient une sorte de carabine qui pendait à l'arçon de leur selle ; il était évident que c'étaient les montures destinées à l'escorte du dénommé Carpiaux.

On lui confisqua son épée et une paire de pistolets, qu'il avait à sa ceinture. On se mit aussitôt en route, et le silence enveloppa la petite caravane.

La route fut d'abord longue et tortueuse ; on monta un chemin escarpé, en prenant une succession de virages, au travers des mille accidents du paysage. De temps en temps, l'un des guides se retournait, et son attention rapide, perçante, exercée, s'étendait à la ville et à ses environs.

Il y avait, certainement, le désir de constater que nul ne les suivait ; mais on trouvait aussi, dans ce geste paisible et sûr, l'attitude du subalterne qui observe avec orgueil la terre jusqu'à laquelle se vérifie l'influence du maître : et l'on devinait, derrière cette implicite affirmation d'une possession tranquille, comme une main puissante dont l'ombre s'étendait à travers les collines.

On redescendit de l'autre côté du même pas lent et ferme que l'on avait mis à monter. Une longue piste étroite conduisait au fond d'un défilé, aux roches grises couvertes de millepertuis et de genévriers. C'est là, en contrebas, que l'on parvint près d'une masure isolée. Il était une heure ; pour la première fois, on démonta.

Cette masure était vide, à deux exceptions près. La première était constituée par une table où l'on avait dressé un repas pour trois hommes, auquel on fit honneur avec ce mutisme que l'on n'avait point quitté depuis le couvent de Sainte-Catherine.

La seconde exception à cette vacuité, c'était la présence, dans l'écurie attenante à la maison, de trois chevaux frais que l'on substitua aux trois ânes.

Le terrain l'exigeait ; car après la ville, après les collines, on avait devant soi une succession de terres brunes et desséchées. Là, l'eau si rare, la pierre si blanche, la végétation éparse, tout enfin renvoie à celui qui les traverse l'impression d'une solitude sauvage et fière. Il faut encore ajouter que la Catalogne est un pays où il est impossible d'échapper au regard d'une montagne ; elles déroulent, autour du voyageur, leur course lente et majestueuse, qui ne peut donner qu'une faible idée des soubresauts de la terre qui leur a donné naissance.

D'Artagnan ne cherchait pas à dissimuler l'intérêt et l'étonnement de celui qui, n'ayant jamais pénétré l'intérieur des

Espagnes, est mis pour la première fois en contact avec cette orgueilleuse rudesse.

On marcha de la sorte trois jours durant, en allant vers le nord ; à intervalles réguliers, on rencontrait des relais semblables au premier. On dormit, une fois sous le couvert d'un toit, et une fois sous celui des étoiles.

Le troisième soir, on fit halte dans une ferme abandonnée. On était à peu près à la hauteur de Gérone. D'Artagnan feignit de n'avoir pas remarqué qu'aucune monture de rechange n'avait été prévue ; sur un signe qu'il fit pour proposer de se remettre en route, l'un de ses deux compagnons lui répondit par un autre signe qui voulait dire : *attendons.*

D'abord, on ne vit rien, car à présent il faisait nuit ; mais, bientôt, le bruit d'un roulement parvint jusqu'aux oreilles de notre héros, faible d'abord, puis de plus en plus fort : enfin il enfla tellement, qu'il fut impossible au lieutenant étonné de ne pas reconnaître le pas d'hommes et de chevaux qui s'approchaient. Or, cette rumeur, au lieu d'avoir pour origine le point de l'espace vers lequel on avait paru se diriger, et par conséquent de venir au-devant de lui, arrivait derrière lui.

Cette manœuvre lui apprenait que son double rôle, à défaut d'être su, ce que les précautions prises par La Mothe-Houdancourt rendaient impossible, était envisagé ou soupçonné.

Depuis une heure, depuis deux heures, depuis cinq heures peut-être, ses guides et lui avaient été suivis par un détachement de la bande, à la fois suffisamment près pour servir de force de défense, et suffisamment loin pour s'assurer que nulle présence ennemie, cachée ou déclarée, n'avait à son tour entrepris de suivre celui que l'on escortait à travers le pays. En cas de nécessité, on se fût replié ou dispersé ; mais ce n'eût pas été sans avoir ôté toute espérance à la recrue qui avait joué le rôle d'appât, ni de se faire secourir par ses alliés, ni d'obtenir un sort favorable entre les mains de ceux qui, ayant réchappé d'un massacre, auraient désormais eu une vengeance à assouvir.

De cette arrière-garde, on ne distinguait rien encore, si ce n'est quelques points lumineux et vacillants qui indiquaient qu'on marchait quasiment sur une même ligne, avec une discipline toute militaire.

D'Artagnan crut que l'on attendrait encore d'être rejoint par cette ligne : en quoi il se trompait, car on lui fit comprendre qu'il fallait repartir. Cependant, il était facile de voir que le terme de la course était tout proche.

La lune venait de se lever ; on y voyait juste ce qu'il fallait pour faire aller les chevaux.

La ligne de feu et de bruit qu'on avait derrière soi avançait toujours. Après avoir eu l'air de suivre les cavaliers, elle accomplit soudain une sorte de conversion sur le côté, et dès lors, à la grande surprise de d'Artagnan, elle se mit à glisser vers la gauche, où un pli du terrain la cacha bientôt tout à fait ; comme on avait cessé de la voir, bientôt, on cessa de l'entendre.

Une demi-heure s'écoula encore, lorsqu'il parut à d'Artagnan qu'on marchait dans la direction d'un mont recouvert d'arbres. L'obscurité était déjà profonde ; seulement, à travers les arbres, on voyait luire des torches et scintiller des armes. Notre héros s'aperçut que les feux, assez rares naguère, s'étaient multipliés.

Si c'était bien la même bande, alors cette bande avait doublé pour le moins.

À peine avait-il eu le temps de parvenir à ce constat qu'un épais rideau d'arbres eut l'air de s'écarter ; et ce mouvement découvrit à d'Artagnan une vision qui faillit l'immobiliser d'effroi.

Pendant près de trente minutes, on avait cheminé au milieu d'une contrée noire et solitaire ; mais voilà que cette noirceur se peuplait de lumières, mais voilà que cette solitude abritait deux cents hommes.

Notre héros mit pied à terre.

Dans cette foule, où l'œil du lieutenant distingua une organisation savante, qui se déployait sur le relief de l'élévation où l'on était, plusieurs portaient des torches, et tous portaient des armes. Cette lumière mouvante, agitée, rougeoyante, étoilait d'une étincelle ou d'un éclat chaque poignard, chaque faux, chaque fusil. Certains de ces hommes étaient vêtus de peaux de bêtes, à la semblance de certains bergers dans les montagnes ; d'autres portaient des habits pareils à ceux des deux cavaliers que nous avons déjà décrits ; d'autres, enfin, avaient des uniformes qui étaient aussi misérables que celui avec lequel d'Artagnan était apparu à Rancez pour la première fois. Quant aux physionomies, elles répondaient assez à la promesse que paraissait faire chacun des accessoires que nous avons nommés ; c'étaient comme deux cents variations d'un unique poème, celui des instincts, des coups du sort ou des résolutions funestes qui avaient mené ces hommes sur la voie qu'ils s'étaient choisie, ou que les événements avaient choisie pour eux.

Un tableau si frappant, avec ses découpures d'ombre et ses zones de lumière, n'avait pas encore eu son peintre ; on ne peut se faire une idée de cette énergie farouche qu'en allant voir le soldat laboureur d'Horace Vernet.

Ce fut alors qu'une voix retentit.

— *¡ Senyor Carpio !*

D'Artagnan tressaillit et se tourna dans la direction de cette voix.

Un peu au-delà du cercle des torches tracé par tous ces bandits, se trouvait une voiture attelée de deux chevaux ; on distinguait encore, sur les portières, de vieilles armoiries à demi effacées.

Surtout, un homme se tenait debout et les bras croisés devant cette voiture.

Cet homme pouvait avoir de quarante à quarante-cinq ans. Il était de grande taille, et sa silhouette mince, mais robuste et larges d'épaules, laissait transparaître une grande force en même temps qu'une grande assurance.

Il avait le visage glabre, et ses cheveux noirs, comme cela se faisait alors davantage en Espagne qu'en France, étaient courts ; dans sa figure longue, aux lèvres minces, au nez droit, au front élevé, ce qui frappait surtout l'observateur, c'étaient ses yeux, des yeux gris, vifs et perçants.

C'étaient ces mêmes yeux qui étaient braqués sur d'Artagnan, exactement comme si, au lieu d'un regard, c'était une arme qui eût été fixée sur sa personne.

Il n'était pas difficile de comprendre que c'était Rojas en personne qu'il avait devant lui.

Rojas était chaussé de bottes de cuir et portait un costume espagnol, composé de grègues, d'une *ropilla*, sorte de pourpoint ample, sous laquelle on voyait une chemise blanche, et d'une *herreruelo*, manteau à col relevé d'origine militaire, et qui devait donner son nom à certains cavaliers allemands. Les grègues, la *ropilla* et l'*herreruelo* étaient noirs ; mais il portait également, passée autour de sa taille, une ceinture d'étoffe rouge.

Sans altérer en rien sa position, ni sa posture, Rojas déclara en castillan, avec une hauteur sarcastique :

— Monsieur, je vous remercie de vous être prêté à toutes les conditions que l'on vous a faites pour parvenir jusqu'à moi. Vos deux compagnons me font comprendre par signes que vous n'avez cherché, ni à les tromper, ni à vous soustraire à leur garde ; je vous en félicite : voici le moment où vous allez les quitter, et passer de leur vigilance à la mienne. J'ose espérer que vous trouverez que vous n'y perdez pas au change.

Puis il donna, d'une voix impérieuse et brève, des ordres en catalan, qui furent exécutés avec célérité. Les armes qu'on avait prises à d'Artagnan furent montrées à Rojas, qui les examina avec soin, puis confiées au cocher de la voiture, qui les plaça sous ses pieds. Dans le même temps, on prenait le cheval qui avait servi à notre héros, pour l'attacher au véhicule que devaient tirer deux de ses semblables. Enfin, un personnage dont la vêture contrastait singulièrement, par sa simplicité et par sa correction ecclésiastiques, tant avec celle de Rojas qu'avec celle de ses bandits, monta auprès du cocher, comme si c'eût été là sa place attitrée.

Lorsqu'il vit qu'on lui avait obéi, Rojas se tourna pour adresser un regard à l'ensemble de ses hommes ; et, avec un geste plein de grâce et d'énergie, comme pour prendre congé d'eux, il s'écria, en catalan cette fois :

— *¡ Cavallers !*

C'était encore un signal ; car, d'un seul coup, toutes les lumières s'éteignirent.

C'était l'heure où une même encre recouvrait et le ciel et la terre ; on eût dit que Rojas lui-même avait fait descendre toute cette obscurité, à l'aide de cette voix et de cette volonté qui commandaient même aux étoiles.

Les deux cents bandits s'éparpillèrent rapidement, suivant un ordre convenu d'avance.

— Montez, je vous prie, dit la voix de Rojas.

La portière était ouverte, le marchepied baissé : il fallait obéir ; d'Artagnan entra dans la voiture.

Lorsque Rojas eut pris place face à lui, la caisse s'ébranla, et l'on partit.

Alors, un lourd silence succéda à l'agitation de ces dernières minutes ; ces deux hommes s'observaient sans mot dire, dans un mélange de défiance et de curiosité ; mais la curiosité était surtout pour notre héros, et la défiance, pour le bandolero.

Un rayon de lune passa à travers les vitres, qui n'étaient pas masquées, et l'on vit briller sur la banquette, au côté de Rojas, une paire de pistolets.

— *Señor*, dit enfin le bandit d'honneur – puisque telle est la signification de *bandolero* –, comme je présume que vous ne savez pas le catalan, je vous propose de continuer l'entretien dans le castillan, puisque j'ai l'assurance que vous comprenez cette langue.

Cette phrase, tout comme les précédentes, avait été dite avec une correction et une politesse aussi parfaites que froides.

— Je parle catalan, poursuivit Rojas, lorsque je m'adresse à des compatriotes ; castillan, lorsque j'ai pour interlocuteurs des sujets du roi des Espagnes ; aranais, lorsque j'ai devant moi des gens de votre nation qui ne savent que le gascon et auxquels il faut un idiome plus proche encore du leur.

— Ce n'est pas mon cas, comme vous l'entendez.

— En effet.

— Alors, puisque nous nous comprenons l'un et l'autre, sachez que, si je conçois que l'on prenne des précautions, je goûte fort peu celles qui s'accomplissent aux dépens de ma tranquillité et de ma susceptibilité.

— Vous faites sans doute allusion aux deux objets que je crois bon de garder à ma portée ?

— Ainsi qu'à la réunion fort théâtrale de votre belle troupe tout autour de votre personne, avant sa disparition qui ne l'était pas moins.

— Que voulez-vous, *señor* : un homme tel que moi ne peut pas espérer garder sa position sans s'entourer de toutes les mesures qu'il juge utiles à sa conservation. Comme j'ignorais le genre d'esprit qui était le vôtre, je me devais d'user de plusieurs moyens pour arriver à mon but.

— Quel but ?

— Celui de vous persuader de la puissance qui est la mienne, d'abord, et des risques que vous courez, si vous êtes ce que l'on est en droit de vous soupçonner d'être, c'est-à-dire un envoyé de la France.

Ces deux affirmations avaient été prononcées par Rojas avec un mélange de force et de simplicité qui les rendait exemptes de toute forfanterie.

— Et c'est cet accueil, dit d'Artagnan en se raidissant, que vous réservez d'ordinaire à tous ceux qui se sentent la même vocation que moi ?

— Non ; c'est un traitement que je réserve à ceux dont le ralliement, en temps de guerre, me paraît suspect pour le moins.

— Je crois avoir assez montré que ne comptais, ni m'enfuir, ni vous trahir, ce me semble.

— Ce qui est une marque de bravoure ou de prudence ; mais j'ignore encore si c'en est une de loyauté. Vous avez donc le nom de Carpio ?

Nous nous permettons de donner à ce patronyme l'orthographe espagnole qui correspondait à la prononciation, au reste exacte, de Rojas.

À peine d'Artagnan avait-il acquiescé, qu'il vit poindre un sourire indéchiffrable sur les lèvres minces de Rojas ; ce sourire était si aigu et si net néanmoins, qu'il frappait en quelque sorte la vue comme un éclat de rire, le rire ne semblant pas être un hôte familier de la physionomie du bandit.

— Carpio… murmura ce dernier.

— Oui. Mais je n'ai pas pour coutume de tolérer qu'on se moque du nom de mes pères.

À ces paroles, Rojas redevint grave.

— Je n'avais nullement l'intention de vous manquer de respect. Il est vrai que ce nom évoque quelque chose dans ma mémoire ; mais la chose est sans importance et, pourvu que vous vous fiiez à ma parole lorsque je vous dis que ces associations ne comportent rien de désobligeant à votre égard, il vaut mieux que nous revenions au sujet de notre conversation.

Et, tout en disant ces derniers mots, il fit un vague geste de la main, comme pour souligner que ce à quoi il renvoyait n'avait réellement qu'une faible importance.

Mais la chose, comme on s'en doute, en avait bel et bien une pour d'Artagnan, qui se disait :

— Ce nom que j'ai choisi lui serait-il familier ? Ou bien lui aurait-on parlé de moi ?... Quoi qu'il en soit, méfiance ! j'éclaircirai cela. Et moi, reprit-il à voix haute, comment dois-je vous appeler ?

— Moi ?

— Sans doute ; car, puisque vous êtes le chef de tous ces hommes, vous devez bien avoir un titre quelconque.

— J'entends raconter qu'on me surnomme, par le pays, *el dueño de los caminos*. De pareilles appellations n'ont pas cours parmi nous. Mon nom suffira : c'est-à-dire Rojas, comme vous le savez sûrement.

— Oui, dit d'Artagnan qui ajouta avec un sourire : c'est un nom espagnol.

— Non, répondit placidement son interlocuteur, c'est un nom catalan.

— Ah ?

— *La roja* est un mot de Catalogne.

— Ah ! je sais, s'écria d'Artagnan ; nous avons le même en gascon. C'est... c'est... ma foi ! j'ignore le nom en espagnol ; mais c'est ce que, en français, on appelle *la garance*, ou le rouge de *la garance*.

— C'est-à-dire, en castillan, *la rubia*. Vous voyez donc que mon patronyme n'est pas ce que vous pensiez qu'il est. De la même façon, si j'avais été Castillan, je me serais appelé Wilfredo ; mais je suis Catalan, et mon nom est Guifré.

C'était, on s'en souvient peut-être, le prénom du premier des comtes de Barcelone.

— Ainsi, dit d'Artagnan, je dois m'adresser à vous en vous appelant Rojas ?

— Oui. Ce qui, à en juger par votre expression, vous étonne.

— Ce qui m'étonne, ou plutôt, ce qui ne m'étonne pas, c'est que, parce que vous êtes le chef, vous avez une voiture, un équipage et un cocher ; vous êtes vêtu à peu près comme un hidalgo : c'est bien normal, vous qui commandez à deux cents âmes affublées d'oripeaux, et dont l'empire s'étend à toute la Catalogne peut-être.

L'ironie du Gascon fit paraître une flamme dans les yeux du Catalan.

— Les circonstances sont exceptionnelles ; j'use de méthodes qui le sont aussi. Cette voiture n'est pas la mienne ; elle a été l'objet d'un échange, au cours de certaines de mes activités qui portent au-delà des Pyrénées. Si un de mes hommes, aujourd'hui, avait demandé cette voiture pour s'en retourner là où il lui fallait aller, je la lui aurais cédée. Le cocher n'est pas un cocher ; c'est un homme fier et brave, que je considère comme un second, et qui a nom Espadaler. Je commande, dites-vous, à deux cents âmes ; vous qualifiez leurs vêtements d'oripeaux : vous avez tort. Elles n'en sont pas affublées, elles les portent fièrement ; ce sont les habits de leur condition, non point parce qu'elles y sont soumises, mais parce qu'elles y voient leur uniforme. Quant à ce que vous appelez mon empire, il est loin d'être si étendu que vous semblez le croire. Je ne parlerai pas de frontières, car je ne suis pas sûr que ces lignes que l'homme a un jour tracées sur une carte d'une main qui, souvent, a tremblé, aient le droit de s'inscrire sur la nature que Dieu a faite éternelle ; seulement, j'admets que ma domination doive rencontrer des limites. Partout où elle s'étend, en revanche, c'est que je dispose, non pas d'un territoire, mais de la confiance, de la fidélité et de la loyauté de tous ceux qui me servent.

Et, tout en disant ces mots, le bandit fit un geste comme pour rapprocher sa main de la paire de pistolets.

— Je ne me flatte pas d'une grande finesse, rétorqua d'Artagnan avec irritation, mais, comme je vous l'ai déjà représenté, je me crois susceptible, et plus je perçois votre défiance, moins j'apprécie ce que je perçois. Me laisserez-vous, ou non, tenter de me défendre ?

— Commencez donc, je vous prie, Carpio, par me raconter votre histoire.

D'Artagnan refit à Rojas les confidences que nous lui avons déjà vu faire à Rancez.

Si Rojas avait été instruit au préalable, il n'en laissa rien paraître dans son attitude.

Quand d'Artagnan eut terminé son discours, il toisa le bandolero d'un air de défi, et lui déclara :

— Eh bien ! êtes-vous satisfait ?

— Pour vous dire la vérité : non, je ne le suis pas, répondit Rojas en secouant la tête.

— Pour quel motif ? demanda d'Artagnan.

— Pour le plus simple du monde ; c'est que, dans tout ce que vous m'avez décrit, je n'ai découvert aucune raison qui justifie votre présence devant moi.

— C'est donc qu'il vous en faut une ?

— Oui, car j'ai pour principe de grandement me méfier de tout ce dont je ne puis me rendre raison, dit Rojas en fixant ses yeux clairs sur d'Artagnan.

— Et il paraît que je vous résiste, moi. C'est bien cela ?

— Oui. Car enfin, vous êtes déserteur ; vous l'avez dit, du moins.

— C'est vrai. Je ne m'en fais pas une gloire, mais j'aurais plus de honte à cacher que c'est la vérité.

— Alors dites-moi, en ce cas, pourquoi un homme qui aurait fui son pays parce qu'il voulait fuir une guerre, se rendrait dans un autre pays pour y embrasser la cause d'une autre guerre ?

— C'est là ce qui vous fait difficulté ?

— Oui. Convenez que l'obstacle est bien réel

— Je ne conviens de rien du tout. Mais je désire savoir si vous avez vous-même eu l'occasion de contempler de près l'un des champs de bataille de cette fameuse guerre qui déchire en ce moment toute l'Europe.

— Non, répondit Rojas.

— Vous êtes, à ce que je crois, un rude homme de guerre ; on vous dit un vaillant soldat ; vos hommes vous voient comme un combattant héroïque. Eh bien ! une personne comme vous trouverait aussi peu son affaire sur de pareils champs de bataille, que j'aurais eu la chance de trouver la mienne dans les coffres de mes pères. Je me demande ce que vous auriez pensé de cette cadence infernale, de cette artillerie qui déchire les murailles et détruit des bataillons, avec une puissance que l'on n'a jamais vue jusque-là ; enfin de cette guerre que l'on n'a allumée sur un continent que pour maintenir la paix à l'intérieur d'un royaume, et qui, n'ayant pas vraiment de commencement, court le risque de ne pas connaître sa fin de sitôt. J'ai vu, moi qui vous parle, des villages si proprement ravagés, que, après le passage des habits jaunes... pardon ! des Espagnols, on eût vainement cherché à en retrouver les murs. Comme je n'ai guère le pouvoir d'intervenir sur le cours de ces sanglants événements, je prétends tout de bon ne plus y avoir ma part.

— Je comprends pour l'abandon de la première guerre ; mais, pourquoi, alors, en rejoindre une autre ?

— Je sais me battre : je ne sais même rien d'autre que cela.

— Pourquoi rejoindre mes rangs en particulier ?

— Parce que vous défendez la terre qui est la vôtre, au lieu d'aller porter le fer dans celles du voisin ; parce que vous vous battez contre une armée plus grosse que ne saurait être la vôtre ; parce que vous luttez pour pouvoir faire vos affaires aussi tranquillement que par le passé, autant que pour conserver sa liberté à un peuple ; tout cela me parle, à moi : et, je suis comme vous, j'apprécie fort ce que je peux comprendre.

— Et cela ne vous fait rien de devoir dégainer, vous, un soldat français, contre d'autres soldats français ?

— Vous êtes catalan comme je suis gascon ; pour moi, c'est dit.

— Vous êtes cependant loin de chez vous.

— Des montagnes, un ciel libre, et des langues qui chantent à mes oreilles comme le fait l'Adour quand il passe entre des pierres : si je ne suis pas chez moi, je trouve, du moins, que cela y ressemble fort.

— Et pourquoi n'avoir pas voulu demeurer au pays ?

— Que vous répondent mes compatriotes, lorsque vous leur faites cette question ?

— Que la terre est pauvre et l'argent rare.

— Eh bien ! c'est si vrai, que je ne prendrai même pas la peine de vous le redire à mon tour.

— Je vous crois un homme de ressources, un homme habile, cependant, dit Rojas avec son singulier sourire. N'auriez pas vous pas souhaité, au sortir de la guerre, tenter votre chance, soit en Gascogne, soit dans un autre endroit de la France ?

— Parbleu, non ; car j'avais deux bien puissantes raisons, outre celles que je vous ai déjà données, pour ne pas vouloir y rester.

— La première ?

— C'est que mon pays ne m'a donné aucune bonne occasion de me battre pour lui. Si je puis mettre la main, ici, sur ce que je n'ai pas su trouver là-bas, je me regarderai comme un homme heureux.

— Et la seconde ?

— Je suis veuf.

Nous avons oublié de dire que, tout interrogeant d'Artagnan, Rojas n'avait eu de cesse de fixer sur lui son regard plongeant et aigu comme une lame, dur et gris comme de l'acier. Ce fut à cet instant qu'il y brilla l'étincelle d'une résolution subite.

Rojas se redressa et cria un ordre en catalan.

Dans le même temps, ses deux mains saisissaient les pistolets.

La voiture s'arrêta. Peu après, le cocher et son compagnon descendirent ; une portière s'ouvrit.

La lumière de la lune, pâle et pure, éclairait, au lieu d'une route, un terrain dépourvu de voie, et des collines indistinctes où semblaient luire, çà et là, l'opale d'une roche ou le diamant d'un faîte. Tout le paysage environnait les voyageurs de ses grandeurs muettes.

— Veuillez sortir, je vous prie, dit Rojas.

D'Artagnan n'était pas armé ; toute résistance aurait été inutile.

Il descendit de la voiture, et Rojas le suivit.

Notre héros se tourna dans la direction des trois bandoleros, qui avaient mis pied à terre.

Alors Rojas, au lieu de marcher vers Carpio, s'approcha de celui qui avait voyagé auprès du cocher ; il lui confia quelques mots et s'inclina, tout en lui remettant les pistolets.

L'instant d'après, cet homme alla détacher le cheval de d'Artagnan, dont il donna les effets à Rojas, et, l'ayant monté d'une manière qui attestait l'habitude de ce genre d'exercice, il s'en alla au galop dans la nuit.

Tout cela s'était accompli en quelques secondes à peine.

D'Artagnan, stupéfait, entendit près de lui la voix de Rojas qui lui disait :

— Carpio, permettez que je vous rende ceci ; je gage qu'elle vous manque, et que vous serez heureux de la retrouver.

Et d'Artagnan, chez lequel la stupéfaction devait céder la place à l'ébahissement, sentit que Rojas lui remettait son épée dans la main.

Il leva la tête vers cet homme qui était parvenu à le surprendre, non pas une fois, mais à répétition : chose dont bien peu de vivants, et seulement quelques morts, auraient pu se vanter.

Pendant tout l'entretien, Rojas, nous y avons fait allusion, n'avait pas un instant quitté du regard le dénommé Carpio ;

et, bien que les circonstances dussent en effet l'inciter à la défiance, il ne lui avait semblé trouver, en le sondant, qu'une limpidité et qu'une franchise parfaites.

Et lorsque son interlocuteur lui avait donné les deux dernières réponses que nous avons rapportées, réponses toutes deux malheureuses, ce fut la première fois que l'œil investigateur de Rojas, en voulant lire dans l'âme de l'homme qui était en face de lui, avait rencontré un obstacle ; cette limpidité et cette franchise s'étaient troublées d'une ombre : mais cette ombre était justement ce qui lui apprenait que cet homme ne mentait pas.

En conséquence de quoi, il lui rendait ses armes, que le compagnon du cocher avait données à Rojas avant de disparaître.

Il le fit d'une manière singulière cependant, et qui devait faire, de longtemps, une impression profonde sur l'âme de d'Artagnan ; car en les lui remettant ainsi qu'il l'avait fait, c'était presque comme s'il leur avait donné sa bénédiction.

Une sorte de frisson religieux, profond, inexplicable, passa sur d'Artagnan.

— Attendu, disait Rojas, que vos armes sont les seules que nous ayons avec nous, car je n'en ai plus, tout comme Espadaler, je crois plus utile de vous les restituer. Il nous reste encore une lieue à parcourir ; c'est pourquoi je vous propose que nous remontions en voiture sans plus attendre.

— Et, l'homme qui s'est éloigné ? Reviendra-t-il ?

— Nullement : il a regagné son diocèse.

— Son diocèse !

— Naturellement, puisqu'il est prêtre.

— Ah !

— Le padre Alcàcer n'a point pour coutume de se joindre à nos expéditions, à moins que je ne lui demande de nous favoriser de sa présence. Si j'avais décidé de vous exécuter, il était chargé de vous donner l'absolution, déclara le bandolero avec sang-froid.

Et, après ce trait peut-être plus espagnol que catalan, Rojas remonta dans la voiture.

D'Artagnan l'imita, et, avant même que l'on ne se fût remis à rouler, ses yeux avaient fouillé l'étroit espace formé par la caisse, pour constater que Rojas avait dit vrai en affirmant qu'il n'avait plus d'armes à sa disposition.

Rojas avait vu ce mouvement ; il avait pour d'Artagnan ce sourire qui lui était particulier.

— J'ose croire que vous ne me ferez pas l'injure, Carpio, de douter de ma parole.

— Ah ! il est vrai que j'aurais d'autant plus mauvaise grâce à le faire que vous semblez avoir foi en la mienne.

— Vous avez devant vous un homme qui, une fois qu'il a accordé sa confiance, l'accorde tout entière. Un absolu ne peut se satisfaire de demi-mesures. Vous n'êtes plus mon prisonnier, vous n'êtes plus suspect ; désormais, vous êtes un homme libre et sous mes ordres : deux excellentes raisons pour que je vous rende votre bien. Il m'a semblé voir que c'est une attention à laquelle vous avez été sensible, et que vous avez reçu, non pas ce bienfait, mais cette justice, à la valeur qui est la sienne.

— Certes, mais ce n'est pas seulement parce que je trouve cela juste : c'est aussi parce que j'en ai eu de l'admiration.

— De l'admiration ?

— Certes ; car le trait était beau, et si beau, morbleu ! que j'aurais aimé pouvoir accomplir ce beau coup-là moi-même. Il n'y a qu'une seule chose qui me navre ; et savez-vous laquelle ?

— Non.

— C'est, dit d'Artagnan en se mettant à rire, que vous ne soyez pas gascon !

XVIII

La maison du cloître Notre-Dame

À PEU PRÈS dans le même temps de cette rencontre en Espagne, qui devait avoir des conséquences si décisives, il s'en déroulait une en France qui n'avait pas moins d'importance.

Chapelle, on s'en souvient, avait promis à Cyrano de l'amener chez lui à la première occasion, afin de le mettre en présence du philosophe Pierre Gassendi. Chapelle tint parole : par un bel après-midi de février, les deux jeunes gens s'acheminèrent vers l'île de la Cité.

Comme on arrivait par le Quartier latin, on fut très vite en vue de la cathédrale Notre-Dame, que le soleil, dans l'air étincelant et pur, faisait paraître au loin enveloppée d'un nimbe bleu, sous le dôme d'un ciel à l'azur resplendissant.

C'est ce monument, si vénérable, si solennel, qui, en de certaines heures, recouvrait du manteau de son ombre protectrice le lieu, ou plutôt l'un des lieux – car le singulier eût semblé ici une naïveté de notre part –, où s'épanouissaient les libertés de Chapelle, avec celles, assez différentes, de l'hôte de son père, et qui, bientôt, verraient le déploiement des audaces de Cyrano.

Les deux amis avaient dépassé l'Hôtel-Dieu, qui était alors sur la droite de la cathédrale, et non sur sa gauche comme on l'y voit aujourd'hui. Ayant traversé le parvis, ils franchirent une arche qui était blottie contre une des tours de l'édifice, et qui défendait l'abord de ce que l'on nommait toujours le Cloître Notre-Dame, quoiqu'il y eût longtemps que cette ancienne résidence du chapitre eût été convertie en habitations.

On alla rue Saint-Louis.

L'endroit où François Lhuillier, financier de son état, hébergeait, sans y résider lui-même, son fils et son ami Pierre Gassendi, était une belle demeure de deux étages, à la façade recouverte d'un lierre auquel, suivant les habitudes de la maison, on avait laissé toute latitude pour croître et se développer à sa guise, ce qu'il avait fait avec une santé et une liberté florissantes.

Chapelle et Cyrano, après avoir traversé une cour, entrèrent dans la maison et montèrent l'escalier, les pas vifs et alertes de l'échappé de collège précédant les pas plus pesants, et accompagnés d'un cliquetis d'épée, du futur auteur des *États et Empires de la Lune.*

On alla droit à la pièce principale, où l'on s'attendait à trouver un homme seul : en réalité, quatre personnes étaient absorbées dans une conversation amicale, au moment où Cyrano et Chapelle faisaient leur entrée.

Parmi ces quatre personnes était François Lhuillier, et c'est par lui que nous commencerons.

Lhuillier avait alors quarante ans. Aux dires de ses contemporains, il ressemblait beaucoup aux portraits de François Rabelais ; indication dont nous ne prétendons évaluer ni la véracité ni la pertinence. Sa mise, au premier aspect, le dénonçait à tort pour un bourgeois modeste ; mais la poussière qui s'attachait avec une persistance remarquable à ses chausses et à ses souliers, et qui révélait que, pour économiser le prix d'un équipage, le digne homme préférait aller partout à pied, réparait cette erreur aux yeux de l'observateur perspicace.

Lhuillier, en effet, n'avait pas moins de dix-huit mille livres de rente. Seulement, il était fort avare avec les siens et avec lui-même. Il faut toutefois lui rendre cette justice que, là où s'épanchait son amitié, s'épanchait aussi une générosité sans borne.

Avarice mise à part, Lhuillier était connu pour son humeur affable, pour sa vivacité d'esprit, ainsi que pour la liberté de ses mœurs. On savait que, à l'époque où l'une de ses cousines vivait à Paris loin de son mari légitime, Lhuillier, ainsi qu'il est normal, s'était proposé de rendre une visite de courtoisie, afin d'offrir son dévouement et ses services, qui n'étaient pas à négliger. Neuf mois plus tard, la famille Lhuillier se trouva augmentée d'un élément ; et comme l'enfant avait vu le jour dans la maison où le père résidait, au nord de la capitale, dans le village de La Chapelle, le surnom en resta à celui qui devait être, au grand étonnement de ses amis, l'unique progéniture du financier.

La complaisance de Lhuillier pour la matière était passée en proverbe ; comme l'était, à la vérité, sa soumission à de certaines bornes dictées par la raison et par la compassion : car il ne voulait pas que son plaisir fît la peine de quiconque. Cet amant des plaisirs et des humanités eût encore voulu héberger ses folies sous l'asile d'une parfaite sagesse, qu'il poursuivait par l'étude et par la conversation.

Ce sera, on l'espère, un garant définitif de la moralité de Lhuillier, quand on saura qu'il avait pour loi de ne rien dissimuler de ses désirs et de ses afflictions, de ses joies comme de ses inquiétudes, à son plus cher ami, qui était Pierre Gassendi.

Et, puisque la transition arrive toute seule, venons-en, de l'hôte, à celui qu'il hébergeait depuis son arrivée dans la capitale.

Nous avons dit ailleurs que Pierre Gassendi était un philosophe.

Il est bon de préciser qu'il était aussi astronome.

On racontait que c'était au temps où, enfant, il gardait les troupeaux de son père, qu'il avait pris l'habitude de sonder la nuit pour interroger les astres. Lorsque cet humble fils de bergers fut devenu prévôt de l'église de Digne, il adopta des armoiries qui portaient *d'azur sur champ d'étoiles illimité.*

Ce champ illimité était impuissant à contenir l'intérêt d'un être comme Gassendi. Cet enthousiaste venait aux choses par un doux émerveillement, qui s'était allumé à trois foyers majeurs : ce fut d'abord la parole révélée ; ensuite, la pensée et la poésie antiques ; enfin, les mathématiques et la physique, complétées par l'astronomie, qui répondait peut-être à un ancien appel de son cœur.

C'était un homme universellement admiré, pour son intelligence et pour ses connaissances ; mais il suffira de dire, avec Charles Perrault, qu'il avait l'âme plus grande encore que toutes ses connaissances.

Il était à peine plus âgé que Lhuillier, puisqu'il avait alors quarante-cinq ans. Sa finesse, son regard de bonté souriante, donnaient le plus souvent une impression de paix et de tranquillité complètes, quoiqu'elles cédassent parfois la place à l'obstination studieuse qu'il consacrait à ses recherches, avec une énergie infatigable.

Lorsque Lhuillier et Gassendi avaient fait connaissance, ce fut comme si chacun avait rencontré l'âme qu'il attendait pour recevoir la sienne. Lhuillier devint pour Gassendi un ami, un hôte, un compagnon, un protecteur. Ces deux hommes, qui avaient pour les phénomènes naturels la même curiosité que pour leurs semblables sous toutes les latitudes, parcoururent ensemble le nord de l'Europe : ce voyage, presque entièrement financé par Lhuillier, établit Gassendi comme l'un des plus grands scientifiques et l'un des plus grands philosophes de son temps.

Comme on ne peut pas toujours être là où on le voudrait, les deux amis, lorsqu'ils étaient séparés, échangeaient un incessant courrier, qui était comme le battement d'aile de leurs esprits toujours revolant l'un vers l'autre ; chaque fois que Lhuillier écrivait à *son autre soi-même*, Gassendi ne manquait aucune occasion de répondre en signant *le tout vôtre*.

Nous oublions de dire que l'excellent ami du bon et humble chanoine de Digne, en sus de mener joyeuse vie, était d'une incrédulité exemplaire.

Mais les exercices de piété de l'un, les exercices d'impiété de l'autre, ne jetaient pas une ombre au ciel serein de leur harmonieuse entente et de leur parfaite complicité. Car ces deux êtres se rencontraient à des hauteurs infiniment supérieures, les seules, en vérité, qui importent pour l'âme.

Nous nous attardons sur Lhuillier et sur Gassendi, parce qu'ils étaient, le jour dont nous parlons, les deux maîtres en présence, quoique chacun eût récusé ce titre pour lui-même afin de le donner à l'autre.

Il y avait également avec eux François La Mothe Le Vayer, dont l'apparence de magistrat grave et sévère masquait des trésors d'ironie narquoise et de pensée profonde.

Il pouvait dire, comme Diogène, qu'il était citoyen du monde. Il avait parcouru l'Espagne et l'Angleterre, poussé par ce qu'il appelait son « démon socratique ». Non content de se tenir au courant de ce qui avait lieu dans son pays, il s'informait de ce qu'il se passait en Nouvelle-France, en Barbarie ou au Tibet, avec le souci coutumier d'un seigneur qui s'enquiert de l'état des dépendances qu'il aperçoit depuis sa fenêtre ; il lisait les récits de Marco Polo et de Mendès Pinto, comme d'autres lisaient la *Gazette* ou *Le Mercure Galant*.

Il nous reste à parler de celui qui, en se joignant à Lhuillier, à Gassendi, à La Mothe Le Vayer, faisait de ce groupe un quatuor.

Celui-là était plus jeune que les trois autres ; il avait vingt ans à l'époque qui nous concerne : c'était un ancien camarade de Chapelle à Clermont, que ce dernier avait fait entrer au service de Gassendi, en qualité à la fois de valet, de secrétaire et de disciple. Il avait nom François Bernier, et devait recevoir un jour le titre de « joli philosophe » : car *joli*, en ce siècle où l'on faisait cas des grâces de l'esprit, voulait alors dire *fin*. Son zèle auprès de son maître faisait honneur à son intelligence et à sa curiosité ; il est vrai aussi qu'il avait avec son ancien condisciple une grande conformité d'humeur qui avait assez peu de rapport avec son surnom.

Tous ceux que nous avons présentés étaient, ou allaient devenir, d'éminents voyageurs, cultivant la liberté, la raison, la sagesse, sans refuser le plaisir de vivre.

Il reste une chose à ajouter : c'est qu'il n'était pas rare que, pour manifester cette quadruple allégeance, on foulât avec bonheur, dans la conversation, les allées du paradoxe. On va bientôt s'en rendre compte.

Chapelle et Cyrano reçurent l'accueil le plus aimable. Tous deux voulurent se retirer, ou du moins en firent mine ; on les retint ; et, quand les présentations eurent été faites, après une conversation générale, suivant un pli qui était peut-être familier à l'ordre de la maison, insensiblement les trois hommes plus âgés se trouvèrent à discuter d'un côté, et les trois plus jeunes de l'autre.

L'entente entre Bernier et Cyrano fut établie dès les premières minutes.

Pendant ce temps, la conversation entre Lhuillier, Gassendi et La Mothe Le Vayer roulait sur des sujets d'actualité.

On évoqua le fait que Richelieu venait de passer un édit interdisant aux parlements, comme à toutes les autres cours de justice, de prendre connaissance des affaires qui étaient du seul ressort de l'État et du gouvernement. Mais, au lieu des réactions passionnées que l'on attendait peut-être de La Mothe Le Vayer, on le vit prendre toute l'attitude d'un homme que ces choses ne concernent guère : presque aussitôt, avec un geste quelque peu théâtral, le magistrat tourna son fauteuil et, sans plus donner l'apparence de vouloir se mêler à la discussion, regarda dans le vide avec une sorte d'ennui féroce.

De tels éclats silencieux devaient être familiers à Lhuillier et à Gassendi, qui se remirent bientôt à converser comme si de rien n'était.

Cyrano, dont l'attention, bien qu'il se trouvât à quelque distance, était aimantée par la réunion des trois hommes, et qui avait assisté à la scène, ne put se retenir de demander à mi-voix :

— Eh ! que lui prend-il ?

— À qui donc ? demanda Bernier.

— À La Mothe Le Vayer.

— Oh ! je devine ce que c'est, dit le « joli philosophe ». Je gage que MM. Gassendi et Lhuillier se sont mis à parler politique.

— Oui ; et cependant, il me semble incroyable que La Mothe Le Vayer, en sa double qualité de penseur et de magistrat, veuille se tenir éloigné d'un pareil sujet.

— Vous croyez donc qu'il ne s'y intéresse pas ?

— Je crois ce dont mes sens me persuadent : et l'on dirait, d'après ce que j'ai perçu, qu'il ne veut pas s'en préoccuper.

— Vous avez tort, dit Bernier avec un sourire d'une gracieuse finesse. C'est précisément parce qu'il s'en préoccupe trop, qu'il refuse de s'en mêler.

— Comment cela ?

— Imaginez-vous que cela fait des années que notre penseur, puisque, à juste titre, vous lui concédez cette qualité, fait paraître des écrits signés de sa main, dans lesquels il tresse des lauriers au cardinal de Richelieu pour sa politique étrangère, qui lui vaut par ailleurs tant de foudres. Or, toute peine mérite salaire ; et, afin d'épargner aux puissants d'avoir à se creuser la cervelle sur le salaire mérité par la peine qu'il mettait à faire ses livres, La Mothe Le Vayer en a composé un autre, dans lequel il traitait de l'éducation des princes.

— Ah ! c'était ingénieux.

— Peut-être ; mais par malheur, aujourd'hui le précepteur du dauphin n'a pas l'heur de s'appeler La Mothe Le Vayer.

— De sorte que notre philosophe en est froissé, tout philosophe qu'il est ?

— Horriblement.

— Bon ! voilà qui me rassure.

— Eh ! pourquoi ?

— Chapelle m'avait parlé de lui comme si c'était un demidieu, mais je suis soulagé de voir qu'il s'agit seulement d'un homme.

— C'est un homme, donc il est faillible ou imparfait : c'est là votre définition ?

— Mais, à peu près, dit Cyrano avec une étincelle dans le regard.

— Oh ! en ce cas, vous n'auriez pas d'inconvénient à ce que l'on vous parle d'une imperfection plus terrible encore de La Mothe Le Vayer ?

— Et laquelle donc ?

— C'est qu'il a la fâcheuse habitude, qu'il marche en ville ou qu'il se promène à la campagne, de toujours déambuler les yeux levés, afin d'admirer, soit les enseignes, soit le ciel bleu.

— Et vous trouvez que c'est un défaut effroyable ?

— Comment ! c'est mortellement dangereux. Connaissez-vous l'histoire de ce penseur grec qui est tombé dans un puits, pour avoir trop regardé en l'air et pas assez sur la terre ?

— Ah ! Thalès ?

— Si fait. Eh bien ! notre La Mothe Le Vayer, lui, à force de se déplacer, en acte ou par la pensée, sous tous les cieux du monde, est tombé dans un trou qu'il appelle le scepticisme.

Or, il paraît que dans ce puits, comme à Démocrite, la Vérité lui est apparue. Lui, bien généreusement, s'évertue parfois à nous en dire quelque chose. Mais il nous parle depuis une si grande profondeur, et les échos de sa raillerie sont parfois si amplifiés, que nul n'est jamais parfaitement sûr de connaître à fond sa pensée.

— Cela doit faire une étrange conversation ; ou du moins c'est, Bernier, une étrange déclaration que la vôtre : vous voudriez donc que j'y croie ?

— Mais, certainement.

— Et pourtant, Bernier, je crois avoir déjà insisté, il y a un moment, sur une imperfection persistante de l'entendement qui est le mien, répliqua Cyrano : c'est qu'il ne reçoit jamais rien pour une créance solide, sans en avoir eu des preuves palpables et matérielles.

— Qu'à cela ne tienne ! Vous avez eu la théorie ; il est juste que nous passions à la pratique, et celui que j'ai pour maître ne me pardonnerait pas de donner l'une sans l'autre. Chapelle, passez devant, je vous prie.

— Pourquoi cela ? demanda l'intéressé, qui, installé à son aise au fond d'un fauteuil, n'avait pas encore participé à la conversation.

— Dam ! vous êtes le fils de l'hôte ; oui ou non ?

— Mais, dit nonchalamment Chapelle, il paraît que oui.

— Alors, j'aime autant que ce soit d'abord vous que notre philosophe voie venir à lui : de la sorte, si nous le dérangeons dans ses méditations, il sera tenté de gronder, ou peut-être d'aboyer, mais il se retiendra de mordre.

Et les trois jeunes gens se dirigèrent vers le magistrat, qui, en cet instant précis, en effet, ne ressemblait pas mal à un dogue, immobile, les traits figés, les yeux perdus et pleins d'une amertume pensive.

— Peut-on vous voir, maître La Mothe Le Vayer ? demanda Chapelle.

— Mais certainement ! dit l'interpelé. Venez çà : j'ai besoin de votre concours pour une œuvre que je médite, soit traité, soit dialogue.

— Vous l'ignorez ?

— C'est une témérité que d'imposer à l'avance une forme à la matière.

— Et quelle est donc cette matière ?

— La jeunesse.

— Oh ! en ce cas, dit Chapelle en s'asseyant, exemple qui fut suivi par ses deux compagnons, nous vous assisterons bien volontiers. Je vous jure que nous serons sérieux comme des Espagnols, avec l'inspiration des cardinaux en conclave, et l'impartialité des sept sages de la Grèce.

— Bien ! dit La Mothe Le Vayer en hochant la tête, sans abandonner son masque de sévère gravité. Puisque vous êtes ainsi disposés, voici ma thèse. C'est la vieillesse que l'on couvre d'ordinaire d'éloges et d'égards, comme s'ils lui étaient dus ; mais je prétends, moi, que la jeunesse les mérite, non pas autant qu'elle, mais bien mieux qu'elle.

Lorsqu'il entendit ces mots, une lueur s'alluma dans le regard de Cyrano. C'était comme s'il avait eu la surprise et la joie de retrouver une musique familière, là où il s'attendait à n'entendre que des sons nouveaux pour lui.

— Que faut-il honorer dans un caractère ? poursuivit La Mothe Le Vayer. Les vertus qui en font l'honnêteté et la valeur : la générosité, la vaillance, la libéralité.

— Rien de plus sensé, dit Chapelle.

— Et dites-moi, en quel âge, en quelle organisation, doit-on chercher cet élan énergique, soit vers les hommes, soit vers les choses, sans lequel il n'est aucune des qualités dont je vous parle ? Puisque cette cause nécessaire fait souvent défaut à la vieillesse, la conséquence doit manquer presque absolument.

— Parfaitement, dit Bernier.

Chapelle et Bernier se bornaient à approuver, comme on voit.

C'eût été trop demander à l'intérêt de Cyrano que de s'en contenter.

Cyrano avait parfaitement saisi l'exagération railleuse qui était celle du magistrat ; lorsqu'il répondit, ce fut en se mettant au diapason. Néanmoins, il était facile d'entendre que c'était une corde sensible, personnelle, qui vibrait chez le jeune homme à cet instant précis.

— C'est l'évidence, dit Cyrano. Il n'y a rien de commun entre la jeunesse, ce feu resplendissant, et la vieillesse, froide, triste, qui n'en a plus que la cendre et les regrets. Un riant soleil, au zénith de la vie, fait mûrir les actions les plus glorieuses et les plus admirables ; mais que passent vingt, trente ou quarante hivers, et la moisson, glacée, perdue, dépérit sous de pâles rayons.

— Sans doute, dit Chapelle que cette éloquence ne surprenait pas : mais, des exemples ?

— Combien de héros, morts avant quarante ans ? Oubliez-vous Alexandre le Grand, qui appartient à l'histoire ? Oubliez-vous Hercule et Achille, qui relèvent de la légende ? Oubliez-vous, enfin, Épaminondas le Thébain, que l'histoire et la légende peuvent réclamer toutes les deux ?

— Vos exemples sont pertinents, mais peu variés : vous n'avez choisi que des guerriers antiques.

— Nous parlons de vaillance et de générosité, deux vertus que je mets, moi aussi, au-dessus des autres ; or, quel état, et quel âge, peuvent les faire paraître avec le plus d'éclat ?

— C'est juste, dit La Mothe Le Vayer comme s'il s'agissait de régler le litige d'une salle de justice de province, et qui se mit à regarder Cyrano avec une pénétrante attention.

— Pourtant, fit Bernier, la parole sacrée ne nous dit-elle pas : *Tu honoreras ton père et ta mère* ?

— Voilà un rappel qui ne peut que mettre fin à la discussion. Que ceux qui sondent leur cœur pour y chercher la vérité l'écoutent, que ceux dont ce cœur est loyal se rangent à la voix de la sagesse, qui n'est pas toujours celle de la prudence : j'ai dit ce que j'avais à dire.

Ce fut alors que Chapelle intervint.

— J'ai, moi aussi, une objection à faire. Vous ne proposez pas, sans doute, que l'on manque de respect à l'autorité paternelle, lorsqu'elle rend la vertu aimable, et incite l'âme à chercher ce qui est juste ?

— Non ; dès lors que, en l'honorant, vous honorez le bien que vous avez reçu d'elle.

— Mais, si je vous suis bien, de cette loi découle une condamnation terrible pour tous les pères impies qui dérogent à cette sainte pratique : n'ai-je pas raison ?

Chapelle, en prononçant ces mots, avait élevé la voix ; c'était assez pour attirer l'attention de François Rabelais, nous voulons dire de François Lhuillier, qui était toujours occupé à converser avec Gassendi.

Lhuillier, ayant toujours l'ouïe assez fine partout où il était question de son fils, qu'il adorait, fut frappé de ces propos à lui adressés par la malice filiale ; aussi, tandis que Gassendi inclinait la tête en direction du groupe qui entourait La Mothe Le Vayer, Lhuillier, lui, après un mot d'excuse à son ami, se levait et s'en rapprochait, de manière à se tenir bientôt debout à quelques pas derrière Chapelle.

La Mothe Le Vayer parlait et agissait comme s'il n'avait rien remarqué ; Chapelle, comme s'il ne soupçonnait rien.

— Vous voulez donc savoir, reprit le magistrat, si le respect, qu'on doit à la moralité, peut être conservé envers une autorité immorale.

— C'est cela même.

— Alors, commencez par me dire une chose : au nom de quoi, vous, lui garderiez-vous ce respect ?

— C'est mon père ; il m'a donné la vie.

— Ah ! il vous a donné la vie, et par conséquent vous la lui devez : c'est là votre raisonnement ?

Un éclair de haine passa sur le visage de Cyrano.

— Je ne l'aurais pas mieux formulé moi-même, repartit Chapelle.

— Alors, veuillez répondre à mes interrogations, avec toute la sincérité et toute la probité dont votre intelligence est capable. À votre avis, vos parents pensèrent-ils à vous, un mois avant votre naissance ?

— Diable ! J'allais venir, et puis cela se voyait : aussi, je suppose que la réponse est oui.

— Qu'en était-il, trois mois avant votre naissance ?

— Eh bien, j'allais venir, et, si cela ne se voyait pas autant, du moins il était indubitable que ce fût le cas. Partant, la réponse est encore oui.

— Et maintenant, répondez à ceci, dit La Mothe Le Vayer en plongeant son regard dans celui de Chapelle : croyez-vous que vos parents pensèrent à vous, neuf mois avant votre naissance ?

— Neuf mois !

— C'est ce que j'ai dit.

— Vous êtes bien embarrassant, maître La Mothe Le Vayer, dit Chapelle qui n'avait nullement l'air embarrassé.

— Vous ne m'avez pas répondu.

— C'est vrai. Du courage ; soyons sincère, soyons honnête, puisque vous l'exigez : la réponse est non.

— Or, s'exclama La Mothe Le Vayer en levant un doigt doctoral, ce qui fait l'obligation n'est-il pas l'intention de l'obligeant ?

— Rien de plus lumineux, ô Socrate !

— Comptez-vous donc toujours honorer cet être de vos respects et de vos attentions, au nom d'un présent qu'il vous fit sans y songer le moins du monde ?

— Mon Dieu ! je n'y avais jamais pensé, et pourtant c'est vrai. On a bien raison de dire que la réflexion rend libre. Comme je vous suis reconnaissant de m'avoir ouvert les yeux sur une injustice vieille de dix-huit ans !

À ce point de la discussion, Lhuillier jugea de sa dignité d'intervenir.

— Mon cher La Mothe Le Vayer, dit-il d'une voix grondante, si je vous serai toujours reconnaissant, moi aussi, de vos lumières et de vos avis, vous comprendrez que je ne puis l'être autant des progrès que vous faites faire à la corruption de mon fils.

— C'est ce même reproche que l'on fit à Socrate, dit tout bas Cyrano qui rêvait, et auquel la vision de ce monde renversé plaisait infiniment : cela n'empêchait pas que Socrate eût raison de faire ce qu'il faisait, c'est-à-dire d'écarter, devant les yeux de l'âme, ce voile qui lui dissimulait l'intelligence du vrai ; ni qu'il fût, pour cela, le premier homme de son temps !

Pendant ce temps, la Mothe Le Vayer repartait avec gravité :

— Un philosophe s'attire en tout temps la haine et la persécution ; elle lui est indispensable, comme au martyr sa souffrance, comme au saint son auréole.

— Ces conseils, dit Lhuillier, que vous répandez si généreusement par chez moi, je gage pourtant que vous vous réfrénez, lorsqu'il s'agit de les diffuser chez vous ? À Dieu ne plaise que vous fourriez dans le crâne de votre fils les mêmes séditieuses idées que vous inspirez au mien !

— Mon cher Lhuillier, je ne dirai qu'un mot, un seul, pour vous prouver le soin que je porte à l'éducation de ma progéniture.

— Ah, vraiment ? Et lequel ?

— Je ne l'amène pas chez vous.

Une seule chose empêcha Lhuillier de se joindre au concert de rires qui éclata autour de lui ; ce fut le souci de ne pas dévier du rôle qu'il s'était attribué, et qu'il jouait, faut-il le préciser, avec autant de malice que Chapelle en mettait à se jouer de lui.

— Quant à vous, mon fils, dit Lhuillier en armant ses traits d'une rigoureuse sévérité, plus tard vous viendrez me trouver : on a des choses à vous dire.

— Ah ! mon père, je crains que ce ne soit pas possible.

— Et pourquoi donc, monsieur le mauvais garnement du faubourg ?

— C'est que le penseur que vous voyez là a si bien complété mon éducation, que je suis à présent convaincu que la direction d'un père au sein d'une famille est une odieuse usurpation : par conséquent, mon devoir est, non point d'obéir à vos ordres, mais bien de ne pas me rendre à eux.

— Tiens ! tiens ! une rébellion raisonnée ! Voilà qui est nouveau, mon fils, et je vous fais mon compliment.

— Il faut donc, mon père, que vous ayez contre moi de bien puissants griefs ?

— Mon fils, vous êtes trop dispendieux : chacun dans cette maison le sait.

— Mon père, c'est vous qui êtes trop avare ; personne en ville ne l'ignore.

— Ce n'est pas être avare que de s'inquiéter du sort des vingt honnêtes livres qu'on avait eu la bonté de vous faire tenir, et que vous avez eu, vous, la malignité d'avoir déjà perdues.

— Perdues ? Pardon : je sais très bien où elles sont passées.

— Oui, je le sais bien, moi aussi ; en quelque mauvais lieu, ou dans une compagnie profane, que vous n'oseriez nommer devant toute cette assemblée ?

— Quoi ! s'écria Chapelle avec l'accent d'une douleur sincère : auriez-vous le cœur, monsieur, de me reprocher d'avoir suivi l'enseignement et l'exemple d'un père !

— Ce n'est pas tout ce que vous recevrez de moi ; votre débauche creuse des mines dans ma fortune, et ces mines-là sont à vous, car vous en hériterez.

— Messieurs, dit Chapelle en se tournant vers l'assistance, l'affaire est grave : voilà que mon père menace de me faire hériter !

— Aimeriez-vous mieux que je vous tienne éloigné de cette ville de plaisirs et de fatigues, à laquelle vous tenez tant ?

— Pauvre de moi ! je devrais donc revenir sous le toit paternel !

— Où vous demeureriez soumis à mon autorité.

— Et quelle peine infamante, je vous le demande, allez-vous mettre après celle-là ? Ce ne sera pas, du moins, de porter votre nom.

Chapelle ne s'avançait pas trop en disant cela ; car, suivant les lois de l'époque, reconnaître un enfant, c'était le déclarer fils ou fille de sa mère, et du mari de celle-ci.

On comprend si la situation conjugale des deux parents de Chapelle, à la dissymétrie problématique, rendait souhaitable de recourir à une telle résolution légale.

— D'après la loi, mon père, je ne suis pas votre fils.

— Et que me fait la loi ? On s'arrange parfois sans elle.

— Oh ! je suis sûr, quant à moi, que vous n'oserez jamais me reconnaître.

— Moi ! moi, je n'oserai pas ?

— Bien sûr que non ; je vous ressemble beaucoup trop.

Ce fut cette dernière saillie qui déchaîna les rires et les vivats.

Tout cet échange n'aurait dû qu'à moitié étonner Cyrano, rompu comme il était aux reparties de son ancien amant : cependant, il s'ébahissait de découvrir un milieu qui, bien loin de lier les ailes à de telles libertés, les laissait prendre leur envol, jusqu'à telles hauteurs qu'il leur plaisait d'atteindre.

Comme il était toujours assis près de Bernier, il lui demanda :

— Que faut-il faire, dites-moi, pour conquérir l'estime, et davantage, de pareils hommes ?

Bernier, ironiquement peut-être, lui répondit :

— C'est de tâcher d'être plus audacieux que ces gens-là.

Cette réponse montrait une chose sur le compte de Bernier. C'est qu'il ne savait pas encore à qui il avait affaire.

XIX

Pierre Gassendi

Il y avait alors à Paris, comme par toute l'Europe, nombre de sociétés, grandes ou petites, qui composaient ce que l'on nomma depuis, de façon quelque peu trompeuse, le libertinage érudit.

Que demandaient les hommes, et plus rarement, hélas ! les femmes, qui en faisaient partie ? À ce que, puisqu'on ne leur laissait pas toujours la liberté de dire leur opinion, on leur laissât du moins les moyens d'en avoir une ; à chercher en l'autre ce en quoi il était le même, et ce en quoi il était différent ; à soulever un peu la nappe de l'autel ou le drap du trône, qui étaient l'affaire des hommes, et, du moment que la chose était en leur puissance, sonder un peu le ciel où ne pouvait régner que Dieu. Aucun objet ne devait résister à leurs investigations : si l'un d'entre eux était assez usé, alors on lui appliquait un point de vue nouveau, afin de voir s'il en sortirait quelque chose, et voilà tout.

Tous ces êtres étaient les plus parfaits héritiers de l'humanisme, en attendant d'être les dignes ancêtres des Lumières.

Au sein de cette école, il y avait un groupe qui nous intéresse plus particulièrement, dénommé, là aussi un peu injustement, la *Tétrade*. Dans ce quadrige, le lecteur en connaît déjà deux, puisqu'il s'agit de Pierre Gassendi et de François

La Mothe Le Vayer ; quant aux deux autres, le médecin et bibliothécaire Gabriel Naudé et le juriste Élie Diodati, il en sera plus amplement question ailleurs dans notre récit. François Lhuillier en eût été le cinquième membre, parce qu'il était l'ami des quatre susmentionnés ; mais il n'était pas philosophe, n'ayant d'ailleurs rien écrit. Cela ne nous empêchera point de parler de lui à égalité avec ceux que nous venons de citer. Quant à Bernier, étant le plus jeune, il était le dernier arrivé, et son œuvre était encore devant lui : aussi, il est plus juste que nous l'excluions pour le moment.

Ces hommes n'avaient presque aucun point commun, ni dans leurs parcours, ni dans leurs croyances religieuses, ni dans leurs croyances philosophiques. Ces différences auraient couru risque de les appauvrir ; dès lors qu'ils étaient ensemble, elles les enrichissaient. La tolérance n'était pas encore l'étendard qu'elle devait devenir au siècle suivant : elle est pourtant le nom qu'il faut donner à cette franchise pleine de bienveillance et de respect qu'ils avaient les uns envers les autres.

Ils avaient toutefois, une dévotion commune pour les lettres latines et grecques, quoique cette communion se fît, pour chacun, sous des espèces différentes. Les vers que Gassendi se récitait par milliers pour se distraire avaient fort peu à voir avec l'affection persistante de La Mothe Le Vayer pour les romans un peu lestes de la seconde sophistique ; et, si Gabriel Naudé, à cette date, était le seul qui résidât en Italie, ce n'était pas faute d'envie, Lhuillier rêvant de toucher aux rives d'*il bel paese*, d'où il se fût élancé jusqu'à Byzance. Il n'en restait pas moins que, comme Montaigne ou Rabelais, qui étaient en quelque sorte leurs prédécesseurs, aucun d'eux ne doutait que, de cette culture, distante et très souvent païenne, il ne pût sortir une morale dont un homme de leur temps, vivant parmi d'honnêtes chrétiens, eût à faire son profit.

Il est presque inutile de préciser que cette culture-là ne gênait nullement l'éclosion d'autres fleurs de la pensée, et que l'on se penchait, pour les admirer, sur les civilisations orientales ou sur les sciences modernes, avec la même ferveur qu'on donnait à l'Italie et à la Grèce des Anciens.

C'est là qu'il nous faut en revenir particulièrement à Pierre Gassendi.

Le jeune Gassendi, qui s'était fait remarquer à Digne pour ses dons exceptionnels, s'en alla à Aix-en-Provence étudier conjointement la théologie et la philosophie. Ses études achevées, il postula pour une chaire dans les deux disciplines ; comme il était, dans l'une et l'autre, le meilleur candidat, il fut accepté pour les deux : ce fut la philosophie qu'il choisit.

Cet esprit multiple devait dès lors consacrer la plus grande partie de son activité à enseigner une discipline sur laquelle Aristote régnait presque sans partage. Le nouvel enseignant montra, pour mener sa tâche à bien, un zèle dont les résultats dépassèrent toutes les attentes. En effet, ses leçons commencèrent par offrir des éclaircissements sur le maître de Stagire, qui devinrent ensuite des éclaircissements critiques ; et comme, finalement, les critiques surpassèrent les éclaircissements, Gassendi fut bien forcé de constater que, à chaque révolution accomplie par sa pensée, il avait agrandi le cercle de ses réflexions, en sortant un peu plus de l'orbite de celui qu'une accommodante tradition gardait au centre de toutes les questions philosophiques.

Il chercha, tout naturellement, autour de quelle autre illustration il devait mener sa carrière.

Dans sa recherche, il rencontra Épicure. On serait plus exact en disant qu'il l'exhumait ; car, presque depuis qu'il était mort, ce contemporain d'Alexandre le Grand avait disparu dans une nuit dont la calomnie avait entretenu l'obscurité. Or rien, chez Épicure, ne pouvait laisser Gassendi indifférent. Le physicien en celui-ci retrouvait des faits précis et naturels ; le philosophe découvrait une pensée claire et simple ; le croyant voyait qu'une place, au sommet, pouvait être laissée à un dessein divin.

Nous n'aurions pas parlé de la place éminente que tenait Épicure dans la vie de Gassendi, si elle n'importait pas autant à notre propos. En effet, c'était l'épicurisme, avec le vide et les atomes qu'il décrivait, qui, en donnant au chanoine la compréhension des petites choses, lui fournissait les moyens de parvenir aux grandes ; c'était lui qui, en réconciliant l'homme avec ses sens et avec la nature, lui disait qu'il avait raison de s'avancer sans crainte en direction de la vérité.

Sapere aude, ose savoir : c'était cette devise, reprise à Horace, que Gassendi avait adoptée pour lui-même.

C'est avec ces deux mêmes mots que, plus tard, Kant devait répondre à la question : *qu'est-ce que les Lumières ?*

L'expérience et la raison étaient les deux pierres de touche auxquelles le physicien rapportait toute idée, avant que de la croire ; il était imité en cela par ses amis.

Si le lecteur n'est pas lassé de devises libertines, en voilà une autre : *Nervi atque artus sapientiae sunt nihil temere crede*. Cela veut dire : ne rien accepter sans peser. Il n'y avait qu'une condition pour s'attirer les foudres de Gassendi et de ses pairs, et c'était de soutenir farouchement et fanatiquement quelque chose. Outre nombre d'institutions aussi anciennes que susceptibles, telles que l'Église ou l'Université, la récente mais puissante Compagnie du Saint-Sacrement, celle-là même qui, plus tard, voudrait bâillonner Molière, faisait déjà figure de cible pour les esprits éclairés. Quant aux préjugés dont la fausse monnaie avait librement cours parmi leurs contemporains, nos érudits en riaient toutes les fois qu'ils ne pouvaient pas s'y attaquer. Une telle attitude, qui pourrait nous sembler naturelle, l'était beaucoup moins dans un royaume entre les limites duquel on supprimait, avec l'accusation de sorcellerie, un plus grand nombre d'existences que ne le faisaient, pour le même motif, toutes les

Espagnes réunies, depuis les Indes occidentales jusqu'aux Indes orientales.

On voit sans peine ce qui pouvait attirer, dans un pareil milieu, un jeune homme de la trempe de Cyrano.

La scène que nous avons décrite dans le chapitre précédent lui avait laissé une impression profonde ; et, s'il avait eu l'assurance de trouver tous les jours, dans le cloître Notre-Dame, les mêmes hommes qu'il y avait alors rencontrés, assurément Cyrano y serait allé tous les jours.

Il songeait qu'il n'avait pas eu l'heur d'une conversation particulière avec le savant Gassendi, dont Chapelle lui avait parlé d'une façon qui avait si vivement excité son imagination.

Le sort le favorisa ; car un soir que Cyrano passait rue Saint-Louis, où il devait prendre son ami, il trouva celui-ci en grande conversation avec le chanoine de Digne.

Gassendi s'employait quelquefois à dispenser au collégien quelques rudiments de science ou de philosophie, de manière à compenser heureusement ce qu'on lui débitait dans le Quartier latin, soit en remplaçant une erreur par une vérité, soit en équilibrant un savoir inefficient par un apprentissage utile.

La leçon s'achevait juste quand Cyrano faisait son entrée.

Celui-ci pensait que c'était l'occasion qu'il cherchait, et sans doute son audace fût-elle allée tout droit trouver Gassendi pour se manifester à lui, si celui-ci, en relevant les yeux, ne l'eût pas aperçu tout le premier. Or, l'espèce de passion qui brûlait au-dedans de Cyrano était écrite sur son visage en caractères si flamboyants, que le prêtre, adoucissant encore sa physionomie par un sourire, l'invita à venir jusqu'à lui.

Chapelle, de son côté, s'était levé après avoir remercié le maître ; et, comme il comprit au premier coup d'œil les intentions de Cyrano, loin de lui parler de quitter les lieux, il s'en alla trouver Bernier, qui était occupé à mettre au net des écritures dans un coin de la pièce.

Du moment que c'était récréation pour lui, l'espiègle fils de Lhuillier ne voyait pas de raison pour ne pas s'en aller divertir un peu le zèle studieux de Bernier.

Gassendi s'était levé en même temps que Chapelle, comme s'il avait pressenti que les explications qu'il aurait à fournir, ou la conversation qu'il aurait à soutenir, ne se satisferaient pas d'une station assise.

Les premières politesses ayant été échangées :

— Vous aviez, monsieur, une question à me faire ? demanda le prêtre.

Lorsque l'on venait le solliciter pour le motif que Cyrano, il le pressentait, avait de venir à lui, les yeux de Gassendi s'illuminaient ; il se réjouissait de retrouver chez un autre un peu du même métal dont il était fait : et en même temps cet esprit, oubliant qu'il faisait la lumière autour de lui, montrait toujours le même étonnement humble, en voyant qu'un autre esprit eût songé à lui pour obtenir ce qu'il cherchait.

— On m'a assuré, dit Cyrano, que vous mettiez la raison au-dessus de toutes les autorités ; moins la puissance divine, bien sûr, ajouta-t-il. Diriez-vous que c'est juste ?

— C'est ce qu'il m'arrive d'affirmer, monsieur, parce que c'est ce que je pense toujours.

— Et cependant, la même personne qui m'a transmis cette affirmation m'a aussi décrit, vous concernant, un acte si incroyable, et pour tout dire si incompréhensible, que je ne sais comment le réconcilier avec la raison.

— Ah ! Vous désirez comprendre ?

— Oh ! passionnément !

— Voyons, alors, si je puis vous aider à résoudre ce problème.

— On m'a rapporté, demanda Cyrano, que cet hiver, avant de monter à Paris, vous avez fait un passage à Marseille ?

— C'est exact.

— Où, grâce aux amitiés que vous aviez dans la place, vous vous êtes embarqué à bord d'une galère, que vous avait fait sortir de la rade.

— Parfaitement.

— Or, n'est-il pas vrai que, moins d'une heure après avoir quitté la terre, vous revîntes au port, sans avoir fait aucune escale ni touché aucune île, sans avoir rien pris, sans avoir rien lâché à la mer : c'est-à-dire sans avoir, suivant les apparences, fait le moindre usage du puissant navire que l'on avait mis sous vos ordres ?

— Vous avez raison de dire : suivant les apparences. Cette galère, j'en ai bel et bien fait usage, mais, pour s'en rendre compte, il eût fallu être à bord du point mobile qu'elle représentait, au lieu de la contempler sans bouger depuis le rivage. On ne vous a pas dit, je suppose, que j'avais quelque chose avec moi lorsque j'y suis monté.

— Ah ! si ! s'écria Cyrano, dont la vivacité interrompit Gassendi : vous y avez emporté une pierre.

— Oui ; mais vous ne savez pas, alors, à quoi cette pierre devait servir ?

— Nullement : je suis resté là-dessus dans l'obscurité la plus complète.

— Il ne sera pas difficile de vous en tirer, et je peux, sans risquer de me tromper, attribuer cette obscurité à la seule malice du rapporteur, dit Gassendi avec un sourire. Mon projet, sans doute, vous est mystérieux ; néanmoins, vous devinez que pour celui-ci, quel qu'il fût, la galère était absolument indispensable ?

— Naturellement ; on ne requiert pas une telle embarcation, comme on emprunte le bac pour traverser la Seine au Pré-aux-Clercs. Seulement, puisque vous n'alliez nulle part…

— Eh bien ! c'est que ce n'était pas pour la distance à parcourir que j'en avais besoin.

— Pour quoi, alors ?

— Pour sa vitesse. Si j'ai commandé qu'on sortît la galère de la rade, c'est dans le but qu'on lui fît prendre sa vitesse habituelle de quatre nœuds.

Cyrano comprenait de moins en moins ; ce qui voulait dire que son intérêt s'éveillait de plus en plus.

Depuis un moment, Gassendi, au lieu de rester à la même place, avait fait quelques pas, s'animant à mesure qu'il parlait ; et, quoique sa voix conservât toujours le même calme, on devinait, à en juger par la fermeté de certains de ses gestes, ou par le besoin d'activité qui avait provoqué ce déplacement, quelles étaient l'obstination studieuse, l'ardeur sans relâche, avec lesquelles cet homme de paix allait au bout de tout ce dont il faisait son entreprise.

Cyrano ne le quittait pas du regard ; on eût dit qu'il craignait que le chanoine disparût, au moment où ses yeux cesseraient d'être sur lui.

Ils se fussent rencontrés pour la première fois, et cette rencontre eût-elle eu lieu dans un amphithéâtre, que le chanoine de Digne n'aurait pas montré à Cyrano une autorité plus simple, ni plus imposante.

— Oui, dit le jeune homme, mais à quoi bon la vitesse, sans la distance ?

— Permettez que je vous retourne la question. Ne tenez nullement compte de la distance, seulement de la vitesse : que reste-t-il ?

— Il reste… il reste le mouvement.

— Précisément, dit Gassendi avec un geste d'appréciation. La galère me servait à donner du mouvement ; sans cela, la pierre ne m'aurait rien appris.

— Ah ! elle vous a donc appris quelque chose. Et comment ?

— Il ne s'agissait, une fois la galère lancée, que de la faire tomber du haut du mât, puis de nouveau, une fois la galère immobilisée sur la mer. Dans l'un et l'autre cas, cette pierre tomba au pied de l'endroit où on l'avait jetée. Comme c'était justement ce que je voulais voir, après cela il n'y eut plus qu'à rentrer au port.

— Je comprends bien, dit Cyrano en secouant la tête, que, pour un esprit si instruit et si savant que le vôtre, une telle action pouvait receler bien des enseignements ; mais, moi qui suis parfaitement ignorant en telles matières, je ne conçois même pas l'intérêt que la chose eut pour vous.

— Vous n'êtes pas sans savoir que, à plusieurs reprises au cours des siècles, il y eut une voix pour soutenir que la Terre, au lieu d'être immobile au centre du monde, comme on le répète d'après Aristote et Ptolémée, roule dans l'univers, pareille aux autres globes qui se déplacent autour de nous. Or, inévitablement, on contrait cette voix dissidente par l'argument suivant : le trajet que fait la chute d'une pierre sur la Terre est toujours vertical ; cela montre que la Terre n'est pas mobile, car, si elle l'était, ce trajet s'en ressentirait, et la pierre, au lieu de suivre une ligne droite, retomberait en arrière.

— Ah ! s'exclama Cyrano.

Un mot avait suffi ; un trait de lumière passa dans son esprit, toutes ses idées s'illuminèrent, avec la célérité qui était la marche ordinaire de toute son organisation.

Son entendement, affamé de savoir, affamé de vérité, avait été rassasié d'une vérité palpable, indépassable, éclatante, qui repoussait dans l'ombre l'erreur et l'imposture, tout ce qu'on n'appelait pas encore obscurantisme.

Pendant ce temps, Chapelle, qui avait projeté, comme nous l'avions dit, de débaucher Bernier, avait parfaitement réussi dans son projet ; et, au milieu des confidences ou des plaisanteries que tous deux échangeaient à voix basse, il jaillissait quelquefois la fusée d'un rire qu'on n'était pas parvenu à étouffer à temps, comme pour offrir un contrepoint, plein d'une scintillante et vibrante légèreté, à ces propos dont le sérieux absorbait complètement les deux interlocuteurs.

On voyait chez ces derniers, pour l'un une bonté rayonnante, pour l'autre une ferveur qui ressemblait à de la fièvre ; mais cette bonté et cette ferveur, en se reconnaissant pour ce qu'elles étaient, semblaient s'encourager l'une et l'autre.

— Et vous dites, reprit Cyrano avec hâte, que dans cette galère qui allait à pleine vitesse, la pierre…

— Est retombée suivant une ligne parfaitement droite. Et il en est allé ainsi lorsque la galère était à l'arrêt. Chaque paramètre a été contrôlé ; je m'en suis assuré moi-même.

— Oui ; mais les causes, les causes ? Car il fallait bien expliquer cette identité dans le résultat ?

— Le mouvement est imperceptible pour celui qui y participe. Dans l'hypothèse selon laquelle la Terre se déplace, mon ami, vous êtes vous-même en repos par rapport à elle : vous partagez son mouvement, il est donc nul pour vous. De la même façon, le mouvement du navire s'imprime dans la pierre, du moment qu'elle s'y trouve ; lorsqu'on la lâche du haut du mât, elle conserve cette impression de mouvement. Que le navire se déplace ou qu'il reste immobile est donc sans conséquence sur le trajet qu'elle suit.

Cyrano regarda avec admiration cet homme humble, bienveillant, dont les épaules étroites et frêles avaient si fort ébranlé l'antique édifice de la pensée et de la philosophie.

— C'est si simple, et cependant c'est si grand ! reprit le jeune homme avec feu. Voilà une preuve décisive, une preuve irréfutable.

— Je ne sais pas si elle est irréfutable, dit le modeste chanoine : je sais seulement qu'elle est la plus concluante que nous puissions obtenir, avec les moyens qui sont les nôtres.

— Oui ; oui, et pourtant… dit Cyrano dont l'enthousiasme parut perdre de sa chaleur par degrés.

— Et pourtant ?

— Ce que vous avez fait prouve, assurément, que l'argument central des géocentristes ne vaut rien ; cela ne prouve pas pour autant qu'ils ont tort, ni que ce sont les partisans de l'héliocentrisme qui ont raison.

— Ce que vous dites est juste. Mais je n'espérais pas de si grandes conséquences, qui sont peu nécessaires.

— Pourquoi donc ?

— Il est certains domaines où les idées d'Aristote n'occupent plus tout à fait cette citadelle inexpugnable dont on vous parle dans vos collèges, et, de nos jours, nombreux sont les physiciens qui savent que les phénomènes de ce monde ne se décrivent point par les catégories d'attribut ou de substance, de potentialité ou d'actualité. Non : l'expérience que j'estime avoir menée, en maîtrisant tous ses termes, de manière à pouvoir en mesurer le résultat, n'est pas la première atteinte aux théories d'Aristote. Mais elle en est, peut-être, pour le moment, la plus retentissante.

— Oh ! fit Cyrano émerveillé, avec un geste martial. Entre vos mains, cette pierre est une arme de jet.

— Cette pierre, repartit paisiblement Gassendi, est le fondement d'un nouvel édifice.

— Vous avez cependant parlé d'une citadelle, ou plutôt de ses restes : il faut encore détruire ; et quelle force doit devenir celle de cette pierre, répercutée par la puissance de votre esprit !

— Je préfère penser que, grâce à elle, l'homme gagnera, sur le monde qui l'entoure, un peu de cette hauteur de vue et d'entendement qu'il ne faut jamais cesser de conquérir, et qu'annoncent les esprits les plus clairvoyants. Archimède réclamait un point d'appui pour déplacer la Terre : ces découvertes font voir qu'il ne se trompait pas.

— Oui, murmura Cyrano, qui se rappelait que ce fils d'astronome savait aussi se servir des rayons du soleil pour mettre le feu aux navires ennemis.

— Ce que je vous dis là, et qui vous fait une si grande impression, poursuivit Gassendi ; cette expérience, l'idée qu'elle démontre, la loi qui l'explique, tout est l'œuvre d'un génie puissant comme ces orfèvres qui donnent la forme la plus belle et la plus éclatante à ce que l'on tire du sein de la nature. Cet orfèvre, c'est Galilée.

— Ah ! Galilée !

— Oui ; vous connaissez son nom ? s'écria Gassendi avec un emportement passionné.

— Assez pour entrevoir de ce que vous lui devez ; trop peu pour ne pas souhaiter d'en avoir la vision nette.

— Ce que je lui dois ? Dites, plutôt, ce que nous lui devons, et la dette est immense ! Galilée, en se servant d'appareils qu'il avait améliorés lui-même, fit, dans les cieux, un grand nombre d'observations inestimables, que nul n'avait pu faire avant lui ; c'est lui qui démontra que les corps célestes n'avaient, ni dans leur trajectoire, ni dans leur apparence, cette perfection glacée qu'y mettaient Aristote et Ptolémée, lorsqu'ils racontaient qu'ils glissaient autour de nous avec uniformité et harmonie, comme le ferait la surface intérieure d'une sphère constellée ; c'est lui qui, osant défendre tout haut ce que Copernic posait tout bas, dévoila à la face de la chrétienté que le Soleil était au centre de notre monde : il en fut cruellement condamné, au lieu d'être célébré ainsi qu'il le méritait. Et songer que cet esprit, qu'on a jugé coupable d'en avoir libéré tant d'autres, vit aujourd'hui reclus, chez lui, à Florence !

À cet endroit, Gassendi laissa échapper un soupir douloureux et profond.

Cyrano, qui l'avait observé, demanda avec une douceur respectueuse :

— Vous l'aimez ?

— C'est-à-dire, répondit le prêtre, que j'ai pour lui la plus complète adoration, et que je m'honore de pouvoir dire qu'il est de mes amis. Avant qu'il pût savoir que j'existais, je brûlais du désir de me lier avec lui ; avant qu'il m'eût dit ou écrit le moindre mot, je m'enflammais à l'idée de lui montrer ce que j'étais et à quoi je voulais employer mes forces.

— Combien de fois avez-vous été auprès de lui ?

— Je ne l'ai jamais rencontré ; nous nous sommes toujours écrit. Mais, sans l'avoir vu, je l'aime et je l'admire, parce que son œuvre porte l'empreinte de sa pensée, et qu'elle est intelligente comme elle, généreuse comme elle, belle, magnifique, éblouissante, comme elle. Oh ! je ne saurais vous exprimer tout ce que furent pour moi les mystères qu'il nous a révélés. Je sais bien, en revanche, quelle joie ineffable est la mienne, lorsque, évanouies les barrières de l'antique représentation du monde, mon esprit délié et libre se met à errer dans les espaces immenses : il me semble que j'aperçois l'œuvre de Dieu dans sa perfection même, et telle qu'Il attendait qu'elle apparût aux hommes, pour faire voir sa sagesse et sa munificence.

Pendant que Gassendi exprimait ainsi son enthousiasme, Cyrano n'était pas en reste ; son esprit s'était mis à planer, comme un oiseau qui a déployé ses ailes, au-dessus des nouveaux horizons qui lui étaient apparus, quand une idée subite l'en fit redescendre.

— Mais, s'écria-t-il brusquement, le procès contre Galilée a eu lieu il y a des années ?

— En 1633.

— Huit ans !... Cela fait donc huit ans qu'on le tient prisonnier !

— Hélas, oui, dit Gassendi, qui avait été sensible à l'exclamation douloureuse du jeune homme. Mais, si son corps ne peut se mouvoir librement, il n'en est ainsi, ni de sa parole, ni de ses écrits. L'activité d'un homme est grande comme le rayonnement qu'il y a autour de lui : ses lettres et ses travaux, diffusés par des soutiens amis, font voyager son esprit.

Il fut impossible à Cyrano de réprimer cette parole, qu'au reste il n'aurait jamais songé à retenir, partie comme elle l'était du plus profond de sa pensée :

— Plus je vous entends, et plus je pense à l'action du titan Prométhée, qui déroba aux dieux le feu dont ils étaient seuls à profiter, sans en accorder la jouissance aux mortels.

— C'est un éloge que je ne mérite point, mon cher ami, et je vous conseillerais de l'adresser plutôt à celui qui en est véritablement digne, je veux dire Galilée en personne, repartit Gassendi avec simplicité : mais je sais que mon ami Diodati, qui est souvent en communication avec lui, l'a déjà fait.

— Ce nom que vous concédez avec tant de bonne grâce à un autre, qui est, certes, allé dérober dans l'azur l'or rutilant qu'il recelait, vous allez donc le refuser pour vous-même, qui venez nous transmettre toutes les richesses qu'il a trouvées ?

— Même ainsi : car je ne saurais oublier la suite de l'histoire de Prométhée ; qu'avec ce feu qui leur fut donné comme un don, les hommes firent les premières forges, et qu'il en sortit les armes et la guerre.

Cyrano baissa les yeux sans répondre ; on eût dit qu'il craignait d'en laisser voir l'expression enflammée à son interlocuteur.

XX

Galileo Galilei

Ce n'est assurément pas le chanoine de Digne, non plus que les autres représentants du libertinage érudit avec lesquels nous avons fait connaissance, qui avaient inspiré à Cyrano la révolte, ou qui lui avaient donné le goût du raisonnement. Ce n'étaient pas eux non plus qui devaient lui apprendre à s'attaquer hautement à l'erreur, à l'imposture, à l'ignorance, aux préjugés, à toute forme de sujétion enfin, qu'elle s'exerçât, soit sur l'esprit, soit sur le cœur : sans aller jusqu'à prétendre que sa vie l'y avait préparé, nous dirons que c'est un apprentissage qu'il avait fait de bonne heure, par instinct peut-être autant que par nécessité ; par réaction à ce qui l'entourait, autant que dans l'élan d'une disposition nerveuse, sensible, ardente.

Il eût pourtant aimé n'avoir pas à assouvir cet élan irrésistible : comme chez chacun, le bien-être, le repos, l'oubli des désordres et des peines de ce monde, voilà ce qu'on entendait dans l'appel qui s'élevait du plus simple et du plus secret de son être ; et l'on verra plus tard les formes que ce triple appel pouvait revêtir.

Mais ce que les patients labeurs de Gassendi, ce que les semences jetées par Galilée, avaient montré à Cyrano, c'est que la raison et la révolte, s'aidant l'une de l'autre, pouvaient s'éclairer des lumières que leur donnaient la connaissance et la philosophie ; et alors, à quelles hauteurs ne pourraient-elles espérer atteindre, portées par les ailes puissantes de sa prodigieuse imagination !

Il se mit à appliquer son esprit aux lettres et aux sciences avec un zèle égal. Car ces deux branches du savoir, en cette époque où se tournait à peine la double page de l'humanisme et de la Renaissance, étaient encore trop proches pour que l'on ne vît pas qu'elles procédaient d'un même tronc, sans soupçonner encore les foisonnants rameaux qui devaient, en les développant jusqu'à des hauteurs nouvelles, les éloigner l'une de l'autre dans les siècles à venir.

L'énergie pleine de flamme qui avait pu faire défaut à Cyrano, comme le soir d'hiver où Chapelle avait eu l'heureuse idée de lui témoigner son amicale sollicitude, était en train de lui revenir, au contact de ce milieu si brillant et si inspirant à la fois.

Il est vrai que cette énergie créatrice n'en était pas encore au point d'enfanter l'œuvre majeure qu'elle porterait un peu plus tard ; ce qui ne veut pas dire que ses effets ne se faisaient pas déjà sentir.

Un jour que Cyrano était avec Chapelle dans la maison du cloître Notre-Dame que nous commençons à bien connaître, et qu'il s'y trouvait également Gassendi, Lhuillier et Bernier, un coup frappé à la porte du bas surprit les maîtres des lieux, qui n'attendaient personne. Le jeune Bernier fut dépêché pour voir de quoi il retournait. Bientôt il remonta avec un pli qui lui avait été remis : un homme qu'il ne connaissait point, et qui disait arriver d'Italie, demandait à être reçu par M. Gassendi.

La mention de l'Italie éveilla l'attention de Gassendi : à peine eut-il pris connaissance du pli que lui avait remis Bernier, qu'il poussa une exclamation de joie et s'élança pour accueillir son visiteur. L'instant d'après, on entendit deux voix converser avec une chaleur et une animation que tempéraient toutefois la retenue ordinaire à ceux qui viennent seulement de lier connaissance. Bientôt, Gassendi reparut, faisant entrer avec lui un homme de trente ans environ, à la mine bien faite, à l'œil clair, au visage riant, et qu'il introduisit en ces termes :

— J'ai l'honneur de vous présenter M. le chevalier Dal Re, qui arrive de Rome, et qui vient jusqu'à nous porteur de nouvelles, mais aussi de lettres de notre ami Gabriel Naudé.

Ces derniers mots s'adressaient tout particulièrement à Lhuillier ; Gabriel Naudé était l'un des membres de cette Tétrade que nous avons déjà décrite.

En dépit du titre qui lui avait été donné par Gassendi, et qui aurait pu être le prélude à une attitude de supériorité, bienveillante ou hautaine, l'intéressé fit montre d'une courtoisie parfaite, et mit très vite chacun à son aise par la bonne grâce de ses manières.

Nous prions le lecteur, auquel, comme de juste, ce nom de Dal Re ne dit rien, de nous excuser de son passage entre nos pages ; c'était une assez grande famille que celle des libertins, ou plutôt, car ce nom est plus vrai, des esprits écartés, et si un nom comme le sien n'est pas resté dans les annales, assurément ce n'est point notre faute.

Il faut pourtant que Dal Re soit mentionné ; d'autant que, à présent qu'il s'est introduit dans notre histoire, il sera amené à y reparaître.

Son arrivée, on le conçoit, avait créé un événement : sans faire tout à fait cercle autour de l'Italien, on adopta, à partir de sa personne, une configuration géométrique quelque peu irrégulière, puisqu'elle ressemblait à une ellipse à six points. Cyrano et Chapelle, les moins directement intéressés, en fournissaient les deux points les plus éloignés ; ils n'en écoutaient pas moins avec le même respect et la même curiosité que les autres.

Après les compliments d'usage, on en vint aux questions plus directes ; et par *on*, nous voulons dire Lhuillier et Gassendi.

— Vous êtes donc, monsieur le chevalier, ce gentilhomme de Mantoue dont M. Naudé nous a fait l'honneur de parler quelquefois dans ses lettres ? demanda Gassendi.

— C'est moi-même, dit le chevalier, qui s'exprimait dans un français aussi pur que celui de ses interlocuteurs. Il a dû vous expliquer que j'ai eu le bonheur de faire sa connaissance lorsque, de passage à Rome, j'ai été introduit dans la maison du cardinal Bagni, dont il est le bibliothécaire ; et je vous jure qu'il ne fallut pas longtemps avant que nous nous fussions liés d'une amitié sincère.

— Et c'est de Rome, disiez-vous, que vous arrivez ?

— Oui : voilà trois semaines que j'ai quitté cette ville, et je vous jure, ventre-saint-gris ! que je serais arrivé plus vite encore, car j'avais des motifs bien impérieux pour venir à Paris, sans des intempéries qui m'ont empêché de prendre le bac pour remonter le Rhône.

— Des motifs bien impérieux ? Il y avait donc urgence ? s'enquit Lhuillier d'une voix inquiète.

— Oh ! nulle urgence comme celles que votre amitié paraît craindre. J'ai laissé Naudé en parfaite santé, et je crois que ses lettres vont bientôt vous apprendre qu'il n'a rien perdu, ni de sa vivacité d'observation, ni de son mordant esprit. Si j'ai fait diligence pour venir jusqu'ici, cela procédait bien simplement de la grande hâte que j'avais à me trouver devant vous.

— Devant nous ? répéta Gassendi.

— Assurément, reprit Dal Re qui, comprenant la modestie ou la délicatesse de son interlocuteur, remit à plus tard d'exposer toute sa pensée. Voilà longtemps que Naudé me parle de ses amis en France, et surtout à Paris, chez M. Lhuillier, ou chez les frères Dupuy. Je n'ai rien produit, dans la sphère de l'esprit, qui mérite votre estime ; je n'ai à vous présenter ni études, ni travaux : seulement l'admiration la plus sincère et la curiosité la plus ardente pour ce que des hommes tels que vous sont à même d'accomplir. Voilà, je crois, ce qui fit que je tournai les yeux vers Paris, où rien ne m'appelait, hormis mon incapacité à demeurer immobile au même point. Rome me lassait, Naudé avait des lettres à vous faire parvenir : tout fut vite arrangé.

— Vous parlez admirablement notre langue, M. le chevalier, dit Lhuillier, qui apprenait l'hébreu de conserve avec Gassendi et aurait bien voulu jouir d'une pareille facilité.

— Mon père, qui avait l'esprit ouvert, avait pourvu à mon éducation. Malheureusement, il mourut avant de voir les fruits que j'en retirai, et je crois n'en avoir pas mal profité.

— Avez-vous l'intention de demeurer longtemps parmi nous, M. le chevalier ?

— Qui peut le dire ? répondit celui-ci avec un sourire franc et loyal. Pour l'instant, je ne suis sûr que d'une chose ; c'est que rester ici est ce que mon cœur désire plus que tout au monde.

— J'ose croire, M. le chevalier, que vous avez trouvé à vous loger à votre convenance ? Car, dans le cas contraire, et quoique j'ignore si je serais tout à fait digne de vous accueillir... commença Lhuillier.

Le financier accompagna son invitation d'un geste d'ouverture qui allait s'élargissant, et que Chapelle, qui se plaignait souvent des sévérités des cordons de la bourse paternelle, observa avec la curiosité des savants pour les phénomènes insolites.

— Je vous sais gré de votre proposition, dit Dal Re. Je suis descendu à l'enseigne de la Barbe peinte, rue de l'Homme-Armé, qui a déjà reçu ma pratique par le passé. Mais Naudé a eu la très aimable attention de mettre à ma disposition sa maison de Gentilly, où je compte m'installer dès que la saison sera propice. J'aurai alors l'occasion de vous retourner, croyez-moi, cette hospitalité que vous m'offrez avec générosité.

Dal Re, à son entrée, avait remis des lettres à Lhuillier et à Gassendi, de la part de leurs amis en Italie ; il devinait que ces derniers brûlaient d'en faire connaissance. Aussi, avec tact, trouva-t-il un prétexte pour s'éloigner d'eux quelques minutes après.

Il reporta alors son attention sur Bernier, qu'il pouvait interroger à loisir sur les travaux de Gassendi.

Cyrano, avouons-le, était assez dépité de ces événements qui rendaient impossible une autre conversation avec le chanoine de Digne ; mais comme, à tout prendre, s'entretenir avec Chapelle n'avait rien pour lui déplaire, il rengaina son impatience sans trop de mauvaise grâce et reprit avec son ami la discussion que l'arrivée du chevalier avait interrompue.

— Ma foi ! dit Chapelle, j'ai bien envie de savoir ce que Naudé nous écrit depuis l'Italie. Mais en attendant, reprenons ce que tu me disais tantôt. Qu'était-ce donc ?

— Je te disais qu'après plusieurs essais infructueux depuis... depuis que j'avais regagné la capitale, je m'étais remis à écrire.

— Ah ! voilà une grande nouvelle ! dit Chapelle avec un sourire. Et peut-on savoir où te porte ton inspiration ? Est-ce un roman, dis-moi ? C'est une mode ; on en fait à la fureur, depuis quelque temps.

— Non : ce sont des lettres, et je prétends leur donner, à chacune, un sujet différent.

— Ah ! nous parlons d'œuvres au pluriel ! C'est encourageant. Et comment s'appelle la dernière ?

— « Contre l'hiver ».

— Misère !

— C'est justement cela.

— Mais tu es donc enragé ! Ah çà, je présume que ta lettre va nous envoyer la même bordée de sottises que ta mélancolie m'a débitées tout le mois précédent ?

— Que veux-tu ! Tu as simplement joué, pour ce que tu appelles peu aimablement mes sottises, le rôle de *cause finale*, comme eût dit cet auteur de sottises avérées qu'était maître Aristote.

— Hum ! sais-tu ce que cela me rappelle ?

— Non.

— Moi non plus, et cependant j'aimerais bien le retrouver.

— Je te laisse te réconcilier avec ta mémoire ; j'ai bien assez de la mienne, crois-moi.

— Le diable m'emporte s'il ne s'agissait pas de poésie. Je parie même qu'il s'agit de Théophile de Viau, que tu aimes tant.

— Bien ! On progresse : c'était toute la poésie, ce ne sont plus quelques milliers de vers.

— Cesse donc, incrédule ; car voilà que cela me revient. Eh ! c'est son « Ode à l'hiver ».

Plein de colère et de raison,
Contre toi, barbare saison,
Je prépare une rude guerre…

Mais cette récitation, si simple et modeste qu'elle fût, amena sur le visage de Cyrano un changement si soudain, si visible, et surtout si inquiétant, que Chapelle s'arrêta.

Le récitant avait assez de discernement pour comprendre que c'était son dernier mot surtout qui avait provoqué cette mutation.

Lorsqu'il reprit, ce fut pour demander, de la voix la plus innocente qu'il pût :

— Décidément, c'est un étrange sujet que celui que tu as choisi. Comment un esprit si fort épris d'originalité et de nouveauté que le tien ne voit-il pas l'avantage de laisser aux autres un sujet qui appartient à tout le monde, au lieu d'en créer un qui ne fût à nul autre qu'à toi ?

— Ainsi, qu'importe la matière, Chapelle ! murmura Cyrano, une étincelle dans le regard, pourvu qu'elle brille ! Elle sera toujours assez neuve pour l'esprit qui saura vraiment la faire reluire.

— Mais pourquoi, à la fin, me parler d'une saison, qui roule chaque année sur la Terre, et que nul ne peut ignorer, au lieu d'en venir à ce qui, Dieu merci ! épargne, sinon quelques âges de l'humanité, du moins quelques-uns des lieux qu'elle hante ; à ce que tu as connu de près, toi ?

— C'est quelque chose qu'apparemment, tu ne veux pas nommer ?

— Comme toi, sans doute, tu ne veux pas en parler.

— Et qu'est-ce que c'est ?

— Je parle de ce cavalier de l'Apocalypse dont tu as vu les ravages, dans les environs d'Arras.

Le silence de Cyrano, qui se prolongea quelques secondes, trahissait que cette nouvelle allusion aux combats était descendue dans son âme avec la lourdeur du plomb.

Ce silence effraya Chapelle plus que ne l'eût fait un long discours.

— Oh ! non, dit finalement son ami en secouant la tête.

— Pourquoi cela ?

— Ce que tu me demandes est impossible. Il n'y a rien d'autre à en dire.

— Bon ! mettons que je n'ai rien demandé. Mais, puisque les lettres dont tu me parles sont au pluriel, je présume que l'hiver n'a pas eu tout seul l'honneur d'exciter ton inspiration retrouvée ?

— En effet, il y a autre chose.

— Ah ! et du bon, je le pressens. C'est ?

— « Contre l'automne ».

— Grands dieux !

— Qu'y a-t-il ?

— Je crois… répondit Chapelle. Je crois que je vais me repentir d'avoir été cause finale.

— Ah çà ! mais tu pensais donc, Chapelle, que j'étais homme à faire les choses à moitié ? Si l'hiver, ce frisson de la nature, me paraît haïssable, crois-tu que ma plume n'ira pas chatouiller un peu l'automne, qui a le tort, presque toujours terrible, d'être son géniteur ?

— Rien n'est plus vrai ; mais, s'il a le douteux honneur d'être *cause efficiente*, comme disait Aristote, il est vrai aussi qu'il n'y peut rien.

— C'est que j'ai beaucoup d'autres reproches à lui faire. Pour commencer, c'est la saison du vin, et tu sais déjà ce que je pense de ses effets sur celui que les philosophes ont grand tort d'appeler un animal raisonnable.

— Délice de tous les hommes, soupira Chapelle, quelle injustice on vous fait ! C'est heureux que Virgile nous ait donné ses *Géorgiques*. Mais, tu as d'autres raisons ?

— Oui. En voici une : c'est la saison des orages.

— Tu trouves ?

— Oui.

— En ce cas, je l'admets : j'aime mieux ne pas débattre avec toi sur ce point. Mais alors, il paraît que tu en veux à l'orage aussi ? Et même, sur ma parole ! on dirait que tu en as peur.

— Et, quand cela serait, je n'en rougirais point.

— Confie-moi, en ce cas, ce qui te fait une si grande impression ?

— Vraiment ! faut-il que je te peine le spectacle de cette lumière sanglante, de ces milliers de détonations, qui éclatent avec une violence effrayante ?

— Ah ! oui, dit lentement Chapelle en fixant Cyrano : je vois bien ce que c'est.

— C'est ?

— Trop de sang, trop de détonations, trop de violence : oui, trop d'orage, enfin.

Il y avait, dans la voix de Chapelle, un accent qui pouvait passer pour de l'ironie.

Cyrano le fixa à son tour, avec, dans son regard, quelque chose de dur : et, ce regard ayant un instant dévié, comme le fait le fleuret qui rompt la ligne, Cyrano aperçut, au fond de la pièce, Lhuillier qui refermait la lettre qu'il venait de recevoir.

Cyrano revint quasi instantanément à son ami et déclara :

— J'aperçois ta cause efficiente qui a fini sa lecture.

— Ah ! s'écria Chapelle en se tournant avec joie dans la direction indiquée. Pour cette fois, je te laisse.

Et il s'en alla gaiement vers Lhuillier.

Or, en même temps que Lhuillier avait atteint la fin de sa lettre, Gassendi avait fini la sienne ; c'est pourquoi, tandis que Lhuillier voyait son effet venir à lui, par un mouvement symétrique, Dal Re, qui venait prendre congé de Bernier, alla droit au chanoine de Digne : il avait guetté l'occasion avec un fiévreux enthousiasme.

Un troisième déplacement compléta l'arrangement, qui semblait aussi réglé que celui d'un ballet : Bernier était libre, mais Bernier ne le resta pas longtemps, puisque son humeur d'aimable et spirituel bavard porta aussitôt le « joli philosophe » dans la direction de Cyrano.

Nous nous intéresserons, pour le moment, à la conversation entre Dal Re et Gassendi.

— Monsieur, commença le chevalier, vous ne paraissez pas me comprendre, ni me croire, quand je souhaite vous exprimer toute la joie que j'ai à vous rencontrer : néanmoins, deux mots, je l'espère, vous apprendront toute l'importance que cette rencontre revêt à mes yeux.

— C'est me parler avec beaucoup trop d'honneur, M. le chevalier.

— Aucunement, et voici pourquoi. Vous savez que j'ai reçu une riche éducation en Italie ; mais vous ignorez que j'ai eu la chance immense de me rendre à Padoue, pour étudier l'astronomie.

— À Padoue !

— Oui, où je reçus l'enseignement d'un maître qui fit beaucoup pour moi, mais pour lequel vous-même avez fait plus encore, puisque c'est à vous qu'il doit d'être connu dans votre pays, quand le sien ne lui rend pas les honneurs qu'il lui doit. Quand je vous aurai confirmé ce que votre cœur sait déjà, et que, ce maître, c'est Galilée, vous percevrez, n'est-ce pas, toute l'émotion sincère qui est la mienne, au moment où je vous dis : monsieur, vous êtes un grand homme, et je me trouve infiniment honoré de pouvoir presser votre main ?

Laissant échapper une exclamation, Gassendi, avec transport, serra à son tour la main de son interlocuteur, en demandant :

— M. le chevalier, l'avez-vous revu ? Savez-vous comment il se porte ?

— Oui, lui fut-il répondu d'une voix assez sombre ; oui, j'ai pu passer plusieurs heures avec lui, après avoir quitté Rome. Cela fait plusieurs mois que la vue de Galilée se détériore ; aujourd'hui, hélas, il n'y a plus de remède : il va devenir aveugle.

— Un tel homme ! s'exclama Gassendi. Lui, si clairvoyant !

— J'étais là lors de son procès ; je venais de rentrer en Italie après plusieurs années passées en France : j'entends dire qu'on le juge ; j'accours : et je vois sa droiture, fière et digne, forcée de plier, pour ne pas être brisée, et reniant l'effort et les avancées de toute une vie ! Eh bien ! ventre-saint-gris, ce n'était rien, je vous le jure, auprès du spectacle de ce même homme, privé bientôt de ce qui, dans sa réclusion physique, faisait encore sa joie, c'est-à-dire la lumière du jour : à quel enfermement, plus atroce encore, n'est-il pas promis !

— Ingrate patrie que la sienne ! murmura Gassendi. Ne dirait-on pas d'un second Socrate, puisque, comme lui, il fut condamné par sa propre cité, pour avoir enseigné à chercher la lumière ?

Si bas que ce rapprochement eût été prononcé, il n'en fut pas moins saisi, non seulement par Dal Re, mais aussi par Cyrano et Bernier, qui, se tenant à quelques pas derrière Gassendi, n'avaient pu s'empêcher d'entendre une partie de la conversation, et, puisqu'ils l'avaient entendue, d'en écouter la suite.

Cyrano songeait, à part lui, que Gassendi et La Mothe Le Vayer n'étaient pas moins dignes d'une comparaison avec le philosophe d'Athènes, que celui dont on faisait l'éloge en ce moment.

Mais bientôt, c'est à Galilée que les pensées de Cyrano revinrent ; à lui, et surtout à son triste sort : et son cœur se gonfla tellement, qu'il lui fut impossible de réprimer un soupir.

— Ah ! Bernier ! que les hommes sont indignes !

— Celui dont on parle ne l'est pas.

— Non, pardieu, non ! Il faisait ce que font si peu de ses pareils, il parlait le langage de la vérité ; et c'est sans doute pourquoi ses juges, ne pouvant lui faire perdre sa supériorité, s'en sont vengés en médisant d'elle, et en la faisant passer pour de l'erreur.

— Je constate que vous voilà devenu un galiléen accompli.

— Je le suis, et je le resterai. Cet illustre séquestré montrait à ses juges ce que c'était qu'être un homme, mais ils n'ont pas voulu s'y reconnaître : et pourtant, ils l'ont prouvé, au moment où ils l'ont dénoncé comme une bête.

— Voilà un paradoxe, ou je ne m'y connais pas, dit le joli philosophe. C'est l'habitude de la maison, et vous y êtes venu, ma foi ! plus rapidement que je ne croyais.

— Comment faire autrement, dit Cyrano en secouant la tête, lorsque ce monde nous fait voir moins souvent la droiture et le bon sens, que le spectacle de son propre renversement ?

— Que vouliez-vous dire, cependant, lorsque vous affirmiez que Galilée avait montré à ses juges ce que c'est qu'être un homme ? D'autant, dit Bernier, auquel son état de secrétaire imposait d'être la mémoire même, que vous avez dit un jour devant moi que ce qui faisait l'homme, c'était d'être imparfait.

— Eh ! oui, s'exclama Cyrano, n'est-ce pas que Galilée l'a bien prouvé, autant par sa découverte que par l'issue fatale qui lui a été donnée ? Comment ! Galilée révèle que les hommes ne sont pas au centre du monde ainsi qu'ils le croyaient : et il en est châtié ! Un tel acte, si navrant, si odieux, ne fait-il pas bien voir l'éternel orgueil de notre race ? et ne révèle-t-il pas combien elle ne supporte pas d'être autre chose que le nombril de l'univers ?

Et le jeune homme, en disant cela, laissa échapper un geste où la rage se mêlait au désespoir.

— Et comme on voit qu'il n'est rien qu'on persuade au peuple plus facilement que ce qu'il est bien aise de croire ! Oh ! Bernier, s'écria-t-il, comme je vous envie.

— Pour quelle raison ?

— Parce que, dit Cyrano en désignant ceux qui étaient devant eux, vous côtoyez la science et la sagesse ; celles qui font bien voir que voyager est le meilleur moyen, non seulement pour sortir de ce que chacun prend pour le royaume de Vérité, mais aussi, peut-être, d'acquérir une science certaine de ce qui est.

— Et voilà la première illusion que vous perdriez, dit Bernier en souriant, le jour où vous franchiriez les frontières. C'est l'erreur qui est universelle, jamais le vrai : elle prend seulement d'autres couleurs en habitant un autre endroit. Comme le dit mon maître : la vérité est divine, elle évite la société des mortels.

— Vous le trouvez, Bernier ?

— Je le crois.

— Bon ! fit Cyrano. Loin de me décourager, cela me paraît rendre la tâche plus facile.

— Comment cela ?

— Dam ! oui : si la vérité est quasiment hors de portée, sauf à ce titan qu'on appelle Galilée, cela nous laisse l'erreur, à nous ; et alors...

— Et alors ?

Et Cyrano répondit, avec un air d'énergique résolution qui donna beaucoup à penser à Bernier :

— Et alors, il n'y a plus qu'à combattre.

Pendant ce temps, Dal Re s'entretenait toujours avec Gassendi, avec lequel il conversait sur un ton passionné. Malgré tous ses efforts pour ne pas mettre à rude épreuve la modestie du philosophe, l'ardeur du chevalier devint à la fin si pressante, que le chanoine déclara :

— Vraiment, je voudrais, M. le chevalier, que vous fussiez en mesure de diriger votre admiration vers celui qui le mérite plus que moi : c'est-à-dire mon ami Élie Diodati, qui aime Galilée autant que moi-même. Je tendis à votre maître une main secourable : mais Diodati, lui, chercha partout pour lui des bienveillances et des amitiés ; et si l'on m'attribue quelque mérite pour les observations que je fis à mon tour, il est juste que Diodati en ait sa part, lui qui m'envoya, pour cela, des verres de télescope perfectionnés par Galilée lui-même.

— Peut-être ; mais, avec toute la science qui est la sienne, M. Diodati n'a pas l'heur d'être astronome.

— Ni moi non plus, si vous en jugez par ce que l'on dit dans mon pays, dit le méridional avec un sourire : on m'y fait la flatteuse réputation d'être un grand astrologue.

— Ce n'est pas à moi, du moins, qu'on le fera accroire ! L'enseignement que j'eus auprès d'un si grand maître aurait décidément porté peu de fruits, si je ne savais pas qui je tiens devant moi en ce moment.

— C'est-à-dire ?

— N'êtes-vous pas l'homme dont les travaux ont permis, pour la première fois, de faire dresser la carte de la face visible de la Lune ?

XXI

Pour vivre heureux, vivons cachés

L'EXISTENCE de Gassendi avait été changée par cet illustre condamné qu'avait été Galileo Galilei ; celle de Lhuillier avait eu, pareillement, sa victime, moins illustre qu'oubliée, mais assurément plus innocente que coupable : c'était le poète Théophile de Viau, qu'on a entendu évoquer pour être admiré de Cyrano.

Jeune encore, ce pauvre desservant du Parnasse s'était trouvé calomnié, poursuivi, traqué, pour des crimes qu'il n'avait pas commis, et surtout pour des faveurs qu'il avait reçues. Il n'est de pire ennemi que l'envie : et l'un des plus acharnés à le faire trouver coupable était un prêtre qui avait été son rival malheureux auprès de la personne que Théophile aimait le plus au monde, le poète Jacques Vallée des Barreaux.

Alors que la Justice, ou plutôt, ce qui en avait revêtu la défroque, ne demandait rien de moins que sa tête, et d'abord pour ce qu'on appelait ses goûts italiens, Théophile avait dû son salut à la généreuse complicité de Lhuillier, qui, étant son ami intime, l'avait immédiatement caché chez lui, dans sa maison de l'île de Notre-Dame. Lhuillier déploya un trésor de dévouement pour divertir celui qui, forcé de rester reclus le jour, se décrivait comme un « oiseau de nuit », mi-plaisamment, mi-tristement.

Enfin cet oiseau prit son envol, dans l'espérance de gagner les frontières : c'est alors qu'on le captura ; deux ans d'un emprisonnement aux conditions effroyables lui firent expier, dans la maladie et dans la gêne, les folles joies de sa liberté, l'heureuse flamme de sa jeunesse, avec certaines audaces du style et de la pensée qui n'étaient peut-être que la conséquence de l'une et de l'autre. Le prisonnier dorait les murs de sa prison du soleil de ses souvenirs ; quoique son corps fût dans les fers, sa pensée s'échappait du côté des moments heureux passés avec des Barreaux, ou bien dans le parc du château de Chantilly, chez ses anciens protecteurs. Ce fut ainsi que le poète se vengea de ceux qui le tuaient : en composant ses plus beaux vers. L'acquittement de Théophile de Viau, qu'on obtint finalement, fut impuissant à retarder son entrée au tombeau ; et le malheureux ami de Lhuillier, qui avait été si rudement éprouvé dans sa dure captivité, expira un an après avoir été relâché.

On conçoit qu'une pareille tragédie eût naturellement sonné comme un avertissement, et fait retentir aux oreilles des plus savants cette maxime empruntée à Ovide : *bene vixit, bene qui latuit* ; nouvelle devise libertine, que l'on pourrait rendre par : *pour vivre heureux, vivons cachés.*

Or, deux ou trois jours après les conversations que nous avons rapportées dans le chapitre précédent, Lhuillier, qui aimait à passer régulièrement dans sa maison à l'ombre de Notre-Dame, s'y était arrêté, non seulement pour jouir de la compagnie de Gassendi et de Chapelle, mais aussi dans le but de laisser là, comme il le faisait chaque quinzaine, l'argent nécessaire à la bonne marche du logis.

Il s'employait donc, dans cette grande pièce dont il a déjà été question, à compter puis à empiler des écus qu'il rangeait ensuite dans un coffret prévu à cet effet.

Près de lui, assis à la même table que lui, Gassendi, une plume à la main, relisait le texte qui devait faire la matière d'un cours à donner au Collège royal.

Les deux amis étaient seuls.

Au bout d'un moment, Gassendi s'étonna de ne plus entendre le bruit des pièces ; levant les yeux de son ouvrage, il aperçut Lhuillier, immobile à la même place, les yeux pensifs et chagrins, la mine sombre.

— Qu'y a-t-il ? demanda Gassendi avec l'expression d'une tendre sollicitude. Ne m'en dites rien si vous ne le voulez pas ; mais je ne saurais vous voir dans un pareil état, sans avoir l'envie d'essayer d'y remédier.

— Oh ! vous savez combien je me ferais un crime de vous déguiser ce que j'ai dans le cœur. Mon ami, Chapelle me donne de l'inquiétude.

— À quel sujet ?

— La loi m'empêche de le reconnaître pour mon fils : je le souhaite, je le veux néanmoins. Je n'entends pas que mon fils reste sans la protection ni les droits que mon nom, placé derrière le sien, peut seul lui assurer. Seulement, ce nom n'entraînera pas que des avantages avec lui ; et si le soin de ses intérêts me pousse vers cette démarche, il est également ce qui me freine au moment de l'accomplir.

— Pourquoi donc ? Que redoutez-vous ?

— C'est que, en devenant le fils de son père, il deviendra aussi le neveu de ses tantes. C'est là que le bât blesse, car je les connais bien. Heureusement, mes sœurs ont du respect pour moi, ou peut-être pour le crédit du financier ; ce respect leur ferme la bouche et les yeux au sujet de mes… eh bien…

Gassendi proposa obligeamment :

— Vos confitures.

— Pardon ? dit Lhuillier en écarquillant les yeux.

— Sans doute, dit le chanoine d'une voix pleine d'une bonté tranquille : ne m'avez-vous pas conté qu'une fois, vos sœurs, connaissant la faiblesse que vous avez pour elles, avaient envoyé une servante vous apporter des confitures ? Je vous assure que j'ai oublié la fin de cette histoire ; mais le commencement m'en est resté.

— C'est vrai, dit Lhuillier, qui était devenu rêveur, parce qu'il n'avait oublié, lui, ni le commencement, ni la fin.

— Or vous craignez que l'égard qu'on a pour le père ne s'étende pas jusqu'au fils ?

— Je le crains, d'abord parce que Chapelle marche sur les brisées paternelles, non sans faire un peu voir qu'il n'a pas besoin qu'on lui montre la voie ; ensuite, parce que je sais trop, et vous aussi, qu'il est des dévots zélés qui sont capables, dans le plus pur esprit de charité chrétienne, de faire mettre leur prochain au pain sec et à l'eau : surtout lorsque l'on aime comme Théophile a aimé.

— Mais puisque vous êtes là…

— Et puis-je toujours l'être ? Je crains d'être repris quelque jour par un démon familier qui me démange de temps à autre, celui du voyage. Il est des trajets qui peuvent mener fort loin ; vous savez si l'Orient m'attire : mais il en est dont on ne revient pas.

Un silence s'établit.

— Je n'en désire pas moins, reprit Lhuillier, que Chapelle obtienne le statut qui doit lui revenir. J'ai même bon espoir d'y réussir, quoique cette démarche, forcément clandestine, nécessite encore du temps. Mais, bien que je doive en souhaiter les conséquences, elles me font également frémir.

— Il me semble, dit Gassendi, que la parade est aisée, et que vous comptez pour rien les amitiés que votre cœur et votre esprit vous attirent. Si un pareil coup du sort devait se produire, si on voulait enfermer votre Chapelle, rien de plus simple : je le ferais sortir.

Lhuillier tourna vers son ami un regard pénétré de gratitude.

— Ce n'est pas en vain que je parle, continuait le chanoine. Je sais que vous pouvez beaucoup, mais il est certains milieux où je puis plus encore. L'argent est puissant ; l'Église ne l'est pas moins. N'allez pas y voir, au moins, l'expression d'un odieux orgueil.

Puis il s'interrompit, comme s'il venait de prononcer une énormité.

— Mon ami ! s'écria-t-il en prenant avec chaleur la main de Lhuillier, je vous demande bien pardon ; comme si vous ne me connaissiez pas assez !

Et il y avait, dans ces propos, dans son sourire, une simplicité modeste et lumineuse.

À peu près au moment où cet échange se terminait, on voyait Chapelle qui sortait de la maison de Lhuillier, et qui, dans la rue Saint-Louis, se heurtait presque à Cyrano, qui voulait y entrer.

— Tiens ! te voilà, dit Chapelle étonné.

— Mais oui ; bonjour.

— Et, où allais-tu donc ?

— Chez toi, à ce qu'il semble ; mais puisque tu es de sortie…

— Oui, je vois bien ce que c'est : tu n'oses plus franchir la porte, car ce serait doublement me manquer de respect, en me tournant le dos, d'abord ; ensuite, en m'avouant que ce n'est pas pour moi que tu viens dans cette maison, mais pour certain grand homme que tu brûles d'y retrouver ?

— Tu ne me ferais pas sérieusement l'injustice de croire, s'écria Cyrano, que la présence de mes amis peut jamais m'être indifférente ?

— Indifférente, certes non ; mais je me sens en quelque sorte un rival, depuis quelque temps. Que veux-tu ! on a sa susceptibilité.

— Eh bien ! il n'y a aucune raison. Vois, je me détourne sans regret, et, si tu le veux bien, je t'accompagne un peu, où que tu doives te rendre.

— Bien vrai ?

— Bien vrai.

Et Chapelle, enchanté, fit un bond du seuil dans la rue, et se mit à marcher, entraînant son ami avec lui. On était début mars ; mais il y avait grand soleil.

— Je ne te dirai pas, reprit Cyrano, que je n'aurais pas apprécié d'avoir la compagnie de ces natures exquises et de ces purs esprits, dont tu es, quoique tu t'en caches, et près desquels je me sens revivre. Mais, permets que je te reprenne sur un point ; tu as dit tout à l'heure : *certain grand homme.*

— Oui.

— Un seul ?

— Certainement : je pensais à Gassendi, et, à ma connaissance, Gassendi et Gassendi ne font jamais qu'une seule personne.

— Sans doute ; mais Gassendi et La Mothe Le Vayer en font deux.

— Ah ! c'est vrai, ventre de biche, je l'oubliais, notre très grand et très cynique magistrat. Il t'a donc fait un bel effet, celui-là ?

— C'est au point que j'aurais du mal à dire auquel des deux irait ma préférence : à Gassendi, qui travaille et qui écrit en philosophe ; ou bien à La Mothe Le Vayer, qui fait tout cela, mais qui, de plus, vit en philosophe.

— Oui ! surtout lorsqu'il renonce, avec un détachement si exemplaire, avec un désintéressement si parfait, aux très mondaines fonctions de précepteur du dauphin, dont on avait cru bon de tenter sa vertu.

— Tu ironises ; mais, il lui serait donc interdit, à ce digne homme, d'avoir espéré voir couronner son intelligence par les plus hautes faveurs ? La récompense de la noblesse du cœur et de l'esprit est si peu fréquente que, je crois, il n'aurait pas volé cette distinction-là.

— Enfin, je constate que je n'ai pas mal fait de t'amener devant eux, et que leur connaissance t'a été profitable ?

— Comment te dire ? murmura Cyrano, dont le regard semblait se perdre dans de scintillantes profondeurs. De pareils hommes sont rares, Chapelle, trop rares. Ils font voir des merveilles à nos yeux éblouis : une si belle générosité ne saurait engendrer de l'ingratitude, et, pour ne point être ingrat, il faudrait que l'on fasse à son tour quelque chose…

— Quoi donc ? demanda Chapelle en le regardant curieusement.

— Moi !… Si je savais ! lâcha Cyrano avec une sorte de désappointement.

— Allons, je vois que la réflexion n'en est même pas à mi-chemin ; aussi, puisque je te laisse, réfléchis bien, cher ami.

— Ah ! tu me laisses ?

— Oui. Nous sommes déjà devant le pont Saint-Michel : comme c'est là que je te quitte, c'est là aussi que tu repars seul.

Effectivement, on était sur le point de traverser la Seine en direction du Quartier latin : de sorte que, au lieu que ce fût Cyrano qui avait accompagné Chapelle, c'était plutôt Chapelle qui avait escorté Cyrano dans la direction qu'il lui restait à prendre, et qui était celle du collège de Lisieux, dans lequel il vivait.

— Où allais-tu donc ? demanda Cyrano.

— Moi ? Comme tu le voulais : avec toi. Seulement, tu trouveras bon que je ne sorte pas d'un rayon raisonnable autour de ma maison. J'ai affaire par ici, comprends-tu.

— Très bien. Ainsi, je m'en retourne. D'autant que, tu as raison, j'ai encore beaucoup à méditer.

— Sur quoi ?

— Je ne sais pas encore, justement. Mais, bah ! dit-il avec un geste d'une superbe et fière insouciance, je trouverai.

Cyrano prit congé de Chapelle ; l'instant suivant, le futur auteur, non seulement des *États et Empires de la Lune*, mais aussi des *États et Empires du Soleil*, s'éloignait d'une allure rêveuse et méditative.

Tout au contraire, Chapelle se mit en train du pas vif qui lui était coutumier.

Il se dirigea vers le point d'où il était parti ; seulement, au lieu de s'y arrêter, il le dépassa, et, tandis que Cyrano repartait s'enfoncer dans les rues de Paris, Chapelle, lui, s'en allait vers la pointe de cette île qu'on n'appelait pas encore de la Cité, et qui s'avançait sur l'eau, à quelque distance de la rive gauche et de la rive droite de la capitale.

Il existait là, presque caché derrière la digne Notre-Dame, un recoin apprécié des connaisseurs, où, sur une mince bande de terre triangulaire bordée d'un parapet, à plusieurs pas au-dessus de la Seine, on jouissait déjà de la relative solitude qu'offrait ce lieu détaché, mais aussi, si la saison s'y prêtait, à la fois du bruit de l'eau, du feuillage des saules, de l'air vif, du ciel large. Or, comme nous l'avons dit, bien qu'on fût au début du mois de mars, il faisait grand soleil, et de généreux rayons se déversaient sur Paris, qui apparaissait avec une étincelante limpidité.

Ce triangle eût été tout à fait solitaire, sans la présence d'un homme qui semblait y attendre quelque chose avec une grande impatience ; cet homme, c'était Dassoucy, que le lecteur connaît déjà.

Il regardait cette eau qui roulait au-dessous de lui, et il rêvait à des départs, tantôt passés, tantôt futurs ; il observait ces arbres, et il semblait leur reprocher de lui dérober le soleil, comme, en d'autres temps, il leur eût été reconnaissant de l'abriter de la pluie ; il jetait les yeux vers le ciel, et il soupirait.

Nous avons parlé d'impatience ; signe parmi d'autres de cette émotion, ses doigts remuaient avec agitation, ceux de sa main droite surtout : c'étaient ceux-là qui, lorsqu'il était joueur de luth, s'occupaient de pincer les cordes avec agilité ; aussi, sous les feuillages, qui laissaient tomber une ombre légère et diaprée de taches lumineuses, on eût dit que ces mêmes doigts avaient l'art savant de tirer des accords de cette harmonie paisible entre l'ombre et la lumière.

Dassoucy n'était pas un homme accoutumé à l'immobilité ; on pourrait dire qu'il s'était déplacé toute sa vie.

Aussitôt qu'il avait été en âge d'être mis en apprentissage, cet enfant de Paris eut pour maître un joueur de luth qu'on appelait le Vieux Gaultier, et dont la réputation n'était alors plus à faire. Le jeune Charles Coypeau, qui ne se nommait pas encore Dassoucy, suivit son maître de ville en ville, de province en province, et même de pays en pays ; lorsque lui-même fut passé maître dans l'art de la musique, auquel il ajoutait celui de faire des vers, il fut présenté à Louis XIII par son favori du moment, qui était Saint-Simon père. Mais, les nécessités de l'existence lui faisant une loi de ne pas se contenter d'une seule pratique, fût-elle royale, Dassoucy allait partout monnayant ses vers et sa musique.

C'était un être qui réunissait, à l'industrie de la fourmi de la fable, le chant et l'impécuniosité chronique de sa commère la cigale.

Aussitôt qu'il vit Chapelle venir à lui, il laissa échapper une exclamation de soulagement.

— Eh bien ! dit-il, voilà une demi-heure que je t'attends.

— Une demi-heure ! J'ai seulement un quart d'heure de retard.

— C'est que j'avais espéré, moi, que tu aurais un quart d'heure d'avance.

— Que veux-tu ! les horloges ne l'ont pas voulu ainsi.

— Enfin, tu es arrivé ; et, puisque tu m'as bien fait attendre, que j'étais en avance, que tu étais en retard, te plairait-il, à présent, que nous allions ailleurs ? dit-il en indiquant la direction du cloître Notre-Dame.

— Ah ! pour cela, non : tu comprends que je ne suis pas arrivé jusqu'ici, pour en repartir tout de suite.

— Comment ! tu prétends…

— Que nous restions un peu ? Dam ! je t'ai bien demandé d'être ici, n'est-ce pas ? De quoi aurais-je l'air, si nous nous en allions de sitôt ? On tient à paraître capricieux, c'est vrai, mais non point versatile.

— Cependant, j'ai eu le temps d'examiner les localités.

— Et qu'y as-tu trouvé ?

— Rien.

— C'est que tu cherches mal, dit Chapelle, à qui la vision de saules verts et gris, qui laissaient leur longue chevelure tremper dans l'eau bleue où rutilaient des écailles d'or, paraissait faire en effet bien plaisir. Si tu savais, mon cher, comme on se rappelle bien, quand on occupe le fond d'une salle où glapissent quatre-vingt-dix-huit imbéciles, tous ces endroits charmants qui nous rappellent la liberté !

— Crois-tu qu'on ne la regrette pas, dit Dassoucy avec un autre soupir, lorsque l'on a pour prison, au lieu d'un morne collège, la riche demeure d'un duc d'Angoulême ou d'un roi de France ?

— Tu disais cela comme si cela te rendait malheureux.

— On supporte un emploi, lorsque c'est le moyen de trouver sa fortune, ou plutôt de courir après elle ; cela n'empêche pas que tous les plafonds dorés ne vaudront jamais…

— Quoi ?

— Certains plafonds, en d'autre compagnie.

— Bon ! je croyais que tu n'aimais pas à être enfermé ?

— Puisque tu le sais si bien, pourquoi, quand j'arrive de Grosbois après dix jours d'absence, Grosbois où je m'ennuie comme un âne mort, où je languis d'être cloîtré entre quatre murs ; pourquoi, alors, me faire accourir, si c'est pour me cloîtrer encore, quoiqu'on soit à l'air libre ?

— Eh ! où est le mal, je te le demande ?

— Aucun, sans doute, si l'on se sent une âme d'ermite ou de chartreux.

— Alors, c'est que nous sommes deux ermites, et la retraite devient plus agréable. Et puis, si on se lasse d'observer la nature qui est autour de nous, on peut observer le monde qui passe sur les autres rives.

— Je dirais bien plutôt, Chapelle, que c'est le monde qui peut nous observer.

— Bon ! comme s'il n'y avait pas un parapet, et comme s'il ne m'était pas bien indifférent que ce qui est supérieur à mon nombril appartienne aux curieux, c'est-à-dire, ajouta-t-il en fixant un regard espiègle sur son interlocuteur, à tous ceux qui ne sont pas ici.

— Chapelle ! Chapelle ! dit Dassoucy en souriant malgré lui. À la fin, nous nous querellerons.

— Ce sera uniquement lorsque je le voudrai bien.

— Enfin, pour le moment, le programme est complet, et toi aussi, te voilà ermite ou chartreux.

— Tu te trompes, je te le redis : seulement de la tête et des épaules.

— À la fin, parle-moi d'autre chose !

— Très bien. Mais, tu resteras ici, pour quelques minutes du moins. D'autant que, sachant bien qu'il faudrait le moyen de te faire tolérer un peu mon caprice, je t'ai apporté quelque chose.

— Ah ? et quoi donc ?

— Mais, tu seras reconnaissant, au moins.

— Quand nous ne serons plus ermites. Qu'est-ce ?

— Des nouvelles d'Italie.

À voir l'éclat soudain qui brilla dans les yeux de son interlocuteur, ainsi que la joie qui se mit à animer ses traits, il était évident que Chapelle avait visé juste.

— À la bonne heure ! D'Italie ! répéta Dassoucy transporté.

— Oui.

— Et par quel moyen ?

— Par une lettre d'un ami de mon père qui habite à Rome, et que nous a apportée un chevalier florentin, ou toscan, je ne sais plus. Il connaît Galilée ; et j'aurais encore mille choses passionnantes à te dire sur son compte : mais ces choses-là ne t'intéressent pas ?

— Médiocrement, je l'avoue.

— Bon. Mais c'est que, en vérité…

— Eh ! quoi donc ?

— Je sais bien que tu es à demi italien ; mais je ne comprends pas quelle bizarre manie est la tienne, de te passionner pour une terre où tu n'es jamais allé, et que tu n'as jamais vue ?

— C'est seulement, Chapelle, que tu ne sais pas ce que c'est que de sentir qu'on appartient à une terre où l'on n'est jamais allé, et que l'on n'a jamais vue.

— N'importe : c'est une étrange passion.

— Que cela ne t'empêche pas de la satisfaire, je t'en prie ! Cette lettre, tu l'as lue en entier ?

— Oui, mais là aussi, je t'épargne le superflu : je t'en donne trois passages.

— J'écoute.

— *Primo*. On a résolu le mystère des balayeurs de l'église Saint-Pierre. On croyait que c'était un bataillon de bedeaux tout spécialement formés à ce pieux office ; mais point du tout : ces faux clercs sont de réels profanes, envoyés en ce lieu pour qu'ils fassent pénitence de leurs criminelles amours.

— Il y a donc eu un crime ?

— Mais il paraît, puisque ces mortels se sont permis ce que n'ont droit de faire que les dieux de l'Olympe, comme Jupiter, qui était frère de Junon, ou Rhéa, la sœur de Cronos.

— Oh ! la terrible pénitence que voilà, qui pèse quelques livres à peine, et qu'il faut promener sur des dalles une à deux heures par jour.

— *Secundo*. Pendant ce temps, le Turc qui était au service du cardinal Barberini, et qui, malgré sa religion, choquait toute la bonne société romaine par le penchant immodéré qu'il avait pour la boisson, a fini par recevoir le châtiment que s'attirait son insolence : on l'a forcé de se faire moine.

— *O peccato* !

— *Tertio.* Ou plutôt : enfin... Car il y avait une fin à cette lettre. J'ai mémorisé le passage par cœur ; il commence ainsi : « Je dois vous dire, mon cher Lhuillier, vous dont je sais l'âme bien pieuse et bien zélée sur ces matières... »

— Ah ! fit en riant Dassoucy, instruit comme il était par Chapelle sur les mœurs de la maison du cloître Notre-Dame. On va donc encore parler de religion, et même, encore en parler bien.

— Oui. « Je dois vous dire que... » C'est sur le mode de la fausse déploration, bien entendu.

— Bien entendu.

— « Que les bénédictions de notre Saint-Père le pape attirent toujours moins de visiteurs que l'Apollon du Belvédère. »

Un long éclat de rire vint ponctuer cette information, qui n'était pas excessivement flatteuse sur le compte des mœurs romaines.

Il faut dire que cette statue se distinguait par une propriété remarquable : celle de n'être déparée par aucun de ces ornements végétaux, aucun de ces accessoires superflus qu'on avait cru bon d'ajouter jusque sur les toiles de Michel-Ange, en une certaine époque.

— Oh ! s'écria Dassoucy dans une sorte d'extase. Apollon !...

— Bon ! tu n'es plus en colère après moi ?

Pour toute réponse, son interlocuteur émit une sorte de grondement de plaisir.

Cette évocation du dieu des arts, si rapide qu'elle fût, surtout en lien avec la terre dont se sentait exilée l'âme de notre poète, ou peut-être, dont elle s'élisait l'exilée, lui procurait un plaisir immense ; elle semblait l'élever au-dessus de lui-même.

Nous renonçons à exprimer avec quel soin maniaque, avec quelle infinie recherche, Dassoucy recueillait et rassemblait au fond de lui-même les moindres éclats de la joie que lui avait donnée l'éblouissante image qu'on avait produite devant les yeux de son esprit : c'était comme si, de toutes ces étincelles éparses, le créateur tirait un or pur, véritable, qu'il laissait se diffuser dans toutes les fibres de son organisation, et dont il se sentait grandir.

Il y avait là une ferveur dont Chapelle, avec un plaisir profond, observait le frisson prolongé, et que comprendront seuls ceux qui remettent à des grandeurs admirées, qu'elles soient fantômes ou dieux, d'incarner, pour les faire vivre et croître, toutes les puissances subtiles de leur être.

Une précision encore ; nos lecteurs verront qu'elle n'est pas inutile.

Apollon, c'était aussi le dieu du plus souverain des astres ; et *Dassoucy*, le nom qu'aimait à prendre celui qu'on avait baptisé du nom de Charles Coypeau, contenait le *soucy*, fleur qui ne fait guère autre chose que ce qui lui a valu cette appellation ; c'est-à-dire, en bon ou plutôt en mauvais latin, *sol sequier*.

Cela signifiait : *qui suit le soleil.*

XXII

La guerre de Guifré Rojas

Nous laisserons sur l'île de Notre-Dame nos protagonistes parisiens, pour revenir en Catalogne.

On se souvient peut-être aussi que d'Artagnan avait déclaré à Rojas que, s'il avait le bonheur de rejoindre sa troupe, alors il se sentirait comme s'il était chez lui.

Ce mot-là, d'Artagnan l'avait lâché sans en mesurer toute la profondeur.

Pareil aveuglement faisait bien voir que notre héros, dans les temps qui nous occupent, c'est-à-dire après les douloureux événements que nous avons rapportés ailleurs, n'avait pas encore repris la pleine possession de son être. La vie était pour lui cette bataille dont parle Calderón de la Barca, et dans laquelle la couronne ne peut revenir qu'à celui qui est vainqueur de lui-même : et la Catalogne, à défaut de lui donner une victoire complète, allait du moins permettre la première brèche dans la résistance que cette âme de soldat se faisait à elle-même.

La bande de Rojas comportait un grand nombre de Gascons, qui reçurent leur compatriote avec une joie bien compréhensible. Et comme le déserteur Carpio eut tôt fait de leur montrer, non seulement qu'il maniait l'épée de façon experte, mais aussi qu'il ne manquait ni d'esprit, ni de bravoure, ils reconnurent bientôt en lui l'un des enfants de leur terre, qui méritait toute leur sympathie ; par conséquent, au bout d'un mois, Carpio fut désigné, sinon pour les commander, du moins les représenter.

Il est possible que le lecteur ait remarqué une chose, ou plutôt une absence ; c'est que jamais il ne nous est arrivé jusqu'ici d'écrire *notre Gascon* en désignant le héros de notre aventure. La raison en est fort simple ; c'est que d'Artagnan, pour les tristes raisons que nous avons déjà citées, n'était plus un Gascon, il avait même oublié qu'il en avait été un. Les jours et les nuits qu'il passa auprès de ses nouveaux compagnons parurent le lui rappeler. Vivant d'une existence inédite au milieu de ses pairs, égaré dans un paysage que Dieu semblait avoir voulu faire parfois ressembler à la Gascogne, d'Artagnan eût pu croire qu'il était de retour dans le sud de la France. Et, il faut le dire, il n'eût point eu entièrement tort, s'il ne se fût trouvé dans le nord du pays et même de la principauté qu'il parcourait ; mais il faut avouer que, en un temps où la France disputait sa partie septentrionale avec une nation voisine, éminemment méridionale, l'on n'en était pas à un renversement près.

Il fait parfois bon vivre au pays du paradoxe.

Un mot sur les Gascons, qui en méritent beaucoup.

D'Artagnan entendait chanter autour de lui la langue de ses pères ; il évoluait au milieu d'hommes qui, s'ils n'avaient pas eu la chance d'accomplir leurs faits d'armes au service du roi Louis, en avaient néanmoins bien assez derrière eux ; il avait autour de lui de ces humeurs gaies et bruyantes qui rappellent le fanfaron ou le matamore : c'était de l'insolence méridionale pure, de celle que l'on ne trouve que dans cette partie de la France qui s'étend du sud de Bergerac jusqu'au nord de l'Espagne ; seulement, cette insolence, loin de se laisser démentir par les faits, savait forcer les faits à lui donner raison. Ces hommes n'avaient pas l'heur de s'appeler Condé ou Gassion ; mais cela ne les empêchait point d'être fiers de leurs noms, qui étaient Despalungue, Casamajor, Artigalet, Viguier, Fortabat, Condessole, Esclarmonda ; noms qui sonnaient comme le clairon et reluisaient comme le soleil.

En tous les cas, les enfants de Gascogne qui avaient, dans leur errance, rejoint la Catalogne et l'armée de Rojas, faisaient bien voir, autant par leurs paroles que par leur conduite, qu'ils n'étaient point indignes qu'on leur demandât quelle était la terre qui les avait engendrés.

D'Artagnan redevenant gascon, c'était déjà beaucoup.

D'Artagnan redevenant d'Artagnan, c'était encore meilleur.

En effet, l'exemple de l'homme qui lui avait rendu ses armes dans les circonstances étonnantes que nous avons racontées, et plus précisément l'exemple donné par sa finesse, son activité, son ardeur, firent trouver à d'Artagnan, non point de nouvelles qualités, mais le souvenir de qualités qu'il croyait avoir pour jamais perdues.

Ce progrès, toutefois, connut dans les commencements une interruption de près d'un mois ; mais il est juste de dire que d'Artagnan n'y était pour rien. En effet, peu de temps après avoir été mis à la tête de ses compatriotes, il avait appris qu'on le dépêchait, avec dix compagnons, dans les Pyrénées aragonaises, pour y veiller à la bonne conduite des affaires commerciales de Rojas.

Le temps passa, et Carpio revint.

Le matin suivant son retour, il s'en alla trouver Rojas.

On avait fait retraite dans une demeure vaste, mais abandonnée, près d'un lieu qui s'appelait Estel, où l'on avait des amis ; et Rojas était dans l'écurie, à s'occuper du cheval qu'il avait monté la veille, ni plus ni moins que si, au lieu d'être le chef de deux cents hommes actifs, il occupait l'emploi d'un modeste palefrenier.

Carpio attendit que Rojas eût fini sa tâche, avant de lui déclarer :

— Mon cher Rojas, j'ai à me plaindre d'une chose.

— Laquelle ? dit le bandit en attachant son œil clair et limpide sur d'Artagnan.

— C'est que, depuis un grand mois que j'ai passé à traverser les Pyrénées dans les deux sens, et à faire la connaissance de tous ceux dont c'est le métier d'aider au passage des hommes et des choses sous votre direction, une chose m'a manqué : c'est de me trouver mêlé à quelque action d'envergure ; et cela ne me réjouit pas trop.

— C'est-à-dire que vous auriez voulu un rôle à la mesure de ce que vous croyez valoir. Eh bien ! vous ne vous plaindrez pas longtemps qu'il vous manquera, soyez tranquille.

— Oh ! peut-être ; mais cela ne me suffit pas, à moi.

— Que vous faut-il ?

— Eh ! c'est tout simple, s'écria Carpio en croisant les bras : l'assurance que l'on ne me tiendra plus à l'écart d'aucune de vos équipées, fussent-elles contre mes anciens compagnons d'armes.

— Croyez-vous vous avoir besoin d'une pareille assurance ?

— Sans doute ; car en vérité, c'est un bien curieux hasard, que celui qui me rend si nécessaire dans les Pyrénées où vous n'êtes pas, et qui, avant cette nécessité, c'est-à-dire dans les premiers temps où je vivais avec vous, avait en quelque sorte suspendu l'utilité d'aller faire sentir notre présence aux soldats français.

— Pensez-vous, alors, que ce hasard ait été malveillant ou défiant ? demanda en souriant Rojas.

— Pardieu ! non. Seulement, je voudrais bien que son étrange attention cesse. Car j'estime, mon cher Rojas, que si je ne puis pas vous être utile en tout lieu et en toute occasion, autant dire que je ne vous sers qu'à moitié. Or, cela m'offusquerait qu'on m'apprécie pour moitié moins de ce que je pense valoir.

Rojas hocha la tête comme un homme qui, après avoir écouté un argument, juge celui-ci recevable.

— C'est entendu ; elle cessera.

— Décidément, mon cher Rojas, dit Carpio enchanté, c'est un plaisir de parler avec vous. On se sent si bien compris.

C'est ainsi que d'Artagnan revint se mêler aux deux cents de Rojas, non point comme auparavant, mais encore plus complètement qu'auparavant.

On menait la vie de bandoleros, c'est-à-dire la vie la plus irrégulière qui fût. Cette armée était déjà fort irrégulière en elle-même, attendu qu'elle réunissait deux cents échantillons dont les trajectoires, aussi diverses qu'accidentées, ne devaient qu'à la main de Rojas de s'être réunies et organisées vers un but. Séparément, chacun eût simplement roulé par le vaste monde, conduit où le voulaient la chance ou la nécessité ; mais sous l'égide du *dueño*, chacun devenait un membre, et ces membres assemblés composaient une force.

La cohésion était si bien assurée entre ces hommes, la discipline était parmi eux si respectée, que Rojas pouvait fractionner à sa guise sa bande, qu'il pouvait tantôt éparpiller dans le pays avec ordre de se retrouver en un point et à un moment donnés, et tantôt recomposer pour courir la campagne sous l'apparence d'une compagnie des plus imposantes.

Lorsqu'on était amené à se scinder, chaque ensemble n'avait qu'à se regrouper sous le chef qui le commandait. Outre Carpio, les lieutenants de Rojas, qui avaient vingt ou trente hommes sous leurs ordres, étaient de Catalogne comme lui. Ils s'appelaient Espadaler, Monet, Alemany, Gascó, Martí, Alzamora, Llodrigues : c'étaient des patronymes qui, pour être tous véritablement catalans, n'en avaient pas moins été formés à tous les chocs de toute l'Europe et de toutes les Espagnes.

Tous ces hommes étaient d'une vigueur à peu près égale ; Rojas était l'un des plus âgés, et son propre fils, qui était l'un des plus jeunes, ne subissait pas moins que les autres cette existence toujours errante et souvent vouée aux privations.

La tactique la plus commune consistait à prendre paisiblement position dans un village ami, d'où l'on préparait les actions à conduire, et qui devaient s'opérer dans une localité voisine. Puis, le coup fait, on repartait.

On agissait la nuit de préférence. S'il est juste de dire qu'une partie de la troupe de Rojas méritait d'être appelée les enfants du soleil – et cette désignation aurait bien pu s'étendre au corps tout entier –, alors Rojas en était le versant nocturne. Cet homme toujours en noir, mais jamais sinistre, et dont la sobriété sévère daignait parfois s'illuminer d'un sourire, ne consentait généralement à passer à l'action qu'en ayant la faveur des étoiles ; faveur qui, il fallait bien l'admettre, ne lui avait pas fait défaut jusqu'à présent.

Dans les heures ou dans les minutes qui précédaient l'attaque, il aimait à haranguer ses hommes pour réveiller leur courage et ranimer leur ardeur : alors, monté sur ce cheval dont il se séparait si rarement, toisant chacun de son regard naguère si placide et à présent si flamboyant, il s'adressait à tous avec la même éloquence que le vaillant Hector ; et, au commandement comme dans la mêlée, il semblait aussi brave et aussi fort que lui.

Rojas se battait comme un lion, lorsque la situation l'exigeait ; cependant il n'était ni cruel, ni sanguinaire. Les coups de mains, les parties projetées, toutes opérations par lesquelles on malmène quelque peu son prochain, révélaient chez lui un étonnant mélange d'humanité et de rigueur. Jamais le sang n'était versé sans une nécessité qui s'imposait bien plus au *bandolero* qu'elle ne venait de lui.

C'étaient les moins fortunés qui avaient le moins à craindre de lui ; car il n'était pas rare que la main de Rojas, si dure quand il était à la tâche, vînt à s'ouvrir quand il passait devant eux.

L'Histoire enseigne que ce sont sur les libérateurs d'un pays, ou plutôt sur ses occupants, que tendent à se concentrer les efforts d'un corps d'armée aussi peu réglementaire ; aussi, on rencontra souvent les troupes françaises. Les brigandages, d'ailleurs, avaient souvent pour objet ceux qui collaboraient avec elles. Notre Gascon à nous, fidèle à ce qu'il avait promis, accomplissait tout ce qu'on lui désignait comme son devoir. La conscience de d'Artagnan ne fut point sans souffrir des liens qui furent dénoués sur le champ de bataille, comme il est dit dans l'*Iliade*, par la main du combattant Carpio ; mais la nécessité est un puissant maître qui vient à bout de bien des difficultés, y compris pour des âmes moins cuirassées que ne l'était celle de notre héros.

C'était une guerre qui s'écrivait au fil de chevauchées incertaines et de coups du sort héroïques, d'escarmouches incessantes et de combats multiples ; on remportait l'estime, et parfois même l'admiration générale, bien moins par le nombre d'ennemis maîtrisés pendant le combat, que par la valeur qu'on avait montrée en combattant : étrange écho des épopées antiques et de la chevalerie médiévale, qui s'éveillait sur le passage d'une armée composée de bandits.

Le peu d'espoir d'un succès pérenne n'eût semblé à personne une raison valable pour cesser de se battre.

Les conditions matérielles n'entraient pas davantage en ligne de compte. Lorsque l'épée manquait, on avait un poignard ou un couteau ; le mousquet étant rare, on avait des *pedranyals*, comme on appelait ces fusils à pierre qui étaient répandus dans les montagnes et les campagnes.

Non plus que la fin, ni les moyens, aucun événement extérieur ne vint modifier les entreprises de l'armée de Rojas : pas même la mort de Pau Claris, qui avait été l'artisan de la fraternisation entre la Catalogne et la couronne de France ; et moins encore le siège que La Mothe-Houdancourt, en dégarnissant quelque peu ses troupes à travers le pays, avait été forcé de mettre devant Tarragone, ville qu'il disputait à l'Espagne, et à laquelle l'Espagne tenait si fort, qu'elle faisait voguer pas moins de trente-cinq vaisseaux et de quinze galères pour la ravitailler.

D'Artagnan, ayant bien compris qu'il n'en était qu'au début de son périple, et qu'il ne reverrait pas la France de sitôt, se résignait à la patience : il lui fallait, pour cela, en appeler à toutes les forces de son caractère, car, si ce n'était pas là une vertu théologale, c'était du moins une de celles qui étaient les moins naturelles à un d'Artagnan. Mais il se disait aussi que la moindre erreur, issue d'un plan trop tôt mûri, lui eût été fatale.

Il observait tout, et, tout ce qu'il observait, il le consignait dans sa mémoire, sans en avoir l'air, ou plutôt, en en ayant l'air ; car rien n'est plus naturel qu'une recrue nouvellement placée dans une armée, cherchant les moyens de saisir le fonctionnement de cette armée.

Mais, malgré tout ce qu'il voyait, malgré tout ce qu'il retenait, une chose échappait à la compréhension de d'Artagnan : c'était la trajectoire suivie par le *dueño de los caminos* à travers le paysage catalan. Comme c'est ce qui le rendait si difficile à capturer, on comprend que c'est ce qui excitait les efforts de d'Artagnan, qui avait justement été placé près de lui dans ce but.

On ne pouvait accuser Rojas de faire mentir le surnom qu'on lui donnait : ses pas le portaient avec la même aisance et la même assurance, depuis les Pyrénées jusqu'aux abords de Barcelone. Nul accident, aucun de ces imprévus comme Dieu en envoie parfois aux plus grands généraux, n'avait le pouvoir de troubler ses décisions ; il n'avait jamais aucune incertitude sur la direction qu'il fallait prendre : sa tranquillité résistait à toutes les fois où, dans cette existence incertaine, une hésitation pouvait garantir ou, au contraire, réduire à néant le salut commun. On sentait, chez cet homme singulier, une force et une assurance que le hasard ne pouvait jamais surprendre. Seulement, cette force et cette assurance intérieures prenaient la forme, au-dehors, de la plus capricieuse des irrégularités. Jamais on ne gardait longtemps la ligne droite ; on obliquait toujours, en un moment ou en un autre du parcours : l'étrange étant que cela forçait parfois à atteindre un refuge plus lointain, au lieu de se contenter de celui qui était plus à portée.

D'Artagnan croyait connaître assez bien Rojas pour savoir que ce caprice apparent s'appuyait sur un raisonnement ; seulement, ce raisonnement demeurait une énigme, dont personne n'avait encore demandé le fin mot, parce que personne n'avait eu suffisamment de motif pour cela, et que, parmi les bandoleros, l'obéissance était regardée comme le premier des devoirs. D'Artagnan avait d'ailleurs l'intuition que, s'il eût posé franchement la question à Rojas, Rojas ne lui eût pas répondu avec la même franchise, moins par défiance des autres ou de lui-même, que par une sorte de réserve qui était constitutive à son être.

Les semaines passaient, et ce point résistait à toutes les tentatives du rusé d'Artagnan pour le percer à jour. Notre soldat s'irritait de ne pas pénétrer l'esprit du bandolero autant qu'il l'aurait voulu : c'était comme une forteresse impénétrable dont il ne trouvait pas l'entrée.

On voit donc que les semaines et les mois que notre héros passa au côté des bandoleros furent fort occupés, soit en actions, soit en réflexions ; réflexions qui, lorsqu'elles venaient à se formuler avec netteté, prenaient à peu près la forme que voici :

— Premièrement : Rojas a le respect et l'admiration de tous ses hommes. C'est très bien pour lui, mais c'est ennuyeux pour moi. La Mothe-Houdancourt avait raison : pour capturer tout le corps, je dois viser la tête ; mais, cette tête, je ne pourrai y toucher qu'après m'être assuré que le corps sera dans l'incapacité d'offrir une quelconque réaction. Voilà qui est dit : il faut les avoir tous, ou n'en avoir aucun.

« Deuxièmement… et ce deuxièmement-là, je ne l'aime pas beaucoup plus que le premièrement. Rojas n'est pas tout à fait n'importe quel guerrier : il est brave, résolu, adroit comme un Hector. Aussi, il s'agira de réfléchir soigneusement à un plan dont il ne puisse pas s'échapper ; voilà l'écueil, et je gage que toute l'habileté du sage Ulysse se briserait à cet écueil-là. Il est vrai qu'Ulysse, à ce que nous raconte Homère, n'a pas eu à affronter directement Hector ; donc… dit-il en rêvant, donc ma tâche est plus dure que la sienne, ce qui veut dire que j'ai droit à tous les moyens.

« Heureusement pour moi, il y a un troisièmement. Ce Rojas a une faiblesse : non content d'avoir le sens moral, il est profondément réfléchi. Il n'est donc pas ce que, dans mon pays, on appelle un *jobastre*. Son esprit a une règle, qu'il n'a pu se donner que rationnellement ; par conséquent, cette règle, on peut la comprendre : et comprendre, c'est prévoir. Ainsi, je saurai, non seulement où il va, mais où il ira. Et alors… alors, mordious ! le reste est déjà écrit. Seulement, il faut trouver l'occasion favorable : tout est là. »

À ce mot d'*occasion*, qui, comme les latinistes le savent, et comme le savent aussi ceux qui ne le sont pas, désigne ce qui peut arriver ou non, notre Gascon soupirait, et, de crainte de céder au découragement, arrêtait là sa méditation.

Nous espérons que le lecteur se sera réjoui avec nous de l'entendre jurer de sa manière favorite, qui n'avait pas franchi la barrière de ses lèvres depuis un fort long moment.

XXIII

Le pays de cuivre

Il n'est de traversée si puissante qui n'ait besoin, de temps à autre, du répit d'un havre sûr. Un soir, la bande de Guifré Rojas fit halte dans une *masía*, c'est-à-dire une ferme, des environs d'Àger. On était une centaine. Un tiers de ces hommes devait assurer la tranquillité de tous les autres, et monter la garde en se relayant.

Ce nom de ferme que nous avons donné à l'endroit où les bandits devaient passer la nuit ne doit pas abuser le lecteur. En effet, toute *masía* de pierre qui se respecte se doit d'être défendue par de gothiques murailles, parfois ornées, selon la fantaisie du propriétaire, de fenêtres à colonnettes ; sur celle que nous décrivons, on relevait la présence d'un écusson au-dessus de la porte principale.

Si l'extérieur paraissait si imposant, l'intérieur, en revanche, était composé d'une seule et vaste pièce que les bandits trouvèrent parfaitement vide. Ce vide, au reste, faisait leur affaire, tous ces aventuriers n'aspirant qu'au repos.

D'Artagnan avait fait comme ses compagnons, et il s'était installé dans l'un des quatre coins de cette grande salle, en homme qui prend ses dispositions pour s'assoupir, en attendant son tour de garde. Et cependant, au moment où il allait fermer l'œil, cet œil avait été attiré par la vision de l'une des fenêtres de la *masía*, qui se trouvait non loin au-dessus de sa tête ; fenêtre grillagée, et qui s'ouvrait sur le ciel nocturne rempli d'étoiles.

Lope de Vega a pu écrire : *Ce qui est clair le jour devient parfois ombre la nuit* ; mais on a rarement dit que la lumière qui se refuse le jour pouvait parfois venir à celui qui la cherche la nuit.

Or, tout portait à croire qu'en fouillant cette nuit avec les deux lanternes de son regard et de son intelligence, d'Artagnan avait compris quelque chose.

Ce quelque chose l'absorba profondément, au point qu'il laissa son regard errer en direction de cette fenêtre et des espaces infinis sur lesquels elle ouvrait ; tandis que, sous l'effet de quelque illumination intérieure, son front pensif se déridait, sa lèvre railleuse prenait le pli d'un sourire, et sa poitrine se gonflait avec une évidente satisfaction.

Puis il se redressa, et, ayant croisé ses jambes, appuya son coude sur son genou et son menton sur sa main.

C'est dans de tels moments que nous regrettons, quant à nous, l'absence du valet Planchet ; du prudent, du rusé, du malin Planchet, qui avait jadis quitté son maître pour servir dans le régiment de Piémont ; et qui, s'il eût accompagné d'Artagnan avec la même fidélité qu'autrefois, n'eût manqué, ni d'observer ce changement de physionomie, ni de faire suivre cette observation par une question.

Hélas, point de Planchet ; mais nous pensons, quant à nous, que son absence effective ne constitue point une raison suffisante pour nous passer de lui tout à fait. Cet avis, il semblerait que d'Artagnan l'eût partagé avec nous ; car, malgré les années, le regard vif, la figure hardie de son ancien valet ne s'étaient jamais entièrement effacés de sa mémoire. Aussi, il n'est point dit que le dialogue que nous allons rapporter, et qu'il nous est permis, à nous, d'imaginer, en tant qu'historien chargé de combler certaines lacunes bien regrettables de notre récit, ne se déroula point, tel que nous allons le transcrire, dans l'esprit de d'Artagnan.

Planchet, assis tout près de son maître, venait de tourner son regard vers celui-ci.

— Eh bien, monsieur ! dit-il.

— Eh bien, Planchet ?

— Je vous vois l'œil en feu et la mine éveillée ; les affaires vont bien, à ce qu'il paraît.

— Très bien, même. En effet, cette vie que je mène depuis bientôt quatre mois, je la crois près de prendre fin.

— Monsieur... si vous me permettez la franchise avec vous...

— Toi ! tu prends des précautions pour parler franchement avec moi, mon brave Planchet ?

— C'est que, monsieur, répondit dignement celui qu'on interpelait de si flatteuse manière, il y a fort longtemps que nous ne nous sommes vus vous et moi.

— Je comprends tes scrupules ; mais, cette franchise que tu me demandes, je te la permets, Planchet.

— Alors, je vous avouerai que je suis fort heureux d'apprendre votre succès à venir. Car enfin, sans vous faire tort, il y a suffisamment longtemps que vous rôdez avec tous ces gens-là : et c'est une si drôle de vie que celle que vous menez par ici !... dit l'honnête Planchet avec un soupir.

— Oui, tu peux le dire ; drôle de vie, Planchet, répéta d'Artagnan, qui avait pris un air pensif.

— Oh ! elle présente bien certains avantages.

— De quels avantages veux-tu parler ?

— Je pense, monsieur, à toutes ces chevauchées qui vous rappellent peut-être les équipées d'autrefois ; vous planifiez, vous agissez, vous vous battez comme aux beaux jours. Et quant à ce Rojas...

— Oui ? eh bien ?

— Ma foi ! il est presque dommage qu'il ait le malheur d'être le chef de tous ces bandits.

— Lui ! tu allais donc le plaindre, Planchet ?

— C'est-à-dire que je ne le ferai point, du moment que cela déplaît trop à monsieur.

— Ah ! tu deviens servile ; c'est ce que tu ne faisais pas, du temps que tu m'appartenais.

— Sans doute est-ce la précaution qui me porte à parler ainsi ; car je crains trop de vous désobliger, vous qui avez été mon maître : et je crois qu'un pareil lien, quand il unit deux hommes sincères de cœur et d'esprit comme vous et moi, ne peut pas s'oublier sans dommage, monsieur.

— Le drôle ne se rattrape pas mal, sur ma foi ! Bon. Et que voulais-tu dire au sujet de Rojas ?

— C'est que j'hésite.

— Achève donc, animal ; tu vois bien que je veux entendre ce que tu as à me dire.

— En ce cas, je vous dirai, monsieur, que ce Rojas ressemble fort à quelqu'un que j'ai connu pendant que j'étais à votre service. Je trouve qu'il partage avec lui quelques belles qualités, du moins.

D'Artagnan ne réagit pas, sans que l'on pût dire si c'était par connaissance ou par méconnaissance de celui auquel les paroles de Planchet faisaient allusion.

— Aussi, reprit Planchet, sachant bien quel est le sort qui l'attend, puisque je sais que vous avez arrêté ce sort-là, et que, une fois décision prise, rien ne peut vous en faire changer…

D'Artagnan fit entendre un « hum » qui eût peut-être donné à songer à des oreilles plus réelles que ne l'étaient celles de Planchet en ce moment.

— M'empêcherez-vous, continua Planchet, puisqu'il est voué à si mal finir, de maudire la destinée que ce Rojas s'est donnée ?

— Remarque bien, Planchet, que je ne souhaite pas te contredire, moi, dans les voies que choisit ta pensée ; seulement, je te ferai observer qu'elle s'éloigne fort de son premier objet.

— Qui était ?

— La réflexion que je me suis faite, la vision qui m'absorbait tout entier ; ce qui, enfin, t'a poussé à cette exclamation, que j'estime être parfaitement juste : *les affaires sont bonnes.*

— Et consentiriez-vous à m'éclairer encore davantage, en me dévoilant en quoi consistait cette réflexion, et ce qu'il y avait dans cette vision ?

— En un mot, tu veux que je te dise ce qui me rend si sûr que je serai capable d'arrêter Rojas.

— Je l'avoue, oui, c'est mon souhait.

— C'est tout simple, vois-tu ; car Rojas, si fort qu'il soit, a une faiblesse.

— Laquelle ? demanda Planchet en ouvrant des yeux étonnés.

— *Qu'ei un cabalèr.*

Ces mots, prononcés en gascon, langue que Planchet n'entendait point, excitèrent la surprise tout autant que la curiosité du valet ; mais celui-ci n'eut guère le loisir d'exprimer ni la première, et moins encore la seconde, et de demander en quoi ce *cabalèr* pouvait venir au service de la ruse et de l'intelligence de son maître : car quelque chose se produisit au côté de d'Artagnan, qui interrompit là cet intéressant colloque.

Il nous faut à présent prier le lecteur d'imaginer que Planchet avait disparu, aussi soudainement qu'il avait fait irruption un peu plus tôt dans notre histoire.

Inversement, l'une des ombres qui environnaient d'Artagnan venait de s'agiter, en donnant tous les signes d'un homme qui s'éveille.

Attendu que cette ombre avait d'Artagnan, ou plutôt Carpio, comme voisin immédiat, celui-ci se conforma à l'usage qui veut que deux solitudes qui se connaissent n'ont rien d'autre de mieux à faire que d'entrer en conversation l'une avec l'autre.

Ce fut un dialogue à voix basse auquel toute unité faisait défaut, mêlant comme au hasard le gascon et le catalan ; mélange que quelques mots, tantôt de castillan, et tantôt d'aranais, venaient parfois relever de leur saveur particulière. Au risque de froisser ceux de nos lecteurs que ne laissent pas insensibles les curiosités linguistiques, nous avons renoncé à respecter pareille bigarrure : c'est donc une traduction limpide que nous en proposons ici.

Après quelques paroles de moindre importance, Carpio prononça les mots suivants :

— Espadaler, permets-moi de te dire une chose.

C'était, on le voit, au second de Rojas que s'adressaient ces propos.

— C'est, reprit Carpio, que ton mauvais sommeil me confirme dans l'idée que je suis coupable, oh ! bien coupable, en vérité, d'une injustice à ton égard.

— Comment cela ?

— Conviens que, ces derniers mois, tu ne m'as guère habitué à un visage riant, à des propos allègres, ou même au son de ta voix, que tu économises avec une parcimonie aussi remarquable que sage.

— C'est vrai.

— Aussi, je croyais, oh présomption maudite ! que tu ne pouvais pas devenir plus taciturne que tu ne l'étais déjà. Eh bien ! il y a apparence que je me suis trompé.

— Ah ?

— Oui ; écoute-moi bien : j'ai calculé que, dans les jours ordinaires, tu construisais tes phrases en gardant la moyenne de cinq mots pour chacune ; cinq mots, je le concède, admirablement et soigneusement choisis.

— Merci.

— Mais voilà que ce tour de force, puisque tour de force il y a, est aujourd'hui surmonté.

— Vraiment ?

— Car, de cinq mots auxquels tu te tenais au départ, tu es descendu à deux.

— Certes.

— Tu comprends que pareille attitude, tout en suscitant mon respect, n'a pu qu'éveiller ma curiosité. Aussi, je désirerais savoir ce qui te rend si sombre. Car, mordious ! je ne te reconnais presque plus.

Espadaler leva les bras au ciel, et laissa échapper un :

— Ah !

Cette syllabe unique remplaçait à elle seule des siècles d'expression humaine, qui n'avaient guère progressé depuis le *Felix qui potuit rerum cognescere causas* de Virgile, et qui avaient peut-être eu tort en ne s'arrêtant point, non pas à la citation que nous venons de donner, mais même, comme le faisait notre *bandolero*, à ce qui devait en constituer la version primitive.

— Voyons ! dit d'Artagnan, tu ne voudras pas refuser de m'éclaircir. On ne me fera pas croire qu'un homme tel que toi se mette en peine d'affaires sans importance. Tu peux vider ton cœur ; je t'en donne licence ! Ce n'est pas, je présume, parce que tu aurais quelque chose à redire au sujet du butin qui t'échut en partage, dans la dernière attaque que nous menâmes ?

— Non !

— Tu ne te lasses pas de cette vie que nous menons ?

— Encore moins.

— Connaîtrais-tu alors quelques raisons de craindre pour l'avenir ?

— Aucune.

— Et tu es décidé à ne rien dire pour me faciliter la tâche ?

— Peut-être.

— Mais c'est que, Espadaler, la chose est pour moi incompréhensible. S'il n'y a rien dans le passé, dans le présent, ni dans l'avenir, qui explique ce ressentiment-là...

— Erreur.

— Moi ? Où est-ce que je fais erreur ?

— Un passé plus lointain.

— Au fait, c'est vrai, dit Carpio en regardant son compagnon avec plus d'attention ; je ne connais rien de la vie que tu menais avant, moi.

— *Menestrat.*

— Qu'est-ce que cela, *menestrat* ?

— Paysan.

— Riche ?

— Non.

— Diable, je comprends ; cela n'est pas drôle. Je suppose bien que ce n'était pas toi qui pouvais habiter dans une demeure pareille à celle où nous nous trouvons en ce moment.

— *Masover.*

— Ah oui ; celui qui vous commandait, assurément. Aussi, je crois comprendre que cette maison où nous sommes te rappelle celles où logeait cet homme certainement si bon, si aimable, si bienveillant ?

Une grimace éloquente fut tout ce qui lui répondit.

— Ah ! dit Carpio en voyant cette grimace. La rude vie que la tienne et que celle de tes semblables ! Je gage que je n'aurais pas été plus malheureux que toi, va ! quand bien même je me fusse trouvé égaré comme un lapin entre les canons français de Lens et les fusils espagnols de Cambrai.

— Peut-être.

— Ma foi ! tu réponds peu, mais, il faut te rendre cette justice, tu réponds toujours vrai. J'aimerais être sage et sagace comme toi ; mais, parole de Gascon ! j'aime mieux dire tout ce qui me passe par la tête. Pourtant, je viens moi aussi d'un pays où l'on ne s'enrichit guère à y vieillir ; il est vrai qu'on ne m'a jamais promis tout l'or des Amériques, à moi.

Et, sans même attendre une réplique d'Espadaler, Carpio poussa un soupir à ébranler les murs de la *masía*.

— L'or des Amériques !... dit-il. Un fort beau rêve que celui-là ; mais un rêve tout de même. Car, tandis que la France en rit pour ne pas avouer qu'elle en a envie, et que l'Europe montre les dents pour ne pas admettre qu'elle en a peur, je commence à croire que si l'Espagne s'en vante avec autant de bruit, c'est qu'elle n'en a pas du tout. Oui ! j'en ai vu si peu la couleur jusqu'à présent, que je serais prêt à jurer que tout cet or dont reluit la gloire des Espagnes n'est qu'un mirage superbe, mais qui ne cache pas une once de réalité.

Ce fut alors qu'Espadaler se montra héroïque.

Il prononça une phrase entière.

— Entre Séville et Barcelone, on rencontre Madrid.

— Madrid ! répéta notre Gascon après la respectueuse inclinaison de la tête que réclamait une si nette dérogation à la règle langagière. Tu veux dire que l'or arrive bel et bon, mais que Madrid met dans sa poche tout ce qu'elle peut saisir : Madrid, donc le pouvoir, donc la couronne ; c'est-à-dire le roi.

— Le roi ? non.

— Comment, pas le roi ? Le roi, pas à Madrid ? Tu te moques de moi ?

— Il n'est pas seul.

— Ah ! tu veux dire la cour ?

— Je veux dire Olivares.

— Olivares ! le principal ministre !

— Oui.

— Sais-tu bien, Espadaler, dit Carpio après avoir réfléchi, que depuis que je suis arrivé dans ce pays, il m'a bien semblé que ce nom éveillait autant d'amour et d'affection que celui de notre principal ministre, à nous. Ces deux-là s'entendraient à merveille ; il est seulement dommage qu'ils soient les plus puissants ennemis de la Terre. Je voudrais bien comprendre pourquoi vous en voulez tant à cet Olivares. Que Richelieu cardinal, Richelieu serviteur de Sa Majesté Très-Chrétienne, qui fait se ranger ses armées au côté des armées protestantes, et force son peuple à se battre pour un peuple qui ne le touche en rien, pas même par une frontière ; que ce Richelieu-là, disais-je, soit détesté de toute la France, et même du roi, à ce qu'on dit : rien de plus juste. Mais que votre ministre, catholique avec les catholiques, défendant les Habsbourg d'Autriche parce qu'il est serviteur des Habsbourg d'Espagne, rien que de très logique. Cela dit, peut-être que je n'entends pas les affaires comme il faut les entendre en Espagne. Mais, je parle, et je t'interromps, au lieu de te laisser me dire les mille choses dont, je ne doute pas, tu brûles de me faire confidence. Aussi, avoue-moi cela une bonne fois : vous le détestez donc fort, cet homme-là ?

— Abominablement.

En castillan, cela faisait sept syllabes pour un seul mot.

— Espadaler, dit d'Artagnan, tu commences à me faire peur.

— Il est ennemi.

— De qui ?

— Catalogne.

— Ah bah ! dit d'Artagnan sans retenir un sourire ironique.

— Mobilisés.

— C'est-à-dire qu'il vous a forcés à vous joindre à l'armée de tous les Espagnols. Bon, cela est vrai ; mais c'est son métier, comme celui du Richelieu est d'ordonner aux Français d'aller démolir un peu les Espagnols.

— Nous étions contre, poursuivit Espadaler.

— Et ?

— Passa outre.

— Voilà qui n'est pas fort aimable.

— Olivares aime les conflits.

— Vraiment ?

Espadaler compta sentencieusement sur ses doigts, et éleva sa main à la hauteur du visage de son interlocuteur.

— Quatre, lut ce dernier. Quatre ?

— Hollande ; Italie ; Saint-Empire ; France.

— Ah ! je ne dis pas.

— Impôts.

— Les uns ne sont que la conséquence des autres ; sois philosophe, et médite sur les causes et les effets, mon bon ami.

— Et il persécute.

— Il persécute ? Mais qui ?

— Les Grands d'Espagne.

— Ah ! nous connaissons cela aussi, mais sans la variante locale, puisque nous n'avons point de Grands. La main d'Olivares accapare tous les biens du royaume, tandis que celle de la noblesse n'atteint pas même aux degrés du pouvoir ; c'est bien cela ?

— Oui.

— Eh bien, qu'est-ce que cela te fait, à toi ? Ou serais-tu devenu Grand d'Espagne pendant que tu dormais ?

Espadaler haussa les épaules, comme pour laisser entendre : on ne plaisante point avec ces choses-là.

Contre toute attente, ce fut lui qui reprit :

— Sert ses amis.

— Bah ! vraiment ? Qui le dit ?

— Ses ennemis.

— Belle critique, ma foi ! dit Carpio en riant.

— Et…

Avant d'aller plus loin, Espadaler laissa passer plusieurs secondes d'un lourd silence.

Carpio se pencha vers lui, et se prépara à écouter ce qui viendrait avec toute la gravité requise par si solennel exorde.

— Cercueil, dit Espadaler.

— Comment cela, cercueil ?

Il lui fut répondu, avec une sécheresse qui eût fait le désespoir de plusieurs générations de Laconiens :

— J'ai dit.

Il ne restait à d'Artagnan d'autre parti que de tourner cette indication dans tous les sens que pouvaient lui suggérer son esprit ; ce qui lui prit longtemps. Quand enfin il se fut bien persuadé que le plus simple était de ne voir, dans ce mot de cercueil, pas autre chose que ce qu'il paraissait signifier :

— Ma foi, je sèche. Ce cercueil, est-ce celui d'Olivares ?

— Oui.

— Il n'est pas mort, cependant.

— Il en a un, répéta Espadaler avec un entêtement qui avait quelque chose d'effrayant.

— Dans son futur tombeau ?

— Dans sa chambre.

— Mais qu'en fait-il ?

— Il se couche dedans, répondit Espadaler imperturbable.

— *Sang-diou*, ceci est trop fort. Olivares ! Lui qui a certainement, dans son appartement, le meilleur lit de tout l'Alcázar, c'est-à-dire de toutes les Espagnes ! Il faudrait qu'il fût bien difficile, et s'il y tient, je serais prêt à échanger ma situation contre la sienne. Bon ! Il se couche dans le cercueil, admettons ; et après ?

— On lui récite le *De profundis*.

— Ah oui ! fit Carpio qui se contenait pour ne pas éclater de rire. C'est ce qu'on raconte, peut-être ; mais est-ce bien vrai ? Tu ne peux pas me l'assurer, cela.

— Sur mon âme !

— Corbœuf ! s'écria Carpio, d'où tiens-tu cela ?

Et Espadaler plaça la réponse suprême, celle qui n'admet pas de réplique :

— Tout le monde !

C'était incontestablement une raison supérieure ; aussi le Gascon céda devant le Catalan.

— Décidément, songeait notre héros, c'est une créature fort inventive que l'opinion ; puisque, sans effort, sa naturelle fécondité surpasse en invention tout ce que s'ingénient à trouver les deux hommes les plus puissants d'Europe pour arriver à se faire craindre. Je gage en tout cas que cette idée-là, Richelieu ne l'a pas encore eue ; aussi, mordious ! c'est juré, si je refoule un jour le sol français, je la lui vends.

Pendant qu'il se livrait à cette réflexion pleine de bon sens, Espadaler, qui avait attaché son regard sur lui, eut un sourire qui exprimait un mélange de contentement et de respect.

Carpio vit ce sourire et en demanda la raison.

Espadaler pointa un doigt vers la poitrine de Carpio, et répondit :

— Fort !

— Bah ! dit d'Artagnan qui avait compris, je n'ai guère de mérite. Au cours de mon existence, j'en ai rencontré qui étaient bien plus difficiles à faire parler que toi.

En disant cela, d'Artagnan pensait à Grimaud, le valet de son ami Athos, de son vrai nom le comte de La Fère. Ceux de nos lecteurs qui auraient le souvenir de ce silencieux personnage savent que le comte avait si bien dressé le domestique à le servir au moindre signe, et qu'il lui avait si bien défendu la parole, qu'il avait rendu Grimaud presque muet, exactement comme s'il n'eût jamais appris le langage.

D'Artagnan, dans l'époque où il vivait intimement avec ses trois amis, voyant quotidiennement les maîtres, voyait quotidiennement les valets ; et, comme il s'était toujours senti entraîné vers Athos de manière irrésistible, il ne s'était point privé de tenter d'arracher une parole à Grimaud, dans les rares occasions où il le trouvait seul. Et malgré la difficulté, nous dirions même, l'impossibilité, de forcer cette serrure obstinément verrouillée que pouvait être le fidèle Grimaud, rien n'eût découragé d'Artagnan dans ses tentatives ; car, outre le fait que d'Artagnan était curieux de nature, cette curiosité s'exacerbait à l'endroit d'Athos, ce gentilhomme accompli, cet aiguillon moral, celui qui lui avait si souvent montré l'exemple, celui qui avait parfait son éducation à lui, d'Artagnan, celui, enfin, qui lui avait plusieurs fois avoué qu'il l'aimait comme un père aime son fils.

Puis, d'Artagnan se rappela qu'il avait lui-même son tour de garde à accomplir ; aussi, il prit congé d'Espadaler, et, ayant enjambé un à un tous les corps qui le séparaient de la porte, il sortit avec deux ou trois autres qu'appelait le même devoir que lui.

Une fois dehors, il s'arrêta et se retourna pour contempler un instant le spectacle qu'il avait sous les yeux.

La lune illuminait un ciel criblé d'étoiles vives. Sous cette lampe d'opale, la *masía* se dressait, isolée et superbe ; et l'absence de lumière et de vie aux fenêtres, le silence qui l'enveloppait, la désolation qui montait de ces terres couleur de rouille dont elle était environnée, de ce pays de cuivre que l'on nommait la Catalogne, disaient assez qu'elle n'était plus que le fantôme de pierre de sa splendeur d'origine.

Une pareille vision avait son éloquence, et cette éloquence valait tous les silences que les mots d'Espadaler invitaient à combler.

XXIV

Le tour de garde

D'Artagnan fit près de deux cents pas, silencieux comme un chat, dans la direction d'un immense olivier qui, le jour, devait ombrager agréablement le domaine, et, la nuit, en était l'ornement le plus sombre et le plus imposant. C'était là qu'il devait se rendre ; c'était là qu'il devait prendre la succession de Guifré Rojas.

Depuis plusieurs heures, le *dueño de los caminos* veillait debout contre cet olivier ; ses yeux limpides semblaient interroger l'horizon noir avec intensité. N'eût été cette intensité qui se concentrait dans son regard, on eût hésité à reconnaître en lui le guerrier qui menait ses hommes au combat ; car il joignait, à la parfaite immobilité du soldat, la sérénité grave de celui qui aura toujours, face au spectacle du monde, le recours de s'abîmer dans ses propres pensées. Les Gascons de sa troupe avaient trouvé, dans leur langue, une expression pour le qualifier ; il se disait entre eux que Rojas faisait parfois l'effet d'être *grave comme Soucrate.* Seulement, tandis que Socrate s'immobilisait au milieu d'Athènes en plein jour, pour réfléchir à un problème d'importance, Rojas, lui, profitait de ce que la nuit l'arrêtait dans sa course, non pour s'entretenir de la question de la puissance des dieux ou de l'immortalité de l'âme, mais pour se réciter de la poésie.

Aussi, tout en fixant les alentours, Rojas s'était mis à psalmodier un poème, vers après vers, d'une voix basse et lente, avec autant de soin que si c'eût été un chant, avec autant de ferveur que si c'eût été une prière : et la langue dans laquelle il la récitait contribuait puissamment à cette illusion, car cette langue était de l'arabe.

À l'instant où nous le surprenons, Rojas en était arrivé au passage que nous retranscrivons :

La nuit avait étendu ses ténèbres comme un manteau sur la terre.
Alors vint le moment où la pleine lune apparut dans la constellation d'Orion, tel un roi[1] *au faîte de sa splendeur.*
De scintillantes étoiles se levèrent, se bousculant pour l'auréoler de leur éclat et renforcer encore sa luminosité.
Lorsqu'elle voulut entamer sa course vers l'Occident, elle plaça au-dessus d'elle les Gémeaux, pour lui servir de dais.
On vit les astres former un cortège autour d'elles, et les Pléiades, au-dessus, telles des bannières arborées.

Parvenu à cet endroit, il s'interrompit, car d'Artagnan était parvenu à sa hauteur.

Les deux hommes échangèrent un bref salut, puis Rojas tendit à Carpio le fusil qu'il avait dans la main.

Ce geste si simple en apparence, Rojas parvint à l'empreindre d'une grandeur simple, et si solennelle, qu'en recevant le *pedranyal*, d'Artagnan se remémora aussitôt le soir de son arrivée, lorsque le chef des bandits lui avait remis ses armes dans des circonstances qui avaient gravé une empreinte si forte et si profonde dans son esprit.

Cet acte nécessaire accompli, Rojas allait se retirer, lorsqu'une phrase de son subordonné le retint.

1. Dans la langue arabe, la lune (*badr*) est du genre masculin. Le poème est du roi et poète Al-Mutamid (1040-1095).

En conversant avec le *bandolero*, d'Artagnan croyait obéir à ce que lui dictait son devoir au service du parti français, quand il obéissait à l'influence, peut-être néfaste, peut-être bénéfique, que la conversation avec le second de Rojas, et surtout les souvenirs qu'elle avait remués, exerçaient sur son esprit et sur son cœur.

— Espadaler vient de me parler.

— Espadaler vous a parlé ? répéta Rojas.

— C'est-à-dire qu'il m'a fait une fresque incomplète, mais dont les parties manquantes laissent deviner un passé plein de rigueurs et d'infortunes.

— Rigueurs et infortunes dont tous ceux qui habitent la Catalogne pourraient vous dire, hélas, qu'elles ne leur sont pas étrangères. En cette principauté, la misère est un fléau qui s'abat sur chacun, à proportion des conditions, peut-être, mais avec pas moins de dureté chez les uns que chez les autres. Vous-mêmes en avez déjà suffisamment vu sur les voies auxquelles pareil malheur peut conduire.

— C'est-à-dire que j'admire cette obstination guerrière qui vous fait, tous autant que vous êtes, demeurer sur votre terre et lutter en son nom, alors qu'il eût été si simple de faire comme moi et de chercher ailleurs une occupation plus conforme à vos goûts.

— Il est vrai, dit lentement Rojas, que cela vous plaît, à vous. Rien ne vous oblige à vous battre, si ce n'est l'élan qui est naturel à votre sang ; et chacun peut aisément mesurer, en vous voyant à l'œuvre, combien grande est la part de vous-même que vous auriez perdue, en ne vous portant pas sur un champ de bataille.

— Je vous en sais gré, répliqua d'Artagnan, que ce compliment n'avait pas laissé insensible ; mais vous-même, dont l'exemple fait beaucoup pour entraîner ces deux cents âmes que vous avez derrière vous…

— Croyez-vous que le plaisir entre pour quelque part dans cette vie rude et sauvage qui s'est saisie de moi, autant que je me suis saisie d'elle ? Je tâche, autant que je le puis, de me rapprocher de la voie de l'honneur ; et cependant, j'ai besoin de me rappeler l'oppression et l'iniquité que je combats, toutes les fois que je songe que je ne connais rien de moins digne et de plus haïssable que la violence.

— Et que dites-vous de ceux qui s'y livrent en se trouvant eux-mêmes ?

— Qu'il est heureux, le maître qui sait pouvoir compter sur de pareils guerriers. Mais, Carpio…

Ce nom de *Carpio*, chaque fois que Rojas venait à le prononcer, tintait désagréablement aux oreilles de d'Artagnan. Il était trop rompu à son métier pour s'émouvoir à ce rappel du mensonge dont il s'entourait au milieu de ces bandits ; seulement, il se souvenait que ces deux syllabes avaient, une fois, suscité l'intérêt ou l'étonnement de Rojas : et comme il n'avait jamais cherché à tirer les choses au net, de peur de commettre une maladresse qui lui eût porté préjudice, le Gascon, toutes les fois qu'il entendait son nom, s'irritait de ce mystère qu'il ne parvenait pas à pénétrer.

— Carpio, disait Rojas, me permettrez-vous de revenir à une chose que vous avez dite tout à l'heure ?

— Naturellement, répondit d'Artagnan.

— Vous avez parlé d'aller chercher fortune ailleurs ; à quel ailleurs pensiez-vous ?

— Mais, je ne sais ; à l'Aragon, dont vous êtes si proche, ou à l'Estrémadure, parce qu'elle est si lointaine.

— Eh bien ! sachez-le, en quittant sa Catalogne pour les royaumes du roi des Espagnes, le Catalan retrouve autour de lui les malheurs qu'il aurait cru laisser derrière lui ; il a seulement le désespoir de constater que si, chez lui, on souffre de manière à peu près égale, dans cet ailleurs que vous évoquiez, ce qui prive les uns des biens les plus nécessaires, enrichit les autres de ce qui a perdu le nom de superflu dans leur esprit. Moi qui vous parle, j'ai constaté de mes propres yeux des différences effroyables auxquelles la Catalogne ne m'avait point habitué jusque-là.

— En quel endroit des Espagnes ?

— J'ai observé partout où m'ont porté mes pas ; et j'ai cheminé longtemps, car je me rendais en Andalousie. Il est vrai que j'avais dix-sept ans, et que c'était donc trente années auparavant. Mais ce que j'ai vu durant cette période, d'autres l'ont vu qui en ont été frappés comme moi, à des époques qui sont encore moins éloignées de la nôtre que celle dont je vous parle.

— L'Andalousie ! Qu'aviez-vous donc à faire dans cette partie du monde ?

— J'avais à faire, oui, et peut-être la manière la plus enrichissante qui soit, pour un jeune homme de mon état et de mes espérances. Je m'y rendais pour y faire mes études.

— Permettez-moi de vous dire que ce furent de rudes études que celles-là, alors.

— Vous êtes dans le vrai. Une seule journée d'observation en Andalousie, où je n'étais jamais entré, m'en apprit davantage sur les souffrances des Espagnes que tout ce que j'en avais vu en Catalogne, où j'étais resté toute ma vie. Je m'instruisis davantage à l'air libre qu'entre les murs de l'université vers laquelle je me rendais ; puisque, ces études que je venais y accomplir, je ne les ai jamais finies.

— Je comprends ; tout leur attrait avait disparu pour vous.

À ces mots, les yeux de Rojas brillèrent étrangement.

— Vous vous trompez, répondit-il de sa voix calme. Sans doute un esprit aussi juste et aussi avisé que le vôtre se fût-il arrêté à cette décision ; peut-être même eût-ce été le plus sage : ce ne fut pas la mienne cependant. À l'âge de dix-sept ans, ainsi que je vous l'ai dit, j'étais en route pour le *colegio mayor* de Grenade, lequel, sans avoir tout à fait le même rang que ses confrères de Salamanque ou d'Alcalá de Henares, est fort réputé parmi les Espagnes.

— Pour y faire vos études, donc.

— En effet.

— Quelles études ?

— De théologie, répondit Rojas en souriant.

— La théologie ! répéta d'Artagnan

— Je ne connais pas de meilleur parti, pour un esprit avide de s'élever jusqu'à la contemplation de ce qui, étant éternellement fort, est éternellement juste.

— Ah ! j'ai plus d'une fois pensé, mon cher Rojas, que si le sort vous avait départi une fortune meilleure, au lieu de vivre au milieu des montagnes, vous seriez sans doute devenu une espèce de philosophe. Et que se passa-t-il ?

— Ce n'est pas, comme vous le supposiez, que j'eusse changé d'avis ; ma décision était irrévocable.

— Alors, quoi ?

— J'ai été renvoyé de l'université de Grenade, un mois seulement après y être entré.

— Vous ! renvoyé ?

— Oui ; mon séjour dans cette région a été bien court, vous le voyez. Mais, d'une certaine façon, je lui suis reconnaissant, car je peux dire qu'il acheva mon apprentissage.

— Mordious ! je vous crois ; et cependant…

D'Artagnan s'arrêta.

— Et cependant, poursuivit Rojas, vous aimeriez bien savoir quelle est la raison pour laquelle je ne fus pas autorisé à rester à Grenade ?

D'Artagnan ne disait toujours rien ; mais son silence même était une question.

— Eh bien ! je m'en vais vous l'apprendre ; vous jugerez s'il y a du déshonneur pour moi à vous le révéler. D'une certaine manière, je peux bien dire que j'eus ma part de responsabilité dans ce renvoi ; car j'avais négligé l'ardeur que l'on mettrait à procéder à certaines vérifications dont la nature me répugnait.

— Je ne suis pas certain de comprendre ce que vous voulez me dire.

— Ah ! c'est donc que vous ne savez rien de ce que l'on appelle *la limpieza de sangre.*

— *La limpieza de sangre !* sur mon âme, oui, je l'ignore complètement. Voilà un nom qui sent son invention espagnole d'une lieue : il faut donc montrer ses quartiers de noblesse, lorsque l'on veut entrer à l'université ?

— Cela fait déjà plusieurs décennies qu'il n'y a plus de Maures, ni de Juifs en Espagne, les rois et les reines ayant fait tout ce qu'il fallait pour cela ; et, s'ils ont laissé des descendants, ceux-ci sont priés de ne point adopter, ni les coutumes, ni la religion, ni la langue de leur peuple et de leurs origines. Mais surtout, nombre de *colegios mayores*, et ce ne sont pas les seules institutions qui se déshonorent en le faisant, demandent à ceux qui les rejoignent de prouver que leurs parents et leurs grands-parents étaient tous d'une religion pour laquelle la charité, qui est l'amour de soi et des autres, est une vertu qui n'a pas moins d'importance que la tsedaka pour le judaïsme ou la zakat dans l'islam. Il est vrai aussi que, depuis quelques années, on s'est efforcé de limiter l'application des lois de cette sorte ; c'est l'une des rares œuvres du ministre de celui qui n'est plus mon roi, Olivares, avec laquelle je n'entre pas en désaccord. Il est vrai qu'il a des origines hébraïques, lui.

— Et ensuite ?

— Ensuite, aucune attache ne me retenant à Grenade où j'étais resté trop peu de temps, ni même à Barcelone d'où je venais, il me fallut mener une vie errante durant quelque temps. Frapper à de nouvelles portes eût été inutile ; j'avais reçu l'assurance que l'exemple de Grenade ne resterait point isolé. Rentrer dans les ordres, prononcer mes vœux, me fermer au reste du monde, ne fut même pas une tentation : j'avais pu l'envisager comme un espoir lointain, autrefois ; mais après ce que j'avais vu ou ce que j'avais subi, ce parti me fût seulement apparu comme le plus désespéré. J'avais eu un cœur confiant et un esprit ardent ; dorénavant ce cœur était perdu, et l'esprit en déroute : c'est un pauvre tribut dont j'aurais fait don à mon Dieu. Puis je cherchai le moyen de soulager la misère autour de moi. Les voies légales me parurent faibles ; je compris le secours que devaient leur donner certains recours clandestins. Je me fis assez vite à une existence au milieu des bergères des étoiles, comme on a nommé les montagnes[1]. J'appris le métier de passeur et de contrebandier. Je l'exerçai, seul ou avec d'autres, jusqu'à ce que m'on privât en un seul coup, par trahison, de ma cargaison et de mes montures ; c'était mon seul bien, c'était la seule chose qui me définissait et me donnait une raison de rester sur cette terre. J'avais dorénavant une vengeance à accomplir. De tels désirs ont le pouvoir de troubler les cœurs les plus paisibles, et vous savez que le mien ne l'était pas. Ce fut comme un abîme ; rien ne vint me retenir, et j'y sombrai tout entier. De passeur je me fis *ratero*, soit un bandit qui opère pour son propre compte ; de *ratero*, je me fis *bandolero*. Ma vie prit ce tracé, comme elle aurait pu en suivre un autre. Plus tard, j'ai eu une compagne, et j'ai eu un fils : ce furent là les deux joies qui vinrent illuminer cette vie que je n'avais d'abord pas choisie, cette vie obscure et sans pareille, car il n'en est pas de plus inquiète, il n'en est pas où l'on soit plus sur le qui-vive que celle-ci.

— Comme vous dites cela, vous, toujours serein, vous toujours tranquille, au milieu de cette inquiétude !

— Quiconque conserve son regard sur le mouvement éternel de tous ces mondes que Dieu anime de sa propre main,

1. Dans un poème d'Ibn-Khafâdja (1058-1139).

sait combien la stabilité de ce que nous voyons n'est qu'une illusion. Il revient à l'homme d'être un errant pendant son séjour sur cette terre ; ce n'est qu'au Créateur qu'appartient l'immobilité.

L'ombre, sous l'olivier, était si noire, que l'on distinguait sans peine, aux endroits où le feuillage s'écartait pour s'ouvrir sur la nuit, le lumineux tracé des astres, qui scintillaient comme des lettres d'or.

On n'entendait, au loin, que les rares interjections de quelques Gascons qui montaient la garde, et qui, se souvenant du temps où ils étaient bergers dans leurs montagnes, s'adressaient des *baylère !* qui voulaient dire que tout était calme.

— Il me semble, dit d'Artagnan, que mettre fin à cette course serait bien simple, cependant.

— Qu'est-ce à dire ?

— À vous entendre, je croirais que vous n'avez jamais eu la tentation de quitter cette vie, en disparaissait quelque part, dans une contrée où nul ne songerait à venir vous chercher.

— Disparaître ? donc, me dérober, me cacher, m'enterrer. Est-ce orgueil ou humilité, je ne sais : toujours est-il que je n'ai pas le désir de me soustraire à cette vie avant que la mort elle-même daigne venir jusqu'à moi.

— Il faut bien cependant que vous retiriez de cette façon de vivre quelque chose de solide et d'heureux ; car, si vous vous battez par devoir plus que par goût, et si vous donnez, vous, tout ce que vous gagnez, comme je vous l'ai vu le faire bien des fois...

— Eh bien ?

— Eh bien ! je dois avouer que je ne comprends pas ce qui vous reste. Veuillez pardonner ses mauvaises pensées à un Gascon qui n'a jamais rien possédé. Depuis que j'ai connu ce que c'est que la pauvreté, chaque fois qu'il me faut, ou perdre, ou donner, c'est pour moi la même chose, et j'ai des oursins dans la poche.

— Mon existence est-elle moins pleine, parce que je ne possède rien ? Ami, je n'ai qu'un souhait à exprimer ; ce serait qu'on puisse dire de moi que ces équipées auxquelles vous prenez part, que ces faits d'armes, puisqu'il y en a, que tous mes actes en un mot, soient *le seul trésor que j'aie jamais songé à enfouir en ces lieux qu'avaient élus ma vie*, pour reprendre une expression au poète[1].

— Il peut bien dire cela ; c'est un poète, dit d'Artagnan en riant. Mais, pour vous…

— Pour moi, dit Rojas, je crois qu'il est temps de m'en retourner auprès des autres.

— Vous avez raison ; je ne sais où j'avais la tête : je vous retiens au lieu de faire mon devoir.

— Faites bonne garde, Carpio.

À l'énoncé de son nom, d'Artagnan tressaillit avec une sorte de douloureux élancement.

Et l'on n'entendit plus que les pas du bandolero qui s'éloignaient, et qui se perdirent dans l'obscurité.

1. « Les actes de générosité, / Les coups d'épée glorieux, / Les exploits de la lance, / Les folles cavalcades / Sur de nobles coursiers : / Tel était le trésor, le seul, / Qu'il songeât à enfouir en ces lieux / Qu'avait élus sa vie. » (Poème d'Al-Moutanabbi, xe siècle.)

XXV

L'église

PLANCHET ne se trompait pas, quand il affirmait que les opérations de d'Artagnan étaient en bonne voie.

Il avait paru à notre moderne Ulysse qu'il était étonnant que les déplacements de ce moderne Hector, qui semblaient tantôt si imprévus, et tantôt mûris de longue date, dussent toujours le laisser si parfaitement tranquille. Rojas n'était pas seulement rompu à l'instabilité du monde ; il était surtout homme à ne rien faire qui n'eût l'aval de sa raison. Aussi notre Gascon s'était-il mis en quête du système dont il devinait la présence derrière la trajectoire étrange, irrégulière, du *dueño de los caminos*. Il mémorisa avec soin le parcours qu'on accomplissait, certain qu'un jour viendrait où il y comprendrait quelque chose.

Ce fut, comme on se le rappelle, la vision d'une fenêtre ouvrant sur le ciel nocturne qui vint lui révéler ce qu'il cherchait avec tant d'impatience ; ou, plutôt, la vision du grillage attaché à cette fenêtre. Car ce grillage, qui enfermait entre ses lignes la nuit semée d'étoiles, lui fit comprendre qu'il n'avait qu'à appliquer un quadrillage semblable à la partie de la Catalogne où se tenait enclose la puissance de Rojas, pour comprendre sur quelle science s'étaient réglées toutes les décisions du *bandolero*.

Rojas adoptait la marche d'un cavalier.

Ce cavalier, ou ce *cabalèr*, ainsi que d'Artagnan l'avait malicieusement dit à Planchet, c'était tout simplement celui du jeu d'échecs, que les Persans ont élaboré, que les Arabes ont perfectionné, et que les Européens ont adopté grâce à eux.

D'Artagnan, tacticien en maître, n'eut pas de peine à reconnaître la sagesse de la décision de Rojas en arrêtant son choix sur le cavalier, c'est-à-dire la seule figure qui se déplaçait en suivant, non le dessin d'une ligne unique, mais le dessin d'une ligne brisée. Le cavalier pouvant aller dans toutes les directions, cela faisait huit positions jouables sur un plateau d'échecs. C'étaient donc, d'après cette première règle, non plus une infinité de voies diverses, largesse devant laquelle se rebellait l'esprit méthodique de Rojas, mais seulement huit localités qui s'offraient à lui au cours de sa réflexion.

En outre, sur ces huit possibilités, il est facile de voir qu'un nombre plus ou moins grand en devait toujours être exclues, soit que les obstacles naturels, soit que la présence française, soit que l'absence de complicités dans la région où on méditait de se rendre, vinssent rendre ces solutions inapplicables.

En restât-il deux, ou trois, ou plus, au terme des différentes opérations réductrices pratiquées par Rojas, et alors que la raison seule ne pouvait plus décider, un seul recours restait, qui était celui de s'en remettre au hasard. D'Artagnan soupçonnait bien le *bandolero* de régler la question avec un dé ; mais il n'en eut jamais confirmation.

On nous objectera qu'une telle configuration parlait peut-être en faveur de la sagesse de Rojas, mais non point en faveur des ambitions de d'Artagnan. Et il est vrai que, s'il en eût été toujours ainsi, notre héros eût été conduit à faire piètre figure auprès de La Mothe-Houdancourt, et couru le risque de ne jamais donner à Richelieu la victoire que celui-ci attendait de lui ; seulement, dans les dilemmes qui se posaient à Rojas, une combinaison revenait avec assez de régularité, et c'était celle qui permettait d'éliminer successivement sept des huit options qu'on avait devant soi, en raison des facteurs que nous avons dits plus haut.

Or, il vint un moment où d'Artagnan vit que cette situation allait se produire une troisième fois ; car ses raisonnements lui avaient déjà permis de l'identifier en deux occasions, lui donnant ainsi l'assurance que ce système qu'il avait cru déceler était le bon.

Les connaissances que d'Artagnan avait acquises en écoutant parler les lieutenants de Rojas lui avaient permis d'établir dans son esprit une carte assez fidèle des lieux où l'on était susceptible de retourner, parce que l'on savait pouvoir y trouver des amis.

Aussi lui fut-il facile de prévoir où l'on se trouverait, et au complet, d'ici deux ou trois semaines.

Il y avait mieux encore ; c'est qu'il savait où rencontrer l'un des alliés que La Mothe-Houdancourt lui avait assuré détenir à travers la principauté.

C'est pourquoi d'Artagnan, ayant revêtu ses hardes les plus présentables, quitta l'endroit où Rojas et ses hommes avaient établi leurs quartiers, et prit le chemin du village d'Els Castells, sur la direction duquel il avait pris ses renseignements, et qui était distant de moins de deux lieues.

Il l'avait fait sans chercher à se cacher, et de l'air d'un homme qui ne craint pas d'être interrogé sur sa destination.

Vingt minutes plus tard, le cheval qu'il avait choisi allant d'un bon pas, il parvenait à Els Castells, maigre hameau qui ne comptait qu'une poignée d'âmes, et dont les maisons s'éparpillaient sur ces terres rouges comme le cuivre qui s'étendent au travers de la Catalogne. On était alors au début de l'après-midi ; et rien n'était plus désolant, malgré ce soleil rayonnant, sous le ciel d'un bleu lumineux, que l'aspect qu'offrait ce village sec, muet, déserté, dont les chemins semblaient dormir dans la poussière.

L'église répondait assez à ces premières apparences ; car elle était d'un style roman qui avait dû être fort beau autrefois, mais les lézardes, mais l'abandon général, mais les frissonnements presque visibles de la maison de Dieu, firent une puissante impression sur l'esprit de d'Artagnan, dont la foi n'était pourtant pas la vertu première.

Après avoir attaché son cheval à un anneau scellé dans la pierre à cet effet, il entra dans le lieu saint avec précaution. L'église était vide, à l'exception d'une femme occupée à balayer dans l'abside.

D'Artagnan alla droit à elle.

C'était une jeune fille qui pouvait avoir de seize à dix-sept ans, et qui montrait, dans la lumière qui tombait par les vitraux clairs et sans couleur, un fin visage, au teint mat, aux grands yeux noirs, encadré par la coiffe habituelle aux paysannes de ces régions.

— Mademoiselle, savez-vous où je pourrais trouver le *padre* Agramunt, je vous prie ? demanda d'Artagnan en mauvais catalan.

C'était l'allié de La Mothe-Houdancourt en ce lieu.

Mais au lieu de lui donner les paroles que notre héros attendait, la jeune fille secoua la tête et répondit, sans interrompre sa besogne :

— Le *padre* Agramunt est parti.

— Parti ! fit d'Artagnan. Il a donc été appelé ailleurs ?

— Ce n'est point cela, repartit placidement la jeune fille : le *padre* Agramunt est parti établir les *padrones*.

— Les *padrones* ?

— Dame oui !

La balayeuse comptait s'arrêter là ; et cependant ce mot n'avait nullement renseigné d'Artagnan : état des choses insatisfaisant pour le moins.

D'Artagnan se hâta de donner à son insatisfaction une expression verbale.

— Mademoiselle, auriez-vous la bonté de m'expliquer ce que sont les *padrones* ?

— Ah ! dit-elle stupéfaite. Je ne sais qui vous êtes pour ignorer cela. M. le curé visite toutes ses paroisses, pour dresser la liste de ceux que l'on ne voit point aux sacrements, comme le demande le Saint Office.

Le Saint Office, c'était l'Inquisition.

On comprend qu'un pareil nom devait fermer la bouche à toutes les objections.

— Et, dit d'Artagnan qui de l'incompréhension était passé à l'inquiétude, M. le curé vient seulement de partir, et je pourrai le rattraper, sans doute ?

— Point du tout : cela fera bientôt deux heures qu'il est parti ; et, comme il a six lieues à parcourir…

— Six lieues ! s'écria d'Artagnan désappointé. Vous voulez dire que je n'ai aucun espoir de revoir le curé avant l'après-midi ?

— Oh ! pour moi, monsieur, je ne m'attends point à le revoir reparaître avant que le soir soit tombé.

— Et pourquoi ?

— Parce que le *padre* Agramunt s'en est allé sur sa mule.

Le lecteur qui ne percevrait pas toutes les implications d'un pareil mot ignore sans doute que, de tous les quadrupèdes que les lois de l'Espagne autorisent à monter, il n'en est point de plus obstiné, de plus rétif, ni, hélas, de plus lent, que celui que nous avons nommé plus haut ; et que jamais proverbe associant une caractéristique à un animal n'a été si bien justifié.

Dès lors, ainsi monté sur ce qui devait être le seul compagnon de ses devoirs spirituels, le padre *Agramunt* n'avait plus aucune chance d'être revenu à temps là où d'Artagnan espérait le trouver.

Quant à ce que d'Artagnan lui-même, profitant de cette obstination équine, se lançât sur les traces du prêtre, il n'y fallait évidemment point songer ; outre le fait qu'il ne connaissait pas assez bien la région, il ne souhaitait pas que son absence parût trop longue auprès de ceux qu'il s'apprêtait à trahir.

— Mademoiselle, dit soudain le Gascon, j'ai un message très urgent à remettre au *padre* Agramunt ; or, il m'est impossible de l'attendre. Pourrez-vous lui transmettre un message écrit ?

— M. le curé ne sait pas lire.

— Comment !

— Il déchiffre à grand-peine son bréviaire ; pour l'écriture tracée de main d'homme, c'est selon.

— Ah ! mais c'est que je ne puis risquer que le curé me déchiffre mal, moi. Alors, je vous donnerai ce message oralement, afin que, plus tard, vous le redisiez au curé à votre tour.

— Ah ! vous le voulez ! dit-elle avec hésitation.

— En tout cas, je vous le demande.

— C'est donc, fit-elle avec une émotion qui ressemblait à de l'effroi, que vous tenez bien fort à porter ce message au *padre* Agramunt !

— Eh ! je ne vous dis pas autre chose depuis que je suis entré.

— Je ferai comme vous voudrez ; ou plutôt... je tâcherai.

— Mademoiselle, dit d'Artagnan avec une brusquerie qui n'était pas exempte d'une certaine aménité, il me semble que vous avez peur de moi. Apprenez-moi donc pourquoi je vous inspire des sentiments pareils, quand je n'ai rien fait pour les mériter, ce me semble.

— C'est que... c'est que vous êtes...

— Quoi donc ?

— Vous êtes, acheva-t-elle avec effort, un de ces hommes qui courent dans nos montagnes ?

Cette supposition ne manquait pas de bon sens ; car d'Artagnan ressemblait si bien à un *bandolero*, qu'il était naturel de penser qu'il en était un.

— C'est vrai, dit-il, j'en fais partie ; mais je ne les sers pas. Si je viens aujourd'hui, c'est justement, non pour les seconder dans leurs desseins, mais bien pour leur nuire :

de là, l'information que votre maître sera bien heureux de recevoir, je vous l'affirme.

— Jurez-le-moi, s'écria-t-elle.

— Vous le jurer ?

— Oui. Nous sommes dans un saint lieu. Il y a derrière moi un christ de bois bénit, une madone que les fidèles viennent prier, un autel consacré : vous n'aurez qu'à jurer que tout ce que vous me dites est bien la vérité.

D'Artagnan fit ce qu'on lui demandait.

— À présent, dit la paysanne avec décision, et comme si cet acte venait de lever tous les obstacles, qu'avez-vous à me dire ?

— Mais... fit le Gascon dont c'était le tour d'hésiter.

— Mais quoi ?

— Mais, peut-être n'avez-vous pas compris que, si un homme tel que moi prend quelqu'un dans sa confidence, et que la chose est découverte...

— Les conséquences ? interrompit-elle. Cela m'importe peu.

— Pourquoi ?

— Monsieur, puisque ce que vous avez dit est la vérité, puisque ce que vous faites aurait l'aval du padre Agramunt, je sais bien que ce que j'accomplis est juste.

Cette certitude arracha un soupir à d'Artagnan.

— Vous étiez sur le point de me dire... ? demanda-t-elle.

— Deux choses : un lieu, et une date. Vous voyez comme c'est simple.

— Quels sont-ils ?

— Riudaram, première quinzaine de mai.

— Riudaram, première quinzaine de mai, répéta-t-elle. Il n'y a rien d'autre ?

— Rien d'autre que cela.

— Monsieur, je vous promets que tout cela sera répété au curé, dès qu'il sera rentré, c'est-à-dire dès ce soir.

XXVI

Ce qui se disait devant Riudaram

Ce qu'avait arrêté Rojas, et qu'avait deviné d'Artagnan, finit par arriver : par une nuit tiède du mois de mai, on se mit en route pour Riudaram.

Le village, certes, n'était pas si grand qu'il pût accueillir deux cents hommes sans qu'il y parût rien ; cependant, cette localité, pareille en cela à tant d'autres parmi les Espagnes, abritait ce que l'on appelait une *alcazaba*, et qui n'était autre qu'une ancienne forteresse édifiée par les Maures au temps de leur progression à travers le pays. Cette forteresse, sans emploi à cette heure, avait encore bonnes murailles, bonne porte et surtout bonne position, puisqu'elle se trouvait couronner une éminence qui faisait le point le plus haut de Riudaram. De sorte que cet alcazaba n'était pas seulement suffisamment large pour recevoir Rojas et les siens : elle donnait tout à la fois les moyens de prévenir, de défendre et de riposter, au cas que l'on eût une attaque à soutenir. Tout cela faisait que c'était l'un des lieux où Rojas se sentait le plus en sûreté, où il se dirigeait avec la plus grande tranquillité.

À quiconque eût pu observer l'endroit depuis le ciel, l'alcazaba eût présenté la configuration d'un carré parfait, défini par ses murs, ses remparts, ses tours d'angle médiévaux ; tandis que le village dans lequel elle se tenait, ou plutôt les fortifications de ce village, d'une antique vieillesse, traçaient tout autour d'elle un arrondi des plus harmonieux, qui enfermait des ruelles étroites, au tracé singulier et labyrinthique.

Rojas fit cette fois-ci ainsi qu'il avait fait toutes les fois précédentes : alors qu'on était presque en vue de Riudaram, et alors que la nuit ne commençait qu'à peine à déchirer ses voiles, il dépêcha trois de ses hommes en direction du village, tandis que lui et tous les autres prenaient leurs dispositions pour attendre leur retour.

On s'était arrêté sur des terres qui comportaient, à l'une de leurs extrémités, quelque chose comme un pan d'une muraille écroulée, et qui faisait encore sept pieds de haut. C'était une forme évanouie qui semblait à la fois médiévale et antique. L'œil, devant cette ruine, rêvait, sans bien savoir à quoi ; et l'origine de ce tas de pierres se perdait dans l'indécision, comme s'il n'eût jamais dû entrer dans son destin autre chose que de tomber à l'état de ruine.

C'est au pied de cette muraille, assis sur une pierre, que Rojas patientait. Son cheval se tenait immobile, à quelques pas de lui.

Au bout d'un moment, et comme s'il fût sorti d'une longue songerie, il discerna la présence de d'Artagnan, qui avait disposé sa petite armée gasconne à proximité.

Rojas invita Carpio à venir près de lui ; l'instant d'après, d'Artagnan était installé à côté de Rojas.

Si près que la nuit fût de prendre fin, alors qu'un ruban pâle apparaissait à l'horizon, et que les dernières étoiles s'éteignaient une à une, l'obscurité était encore assez grande pour qu'on pût se parler presque sans se voir : ce fut dans ces conditions que la conversation entre les deux hommes commença.

Elle roula d'abord sur des sujets anodins, et qui avaient trait, soit à la campagne que l'on venait de faire, soit à celle qu'on allait entreprendre depuis Riudaram.

Il y avait cependant une question qui brûlait les lèvres de d'Artagnan, mais que celui-ci ne savait pas comment amener. Enfin, il se dit que, en pareilles circonstances, la meilleure tactique était de n'en avoir aucune ; et, à la première occasion, il jeta, comme mû par une impulsion soudaine :

— Tiens ! voilà que je repense à quelque chose que je voudrais bien savoir, mon cher Rojas.

— Je vous écoute, Carpio.

— Vous ne devez pas vous en souvenir, sans doute ; mais, le soir où j'eus la fortune de faire votre connaissance, avant que vous ne me rendiez mes armes, vous avez eu sur mon nom quelques commentaires qui m'ont fort intrigué, mais dont vous n'avez pas voulu me donner les raisons.

— Ah ! oui, dit placidement Rojas. Si, je m'en souviens.

— Eh bien ! il me faut vous avouer que, quoique cela vous soit peut-être fort indifférent, l'envie me taraude toujours de savoir ce qu'il en est ; aussi je vous serais reconnaissant d'éclairer ma lanterne. En quoi ce nom de Carpio, que j'ai la chance ou la malchance de devoir avouer comme mien, avait-il de quoi vous réjouir ?

— C'est que, répondit Rojas en souriant, vous portez un nom qui est célèbre en Espagne.

— En vérité !

— Oui.

— En bonne part ?

— En excellente part ; c'est même l'une des gloires de ce pays.

— Mais alors, vous auriez tout simplement pu m'en instruire, au lieu de me laisser dans cette fâcheuse ignorance que je regrette à présent. Je ne me crois pas plus vain qu'un autre ; mais, je l'avoue, il ne m'aurait pas déplu de savoir que je m'appelais comme l'un de vos héros.

— Je ne vous l'ai pas dit parce que, si les Espagnols ou les Catalans ont de fort bonnes raisons de vouloir honorer sa mémoire, les Français ou les Gascons en ont aussi pour l'oublier. Rappelez-vous aussi l'heure, le lieu, les positions où nous étions l'un vis-à-vis de l'autre ; croyez-vous que les circonstances favorisaient une pareille discussion ?

— Non, vous avez raison. Mais alors, en quoi aurait-il pu me déplaire que mon nom vous rappelât… vous rappelât qui, au juste ?

— L'un de nos chevaliers les plus illustres.

— Rien que cela ! Mordious ! et moi qui ne m'en doutais guère. J'en déduis que, ce Carpio, il accomplit des exploits, du moins ? Exploits desquels je ne crois pas avoir jamais entendu parler.

— C'est que, ainsi que je vous l'affirmais, il y a de puissants motifs à ce que, de l'autre côté des Pyrénées, on fît ce que l'on pouvait pour ensevelir jusqu'au souvenir de Bernardo del Carpio.

— Expliquez-vous ; je vous jure que je ne m'en vexerai pas.

— Pour comprendre ce que devait être Carpio, songez qu'il s'illustra en un temps où il y avait trois façons, dans les Espagnes, de se faire un nom : combattre les Maures, action où s'illustrèrent le Cid ou Santiago ; combattre pour son roi, c'est-à-dire contre celui des autres principautés ; enfin, combattre le royaume des Francs. Ce fut cette voie-là qu'il choisit. Carpio fit même plus que les affronter, vous vous en doutez bien ; car, parmi les prouesses qu'il accomplit, la plus grande est sans doute d'avoir défait en combat singulier…

Et il prononça un nom que d'Artagnan n'entendit point.

Rojas comprit sa perplexité.

— Pardonnez-moi, ami : vous ne pouviez pas le reconnaître en effet, car je le nommais en catalan. C'est, ajouta-t-il, de Roldán que je vous parle.

— Roldán ? fit encore d'Artagnan, comme s'il eût hésité à percer le brouillard dont sa pensée était environnée.

— C'est ainsi qu'on appelle, en castillan du moins, ce neveu de l'empereur Carlemany, et qui fut vaincu, avec son arrière-garde, dans les Pyrénées, à Roncesvalls.

— Mordious ! s'écria d'Artagnan. Mais c'est Roland !

Il se sentait ébahi, et surtout honteux, de n'avoir pas reconnu plus tôt ce nom qui brillait si haut dans le ciel de la chevalerie française.

Pareille méconnaissance le frappait désagréablement, comme un mauvais présage.

— Tiens, dit le bandolero de sa voix tranquille. Vous l'appelez Roland, vous.

— Pas du tout : il s'appelle Roland, répliqua d'Artagnan.

— Eh bien, dans notre pays, l'ombre qui a mis fin à cette noble existence a un nom, et ce nom est celui de Bernardo del Carpio. Il ne s'en tint pas là ; car, pour preuve de l'exploit qu'il venait d'accomplir, il rapporta chez lui l'épée du chevalier franc qu'il avait vaincu, et, avant de mourir, il demanda à être enterré avec elle, en plus de sa propre épée. La légende dit que cette demande fut scrupuleusement exécutée. Aussi, vous le voyez : vous portez un nom qui éveille des échos guerriers dans la mémoire des Catalans, aussi bien que des Espagnols.

— Il en est sans doute ainsi, puisque vous le dites, repartit d'Artagnan d'un ton lugubre ; il me semble pourtant que, si j'eusse eu le choix en pareille occasion, j'eusse mille fois préféré me faire appeler Roland, ou Roldán, à votre guise, plutôt que de partager la plus petite syllabe avec l'anti-Roland.

— L'anti-Roland ?

— N'est-ce pas pourtant ce que vous venez de me raconter ? Et n'ai-je pas le droit, moi, de me plaindre un peu de ce qui est attaché à ma personne, comme vous venez de me l'apprendre ?

— Vous me feriez regretter de vous avoir décrit toute cette histoire. Il n'y a là rien de plus qu'un de ces récits fondateurs, dont chaque homme doit porter la mémoire, certes, mais qui n'ont d'autre valeur que celle qu'on leur donne, et qui ne nous touchent nullement vous et moi.

— Je n'en suis pas si sûr. Quant à moi...

— Qu'y a-t-il ?

— Tenez ! moquez-vous de moi, si vous le souhaitez ; ce serait d'ailleurs une consolation : mais, en vérité, si j'étais sensible aux pressentiments, je dirais que ce nom qui est le mien est destiné à me porter malheur.

— Carpio ! Carpio ! Non, je ne me moquerai pas ; seulement, je m'étonnerai que l'homme que j'ai la chance d'avoir à mes côtés, et que j'ai la fortune de pouvoir appeler par le nom qui est le sien, soit d'un coup menacé de voir trembler la droiture et la fermeté d'esprit qu'on lui a toujours vues.

— Mon cher Rojas, vous avez cette traîtresse d'éloquence qui ferait déplorer que vous n'ayez pu suivre votre première vocation. Le jour où vous voudrez me persuader que j'étais né pour être roi, *sang-diou !* j'aurai le malheur de vous croire. Je pense surtout que vous me faites meilleur que je ne le suis. Pour moi, je sais que je suis bien loin d'avoir cette droiture et cette fermeté que vous me croyez. Vous me pensez tel, parce que vous l'êtes vous-même, et voilà tout ; l'exemple que vous donnez peut faire beaucoup, il est vrai, mais je ne suis pas encore arrivé jusque-là. Tenez, je suis peut-être l'anti-Roland, dit-il en tâchant d'ignorer le frisson qui passait dans ses veines ; mais vous, vous avez un peu de l'Olivier en vous.

— Ah ! Oliveros ?

— Oui ; c'est-à-dire, l'expérience, la sagesse, la prudence tacticienne.

— Tenez, dit soudain Rojas ; entendez-vous ?

— Quoi ?

— On perçoit le galop d'un... non, je me trompe ; de plusieurs chevaux.

— En effet ; il me semble que je les vois, avec leurs cavaliers, au sommet de cette butte.

— Ce sont nos éclaireurs qui reviennent de leur ambassade. Allez réveiller vos hommes, Carpio ; j'en ferai autant avec les autres. Il faut que nous soyons prêts à partir d'ici lorsqu'ils nous auront rejoints.

L'instant d'après, le lever du jour enveloppait d'une même lumière l'ensemble des bandoleros, réunis au complet.

Les éclaireurs qu'on avait dépêchés à Riudaram parvinrent enfin devant Rojas : ils venaient annoncer que l'on se disposait à les recevoir comme par le passé.

Ils n'avaient pas découvert le plus petit motif de défiance ou de suspicion.

Chacun s'assura que ses hommes étaient réunis derrière lui, et l'on se mit en route.

XXVII

L’esprit

Ayant passé une porte, la troupe de Rojas fit son entrée dans Riudaram. Ceux qui commandaient, et qui allaient devant, montés à cheval, avançaient au pas ; tous les autres marchaient derrière eux. On progressait dans le silence le plus complet, en suivant le chemin qui montait jusqu’à la forteresse.

On alla ainsi jusqu’aux deux tiers environ de la distance qu’il y avait à parcourir ; là, sans s’arrêter, Rojas, qui avait jeté autour de lui des regards d’abord intrigués, puis interrogatifs, se tourna vers le premier de ses lieutenants qu’il trouva à ses côtés.

— Espadaler ! dit-il à voix basse.

— Qu’y a-t-il ?

— Écoute ; hormis nous-mêmes, tu n’entends rien ?

— Non, répondit Espadaler après un instant.

— Et tu ne vois rien non plus, je crois ?

— Où cela ?

— Aux portes, aux fenêtres.

— C’est vrai, dit Alzamora.

— Je l’ai remarqué moi aussi, dit Carpio.

— Où peuvent être les villageois, qui ne font pas défaut de venir à notre rencontre ? demanda Rojas.

— Plusieurs d'entre eux se tenaient près de la porte, dit Gascó.

— Ce sont eux que Roch a rencontrés lorsqu'il est entré avec d'autres dans le village pour demander le passage : n'est-ce pas ?

— Oui, c'est juste, répondit Roch.

— Mais, les autres ? Les voyez-vous, les entendez-vous ?

— Ma foi, non, dit Martí. Sur les places et dans les rues, personne d'autre que nous.

— Quant à ceux que nous avons croisés en bas, ils m'ont fait l'effet d'être bien taciturnes.

— Le soleil vient seulement de se lever, dit Monet.

— Crois-tu que cela importe à des villageois à qui leur état fait une obligation d'être debout avant le jour ?

— Alors, que se passe-t-il ? demanda Llodrigues.

Et chacun, en écho à cette sage interrogation, se tourna vers Rojas, comme s'il eût détenu l'explication de tous ces événements que l'on avait constatés.

Rojas ne disait rien, ne voyait rien ; il semblait réfléchir, légèrement incliné sur son cheval, un *cruzado* noir zain, auquel il avait fait faire halte ; ce qui avait imposé à tous ceux qui le suivaient la même immobilité.

Son esprit soupçonna d'abord une tragédie qui se serait abattue sur le village, et dont il n'aurait point eu connaissance. Toutefois, après un instant, un autre soupçon lui vint : ses yeux étincelèrent, et il se redressa avec violence ; mais un seul regard jeté sur les hommes qui l'entouraient, et qui, à leur tour, le regardaient curieusement, suffit apparemment à faire s'évanouir l'idée qu'il avait eue ; car il secoua la tête, en homme qui veut chasser une imagination importune, et déclara :

— N'importe ! avançons.

Et l'on repartit de façon plus assurée qu'avant, tous les aventuriers ayant remarqué la confiance de leur chef.

Seulement, on avait toujours autour de soi le même vide et le même silence.

Il restait une vingtaine de pas à faire pour atteindre l'alcazaba.

Tout à coup une détonation éclata au-dessus de leur tête : elle provenait d'un fusil que l'on avait fait partir du haut des remparts de l'alcazaba.

Aussitôt, et comme à un signal, on eût dit que les portes des maisons de Riudaram s'ouvraient toutes à la fois, afin de livrer passage à une multitude de soldats français.

Un cri de surprise sortit de toutes les poitrines chez les bandoleros, qui, quoique sans comprendre ce qui était arrivé, voyaient qu'ils allaient être débordés sous le nombre.

Mais bien vite l'ardeur et l'énergie l'emportèrent, et, sans attendre les ordres de leurs supérieurs, les différents ensembles qui composaient l'armée de Guifré Rojas s'élancèrent sur ceux qui couraient à leur rencontre.

La situation présentait, de prime abord, un net déséquilibre ; car, tandis que Catalans et Gascons avaient une déclivité à suivre, les Français avaient cette même pente à monter. Toutefois, les Français rattrapaient cet inconvénient initial par un avantage majeur, et qui pouvait être décisif : c'est que les fantassins, qu'on avait dissimulés dans les maisons et près des murailles, savaient pouvoir compter sur le soutien puissant de l'artillerie, qu'on avait postée à l'intérieur de la forteresse. Les bandoleros touchaient à cette dernière, lorsqu'ils avaient compris dans quel piège ils étaient tombés. Il n'y avait aucun moyen de s'échapper en descendant ; impossible également de se retrancher dans les hauteurs.

Au moment où les bandoleros fondaient sur les Français, le mot *feu !* retentit, et, en même temps qu'une ligne d'étincelles et de flammes entourait le chemin de ronde de la forteresse, qui se trouva bientôt environnée de fumée, une série de détonations, plus tonnantes et plus effrayantes que la première, vint frapper la montagne, qui en renvoya aux combattants les assourdissants échos.

Là où les coups avaient visé, les rangs des aventuriers s'éclaircirent ; plusieurs tombèrent, peu réussirent à se relever : mais les espaces qui étaient un instant apparus au milieu des bandoleros furent rapidement comblés, et ce fut un bloc compact, massif, uni par la fureur et par le désespoir, qui vint s'abattre sur les soldats ennemis.

Les Français, ébranlés, s'arrêtèrent, mais ne reculèrent pas.

Au même instant, les chefs de Catalogne, voyant leurs hommes qui se défendaient ou plutôt qui attaquaient sans eux, se précipitèrent à leur suite, entraînant leurs montures dans un galop effréné. Bientôt il ne resta plus, à courte distance de la forteresse, que Guifré Rojas, que retenait et torturait, non point la peur, mais une hésitation terrible. Son esprit s'effarait d'avoir subitement autant de points à défendre ; et, lui qui était comptable de deux cents existences devant Dieu, il était paralysé par l'idée que choisir, ce serait abandonner, et que favoriser une position pour en dégarnir une autre, ce serait toujours faciliter le travail de la mort.

En réalité, outre Rojas, il restait quelqu'un d'autre ; c'était Carpio, qui semblait, dans une circonstance aussi inattendue, vouloir modeler son attitude d'après celle de son commandant.

Cependant, la mêlée était violente, meurtrière, impitoyable. Parmi les péninsulaires, on usait principalement du fer, rarement de l'arme à feu, qui ne faisait pas défaut parmi les rangs français. Cette supériorité se trouva toutefois modérée par la lenteur indispensable pour recharger les pistolets, une fois les coups donnés.

Quelques-uns, parmi les cavaliers, avaient bien eu l'envie de se jeter jusqu'en bas du village, quitte à forcer leur chemin, et là, de former une ligne qui vînt, de toute sa puissance, charger à revers l'ennemi qui les avait eus par surprise ; mais, outre les obstacles que le terrain aménagé par la main de l'homme créait pour leurs montures, ils comprirent qu'en empruntant les rues où le passage était libre, ils deviendraient des cibles faciles pour l'artillerie qui les guettait, avant même qu'ils n'eussent pu se montrer utiles auprès des leurs.

Il y aurait fatalement déroute de la cavalerie, aussi longtemps que l'artillerie menacerait toujours.

C'est pourquoi cette idée, à peine envisagée, fut rejetée par ceux qui l'avaient eue.

La même pensée avait traversé douloureusement Guifré Rojas, qui voyait, à chaque seconde qui passait, ou tomber l'un des siens, ou diminuer les chances qu'avaient les autres de rester en vie.

Tout à coup, le bandolero s'arracha à ce spectacle, où il lui paraissait que chaque cri lui adressait une plainte, que chaque geste lui envoyait un reproche ; et, tout en mettant une main à ses fontes, il saisit, de l'autre, les rênes avec un mélange de fermeté et de souplesse : ce cavalier incomparable, qui donnait, tant aux heures les plus brûlantes qu'aux moments les plus calmes, l'impression de ne faire qu'un avec sa monture, se préparait à courir à ses hommes là où cette dernière jugerait bon de l'emporter.

Cette soudaine résolution, qui parut sur le visage de Rojas, où elle brilla dans ses yeux comme le reflet d'un astre, fut vue par d'Artagnan au moment où elle avait été conçue.

Une seconde encore, et Rojas s'élançait, Rojas luttait, et, telle était sa force, se sauvait peut-être, en sauvant avec lui ceux qui lui étaient restés.

Ce fut alors qu'éclata la seconde salve d'artillerie.

On eût dit qu'il tombait sur Riudaram comme une armée d'éclairs.

Un plus grand nombre encore de bandoleros furent emportés. Rojas, qui était indemne – et c'était la dernière fois qu'il devait le sentir –, s'immobilisa, non sous l'effet de la terreur, mais par un saisissement qu'il ne parvenait pas à dominer, et frissonnant par tout son corps.

À la même seconde, d'Artagnan se laissa tomber au bas de son cheval comme s'il eût été blessé.

Il crut entendre le nom de Carpio, lancé au milieu de la tempête hurlante que peuvent déclencher des chevaux qui s'élancent ou qui s'écroulent, et des hommes qui attaquent ou qui expirent.

D'Artagnan s'était laissé choir du côté où se tenait le cruzado de Rojas ; sa propre monture, délestée de son fardeau qui avait dû, pour la retenir, user furieusement de la bride, s'échappait dans un galop terrifié.

Presque dans le même instant, le cruzado de Rojas, effrayé lui-même, se cabra.

Avec la vitesse de l'éclair, d'Artagnan tirait de sa poche un coutelas, refermait son poignet sur la patte du cheval, et, d'un geste vif, lui tranchait les jarrets.

La bête, folle de douleur, poussa un long hennissement, qui retentit de façon lugubre.

Puis le cruzado noir, manquant des quatre pieds, vint s'abattre lourdement sur le sol, engageant sous lui Rojas qui, n'ayant dû qu'à des efforts inouïs de s'être maintenu en selle, n'avait pas pu se dégager à temps : il se retrouva à demi pris sous son cheval qui, ne pouvant se relever de lui-même, se débattait vainement, au milieu de convulsions folles, en jetant des cris déchirants.

Son cheval, en tombant, avait brisé la hanche de son cavalier ; il lui était impossible de se dégager de cette masse vivante qui l'enfonçait contre la terre et lui écrasait la poitrine.

À moins d'un sursaut presque inespéré du cheval, Rojas demeurait impuissant, et à la merci de l'ennemi, si l'on ne venait pas promptement à son aide.

Mais la mort, qui avait si souvent rôdé autour du bandolero, et qui semblait ne l'avoir épargné que pour lui réserver la vision horrible de son armée anéantie, ne devait pas venir aussi simplement pour lui ; car, dans les mouvements qu'il était encore donné à Rojas d'accomplir, malgré la souffrance physique qui l'immobilisait, malgré la souffrance morale qui lui ôtait presque le sens, en relevant la tête, il aperçut près de lui d'Artagnan ; d'Artagnan, qui s'était écarté pour ne pas recevoir sur lui ce cheval qu'il avait estropié, d'Artagnan qui, dans l'attente des événements, était demeuré accroupi près de ses deux victimes, et qui, peut-être sans y songer, avait toujours le poing refermé sur le coutelas couvert de sang dont il s'était servi.

Les regards des deux hommes se croisèrent.

Tout ce qu'une paire d'yeux peut trahir de culpabilité, ou annoncer d'intention offensive, Rojas le vit dans les yeux de d'Artagnan : il comprit aussitôt tout ce qui s'était passé, et quelle intention avait agi, pour aboutir, à Riudaram, au massacre et à la désolation promis.

Le front livide, la mâchoire serrée, les traits figés de Rojas, appartenaient déjà au cadavre ; mais ses yeux d'argent, si brillants, si bienveillants naguère, limpides encore, et qui devaient le rester jusqu'à la fin, parurent lancer la foudre sur l'homme qui était devant lui.

Au même moment, le cruzado, qui remuait toujours, et qui, à chaque mouvement qu'il faisait, broyait un peu plus le corps de son cavalier, eut une secousse qui était bien plutôt la marque d'une douleur aiguë que d'un soulagement ressenti. Mais cette secousse fut assez pour rendre à Rojas, momentanément du moins, la respiration ; un moment, sa poitrine se souleva comme si on lui eût rendu la vie.

L'écart du cruzado découvrait aussi le pistolet qu'il avait à sa ceinture, et que le corps de son cheval mettait, pour le moment, hors d'atteinte de son agresseur.

Rojas vit immédiatement le parti qu'il pourrait en tirer ; d'Artagnan le vit en même temps que lui : il se releva d'un bond en lâchant son coutelas, le bandolero tendit son bras et s'empara de son arme, et au moment où il s'en servait pour viser d'Artagnan, celui-ci était déjà penché sur lui, en train de dire quelques mots à son oreille.

La stupeur empêcha d'abord Rojas de comprendre ce qu'on lui disait ; puis, en dépit du bruit des combats, qui enflait en tempête, et du supplice qu'il subissait et qui lui étourdissait le sens, il put enfin saisir ce que d'Artagnan lui confiait.

Alors ses yeux s'écarquillèrent ; mais surtout, le bras qui tenait le pistolet retomba.

D'Artagnan s'en aperçut ; et, comme il avait fait fini ce qu'il avait à dire et qu'il ne voulait point perdre davantage de temps, il se releva et s'éloigna sans un seul regard en arrière.

Il ne s'inquiétait plus de Rojas ; son cheval lui donnait l'assurance qu'il le tenait en sa puissance, malgré les efforts, jusque-là vains, que faisait encore le bandolero dans l'espoir de se dégager.

Sur les remparts de l'alcazaba, l'artillerie rechargeait.

Les guerres d'Italie, au siècle précédent, en avaient donné la prémisse ; la guerre de Trente Ans, qui déchirait alors toute l'Europe, achevait d'en faire la démonstration : être un cavalier avait cessé d'être un avantage.

Pendant ce temps, les bandits de Catalogne, comme s'ils avaient senti que le commandement allait leur faire défaut, et comprenant qu'on menaçait de les encercler tout à fait, s'efforçaient de défaire l'enserrement autour d'eux et multipliaient les points d'attaque à travers le village ; aussi, ce que l'on voyait d'attaques et de défenses, ce que l'on entendait de cris, de blasphèmes, d'imprécations, était-il étendu à Riu daram dans son entier.

On percevait à quel parti devait rester la victoire ; mais, du côté des vaincus, on était bien décidé à faire payer aux vainqueurs cette terrible situation le plus chèrement possible.

D'Artagnan, de son côté, se mit à agir en homme pressé. Un regard lui suffit pour s'assurer de l'état auquel les choses en étaient parvenues. Comme il était question que la mêlée vînt jusque de son côté, sa première précaution fut de s'éloigner ; mais, s'il s'éloigna, ce fut les armes à la main, et, quoique sans chercher l'affrontement, prêt à déployer toute son énergie pour se défendre, en cas de nécessité.

Trouver le capitaine qui était à la tête de tous les soldats qui avaient investi le village catalan, s'en faire reconnaître comme l'homme missionné par Richelieu et par La Mothe-Houdancourt, et, sous son ordre, revêtir l'habit d'un officier qu'on avait laissé mort au début de l'attaque, ce fut presque une seule et même chose.

L'instant d'après, d'Artagnan reparaissait, l'épée au poing, et avec cet air martial qui lui était familier.

Autour de lui éclatait le désordre désespéré qui signale l'agonie d'une armée en déroute. L'affrontement acharné faisait de chaque rue un champ de bataille, de chaque mur un retranchement ; on voyait les vainqueurs se ruer pêle-mêle, à la suite des vaincus, jusque sur le pas des portes, jusque dans les maisons. Le sol était jonché de débris de toutes sortes ; une chose empêchait d'y prendre garde, c'est que, où que l'on posât le pied, on marchait dans du sang.

D'Artagnan s'avançait, presque indifférent à ce tourbillon d'hommes qui se mouvait autour de lui : son pas rapide, son expression féroce, étaient destinés bien plutôt à dissuader qu'à provoquer. Le fallait-il pourtant, que son bras s'abaissait sans hésiter ; fût-ce du plat de l'épée, de la lame ou du pommeau, il se fit tant bien que mal un chemin au milieu des combattants qu'il trouva devant lui. Il lui était indifférent qu'il fût reconnu ou non, sous son nouvel uniforme, par ceux qu'il frappait ce jour-là, comme un ancien ami : l'idée fixe, de même qu'elle guidait ses pas, aveuglait sa pensée.

Car, tout en attaquant, tout en se défendant, d'Artagnan poursuivait un but. Il scrutait chaque visage avec une attention anxieuse, les vivants comme les morts, les morts plus encore que les vivants ; et, cette sinistre besogne exécutée, il repartait l'accomplir là où il le pouvait.

Tout à coup, un bruit énorme retentit comme le tonnerre au milieu des combattants : c'était l'artillerie qui donnait une nouvelle décharge, la troisième.

Cette foudre vint frapper les oreilles de d'Artagnan d'une manière particulière ; une sorte de frémissement le gagna : il lui semblait avoir senti quelque chose comme le passage d'un fantôme à travers ses os glacés.

Jusque-là, Rojas mort avait été un fait presque accompli ; mais à présent, Rojas mort l'envahissait comme une certitude, Rojas mort le possédait comme un souvenir, en attendant qu'il vînt le grandir comme un deuil.

Au même moment, d'Artagnan, mû par un pressentiment, leva les yeux ; ce qu'il vit lui arracha un cri, et il se précipita, bouleversant tout devant lui ; il se forçait un passage sans frapper néanmoins, car les soldats qu'il écartait étaient des soldats français ; ce fut de cette manière qu'il arriva jusqu'au premier rang, où il désarma d'un geste vif celui qu'il trouva devant lui, et, étendant son épée au-dessus de sa tête, cria :

— Prisonnier à moi !

Tout s'arrêta, et chacun fit silence, autour de cet officier à l'attitude pleine de menace et de défi.

— Prisonnier à moi ! répéta d'Artagnan d'une voix forte. Passez donc au large !

Et, sans abaisser sa garde, ayant abattu sa main sur l'épaule de son prisonnier, il emmena celui-ci à l'écart.

On pouvait reconnaître, à sa stature, à son visage, à ses yeux gris, qu'il s'agissait d'Enric Rojas, le fils du chef des bandoleros.

L'idée que ce pût être une ruse de la part de celui qu'il avait appris à appeler Carpio ne lui vint même pas à l'esprit ; car tous les instincts développés en lui par son éducation, qui lui avait été donnée par les principes autant que par l'exemple, étaient opposés à une pareille manœuvre, qui était indigne au milieu d'une bataille, et qui aurait été ignoble devant une défaite.

Enric eût-il été découvert par d'Artagnan plus tôt dans le combat, que le jeune homme fût allé jusqu'à mourir de sa propre main, plutôt que d'être entraîné par lui ; mais ses yeux avaient déjà vu tant de destruction, ses gestes étaient tellement las de tout ce qu'ils avaient fait, qu'il n'eut d'autre parti que de se laisser emmener sans résistance.

Il fut plus facile à d'Artagnan et à son prisonnier de s'éloigner de la scène du combat, qu'il ne l'avait été, pour y parvenir, à d'Artagnan seul ; car les rues se dégarnissaient, et l'on commençait à percevoir, en certains points de Riudaram, un silence rendu plus sinistre encore par la clameur qui l'avait précédé.

Quant aux hennissements et aux bruits de cavalcade, il y avait longtemps qu'ils s'étaient éteints.

D'Artagnan emmena le jeune homme jusqu'à la muraille qui fermait Riudaram ; là, il trouva une ouverture qu'il avait repérée plus tôt. À la faveur des combats isolés qui continuaient ou plutôt qui finissaient la bataille, on avait cessé de la protéger, de sorte qu'elle était parfaitement libre.

Bientôt d'Artagnan et Enric se trouvèrent en dehors du village, le second toujours sous la poigne et sous la menace du premier.

On alla ainsi le long d'un sentier qui descendait la colline, entre des broussailles sèches, sur une distance de cent toises environ ; on marcha sans rencontrer personne. Puis, lorsqu'ils furent arrivés derrière une éminence qui les dérobait tout à fait aux regards, d'Artagnan, qui, pas plus que son prisonnier, n'avait proféré une parole, desserra son emprise et prononça :

— Monsieur, je vous rends votre liberté.

Enric Rojas regarda avec stupéfaction celui qui lui parlait ainsi.

Pour toute réponse, d'Artagnan releva son épée.

Le jeune homme demeurait interdit.

— Il me semble vous avoir dit, monsieur, répéta d'Artagnan, que je vous rendais votre liberté ; un homme comme moi n'a qu'une parole.

Ces mots firent paraître sur les lèvres d'Enric ce sourire si particulier que d'Artagnan avait déjà vu bien des fois ; seulement, ce sourire, si mince autrefois chez son père, était à présent plus lourd, plus sombre, plus amer.

D'Artagnan comprit ce sourire et accepta d'y répondre.

— Monsieur, je suis un soldat : ce qu'on me commande, je l'exécute, ayant appris à oublier ce que j'en pensais, et même à oublier d'en penser quelque chose. Mais ce que je fais là, avec vous, je le fais par mon ordre à moi. On ne m'a point donné d'instruction vous concernant ; vous m'appartenez : je vous rends libre. Rien de plus simple.

— En vertu de quoi ?

— En vertu des lois de la chevalerie, d'abord.

— Je ne comprends pas.

— C'est bien simple ; puisque je vous ai pris, j'ai le pouvoir de vous rendre la liberté ; mais j'ai aussi celui d'y ajouter une condition, et c'est ce que je compte faire.

— Une condition ?

— Ou plutôt, un serment sur l'honneur.

Cette fois, ce fut presque un rire qui jaillit de la gorge d'Enric.

Et comme, au lieu de répondre ou de l'interroger, le jeune homme faisait mine de dépasser le Gascon pour courir vers Riudaram, d'Artagnan fit un pas pour l'arrêter ; la lame de son épée défendait le passage.

La lutte aurait eu une issue par trop prévisible : aussi Enric Rojas s'immobilisa.

— Laissez-moi passer, gronda-t-il.

— Au nom de quoi ? demanda froidement d'Artagnan.

— Je suis libre ; ne me l'avez-vous pas déclaré vous-même ?

— Vous êtes libre, certes, mais non de faire ce qui vous plaît.

— Quoi ! défendre les miens, en sauver peut-être ?

— C'est-à-dire combattre les miens, et certainement en tuer. Jurez-moi par conséquent sur l'honneur que, si je vous laisse partir, je ne laisserai pas partir un ennemi des soldats français.

— Songez, monsieur, que je pourrais vous jurer sur l'honneur tout ce qu'il vous plaira ; puisqu'il paraît que ce mot-là ne vous importe guère, *senyor Carpio.*

À ce nom, d'Artagnan pâlit.

— Si vous n'êtes pas disposé à respecter ce que j'ai à vous proposer, reprit-il, du moins respecterez-vous, je l'espère, celui auquel j'ai fait la promesse que je sauverais votre vie.

— Celui... ?

— Oui.

— Quand ? interrogea violemment Enric. Quand lui avez-vous fait cette promesse ?

D'Artagnan, à qui la parole ne faisait jamais défaut, ne trouva pas un mot.

Ce silence fit venir sur le visage d'Enric Rojas l'expression d'une douleur sauvage.

Mais ce bouleversement, si effrayant qu'il parût, ne dura que quelques secondes. À la faveur d'un retour sur lui-même, plus impressionnant encore que ne l'avait été l'expression de sa douleur, Enric redevint maître de sa physionomie.

— Vous avez eu tort de faire cette promesse ; car elle concerne une vie qui ne vous appartient pas.

— Vous vous trompez, dit d'Artagnan, doucement mais avec fermeté : elle m'appartient aussi longtemps que vous n'aurez pas prêté serment devant moi. Oh ! je ne suis pas digne de vous le demander ; mais vous l'êtes, vous, qu'on vous en offre la possibilité. Réfléchissez. Vous n'avez pas quitté le champ de bataille de votre propre mouvement : c'est moi qui vous en ai fait sortir, parce que j'étais le plus fort. Devant cela, chacun cède. La cause pour laquelle vous parlez, non pas de vous battre, mais bien de mourir, est une cause qui ne gagnera rien par votre mort ; votre vie ne lui rendra pas celle qu'elle a peut-être déjà perdue. Toute cause qui a cessé d'exister cesse en même temps d'être une obligation. Songez encore que si, tant que vous demeurez ici, vous n'êtes coupable de rien, vous le deviendrez, si vous repartez pour Riudaram : car non seulement vous vous serez parjuré, mais vous aurez aussi enfreint le vœu qu'un homme a fait pour vous, le sort auquel il a consenti ; vœu ou sort qui doivent vous être sacrés pour plus d'une raison. Voyons, je vous le demande, réfléchissez. Dans la situation où vous êtes, vous avez une porte de sortie honorable ; tout votre malheur vient du fait que c'est moi qui vous la montre.

— Et c'est ainsi, monsieur, que vous prétendez vous racheter ? Par une promesse que vous avez faite, à l'homme que vous avez conduit à sa perte ?

— Je ne prétends rien, et certainement pas ce que vous avez dit. Mes motivations importent peu : votre décision est la seule chose qui compte. Cette promesse dont vous parlez est vraisemblablement la raison la meilleure qui peut vous faire acquiescer à ce que je vous demande ; mais, j'y consens, elle est aussi la plus mauvaise. Acceptez ce que je vous offre pour cette mauvaise raison ; peut-être plus tard comprendrez-vous que les autres que je vous ai données, et qui vous incitaient à vivre, étaient de bonnes raisons.

Le jeune homme, pâle comme d'Artagnan l'avait été un peu plus tôt, demanda d'une voix basse :

— Ainsi, vous me demandez…

— Je vous demande, dit d'Artagnan, de me jurer que, si je vous rends votre liberté, vous n'en userez pas d'une manière qui porte préjudice à des soldats français.

— Je… commença-t-il, chancelant, égaré.

— Oui ?

— Je vous le jure.

— Sur l'honneur ?

— Sur l'honneur.

D'Artagnan rengaina son épée.

Puis il se tourna dans la direction de Riudaram.

Le village, qu'il avait vu si pur dans la lumière des premiers instants du jour, lui apparaissait environné de fumée, comme s'il eût été la proie d'un gigantesque incendie ; cette fumée s'élevait dans l'air bleu, sous ce ciel rayonnant, qui semblaient une affreuse insulte à tous ceux qui avaient trouvé la mort en ce lieu. Les pierres, naguère blondes ou blanches, étaient quelquefois noires, renforçant l'illusion de la catastrophe imaginée ; mais, sur quelques-unes aussi, l'œil discernait des traces vermeilles, empreintes lamentables de la catastrophe réelle.

En baissant les yeux, d'Artagnan s'aperçut que ses propres pas avaient marqué de façon lugubre la poussière des chemins ; et, avec un frisson, il se remit à songer au nom de Riudaram, qui veut dire : *le fleuve de cuivre.*

Seulement, ce cuivre-là était du sang.

Lorsque notre héros voulut de nouveau jeter un œil au fils de Rojas, ce fut pour s'apercevoir qu'il avait disparu.

Quant à la suite de cette histoire catalane, elle tient en quelques mots.

D'Artagnan apprit de la bouche du capitaine qui avait commandé les forces françaises que l'on se tenait à l'affût depuis presque une semaine, c'est-à-dire depuis le jour où l'on avait arrêté presque tous les habitants du village, que l'on tenait captifs dans un camp que l'on avait établi à moins d'une demi-lieue de là. La sûreté de ceux que l'on gardait était garantie par l'obéissance de la poignée d'individus qu'on avait laissés à peu près libres, et qui avaient pour ordre de laisser entrer les bandoleros lorsque ceux-ci se présenteraient.

Quant à ce qui s'en était suivi, d'Artagnan le connaissait suffisamment.

Il lui restait néanmoins à apprendre qu'à l'issue de la bataille, les Français n'avaient pu faire qu'un nombre assez réduit de prisonniers, et que, parmi ceux-ci, il n'y avait aucun commandant.

On n'avait retrouvé aucun des cavaliers vivants.

Quand il fut revenu à Barcelone, le Gascon reçut du comte de La Mothe-Houdancourt les compliments qui s'imposaient. On avait jugé d'Artagnan un homme d'esprit et de ressources ; et les événements achevaient de montrer que l'on n'avait point eu tort.

Il lui fut demandé de rester à la disposition du comte ; après cette première mission, une seconde l'attendait en Espagne : de nouvelles instructions, émanant de Richelieu, ne tarderaient pas à arriver.

D'Artagnan sortit de l'entrevue avec La Mothe-Houdancourt le pas lent, la tête baissée, l'œil songeur : une chose l'étonnait profondément.

— Ah ! je me souviens que mon père me fit bien des recommandations avant que je ne parte de Gascogne ; mais il ne m'avait pas dit, soupira d'Artagnan, que l'on trouve quelquefois du malheur à être estimé comme un homme d'esprit.

XXVIII

L'âme

TOURNONS une nouvelle fois notre regard vers Paris, et, plus précisément, dans le faubourg Saint-Germain, dans la rue dite du Petit-Vaugirard.

Un homme qui arrivait du carrefour de la Croix-Rouge s'avançait dans cette rue.

De toute sa personne se dégageait un air de noblesse et de distinction qui dénotait sans conteste un gentilhomme de haut lieu ; il avait des yeux clairs et perçants, qui éblouissaient à force d'être limpides : il avait près de quarante-cinq ans, mais il paraissait plus jeune, la jeunesse, chez certaines natures, étant l'une des apparences que revêtent la force et surtout l'énergie. Celui dont nous parlons était vêtu d'un pourpoint noir garni de jais, que recouvrait un manteau de satin rouge foncé ; une épée à la poignée ciselée pendait à sa ceinture. Des bottes de cuir noir, avec un feutre noir également, orné d'une simple plume rouge, complétaient ce portrait.

Un autre homme, arrivé par la rue du Bac, avançait dans sa direction, sans l'avoir vu encore.

La première personne que nous avons décrite était vêtue en cavalier, et celle-ci l'était en prélat ; le cavalier portait une épée, le prélat avait un poignard ; l'un arrivait avec un front pur et dégagé et de tout souci, l'autre semblait chargé, sinon d'inquiétudes, du moins de préoccupations, qui venaient parfois ternir comme une brume l'expression de son œil noir. C'était lui le plus jeune des deux, car il n'avait que trente-cinq ans. Sa bouche finement tracée était devenue, avec le temps, circonspecte, comme s'il y eût toujours eu quelque secret sur lequel il lui fallait demeurer close. Mais le visage, s'il avait perdu son ancienne expression naïve et doucereuse, était resté pâle et noble. La simplicité de sa mise n'excluait pas une certaine recherche ; des gants de daim grisâtre, de la même couleur que son feutre, dessinaient une main fine et élégante, tandis que des bottes, qui signalaient davantage l'homme d'épée que l'homme d'Église, mettaient en valeur une silhouette fine et ferme à la fois.

La rencontre entre ces deux personnes ne s'expliquait rien moins que par le hasard ; et néanmoins, aussitôt qu'elles s'aperçurent, leur première réaction fut presque un cri de joie et de surprise.

— Aramis ! dit le premier.

— Athos ! dit le second.

L'instant d'après, les deux amis s'étreignirent.

— Ah ! mon cher d'Herblay, dit Athos avec un sourire, vous me pardonnerez, je l'espère, de vous avoir donné ce surnom d'autrefois ; mais c'est pour moi un si grand bonheur de vous revoir, que j'ai eu l'illusion que toutes ces années écoulées venaient de s'évanouir comme un rêve, et que nous étions jeunes et forts comme par le passé.

— Pour moi, comte, répondit Aramis, il n'est rien qui puisse me donner davantage de plaisir que cette familiarité, venant d'un homme comme vous.

— À quand remonte le bonheur que j'ai eu de vous voir pour la dernière fois ?

— Mais, bien douze ou treize ans, à ce que je crois. Cependant, vous avez presque tort d'évoquer les années écoulées : car, plus je vous regarde, et plus je suis sûr de revoir en vous cette même force et cette même jeunesse desquelles vous parliez comme si vous n'étiez plus Athos.

— Vraiment ! trouvez-vous, Aramis ?

— N'en doutez pas, mon ami.

Cette expression *mon ami* dont s'était servi Aramis, d'une intonation à la fois ancienne et familière, réchauffa le cœur d'Athos bien plus que tous les compliments que lui avait adressés son interlocuteur.

— Peut-être à vos yeux suis-je le même, Aramis ; mais je ne puis en dire autant à votre sujet. Je vous prie, mon cher, de recevoir mes félicitations sur votre nouvel état, que je peux enfin vous adresser de vive voix.

— C'est ma mise d'abbé, je présume, qui vous fait dire cela ? dit Aramis avec un mélange de négligence et de raideur. Je vous en remercie, mon ami.

— Mais, sans doute, dit Athos étonné ; je croyais même que c'était l'une des raisons auxquelles je devais la faveur de vous voir à présent.

— C'est vrai ; mais, Athos, dit Aramis en lui serrant affectueusement le bras, ne parlons point de cela : car je m'en voudrais que l'on pût croire que j'avais besoin d'un prétexte pour éprouver le désir d'un entretien avec vous.

Et tous deux entrèrent à l'établissement de L'Éperon rouge.

L'établissement, situé en un endroit de la capitale qui touchait aux champs et à la province, était presque désert. Ce furent à peine s'ils remarquèrent la présence, au fond d'une petite salle attenante à la première où ils avaient pénétré, d'un homme que son pichet de vin paraissait réclamer énormément.

L'instant d'après, Athos et Aramis étaient attablés à l'étage, à l'intérieur d'un petit cabinet privé.

Malgré la froideur qu'Aramis avait pu montrer, la joie qu'il éprouvait en revoyant le comte était sincère ; Aramis, comme tous ceux qui approchaient Athos, sentait la supériorité et la bonté de cette nature, et il en admirait vraiment les qualités, tout comme il s'honorait de l'amitié qu'il partageait avec lui.

Quant à Athos, dès que les deux anciens mousquetaires se furent assis, ses yeux, attirés par la lumière du jour, se mirent à errer sur le paysage qui apparaissait par la fenêtre ; quoiqu'on fût encore dans Paris, c'était presque la campagne. Cette vision fit venir sur les lèvres d'Athos un sourire de plaisir mélancolique.

— Aramis, dit-il en ôtant ses gants, voyez-vous ce couvent là-bas ?

— Je le vois.

— Ce couvent nous parle de notre heureux temps et de nos exploits dorés. Vous rappelez-vous ?

— C'est vrai ; c'est ce couvent des Carmes-Déchaux, où nous faillîmes nous battre tous les trois contre un certain Gascon qui arrivait de sa province.

— Tous les trois, oui, dit Athos rêveur. Avant que nous ne parlions de vous, et que vous ne satisfaisiez ma curiosité légitime, mon ami, permettez une chose : parlons un peu des autres, parlons un peu des absents. Avez-vous des nouvelles de Porthos ?

— Aucune. C'est vous qui m'avez appris qu'il avait épousé sa procureuse, et qu'il avait quitté les armes pour vivre quelque part en grand seigneur dans l'un de ses châteaux ; mais depuis, je n'en ai plus rien su. Et vous ?

— Pas davantage, dit Athos en secouant la tête. Non plus que de d'Artagnan, hélas !

— Ce valeureux ami doit prendre des galons au service du roi.

— Ne le voyez-vous point ?

— Jamais.

— Il n'est point difficile à trouver cependant. Il est partout où est le roi.

— Il est vrai ; seulement le roi n'est jamais où je me rends, moi. C'est un malheur que Louis XIII n'aime pas le Louvre, qui, à ce qu'on assure, lui rappelle trop de mauvais souvenirs ; aussi la cour n'est-elle jamais à Paris. Ce qui fait que, lorsque mes affaires m'y font revenir, je suis bien assuré d'une chose, c'est de ne point croiser la route du chevalier d'Artagnan.

Aramis avait prononcé ces derniers mots avec une intonation qui semblait hésiter entre le dépit et la satisfaction, et qui eût donné beaucoup à penser à quiconque y eût été sensible.

Athos, tout aux réminiscences qui se présentaient en foule à son esprit, n'avait rien perçu.

— Oui, disait-il ; c'était un digne ami, un brave, un vaillant.

— Un digne ami, répéta Aramis en regardant Athos avec un sourire fin ; vous ne l'appeliez pas ainsi, cependant, par le passé.

— Comment ! je ne l'appelais pas du nom d'ami ?

— Je veux dire, Athos, qu'en de certaines heures, vous l'appeliez votre fils.

— Vous avez raison, répondit Athos.

Il changea le sujet de la conversation.

— Je vous sais gré, reprit-il, d'avoir choisi L'Éperon rouge, où l'on est plus au calme qu'au *Renard vert* ou qu'au *Parpaillot*. Et je vous avouerai, mon cher, que depuis que je vis à la campagne, j'aime fort à contempler toutes ces beautés que Dieu laisse éclore sur la Terre, auxquelles, trop souvent, nous ne prenons pas garde, et qui n'ont de pareilles que celles qu'Il paraît faire venir sur l'étendue du ciel nocturne.

— Vous avez l'âme plus poétique que moi, mon cher comte, dit Aramis. Je n'ai eu, pour moi, qu'une seule pensée en tête : c'est que cet endroit est à l'écart, ce qui est fort commode.

Cette fois, le mot frappa Athos ; comme il avait peut-être été prononcé à dessein, il crut devoir demander :

— Vous ne venez pas de trop loin, je présume ?

— Non ; je venais seulement rendre visite à l'une de mes pénitentes.

— Ah ! fit Athos, qui voulait avoir d'autant moins l'air d'interroger qu'Aramis avait gardé une expression impénétrable.

— Et vous-même ? demanda Aramis. J'ai vu que vous êtes venu à pied.

— Ainsi que je vous l'avais écrit dans ma lettre, ce sont quelques affaires d'intendance qui ont réclamé ma venue à Paris : le temps de les régler, je suis logé dans un quartier non loin de celui-ci.

— Des affaires d'intendance ?

— Oui, dit Athos dont ce fut le tour de se montrer discret et impénétrable. Mais, ami, ajouta-t-il avec empressement, apprenez-moi donc ce que vous avez fait, depuis que vous avez quitté les mousquetaires.

— Moi ? c'est fort peu de chose par soi-même, ce n'est rien en comparaison de tout ce que nous avons fait lorsque nous étions ensemble. Je suis entré chez les Lazaristes, avant d'en changer pour un couvent à Nancy. Toutefois, cette vie stricte et solitaire ne convenait pas à mon tempérament aussi bien que je le croyais.

Athos, une fois encore, crut voir une ouverture dans cette phrase ; mais Aramis enchaîna :

— Je me suis remis à voyager, sans abandonner mon dessein de mener de pieuses études.

— Vous avez voyagé ? Où cela ?

— À Parme, pour commencer ; puis dans les Flandres, où je me trouvais encore il n'y a guère.

— Les Flandres ! On m'a dit que l'on s'y battait. Est-ce vrai ?

— Eh ! oui, et je dirai qu'on n'y fait même que cela. Vous êtes donc bien retiré du monde, vous, Athos, que vous ne sachiez point cela ?

— Je suis retiré du monde, le mot est juste. Je vis en vrai cénobite, car c'est à peine si j'ai quitté ma demeure familiale durant toutes ces années.

Et il se tut encore.

Athos et Aramis avaient tous deux des choses à cacher ; et ces dissimulations, au lieu de les réunir par l'un de ces chemins détournés, par l'une de ces complicités sans lever du voile, et que l'amitié parfois autorise, blessaient ces deux hommes qui se revoyaient pour la première fois. Leur secret leur pesait à l'un autant qu'à l'autre, comme une chose douloureuse.

Heureusement, l'hôte vint les tirer de leur malheur en leur apportant le repas qu'ils avaient demandé.

Chacun des deux amis y réagit à sa manière.

Aramis, voyant de quoi apaiser sa faim, laissa échapper un « parbleu ! » qui, s'il fit ouvrir à l'hôte de grands yeux, fit venir un éclat dans le regard d'Athos ; car cette exclamation, qui jurait puissamment avec l'habit ecclésiastique, s'accordait davantage avec le caractère de l'homme que le comte connaissait pour son ami.

Quant à Athos, lui dont la tempérance n'avait pas toujours été la première qualité, il refusa du champagne et ne prit un verre de vin qu'avec une réticence visible ; ce qui inspira à Aramis une curiosité et un respect nouveaux.

De part et d'autre, ces deux attitudes furent donc remarquées.

— Décidément, il a changé, songea Aramis intrigué.

— Il est resté le même ! se dit Athos avec joie.

Après cela, le dialogue, qui avait été en danger de languir, repartit de plus belle.

Le passé, qui se montrait aux deux hommes sous des couleurs à nouveau fraîches et brillantes, fit tous les frais de la conversation ; le présent demeura enveloppé de brumes, mais sans gêne ni dépit ; l'avenir, qui fût venu troubler le règne des souvenirs, fut soigneusement écarté.

Au premier vide que ménagea la conversation, Athos mit la main à sa poitrine et en tendit une lettre scellée.

— J'ai ici ce que vous m'aviez demandé.

— Ah ! c'est juste ; je dois vous avouer que je l'avais presque oublié. Vous êtes bien aimable, Athos, et je vous en remercie.

Aramis prit la lettre, à laquelle il jeta un coup d'œil vif, avant de la faire disparaître.

— Je ne sais, dit Athos, si elle aura tout l'effet que vous en attendez ; ce ne sera pas votre faute, du moins, car j'ai rappelé à moi tout ce que je connaissais et que j'appréciais en vous pour plaider en votre faveur.

— Oh ! je connais le pouvoir de votre parole ; vous avez l'art du raisonnement, vous avez celui de la persuasion : et songez, mon cher, dit Aramis en ne pouvant s'empêcher de sourire, que c'est un abbé qui vous le dit.

— Et cependant, voilà des années que j'ai été sans me rappeler au souvenir de ce don Luis Méndez de Haro. Mais je serais au regret que mes propos vous inspirent de renoncer à votre dessein. Partez donc pour Madrid ; songez que ma signature est encore bien peu à côté de ce que Méndez de Haro vous ouvrira comme portes ou comme appuis.

— Tant que cela ! vous croyez ?

— Certainement ; n'est-il pas un ami de Philippe IV ? n'est-il pas un proche parent du comte-duc d'Olivares ?

— Vous excuserez mon ignorance ; de pareilles choses doivent m'être indifférentes, ou plutôt devraient l'être, s'il ne m'avait point fallu le rencontrer dans les meilleurs délais. Car on raconte que don Luis a la plus grande collection d'œuvres d'art en Espagne, celle du roi exceptée, bien entendu.

— Et je ne doute point que, parmi tous ces objets, il y a celui que vous recherchez ?

— Oh ! un ancien manuscrit, une Bible du XIIIe siècle, qui n'a d'autre importance que celle d'être indispensable aux pieux travaux que j'entreprends.

— C'est ce que vous m'écriviez, oui ; à présent que vous êtes devant moi, accepteriez-vous de m'en dire davantage ?

demanda Athos qui croyait que ce sujet serait agréable à Aramis et qui avait eu une éducation suffisamment complète pour discuter d'articles de la foi avec le prélat.

— Si vous le souhaitez ; mais avant cela, répondit rapidement Aramis, vous consentirez à m'éclairer d'une chose.

— Laquelle ?

— C'est ce qui a fait que vous êtes Grand d'Espagne, mon cher ami.

— Je ne puis vous l'apprendre, répondit Athos après un silence et avec une imperceptible froideur.

— Diable ! vous êtes bien mystérieux.

Cette exclamation de mousquetaire, dans la bouche d'Aramis, n'avait plus le pouvoir de surprendre Athos.

— Non, reprit-il ; seulement, j'ai à cœur de garder, sur certaines matières, le silence que l'on a cru bon d'exiger de moi. C'est ce que je ne révèlerai jamais, comme je ne l'ai jamais révélé. Vous vous en doutez ; bien mieux, ajouta-t-il, vous le savez, vous qui m'avez fait plus d'une fois cette question par le passé.

— Admettez que ma curiosité est bien légitime cependant ; car c'est une distinction si rare, surtout pour un comte, surtout hors de l'Espagne !

— Lorsqu'il plaît à Dieu, dit simplement Athos, de placer sur ma route un devoir à remplir, et que ce devoir peut mettre mon bras au service d'un roi, alors je considère que ce n'est pas seulement une obligation ; c'est un privilège.

Aramis sourit.

— Décidément, Athos, je crois bien qu'il me faut revenir à la première impression que je m'étais formée sur vous, en vous revoyant il y a une heure.

— Et quelle était-elle ?

— Que vous n'avez pas changé. Vous êtes, il est vrai, encore plus grand qu'autrefois, ce que j'aurais cru impossible ; mais on sait que l'on trouvera toujours en vous l'âme de la chevalerie. Vous êtes pareil à ce consul romain duquel on put dire qu'il était moins facile à faire dévier du chemin de l'honneur, que le Soleil ou la Lune de leur course.

— Et moi, Aramis, dit lentement Athos, je dois aussi revenir à ce qui fut ma première idée. Vous avez changé, vous.

— Ah ! que voulez-vous, c'est certainement cet habit d'abbé, mon cher ; le monde et ce qui le définit, ce qui l'intéresse, ce qu'il ambitionne, tout cela doit m'être, de jour en jour, plus étranger. C'est un état terrible que celui de l'Église, car il lui arrive d'écraser bien des délicatesses et de fouler bien des sensibilités, lorsqu'il lui faut seulement étouffer les passions.

— Ah ! fit à son tour Athos, quoique avec une intonation différente. Il les étouffe ! Le croyez-vous, Aramis ?

— Il le faut bien ; je le sens, je vous le jure.

Le cœur d'Athos se serra ; c'était le premier mensonge qu'il eût nettement entendu dire à Aramis.

Aramis, qui avait eu pour seul but de faire dévier la conversation, s'aperçut de l'effet que ses paroles avaient eu sur Athos, et rougit formidablement.

Athos vit à son tour cette émotion, et eut pitié de celui qui la subissait.

Il fallait que l'un des deux fît un pas vers l'autre. Le comte songeait que laisser à Aramis le soin de faire ce premier pas, c'eût été redoubler sa torture. Il pensait aussi que, tandis qu'il ne pouvait rien d'exiger d'Aramis, il pouvait tout sur lui-même ; et que, par conséquent, c'était à lui, non seulement d'aller vers l'ami, mais aussi de se montrer à lui avec toute la franchise et toute la transparence qui sauraient le convaincre qu'il l'aimait comme par le passé.

Ce raisonnement, qui lui semblait bon, lui donna l'impulsion nécessaire ; au reste, aussitôt qu'il voyait une action à accomplir, et que cette action était juste, Athos s'y élançait sans attendre, avec toutes les forces généreuses qui étaient les siennes.

— Aramis, commença-t-il.

— Qu'y a-t-il ?

Aramis avait relevé les yeux ; il était surpris de voir le comte légèrement pâlir.

— J'ai un fils, dit doucement Athos.

Il voulut se corriger :

— Pardonnez-moi ; je voulais dire que j'ai un filleul que j'élève comme un fils.

Le mot était lâché cependant ; et Aramis, rappelé à son acuité ordinaire, perça Athos à jour.

Et il comprit que ce mot que le comte avait voulu rattraper était le bon.

XXIX
La main

COMME on le pense bien, ce n'était pas pour ses études que celui qui était autrefois le chevalier d'Herblay, et qu'il fallait maintenant appeler l'abbé d'Herblay, s'était mis à parcourir l'Europe, avec une étonnante prédilection pour les États qui dépendaient de la couronne d'Espagne.

Aramis avait toujours eu l'art de choisir ses amis ; il avait plus encore celui de choisir ses complices.

En rentrant dans les ordres, il avait choisi les Jésuites.

Une pareille alliance entraînait des exigences qui, adroitement utilisées, pouvaient devenir des appuis au lieu de servir d'obstacles, et aider quiconque voulait s'élever vers les hauteurs.

Puisque l'ancien mousquetaire, cet esprit tantôt sombre et tantôt brillant, demeurait silencieux sur les années qui avaient suivi son changement d'état, nous partagerons son silence ; sauf sur un point néanmoins, que la bonne marche de ce récit nous force à développer.

Avec cette sagacité qui lui était coutumière, comme elle l'est à tous les gens d'esprit qui ont de l'ambition, Aramis avait songé que, s'il voulait rapidement tirer profit de ses nouvelles alliances, il lui fallait montrer qu'on pouvait en faire de même avec lui. Aussi n'avait-il pas tardé à faire valoir les mérites de la nouvelle recrue de l'ordre.

Ces mérites étaient au nombre de deux. Il était Français, ce qui, dans ce qu'il n'est pas abusif de nommer l'Europe de Richelieu, n'était pas à négliger ; il était ou avait été soldat, circonstance au moins aussi précieuse que la première, et pratiquement pour les mêmes raisons qu'elle.

En vertu de ces deux faits, Aramis avait encore des relations au sein de l'armée française. C'était une qualité considérable, surtout aux yeux de jésuites qui avaient fait choix, pour la prospérité de leur ordre, de lier leur sort à celui du Roi Catholique.

Aramis fut dépêché dans les Flandres.

C'est ce qui fait que, ce soir du mois de juillet auquel nous avons fait commencer notre histoire, Aramis se trouvait attablé avec notre connaissance, l'honnête et aimable Baisemeaux de Montlezun, à la taverne du Lis d'Or, dans une ancienne rue d'Amiens. Et, si heureux avait été Baisemeaux de revoir Aramis, si prêt à croire qu'il ne devait la présence de celui-ci qu'à la bonne idée du hasard, que le prélat n'avait pas eu besoin, pour faciliter la conversation, de révéler son affiliation à l'ordre des Jésuites, affiliation qu'il savait lui faire un point commun avec son expansif commensal.

En quelques mots, Aramis fut renseigné sur les projets du roi Louis XIII de faire bientôt partir un corps d'expédition pour aller ravitailler les assiégeants d'Arras.

Une fois muni de ce qu'il était venu chercher, et qu'il ne s'attendait pas à trouver avec une si grande facilité, Aramis n'eut plus qu'à convaincre son compagnon de ne révéler à âme qui vive, ni sa présence, pour ceux qui le connaîtraient, ni son identité, pour ceux qui le verraient ; Aramis, de son côté, croyait assez en son habileté pour faire en sorte que nul individu, autre que son naïf interlocuteur, n'eût le malheur d'appartenir à ces deux catégories à la fois, sous peine de faire connaissance intime, profonde, définitive, avec ce stylet que d'Herblay gardait toujours sur lui.

On comprend, dès lors, l'effarement qui avait été le sien lorsque, au moment où il quittait les lieux dans lesquels il avait tant appris, il avait bien failli se heurter au chevalier d'Artagnan. Nous avons constaté qu'Aramis n'avait dû qu'à une apathie vraiment providentielle de ce même d'Artagnan, de pouvoir s'éloigner sans encombre, en sortant peu à peu du cercle lumineux dans lequel son ami, lui, rentrait progressivement.

Une fois sorti d'Arras, Aramis n'avait eu qu'à atteindre les lignes espagnoles, par des chemins connus de lui.

La conséquence, en ce qui regarde les campagnes de l'Artois, est déjà connue du lecteur, elle aussi ; puisqu'elle n'est autre que cette attaque qui s'abattit sur le convoi, objet de l'indiscrétion que Baisemeaux jugeait si anodine et qui était pourtant si grave.

C'est en cette occasion qu'un autre de nos héros, on s'en souvient, avait eu le malheur de découvrir, dans sa fuite éperdue, les corps de cavaliers ennemis abattus, en des circonstances qui avaient couru le risque d'être fatales pour lui.

Pour revenir à Aramis : c'était là un fragment du parcours qui l'avait conduit, après bien d'autres détours, jusqu'à l'instant précis où il lui avait fallu, pour des raisons qui doivent rester encore inexpliquées, demander à Athos de lui obtenir la bienveillance d'un homme qui était fort en vue à la cour de Madrid.

Aussi Aramis s'était-il empressé de serrer sur lui la lettre d'introduction qu'Athos lui avait tendue.

Aramis avait de bons yeux, et ces yeux étaient même aussi bons que ceux de d'Artagnan ; seulement Aramis ne regardait jamais sans un monde d'arrière-pensées, et chez lui la main suivait de bien près le regard.

Or, de sa main, Aramis savait tout faire : toucher, heurter, quand il le voulait ; saisir, manipuler, quand il le fallait.

Mais, malgré ce chemin fait, il n'était pas parfaitement bronzé à la dissimulation ni aux stratagèmes qui lui étaient pourtant nécessaires, quand ces stratagèmes et cette dissimulation visaient l'un ou l'autre de ses meilleurs amis ; et, de même qu'il n'avait pas voulu s'en prendre à d'Artagnan, il lui répugnait de ne pas pouvoir répondre à la générosité d'Athos par une générosité semblable.

Il vit comme un abîme le séparer d'Athos.

D'un seul mot, ou plutôt, puisque ce mot avait ensuite été renié, d'une seule phrase, Athos lui montrait le secret de sa vie, et lui faisait comprendre par quelles fibres nouvelles une grande part de son être avait été changée ; le comte ignorait seulement que, dès lors qu'une transparence si pleine et si entière ne pouvait plus éveiller chez l'ami les joies simples d'autrefois, elle ne pouvait que l'écraser.

Déjà Athos reprenait d'une voix rapide :

— Ce jeune garçon me fut confié peu après sa naissance par sa mère, qui ne peut l'élever. Ma vie est désormais employée à lui rendre ces devoirs sacrés que l'on doit à un enfant que l'on voit grandir et que l'on aime, Aramis. Seulement, je ne souhaitais pas que ce jeune homme ne pût sentir que moi de soutien dans son existence. Il aura désormais un nom, une terre, un titre qui lui appartiendront pleinement : en lui donnant un héritage, je lui donne un avenir. Voilà quelque temps à peine que je devais rentrer en possession des biens de l'un de mes parents qui est décédé : et si vous me trouvez à Paris en ce moment, c'est pour régler les quelques détails qui manquaient à la succession, et faire en sorte que tout ce dont il s'agit revienne à ce garçon dont je vous parle. Voilà les raisons de ma présence ici ; et voilà, ami, ce que je n'osais vous dire. À présent, vous savez tout.

— Comment ! s'exclama Aramis, auquel la parole était revenue. Athos, vous voulez rire ; je ne sais rien, au contraire, et je brûle de vous interroger ; mais ce ne sera, naturellement, que si vous y consentez.

— Demandez, répondit Athos.

— Quel âge a-t-il, d'abord ?

— Il a sept ans.

— Cet enfant, il n'est donc point avec vous ? Ne pourrais-je le voir ?

Cette dernière question d'Aramis fit briller les yeux d'Athos.

— Je n'ai pas voulu l'emmener avec moi. C'est une forte impression, pour un être si jeune, qui ne connaît que la campagne, que le spectacle d'une capitale occupée de ses grands mouvements et de ses petits intérêts. Je souhaite qu'il grandisse paisiblement, sans connaître immédiatement ces heurts et ces violences auxquels la vie l'exposera bien assez tôt.

— Prenez garde, Athos ; nous avons été élevés plus durement, nous autres, et c'est peut-être cela qui nous a armés pour le reste de la vie. Nous étions vaillants ; vous rappelez-vous à quel point ?

— C'est vrai, dit Athos songeur ; nous étions vaillants, mais c'est parce que nous étions unis. Je veux que ce garçon sente d'abord se tresser autour de son cœur ces forces qui naissent d'une affection sincère, ardente, profonde ; un temps viendra où ces forces seront vraiment les siennes, et où j'aurai le privilège de voir cette nature se développer avec tout son caractère et dans toute sa plénitude. Je veille à écarter de sa route les ronces et les épines auxquelles, peut-être, nous avons été confrontés ; néanmoins, je ne veux rien lui cacher des rudes épreuves qui attendent, plus tard, tous ceux qui ont à cœur de mener une vie droite, telle que j'ai voulu la mener.

— Ah ! oui ! rude voie que celle-là !...

— Je l'ai élevé comme j'avais été élevé moi-même.

— C'est-à-dire, mon cher Athos, que vous en ferez un homme d'un autre âge, un homme d'or dans un siècle de fer.

— Chevalier ! dit Athos, qui retrouvait instinctivement, pour adresser son doux reproche, ce qui était l'ancien titre d'Aramis.

Ce n'était pas là un mot anodin dont s'était servi Athos. Ce titre, qui se portait comme une parure, et qui était en réalité une injonction, ou plutôt ce souvenir, devait occuper une place centrale dans les esprits, nous ne dirions pas de tout le monde, mais de tous ceux dont c'était l'état de porter une épée.

On entendait passer, dans ces quelques syllabes, l'épopée antique et les légendes du Moyen Âge, ces rêves qu'on leur avait si bien racontés, que toute cette génération d'hommes croyait les avoir faits, et qui venaient hanter comme des choses naturelles la réalité de leurs équipées modernes.

Un tel mot devait avoir un effet terrible sur un homme comme Aramis, qui savait, lui, combien il eût mérité toutes ces critiques qu'on ne lui disait même pas : c'était comme si son ami, après avoir fait reluire tout un monde aux yeux de son esprit, lui en eût aussi fermé la porte.

— Oh ! s'écria Aramis comme pour masquer son trouble, vous le ferez, ce jeune homme, tel que vous le prévoyez, car je sais que vous n'avez qu'une volonté. Ne laissez point un sombre abbé comme moi vous détourner de la belle voie qui doit être la vôtre ; et dites-moi, plutôt, les projets que vous nourrissez pour l'âge adulte de ce garçon ?

Ces mots firent venir sur le visage d'Athos une expression qu'il lui arrivait autrefois d'avoir pour d'Artagnan, mais où l'on voyait briller une plus profonde tendresse encore pour celui dont il parlait.

— Je souhaite lui voir prendre le seul service qui vaille sur cette terre, après celui de Dieu : c'est-à-dire le service du roi, ou plutôt, comme il semble probable, celui de son successeur.

— Où il réussira merveilleusement, je n'en doute point.

— Si le roi est un bon maître, la chose sera possible. Mais il est vrai, mon ami, qu'il n'est de meilleur maître que celui que vous vous êtes choisi.

À ces mots, Aramis se mordit les lèvres.

Il hésita encore, demeura silencieux quelques secondes, comme s'il eût pris le temps d'évaluer dans son esprit l'un et l'autre parti entre lesquels il lui fallait choisir ; et puis il dit :

— Athos, il y a une chose que je veux absolument vous révéler ; car il m'est impossible de biaiser avec vous : tous mes sentiments pour vous y répugnent, et je croirais commettre un double crime, contre vous et contre notre ancienne amitié.

— Qu'avez-vous ?

— Cet habit que vous me voyez est un mensonge ; cette élévation qui eût dû m'être une gloire, me pèse horriblement ; et, pour tout vous dire, que je ne me suis jamais senti aussi peu d'Église que depuis que je lui appartiens.

— Quoi !

— C'est un cœur vide qui bat dans cette soutane ; vide, du moins, en tout ce qui regarde son nouvel état, et qui a cherché en vain toute la chaleur qu'il croyait devoir trouver au fond du tabernacle. Et ce que je vous dis là est si vrai, mon ami, qu'il m'arrive de me dire que vous êtes plus abbé que moi-même.

— Mais, alors, pourquoi…

— Ah ! vous demandez pourquoi, Athos ? dit Aramis avec son noir sourire. Mais parce que, jeune, confiant, tendre et ardent comme vous savez que je l'étais, j'y croyais tout le premier ; il y a plus encore, c'est qu'on m'avait fait y croire, c'est que j'étais pour ainsi dire seul au monde, et que n'ayant point, comme vous, un nom qu'il fallait que je soutienne, une famille dont je devais me rendre digne, un bonheur durable à voir venir autour de ma personne, j'ai cru que là était ma voie, parce que je n'en avais point d'autre.

— Mais, puisque ces illusions se sont dissipées, que ne retournez-vous à votre condition d'autrefois ?

— Athos ! Athos ! Vous ne m'avez donc point compris ? Ce dont vous croyez parler, et rien, c'est pour moi la même chose. Autrefois, ma seule richesse était dans mon avenir ; cet avenir est venu, avec ses désespérances amères et ses cruelles désillusions. Mais ce qui me manquait jadis, je l'ai, du moins, aujourd'hui : mes yeux se baissent-ils, mes doigts cherchent-ils une distraction et une consolation, que je perçois, sur moi et autour de moi, cet habit que vous me voyez. Je n'ai plus rien derrière moi, qu'un abîme : il ne me reste plus qu'à avancer.

— Vous y êtes donc résolu ?

— Dites plutôt que je suis déterminé.

Trois secondes s'écoulèrent ; trois siècles pour le prélat, qui guettait avec angoisse l'effet de ses paroles sur le visage et l'attitude d'Athos.

— Mon cher Aramis, dit celui-ci avec un air de suprême bienveillance, je dois d'abord vous remercier de votre aveu, qui est une marque de confiance, telle, qu'elle efface, je l'avoue, les impressions funestes qu'avaient parfois laissées certains de vos silences. Combien à présent je regrette de n'avoir pas compris, ainsi que vous le disiez ; car, je vous le jure, je ne percevais pas à quel point vous deviez souffrir. Quant à ce que vous m'avez dit, j'y répondrai seulement en évoquant le souvenir d'un Aramis si galant, si mondain, si raffiné, qu'il réjouissait tous ceux qui l'entouraient, parce qu'il avait le don de cueillir tous les fruits que la vie lui tendait. Nul doute qu'il aurait trop coûté à son âme et à son être de bien s'accommoder de toutes les portes fermées que l'on trouve dans l'Église ; préservez votre âme, préservez votre être, Aramis. C'est tout ce que je puis espérer pour vous.

— Ainsi, vous n'êtes pas en colère ? vous ne vous en attristez point ?

— Aucunement : car je préfère vous savoir prêt à endosser votre habit avec toutes les réserves qui sont les vôtres, et dont vous avez la conscience pleine et entière, plutôt que de soupçonner que vous êtes malheureux en faisant ce que vous faites.

— Quant à cela, Athos, je puis vous promettre que je ferai tout ce que je puis pour l'éviter ; et je compte bien commettre…

— Vos folies d'autrefois ? demanda Athos en souriant.

— Davantage, peut-être !

Une chose surtout faisait le soulagement d'Aramis ; c'était qu'Athos ne songeât point à l'interroger sur son intérêt pour Méndez de Haro.

— Et, reprit Aramis, tenez, Athos ; je tiens, moi aussi, à ce passé que vous venez d'évoquer, et que j'ai eu la chance de passer auprès de trois hommes que j'estime et que j'admire plus que tout au monde : et j'y tiens tellement, que si, quelque jour, vous recherchiez quelqu'un pour vous accompagner pour une cause sainte… au service de la couronne ou des grands… eh bien ! ce jour-là, je vous prie de bien vouloir vous souvenir de moi.

— Comment donc ! Cent fois, mille fois plutôt qu'une, mon cher d'Herblay ; et c'est à la condition que vous ferez de même pour moi ?

— Naturellement. Puisque c'est dit, trinquons à l'avenir, voulez-vous ?

— Avec plaisir, dit Athos, chez lequel cette proposition ne fit même pas venir la plus petite rougeur.

— Et, continua Aramis, quand je dis l'avenir, c'est également à votre filleul que je pense. À son sujet, il y a une chose que vous n'avez pas révélée : mais je ne voudrais pas vous faire une question indiscrète.

— Allez-y ; vous n'en faites jamais, chevalier.

— Eh bien ! dit Aramis qui, cette fois, accueillit le mot avec joie ; vous qui êtes son parrain, vous qui veillez sur lui comme si c'était votre fils, vous n'avez pas, sans doute, été étranger au choix de son prénom ?... Or, vous l'avouerai-je ? je trouverais beau, au point d'y voir comme un heureux présage, que ce jeune homme s'appelât Olivier, exactement comme vous, qui êtes la sagesse incarnée.

— Non, répondit Athos en secouant la tête, avant de poursuivre d'une voix plus basse et plus tendre : son nom est Raoul.

— Raoul !... Beau prénom, sur ma foi ; c'est un nom de paladin.

Aramis prit son verre.

— Aux jours pleins d'espérance qui s'ouvrent devant nous, comme ils ne font que naître devant ses pas. À ce jeune homme qui est votre fils autant qu'il sera le nôtre.

— Au vicomte de Bragelonne, dit Athos avec un sourire.

Et les deux amis firent résonner leurs deux verres l'un contre l'autre.

XXX

Le cœur

DESCENDONS d'un étage, et pénétrons dans la petite salle occupée par un buveur unique. Ce n'était autre que le lieutenant Étienne Lathil, en habit civil, et dont toute l'activité se bornait à faire connaissance intime avec la petite bouteille de beaugency qu'il avait sur sa table, en attendant qu'on lui apportât son repas.

Le lieutenant, au lieu de se trouver à Rueil, était assis dans une taverne d'une rue de Paris, parce qu'il avait été reçu une mission du cardinal de Richelieu, qui l'envoyait dans l'est de la France. Or, Lathil, avec sa prudence ordinaire, avait jugé que, puisqu'il allait sans doute risquer sa vie dans quelque équipée, il aurait sans doute plus de ferveur à défendre cette vie, s'il se rappelait auparavant quelles étaient les bonnes choses qui la soutenaient. Cette précaution avait été, comme on le voit, exécutée avec diligence ; et Lathil s'applaudissait déjà de ce qui était la première réussite de son voyage, lorsque son œil d'abord, puis son oreille ensuite, furent attirés successivement par une vision formidable et par un bruit qui ne l'était pas moins.

En effet, dix minutes après que Lathil s'était installé, et cinq minutes après que les deux gentilshommes dont nous avons raconté la discussion étaient montés prendre place à leur tour, une espèce de colosse en habit de cavalier avait fait son apparition à la porte de la taverne. Ce colosse, qui faisait six pieds de haut, avait un tour de taille et surtout une largeur des bras et des épaules qui pouvaient inspirer la peur partout où le respect n'aurait pas suffi.

L'apparition, même pour un homme de courage, avait quelque chose d'admirable.

Étienne admira.

Bientôt, cet objet formidable disparut de son champ de vision, et une voix de stentor demandait à dîner, en mesurant, à parts presque égales, la hauteur et la politesse.

Puis il vint succéder à ces différentes sensations celle d'une vibration formidable imprimée dans le plancher, qui semblaient annoncer à Lathil une progression dans sa direction.

Bientôt l'homme attablé et le nouveau venu, l'homme assis et l'homme debout, se trouvèrent face à face.

L'œil de Lathil était celui qui avait le plus long trajet à parcourir. Il retint surtout, outre les caractéristiques que nous avons déjà nommées, les yeux qui annonçaient moins de malice que de bonté, les lèvres pour lesquelles l'ironie semblait inconnue, la moustache dont la coquetterie paraissait quelque peu défraîchie.

Le colosse, quant à lui, avait arrêté son attention sur Lathil avec un intérêt qui se mua rapidement en joie.

— Monsieur, demanda-t-il d'un ton assez gracieux, je n'ai pas l'heur de vous connaître, mais il me semble voir que vous êtes un homme de qualité. Je suis seul, comme vous, et homme de qualité, cela s'entend ; or, je n'aime pas à dîner quand je ne suis pas en compagnie : il me semble que j'en profite moins. Me permettrez-vous de me joindre à vous ?

Cet exorde plut infiniment à notre héros, qui accueillit avec empressement la proposition de son interlocuteur.

— Avec qui aurai-je l'honneur de partager mon repas ? demanda celui-ci, quand il eut demandé à l'hôte de lui porter son dîner avec celui de Lathil.

— Vous parlez au chevalier Étienne Lathil de Compignac, lieutenant des gardes de Richelieu, répondit Étienne, qui n'avait aucune raison de dissimuler sa position, et qui y mit sa franchise ordinaire.

— Ah ah !... de Richelieu, avez-vous dit ?

— Mais oui ; y a-t-il là quelque chose qui vous déplaît ?

— Moi ! grands dieux, non, s'écria son interlocuteur, sans s'asseoir. Au contraire, je vous en fais mon compliment ; car c'est un état qui dit assez que vous êtes brave, et que vous êtes adroit. Mais peut-être est-ce vous qui, en apprenant qui je suis, ne souhaiterez pour rien au monde avoir ma compagnie.

— Pourquoi cela ?

— Eh bien ! parce que...

Et l'arrivant, se penchant vers Lathil en adoptant une mine de conspirateur, prononça d'une voix dont il essaya vainement de diminuer le volume :

— Monsieur, puisque vous êtes au cardinal, vous devez avoir entendu parler de ces trois gentilshommes qui étaient au roi et que l'on nommait autrefois « les inséparables » ?

— Les inséparables ? répéta Lathil.

— Oui ; c'étaient trois mousquetaires. On les connaissait sous les noms d'Athos, Aramis, et Porthos.

Porthos, car bien sûr c'était lui, avec la modestie qui était la sienne lorsqu'il évoquait ses amis, se nommait toujours en dernier.

— Et, demanda Lathil, je présume que vous êtes l'un des trois ?

— Oui ; celui qui se nomme Porthos.

— Dites-moi, pourquoi étaient-ils fameux ?

Porthos se mit à cligner des yeux, signe chez lui d'évidente perplexité.

— On dirait, dit le géant en fronçant les sourcils, que vous l'ignorez ?

— Eh ! pardieu !

— Mais alors, dit Porthos ébahi, vous ne le savez véritablement pas ?

— D'honneur ! Aussi, instruisez-moi, je vous prie : pourquoi sont-ils célèbres ?

— Mais, pour leurs exploits au service du roi et de la reine, et... et... parce que mes amis et moi-même comptions une chose parmi nos prouesses, et c'est que nous rossions les gardes du cardinal avec le plus grand plaisir.

— Vraiment ? dit Lathil en ne pouvant s'empêcher de rire.

— Oui, monsieur, repartit Porthos en se redressant avec majesté ; et, je vous l'avouerai, je ne comprends pas bien ce que vous trouvez de drôle dans ce que je vous raconte.

— C'est, dit Lathil en souriant, votre franchise que j'apprécie fort. C'est une qualité rare, et que j'estime à son prix partout où je la trouve ; c'est pourquoi je vous en rends grâce.

— Puisque c'est le cas, monsieur, j'en userai toujours en conversant avec vous, dit Porthos charmé.

Il s'assit face à Lathil.

— Mais, aussi, dit Porthos, vous m'avez étonné ; car je ne croyais pas qu'il y eût un garde du cardinal en ce temps-là sur lequel nous ne fîmes point l'essai de nos épées. Lathil, avez-vous dit ?... Cela ne me rappelle rien ; et cependant il est possible que je me sois battu contre vous, et que je l'aie oublié.

— Je ne suis pas comme vous, répondit Lathil : si nos chemins s'étaient déjà croisés, je suis certain que j'en aurais conservé le souvenir.

Porthos salua Lathil avec un regard plein d'affabilité.

Le lieutenant reprit :

— Vous avez dit « en ce temps-là » ; à quel temps faisiez-vous allusion ?

— Mais, au mien, répondit naïvement Porthos.

— Bien entendu ; je voulais dire : quand avez-vous servi tous les trois ?

— Oh ! je comprends. Je dirais, à peu près jusqu'à l'époque de la prise de La Rochelle ; après quoi, nous nous sommes séparés.

— Ah ! mais en ce cas, tout s'explique, répliqua tranquillement Lathil. Je ne suis entré aux gardes que bien après le siège, au moment des guerres d'Italie.

— Ah ! répéta Porthos. Tout s'explique, en effet. Et que faisiez-vous avant cela ?

— Avant, répondit Étienne, je me suis battu, dans les Flandres, où j'ai été capitaine.

— Très bien !

— Puis je suis demeuré un temps au service du duc d'Épernon, auprès duquel j'avais été page dans ma jeunesse.

— Bravo !

— Ensuite, les temps étant durs, je suis resté à Paris, où je me suis fait ce que l'on appelle donneur de coups d'épée.

— Pour vivre ? demanda Porthos.

— Mais oui, dit Lathil.

— Alors, monsieur, c'est bien normal. Et si les circonstances n'ont pas permis qu'on vous trouve un emploi digne de vos capacités, je dirai que c'est la faute des circonstances, et non pas la vôtre.

— Je vous remercie, dit Lathil. C'est fort galant à vous, monsieur.

— Et c'est après cela que vous êtes entré au service du cardinal ; n'est-ce point cela ?

— Si fait, et j'y restai, à l'exception d'un passage que je fis, pendant les guerres d'Italie, avec le rang de capitaine, sous les ordres du regretté comte de Moret.

— Le comte de Moret... fit Porthos avec l'air d'un homme qui n'est plus très sûr de sa mémoire.

— Je vous parle, monsieur, de ce prince qui avait pour père Henri IV, et pour mère Jacqueline de Breuil.

— Ah ! oui, je vois qui c'était ; un bien digne prince, à ce que l'on raconte.

— Et on a raison, dit aussitôt Lathil.

L'ancien spadassin, qui avait eu la douleur de perdre un prince qu'il estimait beaucoup, avait eu également celle de n'avoir pas un endroit où se recueillir, puisque, si au témoignage de tous le prince était mort, jamais on n'avait retrouvé son corps, que l'on avait voulu soustraire à une vengeance posthume de Louis XIII, et ce n'était pas là, disons-le en passant, une crainte mal fondée ; si bien qu'il n'y avait aucun lieu pour porter la trace du passage sur la Terre d'Antoine de Bourbon, comte de Moret.

Lorsqu'il eut prononcé les derniers mots que nous avons rapportés, la tristesse qui passa dans le regard de Lathil, avec ses noires couleurs, fit à Porthos un effet surprenant ; car il lui semblait que cette expression ne lui était pas parfaitement inconnue, et qu'il l'avait déjà aperçue, seulement sur le visage d'un autre.

Quelque chose comme un instinct de délicatesse le fit se retenir d'interroger Lathil directement sur ce sujet ; mais, pour ne pas avoir l'air de couper la conversation de manière trop brusque et trop déplaisante, il demanda :

— Jacqueline de Breuil ; il me semble que j'ai entendu ce nom-là dans ma jeunesse aussi. Qu'est-elle devenue ?

— Elle s'est remariée, répondit Lathil, et porte à présent le nom de comtesse de Wardes.

— De Wardes ! Encore un homme du cardinal ; n'est-ce pas ?

— Oui, ou du moins, c'est ce qu'il fut. Vous avez eu affaire à cet homme par le passé, je présume ?

— En effet.

— Fut-ce en bonne part ? dit Lathil avec un sourire.

— Euh ! pas trop.

— Votre discrétion vous honore, mon cher Porthos.

À ce nom, qui arrivait après un autre nom qui était plein, lui aussi, d'un passé disparu, l'intéressé poussa un soupir nostalgique qui passa comme le souffle de quinze soufflets de forge de première force.

— Monsieur, reprit-il, je vois bien que vous voulez me faire plaisir, en usant de ce nom ; et toutefois, je vous prierai de n'en rien faire : c'est un nom de guerre, voyez-vous, et, moi, depuis que j'ai quitté la casaque, je suis devenu très doux.

— Fort bien ; en ce cas, m'obligerez-vous en vous donnant le nom duquel je dois vous appeler ?

Porthos tomba alors dans des affres inexprimables.

Lathil était lieutenant : ce titre le gênait ; Porthos eût aimé avoir quelque appellation comparable à faire valoir, au lieu de n'avoir à présenter que ses deux seigneuries de Bracieux et du Vallon.

La nécessité du moment était un si puissant aiguillon, qu'elle pénétra jusqu'à l'imaginative du géant, et y fit éclore cette réponse fleurie :

— Je suis, répondit-il, le baron du Vallon de Bracieux.

Lathil eut un hochement de tête qui pouvait être une appréciation.

Juste à ce moment, l'hôte apporta le dîner des deux compagnons de table.

Les minutes qui suivirent furent employées à lui faire honneur ; tout en dînant, on échangeait des souvenirs de bataille ou des récits d'équipées.

Chacun fut enchanté d'avoir fait la connaissance de l'autre ; Porthos surtout, car Porthos, âme simple et pure, n'éprouvait rien d'autre que cet enchantement ; tandis que celui de Lathil se doublait d'un intérêt qui se découvrait toujours de nouveaux objets, en particulier lorsqu'il entendait son commensal éclater d'un rire homérique, ou qu'il voyait le soi-disant baron enfourner sans faiblir un dîner qui eût fait le bonheur de cinq hommes.

L'envie lui prit d'en savoir un peu plus sur Porthos.

— Où cela se trouve-t-il, le Vallon ? demanda Lathil.

— Près de Corbeil. C'est un fort bel endroit ; nous ne mettons pas moins de deux heures quand il nous faut faire le tour de la propriété.

— Ah ! vous êtes marié ?

— En effet, je partage mes jours avec une compagne charmante ; mais madame du Vallon est souffrante, hélas. Aussi j'ai dû, à mon grand regret, l'abandonner sur nos terres.

— « Madame du Vallon » ? Je croyais qu'elle était baronne, se dit Lathil. Vous y êtes, sans doute, reprit-il à voix haute, parfaitement heureux ?

— Oh ! oui, dit Porthos en se rengorgeant comme un paon qui fait la roue.

— Alors, monsieur le baron, m'autorisez-vous à vous demander quelle raison vous amène à Paris ?

— Voyez-vous, mon ami, j'ai ce tort d'être trop sensible à l'équilibre de ce qui m'entoure, et d'aimer l'harmonie en toutes choses. C'est le propre, paraît-il, d'un esprit délicat. Un héritage, qui m'a mis assez bien à mon aise, m'a permis d'acheter des terrains, lesquels ont fait doubler la surface de mon parc, qui est magnifique ; or, voyez comme un bonheur peut se changer en malheur : car, au milieu de toute cette verdure superbe, le château, lui, apparaissait trop petit.

— Diantre !

— Oui ; vous comprenez, cela faisait peu distingué. J'ai donc donné des ordres pour que le Vallon fût agrandi.

— Et, vous trouvâtes-vous heureux du résultat ?

— Oui… et, non, répondit Porthos. Car, en méditant ce grand projet, j'ai négligé le fait que le Vallon compterait désormais un certain nombre de pièces supplémentaires, et qu'il faudrait, incontestablement, qu'elles ne restassent point vides. Pour les chambres, passe encore ; mais le plus grand problème, déclara Porthos gravement, était le nouveau salon de cérémonie.

— Le nouveau salon de cérémonie ! En effet, je perçois la gravité que la chose eut pour vous.

— N'est-ce pas ? dit Porthos heureux d'être si bien compris.

À ce moment, il s'arrêta de parler, comme s'il eût été frappé par une idée, et son front, qui n'était pas doué de la même largeur que d'autres parties de son anatomie, se plissa néanmoins de façon visible.

— C'est singulier, dit soudain Porthos.

— Qu'est-ce qui est singulier ?

— Il m'a semblé tout à coup, et pour la seconde fois, que vous me rappeliez quelque chose.

— Quelque chose ? répéta Lathil étonné.

— Oui ; votre accent, votre façon de parler… ce fut comme une réminiscence… de… mais, je ne sais pas bien quoi. N'importe ; cela reviendra avec le temps. Je vous parlais donc de mon salon de réception, hélas bien vide. Comme vous le pensez, j'en fus fort contristé.

— Et c'est alors que vous prîtes la résolution de venir jusqu'à Paris, afin de remplir cette pièce avec goût.

— Parfaitement. Après douze ou treize ans de province, il me semblait bon de revenir prendre l'air de la capitale.

— Voilà qui est admirablement dit.

— J'ai bien proposé à la baronne de m'accompagner ; mais elle n'a point voulu venir.

— Tiens ! pensa Lathil, je croyais qu'elle était souffrante.

— De sorte, conclut Porthos, que la semaine se passa en visites à différents endroits.

— Dam ! c'est tout simple ; vous vouliez rehausser cette force et cette majesté qui vous sont naturelles en adoptant la mode de Paris. Savez-vous ce qui mettrait le comble à ma joie ? Ce serait que vous me racontiez quelques-unes de ces visites. De la sorte, je ne doute pas que j'aurai bientôt de nouvelles raisons d'admirer votre puissance de raisonnement et votre esprit d'à-propos, M. Porthos. Mais, pardon ! je voulais dire, monsieur le baron.

— Oh !

Et, tout en poussant cette exclamation sonore, le seigneur du Vallon et de Bracieux abattit sur son front une main colossale.

— Qu'y a-t-il ?

— Il y a, s'écria Porthos, il y a que je me souviens !

— Eh ! de quoi donc ?

— De ce à quoi... non, je devrais dire : de celui auquel vous me faites penser malgré moi depuis tout à l'heure.

— Il vous arrive donc de penser malgré vous ? demanda Lathil avec un fin sourire.

— Mais oui, répondit Porthos.

— Et alors, celui auquel je vous faisais penser, qui est-il ? Est-ce un ami, ou un ennemi ?

— Oh ! c'est un ami ; c'est l'un des esprits les plus fins, l'un des cœurs plus braves, en un mot, l'un des meilleurs hommes que je connaisse.

— Ah ! j'en déduis que ce doit être l'un des trois célèbres, pour le moins ?

— Et comment ! c'est même le quatrième, dit Porthos. Il était aussi le plus jeune d'entre nous.

— Et quel est son nom ?

Lathil crut bon d'ajouter cette précision :

— Je parle de son nom véritable.

— Oh ! monsieur, dit solennellement Porthos, celui dont je vous parle est le seul d'entre nous qui n'a jamais eu à prendre un autre nom que le sien pour accomplir ses exploits. Si je devais user d'un nom différent, ce n'est pas de lui que je parlerais : j'aurais l'impression de commenter les actes d'un autre.

— Alors, quel est-il ?

Porthos allait donner à Lathil la réponse que celui-ci lui demandait ; mais il s'arrêta.

Il jugea en effet que celui dont il parlait était lieutenant aux mousquetaires, et que son chemin avait vraisemblablement croisé celui de Lathil, lieutenant du cardinal comme l'autre était celui du roi ; et, sachant l'étendue des mérites de son ami, Porthos, comme si c'eût encore été 1628, redoutait que ces mérites, à l'épée surtout, n'aient relui aux yeux de Lathil en une circonstance défavorable pour lui.

C'est pourquoi, avec sa délicatesse ordinaire, il voulut épargner à Lathil le réveil de souvenirs déplaisants.

— Oh ! fit Porthos en toussant, je doute fort que vous ayez un jour rencontré celui auquel je faisais allusion.

— Bien ; n'en parlons plus, alors, dit Lathil, qui était un homme discret. Mais, les visites que vous avez faites dans la capitale ? Dites-m'en une, je vous prie.

— Je me suis rendu chez un joaillier.

— Ai-je tort en devinant là une aimable attention pour Mme du Vallon ?

— En partie, mais en partie seulement ; car c'était aussi pour moi. Regardez, dit Porthos en tendant ses deux mains avec application.

— Oh ! oui, je vois !

— Celle de gauche, c'est une amably... une amblogui...

— Une amblygonite.

— C'est cela ; et à droite, une citrine.

— La citrine est splendide, dit Étienne en admirant la pierre de gauche.

— Merci.

— Et l'amblygonite ne lui cède en rien, ajouta-t-il après avoir examiné celle de droite. Il est seulement dommage que la monture soit un peu rayée.

— Rayée ? s'exclama Porthos. Ventre Mahon ! Vous dites vrai ; je n'avais point vu cela. Ce maudit drôle me l'aura éraflé.

— Quel maudit drôle ? Le joaillier ?

— Non point ; un cocher avec lequel j'eus maille à partir, en arrivant jusqu'ici.

— Vous ! avec un cocher ! Est-ce parce qu'il avait abîmé votre bague que vous l'avez morigéné ?

— Oh ! non pas ; j'aurais dû cependant : mais, pour lui rendre cette justice, je pense qu'il ne l'a pas fait exprès.

— Comment cela ?

— Je crois bien que je lui ai tordu un peu le nez.

— Ah !

— Après lui avoir aplati trois côtes.

— C'est affreux !

— Et lui avoir ouvert la lèvre.

— Le malheureux !

— Comment ! vous plaignez ce rustre ? Mais aussi, c'est que vous ne savez pas, vous, ce qui m'a mis en colère contre lui.

— Voyons, que vous a-t-il fait ?

— Il m'a fait, répondit Porthos avec une voix qui était encore pleine de menace, que, alors que je remontais cette rue, je l'ai vu descendre de son siège pour maltraiter horriblement l'un des chevaux de l'attelage que cet insolent était supposé conduire ; que je l'ai vu user, non seulement du plat de sa main, mais encore de ses coudes et de son fouet, d'une manière qui m'a paru ignoble, à moi. Le cheval, c'est la moitié du cavalier ; c'en est même, dans certains cas, la moitié la plus noble. Je n'aime point à voir souffrir toute créature vivante, mais il me semble que manquer de ce qu'on doit à celle-là, voilà qui est vraiment grave.

— Et le sang vous est monté à la tête, je présume ?

— Je ne sais pas si c'est cela qui est arrivé ; je me souviens que j'ai débord essayé de parler avec lui ; mais cela n'a rien accommodé, et, pire, j'ai eu à essuyer, moi, les insultes, et puis les coups de cet homme-là. Il fallait que je me défende : c'est alors, mon cher, que je me suis légèrement emporté.

— Mais, et cette voiture qu'il conduisait : n'y avait-il personne à l'intérieur ?

— Je ne crois pas, attendu que personne n'en est sorti. Mais, tenez, à présent, je me rappelle une chose. Ce butor avait une livrée.

— Une livrée ? Laquelle ?

— Ah ! C'est que, dit Porthos en s'embrouillant un peu, je ne suis pas très ferré sur ces matières.

— Aucune importance, répondit Lathil ; décrivez-moi cette livrée, ou plutôt, les armoiries qu'elle montrait, et, si je puis, je vous dirai à qui elles appartiennent.

— Eh bien, celles que j'ai vues avaient un fond rouge ; ce qui était gênant, parce que cela m'a empêché de voir tout de suite que le faquin perdait son sang.

— Bon ! un fond rouge, comme vous dites, fit Lathil qui renonçait à entrer dans l'héraldique et ses subtilités, de crainte de ne plus pouvoir en sortir ; et après ?

— Par-dessus cela, il y avait huit ou neuf… huit ou neuf… c'est singulier ; je ne trouve pas le mot.

— C'est embarrassant ; car enfin, si vous ne me décrivez pas la figure…

— Attendez ; j'ai une idée : si je prends mes couverts… que je les dispose comme ceci… et que vous me permettez d'y ajouter les vôtres… là.

— Des losanges ?

— C'est cela ! dit Porthos soulagé. Ouf ! je crois que tout ce bon repas m'a un peu alourdi l'esprit.

— Et, ces losanges, M. du Vallon, étaient-ils… creux, et… tracés en jaune, par hasard ?

— Si, parfaitement ; je m'en souviens bien, parce que c'est la couleur qu'a pris la figure de ce drôle lorsque j'en ai eu fini avec lui.

— Et vous dites que lui avez donné votre nom ?

— Oui.

— Oh ! oh !

— Pourquoi ? Avez-vous trouvé à qui sont ces armes ?

— Si je l'ai trouvé ? Et que trop bien ! Ce sont les Rohan.

— Les Rohan ! répéta Porthos, frappé, en mordant sa moustache.

— Oui. Autant dire, cher ami, que vous vous êtes brouillé avec la famille qui a non seulement l'une des souches les plus anciennes, mais encore les rameaux les plus étendus dans toute la haute noblesse française.

— Oh ! peu m'importe, à moi, dit le géant en haussant ses massives épaules. S'ils désirent se battre après cela, c'est égal, je les rencontrerai volontiers sur le terrain, car je ne suis pas homme à reculer devant un défi. Seulement, j'abomine, c'est le mot, la cruauté et l'injustice.

Lathil salua.

— Mais, reprit-il, avec tout cela, M. le baron, j'ai peur que votre salon de cérémonie ne soit toujours vide.

— C'est vrai ; mais, depuis hier, dit Porthos qui ne se sentait plus de joie, la question se trouve résolue.

— À la bonne heure ! contez-moi cela.

— Comme je m'acheminais vers le faubourg Saint-Antoine, où je savais trouver les meilleurs ébénistes, je vins à passer devant la devanture d'une boutique qui m'arrêta. Devinez-vous ce que c'était ?

— Par mon saint patron lapidé ! non.

— Mon ami, dit Porthos en écartant les mains dans une sorte d'extase, c'était la boutique d'un faiseur d'instruments. Me voilà aussitôt comblé d'une nouvelle idée : j'allais faire de mon salon de cérémonie un salon de musique.

— La merveilleuse trouvaille ! Vous vous entendez donc à la musique, M. du Vallon ?

— Euh ! pas trop, à vous parler franchement. Mais j'ai toujours ouï dire que c'était un divertissement de premier ordre, et il faut bien que je m'emploie à montrer de l'attachement pour ce qui peut divertir la société que je reçois, ces dames, surtout.

— En vérité, vous devez être un hôte irréprochable.

— Il faut s'y essayer, tout du moins, dit Porthos qui, il faut le dire à sa louange, s'était mis à rosir un peu. À la fin, j'entrai dans la boutique. Ma foi ! je crus bien que je ne parviendrais jamais à m'en dépêtrer ; car le marchand me fit toutes sortes de propositions plus absurdes les unes que les autres.

— Cela prouve, dit Lathil, qu'il ne s'était point trompé sur votre qualité, et qu'il espérait trouver en vous le meilleur des acheteurs.

— Ah ! c'est donc cela ? J'ai failli m'emporter, je vous l'avoue ; car j'aurais eu en horreur qu'un faquin de commerçant me prît pour un… euh… un… comment dirais-je…

— Pour ce que vous n'êtes pas, compléta Lathil.

— Voilà.

— Ma foi ! vous vous seriez trompé, et vous étiez, en l'espèce, d'une immense modestie qui vous honore. Mais… monsieur le baron, pourrais-je savoir pourquoi vous me regardez de cette façon ?

— C'est que, plus je vous considère, et plus votre conversation me fait penser à celle de cet ami dont je vous parlais tantôt.

— Et qu'est-ce donc, cette fois, qui vous a fait penser à lui ?

— C'est que je jugeais que, peut-être… Vous excuserez ma franchise, encore une fois ; mais je n'aime pas à dissimuler ce que je ressens aux personnes que j'estime.

— Après un si beau commencement, je serais bien coupable si je vous retenais ; que jugiez-vous ?

— Eh bien ! que vous aviez le même défaut que lui : il me semble que parfois, vous réfléchissez trop.

— On ne dira pas, du moins, que c'est un risque qui peut vous arriver, à vous, M. le baron.

— Oh ! non, s'écria Porthos ; moi, je suis très prudent.

Lathil le regarda avec un long sourire.

— Revenons, dit-il, à votre histoire d'instruments.

— C'est vrai. Eh bien ! On se mit d'abord en tête de me proposer un violon.

— Mais, c'est une bonne chose ; on dit que ces dames en veulent à la fureur. Est-ce que Mme du Vallon n'aimerait pas savoir en jouer ?

— Je ne crois pas, dit Porthos qui parut un peu embarrassé ; Mme du Vallon, pour son malheur, n'a pas les doigts aussi fins qu'elle l'aurait désiré.

— C'est bien triste, répliqua Lathil qui avait remarqué cet embarras.

— Je refusai la guitare, pour les mêmes raisons ; avec cela que je me méfie des inventions étrangères, surtout si elles nous viennent d'Espagne. Que diable ! nous sommes en guerre.

— Voilà qui est fort bien dit.

— On me proposa un clavecin, une épinette ; mais, je ne sais comment cela se trouvait, il me fut impossible de m'y encastrer convenablement.

— Pardon ? fit Lathil qui croyait avoir mal entendu.

— Mon Dieu ! oui ; j'ignore au juste qui eut jamais l'idée de concevoir ces machines-là, mais je sais bien que jamais je n'en vis de plus délicates et de plus compliquées, surtout quand il s'agissait de s'asseoir sur un siège et de faire tenir ses jambes dessous.

— C'est regrettable ; mais, est-ce que, à défaut de vous-même, Mme la baronne du Vallon… ?

— Oh ! non, dit tout de suite Porthos.

Cette rapidité fut comme un trait de lumière pour Lathil, qui depuis quelques instants se posait des questions sur l'origine de la fortune du baron Porthos : et cette réaction venait lui apporter la réponse qu'il attendait, en lui apprenant que Mme du Vallon avait sans doute passé l'âge qu'on lui enseignât la musique.

— Cependant, reprit Étienne, il fallut bien que vous vous arrêtassiez à un parti ?

— Mon cher, je suis aux anges depuis hier après-dînée.

— Quelle est donc votre acquisition ? demanda Lathil en souriant.

— Devinez donc ?

— Eh ! j'y renonce.

Si préparé que fût Lathil par toutes ces prémisses, il était bien loin de s'attendre à la réponse que devait lui faire Porthos.

— Un orgue.

On s'efforcerait en vain de donner une idée de l'expression d'Étienne lorsqu'il entendit ce mot.

Tout ce qu'il trouva à répliquer fut :

— Ah !

— Vous comprenez, dit Porthos à qui ce monosyllabe faisait grand plaisir, parce qu'il voyait que Lathil était impressionné, que cet orgue est plus petit que celui que l'on trouve dans les temples et dans nos églises ; il a seulement huit pieds de hauteur. Heureusement que nous avons des plafonds élevés au Vallon.

— Et, dit Lathil, qu'est-ce qui vous a inspiré une si singulière envie ?

— Le fait que j'y étais très à mon aise, pour commencer ; car, alors que l'espinette et le clavecin m'ont paru fort incommodes, j'ai trouvé l'orgue d'un format plus arrangeant. Et puis, ce n'est pas fort gai comme musique, j'en conviens ; mais je ne doute point que ce ne soit là ce qu'il me faut :

les médecins recommandent l'équilibre des humeurs, et moi, monsieur, mes bonheurs sont si nombreux ! dit Porthos en se penchant vers son commensal avec un sourire aérien.

— Oh ! je n'en doute pas. Seulement, il vous faut assurer d'une chose.

— Laquelle ?

— C'est qu'il faut que le plancher de la pièce qui sera au-dessus de votre salon soit solide ; autrement, en raison des vibrations qui émaneront de l'instrument, il risque fort de vous tomber dessus.

— Ma foi ! s'exclama Porthos, vous faites bien de m'avertir, cher ami ; on ne m'avait point dit cela, à moi : je profiterai de ce que les manœuvres se trouvent toujours au Vallon pour faire renforcer ce plancher.

— Et vous ferez bien ; car, je présume que cette pièce est, ou doit être, remplie ?

— Oui-da : c'est la nouvelle chambre de Mme du Vallon. Vous percevez, mon ami, la délicate intention qui est la mienne ?

— C'est-à-dire que je m'en doute ; mais, éclaircissez-moi donc ?

— J'ai l'espoir, dit Porthos avec épanouissement, en tirant de cet instrument de nobles et délicieux accents, de bercer quelquefois le sommeil de Mme du Vallon.

Lathil eut la vision du baron s'essayant de toute son ardeur à cet exercice harmonique.

Cette vision fut sur le point de mettre en déroute le sérieux que Lathil préservait par d'héroïques efforts.

Presque au même moment, Porthos ajouta, avec un soupir qui passa comme un borée :

— Et puisque l'on assure que la musique adoucit les mœurs !

Il faut le dire à la gloire de Porthos ; ce mot fut le seul qui lui échappa sur ses relations avec Mme du Vallon.

Comme on était arrivé à la fin du repas, il fallut se lever et payer. Lathil fut impuissant contre le terrible déluge de la généreuse obstination de son compagnon, qui s'acquitta pour eux deux.

Chacun devait aller dans une direction différente ; ils se saluèrent et se souhaitèrent tout le bien possible avec la plus grande sincérité, et enfin, se séparèrent.

Porthos s'éloigna dans la direction du centre de la ville ; il allait murmurant :

— Ah ! si j'étais baron !

Quant à Lathil, qui avait, durant la conversation, tout oublié de la mission que lui avait confiée le cardinal, il en retrouva le souvenir aussitôt qu'il fut seul.

Le cardinal lui avait dit :

— Étienne, rends-toi à Charleville ; là, tu te mettras en relation avec Jean-Baptiste Lhermite. Cet homme est à moi, quoiqu'il feigne d'être à Soissons ; je veux que tu écoutes ce qu'il aura à révéler, à propos de la force armée que Soissons serait en mesure de lever, s'il devait y avoir affrontement entre le roi et lui. Quand tu sauras cela, tu examineras les environs ; je viens de te dire qu'il y aurait peut-être un combat : tâche, en prévision de ceci, de m'étudier le terrain.

— Bon ! songeait Étienne en montant à cheval, il paraît que je vais voir du pays, et qu'il y a une bataille qui se prépare. J'en reviendrai, je crois ; on ne quitte pas si vite un monde où on a appris à aimer le bon vin… et qui présente, ajouta-t-il avec un sourire, des compagnies aussi divertissantes que celles du baron Porthos.

XXXI

Des héros et des dieux

Les accointances de Cyrano avec la maison du cloître Notre-Dame lui permettaient de parcourir à loisir les pages de ce grand livre qu'est l'univers, tel que l'écrivaient alors la science, la physique, et surtout l'astronomie ; mais il n'est pas moins vrai que la rêverie, et surtout la rêverie amoureuse, deviendraient les guides qu'il privilégierait lorsqu'il lui faudrait habiter, au moyen de son imagination, ces sphères lointaines qui feraient la matière des *États et Empires de la Lune* et des *États et Empires du Soleil.*

C'était la même rêverie qui inspirait Dassoucy au sujet d'Apollon et d'Orphée, ces ombres divines ou semi-divines que son inspiration regardait comme des ombres familières. En effet, le poète et musicien de Louis XIII savait que c'était du temps où Orphée tournait son affection vers les hommes, qu'il se faisait le plus ardent défenseur du culte du soleil, et par conséquent, le meilleur épigone de son père Apollon. C'est pourquoi celui qui était né Charles Coypeau avait adopté ce nom de Dassoucy, *qui suit le soleil.* Ce nom lui venait en même temps d'une terre, à présent perdue, du côté de son père : héritage qu'il semblait donc avoir trouvé dans l'escarcelle familiale à la faveur de ce qu'il faut bien nommer la complaisance du hasard.

Dassoucy se voyait en disciple de l'art ; Cyrano se voyait en disciple de la philosophie. Quoique Cyrano n'eût pas encore tiré toutes les conséquences de cette affiliation dans ses œuvres et dans sa vie, il n'ignorait point que cette glorieuse discipline supposait l'amour de la connaissance ; qu'aimer, et chercher à savoir, étaient pour elle une seule et même chose ; et qu'à ce Beau, ou à ce Bien, qui était tout l'objet de la recherche et du sentiment amoureux, Platon avait donné l'apparence du Soleil.

On voit que, pour ces deux esprits créateurs, ce grand astre avait une part intime avec ce qu'ils se sentaient être, et qu'ils voulaient être, de manière libre, souveraine, absolue.

Ce n'est pas l'époque qui arrivait si vite après l'humanisme, qui se fût étonnée que ces deux hommes, qui sentaient contre eux, dans leur présent, une adversité moins imaginaire que réelle, eussent l'idée de considérer le passé comme Narcisse sa pièce d'eau, et de se chercher eux-mêmes dans le miroir que tendait, à l'un, l'Antiquité qui pense, à l'autre, l'Antiquité qui rêve.

Maintenant que nous avons fait cette remarque qui nous paraissait de quelque importance, nous nous remettrons à suivre le cours des événements.

Le printemps avait déjà paru ; un jour où le vert éclatant des feuillages s'épanouissait sous le dais d'un ciel gris et qui menaçait pluie, on vit Cyrano franchir une fois de plus le seuil de la maison que nous connaissons bien, et prendre avec familiarité la direction des quartiers de Chapelle.

Ce n'était plus cette figure morne et assombrie que nous avons décrite au cours de l'hiver : son énergie, si longtemps offusquée à l'ombre du souvenir d'une rude expérience faite au feu de la guerre, si longtemps éteinte par la monocorde rigueur où le collège enfermait sa jeunesse, paraissait lui avoir été rendue ; avec cette énergie, on voyait de nouveau briller la flamme de son étincelante intelligence, et de cette farouche imagination qui, chez les plus inventifs, tantôt suit les voies de la raison, et tantôt superbement l'ignore.

Il ne croisa personne sur son passage, ce qui parut l'étonner ; arrivé à la porte qui défendait la chambre de son ami, il frappa, et, presque sans attendre de réponse, entra avec autant d'aplomb qu'il avait mis à en franchir le seuil par le passé.

Il trouva Dassoucy, assis dans un fauteuil, près d'une table sur laquelle roulaient encore deux dés, lancés d'une main plus nonchalante que passionnée.

De Chapelle, en revanche, pas l'ombre.

— Ah ! à la bonne heure, s'écria Dassoucy.

— Tu m'attendais ?

— Moi ? non ; je m'ennuyais, voilà tout.

— Tu t'ennuyais ?

— Oui. Comme il m'arrive d'être industrieux, j'ai naturellement voulu remédier à cet état de fait, et, en furetant, j'ai fini par trouver ces deux ravissants petits objets. Seulement, je suis las de jouer contre moi-même : je me trouve un charmant compagnon de table, assurément, mais...

— Je croyais que tu serais content d'être toujours celui qui gagne ?

— C'est-à-dire que je suis toujours celui qui perd.

— Que veux-tu ! il faut croire que nul n'échappe à son étoile.

— Et j'en étais moi aussi arrivé à cette triste conclusion, jusqu'à ce que tu apparaisses d'une façon vraiment providentielle. Aussi je t'en rends grâce ; installe-toi là, et jouons !

— Il n'en est pas question, cher ami, répondit Cyrano. D'abord, je n'aime pas tant que toi ces jeux de hasard, dans lesquels d'ailleurs, toi jouant, le hasard, c'est-à-dire ce que l'on prend communément pour le diable, tient moins son rôle que d'habitude.

— Tu dis cela comme si c'était un crime, dit Dassoucy sur le visage duquel glissa un long sourire.

— Ensuite, tous tes efforts ne te servent de rien, et le résultat est toujours à ton détriment, ou plutôt à celui de ta bourse.

— C'est vrai. Ou du moins, ce l'a toujours été jusqu'à présent ; mais, peut-être que le sort va me favoriser, et que, puisque je suis homme à paradoxe, je me mettrai désormais à gagner contre autrui, aujourd'hui que j'ai une véritable raison d'être malheureux au jeu.

— Ne parlons plus de cela ; ou plutôt, parlons de ta raison. Je venais pour voir Chapelle.

— Chapelle ?

— Oui.

— Il n'est pas ici.

— J'ai des yeux qui savent voir ; mais ils savent lire aussi, et j'ai reçu justement ce matin une invitation à me trouver ici, signée, si je les en crois, par notre ami commun.

— Ah ! dit Dassoucy sans se compromettre.

— Tâchons d'avoir de l'ordre. Y a-t-il longtemps que Chapelle est parti ?

— Mais, je ne sais plus ; ces petits dés avaient beaucoup de conversation, jusqu'à un certain point.

— T'a-t-il dit vers quels cieux il comptait s'envoler ?

— Nullement.

— T'aurait-il appris, au moins, dans quelle intention il m'a fait porter un exemplaire de son écriture, qui ressemble furieusement à une convocation ?

— Pas davantage : est-ce qu'elle ne porte aucune espèce d'explication ?

— Aucune ! s'exclama Cyrano, dont l'irritation croissait à chacune des réponses fournies ou plutôt non fournies par Dassoucy. Vraiment, tu espères me faire croire que Chapelle t'aurait quitté sans rien te dire ?

— D'honneur ! Mais, au lieu de te mettre en colère, tu devrais bien plutôt te plaindre avec moi, et faire ce que je te demande depuis que tu es arrivé, c'est-à-dire me distraire de ma captivité.

— Captivité ! Il appelle cela une captivité !

— Tu le vois bien : je m'ennuie à périr, et je ne sors guère d'ici depuis maintenant… voyons…

— Sois juste, au moins, et admets que tes jours de prison, si tu y tiens, devraient plutôt se compter par nuits.

— Pas toujours : puisque je t'assure que Chapelle m'a dit de ne pas bouger !

— Ah ! s'écria Cyrano en se retournant vers lui d'un mouvement vif. Tu vois bien que tu sais quelque chose, puisqu'il t'a donné des instructions avant de partir.

— Ce ne sont pas des instructions, c'est un ordre ; ce qui est, tu en conviendras, une assez piètre information.

La pertinence de cette dernière remarque demeura pourtant sans effet sur Cyrano. Le jeune homme, pris d'une rage d'impatience, s'était mis à arpenter la chambre ainsi qu'un lion en cage ; et, là où Dassoucy avait déjà, suivant son expression, fureté avec industrie à la recherche d'un plaisir, lui allait tout examinant, avec une hâte fiévreuse, à la recherche d'une explication que ni papier, ni conversation n'avaient bien voulu lui donner jusque-là.

— Te calmeras-tu ? demanda Dassoucy, qui suivait de l'œil ces grands pas, cette haute taille, et la longue épée qui accompagnait les premiers et la seconde.

— Non. On fait appel à mon amitié ; j'accours ; pour me recevoir, personne…

— Bon ! merci !

— Il faut bien que je t'exclue, du moment que tu fais tous les efforts pour cela.

— As-tu réfléchi que, peut-être, Chapelle est parti chercher une composante essentielle de cette affaire pour laquelle on requiert tes services ?

— J'y ai bien pensé ; mais alors, on s'arrange, du moins, pour ne point ajouter l'impatience et le mystère au dévouement et à la curiosité. Qu'en dis-tu ?

— J'en dis que cela ne me distrait pas beaucoup.

— Eh bien ! je t'en charge, alors : distrais-moi, je t'en prie, comme tu le fais si bien.

— Ma foi ! avec plaisir.

— Bon ! qu'as-tu à raconter ? dit Cyrano qui, ayant reconnu dans l'œil de Dassoucy une étincelle familière, s'immobilisa au centre de la pièce et se mit en devoir d'écouter.

— Une nouvelle qui n'est pas si fraîche qu'elle pourrait l'être, puisqu'elle a déjà au moins quatre jours : c'est le temps où je suis passé à la cour pour la dernière fois.

— Elle concerne ?

— Le comte de Guiche.

— Ah ! dit Cyrano, qui respectait ce nom comme celui d'un guerrier éminent. Eh bien ? *quid* du comte de Guiche ?

— Figure-toi qu'il lui est arrivé un gentilhomme du Périgord, un de ses vassaux je crois, tout frais sorti de sa province, et qui voulait s'entretenir avec lui pour un service quelconque. Seulement, le visiteur n'a pas voulu s'en acquitter sans montrer à quel point il était provincial. Il s'est attaché aux pas de son protecteur dès le lever du jour ; et, pour toute la journée qui s'en est suivie, il est devenu pour ainsi dire le remplaçant de son ombre. La chose avait d'abord fait sourire ; bientôt, elle fit rire, et de Guiche ne savait comment faire comprendre à l'importun le nom qu'il méritait, puisque tous les moyens, les subtils comme les moins subtils, avaient été employés à cette fin avec un égal insuccès. Là-dessus, le soleil, lassé sans doute de voir deux ombres au comte de Guiche, a fini par se coucher ; et le comte, tout naturellement, aurait voulu en faire autant. Le provincial, quant à lui, était toujours provincial, c'est-à-dire que, contrairement au soleil, il était toujours là. Ce que voyant, le comte, qui était alors chez lui, appela son valet, et lui dit : « Faites donner des mules à M. le vicomte, car je crois bien qu'il va nous faire l'honneur de demeurer ici. Sans doute, il n'en restera pas là, et voudra partager mon lit. »

— Toute la question est celle-ci : à quel point l'autre connaissait-il la réputation de de Guiche ?

— Eh bien ! de Guiche, par cette parole, obtint de son visiteur tout ce qu'il avait en vain souhaité pendant la journée entière.

— Il la connaissait donc.

— Mais oui ; elle a même franchi les portes de Ribérac ou de Périgueux, à ce qu'il paraît, et sans doute que l'importun a galopé pour faire la même chose.

— Et, fit Cyrano en se remettant à marcher, si Chapelle ne revient pas bientôt, je finirai par penser qu'il est parti courir après le Dordognot.

— Décidément, tu es désobligeant. Tu pourrais bien rendre justice à mes talents de conteur.

— J'ai bien peur que le silence de Chapelle ne soit plus puissant qu'eux.

— À chaque fois que tu as franchi le seuil de cette maison, t'en es-tu mal trouvé, dis-moi ?

— Non ; mais, chaque fois aussi, Chapelle me précédait.

— Eh bien, aujourd'hui, c'est toi qui le devanceras.

— Peut-être, en revenant ici, est-il tombé dans une choppe de vin.

— Il serait bien tôt pour cela.

— Ou bien tard. Ah ! j'avais oublié à quel point le temps était long, lorsqu'il marche sans qu'on l'aide. As-tu ton instrument ? demanda soudain Cyrano.

— Mon luth ? dit le musicien et poète, non ; je l'ai laissé chez le duc d'Angoulême. Tu comprends, il voit assez de pays comme cela : aussi, il a bien le droit de ne pas m'accompagner de temps à autre.

— C'est bien dommage ; car, si l'on avait eu la musique, il n'y aurait plus eu besoin de parler, fit Cyrano devenu rêveur, et même nostalgique.

— Les dés m'ennuient ; rien pour écrire ; point de cartes, point d'instrument : *ohimé !* dit Dassoucy, dont les mains oisives s'agitaient comme si, au lieu d'être à demi italien, il eût été italien des deux côtés.

— Oh ! dit Cyrano qui s'était de nouveau arrêté pour s'appuyer contre un mur, je serais heureux en tout lieu, absolument, pourvu qu'il y ait des livres. Mais, par malheur, Chapelle n'en garde pas ici. On voit bien à quelles sortes d'usages notre ami destine, ou plutôt ne destine pas, un lieu comme celui-là.

— C'est un tort néanmoins, fit Dassoucy avec un air sévère. Ce n'est pas comme chez Tristan l'Hermite : là-bas, on en trouve, des livres, et dans une si belle abondance, qu'on en déniche jusque derrière les portes.

— Tristan l'Hermite ? Le poète ?

— Eh ! qui d'autre ? Je le rencontre parfois à la cour ; j'aime à rendre visite aux gens que j'apprécie.

— Ah ! mais, dit Cyrano revenant à son idée, c'est que Chapelle n'écrit pas ; il n'éprouve pas, comme toi ou moi, ou comme celui que tu évoques, le besoin d'avoir à son chevet quelques-uns des absents de cette terre que l'on révère, et dont on aime à entourer la solitaire réflexion de son esprit.

— Erreur !

— Comment cela, erreur ?

— Chapelle n'écrivait pas ; mais, dorénavant, on dira : Chapelle fait des vers.

— Vraiment ! et depuis quand ?

— Depuis moi.

— Ah ! tiens !

— Cela t'étonne ?

— Non, dit Cyrano avec un sourire songeur, et même, si l'on nous passe l'expression, un sourire qui avait de la mémoire. Alors, je comprends que ces murs sans rayonnages te chagrinent. Un maître aime à retrouver les traces de son enseignement : mais ici, il n'est aucune de ces illustrations que tu recommandes chaudement à l'attention des autres.

— C'est-à-dire que je regrette l'absence d'Ovide, de Virgile, de Rabelais ou de l'Arioste ; enfin de quelqu'un de ceux qui font l'ornement de tout esprit bien fait.

— Ma foi ! je ne regrette pas leur absence si fort que toi.

Dassoucy fronça les sourcils.

— Tu t'étonnes, dit Cyrano : je n'approuve pas ce que tu aimes.

— Non ; je m'étonne que tu n'approuves plus ce que tu as aimé.

— Sans les renier tout à fait, il est vrai que j'y trouve aujourd'hui moins de substance qu'autrefois, et que mon esprit cherche des fleurs de la pensée un peu plus consistantes. Dans ce que tu proposes : des fables, mais guère de vérité ; des récits, mais point d'histoire ; des moralités, mais peu de philosophie.

— Pourquoi s'embarrasser de tout cela, repartit Dassoucy, lorsqu'on cherche à gravir les cimes du Parnasse, ou à errer dans les sentes élevées des histoires de chevalerie ? Laisse à leur joie, qui s'entremêle aux larmes, les conteurs qui font mon admiration ; et sois franc sur une chose.

— Moi ? Je le suis toujours.

— Tu me parles de philosophes : mais je les crois un trop pauvre ornement, un trop austère assaisonnement, dans un jardin du genre de celui qui tu rêves. Ils font beaucoup pour l'esprit, mais fort peu pour le cœur ou la vue. Aussi, comme je crois te connaître un peu, je te demande quels souvenirs de guerriers anciens viendraient hanter les ombrages où se réfugie ta pensée.

— Ces ombrages-là accueilleraient, il est vrai, au milieu des penseurs que ton plaisir dédaigne, quelques greffes prises à l'Antiquité : non pas des dieux, mais des hommes.

— Tiens ! c'est étrange, repartit le poète avec un sourire ironique ; on m'avait dit, à moi, que tu n'étais pas fort l'ami du genre humain.

— Nous avons sans doute plus besoin de héros que de dieux, répondit Cyrano avec un ton paisible que venait démentir l'intensité dans le regard.

— Alors, dis-moi lesquels ?

— Épaminondas ; César ; Alexandre.

— Gare ! tu les choisis avec des appétits de plus en plus gros.

Rappelons que la gloire militaire n'était pas le seul point commun entre le général thébain, le dictateur romain et l'empereur de Macédoine. Ainsi, on ne sait quelle part de lui-même Alexandre le Grand donna à la princesse orientale qu'il avait élue pour femme ; on peut cependant douter que ce fût la meilleure ou la plus flatteuse que l'illustre conquérant accorda à cette épouse, qui avait nom Roxane.

— Héraclès, dit encore Cyrano.

— Bon ! ce n'est pas mal : tu avais commencé en citant un humble soldat, et voilà que tu finis par un demi-dieu élevé, après sa mort, au rang d'une constellation. Je savais bien, moi, que tu finirais par viser haut.

Au lieu de répondre, Cyrano garda le silence, comme pour honorer ce nom d'une révérence particulière.

Seulement, l'instant d'après, il se remit à marcher, au grand désespoir du joueur du luth, qui ne savait par quelle ingéniosité apaiser celui qui lui faisait l'effet, par ses longues jambes, d'être un vivant métronome.

Il eut alors recours à la dernière ressource des gens bavards : il interrogea.

— Qu'as-tu au fond de tes poches ?

— Moi ? dit Cyrano. Rien.

— Oh ! première nouvelle. Jamais je n'ai vu Cyrano sans un livre en cours de lecture, ou sans un feuillet attendant d'être noirci.

— Mon respect est trop grand pour les productions d'autrui, ou pour les miennes, pour les exposer à ces pluies dont Apollon, qui t'est cher, pourrait bien nous mettre à l'abri en ce moment.

— Et moi, j'en veux à tes philosophes, qui pensent beaucoup à penser, mais pas toujours à vivre, de n'avoir pas réfléchi au moyen de soulager les tracas météorologiques de l'humanité lettrée.

— Qui te dit que le remède n'a pas été trouvé ?

— Ah ! vraiment ?

— C'est-à-dire que j'en tiens un ; mais je laisse à de plus habiles que moi de le mettre en application.

— Je serais curieux de l'entendre.

Cette fois, Cyrano s'assit, de manière à se tenir en face de son interlocuteur ; son esprit comme son corps étaient tenus en arrêt.

— Écoute, dit-il, une invention qui va te surprendre. Je te prie d'imaginer une boîte faite de main d'orfèvre, soit en diamants, soit en perles. Oh ! tu grimaces ; mais un livre n'est-il pas un objet digne de considération ?

— C'est que cette considération ne pousse pas sur les arbres : on en demandait fort cher dans la rue des Rosiers, la dernière fois que j'ai eu la fantaisie de vérifier ces choses-là.

— Je ne dis pas non ; seulement, qui te dit que le monde où l'on use de ces précieux objets soit le même que le nôtre ?

— Ah !... parce qu'il faut admettre la pluralité des mondes ?

— Oui, dit Cyrano comme si accepter l'idée pour laquelle Giordano Bruno était mort brûlé vif était la chose la plus simple qui fût. Je te le demande.

— Je trouve que c'est se sauver d'un fourré d'épines pour se jeter dans un autre ; mais enfin, soit.

Le fait est que Dassoucy ne voyait nullement où Cyrano voulait le conduire.

À cette première source de perplexité venait s'ajouter une deuxième ; c'est que ce n'était évidemment plus lui qui menait la conversation : chose dont notre poète n'avait guère l'habitude.

Cyrano, qui avait vu cette double perplexité, se mit à sourire.

— À présent que tu te représentes ce bel objet, je te demande de l'ouvrir. Tes yeux rencontrent, à l'intérieur, un univers de métal, tout semblable à ceux qui se trouvent dans nos horloges. Comme tous les univers, celui-ci vit d'un mouvement permanent : mais ses planètes et ses étoiles, à lui, ne sont que les pléiades de ressorts et de machines diverses, qui offrent à tes regards leur scintillant détail.

— Mais, à moins que je ne sois fou, tu me parlais d'un livre : où donc est-il ?

— Devant toi. C'est un livre sans feuillet, sans caractère ; il n'y faut ni encre, ni papier. On ne lit pas avec les yeux : seulement avec les oreilles. Quel que soit le nom qui serait inscrit sur cette boîte, Homère, Lucain, Quevedo, tu n'aurais besoin que d'actionner une clef prévue à cet effet : une fois qu'elle a joué, voici l'ouvrage qui entre en activité, voici l'ouvrage qui se met à parler à voix haute ; il raconte, il chante.

— Une machine qui a une voix !... Mais, en d'autres termes, fit le musicien sidéré, ta machine n'est rien d'autre qu'un poète ambulant comme il s'en trouve sur le Pont-Neuf.

— Tu me parles de braillards et d'ivrognes ; je te parle d'une machine qui récite avec la perfection de l'œuvre originale.

— Et si le rythme de sa voix me lasse, et que je veuille passer d'une partie du poème à l'autre ? Ce n'est pas ton invention qui me répondra, je suppose.

— Mais si, et même, rien de plus facile ; il te suffit de déplacer une aiguille sur la partie du mécanisme qui t'intéresse : elle fera office de marque-page.

— Ah !... Seulement, ce que tu me décris reste une machine bien encombrante, et moins résistante à la pluie que les livres de facture traditionnelle qu'elle prétend remplacer.

— Oh ! sot que je suis, j'oubliais le meilleur. Ces univers tiennent dans une main d'enfant ; ces mécanismes sont de parfaites miniatures. Et voilà que sans effort, on tient éternellement auprès de soi la voix de tous les grands hommes dont on veut recueillir la sagesse ou les contes ; ils entretiennent les vivants de leur pensée, exactement comme si, au lieu d'être éloignés ou morts, ils étaient à nos côtés, et même sur nos épaules.

— Comment ! sur nos épaules ?

— Ces livres qui chantent se portent aux oreilles.

En entendant cette réponse, le poète regarda son ami avec un œil qui eût paru envoyer beaucoup d'épithètes injurieuses, si l'ébahissement n'en eût pas été la première expression.

Le sourire de Cyrano ne fit que s'élargir.

— Qui t'a donné, dit Dassoucy, une pareille invention ?

— L'imagination, s'écria Cyrano : l'imagination, légère et brillante, fleuve dont le cours étincelant roule un or précieux qui ne demande qu'à être recueilli.

— Ah ! oui, je me souviens.

— De quoi est-ce que tu te souviens ?

— Qu'il y avait un temps, et c'était avant que tu ne partes faire la guerre, où tu me disais déjà tout ce que tu pensais d'une faculté aussi prodigieuse que celle-là. J'étais cependant loin de me douter des bizarreries qu'elle te ferait engendrer !...

Cette fois, Dassoucy avait haussé ses deux sourcils.

— Je comprends, répliqua Cyrano tranquillement, que tu ne t'y reconnais plus.

Ce fut alors qu'un bruit leur fit tourner la tête à l'un et à l'autre.

Quelqu'un marchait dans la grande pièce de l'étage ; à son pas, Cyrano crut reconnaître le valet et disciple de Gassendi.

— Voilà Bernier qui vient travailler, fit-il. J'ai bien envie de lui demander s'il sait où peut être allé Chapelle. Viens-tu avec moi ?

— Soit.

Ils sortirent.

XXXII

Chapelle Imperator

CYRANO ne s'était pas trompé ; c'était en effet Bernier qui venait d'arriver, avec, sous le bras, quelques cahiers qui promettaient, pour l'heure à venir, une occupation des plus studieuses.

Le joli philosophe salua les deux amis.

— Dites-nous, Bernier : n'y a-t-il personne que nous dans la maison ? dit Cyrano, que les dispositions conviviales de Gassendi, et surtout de Lhuillier, n'avaient pas habitué à une pareille vacuité.

— Non, en effet : tôt ce matin, mon maître s'est rendu chez le père Mersenne, où d'autres devaient le rejoindre.

— Parmi ces autres, on ne compterait point Chapelle, par extraordinaire ?

— Chapelle ? non ; est-ce vous ne l'auriez pas vu ?

— Las ! dit Cyrano. Il m'a mandé ici, sans que je sache pourquoi.

— Oh ! m'est avis que vous le saurez bientôt.

— Pourquoi cela ?

— J'entends qu'on ouvre la porte du rez-de-chaussée. Je serais bien surpris si ce n'était pas celui dont vous espériez le retour avec tant d'impatience.

— En effet, dit Dassoucy ; j'entends un pas qui monte l'escalier.

— Et même, une voix, ajouta Cyrano.

— Eh ! c'est la sienne, sans aucun doute.

— Oui, mais cela veut dire aussi qu'il n'est pas seul. Ah ! fit Cyrano en voyant changer l'expression de Dassoucy ; j'ai deviné.

— Et qu'as-tu deviné ?

— Qu'il est avec l'explication de ma présence ici, explication qu'on entend venir à nous sur ses deux jambes.

— Mais, fit le poète en se balançant avec gêne, je pense que oui.

— J'en étais bien sûr, moi, que tu en savais plus long que tu ne voulais le dire.

— Pardieu ! puisque Chapelle m'avait fait jurer…

— De ne pas bouger, et de ne souffler mot ! Tu as dû souffrir, ma parole !

— Promets-moi une chose, glissa rapidement Dassoucy : c'est que tu ne te mettras pas en colère ; la cause est bonne, je t'assure, puisqu'il s'agit de rendre service à quelqu'un.

— Tu connais ce service ?

— Non, je te jure, *per Orfeo !*

Sur ces entrefaites, la porte s'ouvrit, et l'on vit Chapelle apparaître brièvement par l'ouverture, puis s'effacer, en déclarant à une personne que l'on n'apercevait pas encore :

— Entrez, entrez ; nous serons plus à l'aise pour discuter… Oh ! par exemple ! tout le monde est ici, s'écria-t-il avec une surprise presque parfaitement jouée. J'espère que nous ne vous dérangeons pas.

Derrière lui s'avançait un jeune homme de dix-neuf ans environ, au visage doux et grave, aux grands yeux mobiles, à l'expression chagrine ; mais aussitôt qu'il se vit arrivé au milieu d'une compagnie, quelque déplaisir que la chose pût avoir pour lui, il se composa un visage adapté à la circonstance.

Tous ceux qui étaient présents le connaissaient, l'ayant vu, soit chez Chapelle, soit ailleurs ; aussi, tandis qu'on s'échangeait des salutations cordiales, Chapelle, avisant plus particulièrement Cyrano, et prenant peut-être la mesure de son état d'esprit, lui décocha un joyeux :

— Ah ! te voilà. Je n'ai pas à te demander ce que tu fais là, je le sais parfaitement.

— Peut-être, mais je l'ignore tout à fait, moi.

— Oh ! tu le sauras, et dans un moment.

— Apprends-moi cela, du moins : s'agit-il vraiment d'obliger celui que tu as entraîné à ta suite ?

— Cela, et pas autre chose, dit Chapelle redevenu sérieux tout à coup.

— Ah ! très bien.

— Donc, tu ne vas pas...

— Me fâcher ? Non : du moment qu'il s'agit d'obliger, du moment où on pense que je peux réellement être utile à quelque chose, je veux bien remettre mon amour-propre au fourreau.

Ces mots amenèrent un soulagement visible, non pas sur le visage de Chapelle, qui s'y attendait, mais sur la figure du poète, dont l'humeur un tant soit peu pusillanime redoutait les colères de leur ami.

— Bon ! quelles nouvelles ? demanda Cyrano.

— Mais, pour ma part, excellentes, répliqua Chapelle. Devine donc ; hier, j'ai été fait *Imperator*.

C'était de ce nom assez peu modeste que l'on couronnait, dans les collèges, les élèves dont les travaux avaient suscité l'admiration des maîtres.

— Encore ! dit Cyrano.

— Hélas ! oui. Je te jure que ce n'est pas de ma faute ; j'ai eu un moment d'inattention.

— Couronné par des ânes ! Et pourquoi ne t'ont-ils pas appelé *Silène* ?

— Puisque je te dis que je ne l'ai pas fait exprès ! Au prochain coup, je me rattraperai, sois tranquille : je troquerai une désinence latine pour une désinence grecque, ou j'emploierai un mot d'arabe que Gassendi m'aura appris ; et, je te jure, si je m'ennuie par trop, j'inventerai une nouvelle espèce de barbarisme, qu'on ne pourra pas débrouiller sans invoquer l'aide d'au moins deux lexicons et de trois dictionnaires.

À cet instant, le jeune homme que Chapelle avait introduit, délesté des premiers impératifs mondains, vint le tirer familièrement par la manche.

Chapelle comprit et consentit à s'éloigner momentanément pour un aparté avec lui.

— Mon ami ! commença son compagnon avec un ton de reproche. Tout à l'heure, en venant me trouver chez moi, où je ne souhaitais point rester, vous m'avez dit qu'il n'y aurait personne dans la maison de la rue Saint-Louis.

— N'êtes-vous point, je ne dis pas exaucé, mais presque exaucé ? Nous aurions pu être dix, et nous ne sommes que cinq.

— *Presque* ! Vous moquez-vous ?

— Voyons ! confessez une chose à Chapelle. Si je vous avais dit que vous trouveriez maison à moitié pleine, auriez-vous accepté de me suivre ?

— Comme vous savez bien que non !

— Eh bien alors, Poquelin, dit Chapelle en riant, vous voyez que j'ai bien fait !

L'autre répondit par un regard qui ne paraissait pas fort approuver le raisonnement.

Poquelin, naturellement, c'était Jean Poquelin, qui signait déjà Jean-Baptiste Poquelin, et qui ne signait pas encore du nom de Molière.

Ce que Chapelle, prodige du libertinage et monstre de l'érudition, était pour Jean Poquelin, son condisciple à Clermont, et qu'il devait rester pour Molière, cela tient en deux mots.

C'était son meilleur ami.

Et justement, Chapelle, empoignant cet ami par les épaules, le conduisit fermement vers un fauteuil au centre de la pièce, dans lequel il le força de s'asseoir.

Cyrano, Dassoucy et Bernier, qui se tenaient debout, à quelque distance, le regardèrent faire avec étonnement ; ce n'était rien auprès de Poquelin, qui le fixait avec des yeux interloqués.

— Messieurs, déclara solennellement Chapelle en ignorant tous les signes frénétiques qu'on lui adressait pour l'inciter à se taire, j'ai fait venir devant vous ce dolent échantillon de l'espèce humaine, afin que vous et moi puissions le rendre à sa gaieté naturelle.

— Apprenez-moi, Chapelle, dit Poquelin en rougissant, à quel moment j'ai exprimé le souhait qu'on intéressât à mes peines une assemblée comme celle-ci ?

— N'avez-vous pas accepté ma compagnie, dans l'espérance que je puisse apporter un remède à votre ennui ? Eh bien ! je déclare, moi, que j'en suis incapable, sans le secours des trois auxiliaires que voilà, déclara-t-il en montrant Cyrano, Dassoucy et Bernier. Si nous échouons, je vous autorise à retourner vous morfondre aussi lugubrement qu'il vous plaira. Au reste, qui vous parle d'être indiscret ? Vous ne m'avez rien expliqué encore, si ce n'est que vous étiez maussade, ce qui se voit assez bien sans votre aide. Et nous sommes gens sensibles, et ne vous arracherons rien contre votre volonté. Là ! est-ce dit ?

— Vous voulez furieusement ce que vous voulez !

— Moi ? je ne veux que votre guérison, mon ami.

— Ma guérison ! comme vous y allez !

— Vous savez que mon père voudrait que je devienne médecin, parce qu'il estime que c'est un métier à ne manquer de pratique en aucun lieu. Or, j'ai bien envie de tâter de cette vocation, en commençant par vous.

— Soit, fit Poquelin avec une nuance de réticence chagrine. Je me demande bien, ma foi ! comment vous allez vous y prendre.

— Simplement en vous demandant si vous consentez à raconter pourquoi, en entrant chez vous ce matin, je vous ai trouvé, non point chagrin, ce qui est le fond de votre humeur en ce moment, mais plus précisément, irritable. Vous n'avez eu que le temps de me faire comprendre qu'un malheur venait de vous arriver : je voudrais entendre lequel.

— Mais, dit Poquelin en fronçant un sourcil, ce n'est pas…

— Ce n'est pas ce malheur-là qui occupe le gros de vos pensées ? D'accord ; mais c'est un malheur tout de même : nous verrons si nous ne pouvons pas déjà travailler à vous délivrer de sa pernicieuse influence.

Son ami eut un haussement d'épaules qui signifiait : *comme vous voudrez.*

Cyrano, pendant ce temps, réfléchissait à une chose.

C'est que, puisque Chapelle était allé chercher Poquelin, après avoir écrit à Cyrano pour qu'il vînt les rejoindre, il était évident que Chapelle avait eu vent de l'humeur morose de son ami, avant même de s'être trouvé en présence de cette morosité. Seulement, par quels canaux il avait été informé, et ce qui se trouvait au fond de cette humeur, c'est ce que Cyrano ignorait complètement.

— Voulez-vous, reprit Chapelle, nous exposer ce qui vous est arrivé ce matin ?

— Oh ! ce ne sera pas fort divertissant, je vous en réponds.

— Dites toujours.

— Eh bien ! ma toilette achevée, j'avais commandé à mon valet de…

— De ?

— De me friser.

— Oh ! de la coquetterie.

— Vous voulez donc me faire enrager !

— Entendu ! je me tais ; car je craindrais trop que ces messieurs et moi-même n'apprenions jamais le rapport qui existe entre votre métamorphose en dieu de la mauvaise humeur, et l'application de papillotes sur la partie chevelue de votre personne.

— La faute en est à mon valet, qui est le plus grand étourdi que je connaisse.

— N'était-ce pas déjà lui, une fois, qui vous avez chaussé à l'envers ?

— Non point, dit Poquelin d'un air pincé, c'était un autre.

— Bon ! Qu'a-t-il fait, lui ?

— Eh bien ! la pose des papillotes achevée, et pour qu'il n'y eût point de temps perdu, je renvoie mon valet, afin de travailler quelques instants à une œuvre qui requiert tout mon soin. Je m'assieds à ma table ; j'ouvre le cahier qui y est posé ; puis je m'aperçois que tout le papier qu'on a mis sur ma tête depuis vingt minutes provient de ma traduction du *De natura rerum* de Lucrèce, à laquelle je travaillais depuis des mois.

Les éclats de rire qui se déchaînèrent tout autour de lui furent assez peu modérés, il faut le dire, par la mine déconfite, par la poitrine gonflée de nouveaux soupirs, que Poquelin présentait en ce moment.

— Ah ! s'écria-t-il, la peste soit des valets ! et de ceux qui se mêlent du sot métier d'écrire !

— Le doute n'est pas permis, mon cher Poquelin, dit Chapelle avec un air sentencieux : votre infortune contient un avertissement du ciel. Dam ! *Le Livre sur la nature*, de cet affreux idolâtre qu'on appelle Lucrèce !

— Un philosophe ! dit Bernier.

— Un poète ! dit Dassoucy.

— Un séditieux ! dit Cyrano.

— Une œuvre qui nous parle d'atomes et de *clinamen* ! fit Bernier en souriant.

— Qui consacre, s'écria Dassoucy avec enthousiasme, de si merveilleux vers à l'éloge de Vénus, c'est-à-dire de ce qui fait le plaisir de toute la Terre, que vous n'en voyez rien dans vos éditions de collèges.

— Un livre qui dévoile les secrets de la nature, s'exclama Cyrano qui riait d'aise ; un livre épouvantable, enfin !

— C'est vous qui me l'avez prêté ! dit Poquelin en se tournant vers Chapelle.

— Oui, dit Chapelle enchanté ; j'étais bien sûr que cela vous plairait. Mais, mon exemplaire a été épargné par le zèle capillaire de votre valet, du moins ?

— Oui, tranquillisez-vous.

— Bon. Et, après cela, qu'arriva-t-il au reste de votre œuvre ? Car je doute fort que l'intégralité en soit passée à cette opération.

— Moi ? j'étais si furieux, si outré, que…

— Que ?

— J'ai jeté tout le cahier dans le feu, dit Poquelin d'un air piteux.

— Bon ! cela veut dire que le monde devra se passer de la traduction de Lucrèce par Poquelin ; ou bien, si vous êtes moins patient que le monde, que vous la recommencerez.

— Et je finirai par croire, moi, que vous m'avez fait venir, non pour me divertir, comme vous le disiez, mais pour divertir les autres. Voilà que vous me désespérez, au lieu de m'offrir des consolations.

— Je n'ai aucune consolation pour vous.

— Mais, vous avez dit…

— J'ai dit, mon cher ami, que je n'y parviendrais pas tout seul ; or, voilà le moment de mettre ma théorie en pratique. Qui vous désole ? Lucrèce, et ses atomes, atomisés pour que l'on fît des papillotes : la plaie étant toute philosophique, je ne vois que le plus philosophe de nous cinq qui puisse vous servir de médecin. Bernier, vous qui êtes, avec Gassendi, le desservant des idées d'Épicure, qui était lui-même le desservant des idées de Lucrèce, c'est de vous que je parle : je vous laisse officier auprès de notre triste ami.

Et, d'un mouvement leste et plein de grâce, Chapelle quitta sa place auprès de l'affligé, pour aller se ranger au côté de Dassoucy et Cyrano, tandis que celui qu'il avait appelé, apprêtant un sourire plein de railleuse finesse, s'empressait de venir faire ce qu'on lui demandait.

— Voyons d'abord, mon cher Poquelin, dit le joli philosophe, si j'ai bien compris la chose. C'est donc la perte de votre manuscrit qui vous a irrité à ce point ?

— C'est qu'il me paraît qu'il y a de quoi.

— Je pense, au contraire, que la consolation n'est pas si difficile à trouver. Ayez seulement la bonté de m'écouter.

— Parbleu ! je ne fais que cela.

— Mon cher Poquelin, vous n'êtes sans doute pas sans connaître l'importance qu'ont tous ces petits corps invisibles, que l'on appelle des atomes, pour la composition et pour la formation de tout notre univers.

— Il me semble que si je ne la connaissais pas déjà, vous ne seriez pas justement en train de me tenir ce langage.

— Fort bien ; alors vous n'êtes pas sans savoir non plus que, de même que rien ne procède du néant, rien ne retombe au néant, et que la nature refait toujours un corps avec les débris d'un autre : *alit ex alio reficit natura.*

Le malade manifesta, par une plainte lugubre, qu'on le tâtait à un endroit sensible de son épiderme scripturaire.

— D'autre part, poursuivait l'impitoyable chirurgien, vous n'ignorez plus rien de la promptitude que mettent tous ces petits corps pour franchir les espaces et s'en aller former de nouvelles combinaisons ailleurs.

— Bernier, Bernier ! fit l'autre avec un trépignement capable de défoncer les parquets. Vous me feriez devenir fou !

— Attendez. Il ne me manque plus qu'une pièce, avant de conclure : c'est que l'âme et l'esprit sont de nature corporelle, et que les êtres vivants sont faits de même matière que les choses inertes.

Ce double rappel fit venir comme une flamme dans les yeux de Cyrano.

— Et la fin, morbleu ! rugit Poquelin, de tous ces beaux raisonnements ?

— D'abord, c'est que nous devrions être excommuniés, moi pour avoir dit cela, et vous pour l'avoir entendu ; mais surtout, c'est que tous les atomes de votre manuscrit, relâchés dans les airs par le biais de votre cheminée, ne se sont point perdus, et qu'avec la force des vents, ils sont loin de Paris, et pour sûr, dans la campagne. En conséquence, mon cher Poquelin, vous vous trompez, dit Bernier avec gravité. Vous n'avez pas détruit un manuscrit.

— Non ? Alors, qu'ai-je fait ?

— Vous avez donné naissance à une vache.

Parmi les rires que cette péroraison avait suscités dans l'assistance, il y en eut un qui sonna plus fort et plus clair que les autres ; c'était celui de Poquelin lui-même.

— À la bonne heure ! dit enfin Chapelle. Je crois que tu commences à t'égayer.

C'était le mot de trop, puisque celui auquel il avait été adressé se mit en devoir, par l'expression de son visage, de lui porter la contradiction.

— Bah ! fais le grimaçard autant que tu voudras, murmura Chapelle ; j'ai d'autres cordes à mon arc, va !

Une chose vint le distraire de cette orgueilleuse considération ; c'était Cyrano qui lui touchait le bras pour attirer son attention.

— Je crois que j'ai compris, dit Cyrano à voix basse.

— Vraiment ! et qu'as-tu compris ?

— Je ne me permettrai pas de dire à voix haute l'infortune qui a pu lui arriver. Je dirais seulement, à voix basse, que dans l'état où se trouve Poquelin, cette vache nous aurait permis de vérifier une assertion de Lucrèce : l'esprit, et surtout l'imagination, n'étant que matière, reçoivent la conformation de la matière qui les a engendrés.

— Où veux-tu en venir ?

— Mais, au fait que cette vache sortie du crâne de Poquelin, comme Athéna de celui de Zeus, aurait été armée elle aussi.

— Armée ? et avec quoi ?

— Avec une paire de cornes.

Ce fut un éclat de rire que Chapelle ne dissimula à la douleur de Poquelin qu'au prix d'efforts vraiment surhumains.

— Sais-tu bien ? fit-il à Cyrano. Tu es dans le vrai.

— Ah !

— Et, néanmoins, tu te trompes.

— J'ai tantôt raison, et tantôt tort : comment est-ce possible ?

— Oh ! celle-là n'est pas difficile à résoudre. Je n'explique rien encore ; mais garde-toi de rien demander à Poquelin sur ce thème.

— Mais, puisque ce n'est pas la cause de son malheur, pourquoi faudrait-il que je m'en garde ?

— Au diable ! tu veux toujours tout comprendre !

— Eh ! on est ainsi fait.

— Patience, mon maître, patience ; je te promets qu'avant peu, tout sera éclairci. Mais, jusque-là, sur le sujet : pas un mot ! répéta Chapelle avec une pantomime expressive.

XXXIII

Fourbum Imperator

Chapelle n'avait nullement l'intention de laisser Poquelin quitte à si bon compte.

— Venons-en, mon cher ami, à une autre cause pour votre contrariété.

— Hein ! fit Poquelin en tressaillant.

— Oui. Je parle de cette petite mésaventure qui vous est arrivée au collège hier après-midi.

L'autre répondit, en se détendant imperceptiblement, comme un homme qui voit s'éloigner un péril un instant redouté :

— La peine à laquelle vous faites allusion était si légère, que je l'ai à peine sentie ; ce n'était même pas une mésaventure : d'ailleurs, je l'avais complètement oubliée.

— Vraiment ! avec cela que la chose mérite d'être oubliée. Je m'en souviens fort bien, moi, et je prétends qu'on en parle. Messieurs, l'écolier que voilà a commis un crime énorme aux yeux de l'institution, mais qui vous fera peut-être une impression toute différente, à vous.

— Qu'a-t-il fait ? demanda Bernier.

— Ce qu'il a fait ? Eh !... mais d'abord, il a fait ce que Cyrano ne supporte pas : il a laissé parler sa mémoire à la place de son imagination.

— Ah ! dit Cyrano d'un air tranquille. Poquelin a plagié ?

— Mon ami, la reprise était si parfaite, qu'à la virgule près, il n'y manquait absolument rien.

— Et, s'est-on fait prendre ?

— Ah ! bien ! oui ; croyez-vous que sans cela j'eusse connu l'histoire ? L'animal est discret sur ce qui le regarde ; et, sans l'éclatante démonstration de sa culpabilité !... Car le *magister* ne s'y est pas laissé attraper.

— Il a eu le nez plus fin que je ne pensais, dit Poquelin, et voilà tout.

— Oh ! oh ! un jésuite ! Je croyais cependant qu'à force de l'avoir pratiquée, vous en connaissiez assez bien l'espèce. Je vous l'accorde, vous avez des circonstances atténuantes, car enfin, il existe une pièce encore plus rare qu'un jésuite sans finesse, et le sort vous a fait tomber justement sur celle-là.

— Et qu'est-ce ? demanda Dassoucy.

— Un jésuite qui sait reconnaître du Théophile de Viau.

— Oh ! fit Bernier plein d'admiration. Votre plagiat avait bon goût.

— Meilleur que le jésuite lui-même, dit Poquelin ; car, s'il savait le reconnaître, c'était surtout pour le honnir et le dénoncer à la vindicte générale.

— Théophile ! notre saint et martyr Théophile ! dit Chapelle devenu rêveur, et qui se mit à regarder autour de lui comme si sa voix avait dû faire apparaître, entre ces murs, l'ombre malheureuse du malheureux ami de Lhuillier.

— Bah ! fit tout à coup Dassoucy, ne le plaignez pas ; ou, si vous le faites, ne plaignez qu'à demi.

— Et pourquoi cela ?

— Oh ! Ce pauvre poète, je le sais, est aussi poursuivi depuis sa mort qu'il fut persécuté durant sa vie ; les mauvais esprits du collège valant bien, que je crois, les démons qui l'ont emprisonné au nom de la Justice. Mais, ajouta Dassoucy avec un pli amer de la lèvre, chaque sectateur d'Orphée, hélas, connaît les disgrâces qui le guettent de part et d'autre du Styx : elles sont le revers de la gloire qui l'attend ; cette ombre qui s'attache à ses pas prépare la lumière qui doit le couronner, et qui le couronne déjà, puisqu'il se trouve des âmes pour parler de lui en bien.

— Eh bien, du moment vous ne voulez pas qu'on plaigne notre pauvre plagié, plaignons au moins notre maître juré plagiaire : après tout, c'est lui qui doit être l'objet de notre attention.

— Je croyais cependant qu'il s'agissait de porter remède à un affligé. Or, je ne vois pas que l'esprit de Poquelin, du moins sur cet article, soit fort à l'affliction.

— Cela prouve seulement, dit Cyrano en regardant Dassoucy, que toi, qui n'as jamais mis les pieds dans un collège, ignores tout le mal que peut faire leur bêtise enragée une fois qu'elle a mordu, et que ce mal doit avoir son remède.

— Soit ; mais lequel ? demanda le joueur de luth.

— C'est bien simple, décréta Chapelle. En cet instant, peu de choses seraient plus désagréables à notre Poquelin que la vue de l'un de ces pédants de collège ; nous en sommes d'accord ? dit Chapelle en se tournant vers le susmentionné, qui n'émit aucune protestation. Or, je veux lui en faire voir un, afin qu'il reconnaisse avec nous que cette engeance est encore moins menaçante qu'elle n'est risible.

— Que prétends-tu exactement ?

— Le préparer à la fermeté d'esprit lorsqu'il sera de nouveau confronté à l'un de ces tristes sires ; et lui faire repasser son rôle, avec un peu d'avance.

— Tu ne proposes pas sérieusement de convoquer un sorbonnard jusqu'ici ?

— Certes non : mais je suis sûr que Cyrano, qui est lui-même confronté à cette redoutable espèce, ne nous refusera pas l'honneur d'une petite démonstration.

L'intéressé ne parut guère surpris de la requête ; il est vrai qu'il répandait suffisamment au-dehors sa haine de tout ce qui lui rappelait le collège, pour que rien n'en fût ignoré autour de lui.

— Qu'attend-on de moi, exactement ? demanda Cyrano.

— Rien d'autre que ce que j'ai dit. Poquelin jouera Poquelin, c'est-à-dire un écolier honteux et confus d'avoir emprunté à Théophile quelques-uns de ses vers sans sa permission ; vous, vous serez le régent de collège devant lequel nous imaginerons que notre ami ait été invité à comparaître. Est-ce dit ?

Cyrano obtempéra avec bonne grâce : quittant le rang où l'avait maintenu jusque-là son état de spectateur passif, il vint s'asseoir sur un siège à proximité de Poquelin, tout en veillant à maintenir la distance professorale que les circonstances exigeaient.

Le sourire qu'il avait sur les lèvres, l'étincelle joyeuse qui paraissait dans son regard, suggéraient qu'il y avait une idée précise au fond de sa bonne volonté.

Poquelin, dont l'intérêt s'était éveillé en voyant la façon dont les choses se présentaient, se prêta sans effort à tout ce qu'on demandait.

Tout en demeurant assis sur sa chaise, il maintenait ses yeux baissés en arborant un air embarrassé, et se tordait les mains ; c'était la vivante image du désespoir estudiantin.

— *Magister*, dit-il, on m'a privé de venir vous trouver.

— Ah ! monsieur, s'écria son interlocuteur avec une exclamation de douleur, vous m'avez arraché à une belle pensée. Je venais de résoudre, à la suite d'Aristote, si l'être pouvait être autre chose que ce qui arrive toujours et nécessairement, ou ce qui arrive le plus souvent, ou ce qui arrive n'importe comment. Et, à présent que la chose était éclaircie, j'examinais la question suivante : de quelle nature est le rapport qu'entretiennent deux Pentades et la Décade-en-soi ?

Dassoucy dont l'esprit, semblable en cela à celui de Chapelle, était fréquemment à ce péché qu'on nomme gourmandise, répéta ou plutôt crut répéter à ses voisins :

— Deux pintades ?

— Ne t'y trompe pas, dit Chapelle en secouant la tête. Celles-là sont indigestes pour les siècles des siècles.

— Amen ! fit lugubrement Bernier.

Cyrano, toujours dans son rôle, poursuivait à l'intention de Poquelin, qui était toujours dans le sien :

— C'est une étude de première nécessité, et je suis bien fâché que vous l'ayez interrompue.

— Et cependant, monsieur, il faut que vous appreniez à l'instant ce qui m'a valu de me trouver devant vous.

— Alors, je vous somme, *ego praecipio tibi*, de suivre ce précepte : *Loquere ut te intelligam.* Cela veut dire…

Et l'on ponctua cet exorde de la manière suivante, avec une gravité majestueuse et antique :

— « Soyez compréhensible. »

— Maître, reprenait Poquelin animé par ce beau commencement, vous me voyez dans la plus grande peine du monde, et cela parce que j'ai eu le malheur de me remémorer des vers de Théophile de Viau, que j'ai écrits par mégarde, au lieu de faire les miens.

— Était-ce en usage ? Ou était-ce en mention ? lui fut-il demandé d'une voix grondante.

Ce jeu de physionomie, comme on pense bien, était destiné à faire forte impression ; et, l'assistance n'étant composée que d'êtres impressionnables, il faut dire qu'il y réussit.

— En usage, maître.

— Théophile de Viau ! Hélas ! trois fois hélas ! C'est là le plus impie, le plus infâme, le plus dévoyé de tous nos écrivains. Ne se mêle-t-il pas, en décrivant le corps et ses ardeurs, de célébrer la partie la moins spirituelle de notre être ? Et ne feint-il pas de croire, que l'homme, sans son âme, puisse être autre chose qu'une chimère, qu'un accident sans substance, ou bien qu'un élixir de la matière première ?

Ces paroles, et surtout les gestes pleins d'une douloureuse sévérité qui les accompagnait, s'en allaient réveiller, dans les mémoires de Chapelle et de Bernier, des souvenirs de salles noires et de sinistres discours : de sorte que le dégoût qui avait d'abord habité Poquelin changea progressivement de camp, et que, à mesure que la physionomie de Poquelin s'éclaircissait, celles de Chapelle et Bernier se rembrunissaient.

Il y avait encore Dassoucy, à qui ces démonstrations ne pouvaient rien rappeler : Dassoucy observait, et tout en observant, il s'ébahissait.

Le pédant poursuivit :

— Voilà un poète qui prétend nous apprendre ce qu'est l'homme, et qui cependant n'en propose, ni définition, ni propre, ni genre, ni accident. Relisez l'*Isagoge* ; et quand vous l'aurez fait, relisez l'*Organon* : alors, vous saurez bien mieux que tous nos poètes ce que c'est qu'être humain, et comment il faut vivre.

— Je n'y manquerai pas, *magister* ; mais apprenez-moi encore pourquoi il faut honnir Théophile de Viau, fit le prétendu écolier contrit qui, bien loin de vouloir interrompre l'expérience, était curieux de voir jusqu'où elle pourrait se poursuivre.

— Mon jeune ami, ce Viau n'affirme-t-il pas que l'on ne saurait mal faire, lorsqu'on suit la nature, qui incite à aimer ? Il y a là matière pour un syllogisme *in Camestres* ; mais je m'engage à prouver qu'il n'est ni vrai, ni valide, ni possible, et à trouver, pour chaque universelle qu'il contient, et quand il vous plaira, soit une contraire, soit une contradictoire ; et je saurais même aller, pour toutes leurs subalternes, jusqu'à leurs subcontraires, s'écria-t-il d'une voix terrible.

— Il faut avouer qu'il est étonnant, murmura Bernier à l'oreille de Chapelle.

Bernier avait dit *étonnant* pour ne pas avoir à dire *effrayant*. Ce mot avait également quelque chose d'accusateur à l'endroit de son interlocuteur.

Chapelle acquiesça sans mot dire ; il sentait que sa situation n'était pas sans présenter des similitudes avec celle du pêcheur qui se repent un peu tard d'avoir fait sortir le génie de la bouteille où la sagesse ou l'ignorance humaine, ce qui est parfois la même chose, l'avait si bien laissé dormir.

— Non content de laisser irrésolue la question de l'homme, poursuivait Cyrano, Viau ne définit pas ce que c'est que nature, ni ce que c'est qu'aimer : à la fin, leur substance est-elle matérielle ou immatérielle ? animée ou inanimée ? sensible ou insensible ? douée de raison, ou non douée de raison ?

Cyrano ponctuait son propos en abattant son poing, à intervalle régulier, sur le bras du fauteuil où il était placé.

Chapelle sentit s'émouvoir en lui, pour la première fois, toutes les fibres qui devaient lui inspirer une sorte de compassion pour le mobilier paternel.

— Comment prétends-tu l'arrêter ? glissa Dassoucy au jeune homme.

Le silence qui suivit fit comprendre au musicien que, selon toute vraisemblance, Chapelle avait négligé une pièce maîtresse de son dispositif.

— Ce Théophile, dit le pédant d'une voix grondante, n'est-il pas encore l'auteur d'un *Traité*, qui a l'effronterie d'offrir une traduction de l'enseignement de Socrate ? Sans doute me direz-vous que Socrate a été le maître de Platon, qui fut lui-même le maître d'Aristote ; mais je ne veux me souvenir que d'une chose, c'est que Socrate est à ce dernier et illustre disciple, ce que les *insolubilia* et les *sophismata* sont à la théorie des conséquences.

Cette dernière phrase fut dite avec le cérémonieux aplomb d'un homme qui a terrassé toute contradiction, passée, présente et à venir.

Dassoucy, auquel ses ascendances italiennes avaient peut-être donné un avantage sur ses compatriotes d'outre-monts sous le rapport oratoire, se sentit néanmoins saisi de ce respect irrésistible et vaguement mêlé d'effroi que fait naître la présence de puissances supérieures.

— Et cependant, dit l'écolier, je dois avouer que j'ai eu bien du plaisir à découvrir son œuvre.

— Hélas ! c'est une bien grande douleur pour moi, d'apprendre que l'un de nos collégiens a pu corrompre sa faculté inventive avec cette abomination. Je me sens pris d'une émotion si grande, que je suis prêt à vous la prouver à force d'antithèses, de métaphores et de comparaisons.

La menace était si expressive, que tous les assistants en frémirent malgré eux.

Poquelin, lui, ne songeait plus à sa repartie ; ce fut lui qui, en jetant le masque en quelque sorte, mit fin à l'enchantement qui tenait le public pétrifié.

— Je vois, dit-il à Cyrano, que vous n'avez pas mal profité de vos observations au collège de Lisieux.

Cyrano, redevenant lui-même, répondit aussitôt :

— Il faut dire que mes modèles y mettent un si bon cœur, qu'on serait un ingrat de ne rien retirer d'un exemple si plein d'enseignements. Je médite, je vous l'avoue, une œuvre de ma façon sur ces gens-là.

— Et je serai, ma foi ! fort curieux de la lire, si vous me le permettez.

— Elle est encore inachevée, mais je vous promets que vous la verrez un jour ; car je mets autant d'ardeur à l'écrire qu'on en met à m'inspirer, ajouta Cyrano en souriant d'un sourire qui laissait voir toutes ses dents.

Cette vision d'une mâchoire parfaitement équipée, munie de trente-deux de ces pièces dont le tranchant donne généralement, par analogie, une idée de la férocité de son propriétaire, ne fut pas sans inspirer un léger frisson au sage Poquelin lui-même.

Il était aisé de voir que cette énergie farouche, qu'on avait pu mettre au service de la pédanterie ou plutôt de son imitation, ne serait pas moins employée à l'heure d'en faire directement l'attaque et la condamnation.

Avec tout cela, Poquelin ne se morfondait plus.

Et néanmoins, l'œil de Chapelle, dont la pénétration était rarement prise en défaut, moins encore pour un ami, décela encore, dans l'intérêt qui s'était emparé de Poquelin, les traces infimes d'une peine tenace.

— Bon ! dit Chapelle à voix basse, tandis que le futur auteur du *Pédant joué* reprenait en quelque sorte sa faction au milieu des trois autres ; décidément, c'est au troisième coup que tu te laisseras démonter. Tu ne perds rien pour attendre, puisque le voilà.

— Que marmottez-vous ? dit Poquelin en se tournant vers lui.

— Que tout cela est bien beau ; mais que je vois, moi, qu'après Lucrèce transformé en vache, ou en papillotes ; qu'après notre pédant qui a chassé Théophile de Viau du temple de la science pédantesque ; votre bonheur de vivre se heurte à une troisième difficulté, qui est aussi la plus profonde et la plus douloureuse.

— Chapelle !

— Là ! là ! ne vous fâchez point : lorsqu'on ne sait rien, on ne saurait rien divulguer.

— Bien ! fit son ami avec une lugubre satisfaction.

— Seulement, si on ne sait pas…

— Eh bien ?

— Parbleu ! on devine.

— Et que devinez-vous ? demanda Poquelin avec un commencement d'inquiétude.

— Que votre difficulté est rousse.

— Ah !

— Et qu'elle s'appelle Madeleine.

Ce nom ramena dans l'esprit du malheureux jeune homme tout un ordre d'idées qui se peignaient à lui sous les couleurs les plus noires.

Poquelin pâlit affreusement, peut-être par esprit de contraste.

— Pauvre Poquelin ! fit Chapelle. On vous laisse donc dans le silence le plus absolu ?

— De grâce ! dit son ami d'une voix mourante ; vous me désespérez.

— Vous attendiez de ses nouvelles ; et elle vous en prive, comme si ce n'était pas nécessaire à votre bonheur ?

— Plus un mot, vous dis-je, et me laissez en repos.

— Vous laisser en repos ! Il me semble que vous n'avez pas besoin de moi pour cela : votre mine basse, votre œil morne, font voir qu'on ne saurait être plus languissant que vous êtes.

— Sur cet article, vous dites vrai. À la pensée de tout ce que votre indélicatesse vient de me rappeler, je me sens d'une faiblesse si grande, que je suis hors d'état de me lever, dit Poquelin en tournant la tête comme un homme qui entend ne plus être distrait de sa douleur.

— Quel dommage ! Et moi qui souhaitais justement vous apporter de ses nouvelles.

— Plaît-il ? fit Poquelin en faisant un bond extraordinaire.

— Doucement, Poquelin ! N'oubliez pas que vous êtes mélancolique.

— Avez-vous donc quelque chose à me transmettre ?

— Dam ! oui ; mais enfin, du moment que vous ne le voulez pas, je vous abandonne à votre tranquillité.

— Vous me tuez !

— Là ! là ! Vous êtes faible, vous êtes languissant : une pareille émotion serait funeste à votre humeur. Aussi vous comprendrez que je me taise.

— Non pas, s'il vous plaît ! s'exclama Poquelin. On a ici une connaissance de mon malheur qui ne me plaît point ; et vous autorisez, par vos allusions, les soupçons les plus abominables.

Ici, Poquelin s'arrêta ; son visage était vraiment bouleversé par la souffrance, sa poitrine se soulevait avec une peine indicible, de sorte qu'il n'eut pas la force d'aller jusqu'au bout de son idée.

— Comment ! fit Chapelle lorsqu'il eut compris. Elle ! et moi ! Allons, tu ne raisonnes pas droit.

— Comment devrais-je raisonner, lorsque tu prends ton temps pour me faire enrager !

— Poquelin ! Poquelin ! Ne sois donc pas jaloux, je t'en conjure, ou tu en feras une maladie.

— Mais tu as donc reçu quelque chose d'elle ? cria son ami palpitant d'émotion. Un billet, un mot ?

— Çà ! encore un raisonnement à gauche. Pourquoi m'aurait-on confié un de ces précieux gages, moi qu'on ne fréquente pas ? Je n'ai rien avec moi, puisque je ne peux rien avoir.

— Mais alors, qui… ?

— Oui : *qui ?* dit Chapelle en donnant à ce dernier mot une inflexion significative.

Cette interrogation suffit à mettre l'esprit de Poquelin sur la voie : aussitôt, il se tourna dans la direction de Dassoucy, qui était quelques pas derrière lui, et que cette localisation ne paraissait pas mettre fort à son aise.

— Quoi ! fit Poquelin, que la stupéfaction cloua sur place. Est-il possible que, durant tout ce temps, vous ayez conservé par-devers vous ce qui m'aurait rendu la vie ?

— Mon cher Poquelin, dit le poète, j'en suis vraiment navré ; mais il n'en va pas de ma faute. Chapelle m'a fait jurer de ne rien dire, de ne rien vous remettre, avant qu'il ne m'eût fait signe pour cela. J'ai là un billet pour vous, dans ma poche.

— De sa main à elle ?

— Non pas ; il est de la Lhermite, qui m'a chargé de vous le donner, avec l'assurance que vous trouveriez de quoi satisfaire votre incompréhension de la façon la plus agréable.

— Lhermite ? murmura Cyrano, que ce nom avait surpris.

— Et vous saviez cela ? s'écria encore Poquelin, qui s'était de nouveau tourné vers Chapelle.

— Bien sûr que je le savais ! Sans cela, à quoi bon vous prier de venir par ici ?

— Mais il me semble que vous auriez pu vous passer d'un tel appareil, et qu'il eût été bien plus simple de me remettre ce billet en venant me trouver chez moi.

— Bien plus simple, je vous l'accorde ; mais dites-moi, est-ce que ce n'eût pas été moins drôle ?

L'expression qui apparut sur le visage de Poquelin, et surtout la couleur dont elle était accompagnée, aurait inspiré à quelqu'un de moins hardi que ne l'était notre Chapelle la pressante envie de plonger par la fenêtre.

— Espèce de fourbe ! cria Poquelin.

— Bon ! j'empoche l'épithète. Et, plus sage que vous, je ne perdrai pas mon temps à vous répondre ; seulement, je sais bien, moi, à quoi je l'emploierais, si j'étais à votre place.

Finalement Poquelin, obéissant à la voix de Chapelle avec une promptitude d'autant plus grande qu'elle répondait à la voix de son cœur, alla s'emparer de ce qu'on lui tendait.

Mais, si grande que fût son envie de prendre connaissance du billet, il n'osait rien en faire, comme honteux de se trouver en si grande compagnie : de sorte que le papier lui brûlait positivement les doigts.

Chapelle finit par avoir pitié de son embarras, et lui ouvrant une porte :

— Entrez là, dit-il. Je fais abstraction de tous les noms charmants que, je n'en doute pas, vous voulez me jeter à la tête en ce moment même.

On comprend que Poquelin ne se le fit pas dire deux fois.

— Et voilà ! dit Chapelle en refermant la porte derrière lui. Si, après cela, notre ami ne guérit pas de son mal de cœur, il faudra, la peste me crève ! que je doute sérieusement de mes capacités.

Et il revint vers les trois autres, de l'air d'un homme enchanté d'avoir mené une rude tâche jusqu'à son heureux accomplissement.

— Croyez-vous qu'il y en ait pour longtemps ? demanda Bernier.

— Ma foi, c'est possible. Je gage qu'il voudra lire et relire son message, et le relire encore, afin de bien se convaincre qu'il ne rêve point.

— Il faut, dit Cyrano, que vous m'expliquiez ce qui vient de se passer, et que je n'ai pas parfaitement compris, bien que cela se fût produit sous mes yeux.

— Rien de plus simple, dit Dassoucy. Hier après-midi, à l'heure où les collégiens sont dans leurs collèges, j'étais à l'hôtel de Modène : le maître des lieux apprécie mes faibles talents de double disciple d'Apollon. J'y retrouve des amis, parmi lesquels les Béjart. La Madeleine qui occupe une place si grande dans la vie de Poquelin est justement de ceux-là. Hier, elle n'y était pas, mais j'y ai rencontré une de ses parentes et confidentes, mariée au frère de Tristan l'Hermite, dont nous parlions tout à l'heure. Cette dame avait des raisons de croire que Poquelin serait fort malheureux si on ne lui donnait pas quelques nouvelles au plus vite ; comme je suis d'un naturel obligeant, je me suis proposé, et on a rédigé le mot que vous avez vu passer.

— Moi, dit Chapelle, oyant toute cette histoire hier, à une heure où il ne fallait point songer à sortir par les rues, j'ai aussitôt compris dans quel état devait être notre ami. J'ai également pensé que nous ne serions pas trop de quatre pour le divertir un peu, et nous divertir, par la même occasion.

Juste à cet instant, on entendit une exclamation joyeuse partir du cabinet où Poquelin s'était isolé.

— Voilà un malade guéri, dit Bernier en souriant.

— Prenons-y garde ; bientôt, on dira qu'il y a eu miracle ! fit Cyrano.

— Je te prédis la réussite, ô futur poète, s'écria Dassoucy ; à condition, toutefois, que tu ne fréquentes jamais la Faculté.

— C'est bien mon intention ! dit en riant Chapelle. Pour le reste, j'entends vivre en disant comme La Mothe Le Vayer, et en faisant comme Gassendi.

— C'est-à-dire ? demanda Bernier.

— Je veux crier partout que je ne crains pas la maladie ; et, autant que je puis, fuir les médecins comme la peste.

C'est alors que la porte s'ouvrit, et que l'on vit paraître Poquelin, un sourire vague et heureux sur les lèvres ; tout le contraire, en somme, de ce qu'il avait paru cinq minutes auparavant.

Ses intentions à l'endroit de Chapelle s'étaient, elles aussi, sensiblement améliorées.

— Ah ! mon ami ! dit-il en ne faisant qu'un bond dans sa direction.

— Eh bien ! dit Chapelle. Tu viens de découvrir qu'elle t'aimait ?

— Non, ce n'est pas cela.

— Ah bah ! elle ne t'aime pas, alors.

— Mon Dieu ! tu n'es jamais sérieux.

— Ce sont des vers, au moins ?

— Oh ! s'exclama Poquelin, j'ai eu grand tort en vérité : j'avais oublié la moins oubliable des circonstances.

— Et laquelle donc ?

— C'est qu'elle était enceinte.

— Hein !… fit Chapelle dont l'œil s'effara.

— L'accouchement fut long, parce qu'il fut difficile ; mais, Dieu soit loué ! la mère et l'enfant se portent bien.

— Quoi ! s'écria Chapelle. La fille Béjart a donc eu un enfant ?

— Bien sûr que non ! fit Poquelin exaspéré. La mère !

— Ah ! bon !… Ma foi, j'ai cru, pendant un instant, que j'allais devoir t'adresser des félicitations.

— Et que diable veux-tu que je fasse de tes félicitations ! Elle s'appelle Armande.

— Qui ça ? La mère ?

— Mais non ! La fille !

— Tu es sûr ?

— Ah ! s'écria Poquelin quand il eut compris que Chapelle se moquait de lui. Tu me ferais devenir fou.

— Je tâcherai, du moins, que ce soit le plus tard possible.

Tout à coup Cyrano, qui s'était mis à regarder par la fenêtre, s'écria :

— Quelqu'un entre dans la cour, et s'approche de la maison.

— Qui est-ce ? demanda Chapelle.

— Un teint jaunâtre comme un parchemin ; un nez qui arrivera un quart d'heure avant lui ; l'œil noir, petit et enfoncé ; un grand manteau qui a dû connaître des jours heureux, mais qui semble en avoir pris le deuil sur toutes les routes de France et de Navarre. Connais-tu cela ?

— Comment donc ! s'exclama Chapelle. C'est Élie Diodati.

— Sans doute, fit observer Bernier, avant de se rendre chez le père Mersenne où tout le monde s'est réuni, veut-il s'assurer qu'il ne trouvera personne au logis pour l'y accompagner.

— Diodati ! répéta Cyrano avec saisissement. L'ami de Galilée !

— Lui-même, reprit Chapelle ; seulement, tu dois remettre à un autre jour le déplaisir de faire sa connaissance. Nous sortons par l'autre porte, la petite.

— Hein ? mais pourquoi ?

— Parce que je te le demande.

— On dit une raison, au moins.

— En voilà une, et elle est excellente : il est insupportable, dit Chapelle qui courait ou plutôt qui volait à la recherche des manteaux, celui de Dassoucy et le sien.

— Insupportable ! de quelle manière ?

— Insupportable, reprit Bernier avec une grimace formidable, comme quelqu'un qui récrimine contre le port de la barbe, parce qu'elle messied à la gravité naturelle de l'homme.

— De sorte, fit Cyrano dépité, qu'au lieu d'aller vers lui, nous le fuyons ?

— Oh ! tu as ta fierté, c'est vrai, dit Chapelle en reparaissant, chargé de ce qu'il était allé chercher ; mais je te préviens que, si tu restes, tu t'en repentiras immédiatement.

Après cela, il n'y avait qu'à se rendre.

Bernier seul restait au logis, ayant un travail à finir, et prêt à soutenir héroïquement l'assaut.

Quant à Poquelin, qui s'apprêtait à s'élancer chez sa maîtresse, il vit qu'il risquait d'être talonné par trois personnes ; c'est-à-dire par trois importuns, puisque l'amour, dans ses moments les plus heureux, ne laisse pas de remuer certaines fibres égoïstes au fond du cœur le mieux disposé.

— Vous ne me ferez pas, dit-il en fronçant les sourcils, la mauvaise plaisanterie de me suivre ?

— Nous ! s'écria Chapelle. Jamais de la vie !

XXXIV

Le pâtissier de Richelieu

Comme on était entre gens de parole, le programme que l'on avait dressé fut appliqué scrupuleusement. Poquelin courut du côté de la rue de la Perle, où son intérêt l'appelait ; c'était la direction du nord : Cyrano, Chapelle et Dassoucy, qui étaient des hommes discrets, partirent vers l'ouest.

Chapelle et Dassoucy étaient fort loin d'avoir, vis-à-vis de Cyrano, la même ombrageuse réserve que l'amant de Madeleine Béjart avait quelquefois vis-à-vis du monde entier ; ce qui fait que, pendant quelque temps, ils devisèrent de mille sujets divers, avec cette honnête liberté, avec cette franche insouciance qui s'installe entre trois amis parfaitement à l'aise entre eux.

On alla en suivant à peu près le cours de la Seine. C'est ainsi qu'on passa devant l'Oratoire, auquel, chacun étant à la conversation, personne n'accorda aucune pensée : ce qui est bien dommage, car, en cet an de grâce 1641, cette pieuse retraite abritait entre ses murs un pensionnaire, qui, s'il était ignoré du monde, n'oubliait point le monde tout à fait. Ce papillonnant cénobite, lisant *L'Astrée* le jour, faisant des vers la nuit, finirait par se rendre compte que toute sa destinée n'était pas renfermée dans une cellule monastique, et par retourner parmi les vivants, et même les bons vivants : c'était un futur ami de Poquelin, de Chapelle et de Bernier, qui écrirait beaucoup d'œuvres, et surtout ses célèbres *Fables*, qui feraient connaître à toute la Terre le nom de Jean de La Fontaine.

On marcha de la sorte quinze minutes environ, sans bien savoir où l'on se dirigeait, lorsque, après un repos dans la conversation, Dassoucy déclara :

— Tout cela est fort bien, mais je suggère de trouver un endroit où nous rendre.

— J'approuve, dit Cyrano ; as-tu une idée ?

— Non ; et toi ? fit Dassoucy en regardant Cyrano.

— Non ; et toi ? fit Cyrano en regardant Chapelle.

— Non, répondit Chapelle ; je n'ai pas d'idée, mais j'ai deux observations. Il commence à pleuvoir ; et surtout, j'ai faim.

— Mais, c'est une observation que tu fais quasiment à chaque heure de la journée.

— Pardieu ! si elle est vingt-quatre fois vraie !

— Au fait, où sommes-nous ? demanda Dassoucy en levant le nez en l'air.

— Rue Saint-Honoré, devant Saint-Roch.

— C'est heureux : nous avons près de nous la plus belle enfilade de pâtissiers parisiens.

— Dam ! je ne demandais pas tant : après la pénurie, nous avons l'excès.

— Le choix s'annonce difficile, dit Cyrano.

— Il est très facile au contraire, s'écria Dassoucy : vous n'avez qu'à me suivre, je sais où nous entrerons.

— Vraiment ?

— À tel point que, pour cette fois, c'est moi qui vous invite.

Chapelle et Cyrano se regardèrent.

L'abondance monétaire, même mesurée, chez Dassoucy, était un événement aussi éphémère que problématique : car alors, son démon du jeu se chargeait de la dévorer, presque avec la même régularité que le gosier de Chapelle le rappelait aux devoirs de son état de consommateur.

Une telle situation rangeait le superflu, à plus forte raison le crédit, à l'état de ce que le pédant de Cyrano aurait nommé *un concentré de chimère abstractive.*

— Qui as-tu dévalisé dans un bois ? demanda Cyrano.

— Personne ; seulement, on m'apprécie autant, ou peut-être plus que je ne le mérite, ajouta-t-il avec cette fatuité qui essaie de passer pour de la modestie.

— Ouais ! fit Chapelle. Qui cela ?

— Un pâtissier, justement.

— Ah !

— Et pas n'importe lequel ; puisque c'est celui du cardinal de Richelieu en personne.

— Qu'as-tu fait, dis-moi, pour t'attirer les faveurs d'un des nourriciers de Son Éminence ?

— Ce que j'ai fait toute ma vie : des vers.

— Il aime donc la poésie ! dit Cyrano.

— Il en raffole, comme son illustre client.

— Ce pâtissier t'a entendu déclamer tes créations ?

— Il m'en a prié lui-même, un jour qu'on m'a emmené chez lui en déclinant mon état.

— De sorte que, depuis cette occasion lyrique, tu as chez lui pignon sur rue ?

— Eh ! oui. Je ne suis pas le seul à jouir de ce privilège : ce digne Cyprien Ragueneau, car c'est ainsi qu'il se nomme, ouvre généreusement sa boutique à tous les sectateurs d'Apollon et de ses filles.

— Ah, mais si l'on n'a pas l'heur d'être un familier de ces personnes-là ?

— Qu'à cela ne tienne : tu es l'un des miens, c'est ce qui compte ; alors, je te l'ai dit, je t'invite.

— Holà ! c'est beaucoup t'avancer, il me semble. Car enfin, ce privilège dont tu parles n'est pas forcément voué à l'extension.

— Si, pour moi, si.

— Vraiment ?

— Dam ! voilà bientôt deux mois qu'il me fait crédit, non seulement à moi, mais à ceux que je lui amène.

— Et cependant, s'écria Chapelle, tu n'as point songé à me faire découvrir plus tôt ce merveilleux endroit !

— On ne pense pas toujours à tout.

— Mais, reprit Cyrano, j'insiste ; je veux savoir comment tu t'es acquis un pareil passe-droit.

— C'est, répondit Dassoucy avec quelque difficulté, grâce à un exploit que je me garde de rappeler trop souvent autour de moi, et surtout à la mémoire de Ragueneau ; car j'aurais trop peur d'avoir à recommencer.

— Et quel est donc cet exploit qui fait rougir ton orgueil ?

— Vous avez compris que Ragueneau, semblable à tous les mortels qui aiment à vivre, a un faible, et que ce faible, dans son cas particulier, s'appelle poésie.

— Oui, nous le savons.

— Mais, ce que vous ne savez pas, c'est qu'il ne se contente pas d'en écouter.

— Ah ! dit Chapelle. Il s'est mis à en composer, bien sûr.

— Inévitablement.

— Il déclame ses œuvres à sa pratique.

— Opiniâtrement.

— Et alors, comment écrit-il ?

— Épouvantablement.

Après le silence plein de profondeur que réclamait une pareille réponse, Dassoucy reprit :

— Oh ! c'est un homme charmant, seulement il a le malheur de se croire ce qu'il n'est pas. Ce n'est pas de sa faute si sa rimaille est aussi plate qu'il a le ventre rond.

— Et alors, demanda Cyrano, qu'as-tu fait, toi, précisément, pour mériter cette grâce accordée à ta bourse ?

— Mais, j'ai eu le malheur d'écouter jusqu'au bout l'une de ses odes pindariques.

— Avec tout cela, dit Chapelle en frémissant, je ne conçois pas, sinon pour la question monétaire, que tu tiennes absolument à nous faire entrer dans son antre.

— C'est vrai que j'oubliais, si je puis ainsi dire, la pièce de résistance.

— Laquelle ?

— C'est le meilleur pâtissier de Paris.

Ce mot fit s'écrouler les dernières réticences, comme les trompettes du peuple élu firent des murailles de Jéricho.

Bientôt on arriva en vue de la rue de l'Arbre-Sec, à l'intersection de laquelle se trouvait l'endroit dont on parlait.

On avait de peu dépassé midi ; mais il était à croire que le temps, qui tournait à la pluie promise, avait dissuadé la pratique de s'aventurer par ici : car la grande salle, où flambait un feu réconfortant, était vide, et les trois hommes, en entrant dans la boutique, se virent absolument seuls.

Ils ne le restèrent pas longtemps ; bientôt, un pas retentit, attiré par le bruit de la porte, puis le ventre rond annoncé ne tarda pas à faire son apparition, surmonté d'un visage rond lui aussi, bienveillant, aimable, aux yeux bons et pétillants, et qui s'éclaira d'un large sourire, aussitôt qu'on eut reconnu qui entrait.

C'est une justice à lui rendre, la joie de Ragueneau, maître pâtissier, était pure de toute préoccupation mercantile.

— Ah ! mon cher poète, s'exclama-t-il.

— Bonjour, mon cher Ragueneau, dit Dassoucy en s'épanouissant sous ce titre, ou plutôt sous ce compliment, donné avec une chaleur dont il n'y avait pas à douter, tant la louange sincère ne manque jamais de remuer les émotions les plus agréables, même chez les cœurs blasés ; et celui de Dassoucy ne l'était pas.

— Que je suis aise de vous voir ! s'écria le maître des lieux. Vrai, il y a quelque temps déjà que l'on ne vous avait aperçu entre ces murs.

— Je sais bien, mon bon Ragueneau ; on a des obligations, par son état : mais ces obligations, croyez-le, ne sont pas grand-chose auprès de celles que je me sens pour votre habileté à pétrir tous les dons de Cérès.

— Oh ! fit Ragueneau qui, dans sa vraie modestie, ne trouva rien d'autre à répondre.

— Mme Ragueneau est-elle présente ? que je lui fasse mes compliments.

— Non ; Marie est sortie. Ces messieurs, ajouta-t-il en désignant Chapelle et Cyrano, sont-ils de vos amis ?

— De mes amis, et même des plus chers ; c'est pourquoi j'avais, tout naturellement, songé à les faire profiter de vos talents. Nous sommes trois hommes à aimer fort les plaisirs : je vous jure, maître Ragueneau, qu'avec nous, les splendeurs de votre art ne seront point perdues.

— Messieurs, soyez les bienvenus. Installez-vous à l'endroit où il vous sera le plus agréable : il y a ici toute la place que vous pouvez désirer, dit le pâtissier qui, loin d'être le moins du monde préoccupé par cette circonstance, arrondissait les bras comme pour en faire le cadeau à ceux qui venaient de franchir son seuil.

Ce geste, si simple, si naturel, avait quelque chose de sublime ; la bonne honnêteté du pâtissier renchérissait sur toutes les grâces de l'hospitalité antique.

Avec une promptitude qui dénotait la familiarité, Dassoucy entraîna les deux autres, plus Ragueneau qui se mit à leur suite, à une table où l'on jouissait d'un double privilège : celui d'avoir vue sur toute la salle, et celui d'en être légèrement en retrait.

La question du placement ainsi réglée, l'hôte interrogea ses clients sur la manière dont ils voulaient profiter de son hospitalité.

— Ma foi ! fit Cyrano dont l'œil alla droit à Dassoucy : en ta qualité d'habitué, tu dois avoir des recommandations ?

— Et comment ! Mon cher Ragueneau, vous avez devant vous deux mortels qui ne connaissent pas encore vos célèbres pâtés de godiveau : aussi je vous prie de nous faire parvenir d'abord de ces délices que tout Paris vous envie, et que j'affectionne tout particulièrement.

— Bien, bien, dit Ragueneau charmé. Et après ?

— Après ? Dites-moi : faites-vous toujours de ces exquises dorioles et de ces succulents poupelins que Beys, vous vous en souvenez, vous réclamait dès qu'il posait un pied chez vous ?

— Mais, comment donc ! Vous aurez tout cela, et tant qu'il vous plaira. Car bien sûr, pour vous et vos amis, c'est sans bourse délier : vous êtes plus que ma pratique, vous êtes mes invités.

Tous trois saluèrent avec une déférente reconnaissance.

— Et je ne vous invite pas seulement à manger quelque chose ; il faudra boire : que voulez-vous ?

— Un pichet seulement, se hâta de dire Dassoucy en coulant un regard du côté de Chapelle ; et de votre ordinaire, Ragueneau, que je sais toujours excellent.

Chapelle songeait à protester, mais cette dernière précision lui rappela qu'il est bon parfois de sacrifier la quantité à la qualité.

Cyrano réclama de l'eau claire, demande qui fit hausser les sourcils du digne Amphitryon.

Enfin Ragueneau allait abandonner la table des trois amis, lorsqu'il poussa une exclamation et revint à Dassoucy, auquel il demanda, avec un air d'hésitante humilité :

— Monsieur, si j'osais... si vous permettiez...

— Mais, tout ce que vous voudrez ; qu'y a-t-il ?

— Cher héritier d'Apollon que vous êtes...

Cette apostrophe qui mentionnait le dieu du soleil et du laurier plut infiniment à Dassoucy ; ce qui amena sur son visage un sourire immense.

— Vous rappelez-vous, demanda Ragueneau, cette ode que je vous ai lue, il y a tantôt deux mois ?

Le sourire de Dassoucy prit quelque chose d'un peu forcé.

— Si je m'en souviens !... Mais, naturellement que je m'en souviens.

— Bien vrai ! dit Ragueneau en joignant les mains d'aise. Vous y avez repensé quelquefois !

— Oh oui ! oui, oui.

— Et, en y repensant, fit timidement le pâtissier, qu'en avez-vous jugé ?

— Mon cher Ragueneau, le souvenir de votre poème m'a arraché des larmes.

— Vraiment ! vous ne me flattez pas un petit peu ?

— Pas le moins du monde.

— Eh bien, reprit Ragueneau d'un ton joyeux, je dois vous présenter l'idée qui m'est venue, à moi.

— Ah ? vous avez eu une idée ?

— Mais oui : c'est que la pièce, telle que je vous l'ai lue, m'a paru un peu trop courte.

— Ah ! bon !... parce que, de mon côté, tenez : il m'a semblé à moi, qu'elle était un peu longue.

Ce correctif arrivait trop tard ; Ragueneau était lancé : on aurait eu plus de chances d'arrêter un tonneau qui dévalait une pente en roulant vers l'abîme.

— Dans son ancienne version, monsieur, je ne dis pas ; mais elle attendait d'être complétée : or, je crois lui avoir trouvé un allongeail qui lui donne tout son caractère.

— De combien de vers parlons-nous ? demanda Dassoucy avec inquiétude.

— Le tout ?

— Non pas ! non pas ! l'addition seulement.

— Mais, quelque chose comme deux cents vers.

— Deux cents vers ! s'écria le poète avec effarement.

— Mais oui, dit le pâtissier en souriant d'un air affable. Oh ! cela m'a pris du temps, d'honneur : je ne polis pas la rime si facilement que vous. Et je suis heureux que ce soit vous qui ayez la primeur de la déclamation.

— Mon cher Ragueneau, les mots me manquent pour vous dire à quel point votre attention me touche. Toutefois, vous connaissez le proverbe : ventre affamé n'a pas d'oreilles. C'est pourquoi, vous comprenez…

— C'est moi, à présent, qui suis touché d'un procédé aussi délicat que le vôtre. Messieurs, je ne vous ferai pas languir plus longtemps : dans un instant, vous serez servis.

Et Ragueneau partit.

Dassoucy le regarda s'éloigner, d'un air qui oscillait entre l'affection, et, s'il faut le dire, une certaine appréhension, si ce n'est une appréhension certaine.

— Messieurs, déclara-t-il en se tournant vers ses convives, jurez-moi une chose : c'est que, par tous les moyens, vous détournerez Ragueneau de nous offrir la récitation qu'il médite.

— Ne vaudrait-il pas mieux, au contraire, dit Cyrano, lui donner la satisfaction d'un innocent plaisir, à ce cher homme ? C'est une corne d'abondance faite ventre.

— Oh ! quant à cela, je te l'accorde : c'est le meilleur homme du monde. Et, tout justement, ne lui laissons pas le loisir de ternir cette glorieuse image ; c'est un fou parmi les poètes, ou un poète parmi les fous.

— Alors, s'il ne m'est pas permis de lui donner cette récompense, il y en a une qu'au moins tu ne refuseras point : celle d'une obole en espèces sonnantes.

— Impossible !

— Pourquoi ?

— Il ne les accepterait pas.

— En vérité ! dit Cyrano avec étonnement.

— Donc, je le répète, à tous les deux : ne faites rien qui excite les ardeurs de cet archirimailleur enragé.

Chapelle, depuis un instant, avait les yeux rivés sur un point de la salle ; il répondit, sans détourner la tête :

— Bien, bien ; on s'y conformera, puisque tu y tiens. Mais profitez donc du spectacle en silence.

Le spectacle en question, c'était celui que l'on pouvait voir autour du four, qui trônait au milieu de la pièce principale, et dont la flamboyante chaleur se diffusait par ondes généreuses.

Les aides de Ragueneau, comprenant que leur oisiveté dorée était finie, avaient fait leur apparition ; et à peine Ragueneau eut-il transmis ses ordres d'une voix forte, que sa petite armée, composée de six éléments, devint aussi active qu'elle avait été discrète. Dans les premières minutes, chacun s'empressa autour du four afin de lui rendre le culte et les attentions que l'on doit aux divinités suprêmes. Les pâtés de godiveau, préparés préalablement, ne demandaient qu'à subir une deuxième cuisson, qui viendrait réchauffer et raffermir les effets de la première ; mais, puisqu'on attendait aussi des desserts, Ragueneau lui-même se mit à mêler le beurre, le lait, les œufs et la fleur de farine, avec tout le doigté d'un savant alchimiste.

Ensuite vint une scrupuleuse division des tâches, toujours sous l'œil vigilant du maître. Parmi ses adjuvants, les deux premiers maintenaient autour du feu une ventilation perpétuelle, veillant sur lui comme d'antiques vestales ; les deux suivants divisèrent la pâte faite par Ragueneau en portions magnifiques, qu'ils dotèrent d'une rotondité à la généreuse circonférence, avant d'y verser une crème dont l'hôte avait seul le secret ; les deux derniers, quant à eux, avaient la charge du sucre et de l'écorce de citron, qu'ils ajoutaient uniquement aux pièces les plus fines et les plus délicates nées des doigts agiles de Ragueneau.

On n'attendait plus que l'instant de sortir du four les précieux pâtés, dont ces deux genres de créations pâtissières, qui avaient nom respectivement dorioles et poupelins, prendraient alors la place.

Un fumet des plus agréables s'était mis à se répandre dans toute la boutique.

Le visage des trois amis se dilatait d'aise.

Cyrano s'ébahissait de découvrir un endroit aussi calme et aussi chaleureux que si, au lieu d'être au milieu de la capitale, on en eût été à cent lieues. Ses lèvres avaient un vague sourire ; il se sentait parfaitement bien.

Dassoucy n'aurait songé qu'aux délices qu'on préparait devant lui, si, de temps à autre, il n'avait pas eu la pensée que c'était à sa fréquentation du Parnasse que l'on devait ces délices-là : alors, au milieu de la flamme que faisait naître dans son regard la pensée d'un plaisir, on voyait luire une étincelle, l'or pur d'un pur orgueil.

Chapelle, soit sagesse, soit paresse, s'absorbait dans sa contemplation ; tout en s'absorbant, il s'enchantait de ce qu'il contemplait : il n'avait pas la plus petite arrière-pensée.

La pluie, cette même pluie qui leur avait fait chercher un refuge, frappait incessamment de ses longs doigts souples aux carreaux de la boutique : et c'était une jouissance de plus de l'entendre demander admission si fortement au-dehors, lorsque l'on se trouvait si bien au-dedans.

De pareilles prémisses ne pouvaient qu'annoncer une expérience mémorable.

Les pâtés de godiveau furent placés sur la table presque aussitôt qu'on les eut sortis du four ; et, dès qu'ils eurent refroidi au point de devenir comestibles, c'est peu de dire qu'ils furent appréciés par les trois amis. Deux d'entre eux firent honneur aux productions de Ragueneau avec un enthousiasme qui allait jusqu'au délire, tandis que le troisième, c'est-à-dire Cyrano, restait plus mesuré, ce qui ne l'empêchait pas d'apporter son tribut de compliments sincères à l'heureux pâtissier, toutes les fois que ce prodigieux facteur de merveilles se trouvait à portée de l'oreille.

Nous oublions de rapporter que le vin n'avait pas manqué pour accompagner le début de ces agapes.

Au pâtissier qui s'était humblement approché pour débarrasser lui-même ses hôtes, ou plutôt ses invités, de leurs assiettes désormais vides :

— Mon cher Ragueneau, dit Dassoucy, en vérité vous êtes un grand homme.

— On se serait nourri de ces pâtés, rien qu'à l'odeur, qui était exquise, dit Cyrano ; mais ils tiennent au palais les si riches promesses qui avaient été faites à l'odorat, et davantage même.

— De si prodigieuses réalisations, dit Chapelle, méritent que l'on vous tresse une couronne de laurier.

C'était là un mot malheureux.

Chapelle en eût-il douté, que l'évolution visible sur le visage de Dassoucy l'eût suffisamment averti.

Il n'en fallait pas plus, en effet, pour que le cours des idées de Ragueneau s'éloignât de considérations gastronomiques pour prendre un tour plus aérien, ou ce qu'il croyait tel.

— Messieurs, si vous le vouliez bien... fit Ragueneau les yeux brillants. Avant que l'on vous porte la suite de votre repas... je serais réellement honoré, si vous m'accordiez la chance de vous réciter la pièce dont je vous parlais tantôt.

Les trois amis étaient pris au piège ; car, pour s'enfuir, il ne pouvait en être question : on avait fait un trop bon accueil aux pâtés de godiveaux, pour ne pas éprouver l'envie d'appliquer aux dorioles et aux poupelins les honneurs qu'on avait rendus à leurs prédécesseurs si rapidement disparus.

— Mais, bien volontiers, Ragueneau, dit Dassoucy d'une voix un peu moins sûre qu'à l'ordinaire. C'est cette ode pindarique dont vous m'aviez entretenu la fois dernière, n'est-ce pas ?

— Si fait.

— Et à laquelle vous avez ajouté cent vers.

— Deux cents, monsieur.

— Mon Dieu ! c'est cela, oui. Où en étions-nous restés, dites-moi ?

— À un vers qui était celui-ci : « Membres d'un même corps, ne vous étonnez, Sire. »

— C'est vrai, fit Dassoucy qui s'était rembruni.

— Mais, je souhaite vous lire l'œuvre dans son entier ; aussi, je la reprendrai du début.

Pendant ce temps, Chapelle et Cyrano fronçaient les sourcils en remuant silencieusement les lèvres ; attitude qui, dans tous les pays, dénote la perplexité.

Ils cherchaient évidemment à comprendre par quelle audacieuse combinaison verbale, qui était peut-être une témérité, ce vers isolé qu'avait dit Ragueneau pouvait être associé à plusieurs de ses semblables, tout en recevant de cette association ce qui avait paru lui faire défaut, c'est-à-dire une signification intelligible.

Dassoucy, lui, ne parut pas même chercher à se souvenir.

Ce fut assez pour les convaincre de laisser là leurs réflexions sémantiques.

— Allons ! ne tardons plus guère, fit Chapelle avec héroïsme. Vous devez, je suppose, aller quérir le précieux papier sur lequel vous avez couché l'ouvrage de votre inspiration ?

— Inutile, dit joyeusement Ragueneau ; il est là.

Et il tira de sa poche une liasse enroulée sur elle-même, qui, rendue d'un geste prompt à son volume et à sa forme naturels, recelait quelque chose de vaguement effrayant.

Au même moment, par un curieux phénomène de décoloration, et comme si elles avaient pressenti leur rôle d'organe froissé, les oreilles de Dassoucy se mirent à pâlir.

— Il me tarde, fit en hésitant Cyrano voyant que le joueur de luth demeurait coi, d'ouïr la première strophe.

— Monsieur, dit Ragueneau, le poème ne s'ouvre pas par une strophe ; mais sur une épigraphe.

— Voilà qui est sérieux. Sous quelle forme, cette épigraphe ? Rimée ?

— Rimée ! je crois bien.

— Est-ce une dédicace ?

— Tout à fait, monsieur. J'ai voulu rendre hommage à quelqu'un, en plaçant mon humble production sous les ailes bienveillantes de son Génie merveilleux, dit Ragueneau, qui se balançait d'un côté puis de l'autre, tandis que la braise d'une honnête émotion lui cuisait les joues.

— Vous ne verrez pas d'obstacle, je suppose, à nous apprendre qui est l'heureux récipiendaire ?

Cette fois, par une sorte de mimétisme, peut-être, avec l'évolution spectrale susmentionnée, les oreilles de Dassoucy rougirent avec un feu tellement vif, que Cyrano obtint sans effort le renseignement demandé.

— Vous verrez que je le compare, s'exclama Ragueneau ne pouvant résister au plaisir de parler de son œuvre avant que de la lire, au titan Encelade.

Après ce détail donné pour ce que son auteur prenait pour une vertu apéritive, Dassoucy, qui croyait devoir dire quelque chose, fit un effort pour prononcer une phrase ; mais ce qu'il balbutia fut si inintelligible, qu'il fallut que Chapelle s'offrît pour interprète.

— Il vous remercie de l'honneur que vous lui faites, et qu'il connaissait déjà. Et cependant, moi qui ne le connaissais point, je m'étonne que vous n'ayez pas représenté notre aède que voilà sous les traits d'Apollon, qui vous est si cher à l'un comme à l'autre, ou de son fils Orphée, pour le moins.

— J'y avais bien pensé ; mais ce nom d'*Encelade* me donnait ma première rime : rime riche, de surcroît, puisqu'elle reposait sur trois sonorités.

— Je vois que vous avez la science et les préoccupations du métier, dit Chapelle en saluant. Et quel est le mot qui, de pair avec *Encelade*, vient compléter cette rime ?

Ragueneau répondit avec orgueil :

— Marmelade.

Les oreilles de Dassoucy virèrent à l'écarlate.

On était en danger de voir, en renversant la fable ovidienne, quelque chose comme le dieu Apollon écorché vif par le satyre Marsyas ; lorsque Cyrano, mû par cette généreuse compassion qui le caractérisait, et qui allait peut-être autant à l'écorché qu'à l'écorcheur, s'écria :

— Mon cher Ragueneau, une chose m'apparaît clairement : c'est que vous allez vous faire du tort.

Dassoucy et Chapelle tournèrent vers leur ami des yeux écarquillés.

— Du tort ? répéta Ragueneau en clignant des paupières. Comment l'entendez-vous ?

— Comme ceci. Pourquoi, cher maître, vous prêtez-vous à une telle déclamation ?

— Mais… pour le plaisir qu'il y a à prononcer des vers.

— Et pour réjouir vos invités, je n'en doute pas ?

— Oh ! monsieur ! cela va de soi.

— Par la grâce de cette inspiration, continua Cyrano, de cet *enthousiasmôn*, ou enthousiasme, qui se communique au moyen des belles œuvres, et qui élève l'âme vers ce qu'il y a à la fois de meilleur, de plus beau et de plus grand.

— Mais oui ; c'est ce que j'entends dire à messieurs les poètes.

— Alors, puisque tel est votre but, Ragueneau, veuillez répondre à cette question. La surprise n'est-elle pas ce sentiment qui donne à celui qui l'éprouve un sursaut, pour l'esprit comme pour la chair ?

— Certes.

— Alors, ne croyez-vous pas que cet air poétique, enivrant, subtil, insaisissable, ne transporte vers les hauteurs avec une plus grande force, lorsque la surprise vient à son aide, comme un renfort qui arrive au secours d'une armée ?

— Je n'en doute point.

— Ah ! ainsi, vous convenez que la surprise est un ingrédient crucial dans une déclamation poétique : c'est de la même façon que la levure, je présume, est indispensable pour faire monter la pâte de vos gâteaux.

— Sans doute.

— Or, si vous déclamez votre pièce, la surprise sera complète pour moi, et pour mon ami, dit Cyrano en désignant Chapelle ; mais elle sera à moitié perdue pour Dassoucy, et surtout, entièrement perdue pour vous. La partie est trop inégale ; c'est flagrant.

— Mais cette inégalité est inévitable, dès lors qu'il doit y avoir un récitant et un auditoire.

— Aussi je ne prétends pas la faire disparaître : je désire seulement qu'elle change de camp. Je suis homme à abhorrer toute espèce d'injustice, savez-vous ; or, j'ai découvert aujourd'hui vos créations culinaires, votre généreuse personnalité : un si haut degré d'excellence, tant dans l'intention que dans la réalisation, mérite sa récompense. C'est pourquoi, maître Ragueneau, je souhaite vous élever vers ce beau et ce bien dont nous parlent les philosophes autant que les poètes, en vous offrant le plaisir d'entendre des vers faits pour vous, par ceux que vous appelez vos trois invités, et qui se reconnaissent plus encore comme vos débiteurs.

— Mais… dit Ragueneau étourdi par les arguments louangeurs qu'on lui jetait à la tête ; mais vous perdrez tous au change.

— C'est un sacrifice que nous consentons bien volontiers ; car, mon cher Ragueneau, de nous quatre ici, vous êtes le plus méritant.

Le visage de Ragueneau s'épanouit avec une joie subite.

Dassoucy respira comme un homme qu'on aurait sorti d'un puits.

— Et, demanda Ragueneau en baissant son regard sur les feuillets qu'il serrait toujours entre ses mains, que ferai-je de mon ode ?

— Il faut la garder, mon cher Ragueneau, dit Cyrano avec une expression de regret, pour le jour où vous serez vous-même le débiteur de celui qui vous écoutera. Peut-être sera-ce lorsque Dassoucy vous aura lu quelqu'une de ses créations, sans avoir rien pris à votre râtelier, fit-il avec un regard appuyé en direction du poète ; qui sait ? peut-être aussi aurez-vous fait atteindre à votre addition le chiffre de trois cents vers.

Ragueneau hocha la tête, parce qu'il entrevoyait les cimes d'altitudes poétiques nouvelles ; Dassoucy secoua la sienne, parce qu'il pressentait de futurs abîmes.

À peine le pâtissier fut-il parti chercher les instruments nécessaires à l'entreprise qu'on s'était fixée, que Chapelle se tourna vers Cyrano pour lui dire, avec un fin sourire :

— Je jurerais que tu te fais parfois plus Socrate que Socrate lui-même.

XXXV

Où l'on voit que la tradition des banquets n'a pas disparu avec l'Antiquité

On apporta tout ce qu'il fallait pour écrire. Le pâtissier avait fait disparaître ses vers.

Cette disparition surtout fit beaucoup pour rendre à Dassoucy son alacrité native.

Une chose acheva l'ouvrage, ce fut la matérialisation des dorioles et des poupelins qu'on avait sortis du four. Il y en avait en nombre suffisant pour qu'on pût joindre, à la quête de l'inspiration, une alimentation périodique, et faire en sorte que le corps n'eût pas à souffrir des efforts de l'esprit.

— Ah ! Cyrano, la bonne idée que tu as eue là ! fit Dassoucy, en faisant venir à lui une portion de chacun des objets qu'on avait disposés sur la table. Et comme je regrette de ne pas l'avoir eue plus tôt !

— Tiens ! te voilà envieux ? fit Chapelle. Je ne te connaissais point encore cela.

— Je regrette seulement de n'avoir pas été plus vif, pour l'idée, je ne peux pas la lui envier, attendu qu'elle n'est pas de lui.

— C'est dommage ; j'aurais cru, Cyrano, que tu aurais pu inventer cela : payer la consommation avec des vers.

— Non pas, répondit l'intéressé. L'idée figure chez Sorel, dans *Francion.* Y a-t-il rien de plus admirable et de plus divertissant que les aventures de son Francion, et de la bande de ceux qu'il appelle *les Généreux* ? Les généreux, c'est-à-dire : *les braves.*

— Je croirais plutôt que cela veut dire : *ceux qui offrent*, dit Chapelle en caressant distraitement des écus qu'il avait au fond de sa poche.

— Je préfère, quant à moi : *les biens nés*, dit Dassoucy avec un air entendu.

— Les biens nés ! répéta Chapelle. Est-ce pour toi que tu dis cela ?

— Mais oui.

— Et comment le prends-tu ?

— Ne t'ai-je point appris déjà que ma mère était fille d'un gentilhomme de Crémone ? Il est vrai qu'il faisait des violons de son état ; mais enfin, la veine artistique ne corrompt pas un sang élevé, pas plus qu'elle n'est gâtée par lui.

— Et ton père, je suppose, compte à peu près pour rien ?

— Mais, Chapelle, si je ne sais pas qui est mon père.

— Pardieu ! tu le connais fort bien, puisqu'il t'a élevé.

— Il m'a élevé, nourri, instruit ; mais cela ne vient pas de ce qu'il est mon père : cela vient de ce que c'était le mari de ma mère, et voilà tout. Voilà une distinction à laquelle, toi plus que quiconque, tu devrais te montrer sensible. On n'a jamais un père qu'à demi.

— En tout cas, voilà un précepte qui s'applique à Orphée, que tu aimes si bien que tu finis quelquefois par te prendre pour lui, fit Chapelle, peut-être pour ne pas répondre directement à l'adresse qu'on lui avait faite. Qu'il soit fils d'Apollon, ou fils d'un roi de Thrace, il est toujours le fils de Calliope.

— Certes ; mais j'en reviens à ce que je disais : celui que tu appelles mon père ne l'était pas, et voilà tout.

— De sorte que tu as reçu en héritage tout et son contraire : à la fois la noblesse, et la bâtardise.

— Tu sais comme je dis toujours, fit Dassoucy avec ce sourire qui lui était si particulier : je suis homme à paradoxes. Mais, puisque tu as parlé d'Orphée, et que nous voilà ramenés sur le sujet de la poésie, je suggère de ne plus tarder à invoquer à notre aide toutes les divinités qui s'y rapportent.

— J'approuve fort, déclara Chapelle ; toutefois ce sera à une condition.

— Laquelle ?

— Pardieu ! tu ne devines pas ? Mon esprit s'embrouille, ma langue s'emmêle, et déjà la plume me glisse des doigts. Ce sont là tous symptômes d'un Chapelle desséché.

— Chapelle !

— Vois, fit l'interpelé sans se laisser démonter, le pichet que tu avais demandé est vide ; commandons encore du vin : sans cela, je ne réponds pas de ma production. Or, production valant ici paiement, il serait peu galant pour maître Ragueneau, à qui ce paiement est destiné…

— Que tu n'aies point l'occasion de puiser dans sa cave ce que tu lui rendras en vers bien faits, bien tournés, bien polis. Naturellement !

— Eh ! c'est une transmutation respectable, et tu ferais bien de la respecter. Mais pour justifier ma prière, j'en appelle moins à la cohésion de ma pensée, qu'à la cohérence de notre réunion.

— Et qu'est-ce donc qui nous réunit ?

— Un banquet, tout simplement.

— Un banquet ?

— Oui, un banquet, *sympôsion*, comme on en faisait autrefois, entre personnes choisies, en Grèce. Il n'y manque rien, sur ma foi : n'avons-nous pas, comme il se doit, honoré les puissances sacrées, puisque la si sainte activité de Ragueneau nous a fait ses adorateurs, et que cette adoration s'est traduite par force libations à son égard, par moi du moins ? Et, après les divinités sur la Terre, les divinités dans le ciel : n'as-tu pas tout à l'heure parlé d'invoquer le panthéon de la poésie, afin qu'il vienne seconder notre ouvrage ? Voilà pour le sacré ; en conviens-tu ?

— J'en conviens, dit Dassoucy, dont l'œil fixé sur Chapelle montrait une ardente fascination. Quoi d'autre ?

— Nos rôles aussi sont répartis à la perfection, et suivent de près l'exemple fourni par les Anciens.

— Ah oui ? Alors, quel est mon rôle, apprends-moi ?

— Voyez le bon plaisant, qui commence par lui-même ! Mais toi, tu es l'aède, l'aède supérieur, l'aède suprême, cela va de soi. J'espère que tu es satisfait.

— Et toi ?

— Fidèle à ma spécialité, j'ai présidé la beuverie, et je le ferai encore, avec ta permission.

— Et Cyrano ?

— Ah ! Cyrano... eh bien, mais... Cyrano...

— C'est très simple, fit Cyrano qui avait écouté, quoique sans prendre part à la conversation. Tu oublies que cette convivialité antique s'étendait aux compagnons d'armes : compte-moi comme un représentant du dieu Mars, et tu auras ton analogie complète.

— Merci, dit Chapelle après un court instant d'hésitation. J'en arrive au dernier élément de ma démonstration : c'est que, après une première partie du banquet où l'on se préoccupait d'abord de manger, il en venait une où l'on se préoccupait surtout de boire. Eh ! je prétends que la tradition que nous avons commencé de suivre, doit être respectée jusqu'au bout : c'est pourquoi je te prie d'agréer que ce verre vide qui est devant moi devienne un verre plein.

Dassoucy devait avoir été convaincu, car il transmit d'assez bonne grâce la requête qu'on lui avait faite.

— Et toi, dit-il en revenant à Cyrano, n'as-tu rien à réclamer pour venir au secours de ton imagination ?

— Mais, je crois que non. Un jour, j'ai étonné Le Bret en écrivant une élégie au milieu d'un corps de garde.

— Que voilà une belle puissance de concentration ! fit Chapelle. À ce propos, tu permettras que je te pose une question ?

— Tout ce que tu voudras.

— La voici, dit Chapelle en le dévisageant avec sérieux : es-tu un guerrier, ou n'en es-tu pas un ?

— Tu me le demandes !

— Diable ! c'est qu'il me semble que la chose n'est pas claire. Je t'ai déjà vu faire preuve, sur cette question, d'un embarras inexplicable.

— Il faut pourtant bien que je sois un guerrier, puisque j'ai fait la guerre.

— Ce n'est pas répondre, cela.

— Je ne vois pourtant pas ce que je pourrais déclarer d'autre, dit Cyrano étrangement impassible. Il est vrai qu'on m'a dit aussi que je ne déshonorais pas précisément ma compagnie ; cela te suffit-il ?

Chapelle allait répliquer, lorsque, peut-être sous l'effet de ce qu'il venait d'entendre, il rentra un instant en lui-même : il était évident que ses pensées venaient de prendre un cours inattendu.

— Attendez, murmura-t-il comme un homme qui cherche à rassembler ses idées éparpillées. Attendez… Voilà que cela me rappelle quelque chose.

— Quoi donc ? fit Cyrano

— Le pouvoir de concentration… le courage à la guerre… Voilà, sur ma foi ! deux qualités que j'ai déjà vues célébrées quelque part ; mais où donc, et pour quelle obscure illustration ?

— Rappelle-toi l'Évangile : *quaere et invenies* ! dit sentencieusement Cyrano. Cela te reviendra.

— Sans doute ; lorsque j'aurai bu un peu de mon inspiration, à moi.

À peine Chapelle avait-il prononcé ces paroles, que le pâtissier revenait, avec un flacon que le jeune homme se mit à couver des yeux, et qu'il devait, jusqu'à la fin, regarder avec la même tendresse, y compris lorsqu'il aurait depuis longtemps perdu son rôle de contenant.

Les dorioles, qu'on trouva délicieuses, et les poupelins, jugés incomparables, avaient déjà disparu aux trois quarts, lorsque, Chapelle ayant rempli son verre, chacun se saisit enfin d'une feuille et d'une plume.

— De quoi parlerons-nous ? demanda Dassoucy.

— Ah ! fit Cyrano. J'oubliais que ta langue ne s'arrête jamais, même quand il te faut chercher l'inspiration.

— C'est que je n'ai jamais cru que l'oisiveté eût le pouvoir de la faire venir ; or, les modalités de la composition nous laissent assez peu d'autres loisirs que celui de la conversation. Par conséquent, je repose ma question : de quoi parlerons-nous ?

— D'amour.

C'était Chapelle qui avait prononcé ce mot.

— D'amour ? répéta Dassoucy.

— Mais oui. L'amour, *Éros*. Je voudrais bien savoir comment vous le décrivez.

— Il me semble pourtant, dit Cyrano, que l'on a bien assez fait pour cela pour que l'on soit dispensé d'en parler.

— Sans doute ; mais je veux que vous mettiez en mots ce que vous avez à dire sur lui.

Cyrano reprit, d'un air songeur :

— Est-ce que Socrate ne faisait pas d'Éros un intermédiaire entre l'homme et le divin, c'est-à-dire entre l'homme et ce Beau, ou ce Bien, que les philosophes doivent indiquer, et que les poètes veulent atteindre ? C'est donc le guide le plus sûr à qui cherche l'inspiration ; c'est ce que les philosophes ont dit, et ce ne sont pas des siècles de poésie qui nous donneraient la contradiction.

— Est-ce là ce dont tu feras la matière de tes vers ?

— Non ; c'est un rappel, voilà tout.

— Qui d'entre nous, alors, dira le premier ce qu'il veut écrire ? dit Chapelle. Ce ne sera pas moi, puisque je suis curieux d'entendre vos essais, avant de proposer le mien ; ce ne sera pas Cyrano, qui, étant le seul qui n'est pas accompagné au sens plein du terme, est le moins avantagé de nous trois.

— Ah ! c'est donc à l'aède de dire le premier mot ? demanda Dassoucy.

— Mais oui. Sur ce beau thème, qu'as-tu à déclarer ?

— Ma foi, rien qui n'ait déjà été chanté, écrit, pensé, dans tous les âges qui ont précédé le mien, aussi bien dans la langue des dieux que celle des Halles : et je pratique assez bien les deux pour savoir de quoi je parle. C'est pourquoi tu permettras que je choisisse un sujet qui, pour être différent de celui que tu proposes, ne lui est pas totalement étranger.

— Lequel ?

— La beauté.

— Peste, voilà un sujet neuf ! dit Cyrano en riant.

— Peut-être pas ; mais vous comprendrez que c'est mon état de savoir quoi en dire.

— Quoi, en tant que poète ?

— En tant que musicien, surtout.

— Comment ? demanda Chapelle.

— Simplement parce que la beauté n'est rien d'autre que de l'harmonie. Harmonie, c'est-à-dire accord, ou consonance, ou juste proportion, de ce qui fait un beau visage ou un beau corps ; mais remarquez que l'harmonie suppose que son contraire existe, c'est-à-dire tout ce qui vient introduire de la dissonance ou des accords imparfaits. Elles ne font pas que se supposer : l'une est nécessaire à l'autre. Il faut de la laideur pour donner son prix à la beauté ; de même qu'il faut de l'ombre pour qu'il y ait de la lumière.

Il se tut un instant ; peut-être son esprit se reportait-il du côté de cette obscure soirée d'hiver, ou plutôt de l'illumination, qui lui avait valu de rencontrer Chapelle.

Puis il reprit :

— Cette dissonance, et cette assonance, mise en ensemble, composent ce qui n'est rien d'autre que l'harmonie générale du monde : et c'est cette harmonie que la musique exprime.

— M. Dassoucy, vous êtes un fat, dit Chapelle.

— Moi !

— Sans doute ! on attendait de vous l'éloge de l'amour ou de l'être aimé ; et voilà que vous en revenez à ce qui vous est naturel, c'est-à-dire à l'éloge du créateur.

— C'est-à-dire, dit Cyrano, que notre ami a suivi la pente de son esprit ; pente prévisible, tu l'admets toi-même.

— Diantre, mais oui.

— Eh ! fit Dassoucy, comme si ce monosyllabe devait tout expliquer.

— Comment ai-je pu ainsi me laisser surprendre ?

— La faute en est à ton flacon, qui est déjà, je ne sais comment, à moitié vide.

— Tiens ! c'est vrai ? s'écria Chapelle qui entreprit de vérifier l'information.

— Quoi ! tu vois donc trouble, que tu ne t'en aperçoives pas ?

— C'est l'inspiration qui commence à venir. Est-ce que vous n'en ressentez donc rien ?

— Je crois bien, dit Dassoucy qui le regardait, que je commence à éprouver quelque chose.

— Mais, et Cyrano ? Sens-tu l'enthousiasme venir, dis-moi ?

— Pas encore, répondit-il. Tu comprends que ni le vin que je ne bois pas, ni le fait de te voir en boire, ne peuvent me faire cet effet-là, à moi.

— C'est une étrange endurance, dit Chapelle, et à laquelle il faudra remédier. Mais… parbleu ! l'endurance !

— Eh bien ? qu'y a-t-il ?

— Nous avons eu la concentration ; ensuite, le courage : à présent, l'endurance !

— C'est vrai, dit Cyrano dont l'œil brilla.

— Quoi ? de quoi s'agit-il ? dit Dassoucy.

— Ce sont les qualités de Socrate, répondit Chapelle.

— Ah ! de Socrate !

— Mais oui ; ou plus précisément, ce sont celles qu'Alcibiade dit admirer chez lui. Et voilà, sur mon âme ! un rappel qui agrée beaucoup à Cyrano ; tellement, même, qu'au lieu de m'écouter, il est parti dans ses pensées, c'est-à-dire dans les hauteurs. Je crois que pour lui, l'inspiration est proche.

— Eh bien ? demanda Dassoucy après un instant. Pourquoi ne dis-tu plus rien, toi non plus ?

— Oh ! moi, je n'irai pas plus loin ; car je n'ai pas le droit, pour deux raisons, mon maître, de reprendre à mon compte tout le jugement d'Alcibiade, avec lequel je ne saurais m'identifier.

— Je suis curieux, je l'ai dit ; voyons tes raisons.

— Oui, dit Cyrano qui, malgré sa distraction, avait entendu : je souhaite les savoir aussi.

— La première, c'est que j'ai trop connu Cyrano pour pouvoir, en parfaite honnêteté, lui attribuer la quatrième vertu qu'on donnait à Socrate, dit Chapelle qui se mit à baisser les yeux d'un air chaste.

— Laquelle donc ?

— La modération.

— Et, la seconde raison ? dit Dassoucy au milieu des éclats de rire.

— C'est, s'écria Chapelle en regardant le poète, que lorsqu'il prononce ces mots, c'est encore de Socrate qu'Alcibiade est amoureux.

— Ah !

— Mais, voyons, revenons : nous parlions d'inspiration ; tu croyais, disais-tu, éprouver quelque chose ?

— Non ; à présent j'en suis sûr.

— À la bonne heure ! dit Chapelle en souriant. Revenons quand même ; où en étions-nous ?

— Mais il me semble que c'est à présent le tour de Cyrano de nous dire ce que lui inspire, ou ce que ne lui inspire pas, le thème que tu nous as proposé.

Cyrano répliqua avec une grimace :

— Tu sais si j'aime à suivre ce que l'on a fait ou dit avant moi, et me rendre coupable d'un larcin chez autrui. Mais, du moment que j'ai moi-même approuvé le sujet qu'on me tend, je veux bien m'y soumettre, fût-ce en dérobant une étincelle à ce qui fait la gloire des amants des siècles passés.

Cyrano commença par recueillir ses pensées ; puis il se lança dans une explication qu'il déroula avec une ferveur qui n'aurait surpris que ceux qui ne le connaissaient pas assez : et l'on sait si ses deux interlocuteurs appartenaient à cette catégorie.

— Pour parler d'amour, il faut commencer par parler moins de celui qui aime, que de celui qui est aimé. Le véritable amour ne va pas sans estime ; car on est épris de l'âme autant que l'on est épris du corps : aimer, c'est reconnaître la beauté qui brille dans l'une aussi bien que dans l'autre. Le rayon d'une pensée attire aussi sûrement que le feu d'une action ou l'éclat d'un visage.

— Soit ; mais l'amour en lui-même, demanda Dassoucy, quel est-il ?

— C'est un sentiment qui, s'il commence par les émotions les plus tendres et les plus touchantes, insensiblement nous mène au plus violent et au plus ardent de nous-même. Celui qui n'a jamais senti son cœur se consumer, celui qui n'a jamais senti du feu rouler dans ses veines, celui-là n'a jamais brûlé pour un autre ou pour une autre, celui-là n'a jamais vraiment été épris.

— *Amoris ignis !* L'image est presque récente ; elle a seulement deux mille ans.

— Et qui te dit que ce soit une image ? demanda Cyrano avec éclat. Il n'est pas de puissance, il n'est pas d'énergie qui l'approche ; car, pour moi, je ne sais rien de plus précieux que ce lien par lequel, faisant don de son âme à un autre, on devient comme sa moitié ; lien grâce auquel, s'il faut dire la vérité, on vit moins en soi qu'en celui qu'on a choisi. Rien de plus précieux, disais-je, hormis les prouesses que l'ardeur amoureuse fait accomplir à celui qu'il inspire.

— Tiens ! fit Chapelle, dont l'intérêt redoubla, parce que sa sagacité pressentait qu'on allait aborder le nœud de l'affaire. Qu'est-ce que tu entends précisément par là ?

— Suppose l'âme la plus faible, la plus douce, la plus inoffensive en un mot, reprit Cyrano, avec une exaltation qui brillait en flammes dans son regard. Eh bien ! je veux, au nom de la passion qu'elle éprouve, qu'elle tâche à se faire l'égale de ce qu'elle admire en l'autre. S'il est généreux, elle le sera ; s'il est brave, elle le deviendra aussi : de sorte que l'amant se dépasse lui-même, et montre une bravoure qu'il ignorait en lui, et que l'amour seul lui a révélée. C'est elle qui le rendra prêt, soit à défier la mort, soit à la donner, si cette mort peut servir en quoi que ce soit à l'être auquel il a remis sa vie.

— Sur le champ de bataille, par exemple ?

— Sur le champ de bataille, et ailleurs.

— Encore faut-il, naturellement, que l'occasion s'en présente : car je ne me souviens pas d'avoir reçu un semblable hommage, et Dassoucy fait signe qu'il est d'accord avec moi.

Mais alors, l'amant irait jusqu'à blesser, jusqu'à tuer même, pour l'honneur de celui qu'il aime ?

— Je viens de le dire.

— Et je présume que, s'il va jusqu'au bout de son intention, cela n'aura d'autre effet que de le rendre digne de celui qu'il glorifie par un acte semblable ?

La réponse vint après quelques secondes.

— Bien sûr, du moment qu'il le faut.

Chapelle regarda Cyrano sans mot dire ; il était manifeste qu'il attendait une suite.

Lorsqu'il devint tout aussi évident que la suite espérée ne viendrait jamais, Chapelle détourna la tête comme pour mettre fin à la discussion.

Il trouva ce silence plus intéressant encore que la tirade qui l'avait précédé ; car, si l'une fournissait des explications, l'autre lui paraissait gros, non seulement d'un problème dont sa perspicacité avait déjà relevé des traces, mais surtout d'un développement qui pourrait, quelque jour, se traduire par des actes plutôt que par des mots.

Il n'avait pas échappé à Chapelle que si l'histoire de Cyrano, jusqu'à ses paroles même, acceptaient son état de soldat comme s'il n'avait pas été derrière lui, néanmoins ce même état se trouvait comme discrètement refusé par ses silences.

Il eut néanmoins la sagesse de s'abstenir de tout commentaire.

— Bon ! fit Dassoucy, voilà Cyrano qui tourne court.

— Ce ne sera pas mon cas, du moins, dit Chapelle.

— Tu prétends donc avoir beaucoup à dire sur cette vérité insaisissable qu'on appelle l'amour ?

— Je prétends surtout le connaître parfaitement bien.

— Tout le monde peut en dire autant ; mais toi, comment comptes-tu prouver cela ?

— Le plus facilement du monde, en vous rappelant les paroles de la sage et avisée Diotime, dans *Le Banquet*.

À ces mots, Cyrano prit l'air d'un homme qui sait qu'on va faire appel au témoignage de sa mémoire ; Dassoucy, moins savant sur ce chapitre que ses deux compagnons, n'aiguisa que sa curiosité.

— Éros est un démon, dit Chapelle ; n'est-ce pas ?

— C'est vrai, dit Cyrano.

— Il a un père et une mère, qui sont *Ploutos* et *Penia*, la Richesse et la Pénurie.

— Accordé.

— C'est aussi un jeune homme qui, non seulement vagabonde au gré de ses désirs, mais se révèle fertile en trouvailles et en expédients de toutes sortes.

— Parfaitement.

— Enfin, il est amant de tout ce qui est beau ; et parmi ces choses-là, il faut compter le savoir.

— Rien de plus juste.

— Eh bien ! dit Chapelle avec ce sourire que donne l'ivresse encore lucide, la démonstration n'est-elle pas complète, puisque ce que je viens de vous faire avouer qu'Éros me ressemble comme un frère ? Ainsi voilà le sujet épuisé, mais l'inspiration ne l'est pas ; il me semble que j'en ai fait assez provision pour servir à la louange de trois rebondissants Ragueneau.

— Il était temps : le flacon est vide.

— C'est-à-dire que notre clepsydre est arrivée à son terme : à l'ouvrage, à l'ouvrage !

Et comme on avait, effectivement, suffisamment amassé de ce bien précieux que l'on assimilait autrefois à une ardeur divine, les trois enthousiastes suivirent d'un même élan le commandement de Chapelle.

Quant aux vers que les trois amis firent en cette occasion-ci, on ne les a pas retrouvés ; ils sont donc perdus pour la postérité.

XXXVI

Le jardin d'Épicure

Le printemps s'écoulait radieux. Tous les jours sont charmants lorsqu'on est en bonne compagnie ; et lorsqu'on ne l'est pas, le souvenir qu'elle laisse après elle fait beaucoup pour adoucir des circonstances amères. Le plus grand avantage, et peut-être le seul, que Cyrano trouvât à sa condition de collégien, c'était justement qu'elle lui fournissait une condition, et rien de plus ; n'eût été cet aspect pratique, il s'en fût délivré avec autant de joie que l'on a à se délester de ses chaînes. Seulement, après cela, il fallait, soit un état, qu'il était incapable de préciser dans son esprit, soit une protection : mais ce mot suffisait à exciter, dans cette âme ombrageuse, un tel sursaut de rébellion, qu'il ne fallait point y songer.

En attendant, comme nous l'avons dit, il se dédommageait de ces désagréments ; tantôt il retrouvait les amitiés qu'il s'était faites du temps de son séjour aux armées, tantôt il jouissait de la présence de Chapelle, de Dassoucy, et parfois de tous ceux qui passaient chez Lhuillier.

Cette dernière circonstance explique que nous le retrouvons, non point arpentant le pavé parisien, comme nous l'avons vu jusque-là, mais dans un jardin de Gentilly ; pour quelle raison, c'est ce qui sera précisé plus tard. Nous commencerons par ce que l'on serait en droit d'appeler le théâtre naturel de la scène qui doit suivre.

Jamais jardin, car c'en était bien un, composant un parc grand d'un hectare environ ; jamais jardin ne paraissait avoir profité avec plus de grâce exquise des trésors que versait le mois d'avril. L'herbe offrait, sous le pied et pour l'œil, la douceur et l'uni du velours, parsemé de pâquerettes, qu'accompagnaient, sous des buis, roses, violettes, jasmins et clématites. Au milieu de toutes ces fleurs s'élevait une maison de campagne, à l'étage unique, aux fenêtres petites, au toit d'ardoise bleue, et qui portait une parure de roses blanches coquettement agrafée sur sa façade de pierre. Derrière cette maison, après quelques centaines de toises, le terrain s'inclinait en pente douce pour aller à la rencontre d'un cours d'eau et de son murmure argentin. Rien de plus gai que les abords de cette eau presque dormante. Là venaient se refléter les œillets blancs, les lys, les hélianthèmes qui avaient fait éclosion sur ses bords ; là se dressait un cerisier, dont les pâles fleurs, attachées comme des rubans délicats sur ses branches longues et frêles, s'agitaient doucement contre le ciel bleu. Tout ce charmant ensemble venait parfois s'orner, sur la plus haute branche, d'une couleur supplémentaire, qu'on eût dit déposée là par le pinceau d'un peintre, n'eût été que cette couleur ne demeurait jamais longtemps en place ; puisque cette couleur avait des ailes, puisque cette couleur était un oiseau.

De l'autre côté du ruisseau, au-delà de ce ruban argenté, on apercevait un petit bois qui rassemblait les hôtes ordinaires du parc, des saules et des hêtres dont la cime, privilège et délice du moment, était toute dorée d'une couronne de lumière, annonçant, bien qu'on parût être hors du temps, que les heures n'avaient point cessé leur marche, et que le soir allait venir. Nulle présence invisible, aucun bruit, ne venait troubler le repos de ces arbres qui avaient l'air de s'endormir.

Il n'en était pas de même, néanmoins, des abords du cerisier ; car c'est à lui que nous revenons : à son pied, on apercevait Cyrano, étendu à plat ventre dans l'herbe qu'il avait agrippée de ses deux mains, comme s'il avait voulu, presque par tous ses sens, en aspirer énergiquement la vie. À côté de lui était Chapelle, nonchalamment adossé contre le cerisier, et versant sur cette nature prête à disparaître à l'approche de la nuit, le tribut reconnaissant de son regard rêveur.

Disposés comme ils l'étaient, ils ne pouvaient voir la maison ni l'un ni l'autre ; ils étaient absolument seuls.

Tout à coup, un grondement de satisfaction, en rompant le silence, fit que Chapelle tourna la tête vers Cyrano, qui l'avait émis.

— Qu'y a-t-il ? demanda le jeune homme.

— Il y a, Chapelle, que je ne suis pas loin d'être parfaitement heureux ; il y a que je ne conçois presque pas qu'il existe d'heure de félicité plus grande.

— Tiens ! j'en compterais au moins sept dans la journée qui vient de s'écouler.

— Vous raillez, Chapelle, comme à votre habitude.

— Point du tout ; je vous parle, au contraire, le plus sincèrement du monde, et comme un homme qui a fort apprécié la journée qu'il vient de passer.

— Pour moi, je ne l'ai point trouvée mauvaise : seulement, je soutiens que rien ne m'apparaît supérieur à ce dont cet instant me donne seul la jouissance.

— Bon ! voilà que vous insultez notre hôte.

— Moi ! j'insulte le chevalier Dal Re !

— Mais certainement : ne venez-vous pas de compter comme nuls tous les plaisirs qu'il nous a dispensés, en nous accueillant, comme il l'a fait, dans cette maison que Naudé lui a prêtée, et où il a élu résidence quand il ne loge point à Paris ?

— Rien n'est plus éloigné de ma pensée.

— C'est heureux ; car, pour avoir été sans cesse à vos côtés, je ne crois point que vous ayez mal pris votre part des présents de sa table, ni des richesses des entretiens, ni des trésors de sa bibliothèque.

— Cela serait d'autant plus mal venu à moi, qu'il n'était pas d'abord prévu que je fusse du nombre.

— Parbleu ! Vous venez nous rendre visite, justement le jour où le *signor* Dal Re avait parlé d'emmener à Gentilly la maisonnée de la rue Saint-Louis, plus Lhuillier et La Mothe Le Vayer. Voilà un détail que votre mémoire, pourtant si riche sur le chapitre des lettres et des sciences, avait oublié de consigner dans ses coffres.

— Que voulez-vous, Chapelle, on ne peut pourtant pas se souvenir de tout.

— Il est surtout heureux que vous soyez venu nous trouver plus tôt que de coutume ; car c'était justement l'heure arrêtée pour le départ, ou peu s'en fallait.

— N'est-ce pas, Chapelle, que la coïncidence est vraiment admirable ?

— Admirable, c'est le mot ; car, fussiez-vous arrivé comme d'habitude, vous demeuriez sur le carreau : au lieu que ce brave Dal Re, arrivé en même temps que vous, a tout de suite offert de vous emmener avec nous.

— En effet, et ma gratitude est sans borne. Un séjour plein d'enchantements, dans lequel nous jouissions pour ainsi dire de nous-mêmes, en ne mettant que la raison pour borne à nos désirs : quelle autre image pourrait exprimer la plus saine et la plus complète félicité, aux yeux des philosophes ? Aucune ; je dirais que je le crois, si la société brillante que nous avons eue avec nous ne m'en rendait absolument sûr.

— Rien n'est plus vrai. Nous avons perdu Gassendi dans les livres et les cartes ; mon père s'est assis dans un grand fauteuil, où il cherchait un sujet de réflexion, et il a fini par trouver le sommeil ; quant au chevalier lui-même, il a fort à faire, puisque je l'ai vu entrepris sur le chapitre des voyages, à la fois par Bernier, ardent et passionné comme toujours, et par La Mothe Le Vayer, qui m'a paru plus cynique que jamais. Du train où vont les choses, je nous prédis encore cent ans dans cette bucolique solitude.

— Vous en plaindriez-vous ? demanda Cyrano, dont le regard n'avait pas quitté l'eau, ni le bois, ni l'ombre.

Un silence plein d'inexprimé fut tout ce qui lui répondit.

Cyrano lui-même s'abandonnait avec ravissement aux sensations présentes : son œil, où la colère parfois éclatait comme l'orage, semblait errer vers des horizons inatteignables ; la crispation, dans ce corps si nerveux et si vif, était seulement le prélude à quelque acquisition de félicité nouvelle, dont le plaisir se répandait dans tout son être. Cette constitution sensible, ardente, faite pour recevoir des impressions avec force, comme pour retenir ainsi qu'un orgueil la moindre blessure, la plus petite empreinte injurieuse dont ce monde l'aurait irritée et agressée, baignait cette fois dans une atmosphère bienfaisante et sereine, dont les effets communiquaient le doux relâchement d'un bien-être indicible, à la conscience, à l'entendement, enfin à tous les sens.

À la fin, le sentiment de plénitude, puisqu'il avait atteint sa perfection, restait si bien le même, que Chapelle, ayant peut-être senti au cœur la morsure d'une maligne influence qui n'était, à dire vrai, qu'une disposition native, et qui était venue le tirer de cet engourdissement où sa malice s'endormait ; Chapelle, disons-nous, ne put s'empêcher de mettre un terme à cette suspension de l'instant.

— Je me répète ; mais vous n'êtes pas difficile ! Un carré de cette herbe et une eau grosse comme le doigt, et voilà qui suffit à vous ravir, ni plus ni moins que si vous disparaissiez de la société des mortels. Si j'étais notre hôte, et si j'avais consenti, pour retenir votre attention à la mobilité incessante, autant d'efforts que le chevalier lui-même, je crois que je songerais sérieusement à me vexer.

— Vous peut-être, répondit Cyrano le plus tranquillement du monde ; mais Dal Re a trop bon esprit et trop de manières pour cela.

— Ouiche ! avec cela que je suis un ours.

— Non pas.

— C'est heureux.

— Un ours profiterait de l'heure, sans faire de l'ironie.

— Je suis donc, sur votre échelle, plus bas que l'ours, qui est plus bas que Dal Re ?

— Permettez ! je n'ai pas dit que l'ours fût moins haut que Dal Re.

— Prétendez-vous qu'il soit plus haut ?

— Je n'en sais rien ; ce qui est sûr, c'est qu'il est plus proche que vous de ce gentilhomme italien accompli.

— Oh ! gentilhomme accompli, peut-être, je vous l'accorde. Mais il y a une chose que je sais sur Dal Re.

— Laquelle ?

— C'est qu'il n'est pas italien.

— Vous plaisantez !

— Pas du tout.

— Vous prétendez qu'on puisse s'appeler Giacomo Dal Re, sans être italien !

— Je ne prétends rien de tel ; pas même, voyez-vous, que Giacomo Dal Re soit son véritable nom.

— Mais, d'où vous vient une pareille idée ?

— Elle n'est pas de moi : j'ai entendu mon père la soumettre à Gassendi, qui abondait dans son sens. Mais il y a plus : c'est qu'il y a tout lieu de croire que ce chevalier, s'il en est un du moins…

— J'aurais cependant de la peine à penser qu'il en fût autrement ! dit Cyrano, pour qui ce mot de *chevalier* voulait dire quelque chose, en regardant Chapelle avec surprise.

— Laissez-moi finir : il y a tout lieu de croire que votre chevalier est français, et même, qu'il a étudié à Clermont, comme moi-même.

— Comment pourrait-on le savoir ? Ce dernier point, surtout ?

— Par tout un faisceau d'indices, soit silences, soit gênes, soit dissimulations : car, parmi l'entourage des frères Dupuy, qu'il s'est mis à fréquenter, on le voit éviter certaines personnes avec autant d'empressement qu'il met à en rechercher d'autres. Tout cela fait croire que notre hôte poursuit un but mystérieux, en venant en France depuis Rome ; mais que, s'il n'a pas renoncé absolument à la société, il ne souhaite pourtant pas que la société sache parfaitement qui il est.

— Et malgré cela, ni votre père, ni Gassendi ne lui tiennent rigueur de sa mystification ?

— Un homme qui porte avec lui la recommandation de leur ami Naudé et du savant Galilée ! Et puis, vous qui êtes à présent dans la confidence, allez-vous, dites-moi, lui reprocher tout ce qu'il n'a pas de raison de vous dévoiler, au prix d'une amnésie touchant sa générosité, son esprit plein de grâces, enfin ce caractère dont vous chantiez les louanges il n'y a pas deux minutes ?

— Vous avez raison. Il peut faire ce qu'il veut ; cela ne nous regarde point.

— Exactement. Et maintenant que voilà ce point réglé, revenons à cette nature que vous aimez tant. Car il faut que vous en soyez bien épris, pour ne pas vous mettre en peine de toutes les sottises que je me plais à vous débiter.

— Quelle place peuvent bien tenir ici le ressentiment ou la colère, Chapelle ? Je n'écoute plus rien de ce qui me vient de moi-même ; je n'entends que ce que je reçois. Trop souvent, nous nous mêlons à la nature sans y songer : l'empreinte que nous y faisons laisse une douleur qui ne nous paraît muette, que parce que nous sommes doués de sens trop faibles pour l'entendre. Il y a pourtant, au milieu de cette végétation qui n'attend rien de l'homme, dans l'arbre qui sommeille, dans l'oiseau qui chante, dans la fleur qui respire, une multitude d'existences insoupçonnables, qui se poursuivent hors de sa connaissance. Lorsqu'il y pense, c'est pour peupler la forêt, qu'il croit sombre et mystérieuse, ou les bois, qu'il trouve obscurs et impénétrables, de prédateurs et de monstres : car il oublie que c'est lui-même, dit Cyrano d'une voix plus amère et comme pensive, et que, soit en paix, soit en guerre, il y vient comme le seul ennemi.

— C'est très bien, dit Chapelle après un moment. Mais ce n'est pas ce que je vous ai demandé.

— Comment cela ?

— Eh ! non : vous me parlez de *la* nature, quand je vous parle, moi, de *cette* nature.

— Et que prétendez-vous que j'en fasse ?

— Faites-m'en un tableau.

— À quoi bon imiter ce que vous avez devant vous ?

— Eh bien, non, je ne l'ai plus, dit Chapelle en fermant les yeux, et se laissant aller avec plus de paresse et d'abandon encore contre le cerisier qui lui servait de soutien.

— Le voulez-vous vraiment ?

— J'y tiens. Il me semble que j'ai assez discouru ; et vous savez comme j'aime à vous entendre parler.

Cyrano devint rêveur.

— Aucune inquiétude, aucun trouble n'aurait le droit de subsister en un pareil lieu, où règnent l'innocence et la simplicité, où tout ce qui ne peut nuire est en pleine liberté. Là où ces arbres n'étendent pas le couvert de leur berceau protecteur, le printemps en fleurs compose toutes les saisons, comme une charmante et ravissante peinture, faite de cent couleurs et de nuances diverses, semées dans l'émeraude du pré qui nous entoure. Cette abondance splendide force à admirer, sur l'églantier, l'incarnat d'une rose, sous les ronces, l'azur d'une violette. Toutes ces fleurs, qui se mettent à courir sous la caresse du vent, se pressent à l'envi pour se mirer dans ce cours d'eau qui passe, si jeune qu'il n'a pas une ride, si tranquille et si neuf, qu'on n'entend point ce qu'il a à dire. Ce miroir, poli et net, offre la vue saisissante de ce ciel bientôt émaillé d'or et d'argent ; et Narcisse, en s'y regardant, au lieu de finir parmi celles que la fable a élues pour ses semblables, craindrait d'aller rouler au milieu des étoiles.

Le jeune homme s'interrompit un moment, et soupira d'aise.

— Mais, heureusement, reprit-il, ce tableau que je vous fais n'est pas seulement un tableau qui bouge ; il parle : car je ne vous ai rien dit de ces voix que vous entendez comme moi, de ces roulades, de ces fugues, de ces crochets que font retentir, en une myriade d'endroits, toutes les voix qui habitent cette nature souriante et vierge comme une aurore ; jamais passion ne s'est exprimée avec plus d'harmonie, jamais élégie n'a connu plus d'éclat. Et vous me laisserez dire, ajouta Cyrano dans un murmure, combien j'envie le sort de ces créatures ailées, puisque, lorsque leur corps joue comme un instrument, on sait que c'est leur âme que l'on entend, dans toute sa pureté, sans artifice et sans voile.

Lorsque Chapelle rouvrit les paupières après un silence prolongé, son regard apparut aussi vif que s'il n'y avait pas eu d'interruption à son activité.

— Une bien belle description, en effet ; toutefois, j'ai un reproche à lui faire.

— Lequel ?

— C'est que cela sent son *Roland furieux* d'une lieue.

— Bah ! vous trouvez ?

— L'Arioste vous le dirait autant que moi, puisqu'il y aurait reconnu sa description du paradis terrestre, tel qu'il apparaît au paladin Astolphe, lorsqu'il a quitté les Enfers et qu'il est en route pour la Lune.

— C'est peut-être vrai ; mais, reprit Cyrano avec fougue, les philosophes de l'Antiquité, ceux-là même qui ont su percer les secrets de la nature, ne nous ont-ils point appris que la création à partir de rien est chose impossible ? Or, vous en conviendrez, à ce souvenir épique, j'ai néanmoins mêlé des trouvailles toutes personnelles, qui rendent votre reproche assez exagéré.

— Accordé. Mais je voudrais bien savoir ce qui vous rend si disert. Vous aimez donc bien fort les jardins, vous ?

— Voudrez-vous me faire croire que vous ne les aimez pas ?

— Ce n'est pas la question, dit Chapelle après une brève hésitation.

— Ce bois sombre, ce pré clair, ce ciel libre, tout me rappelle mon enfance ; à leur contact, je sens ma jeunesse qui se rallume.

— Ah ! c'est vrai, vous avez été élevé à la campagne, vous. N'était-ce point dans la vallée de Chevreuse ?

— Si, sur un domaine familial, constitué de deux fiefs, où j'ai grandi avec mes frères et ma sœur.

— C'était donc bien gai ?

— Le parc, la vallée, tout cela était fort beau ; quant au reste, pour ne parler que de ce qui était extérieur au domaine, représentez-vous l'ennui de la compagnie de paysans étroits d'esprit, qui ne connaissent pas même le français, et qui se seraient imaginé, en entendant le mot Grèce, qu'on leur parlait du pays du beurre. Mais ceux-là étaient seulement risibles ; ceux-là ne m'ont inspiré ni haine, ni colère. Je ne vous parlerai guère de ce curé imbécile et ignare chez lequel *on* m'envoya faire mes classes : il est vrai que j'y gagnai une chose précieuse, inestimable, ce fut d'y rencontrer Le Bret.

— C'est cela. Mais alors, si je me souviens encore : vous avez un frère aîné, seulement il est entré en religion.

— Oui, tout comme ma sœur.

— C'est l'habitude chez vous, je me rappelle assez l'histoire de votre cousine. Mais ce n'est pas cela que je voulais dire.

— Quoi, alors ?

— C'est, reprit Chapelle, que c'est vous, à présent, qui êtes l'aîné de votre famille.

Cyrano fit un hochement de tête.

— Que, par conséquent, vous devriez porter le nom de ces fiefs que vous avez mentionnés.

Nouveau hochement de tête.

— Vous ne vous appelez donc pas Cyrano tout court ?

Cette fois, ni parole, ni hochement de tête ne répondirent.

— Permettez que j'insiste : comment faudrait-il vous appeler ?

— Cyrano de Mauvières de Bergerac.

— Vous oubliez votre prénom, vous oubliez Savinien.

— Je n'oublie rien du tout ; d'une, parce que Savinien, fit-il en redressant orgueilleusement la tête, est un prénom de famille, et qui a été au père de mon père avant d'être à moi-même ; de deux, parce que, si je vous ai dit que nous avions ces fiefs, je n'ai cependant pas dit que nous les avions toujours.

— C'est donc que vous ne les avez plus ?

— C'est ce que je viens de dire, il me semble.

— Et, comment cela s'est-il fait ?

— Pardieu ! que croyez-vous ? Mon père les a vendus.

Là s'arrêtèrent les récriminations qui, en un autre lieu, en un autre moment, seraient certainement allées plus loin ; mais ce fut comme si tout l'environnement délicieux où l'on était, en les enveloppant d'une main de velours, avait imposé le silence à ces plaintes.

Une seule phrase échappa encore à Cyrano sur le sujet :

— Vous avez de la chance, du moins. Vous vous appelez Chapelle : c'est le nom d'un endroit qui doit vous être cher, puisque vous y êtes né.

— Je trouve plutôt que le hasard, qu'on a le tort de nommer parfois la Providence, a fait un étrange partage. Je ne jugerais point désagréable, moi, de porter le nom de mes pères, mais je ne le puis pas ; vous, vous le pourriez, mais vous ne le voulez pas. Ah ! il faut d'ailleurs que je vous remercie.

— À quel propos ?

— Sur cette lettre nouvellement sortie de votre plume, et que vous m'avez dédiée : *à un ami, pour le consoler de l'éternité de son beau-père.* Il est vrai que ce mari de ma mère est diablement assommant ; car enfin, si je n'avais pas le malheur d'être encombré de sa présence, la loi ne verrait aucun obstacle à me reconnaître pour le fils de mon père, tandis qu'elle serait obligée de me déclarer le fils de ce drôle.

— Je savais qu'une lettre sur ce sujet vous serait agréable.

— Oui ; j'ai cependant à vous reprocher quelque chose : c'est de perdre votre sujet en route.

— Comment cela ?

— Votre titre parle des beaux-pères, et du mien en particulier ; mais votre texte, lui, ne parle que des pères, et du malheur qu'ils existent.

— Cela prouve que c'est ainsi que l'idée a pris forme dans ma cervelle, et que c'est uniquement ainsi faite que, moi, je pouvais lui donner naissance.

Une nouvelle fois, au lieu de poursuivre sur ce thème, Cyrano se tut ; une nouvelle fois, il se laissait bercer à ce que cette tendre nature autour de lui avait à offrir à ses sens apaisés.

Insensiblement, les yeux de Chapelle prirent la direction de la maison. Il ajouta :

— Je devine que nous sommes bientôt sur le départ.

— Pourquoi ? dit Cyrano sans se retourner.

— Voilà que l'on a disposé une table à l'extérieur, et j'aperçois Dal Re qui sort de la maison, suivi de tous les autres. Il les invite à prendre place… Il y a plus, c'est que j'aperçois deux carafes et des verres : c'est une péripétie intéressante, j'en veux voir le développement. Je sens que l'on va avoir besoin de moi là-bas ; venez-vous ?

— Dans un moment, murmura Cyrano : on a tant de mal à se lever, lorsqu'on est couché sur des fleurs !

Et tandis que Cyrano demeurait allongé à la même place, Chapelle se relevait d'un bond pour s'en aller rejoindre les amis de son père.

Notre héros resta le plus longtemps possible dans la même position, heureux de jouir d'une paix complète et d'un parfait abandon, au milieu de la poésie naturelle que le monde fait connaître à ceux qui sont disposés à la recueillir.

Il ne voulait pas même songer que Paris existait encore ; car, pour lui, reprendre le chemin de la capitale, c'est-à-dire se sentir renfermer dans son ancienne existence, fût-ce en la meilleure compagnie du monde, c'était redescendre de ces hauteurs où il se sentait vivre.

XXXVII

Fontainebleau

Si les dieux et les nymphes avaient pu choisir, en France, un lieu pour abriter leur séjour sur la Terre, assurément ce lieu aurait été Fontainebleau, tant le château semblait fait à la taille de leurs joies, et le parc, assez grand pour loger leurs désirs.

Dans ces jardins magnifiques, le printemps se parait de couleurs si éclatantes qu'il ressemblait à un été.

En ce début d'après-midi, deux jeunes hommes, apparemment décidés à profiter de ce cadre enchanteur, étaient étendus sur l'herbe à l'extrémité d'une allée. L'un d'entre eux se laissait aller avec autant de liberté que si ce domaine eût été à lui, au lieu d'appartenir aux rois. L'endroit était bien situé ; car ils pouvaient surveiller ce qui se déroulait au château ou autour de lui : et néanmoins, ils jouissaient là d'une tranquillité presque parfaite. Un léger massif de buis les dérobait aux regards, en leur dispensant toute l'ombre dont ils auraient pu avoir envie ; un bassin, qui brillait non loin d'un azur pur, leur apportait de la fraîcheur ; un parterre de fleurs faisait éclore ses couleurs les plus vives, comme s'il eût pensé au plaisir de leurs yeux ; on entendait chanter, dissimulé derrière les feuillages, un oiseau qui appelait son semblable.

Mais cette liberté que les deux jeunes gens respiraient tout autour d'eux, cette jeunesse qui venait à eux chargée d'étincelles, d'arômes et d'harmonies, ne leur étaient rien ; en effet, chacun paraissait avoir un objet de préoccupation qui lui était particulier.

Ni l'un ni l'autre n'avait parlé depuis quelques instants. Le premier, qui était aussi le plus jeune, avait posé devant lui un objet de petite taille, dont il ne détachait pas le regard. Quant au second, il était occupé à considérer le premier. Le visage du plus jeune reflétait de l'amour, ou plutôt, cette ardente exaltation qui ressemble à l'amour, et quelquefois le remplace ; le visage du plus âgé révélait un travail intérieur qui s'élevait jusqu'à l'inquiétude.

— Mon cher ami, dit ce dernier, permettez au moins que je réclame de vous quelques éclaircissements.

— Faites, de Thou, répondit l'autre d'une voix un peu distraite ; faites.

— Il y a près de trois mois, vous fîtes une promesse, à moi, ainsi qu'à la personne dont vous contemplez l'image en ce moment. Cette promesse, vous ne l'avez pas honorée ; et, chaque fois que je vous interroge, vous agissez de manière à suggérer que vous ne l'honorerez jamais : ce que je ne veux pas croire, venant de vous.

— Vous en parlez à votre aise, s'écria son interlocuteur, que l'accusation avait fait réagir, et qui se détourna de la miniature pour regarder de Thou. On dirait, à vous entendre, que rien n'est plus facile au monde que d'encourager un roi aussi entêté et aussi farouche que l'est Louis XIII, à se défaire de celui auquel il confie l'application ou même l'invention de sa politique depuis plus de dix ans.

— Cinq-Mars ! Le roi vous aime ; le roi vous a repris à ses côtés, sans faire seulement la plus petite allusion aux querelles qui vous ont parfois séparés ; et vous venez me dire que vous ne pouvez rien !

— Peut-être ne suis-je pas assez l'ami du roi pour me déclarer l'ennemi du cardinal.

— Comme on voudrait pourtant vous voir l'être !

— Comment ? Que voulez-vous dire ?

Mais, au lieu de repartir, de Thou garda le silence.

— De Thou, dit Cinq-Mars étonné, pourquoi cette insistance aujourd'hui ? Sauriez-vous quelque chose qu'il faut que je sache à mon tour ?

Son ami hésita ; il se mordait les lèvres, et cependant il était évident qu'il aurait bien voulu offrir une réponse à celui qui l'interrogeait.

Ce combat intérieur fut bref, et se résolut à l'avantage de la discrétion.

Alors de Thou, pour ne pas demeurer dans l'embarras, revint à la question par un autre côté.

— Mon cher, dit-il, tous vos amis vous pressent de vous déclarer.

— Tous ! Vous paraissez bien sûr de ce que vous avancez.

— Je le suis, déclara solennellement de Thou.

— Comme vous dites cela d'un air sérieux !

— C'est que le sujet mérite d'être traité sérieusement.

— Alors, éclairez-moi ; car, je l'avoue, je ne soupçonnais pas avoir tant d'amis, dit Cinq-Mars avec le sourire de la vanité qui s'attend à être satisfaite.

— Le cardinal, faisant la guerre à toute l'Europe, a contre lui tout ce qui s'agite dans les cours des Pays-Bas, d'Allemagne ou d'Angleterre : cela fait, convenez-en, un grand monde qui voudrait le voir partir des affaires.

— C'est l'évidence ; toutefois ce ne sont pas des amis : à peine seraient-ils des alliés, si l'on entreprenait quelque chose. Mais nous n'en sommes pas là ; n'est-ce pas ?

— Ces alliés, dit de Thou en choisissant d'ignorer la question, accueillent toute la noblesse française que l'indignité du ministre exile depuis dix ans ; c'est-à-dire Vendôme, Guise,

Épernon, Chevreuse ! Et ceux-là, songez-y, ont encore des gens qui pensent à eux à la cour de France. Déclarez-vous, Cinq-Mars ; vous verrez qu'on viendra à vous.

— Vous me proposez d'avoir l'air d'un factieux, dit Cinq-Mars en faisant la grimace.

— Un factieux ? Quand vous aurez avec vous les serviteurs du roi, ses familiers, sa famille ? Exilés au nom de l'État, et que l'État, débarrassé du cardinal, sera trop heureux de pouvoir faire revenir !

— Voilà pour dehors ; et dedans ?

— Vous obstinez-vous à compter pour rien le soutien que j'ai pu réunir parmi mes amis de l'Académie Dupuy ?

— Non, dit enfin Cinq-Mars, qui semblait répondre bien moins aux propos directs de de Thou, qu'à un sens caché dont il eût su la présence derrière eux.

— Ajoutez Bassompierre.

— Bassompierre ? Mon cher, vous me parlez d'un mort : il est à la Bastille !

— Peut-être ; mais il y est fort actif : et que sont les murs d'une prison, quand on a fait l'épreuve des affaires sous Henri IV et sous Louis XIII durant deux décennies ?

— Admettons, fit Cinq-Mars, toujours sans se compromettre.

Cette résistance imprévue, qui ressemblait si bien à de l'indolence, fut remarquée par de Thou, dont le tempérament passionné, et qui cherchait l'action, s'enflamma tout à coup.

— Je vous parle, s'écria-t-il avec empressement, d'une action juste, que le bon sens et la valeur commandent, que la duchesse de Nevers approuve, et que j'entreprendrais, si j'étais à votre place. À la fin, que redoutez-vous ? D'être seul ? Comment serait-ce possible, avec tous ces amis qui sont loin ? Et comment, avec de tels amis au loin, n'en auriez-vous pas tout près de vous ? Fontrailles nous est tout acquis ; il a gagné d'Aubijoux ; donc il aura bientôt MONSIEUR, le frère du roi.

— Lequel n'a pas encore donné son assentiment.

— Eh ! que peut-on faire, sinon louer la prudence de ce prince ? Songez à tous ces familiers qu'il a perdus, soit dispersés, soit tués, dans des actions contre le cardinal.

— Je ne sais pas très bien, mon ami, si vous cherchez à m'effrayer ou à me rassurer.

— Dois-je aussi évoquer, dit de Thou qui, une fois encore, ne tint pas compte de ce qu'on lui disait ; dois-je aussi vous évoquer le soutien du duc de Bouillon, avec lequel je me suis entremis personnellement ?

Une seconde fois, il parut sur le point d'ajouter quelque chose ; mais, une seconde fois, il se tut.

M. le Grand profita de ce silence pour ramener ses regards, comme sous l'action d'une force magnétique, au charmant portrait qu'il avait posé devant lui ; c'était la miniature dont la princesse Marie de Gonzague lui avait fait don quelques mois auparavant.

Afin d'éviter tout dommage à cette miniature, le jeune homme, au lieu de le poser directement sur l'herbe, l'avait placée sur le livre qu'il avait avec lui ; c'était un volume du *Roland amoureux* de Boiardo.

Puis, après avoir tendrement contemplé cette peinture, ou plutôt le rêve que leur inspirait cette image, les yeux de Cinq-Mars, sans cesser de rêver, errèrent sur la nature qui s'étendait autour de lui.

Un instant, le jeune homme put se croire revenu dans l'univers des chevaliers d'autrefois, dans la forêt enchantée où se perdaient ces paladins en quête de gloire, et dont les artistes du temps nous ont laissé l'image idéalisée sous les couleurs les plus vives et les plus gracieuses, avec un art qui relevait leur éclat en empruntant aux productions de cour, depuis l'enluminure jusqu'à l'orfèvrerie, avec un artifice accompli.

De Thou, pendant ce temps, avait été agité d'une grave pensée ; enfin cette pensée trouva un passage jusqu'à ses lèvres.

— Mon ami, dit-il d'un ton pénétré, je comprends ; vous attendez, pour vous déclarer, l'occasion propice ? Eh bien ! sachez-le, cette occasion n'est pas si lointaine. Mais, avant d'aller plus avant…

— Dites, fit Cinq-Mars dont la rêverie avait comme échauffé les esprits, et que ce préambule avait fait revenir à la situation.

— Ce que je m'apprête à vous confier, poursuivit de Thou en baissant la voix, doit rester sous le sceau du secret. Vous devez me promettre de n'en rien révéler à quiconque ; pas même à la princesse.

— De Thou, vous m'avez accusé de ne pas savoir honorer une promesse ; mais je vous jure que celle-ci, à vous faite directement, sera respectée, dit Cinq-Mars avec gravité. De quoi s'agit-il ?

De Thou, avant de répondre, prit encore la précaution de regarder autour de lui. Quand il eut bien vu que son ami et lui étaient seuls :

— Il s'agit d'un soulèvement qui doit éclater prochainement.

— Un soulèvement ? Mené par qui ?

— Par le duc de Bouillon, dont je vous parlais tantôt. Il compte se soulever depuis sa forteresse de Sedan ; il a une armée entière qui est prête à le suivre. Le comte de Soissons doit se ranger à ses côtés.

— Deux ducs, face à un roi et à un cardinal !

— Vous oubliez que, tout roi et tout cardinal qu'ils soient, Louis XIII et Richelieu ne seront pas prêts à s'armer en guerre, puisqu'ils ont laissé soldats et généraux s'éparpiller aux quatre coins de l'Europe.

— Et que visent Soissons et Bouillon ? demanda Cinq-Mars après un silence chargé de lourdes considérations.

— Atteindre Paris ; éliminer le cardinal ; obtenir la paix.

— Qu'on n'aura obtenue qu'au prix d'une rébellion, dit Cinq-Mars.

Le mot avait fait pâlir de Thou.

Cinq-Mars le vit et ne put s'empêcher de sourire.

— Voilà Votre Inquiétude qui se met à mériter son surnom.

— Ah ! le mot me gêne, il est vrai ; mais, mon ami, vous avez tort de me torturer comme vous le faites.

— Parbleu ! c'est vous qui avez tort de me taxer d'irrésolution, quand je vous vois si peu déterminé !

— Je n'aime guère un pareil chemin ; toutefois, j'aime ce à quoi il conduit, et, dans les circonstances où nous nous trouvons, c'est à la fois le plus court et le plus sûr.

— De Thou, vous en êtes bien persuadé ?

Celui qu'il interpelait parut hésiter.

— Oui. Seulement, murmura-t-il, il est si difficile de se montrer digne de ses pères !...

On se rappelle que c'était là un travail intérieur récurrent chez de Thou.

— Tenez, fit tout à coup Cinq-Mars ; n'entendez-vous rien ?

— Si fait ; on dirait un équipage. Ce doit être le roi qui rentre de la chasse.

— En effet, puisque je commence à le distinguer au bout de cette allée.

— Il se rapproche ; voulez-vous que nous allions à sa rencontre ? proposa de Thou. Je m'éloignerais, pour que ma disgrâce ne fasse pas d'ombre à votre faveur.

— Oh ! non, dit Cinq-Mars avec un grognement. Demeurons plutôt ici ; au train auquel le roi revient, il passera sûrement sans nous voir. Là ; que vous disais-je ?

— Vous avez raison : il retourne directement au château.

— Voyez-vous s'il est de bonne ou de mauvaise humeur ?

— Bonne, je crois.

— Voilà qui est rare ; la chasse aura été heureuse.

— Ah !... Non, ce n'est rien ; seulement, dit de Thou qui frissonnait, je viens de voir le cardinal à une fenêtre.

— Et ? Que fait-il ?

— Il sourit.

— C'est encore plus rare, dit Cinq-Mars.

— Oui. Voilà plusieurs jours que la cour l'a remarqué : le cardinal a les idées gaies, contre son ordinaire.

— Une chose est sûre, en tout cas ; c'est que ni l'un ni l'autre ne peut se douter de ce qui se prépare, et qu'ils ont pourtant provoqué par leurs propres actions.

— Rappelez-vous, mon ami, l'enseignement du Christ aux Pharisiens : « Laissez-les : ce sont des aveugles qui conduisent des aveugles ; si un aveugle guide un aveugle, tous les deux tombent dans le fossé. »

Cinq-Mars, à côté de de Thou, approuva de la tête.

— L'action dont je vous parlais, reprit de Thou, doit éclater dans les prochaines semaines ; que dis-je, dans les prochains jours peut-être. C'est pourquoi je vous presse de faire, aussitôt que vous le pourrez, un geste ou une déclaration qui montrera, le moment venu, quel parti vous soutenez. Bouillon et Soissons sont mes amis : dès lors, ils sont aussi les vôtres ; pensez à eux.

— C'est bien ; j'y songerai.

Au même moment, comme s'il eût cherché où puiser un surcroît de détermination, il porta sa main à son pourpoint, dont il tira bientôt une lettre, ou plutôt un billet, qu'il relut avec avidité.

Il s'arrêta particulièrement à la dernière phrase ; cette phrase, tracée d'une écriture qui disait la fierté de celle à qui elle appartenait, était empruntée à Corneille, et disait :

« *Sors vainqueur d'un combat dont Chimène est le prix.* »

Eût-elle alors vu l'effet que ces mots produisirent sur la figure de Cinq-Mars, que la princesse Marie de Gonzague eût cru voir la farouche décision qui anime, si l'on peut dire, les traits de la statue du Cid Campeador sur la porte de Santa Maria, à Burgos en Castille.

XXXVIII

Eldorado

IL NOUS FAUT encore mettre à l'épreuve la patience du lecteur, en le renvoyant, de la France où il se trouvait peut-être si bien, jusqu'à l'intérieur des Espagnes, où nous espérons qu'il ne sera pas mal pour autant.

D'Artagnan, après son succès du côté de Riudaram, espérait recevoir des informations relativement à la seconde mission espagnole que le cardinal de Richelieu lui avait autrefois promise après la première, et dont il attendit le coup d'envoi trois grandes semaines durant.

Il avait une hâte brûlante de laisser derrière lui Barcelone et, de manière générale, tout ce qui lui rappelait la Catalogne. Aussi, lorsqu'il fut de nouveau convié à paraître devant La Mothe-Houdancourt, ne fit-il qu'un bond de l'endroit où il se trouvait jusqu'au palais du Vice-Roi.

Avec un pli, parfaitement scellé, qui était à son nom, et qui était arrivé pour lui de Paris, La Mothe-Houdancourt lui adressa une série d'instructions.

Notre héros avait pour tâche de se rendre au port de Barcelone, de prendre place à bord de l'unique navire prêt à partir, que l'on avait affrété pour lui, et là, d'attendre que ce navire le conduisît jusqu'à une certaine destination. Quant à la lettre scellée qu'on lui remettait, elle était d'une si grande importance, qu'en aucun cas, lui fut-il précisé, ne devait-il l'ouvrir avant de n'avoir plus sous lui que la mer, au-dessus de lui que le ciel, autour de lui que la solitude, ou plutôt cette solitude où habite toujours Dieu.

D'Artagnan ne fut pas long à prendre congé du comte, ni à prendre la direction du port.

Trouver le bâtiment indiqué, y prendre place, et guetter l'appareillage, lui prirent presque moins de temps encore ; seulement l'appareillage fut moins rapide que lui, car, les communications maritimes étant rompues entre Barcelone et le reste des Espagnes, il fallait attendre, pour se mettre en route, que la nuit étendît un voile discret sur cette exception maritime, que l'on n'avait consentie que sur l'ordre du cardinal.

Notre moderne Ulysse ne perdait point son temps toutefois ; car, à force d'observer et à force d'interroger, il comprit vite deux choses. La première, c'est qu'il était sur un navire de commerce qui battait pavillon français, comme le faisait toute la flotte catalane, mais qui en changerait pour le pavillon espagnol au moment opportun. La seconde, autrement plus importante pour lui, était que sa destination était Séville.

Enfin l'on partit ; un vent favorable gonfla les voiles du navire, qui se mit à longer de son allure paisible les côtes de l'Espagne, sous le couvert nocturne.

Lorsque toutes les conditions qu'on avait exigées de lui se trouvèrent réunies, d'Artagnan rompit le sceau de la lettre, qui était aux armes du cardinal, et en déchiffra l'écriture à la lueur d'une lanterne.

Ce qu'il put lire ressemblait fort à un mémoire ; il y avait à cela une bonne raison, c'est que c'en était un.

Il y était fort question d'un certain Gaspar Pérez de Guzman y Sandoval, duc de Medina Sidonia.

Le duc de Medina Sidonia rassemblait autour de lui tous les superlatifs. Non content de détenir le plus vieux duché de la noblesse de Castille, il passait pour l'un des seigneurs les plus puissants et les plus riches de toute les Espagnes. Il était encore un parent éloigné du *privado*, c'est-à-dire favori, du roi régnant, le comte-duc d'Olivares. Seulement, comme Olivares songeait à l'agrandissement de sa propre maison, avec au moins autant d'ardeur que mettait Medina Sidonia à veiller jalousement sur la sienne, il n'y avait, entre les deux parents, que rancœur et antipathie réciproques.

Les choses en seraient demeurées là, si l'année 1640, décidément fatale pour l'unité espagnole, n'avait vu, après la *sublevación de Cataluña*, la sécession du Portugal ; et l'on avait remarqué, en haut lieu, la mollesse et la lenteur avec lesquelles le duc de Medina Sidonia avait rallié les troupes qui devaient se joindre à l'effort pour récupérer cette dernière province.

Un détail achevait de le rendre suspect aux yeux de la couronne : c'est que sa propre sœur avait épousé le duc de Bragance, celui qui, étant le gouverneur des armées du Portugal lorsqu'il reconnaissait la souveraineté de Philippe IV, en était naturellement devenu le roi, du moment qu'il l'avait mené à l'indépendance.

Aussi le duc de Medina Sidonia, qui résidait à Séville, faisait-il, de la part de Madrid, l'objet d'une suspicion qui, fait rare en ces temps d'universel espionnage, était légitimement placée.

Medina Sidonia, sachant cette méfiance, n'avait garde de la justifier par des déplacements suspects ou des actions éclatantes. Il faut dire qu'un autre agissait et se déplaçait pour lui, et le plus tranquillement du monde.

Cet autre, qui était un parent d'une branche cadette, s'appelait le marquis d'Ayamonte ; le marquis s'était ruiné plus rapidement et plus complètement que le duc, ce qui expliquait peut-être qu'il fût plus déterminé et plus entreprenant que lui. Ayamonte eut vite fait de s'assurer le soutien, non seulement du Portugal en révolte, dans lequel il passait clandestinement, mais encore de la noblesse d'Andalousie, dont il connaissait les griefs et qu'il fréquentait avec assiduité.

L'intention de Medina Sidonia et d'Ayamonte était claire. Après la Catalogne, après le Portugal, c'est l'Andalousie tout entière, en cette année 1641, qui devrait se soulever contre le pouvoir royal.

On se promettait de restituer sa province méridionale à Philippe IV, mais c'était à une condition ; et cette condition, bien sûr, c'était le renvoi de son favori.

Là, selon les deux instigateurs, était la seule manière de soulager l'Andalousie des maux qui l'accablaient, et qui avaient noms les prélèvements et les guerres, tant en Espagne qu'en-dehors d'elle.

Or, pour mener ce projet à bien, Ayamonte n'avait pas voulu se contenter des appuis andalou et portugais. Medina Sidonia n'était pas seulement un grand seigneur ; outre de nombreuses possessions dans le royaume de Séville et dans celui de Grenade, il avait toute autorité, militairement parlant, sur une large partie des côtes de l'Andalousie. Ce qui signifiait que, si l'on voulait, on avait les moyens d'accueillir des navires étrangers.

C'est là qu'Ayamonte avait eu l'idée de tendre la main à la France.

On juge si un projet qui visait à l'élimination du rival qu'il redoutait le plus en Europe n'avait pas toutes les chances de plaire à Richelieu, qui savait n'être lui-même point à l'abri d'un pareil coup du sort. Des membres de la noblesse prêts à déclarer les hostilités contre un roi et son favori, avec le secours d'une puissance étrangère, constituaient un risque si réel et si sérieux que, non content de souhaiter voir ce funeste événement se produire chez l'ennemi, on faisait tout ce qui était en son pouvoir pour favoriser cette production.

La mission de d'Artagnan s'avérait des plus simples. Il lui fallait juger si cette conspiration, qui, pareille en cela à beaucoup d'autres conspirations, devait prendre le nom de celui qui n'en était point tout à fait l'initiateur ; il lui fallait juger, disons-nous, si cette conspiration de Medina Sidonia était aussi mûre que l'affirmaient les messages d'Ayamonte : alors, on ferait tenir une flotte à leur disposition.

Lorsque d'Artagnan eut achevé la lecture du mémoire, et qu'il en eut retenu toutes les informations, il fit ce qu'il n'y avait nul besoin de recommander, par écrit ou oralement, à un homme comme lui : il fit brûler le pli avec tout ce qu'il contenait, à l'exception d'un mot que le cardinal adressait à Medina Sidonia, et qui devait, le moment venu, servir d'introducteur.

Puis il passa le reste du voyage à méditer ce qu'il avait appris.

Le navire sur lequel il avait pris place, après avoir longé les côtes d'Espagne en direction de l'Afrique, franchit le détroit de Gibraltar ; et, quand on eut laissé Cadix derrière soi, à l'embouchure de Sanlúcar de Barrameda, on se mit à remonter le Guadalquivir, cette eau que les Arabes, en le découvrant, honorèrent du nom d'Oued-el-Kebir, c'est-à-dire, le fleuve large ; honneur qui paraît à l'observateur quelque peu excessif.

On était un beau jour du milieu de juillet, et midi allait sonner, quand, le navire ayant remonté le fleuve sur ses quarante lieues, la ville de Séville fit son apparition.

Sevilla, que les sujets du roi Philippe IV faisaient si souvent rimer avec *maravilla* !

Séville, que les Arabes ont couverte de monuments, et que les Espagnols ont couverte d'or, ne voulait pas se contenter de séduire : elle rayonnait, elle flamboyait.

En effet, l'heureuse ville, au temps où notre héros y arriva, recevait périodiquement, pour la plus grande joie de ses habitants, ces cargaisons fabuleuses qui avaient traversé l'océan Atlantique pour donner à Séville sa grandeur, à l'Espagne sa puissance.

Séville était donc le point de départ de cette éblouissante traînée d'or qui glissait et dansait comme un long ruban de soleil à travers les différentes principautés de la péninsule, puis exécutait sa folle sarabande par les voies et les chemins les plus divers du continent européen, avant que le cours de ce pactole miraculeux ne s'épuisât peu à peu dans les passages lointains où il était entraîné.

On sait que c'est ce métal jaune, qui commande à toutes les espèces sonnantes, trébuchantes et dansantes, qui devait donner son nom à plus d'un siècle de bonheur espagnol.

Ce bonheur eût été plus complet, sans doute, s'il eût été mieux partagé ; car, si Séville recevait, abritait et diffusait cette richesse prodigieuse, nombreuses étaient les cités espagnoles par lesquelles elle ne passait jamais. Il faut dire aussi que cet or, à défaut de croître et de multiplier, engendrait des espèces d'un métal moins pur et moins brillant que lui : l'argent, certes, mais surtout le cuivre ; et c'était surtout cette monnaie de rougeâtre couleur, portant le nom honni de *billion*, qui se déversait jusqu'à ces provinces injustement négligées, où elle se répandait comme une peste de cuivre.

Mais Séville, indifférente aux plaintes de ses voisines plus ou moins éloignées, se grisait comme Danaé de cette pluie resplendissante qui faisait partout éclore le luxe, la grâce et la lumière.

C'est donc peu dire que, si la Catalogne avait été un pays de cuivre, l'Andalousie était celui de l'or.

Pour un voyageur qui arrive en remontant le fleuve, ce qui frappe au premier regard, c'est la Torre del Oro des Almohades, dont l'aspect rutilant lui a valu son nom, crénelée comme une forteresse.

Non loin d'elle, la flèche qui surmontait la Giralda brillait comme un trait d'or ; elle semblait désigner à l'attention de notre héros la ville qui se déployait devant lui, comme pour lui indiquer la direction à suivre.

Il n'en fallait pas tant à d'Artagnan, qui prit congé de l'équipage avec la même célérité qu'il avait mise à se mêler à lui, et entra résolument dans Séville.

Se loger fut, comme de juste, la première de ses préoccupations.

On ne s'apprête pas à partir à l'assaut, sans d'abord établir ses quartiers.

Nous aurions bien voulu écrire que le hasard le favorisa ; mais c'eût été une grande naïveté de notre part.

En effet, l'homme qu'il eut tôt fait de se choisir comme propriétaire avait nom Ordóñez ; nom bien donné s'il en fut, car cet Ordóñez, *Fortunio* suivant les lois de l'étymologie, s'était fait intendant de profession suivant les lois de la société ; et cette fortune-là eût peut-être dû rester entièrement indifférente à notre d'Artagnan, si le sieur Ordóñez n'eût pas exercé cette fonction auprès du duc de Medina Sidonia.

C'était même ce qui expliquait qu'il désirât un locataire ; car Medina Sidonia était véritablement au bord de la ruine, ce qui menaçait son intendant de perdre tous les avantages originellement attachés à son patronyme.

D'Artagnan était un homme qui avait le plus grand respect pour la discrétion et la susceptibilité d'autrui : aussi se promettait-il d'obtenir de son hôte tous les renseignements qu'il pouvait désirer sans même paraître les lui avoir demandés. Il va de soi que lui-même ne souffla mot de la mission qui l'amenait chez lui.

La maison de son hôte offrait un autre avantage ; c'était de se situer dans le voisinage immédiat du palais de Medina Sidonia, comme un astre plus petit et plus froid qui fût venu se chauffer à la proximité d'un astre plus chaud et plus considérable que lui.

Cette disposition plaisait beaucoup au stratège d'Artagnan, qui, fort satisfait de l'extérieur, n'avait pour l'intérieur qu'une piètre considération, et ne songeait pas même à faire compliment à ses hôtes du luxe tout sévillan qui emplissait les pièces d'apparat : ce n'était que tableaux religieux, meubles en bois précieux, cuirs ouvragés, tapis colorés, coussins épais, parmi lesquels un regard moins absorbé que le sien par les choses abstraites eût papillonné avec volupté.

Cette négligence infime, mais qui n'en était pas moins une négligence coupable, aux lois de l'hospitalité, même de l'hospitalité monnayée, se redoubla bientôt d'une autre, qui alla jusqu'à faire se froncer les légers sourcils de l'épouse d'Ordóñez, qu'on appelait doña Isadora ; car c'était elle que ce méfait concernait.

Doña Isadora, pareilles en cela à toutes les femmes espagnoles de sa caste, vivait chez elle en recluse, ne voyait presque personne, et ne sortait que pour accomplir les indispensables devoirs religieux, escortée d'un valet fidèle qui tenait le coussin de velours sur lequel elle s'agenouillerait ; ce sont de pareilles habitudes qui ont fait écrire quelque part, sur les dames des Espagnes de ce temps, qu'elles tenaient à la fois des religieuses et des odalisques. Mais, s'il était entendu que ces dames ne pouvaient recevoir favorablement une quelconque attention de la part d'un homme autre que leur mari, les hommes, en revanche, n'étaient pas pour cela dispensés de leur en donner ; bien plus : c'était leur devoir.

Ce système moral, si paradoxal qu'il fût, avait force de loi ; mais, au grand désappointement de la maîtresse des lieux, son locataire donna l'impression, non seulement d'ignorer complètement qu'il existât en Espagne un pareil système, mais pire, d'ignorer qu'il y eût au monde une doña Isadora.

Cette ignorance valut à d'Artagnan des épithètes de moins en moins aimables dans l'esprit de la bonne dame.

Aussi doña Isadora se contentait-elle de répondre, toutes les fois que son mari glissait un mot sur celui qu'ils hébergeaient :

— N'importe ; ce M. d'Engelier me paraît bien faire le fier, à moi.

Et elle avançait une lèvre qui pouvait passer à juste titre pour l'une des plus altières de toute l'Andalousie.

Pour expliquer comment d'Artagnan s'était retrouvé à s'appeler d'Engelier, il nous faut revenir brièvement en arrière.

C'est que notre héros n'avait pas eu de peine à représenter trois choses à La Mothe-Houdancourt.

La première, c'est que, quoiqu'il ignorât encore où Son Éminence comptait l'expédier en Espagne et à quoi il voulait l'employer, il n'en était pas moins fort improbable qu'il eût à revêtir la figure d'un envoyé officiel, et, comme tel, faire usage de son véritable nom.

La deuxième, c'est qu'il ne lui en fallait pas moins un nom comme à tout un chacun.

La troisième, c'est qu'il se refusait absolument à garder l'identité qu'il avait eue pendant son temps en Catalogne.

Il fut, sur ce dernier point, si catégorique, si ferme, que, quand bien même La Mothe-Houdancourt ne se fût pas rendu aux deux premières raisons, il n'aurait pas eu d'autre choix que d'accéder à sa requête. Aussi, il lui fit exécuter sur-le-champ un passeport avec un autre nom, que lui avait obligeamment fourni d'Artagnan.

Ce nom, comme on le voit, était d'Engelier.

Et si l'on nous demande pourquoi ce choix de d'Engelier, nous sommes forcés d'avouer que, n'ayant pas l'honneur d'être en permanence dans la tête de M. d'Artagnan, nous ne le savons pas avec une certitude absolue.

Mais il n'était pas entièrement impossible, ni même tout à fait impensable, que ce choix-là eût à voir avec un chevalier qui répondait à ce nom, ou, pour mieux dire, un paladin. C'était même, en quelque sorte, un paladinissime ; car d'Engelier fut au nombre des douze paladins qui restèrent célèbres pour avoir constitué la garde du roi Charlemagne ; ce qui faisait de lui un pair de Roland et d'Olivier.

Seulement, ce d'Engelier avait une qualité, ou peut-être un défaut, que ne possédaient pas les autres paladins.

C'est qu'il était gascon.

XXXIX

Le poète et l'hidalgo

Si d'Artagnan en avait bel et bien fini avec la Catalogne, tel n'est pas tout à fait notre cas, à nous.

À l'heure où le Gascon arrivait à Séville, La Mothe-Houdancourt, pressé d'offrir à son souverain les lauriers que celui-ci attendait de lui, avait tenté d'investir Tarragone. Mais cette ville, que protégeait doublement sa position, méridionale et côtière, avait résisté assez efficacement jusque-là.

C'était en de telles heures que les Français se rappelaient qu'ils avaient en face d'eux ces troupes espagnoles qui emplissaient l'Europe du bruit de leurs victoires, comme elles avaient autrefois empli le monde du bruit de leurs manœuvres ; troupes que soutenaient, non seulement ce fleuve d'or apparemment intarissable qui commençait au pied de la Torre del Oro à Séville, mais aussi la volonté inflexible d'un roi et de son favori.

La Mothe-Houdancourt, ayant renoncé pour l'instant à une stratégie offensive, avait fait mettre le siège devant la ville.

Notre histoire reprend à la fin d'un après-midi de juillet, au moment où le soleil commençait visiblement sa descente à l'ouest, allongeant toutes les ombres et dorant tous les faîtes.

Un homme cheminait le long d'un sentier qui montait à travers les broussailles à quelque distance de la ville. Cet homme avait environ quarante ans ; il portait l'uniforme des *coraceros*, uniforme dont ne subsistait, de ses origines chevaleresques – car les pièces d'équipement de l'armure médiévale avaient été abandonnées l'une après l'autre –, que l'indispensable cuirasse. Mais ce cuirassier avait aussi autour du cou la croix rouge vif de l'ordre de Santiago. Sa taille était modeste, mais bien prise ; son teint pâle, sa moustache blonde et élégante semblaient dire qu'il n'avait pas été soldat toute sa vie : et cependant, quelque chose dans son maintien, dans son allure et dans son geste, venait dire que celui-là se sentait, dans son âme, aussi profondément guerrier que l'homme que nous venons de laisser à son sort dans les murs de Séville. Son front bombé, ses yeux qui luisaient d'un éclat dur, éclat qui était du feu pour ceux qui avaient l'intelligence de le comprendre, et de la glace pour ceux qui ne l'avaient pas, annonçaient une réflexion, une clairvoyance, et surtout une conscience qui ne pouvaient manquer de frapper l'attention des plus pénétrants.

Il y a une chose dont nous n'avons pas parlé, c'est de la cicatrice qu'il avait à la tempe gauche.

Cet homme avait vingt et un ans lorsque, alors qu'il était devant les portes de la demeure du connétable de Castille à Madrid, voisinage qui en aurait incité plus d'un à la prudence et à la modération, il avait pris part, avec tous ses frères, à une échauffourée qui devait laisser un mort sur le pavé parmi leurs adversaires.

En une seconde occasion, qui avait suivi de quelques années la première, ces mêmes jeunes gens s'en prirent à un acteur qui avait eu le malheur d'insulter l'un d'entre eux, qui avait, lui, le malheur d'être un bâtard. La chose était sue et avérée ; elle n'en était pas matière à plaisanterie pour autant, en particulier auprès d'Espagnols alertes et vigoureux pour lesquels le mot *honneur* voulait dire quelque chose. L'insulteur fut poursuivi jusque dans le couvent de las Trinitarias, où l'homme qui nous occupe, et que son ardeur y avait fait entrer tout le premier, ne balança point à accomplir ce que son devoir lui dictait : il fit ouvrir toutes les cellules et fit sortir toutes les femmes. Il est presque inutile de dire qu'on ne leur toucha pas même le bout du doigt ; néanmoins, le scandale fut énorme, au point que des échos en parvinrent jusque sur les marches du trône.

Cet œil dur et lucide, cette conscience sévère, cette combativité indomptable, étaient ceux de Pedro Calderón de la Barca, c'est-à-dire de l'un des plus grands poètes et des plus grands dramaturges de son époque, et même de toutes les époques, puisqu'il était l'auteur de *La Vie est un songe*, cette pièce immortelle, cette grandiose et baroque imagination à laquelle seul Shakespeare, peut-être, aurait également pu prétendre. On sait comment l'héroïne, qui a nom Rosaura, arrive jusqu'au palais du roi Basile ; comment elle y découvre un prince ignorant les présages funestes dont le sort a entouré sa naissance, et jusqu'à sa destinée de prince ; comment ce prince, endormi dans les fers, se réveille sur un trône, puis, endormi sur un trône, se réveille à nouveau dans les fers : toute l'incertitude chargée d'illusions, tous les renversements de fortune inévitables, qui composent la vie terrestre, et qui ne prennent vraiment fin que dans l'autre.

Calderón de la Barca fréquentait la cour de Philippe IV, où il jouissait, grâce à ses pièces, d'une faveur immense et méritée, lorsque la guerre de Catalogne éclata. Calderón était gentilhomme de naissance ; il avait reçu, avec l'habit de l'ordre de Saint-Jacques, le titre de chevalier. Comme il avait l'idée, fort simple, que celui auquel sa naissance impose des devoirs est tenu de le remplir, il renonça à tous les avantages qu'il avait à Madrid, afin de prendre la direction de la région rebelle. Au temps où nous le rejoignons à proximité de Tarragone, cela faisait un an que Calderón avait été incorporé au bataillon des chevaliers *coraceros* ; on l'appelait aussi le bataillon du Comte-Duc, parce qu'il portait le nom d'une des principautés d'Olivares, qui était San Lucar la Mayor.

Les pas de Calderón de la Barca le menèrent jusqu'à une habitation qu'on avait bâtie au sommet de la colline.

Là, il frappa à la porte, et, selon toute apparence, se fit reconnaître ; puis cette porte, un instant ouverte, se referma ; et, tout en prenant l'attitude d'un homme qui en attend un autre, Calderón ne put empêcher ses regards, encore moins sa pensée, de reprendre la direction de la ville de Tarragone, qui était derrière lui ; alors quelque chose comme un frisson parut le prendre, et une lueur singulière passa dans son regard.

Cet écart fut de courte durée : bientôt le soldat reprit son impassibilité ordinaire. La porte s'ouvrit, et un homme sortit de la maison : il portait une cuirasse sombre, par-dessus laquelle on voyait cette longue écharpe de soie rouge, à franges, à laquelle on reconnaissait un officier, et qui était l'équivalent de l'écharpe blanche dans les armées françaises d'alors.

C'était le marquis de la Hinojosa, capitaine général de l'armée de Tarragone, et qui avait là ses quartiers pour toute la durée des opérations.

Passés les premiers saluts qui doivent être de règle entre un capitaine et son subordonné :

— On vous a envoyé à moi, monsieur ? demanda la Hinojosa en fixant un œil plein d'un intérêt aigu sur Calderón.

— J'arrive en effet du camp, capitaine, où l'on requiert votre présence.

— Qu'est-il arrivé ?

— Trois fantassins ont été surpris tôt ce matin, alors qu'ils s'occupaient de réintégrer le camp, à une heure où ils auraient dû y être depuis longtemps.

— D'où revenaient-ils ?

— Ils n'ont point voulu le dire, Monseigneur : mais enfin, on a su qu'ils revenaient du cimetière de Tarragone.

— Du cimetière !

— Oui. Comme ils y avaient allumé un feu, plusieurs habitants les avaient vus, et sont venus nous en aviser.

— Mais, qu'y faisaient-ils ?

— Ce que peuvent faire, en un tel lieu, trois hommes qui n'ont rien mangé depuis de nombreux jours.

— Quoi !

— C'est si vrai, capitaine, que lorsqu'on leur a posé la question, ils n'ont point eu besoin d'y répondre : leur visage parlait pour eux.

— Qu'a-t-on fait de ces hommes ?

— Rien pour le moment ; on attend de les soumettre à votre justice, Monseigneur.

— Et vous dites, reprit la Hinojosa d'un air sombre, qu'ils ont été aperçus pendant leur équipée ?

— Si bien, qu'il n'est pas douteux que leur histoire coure par la ville en ce moment même.

— Allons ! voilà que cette disgrâce va devenir publique. Il ne manquerait plus qu'elle parvienne dans le camp français : car alors l'ennemi, comprenant notre situation, repasserait aussitôt à l'offensive.

— Encore faudrait-il qu'ils y croient, Monseigneur, dit Calderón.

Durant un instant, la Hinojosa hésita à offrir une réponse ; mais il passa outre, et se contenta de dire :

— Monsieur, on m'attend là d'où vous venez ; marchez devant, je vous suis.

Et les deux hommes s'en revinrent vers le campement.

Il y avait environ un quart de lieue à parcourir. Au début, le capitaine et le *coracero* cheminèrent sans échanger une parole.

Calderón, sans ralentir le pas, jetait autour de lui des regards vifs, comme s'il eût cherché quelque chose ou quelqu'un.

La Hinojosa le vit et demanda :

— Que redoutez-vous, monsieur ?

— Je ne redoute rien, mon capitaine, répondit Calderón avec fermeté.

— Alors, dites-moi la raison pour laquelle vous observez les alentours.

— C'est que, une fois que j'eus quitté le camp pour venir vous retrouver, j'ai été retardé par une rencontre assez inattendue que je fis sur ma route.

— Une rencontre ? Près du camp ? reprit la Hinojosa d'un air de doute.

— Oui, mon capitaine, répondit Calderón qui avait été sensible à l'intonation de la question de son supérieur. Il est vrai que j'en fus le premier surpris ; mais je le fus bien plus encore, lorsque j'eus pris connaissance de l'identité et des intentions de ceux que j'ai rencontrés.

— Ah ! ils étaient donc plusieurs ?

— Monseigneur, ils étaient deux.

— Amis ou ennemis ?

— Amis, sans aucun doute.

— Eh bien ! contez-moi cela.

— Je le ferai, autant qu'il est mon pouvoir ; car cet événement, je vous l'avoue, m'a frappé, au point que… je me demande… dit-il avec hésitation.

— Oui ?

— Au point, vous l'avouerai-je, que je me demande presque si tout cela s'est réellement produit.

— Et cela s'est passé devant notre campement, disiez-vous ?

— Oui, Monseigneur. Mais il n'y eut pas de témoin ; car je m'étais quelque peu éloigné, et la végétation nous aura dissimulés aux regards extérieurs, bien que l'un des deux fût monté à cheval.

— À cheval !

— Oui ; sa vêture, et un certain air de grandeur et d'orgueil, disaient qu'il s'agissait d'un *hidalgo* ; son visage ne m'étant pas familier, j'en conclus qu'il n'appartenait pas à notre cavalerie. C'eût été, au reste, parfaitement impossible, car il avait plus de cinquante ans, pour le moins.

— Un particulier, donc ?

— Selon toute apparence, mon capitaine.

— De plus en plus irrégulier, dit de la Hinojosa en fronçant les sourcils. Voilà longtemps que tous les chevaux et toutes les mules de la ville auraient dû être sacrifiés pour permettre de nourrir les hommes ; des ordres avaient pourtant été donnés.

— Aussi ces ordres ont-ils été exécutés, et les soldats étaient trop intéressés à ce qu'ils le fussent, pour tolérer la plus petite contravention à leur égard.

— En ce cas, comment expliquez-vous ce que vous avez vu ?

— Il n'y a, en vérité, qu'une seule explication : puisque ce chevalier ne pouvait pas venir de Tarragone, c'est qu'il n'en venait pas ; et néanmoins, cette conclusion acceptable en engendre d'autres qui ne le sont point, puisqu'il faudrait déduire, ou bien qu'il s'était échappé du camp français, ce dont il ne donnait pas l'apparence, ou bien qu'il avait franchi les lignes de notre arrière-garde, ce qui est encore moins probable.

Cette énigme, qui aurait dû se défaire sous les patients efforts de la raison, et qui cependant ne se défaisait point, jetait dans l'inquiétude l'esprit du chevalier Calderón.

La Hinojosa le sentit, et ne voulut pas s'engager plus avant sur ce point.

Il fit signe à son subordonné de reprendre son récit.

— Il me faut préciser que l'animal que j'ai aperçu tout à l'heure paraissait aussi sec et aussi famélique que le maître qui le montait. C'était un miracle qu'il pût encore avancer.

— Et ce maître vous a parlé, alors ?

— Capitaine, j'eus d'autant moins de peine à faire parler ce gentilhomme qu'il en avait lui-même grande envie. Mais, sans compter la présence inusitée d'une monture, son aspect, des plus étonnants, eût suffi à m'inspirer le souhait de l'interroger : il avait en effet revêtu une armure que l'on n'eût pas osé donner au plus humble des *coraceros*, et qui inspirait pour le moins aussi peu de défiance et autant de pitié que la rosse sur laquelle il se trouvait en selle.

— Mais il n'était pas seul, disiez-vous ?

— C'est vrai ; j'oubliais de vous signaler qu'il avait avec lui un valet, désarmé et allant à pied, qui tenait quelque chose entre les mains ; en m'approchant, je vis que c'était le licol d'un âne. Cet âne avait autrefois été sa monture sans doute, son compagnon peut-être.

— Puisqu'il n'y avait rien à craindre de cette étrange paire, que voulait-elle ?

— Ni plus ni moins, mon capitaine, que de participer à la défense de Tarragone, et d'en assurer la protection.

— Hein !

— C'est pourtant ce qu'on m'a répondu. À l'en croire, le gentilhomme accomplissait régulièrement le tour des remparts de la ville, afin de s'assurer qu'elle fût en état de résister face à l'ennemi. Une telle intention, accompagnée comme elle l'était de gestes et de postures qui annonçaient de martiales dispositions, n'eût pas manqué d'éveiller mes soupçons, n'eussent été tous les autres éléments que je vous ai déjà indiqués : l'armure imparfaite, la rosse décharnée, les armes rouillées. Au reste, la mine du valet en disait assez long sur la folie de son maître, qu'il ne partageait visiblement point.

— Vous avez dû entendre, à n'en pas douter, des propos aberrants de bout en bout.

— Pas tout à fait ; car ce fou était un fou qui savait raisonner, et même fort bien. Il semblait alors que son esprit, se déployant librement dans ces sphères supérieures qu'il n'aurait jamais dû quitter, laissait s'épanouir toutes ses capacités, et faisait regretter le triste état où, pauvre égaré, il fourvoyait ses lueurs en d'autres moments. Comme je voulais détourner ce cavalier de ses intentions à l'égard de la défense de la ville, il me répondit par un raisonnement aussi long qu'ingénieux, dans lequel il exposait la supériorité des armes sur n'importe quel autre état, y compris les lettres, qu'il paraissait pourtant estimer fort. C'est un avis que je partage ; aussi n'eut-il pas de peine à retenir mon attention, qui fut bientôt émerveillée d'entendre une justesse et une fermeté de raisonnement que je ne lui soupçonnais guère.

— Vous a-t-il dit autre chose ?

— Non ; mais le valet, qui au départ ne disait mot, se lassa finalement de faire des grimaces dans le dos de son maître, et se mêla tout de bon à la conversation. Le drôle se permit des récriminations, auxquelles on ne laissait pas de répondre, mais qui m'en apprirent plus sur le dénuement et la faim qui hantaient le logis du *hidalgo*, que ce que sa fierté ne m'aurait permis d'en connaître en l'espace d'une année. Et comme le valet s'exprimait avec beaucoup d'esprit, la conversation aurait pu être fort drôle, si elle n'avait pas été si triste.

« Comme j'avais à m'acquitter de ma mission, je finis par prendre congé, et les laissai rapidement derrière moi. Je croyais que, peut-être, nous les apercevrions en redescendant vers Tarragone ; mais j'ai eu tort. Et voilà, Monseigneur, quelle est toute l'histoire.

— Il y a cependant une chose que vous oubliez.

— Laquelle ?

— C'est de me dire si ces deux hommes vous ont donné leurs noms ?

— Ils l'ont fait, capitaine, répondit Calderón avec embarras ; mais…

— Quoi donc ?

— Mais je les ai oubliés, comme s'ils ne m'avaient rien dit, car cette étrange rencontre me fit m'abîmer dans de si pénibles réflexions, que j'en perdis bientôt la mémoire. C'est une faute, mon capitaine, et je vous en présente mes excuses.

— En tout cas, fit de La Hinojosa avec un rire sec, ces noms n'étaient pas don Quijote, ni Sancho Panza.

En entendant ces mots, le chevalier Calderón eut une expression qui eût donné profondément à penser à son supérieur, s'il l'eût aperçue.

— Et, reprit ce dernier, jamais vous n'aviez rencontré cet homme auparavant.

— Non, mon capitaine. Mais je sors rarement du camp.

— Oui. C'est ce qui fait que je n'ai point eu l'occasion de vous rencontrer plus tôt ; comme c'est ce qui me rend si heureux de vous tenir près de moi aujourd'hui.

— Moi, capitaine ? Et pourquoi ?

— C'est que j'aime à déclarer mon estime à qui me semble la mériter. J'ai eu le bonheur d'être témoin de votre valeur à Cambrils et à Vilaseca. On m'apprit que vous aviez été blessé.

— Oh ! Monseigneur : une simple entaille à la main. Mais, cette main eût-elle dû passer sous les instruments du chirurgien, que je n'en aurais pas moins cherché les moyens de vous servir. Cervantes fit encore ce qu'il pouvait dans les armées de Philippe III alors qu'il avait perdu l'usage de son bras gauche ; il est vrai, dit-il avec un fugitif et sinistre sourire, que c'était à la bataille de Lépante.

Ce nom, que tout soldat espagnol avait appris à prononcer avec le plus grand respect, car c'était grâce à lui que la monarchie avait fait la conquête des mers ; ce nom, prononcé en de telles circonstances, assombrit quelque peu le cavalier. Aussi de la Hinojosa enchaîna :

— J'aurais tort d'oublier, au nombre de vos exploits, cette charge héroïque dont vous fîtes partie à Lérida.

— *Señor capitán*, répondit Calderón qui avait fait halte pour s'incliner, trois cents des nôtres composaient cette charge.

— Et j'aurais aimé avoir le plaisir de déclarer ce que je vous déclare à ces trois cents guerriers, si j'avais pu les avoir devant moi ; mais vous savez autant que moi si les aléas des armées permettent souvent à la bravoure vivante d'avoir sa récompense.

Les deux hommes s'étaient remis en marche, dans un silence qui, pour l'un des deux hommes en tout cas, devait clore la discussion : aussi, quelle ne fut point la surprise de Calderón, lorsqu'il entendit la Hinojosa prononcer des paroles qui s'accordaient si bien à sa pensée profonde.

— Je repense à ce curieux hidalgo qui a croisé votre route. *¡ Ojala !* Si seulement nous avions trouvé, au début de notre expédition, des dévouements aussi éprouvés que celui-là ! Mais ce sont des aveuglements pareils aux siens que j'ai vus trop souvent. Sur les trente mille hommes que nous attendions pour reprendre la Catalogne, il en est venu seulement les deux tiers. Mais ce fut avant l'action coupable de nos chefs, qui ont laissé s'abattre sur nous deux fléaux : la peste, d'abord, puis la faim, qui risque fort d'avoir raison de nous ici, après nous avoir forcés déjà d'abandonner Monjuich aux armées françaises.

Le cavalier hocha rapidement la tête, mais ne dit rien.

— Ce sont des compagnons ordinaires de la guerre ; mais ce qui ne l'était pas, c'est cette incompréhensible erreur qui remit à tous les commandants des cartes trop anciennes pour être justes. Que de temps précieux employé à bâtir sur des chimères ! Combien d'énergie perdue, à fouler une terre qui n'existait que dans nos imaginations ! Votre cavalier sans esprit, hélas, n'a pas besoin de chercher à nous imiter pour que nous lui ressemblions plus que nous ne voudrions l'admettre.

Calderón, qui écoutait toujours avec un mélange de saisissement et de respect, ne put retenir un léger frémissement.

— Et combien est affreuse cette absence de commandement que j'ai tant de fois constatée sur les champs de bataille !

Notre noblesse est sourde à l'appel de son sang. Il n'y a plus de bons généraux au service des Espagnes, depuis que Spinola n'est plus ; et lui était le fils d'un banquier génois !... Que peut devenir une armée dont le corps souffre par tant d'endroits, et dont la tête est égarée, ou malade, ou absente !

— Mon capitaine, dit Calderón, il me semble que c'est assez peu l'usage, parmi les hommes tels que vous, de révéler ce que vous dites à un homme tel que moi.

— Ne faites point injure à l'image que je me suis formée de votre intelligence, monsieur ; je sais que, pour ma part, je vous offenserais, en croyant vous apprendre tout ce que je vous ai dit.

— Il est vrai que je n'en ignorais rien ; mais...

Et le poète n'osait finir sa phrase.

Aussi ce fut de la Hinojosa qui reprit, avec fougue :

— Mais il y a, señor Calderón, que cela fait longtemps que j'ai appris à estimer ce que vous valez. C'est même pourquoi j'avais retenu votre nom, ce dont vous vous étonniez, je crois. Je lèverai donc le mystère, en vous expliquant qu'une copie de votre mémoire, au début de la guerre, est arrivée entre mes mains.

— Mon mémoire ?

— *El ciego furor de Cataluña*, l'aveugle égarement de la Catalogne. Je l'ai lu, de bout en bout, et plus d'une fois. C'est un fort bel ouvrage ; aussi je vous prie de recevoir mes compliments. Vous faites un usage si net, si pur, si limpide, de la raison humaine, que, cet instrument imparfait qu'elle est entre les mains du grand nombre des hommes, vous en faites un diamant, une fois que vous vous en êtes saisi. Puis-je vous demander d'où vous vient une si grande maîtrise ?

— Monseigneur, j'ai été élevé chez les Jésuites, dit lentement Calderón.

— Ah ! parfaitement. Ils ont la réputation d'être de fort bons maîtres.

— Cette réputation n'est point usurpée ; c'est à eux que je dois d'avoir pris conscience du *tranchant* de cet instrument, ou de ce que vous appelez ce diamant, répondit Calderón avec une ambiguïté qui parut échapper à son interlocuteur.

— De sorte que, continua celui-ci, comme vous le voyez, j'avais déjà eu la chance d'avoir pris la mesure de votre esprit, avant de pouvoir étudier votre valeur en campagne. Des hommes comme vous sont rares. Du moment que ma faveur peut vous être utile à quelque chose, vous pourrez disposer d'elle comme vous l'entendrez ; et je vous promets de songer à vous pour un emploi futur.

— Mon capitaine, dit le cavalier en s'inclinant de nouveau, je ne puis que bien humblement vous remercier de cette faveur que vous m'offrez. Oserai-je, cependant, vous exprimer ma pensée, à vous qui avez montré l'exemple de la transparence et de la franchise ?

— Faites donc.

— Une telle faveur, qui honorerait le soldat, ne me paraît point méritée, du moment que c'est au raisonneur qu'elle s'adresse.

— Et pourquoi donc ?

— Oh ! dit Calderón, je ne suis pas homme à renier une de mes œuvres. J'ai signé de mon nom une démonstration que je signerais encore aujourd'hui. Cette région séditieuse, avec laquelle nous sommes en guerre, est une bête rétive, qui se cabre sous la main du maître qui veut lui imposer l'ordre et la discipline ; qui oppose, à tous les efforts de la raison, les instincts les plus farouches et les plus violents. Nous avons un ministre dont le dévouement, secondé par une réflexion ardente et sincère, ne vise qu'à introduire l'unité dans toutes les Espagnes ; tandis que je défie quiconque en Catalogne qui aide à l'effort des rebelles, de pouvoir justifier ses actes, au trébuchet de la pensée, avec la même pureté. Seulement…

— Seulement ?

— Une conviction, si sincère soit-elle, est un flambeau qui n'éclaire jamais que celui qui le tient. Et s'il est exact que j'ai cru *autrefois* que ce flambeau, aidé de ce diamant que vous appelez la raison, pouvait diffuser plus loin sa lumière et dissiper les ténèbres, cette croyance, aujourd'hui, je ne l'ai plus. Et je vous avouerais, *señor capitán*, que je ne sais ce qu'il faut penser de ceux qui la conservent.

À cet endroit, Calderón de la Barca s'interrompit. On eût dit qu'une idée, qu'il n'avait sans doute pas pour la première fois, s'était fait jour dans son esprit, en éclairant quelque chose de si effrayant, ou de si incroyable, qu'il n'avait d'autre choix que de renoncer à l'exprimer.

À quoi songeait-il ? Peut-être bien à ce principal ministre, qu'il avait mentionné sans le nommer jamais ; à ce ministre auquel il attribuait tant de bonne volonté, mais aussi tant d'impuissance irréparable, et qui tâchait de calculer, de mesurer et de régler, renfermé dans sa propre pensée, à l'écart des hommes et des événements, le destin de tant de vies qu'il avait plu à Dieu de ranger sous le sceptre de son roi.

— Qu'avez-vous ? fit de la Hinojosa.

Le cavalier, comme ébloui, avait passé une main sur son front ; mais la voix de son supérieur le ramena, avec un tressaillement, à la situation présente.

— Je repensais toujours à ce vieux chevalier dont je vous ai conté la rencontre, répondit Calderón.

Et Calderón, en faisant cette réponse, n'avait pas l'impression de déguiser la vérité.

— Ce chevalier m'apparaît comme l'image de cette puissance trompeuse que nous appelons l'imagination quand elle étend son voile entre le monde et nous mêmes. Vous vous étonniez, je crois, que je n'aie point cherché à le détromper.

— En effet ; c'est ce que je vous ai exprimé.

— C'est que, dit le poète qui ne faisait que poursuivre une pensée qu'il avait tenue muette jusque-là, je n'aimerais pas à placer, sur des épaules trop faibles, ce terrible fardeau que l'on prend trop souvent pour une libération.

— Quoi donc ?

— La lucidité, répliqua Calderón de la Barca avec un regard dur.

Ce mot expliquait le poète tout entier.

Il expliquait, en effet, à la fois son attitude stoïque, et surtout cette amertume profonde dont sa pensée tirait désormais tout son orgueil.

On était arrivé au camp. Calderón conduisit le marquis à l'endroit où ce dernier était attendu. L'instant d'après, cette douloureuse conscience de l'Espagne en déroute prenait congé de son supérieur avec l'impassibilité ordinaire qui lui servait à couvrir tous les mouvements de son esprit.

C'était l'heure où le soleil, ardent phénix, allait bientôt disparaître, en lançant un dernier éblouissement, comme une dernière flamme, avant de renaître à la surface de la mer : mais, comme toute circonstance, même la plus infime, a perdu tout droit à l'insignifiance, pour la pensée vraiment alerte et profonde qui la contemple, ce spectacle arrachait à Calderón des soupirs qui eussent effrayé de la Hinojosa, s'il les avait surpris.

XL

Rosaura

TRANSPORTONS-NOUS à présent à Bruxelles.

Le soir tombait sur la capitale des Pays-Bas espagnols : et six heures sonnaient aux horloges de la ville, ou du moins à celles qui avaient le bonheur de tomber juste, lorsqu'un homme enveloppé d'un long manteau s'approcha, avec un pas souple et décidé, d'une grande et élégante demeure située près de Notre-Dame-du-Sablon.

Peu de temps après, la porte s'ouvrit, et il entra dans la maison, où nous allons entrer avec lui.

On le fit pénétrer dans un salon. Il tombait de la fenêtre haute une lumière encore claire de fin de jour, qui venait se poser sur les élégantes teintures d'un rouge passé, sur les incrustations d'or et de nacre d'une petite table en ébène, sur la dentelle qui couvrait à demi cette table, sur le sol pavé d'un marbre blanc et noir, et qui évoquaient si bien les tableaux des intérieurs flamands.

Une femme qui avait un peu plus de trente-cinq ans était assise dans un fauteuil placé près de la fenêtre, un éventail entre ses mains. Elle se possédait avec un calme parfait ; car, juste avant l'arrivée de son visiteur, ses traits, beaux et purs, sa main gracieuse et blanche, n'étaient animés d'aucune impatience, ni même d'aucune émotion particulière ; aucun frémissement n'agitait les replis de sa longue robe de soie noire ; seulement, si elle ne bougeait guère, elle songeait ou plutôt elle réfléchissait, et de temps à autre, ses yeux se mettaient à étinceler, avec un feu que l'on croyait retrouver sur la couleur des rubans qui retenaient ses cheveux blonds.

Cette femme s'appelait Marie de Rohan, duchesse de Chevreuse ; c'était elle que la reine désignait comme sa sœur lorsqu'elle était sa complice, c'était elle que Richelieu surnommait la Chevrette, toutes les fois qu'il ne parvenait pas à la mépriser, et que le roi, lui, appelait le Diable, toutes les fois qu'il avouait qu'il en avait peur.

Aussitôt que le visiteur eut fait son entrée, la duchesse alla droit à lui, en s'écriant :

— C'est toujours pour moi une joie de vous revoir, mon cher Aramis.

— Comme à moi, duchesse, dit Aramis en saisissant avec reconnaissance les deux mains qu'elle lui tendait et en s'inclinant galamment.

— Avouez, mon cher chevalier, que ce n'est pas dans un pareil endroit que vous vous attendiez à revoir votre amie Marie Michon ?

— Oh ! si j'ai pu douter un jour, assurément ce n'a jamais été, ni de vos nombreuses ressources, ni des destinations où votre esprit pourrait vous faire arriver.

Aramis, tout en disant ces mots, prenait place dans un fauteuil, pendant que Mme de Chevreuse reprenait le sien.

— Mes ressources ! je crains, chevalier, que vous ne m'en imputiez plus que je n'en ai.

— Ma foi ! je vous répète, je ne doute de rien vous concernant. Ou plutôt, je ne doute plus, depuis qu'un certain jour, un grand d'Espagne déguisé en mendiant se présenta chez moi pour me remettre, de votre part, la somme qui me manquait pour mon équipement, avec un mot où je reconnaissais votre tendre écriture.

— Ah ! oui, dit la duchesse égayée par ce souvenir ; mais c'était il y a si longtemps ! j'ai une commission, dorénavant, je dois la faire moi-même. C'est pourquoi, lorsque j'ai appris que vous étiez à Bruxelles – ce que je n'ai su qu'au dernier moment, chevalier, nul ou presque n'étant venu m'en avertir –, je vous ai fait porter en hâte un billet pour vous communiquer l'empressement que j'avais de vous revoir.

— Et vous jugez si c'est en hâte que moi aussi, madame, j'ai pris mes dispositions, afin de venir à votre convocation.

— Oh ! dit Mme de Chevreuse, est-il besoin de convoquer un ami tel que vous ? Mais, au fait, peut-être avez-vous dit juste ; car vous me semblez bien pressé, chevalier, que vous vous apprêtiez à traverser Bruxelles, où vous aviez pourtant ouï dire que je résidais, sans me dire un mot aimable.

— Et je bénis votre heureuse idée ; car c'est là une faute que j'aurais regrettée toute ma vie.

— Cette faute, vous ne l'auriez jamais risquée, du temps où la duchesse de Chevreuse vous envoyait des lettres qu'elle signait du nom d'une humble lingère de Tours.

— Hélas ! madame, le cœur humain change, l'homme dût-il le regretter ensuite.

— Je suis du moins heureuse que vous le reconnaissiez, dit la duchesse avec un sourire plein de gaieté.

— Loin de moi l'idée de nier ce que j'ai fait.

— Dites, chevalier, ce que vous avez défait.

— Défait, oui ; mais la très aimée Marie Michon n'en est pas moins toujours chère à mon cœur, autant que la personne que vous êtes, selon que vous préférerez, restée, ou devenue, répondit galamment Aramis.

— J'accepte votre compliment, et d'autant plus volontiers, que ma métamorphose me plaît plus que la vôtre.

— Comment cela ?

— Eh ! oui : il paraît que l'on ne devra bientôt plus vous nommer que l'abbé d'Herblay. C'est dommage ; le titre de chevalier vous allait si bien autrefois ! Est-ce pour le perdre que vous courez les routes de Flandres, mon cher Aramis ? demanda-t-elle tandis que ses yeux bleus se remettaient à étinceler.

— Ce serait un parcours bien trop ennuyeux à vous raconter, mon amie ; c'est comme toute cette partie de ma vie où vous n'avez aucune part.

— Comme vous êtes aimable ! dit la duchesse, qui reprit : ainsi, vous ne voulez rien me dire de ces mystérieux déplacements ? Oh ! je suis sincère, moi, et je ne vous cache rien de ma curiosité, comme vous le voyez.

— Je comprends bien, répondit Aramis impassible, qu'un esprit aussi ingénieux et aussi brillant que le vôtre ne saurait s'empêcher de chercher l'intrigue et la complication, y compris là où elles ne sont point. Or, je vous décevrais affreusement, en vous relatant ce que vous demandez. Permettez donc que je nous évite, à l'un comme à l'autre, cette affreuse déception.

— Que voulez-vous ! fit la duchesse avec un sourire singulier ; c'est plus fort que moi, en effet. C'est que je prends intérêt à tout ce qui vous arrive, voilà tout.

Aramis se pencha pour lui baiser la main ; il était donc impossible de déchiffrer l'expression de son visage.

La duchesse acceptait sans être dupe, mais non sans y prendre un réel plaisir, ces signes qui étaient autant de derniers hommages, comme on regarde avec fascination les braises et les sarments d'un feu qui s'éteint et dont on sent la chaleur décroître.

— Hélas ! fit-elle, comme si ce contact l'eût ramenée à de nouvelles considérations ; il est loin, en effet, le temps où la reine daignait se souvenir de celle qui favorisait ses contacts avec l'Espagne, et récompensait de son appui ou de sa protection celle qu'elle appelait sa sœur ! Au moins Marie Michon, malgré les persécutions dont elle était l'objet, avait-elle le bonheur de pouvoir se cacher en France ; écrire à ceux qu'elle aimait, retrouver ceux à qui elle écrivait ! Et puis il y eut cet odieux exil en Espagne auquel me contraignit la haine du roi et du cardinal.

— Pardonnez-moi, ma chère amie ; voilà que vous manquez à cette belle qualité dont vous vous vantiez presque il y a de cela cinq minutes.

— Laquelle ?

— La sincérité.

— Dites-moi, à quel moment ne l'ai-je pas honorée ?

— En me parlant de cet exil espagnol, que vous qualifiez d'odieux. Je conçois sans peine qu'il dut vous paraître tel lorsqu'il vous apparut comme le seul recours possible ; mais je crois aussi que ce fut bien autre chose lorsque vous en fîtes l'essai.

— Pour cela, vous avez raison, s'écria-t-elle. Vous vous rappelez sans doute l'étrange équipage qui était le mien lorsque je suis arrivée en Espagne : je suis bien sûre que les Espagnols n'en avaient jamais vu la pareille, sauf sur Rosaura en personne.

— Qu'est-ce que Rosaura ?

— Oh ! pardonnez-moi, chevalier, j'oubliais que vous voulez être d'Église, dit-elle avec un soupir, et que les vers ne vous intéressent plus.

— Cela dépend de qui sont les vers ; mais de quel auteur parlez-vous ?

— D'un poète et dramaturge bien savant, appelé Calderón de la Barca.

Aramis fit un signe qui voulait dire : un inconnu.

— Eh bien ! ce Calderón est l'auteur d'une pièce pleine d'esprit, et dont on m'a donné la représentation à la cour de Madrid. Elle s'appelle *La Vie est un songe*, et elle commence exactement de la manière dont, moi, j'ai mis le pied pour la première fois en Espagne ; puisque l'héroïne, celle qui se nomme Rosaura, arrive dans un pays étranger alors qu'elle est costumée en homme.

— En effet. Je me souviens même que vous aviez fait porter un déguisement semblable à votre suivante, la petite Ketty.

— C'est bien cela ; vous avez bonne mémoire, chevalier.

— Si bonne, dit Aramis avec un sourire, que je me rappelle que vous portiez votre habit noir de cavalier à ravir.

— N'est-ce pas ? On me le disait, du moins.

— Et on ne mentait pas.

— Décidément, chevalier, dit la duchesse, vous vous faites bien tendre depuis que cette pauvre Marie Michon n'est plus. Je vous en remercie, au nom du beau cavalier noir. Et puis, vous n'avez pas tort d'agir comme vous le faites ; est-ce que deux amis comme nous, qui nous sommes déjà tout dit ou presque, ne peuvent pas jouir du plaisir de se revoir et de se parler, sans la moindre arrière-pensée ?

Aramis la regardait en souriant.

« Où diable veut-elle en venir ? » se disait-il.

— Revenons, chère amie, implora-t-il, à l'accueil qu'on vous fit en Espagne.

— Oh ! ce fut grandiose. J'arrivais tout auréolée de mes aventures romanesques ; et l'on me fit bien voir que la duchesse de Chevreuse n'était pas mal vue à Madrid pour être une ennemie déclarée de Richelieu.

— D'autant que Philippe IV ne pouvait qu'accueillir le plus gracieusement du monde celle que la reine Anne d'Autriche, comme vous le disiez si bien, daignait appeler sa sœur.

— Ce qui eût fait de moi, dit la duchesse, la sœur de sa sœur, et donc sa sœur à lui ; Dieu sait pourtant que ce n'est pas tout à fait sur ce pied-là qu'il me reçut. Mais, qu'avez-vous, chevalier ? je vous vois agité ; vous voulez sans doute dire quelque chose ?

— Madame, non, répliqua aussitôt la nature sèche et nerveuse d'Aramis, avec un sourire qui pouvait sembler un peu plus forcé que le précédent.

— Ah ! je n'ai rien vu, alors. Comme on vit bien, à la cour du roi d'Espagne ! Le comte-duc d'Olivares, en voilà un homme intéressant ; il est fort intelligent, et surtout il sait prêter attention à ceux qui ne lui paraissent pas complètement inutiles, savez-vous ?

Mais la duchesse eut beau le scruter de son œil fin, Aramis demeura sans réaction, ayant ou adoptant l'attitude d'une personne que ces renseignements n'intéressaient guère.

— Et puis, continua-t-elle avec cette vivacité étourdissante qui la rendait aussi charmante que dangereuse, le roi est grand amateur d'art ; il a un jugement et un goût admirables. Il y eut même un artiste pour faire mon portrait, ce qui, je vous l'avoue, me causa un plaisir immense.

— Qui cela ?

— Il s'appelait, je crois, Velázquez.

Le chevalier d'Herblay haussa les épaules ; c'était encore un homme qu'on ne connaissait pas.

— Enfin ! dit-elle, il vint un moment où la duchesse de Chevreuse sentit qu'elle allait devenir importune à ses hôtes, et même dangereuse pour sa sœur, son amie ou sa reine ; aussi résolut-elle de partir. J'étais à Londres quand me parvinrent les offres de Richelieu : il me proposait, savez-vous, de revenir en France, en m'assurant de son pardon. La belle, la pauvre Anne d'Autriche m'en dissuada : elle était vraiment convaincue qu'il n'y avait là qu'une ruse comme cet infâme cardinal aime tant à en faire. Mais… mais, c'est étrange ; car je me rappelle avoir eu la pensée qu'il paraissait sincère. Et, qui sait ?…

Elle s'oublia, et resta rêveuse quelques instants.

— Et maintenant, dit Aramis qui s'impatientait, vous voilà à Bruxelles.

— Mais oui. Vous avez conclu mon récit, chevalier.

— Au contraire, je n'ai rien conclu du tout, madame, et c'est plutôt vous qui me devez quelques explications.

— Voyons, lesquelles ? demanda la duchesse, qui se disposait joyeusement à la lutte qu'elle pressentait.

— Laissez-moi voir si j'entends bien vos démarches. Duchesse, ou je me trompe fort, ou vous agitiez en conscience tout ce qui fait la guerre, ou qui veut faire la guerre, au cardinal de Richelieu depuis l'étranger. D'abord ce furent nos ennemis les Espagnols ; puis nos amis que le cardinal exila hors des frontières, à Londres ; enfin, avec Bruxelles, vous avez les deux à la fois.

— Que voulez-vous, chevalier ! je croyais que vous saviez cela depuis longtemps : l'intrigue est mon milieu naturel, à moi.

— C'est beaucoup d'activité, cependant.

— Trouvez-vous que c'est trop ?

— Belle amie, je disais cela uniquement par intérêt pour votre personne ; et je ne doute pas que... cette... comment l'appeliez-vous...

— C'est de Rosaura que vous parlez ?

— Oui. Nul doute que cette Rosaura ne soit une femme pleine d'esprit ; seulement, ne vient-il pas un moment où toute cette activité, tout ce bouillonnement, risqueraient de lui faire du tort ? Sûrement, d'autres rôles existent, moins périlleux, et qui ne mettraient pas moins tout votre mérite dans la lumière qui lui revient.

— Oh ! dit Mme de Chevreuse avec un petit mouvement de sourcils, si c'est à la pièce de Calderón que vous voulez faire allusion, il s'y trouve bien un autre rôle féminin, c'est vrai.

— Et qui est-ce ?

— C'est celui d'Estrella ; autrement dit, de l'Étoile.

— L'Étoile ! Que ne revendiquez-vous une pareille place, chère amie.

— C'est-à-dire que je ne le peux pas, dit la duchesse en riant : elle doit être la reine, elle doit régner un jour ! Et puis, mon ami, on voit que vous ne connaissez pas la pièce, autrement vous n'auriez pas songé pour moi à ce rôle que vous me tendez comme une flatterie.

— Comment cela ?

— Je m'en tiens à la Rose : elle ne doit rien qu'à elle-même ; tandis l'Étoile est sacrifiée.

— Pardonnez-moi, madame, je croyais que c'était la reine.

— N'est-ce pas la même chose ? répliqua Mme de Chevreuse. Elle a le malheur, cette pauvre Étoile, d'avoir des désirs ou des ambitions, comme chacun ici-bas ; mais quand vient le moment de la conclusion de la pièce, nul ne songe vraiment à lui demander son avis, toute personne royale qu'elle soit.

— N'obtient-elle pas ce qu'elle veut, puisque le trône lui revient ?

— Si ; mais peut-être pas de la manière qui lui eût agréé le plus. Oh ! non, je suis bien la Rose, n'en doutez pas. « Si le jour est le siècle des fleurs, la nuit est l'ère des étoiles[1]. » Moi, j'agis à la lumière, comme vous le voyez, puisque je ne vous cache rien de mes activités ; mais la reine…

— Oui, je comprends ; elle règne, mais c'est sans toucher aux choses de ce monde, c'est en appartenant à la nuit qui n'appartient à personne.

— Peut-être, dit la duchesse en souriant. Et puis… souvenez-vous encore de ce que je vous dis…

— Et c'est ?

— Que ceux qu'on sacrifie pourraient bien, un jour ou l'autre, avoir l'idée de se révolter. Aussi, s'exclama-t-elle en frappant joyeusement ses mains l'une contre l'autre, avec votre Rosaura, vous ne craignez rien.

1. Calderón de la Barca, *Le Prince constant.*

— Moi, non ; mais il en va autrement pour un certain cardinal, si je vous ai suivi avec attention.

— Mais oui, parfaitement. Certes, j'ai passé plus de temps, ces dernières années, sur le sol espagnol que sur le sol français ; mais je n'ai pas tout à fait perdu ce qui se passait à la cour de France, je vous assure.

Et, en disant cela, elle attacha un long regard sur Aramis.

— Vraiment ? répondit-il d'un ton qui n'indiquait rien d'autre qu'une curiosité polie. Dites-moi cela, duchesse ; je brûle de savoir comment vous vous y êtes prise.

— C'est fort simple, j'ai un correspondant.

— Un correspondant, mon amie ?

— Oh ! oui. Celui-là n'est pas comme vous : s'il est presque d'Église, il se contente du *presque*, et sa foi à lui est parfaitement sincère. En outre, il est aussi dévoué et respectueux qu'un chevalier servant.

— Aussi dévoué !

— Et respectueux, ai-je dit.

— L'heureux mortel ! dit Aramis en éclatant de rire. Qui est-ce ?

— C'est le jeune de Thou.

— Ah ! je connais ce nom-là. Mais, duchesse, le petit de Thou est bien mal en cour, à ce que je crois.

— Cela est vrai ; mais il a deux amis, qui sont tous deux si près des événements, qu'ils les touchent pour ainsi dire du doigt. Ni l'un ni l'autre ne supporte le roi ; l'un en est aimé, l'autre en est haï.

— Et, ces observateurs, vous les appelez ?

— Cinq-Mars et Anne d'Autriche.

La duchesse avait laissé tomber les deux noms ; il n'y avait qu'à guetter la réaction qu'ils produiraient.

La réaction ne se fit pas attendre. Aramis se baissa pour n'en ramasser qu'un, et si nonchalamment, si naturellement, que la duchesse fut bien persuadée que l'autre ne disait presque rien à son interlocuteur.

— Et voilà, dit Aramis avec un air entendu, d'où vient que vous n'avez pas perdu tout contact avec la reine de France.

— En effet, chevalier. Quant à Cinq-Mars…

— Cinq-Mars ? Je ne le connais guère.

— Vraiment ? Ce jeune homme ne vous intéresse pas ?

— Pourquoi le ferait-il ? dit Aramis avec sincérité. Ce sera un autre Baradas, ou un autre Saint-Simon ; qu'il soit querellé ou qu'il soit adulé à longueur de journée, le roi se lassera de lui comme il s'est lassé des deux autres, sans avoir partagé la royauté avec lui. Car c'est un roi jaloux de tout ce qu'il possède que notre Louis XIII.

— Sans partager la royauté avec lui, dites-vous ? Aussi longtemps que Richelieu sera aux affaires, la chose est indéniable ; mais…

— Mais ?

— Supposez, dit la duchesse légèrement, que deux forces, ou plutôt deux puissances, comme le duc de Bouillon et le prince de Soissons, s'unissent prochainement pour rassembler une armée et défier le cardinal.

— Une armée ! Duchesse, où trouveraient-ils une armée ?

— Vous ne devinez pas ?

— Ma foi ! non.

— Eh bien, dit-elle en plongeant sur son interlocuteur un regard aigu, vous savez combien je suis folle.

— Oh ! mon amie.

— Et si les idées les plus étranges sauraient me venir, sans que j'aie aussitôt l'idée de les mettre en action.

— Duchesse…

— Ne niez pas, ne niez pas ! s'exclama-t-elle.

Aramis se contenta de sourire.

— Eh bien ! supposez qu'on ait un jour eu l'idée d'agiter en conscience, comme vous le disiez naguère avec tant d'à-propos, tout ce qui veut faire la guerre au cardinal depuis l'étranger, ami ou ennemi du roi ; supposez donc qu'une personne se soit employée à mettre en liaison tous ces exilés depuis un certain temps, chacun de ces exilés fournissant argent, troupes ou alliés. Est-ce que certains grands objectifs ne réclament pas, mon cher, des chefs-d'œuvre de diplomatie ?

— C'est beaucoup, et pour un grand objectif, je le concède, dit Aramis froidement. Et je n'aurai pas tort, je le suppose à la suite de tout le reste, en voyant, derrière cette action unificatrice dont vous vous êtes fait l'agent, la main généreuse de l'Espagne ?

— Eh bien ! je ne dis pas non, dit la duchesse en riant.

— Bien ; très bien, même. Mais, tenez, duchesse, je serai franc avec vous. J'ignore absolument ce que vous attendez de moi.

— Alors, voilà la chose, mon cher ami. Vous quittez la Hollande, vous passez à Bruxelles : vous n'y resterez pas cependant.

— En effet.

— C'est une vie bien errante, convenez-en, pour un modeste étudiant en théologie.

— On ne peut rien vous cacher.

— Et comme vous ne faites rien par hasard… oh ! je vous connais bien, moi.

— Parfaitement bien, je dois l'admettre.

— Ah ! vous voyez que vous complotez, cher chevalier.

— Eh bien ! je ne dis pas non, dit à son tour Aramis, mais sans rire comme son amie l'avait fait.

— Et vous ne voulez rien m'en raconter. Ah ! chevalier, je vous en eusse fait le reproche autrefois ; mais il est vrai que je n'ai plus de droits sur vous ; et vous savez, mon cher abbé, si c'est moi qui me plaindrais de vos qualités de silence et de discrétion. Aussi, je ne vous demanderai rien que vous ne vouliez m'apprendre.

Aramis s'inclina.

« Nous y voilà enfin », songea-t-il.

Déjà la duchesse repartait :

— Vous connaissez toute ma conjuration ; je ne sais rien de la vôtre, ou seulement qu'elle existe : cela suffit à ce que deux esprits comme les nôtres s'entendent à merveille.

— Entendons-nous donc.

— Je ne demande pas mieux. Chevalier, jurez-moi que vous allez me répondre franchement.

— De toute mon âme.

— Puisque vous avez toujours été un habile homme, un bon observateur et un grand planificateur, je vous demande si vous prévoyez que les trajectoires de nos deux complots, comme deux flèches que l'on ferait partir de deux endroits différents, sont destinées à se croiser en un point quelconque.

La réponse d'Aramis vint aussitôt, sèche et claquante comme la mèche d'un fouet.

— Non.

— Vraiment ! votre conjuration ne doit pas rencontrer la mienne ?

— Non.

— Et encore moins la traverser ?

— Encore moins.

— Elle a partie liée avec l'Espagne, cependant.

— Pardonnez-moi ; qui vous a dit cela ? dit Aramis en se pinçant les lèvres.

— Personne ; mais je jurerais que c'est bien en Espagne que vous vous rendez. Et, malgré cela, vous voulez encore me promettre qu'il n'y a aucun lien entre les menées dont nous guettons chacun l'aboutissement ?

— Je puis si bien vous le promettre, duchesse, que, jusqu'à ce que vous leviez le voile sur vos agissements, j'en ignorais le premier mot.

— Je vous crois, dit lentement la duchesse. Seulement… Dieu me pardonne, mon cher Aramis ! mais…

— Enfin, qu'y a-t-il ? demanda Aramis de sa voix la plus calme.

Mme de Chevreuse s'était mise à fixer, sur son interlocuteur, des yeux arrondis par l'étonnement.

— Mais, dit-elle enfin, il y a plus, c'est que tout cela vous paraît bas ; tout cela vous paraît petit ; c'est que vous vous en moquez.

— Moi ? fit Aramis avec un ton effrayant.

— Oui, vous, s'écria Mme de Chevreuse, que ce calme alarmait de plus en plus. Tout ce que je viens de vous dire vous est complètement indifférent.

— Et alors ? Est-ce que cette indifférence, que j'admets sans difficulté, ne devrait pas vous rassurer sur le risque que nos écheveaux s'emmêlent ?

— La destinée du cardinal de Richelieu peut tout susciter, hormis l'indifférence.

— C'est que mon esprit et mes yeux regardent ailleurs, voilà tout.

— Et pourtant, il est presque impossible que…

— J'achève à votre place : que la disparition de cet homme n'ébranle toute la Terre, comme le ferait la chute d'un colosse qui soutiendrait la voûte du ciel, et n'amène des secousses susceptibles d'ébranler n'importe quel édifice que le patient esprit d'un homme s'occuperait à bâtir, sur ce large théâtre qu'on appelle l'Europe ?

— Oui, oui ; mille fois oui.

— Tenez, duchesse, dit Aramis avec son plus charmant sourire, voulez-vous que je vous dise pourquoi votre complot me laisse froid ?

— J'allais vous en prier, mon cher Aramis, dit la duchesse qui se mit à déplier son éventail.

— Parce qu'il me paraît bien maladroit, à moi, de se mêler d'un événement qui va se produire même si on ne l'aide pas ; parce qu'il n'y a qu'un homme au monde qui soit d'aussi mauvaise santé que le cardinal, et c'est le roi de France en personne ; parce que nul n'ignore, pas même Richelieu, que sa seule chance pour échapper à la haine universelle qu'il a déclenchée contre lui, c'est de mourir avant le roi, et si possible en même temps que lui. Vous voyez donc que toutes vos intrigues sont presque une impertinence au regard de ce qui se prépare : elles ne sont pas seulement imprudentes, elles sont inutiles.

— Comme vous raisonnez bien ! et comme je reconnais là l'enseignement des Jésuites ! dit Mme de Chevreuse. Avouez, chevalier… pardon ! mon cher abbé, avouez donc que vous êtes passé maître dans l'art merveilleux de tourner un raisonnement à votre gré.

— Ah ! avec vous, duchesse, je ne vais pas le nier.

Et Aramis, en prononçant ces mots, souriait, avec un air triomphant.

La duchesse ne s'y essayait même pas.

— Décidément, reprit Aramis, vous aviez raison, mon amie : c'est un si grand plaisir, que de pouvoir nous parler l'un à l'autre, sans la moindre arrière-pensée.

— Cependant, chevalier, dit la duchesse revenant à son idée, cette disparition, tout le monde l'attend, beaucoup la guettent ; les plus décidés la hâtent.

— Elle aura lieu dans deux ou trois ans ! Duchesse, voyons, de vous à moi : que sont deux ou trois ans pour la persévérance ?

— Ah ! mon cher Aramis, dit Mme de Chevreuse sans parvenir à masquer sa surprise, est-ce bien vous qui, tantôt, me prêchiez la prudence et la modération ?

— Nul n'est plus prudent ni plus modéré que moi ; puisque je fais fond sur l'avenir, comme vous le voyez.

— C'est vrai, quoique j'ignore de quelle façon vous comptez vous y prendre.

— Madame, c'est ce que je ne puis vous dire. Mais je veux bien vous donner un éclaircissement.

— Tiens ! quel mot étrange que celui-là : il ressemble fort à *avertissement.*

— Qui dit que c'en est un ? fit Aramis de sa voix charmante.

— Eh bien ! de quoi s'agit-il, chevalier ? dit Mme de Chevreuse.

— Cet éclaircissement, le voici : c'est à vous que je dois tout ou presque, c'est vous que je dois remercier.

— Moi !

— Oui.

— Et pourquoi donc ?

— Parce que, dans le temps où la reine vous traitait en sœur, où elle trouvait le moyen de vous écrire pour vous confier tout ce qu'elle voulait ; ce même temps où la confidente de la reine avait quelquefois des bontés pour un cavalier qui s'est fait abbé…

Un cri, moitié d'étonnement, moitié de frayeur, s'échappa alors des lèvres de la duchesse.

Aramis resta de marbre.

— Je vois ce à quoi vous faites allusion, s'exclama-t-elle.

— Je n'en attendais pas moins.

— C'est à ce secret… ce secret que je vous ai confié…

— Et qui ne vous appartenait pas, il est vrai ; néanmoins, vous n'avez pas eu tort en me le remettant : je vous jure qu'il est entre des mains qui ne s'ouvriront, pour lui laisser battre des ailes, qu'au moment opportun.

— Qu'appelez-vous le moment opportun ?

— Dix ans, vingt ans d'ici ; pas davantage.

— Aramis, c'est un secret qui touche à la couronne de France.

— Et, alors ? répondit Aramis avec un œil noir.

— Mais, dit-elle, c'est une histoire...

— Qui demeurera cachée, je vous le garantis. Mes lèvres sont scellées, et elles le resteront jusqu'au moment dont je parlais. La suite de toute notre petite conversation appartient en quelque sorte à l'avenir. Je n'entrerai même point dans le détail de ce que nous connaissons déjà vous et moi, à moins que vous ne m'y forciez.

— Non ; non, s'écria-t-elle avec une peur presque superstitieuse. Ah ! Aramis ! Comme je regrette !

— Je ne vois pas très bien ce que vous me faites l'honneur d'essayer de me dire, madame, repartit Aramis d'un air glacial.

— C'est un secret qui ne peut que durement frapper tous ceux qui le connaissent, et qui tenteront d'en user pour leurs fins.

— C'est donc pour moi que vous craignez ? N'ayez pas d'inquiétude, dit-il avec un ton qui fit frissonner son interlocutrice. Je compte employer les années qui viennent à me faire une position si forte par elle-même, si élevée au-dessus des autres, que lorsque mes mains s'ouvriront, ce secret me trouvera trop solidement installé pour pouvoir me mettre à bas.

— Dix ou vingt ans, avez-vous dit !...

— Ainsi, vous voyez bien, conclut Aramis avec son éternel sourire. Que me fait, à moi, un cardinal de Richelieu ? C'est comme s'il était déjà mort.

— Aramis !...

— Ah ! madame, dit le futur général des Jésuites sans violence, mais en attachant sur sa compagne un regard enflammé, je croyais que vous aviez appris à me connaître ? C'est donc que vous ne savez pas ce qu'un homme intelligent fait avec un secret.

Pour la première fois la duchesse vit clairement ce qu'elle-même avait contribué à former dans le cœur et dans l'âme de celui qui avait été son amant ; comment le secret dont elle avait eu l'imprudence ou plutôt la folie de faire d'Aramis le dépositaire, avait fini par consumer son esprit sous la flamme de l'idée fixe, et par attiser son ambition, dont le foyer avait paru être en repos jusque-là.

Et elle frissonnait à la pensée que cet incendie, c'est elle-même qui en avait été l'incendiaire ; et que, s'il était trop tard pour espérer y mettre un terme, il était encore temps pour elle de mesurer le danger, si elle voulait éviter de s'y brûler à l'avenir.

Elle constatait la justesse du mot *avertissement*, justesse à peine niée par Aramis.

Elle fit toutefois semblant de s'y tromper.

— Ah ! en vérité, chevalier, dit Mme de Chevreuse derrière son éventail, je m'explique mieux maintenant votre assurance. Vous vous élèverez donc ? Je vous en félicite. Je vous ai promis de ne pas exiger de vous de détails indiscrets ; mais puis-je au moins vous demander où vos pas vous mèneront en Espagne ?

— Hélas ! non, duchesse : je crains que ma complaisance, qui mettrait à découvert d'autres intérêts que les miens, ne puisse pas s'étendre jusque-là.

Et, tout en disant cela, Aramis sentait contre sa peau les lettres d'introduction que lui avait fournies Athos, et dont il comptait bien faire usage à Madrid.

Mme de Chevreuse se laissa alors à aller à un soupir.

— Certaines choses durent si peu ! murmura-t-elle.

Et elle appuya mélancoliquement sa tête sur sa main, tandis que ses yeux rêveurs regardaient sans voir du côté de la fenêtre.

Aramis, abaissant vers elle sa taille élégante, lui dit quelques mots à l'oreille, qui réveillèrent un instant le sourire de Mme de Chevreuse ; mais certaines cendres devaient demeurer froides : l'un donnait par une sorte de devoir, l'autre recevait par une sorte d'habitude.

Puis une minute se passa dans le silence.

Ce fut la duchesse qui le rompit la première.

— Mon cher, je sens bien que vous voulez partir ; je ne chercherai pas à vous retenir, dit-elle avec un nouveau soupir, mais me permettrez-vous au moins de vous adresser, à mon tour, un conseil ?

— Toujours, mon amie.

— Mais ce sera à charge, dit la duchesse en souriant, que vous ne renonciez pas, le jour venu, à accepter de me revoir lorsque nos chemins, même brièvement, seront amenés à se rencontrer.

— Je vous le promets.

— Eh ! bien, chevalier, voici mon conseil, dit-elle en fixant ses yeux bleus sur Aramis : croyez-en votre amie, et *ne vous fiez jamais à la parole des rois.*

Aramis resta stupéfait.

— Qui vous eût dit, madame, que j'aie eu le dessein de voir un roi ?

— Nous parlons, reprit la duchesse, du roi d'Espagne, naturellement. Mais ce pourrait être le roi de France ou d'Angleterre, que le conseil serait le même.

— Vous ne m'avez pas répondu.

— Personne, chevalier.

Quelque chose comme le soupçon qu'il avait sous-estimé celle qu'il avait en face de lui passa comme une lueur dans l'esprit d'Aramis.

— Roi d'Espagne, ou d'ailleurs, dit-il, qu'importe, puisque je vous assure qu'une telle pensée est loin de moi.

— Vous ne me mentez pas ?

— Moi ! À vous !

— Ma foi, tant pis ; mettons que je me suis trompée, répliqua Mme de Chevreuse. N'en parlons plus, alors, et veuillez me pardonner, chevalier, pour ce conseil qui ne vous servira point.

— Je n'en ferai rien, car l'intention était bonne, duchesse, et je vous en remercie.

L'instant des adieux approchait. Ils se levèrent, et Aramis, se préparant à sortir, reprit sans peine l'un de ces sourires pleins de douceur qu'il avait autrefois pour Marie Michon.

— Adieu, mon amie, dit-il en s'inclinant pour lui baiser la main ; vous êtes toujours belle comme un astre.

— Ah ! non ! s'exclama la duchesse en riant. Ce n'est pas l'étoile, c'est la rose, je m'évertue à vous le dire !

— C'est vrai, j'oubliais. Toujours franche, toujours spontanée ; toujours vive comme un ange, chère duchesse.

— Et vous, vous êtes trompeur et malicieux comme un diable, mon cher Aramis !

XLI

Inquiétude, tristesse et souci

UN OBSERVATEUR qui aurait jeté les yeux sur une carte du Vieux Continent, en ce début d'été 1641, eût estimé que la Discorde avait déjà accompli un travail considérable ; et voilà qu'un nouveau front, au lieu de faire s'affronter deux nations antagonistes, allait rallumer en France le spectre de la guerre civile. Le duc de Bouillon, dont l'hostilité envers Richelieu était assez connue, était passé à la lutte ouverte ; il venait de déclarer la guerre au roi, en sa qualité de prince de Sedan. Il avait avec lui le comte de Soissons, que sa parenté avec la famille royale et sa valeur militaire faisaient déjà redoutable, et que rendait plus effrayant encore l'appui de sept mille soldats Impériaux, qui s'ajoutaient à l'armée qu'il tenait régulièrement sous ses ordres.

Tous deux entendaient marcher jusqu'à Paris, pour délivrer la France du tyran : alors, on ne tarderait pas à conclure la paix, au-dedans aussi bien qu'au-dehors.

Le roi n'avait pas l'intention d'abandonner son principal ministre sans livrer bataille ; et Louis XIII, qui n'appréciait rien tant que d'accompagner la progression de ses armées, se porta tout d'abord à Abbeville, puis à Amiens et à Corbie, qui avaient déjà été le théâtre de conquêtes ou de reconquêtes foudroyantes sur les Espagnols. Enfin, il arriva à Péronne.

C'est là que la cour se trouvait lorsqu'elle sut que les troupes du maréchal de Châtillon allaient rencontrer, à La Marfée, celles du prince de Bouillon. Les premières étaient supérieures en nombre ; les secondes savaient pouvoir compter sur l'aide de l'étranger : de sorte que l'incertitude était entière sur l'issue du combat.

Le 6 juillet, un premier messager atteignit le château de Péronne assez tôt dans la matinée.

Le jour gris ne se levait que fort paresseusement sur les plaines de la Somme ; ce qui ne contribuait pas peu à donner au château médiéval de Péronne, avec ses tours de grès, sa herse et son pont-levis, un aspect sinistre et déplaisant, propre à inspirer aux esprits sensibles de fâcheux pressentiments pour l'avenir.

Peu de temps après l'arrivée de l'envoyé, Cinq-Mars prenait d'un pas vif le chemin de ses appartements.

Il y retrouva le fidèle de Thou, qui avait permission de suivre la cour en sa qualité de Bibliothécaire du roi ; mais sa présence était infiniment moins agréable au roi qu'elle ne l'était à sa bibliothèque, et tous les instants dont il disposait, il les donnait à son ami.

— De Thou ! De Thou ! appela Cinq-Mars, en proie à une vive excitation.

— Qu'y a-t-il ?

— Châtillon et Soissons se sont battus à La Marfée ; l'issue en est sue désormais : c'est une défaite !

— Pour qui ?

— Pour les autres !

— Pour les armées de Louis XIII ? En êtes-vous certain ? dit de Thou.

— Je me rendais chez Sa Majesté, lorsqu'on me l'a appris ; la cour a-t-elle longtemps des secrets pour le cher ami du roi ?

— Mais alors, les vainqueurs seront bientôt là ?

— C'est ce qu'on pense ; ou plutôt, c'est ce dont on est sûr.

— En ce cas, ne perdez pas un instant : courez donc auprès de Louis XIII ; représentez-lui la justesse de la cause de Bouillon et de Soissons : vous pourrez persuader au roi, ajouta de Thou avec une ferveur qui étonnait dans cette voix si douce, d'empêcher que soit répandu davantage de sang pour une cause inutile, puisqu'elle est déjà perdue. Richelieu doit partir : c'est une chose entendue.

— C'est votre avis ?

— Certainement ; que n'êtes-vous déjà auprès du roi !

— Vous savez bien, répondit Cinq-Mars, que tant que j'ai le bonheur de vous avoir avec moi, je ne fais jamais rien sans vous consulter.

— Et je vous en remercie. Mais hâtez-vous : c'est le moment de jouer le rôle qui vous revient ; ne perdez pas une minute.

Cinq-Mars allait obtempérer, quand l'irruption d'une troisième personne, faite en toute hâte, vint interrompre le cours des événements.

Comme le nouvel arrivant sera amené à prendre une part active dans la suite de notre histoire, le lecteur ne trouvera sans doute pas mauvais que nous le lui présentions.

L'homme qui venait d'entrer de façon si peu cérémonieuse chez Cinq-Mars, avec une liberté qui disait l'ascendant qu'il avait conquis sur l'esprit du jeune homme, se nommait le vicomte de Fontrailles. Il était bossu, et bretteur ; la première qualité attirait fort les regards, tant le pauvre vicomte était contrefait ; mais la seconde venait fermer les lèvres à tous les railleurs auxquels cette disgrâce aurait inspiré de vilaines pensées.

Fontrailles vouait une haine mortelle à Richelieu ; on disait que c'était depuis le jour que celui-ci, ayant trouvé le vicomte dans son antichambre, et alors qu'il guettait la venue d'un plénipotentiaire, lui avait décoché avec irritation :

— Rangez-vous, M. de Fontrailles : cet ambassadeur n'est pas venu en France pour voir des monstres.

Ce n'était pas, on en conviendra, le plus grand mot du grand homme.

Celui-ci avait ensuite présenté ses excuses, et, si le vicomte avait feint de les accepter, il n'avait pas oublié pour autant.

Ainsi, Fontrailles était fort lié à la fois avec Soissons et avec le duc d'Orléans, autres ennemis déclarés du cardinal ; il était leur complice à l'époque du complot manqué qui s'était joué à Amiens contre Richelieu : il avait attendu le succès de La Marfée avait la même ardeur qu'il avait mise, en 1636, à espérer l'assassinat du ministre.

Fontrailles était une intelligence ; Cinq-Mars, de même qu'il reconnaissait la supériorité morale de de Thou, admettait, au fond de lui, la supériorité de l'esprit de Fontrailles, qu'il tenait pour un véritable ami.

Fontrailles voyait loin : aussi avait-il encouragé chaque pas que Cinq-Mars avait fait en direction de Louis XIII, venant ainsi redoubler, par ses encouragements, les effets de l'amitié et des conseils de de Thou dans l'esprit du jeune homme.

Cinq-Mars se trouvait donc, au moment dont nous parlons, en compagnie des deux personnes auxquelles, si l'on exceptait Richelieu, il devait sa position de favori du roi.

Aussitôt que le vicomte fut entré, il s'écria, sans prendre le temps de retrouver son souffle :

— Messieurs !... Vous savez donc la nouvelle ?

— Je me rends justement chez le roi, vicomte, dit Cinq-Mars qui leva sur son interlocuteur des yeux étincelants. Voulez-vous m'accompagner ?

— Le roi ! Pourquoi chez le roi ?

— Pour tirer parti de la victoire, bien entendu.

— La victoire !… répéta Fontrailles, la bouche béante, et devenu une vivante image de l'effarement. Mais vous n'y êtes pas du tout !

— Comment ? Est-ce que la partie n'est pas gagnée ?

— Eh ! je venais vous dire, au contraire, que tout était perdu !

— Quoi ? s'écria Cinq-Mars qui sentit son front se glacer.

— La Marfée n'est pas une victoire : c'est une défaite !

— Pour qui ?

— Pour nous !

— Pour Bouillon ?

— Et surtout pour le comte !… Ah ! le malheureux Soissons !

— Quoi donc ? Que lui est-il arrivé ? balbutia Cinq-Mars.

De Thou, qui était très pâle, écoutait sans mot dire.

— On sait peu de choses encore, répondit Fontrailles. Seulement ceci : la bataille avait tourné à notre avantage, ce qui fut un peu vite rapporté ici ; mais, par un coup du sort inexplicable, Soissons, qui commandait, a été retrouvé mort à l'issue du combat.

— Mort ! mais comment ?

— Je vous l'ai dit, c'est ce que l'on ignore. Cet événement, comme vous pensez, a renversé la situation d'un seul coup : son armée, qui triomphait, s'est trouvée décapitée, et la voilà en déroute. De sorte que ce sont les armées du roi, quoiqu'elles aient été battues, qui sont maîtresses sur le terrain ; et que, M. le Grand, vous n'auriez pu choisir un pire moment pour commettre ce que vous vous apprêtiez à faire.

Cinq-Mars en était bien persuadé ; ce bouleversement le laissa confondu, stupéfié, anéanti. De Thou, frappé comme lui, le regardait avec impuissance.

À eux deux, ils n'eussent pas réuni une idée.

Fontrailles le comprit.

C'était ordinairement un bon juge que Fontrailles, qui ne manquait ni d'acuité, ni de profondeur. Il faut encore ajouter que la rapidité de décision ne lui faisait pas non plus défaut ; de là, sans doute, que lorsqu'il ne donnait pas le branle à une conspiration, c'était cette conspiration qui finissait par venir à lui, comme aimantée par cette intelligence qui savait combiner le calcul et la finesse.

Ce n'était pas l'égoïsme, comme Cinq-Mars, ni un élan chevaleresque, comme de Thou, qui le poussait ainsi contre le cardinal ; c'était de la haine pure : et cette haine, bien loin de s'éteindre sous la bourrasque de la déconvenue récente, ne pouvait qu'en être attisée davantage, puisque, aux ressentiments brûlants qu'il entretenait, il venait désormais s'ajouter le vœu de venger Soissons, mort sur le champ de bataille.

— Ne vous rendez pas chez le roi, déclara le vicomte avec autorité ; accompagnez-moi tous deux chez Son Altesse Royale le duc d'Orléans. Là-bas, vous trouverez des amis, qui déplorent comme vous la perte que nous avons faite aujourd'hui : ensemble, nous déciderons de la conduite à adopter.

Cinq-Mars avait commencé par se tourner vers de Thou ; mais celui-ci était toujours prostré.

Son Inquiétude, foudroyé, faisait en ce moment une bien piètre figure ; sa raideur fade et effacée, ses paupières lourdes, cette figure pâle, lui donnaient assez peu d'allant, d'une manière qui, il faut le dire, ne rendait guère justice aux trésors de tendresse, de dévouement et de générosité qu'il abritait dans son âme.

Fontrailles venait de saisir avec une énergie dominatrice le poignet de Cinq-Mars ; le jeune homme, soulagé de cette voie qu'on lui offrait, de ce mouvement qu'on lui imprimait, de ce parti qu'on lui imposait, saisit à son tour avec reconnaissance la main du vicomte, et la serra avec effusion.

— Vicomte, merci ! Je m'en remets entièrement à vous.

— Je ne demandais pas autre chose. Mais hâtons-nous, hâtons-nous ! il faut profiter de ce que beaucoup ignorent encore les derniers événements.

XLII

Inquiétude, tristesse et souci (*suite*)

En effet, pendant que ce colloque s'achevait, on pouvait voir, en un autre point de cette morose forteresse, deux hommes converser de ce qu'ils croyaient être la version correcte et définitive des événements, à savoir la défaite du roi et la victoire du duc de Soissons.

L'un de ces hommes, nous le connaissons, puisque c'est Dassoucy ; quant à l'autre, il s'agit de l'écrivain, né François L'Hermite, qui avait troqué son prénom pour celui de Tristan.

L'un avait changé son nom de baptême pour la tristesse, l'autre son nom de famille pour le souci ; tous deux étaient poètes, et même poètes élégiaques : l'un, entré le premier dans la carrière, s'en était fait une spécialité ; l'autre, tout en s'inspirant de lui, ne s'en contentait pas : de sorte que Tristan L'Hermite avait droit au privilège d'ancienneté, et Dassoucy, à celui de la variété.

C'était l'époque où, n'en déplaise à la Discorde, un vent venu d'Espagne soufflait sur toutes les têtes en France, dont les esprits voyaient alors le langage comme cette clef protéiforme qui devait s'ajuster à l'énigme que le monde proposait perpétuellement à leurs sens éblouis, ou plutôt à sa capricieuse et changeante serrure, aussi belle et aussi insaisissable que cette perle irrégulière que le portugais nomme *barroca*.

Le baroque, telle était l'esthétique à laquelle allait l'allégeance de Tristan, comme de Dassoucy.

Là ne s'arrêtaient pas tous les rapports qu'il y avait entre leurs situations : car l'un et l'autre, effroyablement joueurs, étaient rompus au cours, tantôt ascendant, tantôt descendant, dont la fortune récompense les passionnés de leur espèce. Au reste, leurs parcours à tous deux n'avaient été exempts ni d'imprévus, ni de revirements, chacun ayant passé, pour des raisons diverses, qui avaient nom, tantôt un prince à suivre et tantôt un maître à accompagner, par divers points de l'Europe ; ils avaient fait longtemps comme ces navires qui, affrontant vents et marées, entre les deux abîmes du ciel et de la mer, ne touchent à un port que dans l'attente de partir pour un autre.

Aussi aurait-on difficilement pu trouver d'existences moins régulières et plus accidentées que ces deux-là.

Il nous reste encore une chose à dire ; c'est que la disparité de condition n'était pas, entre les deux, un si grand obstacle qu'elle aurait pu l'être, le parent par alliance des Béjart, cette famille que l'on admettait dans l'hôtel de Modène, pouvant bien converser avec le petit-fils de Giacomo d'Agnani, gentilhomme de Crémone qui divertissait par sa musique la cour de Lorraine.

Au moment où nous les retrouvons, tous deux occupaient une banquette dans un renfoncement au milieu d'une galerie, sous une lumière terne, incertaine, sans éclat.

Tandis que le regard de Dassoucy circulait sur tous ceux qui passaient devant eux, sans passion, sans attirance et sans dégoût, Tristan, au contraire, gardait ses grands yeux noyés de mélancolie obstinément rivés sur le sol.

Il arriva que Tristan L'Hermite poussa un soupir.

Dassoucy tourna la tête dans sa direction.

— Eh bien ! fit-il, que vous prend-il ?

— Moi ? je n'ai rien, dit Tristan avec une voix morne.

— Comment ! vous lâchez des soupirs à attendrir les pierres ; et, moi qui ne suis pas une pierre, je n'en demande pas tant.

— Je n'ai rien, vous dis-je ; c'est-à-dire rien que vous ne sachiez déjà.

— Eh quoi ! c'est donc La Marfée qui vous afflige ?

— Bien certainement, puisqu'il y a défaite !

— Pour qui ?

— Pour nous !

— Pour le roi.

— Certainement pour le roi ! Pourquoi prenez-vous la peine de me le rappeler ?

— C'est que j'avais cru comprendre que vous étiez à MONSIEUR, vous ; à MONSIEUR, qui aime fort les arts et les plaisirs, au point qu'il y eut un temps où j'aurais bien voulu me trouver dans sa poche : par malheur, elle était percée. Enfin, la question n'est pas là : êtes-vous oui ou non à MONSIEUR, frère du roi, et si bon frère, même, qu'il paraît qu'il n'apprendra pas d'un trop mauvais cœur les retombées de la bataille ? Car je gage qu'il sera de bonne humeur, et même d'humeur récompensante.

— Sans doute, dit Tristan. Cependant, ce n'est pas là mon affaire.

— Peut-être, mais c'est presque la mienne. Car, Tristan, fit-il avec cette familiarité qui s'observe parfois de poète à poète, et qu'on lui permettait d'ailleurs ; savez-vous que si j'étais en fonds, je vous prêterais tout de suite de l'argent, à vous qui avez l'air si malheureux ?

— C'est-à-dire que vous ne l'êtes pas ?

— Ma foi, je l'avoue : ni malheureux, ni en fonds ; mais c'est ce dernier point surtout sur lequel j'attire votre attention.

— Si vraiment MONSIEUR use de sa générosité accoutumée, alors on pensera à vous, soyez tranquille.

— Je vous remercie.

— Je me doute que c'est au jeu que vous devez votre situation du moment ; mais c'est un démon personnel que j'ai trop de mal à chasser, pour vous y inciter avec assez de conviction.

— Un démon ! vous trouvez ? dit Dassoucy rêveur. Je ne suis pas loin de juger, moi, que ce démon ne tourmente le prochain que de manière à l'inciter aux vertus chrétiennes.

— Quant à cela, je vous mets au défi de le prouver.

— Voilà déjà deux vertus : est-ce que jouer n'invite pas, dites-moi, à la charité, lorsque l'on est en veine ; comme à la continence, lorsqu'on ne l'est pas ?

Ce paradoxe fit sourire Tristan ; mais bientôt celui-ci reprit sa mine lugubre, et murmura :

— Ainsi, vous trouvez que l'issue de cette bataille devrait me faire plaisir ?

— Je trouve, du moins, que mon raisonnement avait un peu de logique.

— Et pourtant, non, je ne m'en réjouis pas, dit Tristan d'une voix dolente.

— Parbleu ! il me semble que cela s'entend !

— Je serais un mauvais sujet, d'abord, si je songeais à me réjouir de ce désastre arrivé à Louis XIII.

— Soit ; mais enfin, la vraie raison de votre affliction…

— La voici, dit Tristan après une hésitation. Mon frère, que vous connaissez, est à Soissons, comme je suis à MONSIEUR ; seulement, je crains qu'il ne se soit avancé bien plus avant que moi-même dans le dédale des intrigues de cour. Ce n'est pourtant pas faute de l'avoir mis en garde, ayant trop eu à me repentir d'avoir suivi les grandeurs de trop près. Mais il n'a pas suffi qu'il soit allié aux rebelles ; plusieurs choses me font croire que… mais au moins, vous n'en redirez rien.

— Sur mon âme !

— Il a fallu que quelqu'un renseignât Richelieu sur la marche des événements, et lui apprît où son armée pouvait rencontrer l'armée rebelle.

— Et ce quelqu'un, ce serait votre frère ?

— J'en ai bien peur.

— Je ne vois pas là matière à déploration ; tout au contraire ! Je me serais réjoui, en pensant que vous étiez tous deux, matériellement s'entend, dans le camp des vainqueurs ; mais, puisque j'apprends que vous êtes moralement dans le camp du roi, j'y vois une cause pour une double célébration.

— Dassoucy !

— Tristan ?

— Comme il en faut peu pour vous faire sourire !

— Comme il en faut peu pour vous faire soupirer !

— Sans doute, je soupire ; car plus d'un a tout perdu à vouloir tenir sa place entre deux puissances.

— Oh ! c'est ne pas faire assez d'honneur à l'habileté de votre frère.

— Mais... attendez, fit soudain Tristan. Il me semble que je piétine quelque chose.

En effet, en se penchant, le poète vit qu'il avait le pied sur un petit objet, qu'il se baissa pour ramasser. Il le porta à la lumière ; c'était une carte à jouer, représentant un as de carreau.

— Ça alors, murmura-t-il. Comment diable est-elle venue se fourrer ici ?

— Mon cher ami, le diable n'a rien à faire là-dedans, dit Dassoucy. Cette carte, c'est la mienne.

— La vôtre ? Vous avez donc un jeu sur vous ?

— On s'avouerait pour joueur, et on resterait sans cartes ! Ce serait comme d'un matelot sans tabac.

— Elle se sera échappée de votre poche pendant que nous parlions.

— Ma poche ? vous n'y êtes pas du tout, dit tranquillement Dassoucy.

Et, ayant repris la carte que Tristan lui tendait, il la remit à l'endroit d'où elle était partie, c'est-à-dire dans sa manche.

— Ah !... fit Tristan.

— Vous savez bien que, lorsque je parle, si quelque chose s'agite plus que de raison, ce ne sont pas précisément mes poches.

— Certes, dit l'autre en secouant la tête avec moins de réprobation que de mélancolie. Je me garderais bien, désormais, de vous rencontrer à une table de jeu.

— Voilà de la prudence, ou je ne m'y connais pas. C'est encore une vertu à votre crédit, inspirée par ce que vous nommez votre démon ; et quelle vertu ! car un gentilhomme qui sait se garder de la file, de la toque, de la marque, du pont, de la veille, de la tuile, de la brèche et de la réserve, sans oublier le double écart, sait assurément se garder de tous les maux de ce monde. La tristesse exceptée, puisque c'est de vous qu'il s'agit.

Notre poète et joueur de luth regretta cette dernière parole, qui allait ramener son compagnon vers ses lugubres pensées ; il chercha donc un nouveau moyen de le distraire. Son esprit, en empruntant des allées familières, lui en fournit bientôt le moyen.

— Ah ! s'exclama-t-il, savez-vous que j'ai relu une de vos fort belles pièces poétiques, hier soir ? Je vous parle d'« Orphée ».

— Elle vous a donc fait plaisir ?

— Bien certainement : comme on voit que cet enfant de Thrace est expert à manier la lyre, autant, mon cher, que vous l'êtes à manier une plume ! Toutefois, en digne confrère que je suis, je me dois de balancer mon éloge par une critique, et je veux faire un reproche à votre poème.

— Lequel donc ?

— Tout est conforme au mythe, jusqu'à un certain point du moins. Orphée descend aux Enfers y chercher sa chère moitié : bien ; Orphée, ayant exercé son charme sur les divinités locales, obtient de la ravoir : fort bien. Seulement, à peine la retrouve-t-il, qu'elle lui est de nouveau arrachée.

— Oui. Est-ce que les dieux ne lui ont pas fait une condition de ne pas chercher à poser les yeux sur elle, avant qu'il n'ait regagné la surface ?

— Je le sais comme vous. Seulement, Ovide, dans ses merveilleuses *Métamorphoses*, fait remonter à Orphée tous les Enfers, en tenant Eurydice derrière lui : ce n'est qu'au dernier moment, alors qu'il marche vers les rayons du soleil, qu'il commet l'erreur fatale de se retourner. Tandis que chez vous, les retrouvailles et la perte se font au même moment.

— Que voulez-vous ! le poète prend le parti qui lui paraît le plus propre pour le dessein qu'il poursuit. Car comment, sans ce que vous avez dit, rendre plus poignante cette parole que je fais dire à Eurydice :

De votre affection ma disgrâce est éclose ?

— C'est charmant, dit Dassoucy qui avait frissonné. Mais ce vers-là, Tristan, c'est toute votre pensée.

— Peut-être bien, répondit le futur auteur du *Page disgracié*.

— Je dirai même que c'est toute votre vie, à vous, dit Dassoucy avec l'insistance d'un homme qui s'évertue à chasser une impression funeste.

Et il poursuivit, sans attendre de réponse, comme s'il eût cherché à s'étourdir de paroles :

— Du moins votre Orphée ne reste pas longtemps enfermé sous la terre. Enfermé ! en voilà un mot affreux ; il commence comme *enfer*. Enfin, et pour revenir à ce que je disais, il y a une chose que je trouve plus regrettable encore, dans votre poème : c'est que vous interrompez l'histoire d'Orphée avant les jours où, vouant un culte à Apollon... Vous savez le reste, et s'il s'est toujours morfondu dans le souvenir d'Eurydice. Mais vous, vous en restez au plus désespérant.

Cette remarque eut immédiatement son effet, en replongeant immédiatement Tristan dans l'abattement.

Cette fois-ci, Dassoucy ne fit aucun effort pour l'en distraire.

— Tenez, Tristan, on dirait que, toutes les fois que la chose vous est possible, vous faites comme Orphée : je veux dire que vous retournez, pour considérer, avec les yeux de votre esprit, les circonstances les plus affligeantes de votre vie présente et passée. Je ne sais ce qui explique cette étrange disposition que je vous vois toujours ; mais elle se remarque jusque dans le nom que vous vous êtes choisi. Ce *Tristan*, outre qu'il a le malheur de vous vouer à la déploration et d'attirer sur vous l'influence de Saturne...

— Eh ! c'est tout le contraire, interrompit le poète qui, dans sa tristesse enveloppée d'indifférence, n'avait pas songé jusque-là à répondre au verbiage de son interlocuteur. Sous le signe de Saturne je suis né, Tristan je deviens ; car c'est ainsi, et non autrement, que les choses se sont faites.

— *Basta !* fit assez cavalièrement l'autre. Permettez-moi d'en douter, et de juger que vous avez eu une bizarre idée, en vous revêtant d'un nom aussi funeste. D'autant qu'il est une sorte de relique d'une grandeur passée : car, il vient de votre famille, n'est-ce pas ? C'est comme ce titre que l'on agite encore parmi les vôtres, quoique, de votre aveu, il ne recouvre absolument plus rien, et dont vous vous faites une gloire, comme si, fors ce nom-là, vous ne pouviez plus espérer d'autre bénédiction. Il est vrai qu'il vous vaut la déférence de nos alliés méridionaux du moment, ce qui, par tous les temps, n'est pas à négliger totalement.

— Quel titre ?

— Vous savez bien.

— Le comte de Barcelone ?

— Tout justement. Or, s'il est bien une chose qu'Orphée m'a apprise, à moi, c'est de ne jamais trop regarder en arrière. Il faut pourtant choisir à qui l'on veut ressembler, et y tenir ferme ; mais ne rien prendre qui empêche d'aller de l'avant. Vous qui préservez, mais qui ne jouissez pas ; vous qui héritez, mais qui ne vivez pas : votre position est celle de l'homme qui garde chez lui une coquille, précieuse, mais vide, et qui se désespère depuis qu'on lui a appris que le bruit qu'il écoute, lorsqu'il y applique son oreille, bien loin d'être la mer ainsi qu'il le croyait, n'est que celui des battements de son propre cœur. Il pourrait s'en réjouir, et ne songe qu'à s'en désoler. Eh bien ! sous ce rapport, j'ai infiniment plus de respect pour le premier mollusque qui trouvera cette coquille à son goût, qui l'essaiera pour voir si elle lui va, qui viendra l'habiter enfin, et l'emportera partout avec lui jusqu'à ce qu'elle soit devenue sa maison naturelle. Appelez-moi un mauvais plaisant si vous y tenez ; mais la meilleure preuve de ce que j'avance, c'est que dès lors qu'il possède cet attirail, il devient possible de le baptiser : puisqu'il a pris L'Hermite, il n'y a plus qu'à l'appeler Bernard.

Ayant achevé sa péroraison, le poète, n'y tenant plus, se renversa avec un grand rire qui fit se retourner plusieurs têtes, lesquelles, ne pouvant distinguer à première vue, ni même à seconde vue, la cause de cette hilarité, finissaient par se tourner à nouveau dans l'autre sens. Il faut dire que rien n'aidait moins que l'attitude de Tristan, qui, en digne Héraclite de cet autre Démocrite, gardait le visage bas et les lèvres serrées ; on voyait pourtant s'éveiller une lueur au fond de son regard, qui semblait vaguement et douloureusement concéder quelque chose.

Revenons à Dassoucy, lui qui, au contraire de Tristan, avait repris à sa famille un nom où il lisait un sens auquel elle était sans doute bien loin de penser ; lui qui, par conséquent, ne désirait rien tant que d'habiter son nom de l'intérieur, comme ce petit animal sur lequel il avait fait la plaisanterie que nous venons de rapporter, et que le lecteur est en droit de trouver une plaisanterie de mauvais goût.

Au bout d'un instant, comme il s'apercevait que son compagnon était loin de partager son enjouement :

— Oh ! égayez-vous un peu, je vous en conjure.

— Je dois dire, dit Tristan L'Hermite en se raidissant, que je vois mal ce qui devrait travailler à cet effet, des plaisanteries que vous vous permettez sur mon compte, ou sur celui de ma famille.

— Je retire mes paroles, si elles vous ont offensé. Veuillez vous souvenir, toutefois, que toute cette conversation a commencé par votre éloge.

— Mon éloge ?

— Mais, oui ; nous en étions, je crois, à trois vertus chrétiennes : c'est nous arrêter en trop beau chemin. Laquelle doutez-vous d'avoir ? que je vous prouve que vous avez tort.

— La force d'âme ? murmura Tristan L'Hermite.

— Assurément : Dieu sait que vous ne voulez pas prêter de l'argent tous les jours, et que ce n'est pas faute que l'on vous en fasse la demande. Je ne désespère pas non plus de caser l'humilité, ni l'abstinence. Je sais des nuits que vous avez passées en n'ayant que le ciel pour couvert, et pour hôtesse que la lune ; où vous ne mangiez que par les yeux, pour n'avoir pas voulu renoncer au bruit charmant que font deux dés dans un cornet. Je n'en resterai pas là, puisqu'il en découle la vigilance : un joueur en manque de fonds s'éveille avant le coq, afin de recouvrer le bien qu'il a laissé s'enfuir.

— J'apprécie tous vos généreux efforts ; mais...

— Mais cela ne saurait remplacer une victoire à La Marfée ; n'est-ce pas ? Savez-vous bien ce que je crois ? C'est que tous mes efforts, que vous avez la bonté de trouver généreux, seraient bien mieux secondés, si le soleil s'était décidé à nous sourire, ce qu'il fait si peu en ce moment, et surtout sous cette latitude. Ce climat du Nord ne nous vaut rien, ni à vous ni à moi ; on voit par le ciel une maudite couleur qui me rappelle l'Angleterre – c'est un affreux pays, vous le connaissez comme moi, et en convenez comme moi –, et qui me fait, ma foi ! désirer plus fort encore de connaître un jour l'Italie.

— À ce sujet, demanda Tristan avec un intérêt sincère : est-ce que vos songes…

— Ah ! oui ! mes mauvais songes ! fit le musicien et poète avec l'effroi involontaire d'un homme qui voit un serpent se dresser devant lui. Figurez-vous qu'ils se tiennent tranquilles depuis quelque temps. Et si superstitieux que je sois, comme tous ceux de ma nation, je veux dire l'italienne, je compte bien me rendre un jour sur la terre qui a vu naître Ovide, ce triste exilé, et mourir Virgile, ce maître des enfers. Que diable ! on ne saurait y être plus mal, ou plus à court d'argent, que dans ce beau pays de France.

— Je vous le souhaite, puisque tel est ce à quoi vous aspirez ; puissiez-vous atteindre un lieu qui soit conforme à vos vœux, et veuille le Ciel vous épargner la griffe de la nostalgie et du regret, qui tourmentent, où qu'il se rende, l'esprit qui en est la proie.

— Alors, je vous inciterai à ne pas perdre de vue la dernière de ces célestes vertus que le jeu et ses diaboliques tentations développent dans le cœur de tout homme.

— La foi ?

— Non ! répondit Dassoucy en souriant.

— Je ne vois pas.

— Vous oubliez celle qui subsiste au fond de la boîte de Pandore : vous oubliez l'espérance.

Un silence recueilli s'établit entre les deux poètes.

Dassoucy, qui n'avait pas les mêmes raisons pour rester inactif que Tristan L'Hermite, fut le premier à se ressaisir, en disant :

— Je vous retiens ici à mes côtés, au lieu de vous laisser vous rendre chez le duc d'Orléans, où l'on vous attend sûrement ; permettez que je vous accompagne jusque là-bas.

— Comme vous voudrez. Mais vous, que ferez-vous ensuite ?

— Moi ? Je me sens d'humeur gaie ; aussi vais-je composer une élégie.

— Une élégie ! fit Tristan avec étonnement.

— Naturellement : l'alternance du rire et des larmes, n'est-ce pas la loi de cette vie ? Et toute l'harmonie du monde ne suppose-t-elle point la variété, comme il faut l'ombre pour donner sa valeur à la lumière ?

— C'est vrai, dit Tristan de sa voix calme ; vous composez grâce aux contrastes, vous.

Dassoucy ne répondit que par un sourire singulier.

Alors qu'ils venaient de se lever, Tristan L'Hermite reprit doucement :

— Vous permettrez que je vous dise encore une chose. Vous me reprochez comme un tort de ne point savoir oublier les causes de ma tristesse.

— Pardonnez-moi ; je ne vous le reproche pas, car je ne l'oserais point. Je constate, rien de plus.

— Cependant, j'ai peine à concevoir que la parfaite noblesse de l'âme ne soit pas dépendante de la parfaite honnêteté d'un cœur vis-à-vis de soi-même ; et que je crois préférable d'accepter ce que l'on souffre, plutôt que de le cacher. En un mot, je préfère mille fois ce que vous constatez, à l'attitude de certains hommes, qui ont pour habitude…

— Oui ?

— D'attribuer à un autre qu'eux-mêmes, et en les critiquant, les ombres ou les vices, si toutefois la tristesse en est un, qu'ils n'aiment ni à voir, ni à dépeindre en eux.

— Tenez, Tristan, reprit Dassoucy après un bref silence, le portrait que vous faites me semble imparfait ; car il manque un trait, un seul, aux hommes que vous venez de mentionner, et dont il se font une règle aussi sévère qu'une loi monastique ; trait qu'il faut absolument connaître, si jamais on a affaire à eux.

— Et c'est ?

— Celui de ne jamais laisser tomber le masque. À présent que ce point-là est éclairci, me laisserez-vous vous accompagner chez MONSIEUR ?

— Volontiers.

Et ils s'acheminèrent vers les appartements du frère de Louis XIII.

Tristan, par habitude, avait pris le chemin, non pas de la porte principale, mais d'une petite porte plus discrète et plus à l'écart.

Au moment où ils s'en approchaient, quelqu'un en sortait avec une vivacité qui pouvait dénoter une vive agitation, et même, de l'anxiété.

C'était de Thou.

Il ne montrait plus rien de la sérénité qui était la sienne une heure auparavant ; un renversement complet s'était fait sur sa physionomie, et cette fois, Son Inquiétude montrait qu'il méritait pleinement son surnom.

Il passa au milieu des deux autres, qui le saluèrent ; et, comme la portière ne s'était pas parfaitement refermée derrière lui, tous deux eurent un aperçu de ce qui se passait dans la pièce où MONSIEUR recevait.

Il y avait là Cinq-Mars, Fontrailles, d'Aubijoux, avec quelques autres familiers de Son Altesse Royale, qui n'était pas visible ; quoique la distance empêchât de percevoir leurs paroles, on voyait qu'ils étaient en proie à une grande animation.

Nous savons, nous, qu'ils discutaient du sort de ce pauvre Soissons, mort, par une fatalité inouïe, à l'issue de sa victoire, qui par son décès s'était muée en défaite ; mort, à cause de la malheureuse habitude qu'il avait prise de relever la visière de son casque avec un pistolet, et même avec un pistolet chargé.

Bien que sans tout comprendre encore, Tristan et Dassoucy saisirent l'un comme l'autre que l'ambiance n'était pas exactement à la célébration attendue.

L'instant d'après, les deux hommes s'étaient séparés : Tristan était entré pour rejoindre son protecteur et ami ; Dassoucy, quant à lui, s'en était retourné dans la galerie, du même pas alerte dont il en était parti.

La matinée, après avoir été consacrée à Mars, ne serait pas entièrement perdue pour Apollon ; car, là, de nouveau replié dans son renfoncement, le poète se mit à composer avec la célérité qui lui était coutumière l'élégie qu'il avait annoncée.

Nous ne saurions affirmer, nous, que sa conversation avec Tristan L'Hermite ne lui avait pas laissé comme un serrement de cœur ; ni que la pensée de cette belle Italie, dont il parlait avec tant de chaleur, ne fût accompagnée d'un pressentiment funeste ; pressentiment, peut-être, de la prison qui l'attendait, non pas une, non pas deux, mais bien trois fois : sur le chemin de l'Italie d'abord, puis à Rome, puis à son retour en France, lorsqu'il aurait voulu fuir *il bel paese* avec autant d'ardeur qu'il avait mise à y entrer. Ces trois enfermements successifs, ces trois variations de la fortune, devaient toujours connaître leur invariable effet : le poète retrouverait la lumière du soleil avec le même empressement, et en prenant bien soin de s'en aller sans regarder derrière lui.

XLIII

L'ombre noire et l'ombre rouge

Le soir même, Louis XIII, assis dans un fauteuil, l'œil sombre, le visage pâle, la main crispée sur son éternel chapeau de feutre aux plumes noires, regardait le cardinal qui se tenait courbé devant une carte étalée sur une large table. On était dans les appartements de Richelieu, à l'intérieur de ce château de Péronne, si abattu et si désolé au lever du jour, si paisible maintenant qu'il faisait nuit.

C'était quelquefois la volonté du roi de venir trouver le cardinal chez lui. Il savait que, chez ce dernier, le sommeil était rare ; aussi n'avait-il pas été surpris de découvrir Richelieu occupé à étudier, à la lumière des chandelles, des plans relatifs, non à la bataille qui s'était déroulée, mais à celles que l'on prévoyait pour les prochains jours. Le roi, l'ayant dissuadé de se distraire de cette occupation, avait pris place sur le côté, pendant que le cardinal, après s'être incliné avec respect, avait repris son activité sans rien dire.

La carte présentait avec une précision remarquable, jusque dans le relief, le visage de cette partie de la France qui s'étendait jusqu'aux frontières du duché de Lorraine. Richelieu se sentait homme de guerre avant de se sentir homme d'Église ; néanmoins, pendant dix longues minutes, il fut vraiment les deux à la fois, courbé au-dessus de la carte, qu'il semblait consulter avec une solennelle et religieuse attitude, comme si son œil y eût distingué des réponses invisibles pour les autres.

Le roi, observant cette muette consultation de l'oracle, s'était résolu à attendre en silence ; mais *silence* n'est pas *patience*, aussi Louis, pris d'une rage d'activité et de paroles, ayant plusieurs fois esquissé le geste qu'il faisait pendant la chasse, lorsqu'il avait son fouet à la main et que le gibier tardait à paraître, finit par se lever et par marcher avec agitation.

— Éminentissime, dit Louis XIII qui n'en pouvait plus d'attendre.

— Sire ?

— Eh bien ? que vous en semble ?

— Mon avis, Sire, est que Dieu, qui semble avoir voulu renverser les choses en notre faveur, ne permettra pas que cette rébellion demeure longtemps impunie. Je suis sûr que dès lors que Votre Majesté aura pris le commandement de l'armée en lieu et place du maréchal de Châtillon…

À l'énoncé de ce nom, qui lui rappelait la défaite initiale, le roi ne put retenir un mouvement d'irritation et frappa du pied sur le parquet.

— … en lieu et place du maréchal de Châtillon, ainsi qu'elle en a l'intention, alors c'est la victoire qui l'attend. L'Aisne est à portée, la Meuse sera bientôt atteinte ; après Donchéry, c'est Sedan que pourra investir Votre Majesté, afin d'en faire don à la France, s'il lui plaît.

— Devons-nous craindre une offensive espagnole ?

— Il me paraît, Sire, que nous eussions déjà dû voir le pavillon de l'Espagne, et qu'elle nous montrera une seconde édition de son échec à secourir La Rochelle assiégée.

— Bien ; très bien ! dit Louis qui ne songeait pas à mettre cette parole en doute. Mais, une fois soumis le centre de la rébellion, il nous faudra encore nous occuper des rebelles.

— Votre Majesté veut-elle parler seulement du duc de Bouillon, ou de l'ensemble des gentilshommes qui l'ont suivi dans cette entreprise ?

— De Bouillon, s'écria le roi avec rage ; j'en veux faire l'objet d'un châtiment exemplaire. Mais il ne le subira pas seul, je vous le jure.

— J'avais cru cependant qu'il était le chef unique de cette menée.

— Comment ! non pas, non pas ! Il me semble que vous oubliez quelqu'un, monsieur le cardinal, dit le roi en laissant échapper un rire aigu et sec. Voilà, sur ma parole, qui ne vous ressemble guère !

— Qui cela, Sire ?

— Eh ! ventre-saint-gris ! comme disait le roi mon père ; qui donc, si ce n'est le comte de Soissons !

La colère de Louis XIII, ou pour mieux dire sa fureur, s'était mise à éclater.

C'était l'orage tardif succédant au spectacle d'un horizon qui n'avait jamais paru sous d'aussi sombres couleurs, lorsque, trois heures durant, le roi avait cru la bataille perdue, et sa situation, désespérée.

— Soissons ! répéta Louis. Soissons qui a trahi, qui a rassemblé une armée, qui a fait livrer bataille contre son roi !

— Vous avez raison, Sire ; mais Soissons n'est plus de ce monde à présent. C'est l'affaire de Dieu, et Votre Majesté a déjà trop à faire avec les vivants, pour occuper inutilement son esprit avec les morts.

— Mais si ces morts ont été coupables d'un crime de lèse-majesté, c'est-à-dire d'un crime contre celui qui est lieutenant de Dieu sur la Terre, le crime ne finit point avec leur vie : l'âme est enfuie, mais il n'en est pas de même du corps, je suppose.

— À quoi pense Votre Majesté ?

— Je pense, répondit ce roi chasseur et atrabilaire, que le cadavre de Soissons peut expier pour les fautes dont sa volonté s'est rendue coupable ; je pense, monsieur le duc, à l'exposer puis à le faire traîner sur une claie d'infamie : là, les corbeaux feront de lui ce qu'ils voudront.

— Sire ! Soissons, un prince du sang !

— Cela redouble sa faute, au lieu de l'atténuer.

— Un parent de Votre Majesté !

— Et un digne parent, ne trouvez-vous pas ? qui réunit une armée contre moi, comme l'a fait ma mère ; qui conspire avec l'Espagne mon ennemie, comme rêve de faire la reine ; qui attaque mon autorité, comme n'ose le faire ouvertement mon frère. C'est vrai, c'est un parent, et c'est encore un motif à retenir contre lui ; il faut dire, ajouta Louis avec un ricanement d'une amertume atroce, que le cas est devenu si commun, que je n'y songeais même plus !

— J'aurais cependant cru, Sire, que plus la faute était grande, et plus grande était l'occasion de montrer la clémence de celui qu'on nomme Louis le Juste.

— Cela me revient justement, s'écria le roi sans lui prêter attention : il est certain que mon frère avait connaissance de ce qui se préparait ; nous réfléchirons à un châtiment pour sa personne.

— Sa personne qui est sacrée, Sire.

— La mienne ne l'est-elle pas davantage ? cria Louis XIII.

Durant quelques secondes, le cardinal garda un silence grave.

— Au cours des années que j'ai eu l'honneur de passer au côté de Votre Majesté, j'espère de tout cœur, Sire, ne vous avoir jamais inspiré de motifs pour douter de la vénération et du respect que je vous porte.

— Non, monsieur le cardinal.

— Alors j'espère que Votre Majesté me laissera ce soir lui donner un conseil, ce conseil-là ne fût-il pas aisé à suivre ou à entendre.

— Et ce serait de respecter le corps de Soissons et la liberté de mon frère ?

— Mon conseil ira plus loin. Quand vous aurez Sedan, Sire, il vous faudra la rendre ; et quand les gentilshommes rebelles vaincus viendront demander pardon, il faudra l'accorder.

— *Il faudra !* s'écria Louis avec une colère jalouse. Ventre-saint-gris ! Veillez à surveiller votre langage, monsieur le duc ; vous oubliez à qui vous parlez.

— Je n'oublie jamais, Sire, que je parle au plus grand monarque d'Europe, et à un roi qui, comme tous les rois, sert une cause plus élevée que lui. Ce n'est pas moi qui dis : *il faudra* ; c'est cette cause, qui est l'ordre et la conservation de l'État.

— Et cependant ces grands dont vous parlez n'ont rien épargné pour ébranler l'État jusqu'à son sommet.

— Voilà précisément pourquoi il est impossible de frapper un coup aussi puissant que celui que médite Votre Majesté. Dieu n'a pas permis à la France d'échapper à un si grand ébranlement pour que son agent en provoque un second, en exerçant sa sévérité contre la noblesse, qui est son soutien le plus précieux.

— Et la justice, qu'en faites-vous, M. le cardinal ?

— Lorsque Votre Majesté parle comme elle le fait, dit Richelieu avec un respect sous lequel perçait la fermeté, ce sont des passions mauvaises que j'entends, et non pas les nécessités du trône. La main du roi ne doit pas se souiller de sang, lorsqu'elle peut rester pure.

— Mais… le pardon ! à tous ?

— Oui, Sire ; à tous.

— Oh ! c'est bien dur.

— Voilà, Sire, ce que répondent tous vos sujets auxquels vous opposez *la raison de l'État.*

— Probablement, dit Louis en fronçant le sourcil, avez-vous des motifs secrets pour faire ce que vous faites ?

— J'ignore à quoi peut faire allusion Votre Majesté.

— À ceci, M. le cardinal : c'est que le duc de Bouillon, qui se tient en ce moment retranché à Sedan, n'est pas seul chez lui ; il est avec ses seconds, et plus particulièrement, le marquis de Wardes.

— En quoi le sort de ce de Wardes devrait-il me concerner, Sire ?

— N'était-il pas, s'exclama Louis en s'échauffant, l'une de ces âmes damnées qui accomplissent pour vous vos manœuvres sournoises ? Et ne seriez-vous pas bien aise que je l'épargnasse avec les autres ?

— Si j'avais des raisons de concevoir que ce soupçon fût véritablement entré dans le cœur de Votre Majesté, je serais le premier à lui demander que sa juste colère retombât sur le marquis de Wardes. Et si j'avais l'assurance qu'au prix de sa perte, à lui, c'est le salut de tous les autres combattants qui serait résolu, alors j'y donnerais les mains, Sire, non pas avec soulagement, mais avec joie.

— L'une de vos créatures !

— Une créature que je ne peux plus avouer pour mienne, dit le cardinal avec conviction, dès lors que, au lieu de vous servir, elle a trahi Votre Majesté.

Le spectacle de ce dévouement qui entourait l'autorité royale, avec un soin orgueilleux et une rigueur inflexible qui étaient tout pareils aux siens, était ce qu'il fallait pour rassurer le roi.

— Bien, monsieur le cardinal, dit Louis XIII en poussant un soupir ; je réfléchirai à ce que vous demandez.

Richelieu n'insista pas.

Il savait la partie gagnée.

— Cardinal, dit le roi qui parut se rappeler quelque chose et se mit à regarder autour de lui, redites-moi : qui était ce gentilhomme qui est venu nous faire part de la victoire ?

— Il se nomme le chevalier Étienne Lathil, Sire. Lorsqu'il n'a pas l'honneur et le plaisir de combattre pour Votre Majesté, il est lieutenant de mes gardes.

— Ah ! ah ! encore une de vos créatures.

— Oui ; cependant, j'eusse cru que Votre Majesté se fût intéressée à lui pour une autre raison.

— Lathil... Lathil... dit le roi en cherchant dans sa mémoire. En effet, ce nom-là ne m'est pas inconnu.

— Bien avant d'être un de mes lieutenants, Étienne Lathil était un page du duc d'Épernon.

Le roi pâlit comme Hamlet lorsqu'on vient lui parler du fantôme sur les remparts. Le cardinal reprit :

— C'est ce page qui était sur le marchepied de la voiture de votre glorieux père ce fatal 14 mai 1610, et qui a permis, par sa bravoure, d'arrêter Ravaillac ; plus tard, c'est encore ce soldat qui était avec Votre Majesté entre Saint-Laurent et Oulx, lors des campagnes d'Italie, et qui a commandé à Suze, sous les ordres de votre demi-frère le comte de Moret – que Dieu fasse paix à son âme !

— Vraiment ! Vraiment !... dit Louis XIII que chacun de ces détails, le premier surtout, parut frapper à l'excès. Tenez, cardinal, serrez-vous toujours des bourses de vingt pistoles dans vos tiroirs, à l'adresse de nos serviteurs ?

— Oui, Sire.

— Prenez-en cinq, et les faites donner au chevalier Lathil. Je vous rendrai cette somme sur ma cassette personnelle.

— Il en sera fait ainsi que vous le demandez, Sire.

— Et votre commission sera vite exécutée, puisqu'il n'est pas loin.

— Comment Votre Majesté sait-elle...

— J'aperçois ses *foulées*, dit avec un sourire le roi qui, chasseur excellent, par conséquent limier, désigna, comme s'il eût été à cheval et dans un bois, les traces poudreuses et sanglantes, mais discrètes, qu'on avait laissées sur un tapis, près d'une porte qui conduisait à une galerie adjacente.

— En effet, Sire ; sans l'assurance que j'ai qu'il se repose en ce moment, je lui eusse donné l'occasion de présenter ses respects et sa reconnaissance à Votre Majesté. Il a vaillamment combattu.

— Il a fait plus que cela, je crois ; car enfin, dit le roi lentement, c'est grâce à lui que, sachant qu'il y aurait bataille du côté de La Marfée, nous n'avons pas eu à recevoir les armées de Soissons sans préparation.

— Je l'ai su par lui, Sire ; et par quelques autres, ajouta Richelieu.

À qui pensait le cardinal en disant cela ? Sans doute à son réseau d'espions, ou pour mieux dire, d'informateurs, qui lui avait été si utile en cette occasion ; en particulier, il devait songer à ce L'Hermite qu'il s'était juré d'*acheter*, comme nous l'avions vu écrire dans ses carnets, au début de cette histoire, sur les conseils d'un de ses secrétaires.

On sait si le cardinal pouvait assez se louer, à présent, d'avoir fait une semblable transaction.

— Cardinal, dit rapidement Louis, si vous aviez connaissance d'un autre dévouement à récompenser, en relation avec cette affaire de La Marfée, je vous prie d'y veiller pour moi. Ne m'en dites rien, surtout ne m'en dites rien !

— Votre Majesté, dit Richelieu en tenant ses yeux baissés, a le droit de ne pas connaître tous ceux qui la servent avec mérite.

— Est-ce un reproche que je perçois, cardinal ? dit le roi avec hauteur.

— Non, Sire ; un regret seulement.

— Quel regret ?

— Que je n'aie pu me montrer assez éloquent pour bien persuader Votre Majesté du bien-fondé de ce que j'emploie quelquefois pour son service. J'aurais voulu avoir le bonheur de savoir que les enseignements qu'il m'arrive d'avoir l'audace de prononcer devant elle n'ont pas été perdus.

— Oh ! n'ayez aucun doute à ce sujet, vos leçons ont porté, et mieux que vous ne le mesurez peut-être, dit le roi en relevant fièrement la tête vers Richelieu. Croyez-vous que je ne sache pas que vous êtes nécessaire au salut de mon royaume, je ne dis pas autant que moi, mais même : plus que moi ?… Je vous vois étonné, M. le duc. Pourtant, cette journée ne m'a-t-elle pas vu rester à vos côtés ? Et n'ai-je pas déjà, en politique, comme dans ma vie privée, suivi tous vos préceptes, y compris lorsque je croyais avoir les meilleures raisons du monde pour m'y opposer ? Pour vous, j'ai exilé ma mère ; pour vous, j'ai fait surveiller la reine : et j'ai même fait pire que cela, dit encore Louis XIII d'une voix grinçante, puisque, à chacune de vos prières, j'ai épargné mon frère !

Le cardinal observa quelques secondes de recueillement, au terme desquelles il murmura :

— Il est des sujets sur lesquels moi seul connais l'abnégation et le sacrifice dont est capable Votre Majesté.

Le spectre d'un souvenir, quelque chose comme le frisson d'un secret, passa un bref instant entre les deux hommes.

Lorsque le roi reprit la parole, ce fut une attitude qui montrait qu'il ne désirait nullement revenir sur certaines affaires cachées, pour lesquelles nous devrons en rester à une simple allusion[1].

— Votre Éminence aurait-elle oublié, par hasard, cette déclaration que je lui ai faite, après le complot manqué de Chalais contre sa personne ? Il est vrai que c'était il y a six ans ; et, puisque vous avez couru aujourd'hui la même fortune qu'il y a six ans, je vais vous la redire. Mon cher cardinal, je

1. Le lecteur qui voudrait en savoir davantage pourra satisfaire sa curiosité en lisant *Le Sphinx Rouge* ou *Le Vicomte de Bragelonne*.

vous protègerai contre tous ; je ne vous abandonnerai jamais ; je ne changerai jamais ; et je vous le jure, s'écria le roi dont l'œil brillait d'un feu sombre, par tout ce que j'ai de plus sacré, par le souvenir de mon père : quel que soit celui qui vous attaquera, *vous m'aurez toujours pour second.*

Le mot était inouï, ou plutôt il l'eût été, s'il n'avait pas été dit pour la seconde fois.

Il fallait être Louis XIII pour le prononcer sans rien sacrifier de sa dignité personnelle.

Richelieu le reçut avec la même ferveur pénétrée de reconnaissance qu'il l'avait accueilli autrefois.

Il est des phrases qui ne peuvent être suivies que par le silence : aussi, après les formules d'usage, ce roi qu'on disait faible, et ce ministre qu'on disait sanguinaire, en demeurèrent là ; l'ombre noire s'en retourna chez elle, et l'ombre rouge se retrouva seule.

À présent qu'il était sans témoin, le cardinal pouvait pousser un soupir.

On n'était pas Richelieu, sans connaître le caractère versatile, bouillant, passionné, de Louis XIII ; on n'était pas le principal ministre du roi, sans redouter quelque peu, non seulement ce que l'on pouvait connaître de son caractère, mais plus encore, ce qu'on était condamné à en ignorer.

C'est ce qui lui faisait tenir si fort à ces espions, ou, si l'on préfère, à ces informateurs, au moins autant que le roi s'en défiait.

Le cardinal, revenu derrière son bureau, frappa sur un timbre, et la porte qui donnait sur la galerie dont nous avons parlé s'ouvrit silencieusement, et un homme fit son entrée.

Ce n'était pas Étienne Lathil.

Comme Lathil, certes, il avait au moins cinquante-cinq ans, et avait le teint hâlé : mais tout chez Lathil respirait la franchise et la loyauté, tandis qu'on décelait plusieurs raisons de se défier dans la physionomie du visiteur nocturne de

Richelieu, que ce fût dans son œil perçant et rusé, ou dans la cicatrice qu'il avait à la tempe.

C'était cet homme-là que, six mois plus tôt, d'Artagnan, qui le cherchait avec passion, s'était désolé de ne pas voir entrer dans le bureau du cardinal, où il se trouvait alors lui-même.

— Eh bien, Rochefort ? lui demanda Richelieu, quand cet homme fut parvenu devant lui.

— Que désire Son Éminence ?

— Que nous reprenions notre conversation, là où elle s'est interrompue lorsque l'arrivée du roi vous a contraint à disparaître. Vous m'assuriez que nul ne vous avait vu entrer chez moi.

— Pas plus qu'on ne m'a reconnu là-bas, monseigneur.

— Vous savez ce qu'il advient à ceux de mes agents qui ont cessé de m'être utiles.

— C'est bien parce que je le sais, Éminence, que je puis vous assurer que personne ne m'a vu.

— J'ai encore une question à vous poser ; j'espère que vous saurez satisfaire ma curiosité.

— Je suis à vos ordres.

— Alors, dites-moi, Rochefort, dit le cardinal sans pouvoir réprimer le long sourire qui glissa sur sa figure : Soissons avait-il *réellement* pour habitude de relever la visière de son casque avec une arme chargée ?

Rochefort montra un sourire identique à celui de son maître.

— Si on ne le disait pas auparavant, c'est ce que l'on dira désormais, monseigneur.

XLIV

Un songe du cardinal de Richelieu

CETTE nuit-là, le cardinal se coucha tard.

Quelque chose des émotions contrastées que chacun avait ressenties pendant le jour, et nul, peut-être, avec plus de violence que cet homme-là, subsistait dans son esprit au moment où il s'endormit.

Une pareille excitation, dans un pareil organisme, devait forcément faire entendre sa résonance singulière, même lorsque tout dormait, même lorsque le cardinal reposait.

Aussi le cardinal fit-il un rêve.

Dans ce rêve, il se retrouvait assis à une table, en train d'achever quelque tâche dont, au réveil, il ne se rappellerait pas la nature ; en revanche, le reste devait demeurer imprimé dans sa mémoire avec une netteté parfaite.

Au lieu d'être à Rueil, à Fontainebleau ou à Péronne, on se trouvait dans une pièce ronde, aux murailles épaisses et jaunâtres, haute de plafond, sans porte et sans fenêtre ; mais, en dépit de cette double absence, et quoiqu'il n'y eût aucun flambeau, on y voyait aussi bien qu'en plein jour.

Richelieu n'était pas seul : tandis qu'il était assis, une figure se tenait debout, placée près de lui.

Cette figure était celle d'un capucin ; il avait les deux mains croisées sur sa poitrine en signe d'humilité, et sa tête, penchée vers l'avant, était entièrement recouverte du capuchon porté par le moine : de sorte que ses traits disparaissaient dans l'ombre.

Richelieu, avec cette mystérieuse évidence qui s'impose quelquefois dans le songe, sentit qu'il ne devait pas chercher à voir ce visage.

Au reste, il n'en avait pas besoin, puisqu'il savait avec la même certitude qui était cette énigmatique et silencieuse figure qui restait près de lui.

— Tiens ! vous ici, du Tremblay, dit-il.

C'était de ce nom que le cardinal appelait le père Joseph, autrefois surnommé l'Éminence grise de Richelieu, et dont les commentateurs avaient fait, selon leurs opinions, sa seconde âme, ou bien son âme damnée.

Nous disons : *autrefois* ; car, à l'époque que nous sommes en train de décrire, le père Joseph était mort depuis près de trois ans.

Bien qu'il n'y eût aucun doute que le père Joseph eût entendu cette adresse de Richelieu, rien n'en parut dans son attitude.

— Je suis heureux de vous voir, du Tremblay, reprit Richelieu ; car il y a une chose que je désirais vous demander depuis bien longtemps.

Le père Joseph garda son attitude muette. Une statue de pierre aurait été plus expressive.

— Le jour que vous fûtes frappé de cette malheureuse attaque, chez moi, à Rueil, on vous conduisit sur un lit ; quoique vous ne pussiez réagir, vous compreniez tous les événements. On ne m'avait pas caché la gravité du mal ; je n'avais le souhait, ni de troubler en vain vos derniers instants en ce monde, ni de vous envoyer dans l'autre sans que vous y emportiez la consolation d'avoir fait œuvre utile et efficace ici-bas, comme c'était votre désir. Au bout d'une heure, alors que votre situation n'avait montré aucune évolution, soit en mieux, soit en pire, je suis entré dans votre chambre ; j'apportais avec moi la nouvelle de la prise de Brisach, que nous espérions tous deux avec impatience, et que je vous transmis avec triomphe, dans l'espoir que cette heureuse nouvelle pût amener du réconfort dans votre navrante agonie.

Même impassibilité du père Joseph.

Richelieu poursuivit :

— Cette nouvelle, c'était une invention ; cette dépêche que je brandissais, c'était un chiffon de papier comme j'en avais par dizaines au fond de mes tiroirs.

— Quelle est votre question, Monseigneur ? demanda le père Joseph, sans que l'on vît le plus petit frémissement sur le capuchon qui lui cachait entièrement le visage.

Richelieu demanda, d'une voix qui semblait un peu moins ferme que d'habitude :

— Mon stratagème vous a-t-il fait du bien ?

— Monseigneur, dit le spectre après un silence, vous avez menti ; là où il y a mensonge, il y a péché.

— Péché ! péché ! Non, ignorance seulement : ce que je vous déclarais avait eu lieu, mais je ne le savais point encore. Ce fut une supercherie pour quelques heures ; ce fut une vérité pour le reste de l'Histoire.

— C'était mensonge aux yeux de la conscience, répéta le moine. Mensonge par conséquent, Monseigneur.

— Du Tremblay ! du Tremblay ! Je crois que vous vous faites plus hypocrite mort que vous ne l'étiez vivant.

— Monseigneur, je le répète : c'était un crime.

— Oh ! du Tremblay ! Comme vous êtes sévère, depuis que vous n'êtes plus à moi.

— C'est que, là où je suis, on a d'autres lumières pour voir, Monseigneur.

Richelieu frissonna en écoutant cette voix qui lui parlait d'éternité.

Dans le même moment, il crut sentir un frémissement passer dans la pierre qui l'entourait comme un rempart.

Cependant le tremblement passa.

Le cardinal revint à son étrange interlocuteur.

— Tenez, du Tremblay, je ne crois pas un mot de ce que vous venez de me dire. Je ne sais qu'une chose ; c'est que, ayant été le semeur de ma politique en faveur de l'Allemagne et contre les Espagnols, il était juste que vous en voyiez paraître les premiers fruits, que la France allait bientôt cueillir grâce à vous. Savez-vous que vous me manquez ? ajouta le cardinal. Vous étiez un serviteur fidèle et zélé.

— Il est vrai que sous vos ordres, je n'eus jamais une hésitation, Monseigneur.

Et, bien que le capuchon demeurât toujours sans remuer, on crut pourtant sentir le rayon de ses regards qui glissait jusqu'à la longue robe rouge du cardinal.

On eût pu qualifier ces regards d'*envieux*, s'ils n'eussent pas été invisibles à tous les autres : autant exiger d'eux qu'ils trahissent la pensée d'un marbre.

— Vous non plus, Monseigneur, vous n'avez jamais eu peur.

— Dites plutôt, du Tremblay, repartit Richelieu, que chaque seconde passée à méditer une décision, à mûrir un plan, à prévoir une action, fut une seconde où je tâchai de dominer la peur que je sentais en moi, au lieu de me laisser dominer par elle. Cependant, si la main n'était pas sûre à l'heure du choix, elle redevenait ferme au moment de se poser sur le moyen que j'avais choisi : je tremble lorsque je pense à moi, mais j'agis en pensant au Seigneur.

— Dieu reste votre plus grand soutien, Monseigneur.

C'est alors que le cardinal répliqua :

— Vous vous trompez, du Tremblay. Pour soutenir un homme comme moi, ce n'est pas Dieu qu'il faut chercher.

— Qu'est-ce, alors ?

— Une idée.

— Quelle idée ?

Avant de répondre, Richelieu regarda vers cette figure d'ombre, sinistre, impénétrable.

— C'est, dit-il, que l'État n'a pas d'âme.

XLV

Une tragédie des erreurs

LE CARDINAL avait eu raison de voir la main de l'Espagne dans les récents événements. La pensée de cette incursion de l'ennemi avait déterminé Louis XIII à faire accroître les efforts militaires au nord, pendant que lui-même s'abattrait sur Sedan. Après Arras, tombée l'année passée, on allait avoir Aire-sur-la-Lys et Lens.

Mais, au milieu des victoires, Richelieu restait anxieux.

Plus le cardinal se sentait puissant, et plus il se sentait misérable : car, à mesure qu'il grandissait, son ombre qui s'étendait le faisait paraître plus menaçant ; elle le rendait aussi plus menacé.

Ayant été, depuis le premier jour, entouré de complots et de poignards, le principal ministre avait dû adopter plusieurs précautions. Pour parer une attaque mortelle, il portait du fer sous ses mantelets ; pour ne pas avoir à éprouver son efficacité, il maintenait autour de sa personne gardes et mousquetaires. Mais le protocole exigeait que le cardinal, en franchissant l'enceinte d'une résidence royale, se dépouillât de toute cette protection armée. C'était à cette faille que l'on avait dû l'attentat d'Amiens, en 1636, qui n'avait manqué que par une faiblesse de MONSIEUR, et qui avait coûté la vie au malheureux Chalais. De cette sévère consigne, Lathil était seul excepté. Le cardinal, qui l'estimait et avait même de l'amitié pour lui, avait du mal à se passer de son lieutenant des mousquetaires ; et, depuis La Marfée, la bienveillance du roi avait permis à ce dernier d'accompagner son maître dans tous ses déplacements.

Au cours de l'été que Louis passa sur le front de l'est, deux préoccupations majeures hantèrent le cardinal. La première, c'était de guetter avec une mortelle impatience des nouvelles de l'Espagne, et surtout de d'Artagnan, dont il avait calculé l'arrivée à Séville. L'autre, qui lui coûtait bien davantage, était de s'assurer que le roi et lui étaient toujours en bonne intelligence.

Nous avons vu que le roi avait de nouveau protesté sa loyauté et sa fermeté auprès du cardinal.

Nous avons vu que Richelieu n'en avait pas été absolument sûr.

La suite montra assez bien lequel des deux était dans le vrai ; car, à quelque temps de la scène de Péronne que nous avons rapportée, une crise sérieuse faillit éclater entre roi et ministre. Ce fut un éclair sans tonnerre, et celui qu'il avait foudroyé n'eut d'abord d'autre choix que de dissimuler à quel point il avait été frappé.

Le roi, s'étant mis à la tête de ses armées, allait accompagné de ses ministres et de ses familiers. En particulier, le Conseil se réunissait comme d'habitude. Il y manquait seulement quelques têtes, comme celle du duc de Guise, qui, en sa qualité de révolté, réfugié à Sedan, pouvait difficilement être présent.

Louis autorisait l'entrée du Conseil à qui bon lui semblait ; ce n'était jamais, du moins, sans en avertir Richelieu.

Mais, un jour de la fin du mois de juillet, lorsque le cardinal pénétra dans la pièce affectée aux délibérations, il eut la surprise d'y trouver *M. le Grand.*

Cinq-Mars se tenait debout derrière le fauteuil réservé pour le roi, et qui était alors vide.

Le jeune homme promena sur l'assemblée un regard respectueux, mais fier ; il savait que chacun commentait tout bas cette présence inattendue, et on eût dit que toute cette émotion, dont il sentait le cercle s'étendre autour de sa personne, refluait jusqu'à lui pour l'environner d'un éclat glorieux. Ce regard, en croisant celui du cardinal, prit une nuance de défi et d'insolence.

Vêtu avec soin et même avec élégance, montrant à tous son sourire éclatant, son œil où le bonheur laissait une étincelle, son visage animé du vermillon d'une santé parfaite, le jeune marquis de Cinq-Mars, par un effet singulier, semblait un tableau de lui-même.

Peut-être est-ce l'effet qu'il fit au roi Louis, quand celui-ci, arrivé le dernier, se tint un instant sur le pas de la porte, apparemment pour observer l'assemblée dans son ensemble, en vérité pour juger de la présence de Cinq-Mars au milieu d'elle.

Il put voir le triomphe de son favori de cœur, qui était aussi manifeste que le dépit de son favori politique.

Le roi gagna son siège, s'assit, et se couvrit de son chapeau noir en prononçant la phrase qui ouvrait toutes les séances du Conseil :

— Asseyez-vous, messieurs.

On prit place autour de la table.

On en vint rapidement à la question de la conduite de la guerre.

La France, depuis plus d'un an, se trouvait dans une position favorable face à l'Espagne, cette ennemie longtemps réputée invincible ; aussi certains espéraient qu'on demanderait une reprise des négociations, au lieu d'attendre que l'ennemi fût acculé à les demander lui-même.

Richelieu était de l'avis tout opposé : réduire l'Espagne à merci, c'était l'effort auquel il avait tendu, depuis dix ans qu'il avait la main haute sur la diplomatie et sur la politique extérieure.

C'était à lui de parler le premier ; ce qu'il fit après s'être levé et s'être humblement incliné devant le roi.

Le cardinal s'étendit surtout sur l'obstacle auquel s'étaient heurtées les précédentes propositions de paix : cet obstacle, c'était l'ambitieuse obstination du comte-duc d'Olivares, que les bouleversements récents avaient encore trahie, lorsqu'elle avait occasionné des désordres jusque dans le sein de la France.

Son intervention finie, Richelieu s'inclina une fois encore et se rassit.

Les conseillers prirent à leur tour la parole, soit pour abonder dans son sens, soit pour s'opposer à lui.

Plus d'une fois, le cardinal ne put s'empêcher de couler un regard furtif du côté du roi, dont ce n'était point la coutume de prendre part aux délibérations ; mais celui-ci n'avait à lui opposer qu'un visage impassible.

Ainsi que nombre de mélancoliques, Louis XIII entendait à merveille l'art de la dissimulation.

Ce même roi, à l'époque du siège d'Arras, s'était caché pour donner libre cours à ses pleurs, après que Fabert, son capitaine des gardes, lui avait appris que ses hommes avaient été impuissants à empêcher les paysans affamés par la guerre de déterrer les morts en profanant les cimetières.

Mais, si Louis gardait le silence, Cinq-Mars pouvait parler, lui ; et le roi, d'un geste, lui en donna l'autorisation quand son tour fut venu : il parlait le dernier, parce qu'il était le plus jeune.

Cinq-Mars était clairement du parti de la paix : il entama un éloge vibrant de la personne d'Olivares, avec une éloquence qui fit bien voir que ce n'était pas totalement pour rien qu'il avait été éduqué dans une académie avec l'intérêt protecteur de Son Éminence.

Presque immédiatement, la main de Richelieu se crispa avec une irritation qui devint de la fureur.

Au bout de quelques minutes, le teint du cardinal était devenu de brique.

On trouvera peut-être l'atteinte un peu bien légère pour amener une pareille réaction. Mais Richelieu savait que, pour un esprit comme celui du roi, il n'y avait pas de petits désaveüx, comme il n'y avait pas de petites attaques ; et que le panégyrique prononcé par un autre couvrait quelque chose comme une révolte sourde de cet esprit chagrin.

L'acrimonie royale pouvait signifier la disgrâce ; et la disgrâce, une fois retirée la main protectrice qui régnait sur la France, c'était la mort.

Si Louis jamais ne s'emportait contre Richelieu en public, il y avait néanmoins, dans cette tornade de jalousie et de contradictions, toute une foule de réticences, d'obscurs remords et de vacillations qu'il était de l'intérêt de Richelieu de percevoir presque avant le roi lui-même : mais, comme nous l'avons dit, c'était là un écueil sur lequel venait se briser toute son intelligence.

Le cardinal croyait à l'existence d'une science de l'État ; par malheur, on n'avait pas encore inventé une science de Louis XIII.

On racontait que le Rey Planeta, Philippe IV, avait inventé de faire placer une fenêtre pour surprendre les délibérations de ses ministres, sans qu'il y parût rien : Richelieu, lui, aurait tout donné pour pouvoir faire de même avec les pensées de Louis.

Mais, si Richelieu avait le plus grand mal à percer à jour le roi, Louis, qui, en cet instant, fixait le cardinal de ses yeux noirs et froids, ne perdit rien de l'effet produit par le discours de Cinq-Mars.

Il y avait d'autant moins de mal, que le roi, doué, par son exquise sensibilité, d'une perspicacité aiguë et douloureuse, n'était pas sans connaître les effets que tous ces petits signes pouvaient avoir sur l'esprit et sur l'organisation de Richelieu.

Après d'autres minutes qui parurent des siècles au cardinal, Cinq-Mars conclut son oraison et s'inclina, sans même daigner écraser d'un regard celui qu'il venait d'insulter de cent manières différentes.

Tous les conseillers, pour ne pas avoir l'air de lorgner Richelieu, se tournèrent vers Louis.

Après avoir contemplé le bout de ses doigts avec une attention profonde, le roi déclara :

— Messieurs, nous vous remercions de ce que vous avez prononcé pour notre service. Voilà qui conclut les discussions pour aujourd'hui.

Le Conseil se dispersa.

Lorsque Richelieu sortit, le roi n'était déjà plus visible.

En rentrant chez lui, le cardinal fit fermer sa porte et donna l'ordre de ne laisser entrer personne.

Là, il fit quelques pas comme pour s'asseoir à la table qui lui servait de bureau ; mais il avait la tête en feu, son esprit était incapable de s'arrêter à une pensée précise, sa colère éclatait par tous les côtés à la fois. Ses forces physiques et la résistance de son esprit l'abandonnèrent en même temps : il n'eut pas le temps de contourner la table et de se mettre à son fauteuil, il dut s'appuyer à la surface du bois qui était devant lui, et se tint là pendant de longues minutes.

Aux mouvements fébriles qui l'agitaient, aux frémissements qui agitaient ses mains, au bruit d'une respiration sifflante, un témoin invisible eût perçu que le cardinal pleurait.

L'idée lui vint vaguement d'appeler Lathil ; mais que pouvait-il apporter ? Du courage et une épée, certes, mais qui eussent été d'un bien pauvre secours en un pareil moment.

Un instant, l'esprit égaré de Richelieu chercha Mme de Combalet, sa nièce bien-aimée, qui résidait cloîtrée à Paris ; l'Éminence grise, qui n'était plus : il repassa dans son souvenir tous ceux qui l'avaient honoré d'une attention, aidé d'un conseil, soulagé d'une présence amie.

Autour de lui, personne.

— Ah !... s'écria-t-il, lorsque l'étau qui lui comprimait la poitrine se fut quelque peu desserré. Roi ingrat ! roi lâche, cruel, mesquin ! Ce roi, encore jeune, avait jadis deux partis pour l'aider à tenir le gouvernail de l'État, celui de la reine mère et le mien : l'un lui aurait volé sa royauté, l'autre ne cherchait qu'à la raffermir. La reine lui disait : « Mon fils, vous êtes un homme sage, vous vous en remettrez à votre mère, à l'épouse du défunt roi » ; moi, je suis venu le voir et je lui ai déclaré : « Sire, vous êtes suspicieux ; Sire, vous êtes jaloux ; Sire, vous vous emportez, et vous êtes d'un caractère qui vous fera perdre de vue les grandes affaires du royaume, si quelqu'un n'y met pas bon ordre. » Mais comme j'aurais mieux fait de le mettre en garde contre ces atermoiements sournois, dont l'orage n'éclate qu'au dernier moment ! Aujourd'hui encore, toute sa personne me donne plus de peine que l'Europe entière. Et penser, ajouta-t-il d'une voix grondante, qu'il s'est servi contre moi de ce petit Cinq-Mars, que j'ai fait, et que je ne peux entièrement défaire ! Oh ! mais je reconquerrai cette âme de roi, assez longtemps du moins pour obtenir ce que je veux ; et Cinq-Mars ne tardera pas à s'en repentir.

Et, toutes les fois qu'il pensait que c'était lui qui avait fait sortir Cinq-Mars de l'ombre, dans le but de sonder l'esprit insondable du roi, Richelieu se disait que ç'avait été la plus grande erreur qu'il eût jamais commise.

Ce soir-là, le cardinal se mit au lit avec de la fièvre, hôtesse régulière, mais toujours importune, du corps de Son Éminence. Ses médecins l'entourèrent, rompus qu'ils étaient aux maux que ses mille et un travaux faisaient subir à leur patient, et qui faisaient dire à ce même patient qu'un homme d'État souffrait une torture éternelle.

Le cardinal ne fut pas long à se rétablir. Il put suivre le train royal pour la suite de la campagne, c'est-à-dire pour la suite des triomphes. Bientôt Louis était parvenu à Mézières : quelques lieues seulement le séparaient de Sedan, sur lequel on s'apprêtait à donner l'hallali.

Dès le lendemain du jour où on était arrivé, il devait y avoir Conseil à l'heure ordinaire.

Richelieu marchait dans la direction du lieu de la réunion.

À quelque distance de son point d'arrivée, il tomba sur Cinq-Mars.

— Tiens ! M. le Grand, fit le cardinal dont le sourire eût alarmé tout autre que le jeune favori royal. Pouvons-nous savoir où vous vous rendez ?

— Mais, au Conseil : en doutez-vous, vous qui m'y rencontrez depuis près de deux semaines ?

— C'est-à-dire que j'ai vu que vous preniez peu de goût à la chose ; si peu, même, que je crois que ce que je m'apprête à vous dire vous comblera de joie.

— Comment cela ?

— Sa Majesté a décidé que, dorénavant, vous seriez exempté du Conseil, M. le Grand.

Cinq-Mars demeura quelques secondes interdit.

— Le roi... commença-t-il d'une voix hésitante.

— Le roi est revenu sur une *erreur* qu'il qualifiait lui-même de *bien regrettable* et de *bien lamentable* ; ce sont ses propres mots, je vous les répète. Quoi ! ne vous en a-t-il rien dit ?... Mon Dieu ! quel malheur ce serait pour vous !

Cinq-Mars pâlit ; il venait de se rappeler que le roi ne l'avait pas revu depuis qu'on était entré dans Mézières.

Le cardinal continuait, toujours sur le même ton :

— Si vous ne m'en croyez pas, il y a un moyen excellent de nous mettre d'accord ; nous n'avons qu'à attendre le roi en ce lieu, et le prier de nous départager, au vu et au su de tous ceux qui passent par ici.

Le jeune homme ne trouva rien à répliquer.

Richelieu cessa brusquement de sourire, et reprit, en reprenant ce rôle d'homme glacial et insensible auquel il excellait en public :

— L'étourderie et la légèreté sont choses pardonnables chez un enfant ; elles le sont moins chez un homme de votre âge, M. le Grand. Ne nous faites pas ce malheur d'entrer avec nous dans la salle du Conseil, ce serait assez pour nous discréditer aux yeux de l'Europe tout entière.

Le cardinal ajouta, en laissant tomber ces mots avec tout le mépris dont il était capable :

— Vous m'avez entendu, *monsieur le Grand.*

Et il disparut dans le cabinet où l'on se réunissait.

Pendant le Conseil, le roi ne faisant aucun commentaire sur l'absence de son favori, personne ne se permit un mot sur la question.

Quand les débats eurent pris fin, le cardinal revint dans ses appartements. Le roi lui rendit visite ; aucune allusion ne fut faite à Cinq-Mars.

— Bon ! songea Richelieu à la fin de la journée. Celui-là est courbé ; je suis tranquille.

Et il s'enferma chez lui pour rêver aux affaires de l'Espagne.

Voici ce qui s'était passé.

Avant le Conseil de Mézières, Richelieu était allé présenter sa démission au roi.

C'était une menace dont le cardinal avait déjà usé par le passé ; il était déjà arrivé qu'elle fût poussée jusqu'au point que le roi lui-même dût aller chercher Son Éminence pour la faire revenir aux affaires.

Louis XIII sentit trop l'effet désastreux qu'eût présenté la défection de son principal ministre en un pareil moment. Richelieu ne mettait qu'une condition au fait de rester au gouvernement ; c'était que Cinq-Mars ne fût plus admis au Conseil.

Cette condition lui fut accordée ; peut-être la chose ne se fit-elle pas sans difficulté de la part du roi, mais le vrai est qu'elle se fit.

Cinq-Mars, c'était là son malheur, n'avait pas assez songé à se prémunir contre le caractère changeant du roi. Inconstant lui-même, il ne soupçonnait pas l'inconstance chez les autres ; il était homme à se reposer toujours sur une parole qu'on lui avait dite une fois.

Aussi la riposte de Richelieu, ou plutôt la volte-face du roi, le laissa stupéfait, abasourdi ; et il n'eut pas plus d'esprit pour répliquer aux dernières pointes du cardinal, que si on lui eût ôté tout à fait la parole.

Il eut néanmoins assez de jugement pour comprendre qu'une scène avec le roi eût été du plus mauvais effet ; et, comme il ne voulait pas davantage offrir aux yeux qui l'entouraient le spectacle de sa déconvenue, il s'en revint chez lui d'un pas égaré.

Enfin il atteignit ses appartements. À peine en eut-il refermé la porte derrière lui, qu'il sentit qu'il lui était impossible de se contraindre plus longtemps. Depuis plusieurs secondes, il haletait ; sa poitrine se soulevait si fort, que son valet, qui lui ôtait son manteau, s'en inquiéta. On se rappelle que c'était un homme en proie aux crises et aux excitations que le jeune M. de Cinq-Mars.

Il renvoya son domestique avec un geste emporté, et, portant les deux poings à sa tête, laissa échapper une longue plainte, furieuse et étranglée.

À la fin, sa rage ayant été exhalée, la conscience de l'affront qu'il avait subi devint si nette et si aiguë, qu'il ne put empêcher les larmes de lui venir aux yeux.

Ces pleurs n'eurent qu'un seul témoin, qui était la personne qui se trouvait chez Cinq-Mars, et qui, surpris de le revoir si tôt, et dans un tel état, n'avait rien dit, rien esquissé jusque-là.

Cinq-Mars l'avisant enfin :

— Ah ! mon ami ! mon ami !... fit-il sans pouvoir aller plus loin.

De Thou mettait son amitié devant ses rancunes et ses haines : aussi avait-il pour habitude, en pareil cas, de tout faire pour sortir son ami de cette crise violente où s'exprimait son tempérament nerveux et sensible.

Ce qui faisait que, parlant et exhortant après, il ne soufflait plus que sur des braises refroidies.

Mais de Thou n'était pas présent.

L'homme qui était là, c'était Fontrailles, animé par le ressentiment, conduit par la vengeance.

— Oh ! mon ami ! répéta-t-il après Cinq-Mars. Comme je vous vois en peine ! Et je n'ai pas de mal, allez, à mettre un nom derrière la traîtrise ou la perfidie dont vous avez été atteint.

— Décidément, vous devinez tout, vicomte ; il n'y a rien à apprendre à un homme tel que vous.

— Que dit le roi ?

— Oh ! rien, fit Cinq-Mars, le teint empourpré. Il laisse faire, il m'abandonne.

— Nul n'osera donc se dresser, face à ce monstre qu'est Richelieu !

— Ah ! si j'avais… commença le jeune homme.

— Eh bien ? dit Fontrailles, qui l'avait entendu et le pressait. Si vous aviez ?…

— Si j'avais un parti, si j'avais l'assentiment du roi, comme je me vengerais bien de cet homme ! Et comme il verrait qu'il n'est aucun moyen que je ne voudrais hasarder contre lui !

— Aucun ? Même les moyens extrêmes ?

— Même les moyens extrêmes ! cria Cinq-Mars.

Ce mot était celui qu'attendait Fontrailles.

— M. le Grand, déclara-t-il, reposez-vous sur moi ; je me charge de vous trouver un parti. Vous verrez que vous accomplirez de grandes choses. Vous n'aurez qu'à vouloir, et tout sera dit.

Et Cinq-Mars leva vers lui un regard encore bouleversé, mais dans lequel l'effroi laissait la place à une reconnaissance grandissante.

Ce fut l'origine de la conspiration dite de Cinq-Mars.

XLVI

Señorissime

Nous abandonnerons l'histoire de cette révolte nobiliaire, à l'initiative de Soissons, contre un roi et surtout contre son favori, avec le concours de puissances ennemies ; seulement, ce sera pour plonger dans une autre.

Nous avons laissé d'Artagnan au beau milieu de Séville, la ville de l'or.

En entrant dans la ville, son intention avait été de s'entremettre aussi vite que possible avec le duc de Medina Sidonia. Aussi lui fit-il bientôt passer le mot d'introduction rédigé par Richelieu à cet effet.

On fit répondre au chevalier d'Engelier que cette entrevue ne pouvait avoir lieu dans l'immédiat.

D'Artagnan employa son temps en démarches par la ville, démarches sur lesquelles le lecteur sera renseigné un peu plus tard.

Notre héros était, en effet, trop habile homme pour ne pas mettre à profit le délai qui lui était imposé ; et puisque d'Artagnan avait une mission, à lui confiée par Richelieu, comme Lathil avait eu la sienne, comme Rochefort avait eu la sienne, il s'acquittait de ses devoirs de la manière consciencieuse et irréprochable que le sévère cardinal attendait de tous ceux qu'il employait à son service.

Deux semaines s'étaient écoulées, lorsque l'on fit savoir à M. d'Engelier qu'on était disposé à le recevoir.

D'Artagnan s'était fait sa petite idée sur le refus, puis sur l'invitation ; aussi fut-ce d'un pas tranquille et plein d'assurance qu'il franchit le seuil du *palacio* de Gaspar Pérez de Guzmán y Sandoval, neuvième duc de Medina Sidonia, septième marquis de Cazaza, treizième comte de Niebla, et l'un des plus grands seigneurs de toutes les Espagnes réunies.

D'Artagnan, toujours sous son nom d'emprunt, bien entendu, fut aussitôt introduit auprès du duc.

Ce dernier était un homme de quarante à quarante-deux ans, haut, impérieux, revêtu de ce noir digne et sévère que toute la classe dominante en Espagne affectionnait en ce temps, presque deux siècles avant que la bourgeoisie française adoptât la même idée. Il accueillit d'Artagnan avec des gestes et une attitude où le Gascon put lire tant d'orgueilleuse simplicité, qu'il eut vite fait de se faire une idée de son interlocuteur, avant même que la conversation eût commencé.

C'est toujours chose utile pour un négociateur.

D'Artagnan, de son côté, s'offrait sans malice, sans détour, sans dissimulation ; non seulement il n'avait rien à cacher, mais il n'était pas homme à craindre le résultat d'un examen sur sa personne. Au reste, il soupçonnait que le duc, à ce jeu-là, n'eût pas tout à fait la pratique et l'acuité d'un d'Artagnan.

Après quelques préliminaires, prononcés en espagnol :

— Monsieur le chevalier, dit le duc, puisque vous maîtrisez parfaitement notre langue, nous nous dispenserons de recourir aux services d'un interprète ; ce qui ne peut que faciliter notre échange.

— Je m'en réjouis avec vous, *excelentísimo señor*, dit d'Artagnan (c'était le titre par lequel on s'adressait à un duc et grand d'Espagne). Il serait fâcheux en effet qu'un seul mot de notre négociation fût surpris par ceux dont ce n'est point l'affaire.

La remarque de d'Artagnan, tout comme ce mot de *négociation*, qui était venu remplacer celui d'*échange*, avait fait se froncer plus que légèrement le sourcil formidable du duc de Medina Sidonia.

D'Artagnan, qui l'avait vu, reprit :

— Votre Excellence, il est d'usage, je le présume, de ne point questionner un homme tel que vous ; mais les circonstances qui nous réunissent sont si sérieuses, que je demande la permission de vous faire une question.

— Parlez, monsieur.

— J'ai utilisé le mot de *négociation*.

— Oui ; et après ?

— Votre Excellence, à ce que je vois, ne me paraît pas aimer fort ce mot-là.

— Non, c'est vrai, répondit majestueusement Medina Sidonia.

— Voici ma question : pourquoi ?

— C'est un mot que je n'accepte pas.

— C'est celui qui convient, cependant.

— Non ; car j'entends poser les termes d'une *entente*, au nom d'intérêts communs : non conduire une affaire comme un marchand ordinaire.

— Je suis cependant au regret de vous dire que cette entente n'est pas encore acquise, Excellence. Mon maître peut se révéler très généreux ; cependant, il est aussi très raisonneur, et sa main ne s'ouvrira pas, si on ne donne pas assez d'arguments pour convaincre.

— *Vous* convaincre, vous voulez dire.

— Mais oui, dit d'Artagnan avec une bonhomie qui exaspéra le duc.

— Alors, venons droit au but. Vous avez entendu parler, n'est-ce pas, de l'homme contre lequel j'entends diriger tous mes efforts ?

— C'est le comte-duc d'Olivares que vous voulez dire ?

— Oui, répondit le duc avec un mouvement de haine et de répugnance visible. Avez-vous connaissance des griefs que l'on articule contre lui ?

D'Artagnan fit un signe rapide de la main pour dire que c'était le cas.

— D'autant, ajouta-t-il avec un sourire, que les Français se mêlent de le détester à leur tour, et pour des raisons qui ne cèdent en rien aux remontrances des Espagnols.

— Des Espagnols, peut-être pas ; des Andalous, c'est autre chose.

— Ah ! ah ! il y a donc, Votre Excellence, des récriminations purement andalouses.

— C'est cela même.

— Bon ! voyons les récriminations locales.

Cette familiarité de d'Artagnan, que nos lecteurs auront déjà appris à reconnaître, était souvent celle de ses armes que l'on soupçonnait le moins ; car elle lui servait à masquer la finesse de son regard, l'acuité spéciale de son attention, la perspicacité de ses remarques personnelles. En cette occasion, elle lui servait surtout à aiguillonner son interlocuteur, de manière à le faire arriver plus vite là où celui-ci voulait l'emmener de toute façon ; aussi s'abandonnait-il à sa veine toute particulière.

Le duc, de son côté, était assez surpris de cette attitude chez un émissaire ; mais, assez rapidement, une explication lui apparut.

C'était qu'il avait affaire à un Français.

— Apprenez donc, M. d'Engelier, que l'Andalousie était autrefois riche et prospère : riche, elle ne l'est plus ; prospère, elle est en passe d'oublier tout à fait qu'elle le fut. Depuis que la guerre a été rallumée partout en Europe, Madrid a trouvé mille raisons, c'est-à-dire mille prétextes, pour nous prendre ce qui nous appartient. Le peuple gronde contre le prix des denrées ; la noblesse est menacée de perdre le revenu de certaines taxes qui nous reviennent de droit. Ce serait sans doute l'embellissement des palais qu'il fait construire pour le roi : mais c'est un vol qu'il ferait à la région tout entière.

— Est-ce là bien tout ? demanda d'Artagnan, voyant qu'il s'arrêtait.

— Oui ; que vous faut-il de plus ?

— J'attends que Votre Excellence daigne compléter son exposé, tout bonnement.

— Et comment voulez-vous que je fasse cela ?

— Je vois un moyen tout simple ; ce serait de me raconter tout ce que vous avez sur le cœur. Car on m'a dit, à moi… et, entre nous, nous pouvons nous confesser ces choses-là ; on m'a dit que vous étiez fauché, et même fauché à plat.

Le duc tourna vers d'Artagnan un visage où se reflétait le plus profond étonnement.

— Monsieur ! comment savez-vous… ?

— Dam ! la chose est bien facile à connaître. J'ai l'incomparable avantage de loger chez monsieur votre intendant. Il ne voulait rien me dire ; moi, je voulais tout savoir. Je l'ai pressé, investi, assailli, choses qu'un soldat comme moi a si bien appris à faire aux gens de votre nation. Bref, je l'ai si bien pressuré, que l'information a fini par sortir toute seule. Ne lui en faites pas reproche, je vous en conjure : il a résisté, c'est moi qui vous l'affirme, puisqu'il ne m'a fallu pas moins d'un grand quart d'heure pour arriver à mes fins. Mais, ne l'aurait-il point fait, que quelques observations dans ce palais auraient suffi à me mettre sur la piste ; car, une maison où les fournisseurs ne viennent plus, cela se devine.

Le duc, en son for intérieur, en était à forger, à l'endroit de d'Artagnan, l'adjectif *francesísimo*.

— Peste ! continuait l'envoyé de Richelieu, vous auriez tort, croyez-moi, de ne pas l'avouer net. Car sans cela, le cardinal, qui a l'âme généreuse, certes, mais l'imagination très imparfaite, n'en devinera absolument rien au moment de chercher ce qui pourrait vous faire plaisir, à vous et à votre cause.

— Mais l'on assure que le Trésor de la France est à sec ?

— Qui cela, « on » ? L'Espagne ? Votre Excellence ne me fera tout de même pas la douleur de croire un mot de ce que l'on murmure chez ces brigands d'Espagnols ?

— On rapporte aussi, monsieur, que des hommes de votre nation se plaignent de la situation financière.

— Ah ! pour ça, fit d'Artagnan en riant comme lui seul savait rire, je ne dis pas non.

— Eh bien ! Alors ?

— Eh bien ! qu'est-ce que cela fait ? Mon maître a une politique, et la voici : c'est que de l'argent, on en trouve toujours, s'il est destiné aux ennemis des ennemis de Son Éminence.

— Prenez garde, car vous vous avancez beaucoup, et vous feriez douter, chevalier, du sérieux et de la gravité que vous apportez à toute l'entreprise.

— Ah ! *Señorissime*… pardon ! c'est : *Excellentissime* que je voulais dire, dit d'Artagnan, tandis qu'une étincelle passait dans son regard. Il y a une petite chose que je n'ai pas abordée jusqu'à présent, et sur laquelle je n'ai pas voulu vous interroger, c'est-à-dire, vous demander licence de vous interroger.

— Parlez, monsieur, dit le duc en laissant échapper un geste impatient.

— Ce serait une bien médiocre organisation que la vôtre, qui prétendrait mettre à bas une puissance comme celle que vous visez, sans contrebalancer cette puissance par le nombre, le ministre par la foule, et la faveur royale par la voix populaire.

— Où voulez-vous en venir, monsieur ?

— Puisque, ayant reçu l'avis de ma présence à Séville, vous m'avez fait languir deux semaines durant, pour des raisons que je ne faisais que soupçonner jusque-là, et sur lesquelles je suis bien fixé à présent… Oh, non, s'interrompit-il en voyant un mouvement de surprise chez Medina Sidonia, je ne m'en expliquerai qu'un peu plus tard. Je suis un homme d'ordre ; je m'en flatte moi-même, et j'ai bien raison, attendu que personne ne le fait ; je reprends donc où j'en étais. Puisque vous avez eu l'obligeance, *excelentísimo señor*, de m'accorder deux semaines pour mieux faire connaissance avec Séville, je vous ai pris au mot, d'autant que l'avis était bon. Il n'y a qu'un endroit où l'on peut écouter la rumeur de mille lieux à la fois, sans voyager dans un seul : c'est le port. J'ai rencontré, dans mes visites sur l'Arenal, des gens de Malaga, de Jaen, de Cordoue ; et tous ces échantillons parlaient d'une seule langue, quoiqu'elle fût, c'est vrai, loin d'être si courtoise et si raffinée que la vôtre. Alors, maintenant, qu'en dit Votre Excellence ? Trouve-t-elle décidément que j'ai mal agi, et que je manque à la fois de sérieux et de gravité ? Ou bien ne commence-t-elle pas à comprendre que je m'étais bien assuré que toute votre idée avait les pieds solides ?

— Je dois reconnaître, monsieur, dit lentement Medina Sidonia, que j'avais mal jugé votre efficacité.

— D'après ce que j'avais entendu de tous les côtés à la fois, votre conspiration était mûre ; et même, presque trop : tardez quelques semaines de plus, le fruit pourrira et tombera de sa branche sans bénéficier à personne, et en particulier à ceux qui auraient tant gagné pourtant à le cueillir à temps. La Catalogne est honnie, mais son exemple n'en a pas moins enflammé tous les cœurs ; le peuple attend ces choses-là ; on en parle comme si l'on savait qu'on débat de cela en haut lieu. Si vous laissez le temps filer, la rumeur ou plutôt le souhait en volera de ses propres ailes jusqu'à Madrid, où il ira se faire entendre de qui vous voulez, ou plutôt de qui vous ne voulez pas. Ne devenez pas un martyr de votre cause, simplement pour avoir laissé trop longtemps éclore la volonté populaire ; on dirait de vous que c'est brave, c'est vrai, mais enfin, on ne dirait pas que c'est intelligent. Je n'attends plus qu'une chose, une seule, et alors vous tâterez des largesses de mon maître.

— Une chose, une seule ? Et, laquelle ?

— C'est, dit tranquillement d'Artagnan, que vous éclairiez ma lanterne sur cette missive du Portugal que vous avez attendue avec fièvre pendant deux semaines, et qui vous a annoncé d'excellentes nouvelles.

Cette fois le visage de Medina Sidonia arborait une expression qui faisait plus que ressembler à de l'effroi.

— Monsieur, s'écria-t-il avec urgence, ce que vous dites là…

— N'est su que de moi.

— Mais, comment cela est-il possible ?

— Mon Dieu ! je l'ai su, comme on sait toutes choses : en ne gardant pas ses yeux ni sa réflexion dans sa poche. Après deux semaines d'un silence complet, impérieux, ducal en un mot, voilà que tout à coup, vous vous décidiez à rompre le mors et à me rappeler que vous aviez eu connaissance de ma très humble existence. Or, autour de nous, l'air ne résonnait point de ce tapage qu'eût immanquablement provoqué une nouvelle d'importance touchant Madrid, Olivares ou la France. Conclusion : il s'était produit un événement sans bruit, une explosion d'ordre confidentiel et privé, et qui vous donnait la conviction que nous pouvions, vous et moi, nous être utiles à quelque chose.

— Comment savez-vous qu'il s'agissait d'une lettre ?

— Depuis le début de cette conversation, et tout particulièrement aux endroits où je ne vous laissais pas tranquille, vous avez jeté de fréquents coups d'œil dans la direction de vos papiers : on y voit dépasser le coin d'une enveloppe épaisse, et qui m'a tout l'air, fatiguée comme elle est, d'avoir voyagé. Ce pli vous a donné de l'espoir avant notre entrevue : vous recevez la France, il est donc logique d'en tirer l'idée que vous êtes en dialogue avec une autre puissance d'Europe ;

et, comme vous avez des liens de famille avec les souverains de Portugal, il est tout aussi logique d'en déduire que c'est de Lisbonne, qu'une révolte récente a affranchie, pour jamais peut-être, du joug du roi d'Espagne, que vous arrive cette lettre. N'ai-je pas vu juste ?

— À merveille ; toutefois, ce que je n'explique pas, c'est que vous paraissez connaître la teneur de cette missive.

— Pas précisément, non, dit d'Artagnan. Seulement que sa lecture a dû vous faire grand plaisir.

— Et comment vous êtes-vous formé cette idée ?

— En le rapportant, *Excelentísimo señor*, à l'irritation que j'ai suscitée chez vous quelquefois ; car je ne suis point assez novice aux affaires pour me flatter d'être arrivé tout seul à vous faire tolérer mon verbiage jusque-là : de là cette idée que les nouvelles qu'on vous livrait étaient plutôt heureuses que malheureuses.

— Et, l'attente fiévreuse ?

— Dam ! Votre Excellence, il aurait été hors de votre pouvoir qu'il en fût autrement ; vous êtes un conspirateur.

— Monsieur le chevalier, dit Medina Sidonia, vous avez raison absolument sur tous les points. La lettre que je viens de recevoir m'a été écrite par le roi de Portugal Jean de Bragance en personne ; il me promet, avant deux mois, l'arrivée d'une armada à la vue de Cadix.

— C'est fort beau que tout cela, Excellence ; mais j'ai cette faiblesse d'accorder davantage de créance aux choses que je vois qu'aux choses qu'on me rapporte. Aussi vous supplierai-je bien humblement de me laisser jeter un œil sur cette lettre.

— Et ma parole, monsieur, est-ce qu'elle ne vous suffit point ? demanda le duc avec hauteur.

— Certainement que non : car, ainsi que j'ai déjà eu l'honneur de vous le rappeler, Excellentissime, vous êtes un conspirateur.

Et notre héros tendit son bras.

Le duc regardait avec stupéfaction l'homme qu'il avait devant lui, en cherchant, pour le qualifier, encore un mot, et ne le trouvant point.

Ce mot était Gascon, tout simplement.

— Monsieur, dit Medina Sidonia en toisant d'Artagnan, cet échange, comme vous l'avez dit si bien dit, est d'ordre privé. Vous comprenez bien qu'il m'est impossible de vous le remettre.

— Je comprends, au contraire, qu'il vous faut absolument me le montrer ; car, si vous n'en faites rien, non seulement la France, conseillée par moi, va vous retirer son appui, mais le Portugal, faisant réflexion sur cette dérobade, dont il ne manquera pas d'être averti, sera peut-être tenté de faire la même chose.

— Vous me menacez !

— Nullement, Excellence. Je constate ce qui s'accomplira, avec ou sans moi, et qu'un simple geste de votre part suffirait à prévenir.

Force fut faite à Medina Sidonia d'obtempérer, et de donner, assez furieusement, cette lettre qui annonçait, comme d'Artagnan s'en fut bien vite assuré, tous les renforts maritimes que l'on pouvait désirer pour renverser celui qu'on nommait le tyran.

D'Artagnan ne savait pas le portugais ; mais un seul paragraphe bien précis l'intéressait, et il y a, de *navio* à *navire*, et de *dois meses* à *deux mois*, de certaines ressemblances qui eussent mis sur la voie un esprit moins délié que le sien.

— À présent, reprit le duc, vous ne me ferez plus l'affront de douter de ce que je vous avance, je l'espère.

— Du moment que nous voilà alliés, répondit d'Artagnan en rendant la lettre, je vous prie de bien vouloir effacer le souvenir du plus petit désagrément que je vous aurais causé. Si le Portugal s'engage… donnons-lui jusqu'à septembre pour que sa promesse devienne toute matérielle.

— C'est ce que l'on m'a juré.

— Fort bien ; ce serait à peu près le temps qu'il faudrait au cardinal pour armer une flotte qui vous secondera, pour faire voir à Madrid que vous avez les moyens, soit de lui résister, soit de le vaincre.

— Je puis donc en conclure que c'est ce que vous conseillerez au cardinal de faire ?

— Excellentissime, au besoin, je l'en presserai. Mordious ! l'occasion est trop belle ! Vous commanderez sur terre, vous aurez le soutien de la mer ; vous aurez contre vous l'Espagne véritablement écartelée, puisqu'elle sera déchirée au nord avec la Catalogne, à l'ouest avec le Portugal, au sud avec votre province : à tel point que dans cette conjoncture, si j'étais Philippe IV, je remercierais Dieu tous les jours de ce que la Méditerranée, qui est à l'est, n'ait point encore eu l'idée de faire sécession elle aussi.

— Et cette flotte française, monsieur le chevalier ?...

— Je vous l'ai dit, et je le répète : fixez vous-même un chiffre ; l'enjeu n'est pas trop haut.

— Vous vous attendez à ce que je sois bien exigeant ? demanda le duc avec un sourire qui surprit d'Artagnan.

— Naturellement ; ici, vous êtes le maître.

— Eh bien ! je vous charge, monsieur le chevalier, d'écrire au cardinal que tous les efforts qu'il eût été prêt à consentir ne seront pas nécessaires, et que je me contenterai de la moitié, ou même du tiers d'entre eux.

— Qu'est-ce à dire ?

— Je veux dire, M. d'Engelier, dit Medina Sidonia avec une satisfaction visible, que le Portugal n'est pas le seul à m'avoir approché avant vous : il y a une autre puissance, avec laquelle l'Espagne est également en guerre, qui parle de joindre ses efforts aux nôtres. Devinez-vous laquelle ?

— Ma foi non, dit flegmatiquement d'Artagnan ; il y en a trop.

— C'est la Hollande.

— Ah ! ah ! et la Hollande…

— … nous annonce déjà qu'elle a pris les devants ; que plusieurs de ses bâtiments se disposent à venir vers nous, et que, au premier mot, ils se mettront en route pour mettre l'ancre devant Malaga.

— Oserai-je demander à Votre Excellence pourquoi elle n'a point pris la peine de m'en instruire plus tôt ? Car alors, je n'eusse pas éprouvé le besoin de me montrer si pressant pour la lettre du Portugal, et nous nous serions entendus beaucoup plus vite.

— C'est qu'il ne s'agit point pour moi, chevalier, du plus ou moins grand nombre d'alliés, mais de la plus ou moins grande justesse de la cause qui est la mienne.

— Je comprends. Mais, pour revenir à cette offre hollandaise : il y a loin, de la Hanse à Malaga.

— Cela vous laissera le temps, à vous, de faire parvenir au cardinal les recommandations qui vous sembleront bonnes.

— C'est juste. Dois-je alors comprendre que vous avez déjà pris langue avec les Hollandais ?

— Les prémisses seulement ; mais il vient d'arriver dans Séville un envoyé du *Stathouder* Frédéric-Henri qui ne devrait pas tarder à se présenter.

— En ce cas, pourrais-je prier Votre Excellence de me donner le nom de cet envoyé, afin que je sois en mesure d'en informer en haut lieu ?

— Rien de plus facile, répondit Medina Sidonia ; il s'agit de M…

Et le duc donna un nom tellement hollandais, qu'il était presque imprononçable.

— Bon ! se dit d'Artagnan, je ne risque pas de le mémoriser, celui-là.

Quelques instants plus tard, les deux hommes se séparaient ; et, tout en rentrant chez lui, d'Artagnan tâchait de calculer en combien de semaines il serait à Paris.

XLVII

Illustrissime

C'ÉTAIT le moment où le compatriote de Rembrandt annoncé paraissait à son tour, en costume de cavalier, devant le duc de Medina Sidonia.

— Vous êtes, s'écriait celui-ci avec chaleur, monsieur…

Et il répéta le nom que nous avons déjà eu l'heur de donner, ou plutôt de ne pas donner, à nos lecteurs.

L'interpellé répliqua d'une voix dont l'espagnol parfait était traversé de rudes sonorités septentrionales :

— Je dois bien humblement prier Votre Excellence de me pardonner si je me vois forcé de la corriger. Je ne suis pas celui que vous nommez, seulement je le remplace.

— Comment vous appelez-vous ?

— Je me nomme le chevalier d'Herblay, répondit Aramis en faisant une révérence.

— Il est donc arrivé quelque chose ? demanda Medina Sidonia avec inquiétude.

— Rien qui ait le pouvoir de troubler Votre Excellence. Les affaires de ce monde sont semées d'imprévus ; un précipice s'ouvre parfois là où l'on croyait avoir le pas sûr. De graves impératifs ont retenu à Amsterdam celui que vous vous attendiez à rencontrer. Il m'a chargé de venir en son lieu et place, en vous donnant, pour preuve de ma loyauté, ce mot qu'il a écrit et signé de sa main.

Le duc prit la lettre qu'on lui tendait.

Elle fut ouverte, lue et même lue une seconde fois.

Aramis observait l'attitude du duc d'un regard plein d'une respectueuse placidité.

— C'est bien, dit finalement le duc. Puisque vous êtes instruit de toute la situation par l'homme dont vous avez pris le rôle, je puis vous parler comme je l'eusse fait à lui-même.

— J'allais vous en prier, *excelentísimo señor*, dit d'Herblay avec une nouvelle révérence.

— Vous m'autoriserez cependant à exprimer la surprise qui est la mienne, monsieur.

— La surprise ? À quel sujet ?

— C'est que votre nom n'est pas précisément celui d'un Hollandais.

— Il est vrai, Votre Excellence. Ma famille était française ; mais la vraie foi est persécutée presque en tout lieu, et mes parents ont dû quitter leur pays, pour se réfugier chez leurs coreligionnaires, dans ce qui est à présent le mien. C'est à Leyde que j'ai grandi, c'est à Leyde que j'ai achevé mes études ; et je veux si peu me souvenir que je suis de France, que j'ai progressivement désappris le peu de français que j'aie jamais su.

— Un homme de la nation de vos pères sort d'ici à l'instant.

— Un Français, ici !

— Oui.

— Est-ce pour l'affaire qui nous réunit ?

— Pas autre chose ; et je suis en franche communication avec lui, comme j'espère l'être avec vous.

— Permettez, Excellence, que je célèbre cet esprit d'ouverture et de sagesse qui est le vôtre : car il faut bien de la vaillance, mais aussi bien de l'amour pour son roi, pour s'en aller chercher le salut de son pays dans un rapprochement avec deux ennemis de plusieurs décennies.

Medina Sidonia, évidemment charmé des manières de son interlocuteur, hocha la tête avec reconnaissance.

— Ce Français, reprit d'Herblay, consentiriez-vous à me dire comment il s'appelait ?

— Je le ferai d'autant plus volontiers qu'il ne m'en a pas fait défense, et qu'il m'a posé la même question à votre égard.

— Ah ! dit Aramis en tressaillant.

— Oui. C'est le nom de votre prédécesseur que je lui ai donné, ajouta le duc sans remarquer que c'était justement ce point qui parut redoubler les préoccupations d'Aramis. Quant au sien, je crois que c'était le chevalier d'Engelier.

— Son nom ne me dit rien ; mais je suis sans doute trop neuf aux ambassades pour pouvoir le connaître.

Aramis, on le voit, mentait sur tous les points, hormis sur son propre nom ; c'était tout le contraire de d'Artagnan qui avait joué de la franchise la plus absolue, quoique en s'obstinant à celer sa véritable identité à son illustre *partner* dans ce jeu diplomatique.

Il faut dire que, le prélat étant seul au monde, le nom qu'il avait reçu à la naissance, au lieu d'être orné et embelli de ces fleurs que les souvenirs heureux font s'épanouir dans la mémoire, n'évoquait guère que le vide et la désolation qu'il y a dans ces caveaux où reposent les morts, et que les vivants ne viennent plus honorer.

Il est même permis de douter si, ce nom qu'il utilisait si libéralement à Séville, Aramis l'eût jamais réellement aimé.

— En vérité, poursuivait le faux envoyé du *Stathouder*, j'en viens à regretter d'avoir manqué mon *alter ego*. Quels grands pas eussions-nous pu faire faire à votre cause, si nous avions été ensemble !

— Je vous sais gré, monsieur, de votre dévouement ; mais ces regrets sont bien inutiles.

— Pourquoi donc ?

— Parce que le représentant du cardinal de Richelieu s'est montré presque dans d'aussi bonnes dispositions que celles que je devine en vous, ou que celles que je connais chez mon frère Bragance ; parce que cette alliance avec le Portugal que j'annonçais à votre prédécesseur vient de se renforcer d'une alliance avec la France : si bien que je puis déjà vous dire que nous serons, non pas trois, mais quatre nations contre Madrid.

Cette franchise donnée pour rien, cet aveu sans contrepartie, et qui est, en diplomatie, plus souvent un faux pas qu'une manœuvre sublime, donnèrent à Aramis sur les capacités de Medina Sidonia les mêmes enseignements qu'ils avaient naguère donnés à d'Artagnan. Mais cet entêtement naïf, en révélant que le duc ne songeait même pas à monnayer l'appui de trois puissances européennes qui auraient dû rivaliser entre elles pour courtiser son attention, n'était pas dépourvu d'une certaine grandeur.

D'Artagnan avait été déterminé à le respecter.

Aramis songea aussitôt à en prendre parti.

— Votre Excellence, dit-il, entrons sans plus attendre dans ce qui nous occupe. Le comte-duc d'Olivares…

— Eh bien ! qu'est-ce qui vous retient ? demanda Medina Sidonia, voyant que d'Herblay s'était arrêté.

— Mais, je ne sais si je dois… dit Aramis avec une réserve parfaite.

— Parlez librement, je vous en conjure.

— Oserai-je cependant parler d'un homme que les lois du sang vous font appeler un parent, et que d'autres lois sanguinaires, hélas ! me forcent à appeler mon ennemi ?

— Vos paroles, chevalier, témoignent bien plus en faveur de votre esprit que contre lui. Les relations que vous évoquez me sont aussi odieuses qu'elles le seraient pour vous. Je ne contraindrai personne à prononcer du bien de cet homme devant moi, si ses paroles ne répondent pas à sa pensée. Poursuivez.

— Je vous en sais gré, *excelentísimo señor*. Le comte-duc, à n'en pas douter, est un homme aussi périlleux pour le salut des Espagnes, que pour la prospérité de la Hollande. Je ne suis point assez jeune pour ignorer que c'est à lui que nous devons, après une trêve aussi longue que salutaire, la reprise des hostilités entre nos deux pays ; vous pouvez vous rappeler, vous, que c'est par sa faute si nos propositions de pourparlers échouèrent, à l'époque de la guerre de Mantoue. Chacun connaît la munificence avec laquelle il bâtit pour son roi le palais du Buen Retiro, les faveurs dont il comble ceux qui perdent leur âme en se faisant, soit ses amis, soit ses clients : ces fastes effarouchent la sobriété et la simplicité hollandaises, et rendent parfois le génie de votre nation si peu aimable à la nôtre. Tout cela, ce sont des choses, hélas, bien connues pour qui est aux affaires en ce moment en Europe ; et c'est s'affliger que de les connaître.

Autant Medina Sidonia avait gardé un souvenir assez rude de son contact avec d'Artagnan ; autant Aramis, qui, en dépit de son déguisement, sentait son fin ecclésiastique d'une lieue, lui plut immédiatement.

La franchise brutale du soldat l'avait alarmé dans ses susceptibilités ; la componction pleine de prévenances de celui qui s'était fait homme de Dieu le rassura.

— Chevalier, dit le duc, j'entre entièrement dans vos vues ; je ne vous le cèlerai point, la situation ici est grave. Apprenez une chose qui vous montrera combien nous sommes aux abois ; c'est…

— Que tu es ruiné, sans doute ? se dit Aramis.

Un examen du palais, à son arrivée, lui avait permis de se faire un avis sur la question.

— C'est, poursuivait le duc, que Séville a vainement guetté, l'année dernière, cet événement dont elle retire tant d'avantages : l'arrivée de la flotte chargée de tous les trésors des Indes. Il est à croire qu'elle s'est abîmée en mer, avec tout ce qu'elle rapportait, hommes et biens. Vous concevez la détresse dans laquelle cette absence a laissé la population de Séville. Sous ses dehors fastueux, celle-ci est excédée ; elle ressent durement les demandes de Madrid : à la première occasion, toute l'Andalousie sera derrière nous.

— Toute l'Andalousie ?

— Assurément.

— Pour le peuple, dit Aramis avec une grimace de dédain, je le conçois sans difficulté ; mais c'est un instrument à la fois bien malléable et bien versatile, surtout dans un pays tel que le vôtre, où la noblesse et l'Église occupent les premières places. La foule, seule, ne sert à rien ; assurez-vous des guides.

— C'est chose faite, grâce à l'activité de mon cousin Ayamonte. À l'heure dite, le duc d'Arcos, la marquise de Priego, le marquis de Cenete, se déclareront en ma faveur ; l'évêque de Jaen m'a promis son appui.

— Ceux-là sont-ils sûrs ? et sont-ils suffisants ?

— Je suis sûr d'eux comme de moi-même, et leur puissance m'attire d'autres soutiens autour d'elle.

Son interlocuteur, en entendant tomber ces noms les uns après les autres, n'avait pu réprimer un long sourire de contentement.

Tous étaient des affiliés à l'ordre des Jésuites.

— Tu ne les auras pas longtemps, murmura Aramis en regardant le duc. Voilà pour les appuis à l'intérieur, reprit-il à voix haute ; qu'en est-il pour l'extérieur ? Votre Excellence me faisait l'honneur de mentionner, il y a peu, l'appui de la France.

— Richelieu ne compte pas moins bien faire que votre Stathouder, puisqu'il parle, à son tour, de faire arriver une flotte le plus tôt qu'il sera possible.

— Voilà, sur mon âme, une agréable surprise. Mais c'est qu'aussi, on ne m'avait pas dit que vous aviez sollicité l'aide de la France, Votre Excellence.

— Je l'avais celé à votre prédécesseur, comme j'avais dissimulé à la France que j'implorais votre secours en même temps que le sien. J'ai pour principe de ne dévoiler qui sont mes alliés qu'une fois que ceux-ci se sont engagés ; car alors, ce n'est qu'au prix du plus effroyable déshonneur qu'ils pourraient se dédire. Je vous avais annoncé, avec un peu d'avance, le secours portugais ; mais celui-là, comment pouvais-je en douter ?

— Votre Excellence sait-elle si cette flotte française est déjà en route ? demanda Aramis revenant à son idée.

— Non ; on attend mes instructions.

— Et c'est ce chevalier d'Engelier qui vous l'a promis ?

— En effet. Mais, pourquoi cette question ?

— Oh ! pour rien, et Votre Excellence, j'en suis sûr, peut être parfaitement tranquille.

Le duc, auquel la réticence de son interlocuteur n'avait pas échappé, déclara :

— Vous ne me dites point tout ce que vous pensez.

— Non ; mais si je le faisais, je craindrais d'être impertinent.

— Chevalier !

— Votre Excellence, s'écria d'Herblay, je serais pourtant au désespoir si je devais, par mes propos, inutilement semer le trouble dans votre esprit.

— Vous en avez dit trop, ou pas assez : aussi je vous demande de bien vouloir vous ouvrir à moi.

— Comme j'ai eu l'honneur de le dire devant vous, le nom de cet Engelier m'est tout à fait inconnu, et on ne m'a point parlé de lui là d'où je viens ; de là l'étonnement, et, oserai-je dire, la suspicion, que j'ai pu montrer.

— Suspicion ? dit le duc que ce mot effraya. Et de quoi, grands dieux ?

Et Aramis, prenant l'attitude de celui qui se jette à l'eau et dévoile tout d'un coup sa pensée, déclara :

— Mais, que cet homme fût tout bonnement un imposteur, dont le rôle, peut-être, eût été d'abuser de la bonne foi de Votre Excellence, afin de conduire son entreprise à sa perte.

— Un imposteur !

— Oui. De puissants intérêts ne sont-ils pas en jeu ? Et ne pourrait-on imaginer quelque manœuvre retorse au service de celui que vous prétendez détruire, et qui aura voulu vous détruire tout le premier ?

— Vous n'avez pas vu cet émissaire, vous ; vous ne lui avez point parlé, vous n'avez pas entendu ses réponses. Oh ! non : je ne le crois capable d'aucune duplicité.

— Si je le voulais, je ferais surveiller ce Français, avec d'autant plus d'aisance, savez-vous, qu'il loge à quelques pas d'ici, chez mon propre intendant. Mais, ajouta-t-il d'une voix sévère, ces façons d'Olivares ne sont pas celles d'un Medina Sidonia.

— Non, et je comprends que j'ai eu tort en vous parlant comme je l'ai fait.

— Je constate seulement tout le zèle que vous avez pour le succès de nos affaires, et je vous en sais gré.

Aramis s'inclina.

Il avait fait l'essai d'une première tactique ; et, quoique cet essai eût échoué, tout n'était pas perdu : car il en avait tiré un renseignement dont il se promettait de tirer parti le moment venu ; et puis, un être tel qu'Aramis ayant toujours plusieurs fers au feu, il songeait déjà à la mise en œuvre d'une autre tactique, bien différente de la première, aussitôt qu'il serait sorti du *palacio* ducal.

— Il y a aussi, dit d'Herblay, si j'ai bonne mémoire, l'aide du Portugal.

— J'ai reçu une lettre à cet effet du roi Juan. Et d'ailleurs, la voilà.

Et Medina Sidonia découvrit aux regards d'Aramis la lettre que nos lecteurs ont déjà vue passer.

— Oui, s'écria le chevalier d'Herblay ; il n'y a pas à en douter, ce sont bien les armes de Bragance.

— Désirez-vous la lire ?

— Excellence, il y a une chose, vis-à-vis de vous, que je crains plus encore que l'impertinence, et c'est l'indiscrétion. Veuillez permettre que je ne fasse rien de ce que vous me proposez. Une question seulement ; à quoi exactement se monte l'aide offerte par les Bragance ?

Le duc, enchanté de la retenue d'Aramis, répondit :

— Une flotte de dix navires, qui pourrait arriver en vue de Cadix dans deux mois au plus tard. Ajoutez à cela l'aide française, qui n'est point encore fixée, et surtout la vôtre, forte de huit vaisseaux de ligne, si je me rappelle bien ce qui nous a été promis par votre parti.

— C'est cela même ; Votre Excellence oublie néanmoins quelque chose, répondit nonchalamment Aramis.

— Ah oui ? Quoi donc ?

— Ce n'est point à la nation hollandaise, qui est née d'un conflit, qui a grandi dans la guerre, qu'il faut apprendre la valeur de l'argent pour ces sortes de choses. C'est pourquoi, avant même que vous ne m'instruisiez de l'état déplorable où est l'Andalousie, nous avions pensé qu'il vous agréerait que nos navires ne vous arrivassent point les flancs tout à fait vides ; est-ce que cinquante mille florins serait, pour vous, une somme convenable ?

— Mon cher chevalier, elle serait magnifique, répondit le duc, d'autant plus ébloui qu'il ne s'attendait point à pareille proposition, et que ces promesses chiffrées lui semblaient plus concrètes que celles, non moins généreuses peut-être, mais enrobées de voiles, qu'on lui avait faites au nom de la France.

— J'en suis heureux. Nous verrons donc à vous satisfaire, sur ce point comme sur les autres.

— Il me reste une chose à faire ; c'est de veiller à vous réunir le plus tôt possible avec cet envoyé français, et ainsi sceller une fois pour toutes notre accord.

— Le plus tôt possible ?

— Sans doute ; mais, vous me faites l'air de penser tout autrement.

— Je vous avouerais que oui ; et même, ajouta Aramis qui avait paru se consulter, je vous recommanderais, Votre Excellence, de ne point vous hâter.

— Comment !

— Entendez-moi bien, je vous prie : ce serait l'affaire de sept ou huit jours, tout au plus.

— Mais, apprenez-moi pour quelle raison… ?

— Votre Excellence ignore, je le suppose, qu'un combat doit bientôt avoir lieu dans l'est de la France ; qu'on s'est rassemblé pour prendre les armes contre Louis XIII ; et que, de l'issue de ce combat dépend, non point une couronne, mais la place d'un certain ministre, ce qui est déjà beaucoup. À l'heure où je vous parle, peut-être ce combat a-t-il déjà eu lieu : seulement, le succès n'en est point connu encore.

— De quoi me parlez-vous ? dit le duc avec stupéfaction.

En effet, la nouvelle du soulèvement de Soissons, avec toutes les conséquences qu'elle avait eues, et que nous avons déjà présentées à nos lecteurs, n'était pas encore descendue jusqu'à Madrid, et moins encore jusqu'en Andalousie.

Aramis, on s'en souvient, en avait été instruit avant les événements même par la duchesse de Chevreuse, que son rôle dans l'affaire rendait parfaitement avertie ; et, comme il ne fallait que douze jours en ce temps-là, à un cavalier décidé, pour rallier la capitale des Espagnes depuis Bruxelles, Aramis, qui n'avait eu de cesse de galoper, d'abord jusqu'à Madrid, puis de Madrid à Séville, arrivait avant le bruit de la victoire ou de la défaite.

— Je parle, répondit tranquillement Aramis, d'un événement dont il est inutile que vous sachiez tout le détail. Il n'y a que ceci qui vous regarde : c'est que le comte-duc d'Olivares est intéressé personnellement à ce que cette bataille réussisse ; que la victoire étendrait sa puissance en Europe et en Espagne, tandis qu'elle affaiblirait celle de Richelieu, si tant est qu'elle ne le jette pas tout simplement à bas. Il serait fort dangereux de prétendre attaquer celui que l'occasion rendrait vainqueur, tout en attendant des secours d'un vaincu qui ne serait plus en état de s'en porter à lui-même.

— Monsieur le chevalier, déclara gravement Medina Sidonia, si ce que vous dites est vrai, vous venez de rendre à ma cause un service inestimable. Mais croyez-vous que toutes nos espérances seraient renversées avec Richelieu ?

— Cette défaite ne devrait signifier, je l'espère, qu'un délai momentané dans l'exécution de votre plan. Attendons seulement que toute cette incertitude se dissipe, car c'est le sort de toute la guerre, peut-être, qui se décide en France ces jours-ci.

Plus l'entretien se déroulait, et plus le duc appréciait la sagesse de l'homme qui se tenait devant lui.

Lorsqu'un quart d'heure plus tard, tous deux se séparèrent, Aramis, fort satisfait lui aussi, ne songeait plus qu'à une chose ; c'était à entreprendre cette seconde tactique à laquelle nous avons fait allusion.

Nous verrons plus tard quelle résolution avait pris forme dans son esprit.

XLVIII

Treize ans après

D'Artagnan, l'âme emplie d'un sentiment légitime de satisfaction personnelle, se laissait aller à la contemplation de la ville autour de lui.

Au début de cette histoire, nous avons dû, pour sacrifier à la vérité, le montrer dans l'état de langueur qui était le sien en période de repos, lorsque Lathil allait le débusquer chez lui, rue des Fossoyeurs ; mais il nous faut rappeler que d'Artagnan, depuis, s'était pour ainsi dire réveillé, notamment grâce à son passage en Catalogne. On aura peut-être perçu un indice de ce réveil dans le langage, coloré, vivant, énergique, qu'il avait tenu face à Medina Sidonia. D'Artagnan éteint commençait notre histoire ; on n'hésiterait qu'à peine à écrire que, au stade où nous sommes parvenus, ce même d'Artagnan s'était remis à briller.

La flânerie pure lui était inconnue ; c'était presque un relevé topographique. D'Artagnan arpentait Séville comme il avait arpenté une partie de la Catalogne et des Pyrénées : seulement, les objectifs militaires, au lieu de lui être découverts, étaient obscurcis ou inexistants : voilà tout.

Or, tout en étudiant Séville comme s'il avait un but quand il n'en avait point, ce qui était sa manière, à ce guerrier, de se donner des loisirs ; tout en promenant son éveil par toute la ville, d'Artagnan rêvait.

Il rêvait à son retour en France, et surtout à l'instant où le cardinal chercherait le moyen de le récompenser.

Or, d'Artagnan voulait la succession de Tréville comme capitaine des mousquetaires.

Le capitaine était encore vaillant, avait toujours bon œil et pied ferme ; mais, lorsque le temps viendrait, on ne manquerait point de s'apercevoir qu'il n'était pas facile de trouver un successeur à un homme comme Tréville, dont la valeur était telle, que même Richelieu, qui était son ennemi, était forcé de la reconnaître.

— Et voici, se disait à présent notre héros, qu'une double mission accomplie en Espagne pour l'avantage de Louis XIII, et sur la demande de Richelieu, donnera tout naturellement au lieutenant d'Artagnan l'éclat qui lui a fait défaut jusqu'à présent. Ah ! que le monde est bien fait.

Les souhaits étaient permis, le rêve devenait réalité.

Et s'il était un lieu où l'on pût croire à la réalisation d'un rêve, assurément ce lieu devait être Séville.

Le lendemain du jour où il avait eu son entrevue avec Medina Sidonia, d'Artagnan, qui marchait près du port, remarqua autour de lui comme un frémissement ; bientôt ce frémissement devint une agitation ; puis cette agitation grandit, se transforma en liesse ; et, au milieu de cris de joie, toute la population de Séville, ou du moins ce qui semblait telle, se mit à courir dans la direction du Guadalquivir.

Quelques enjambées dans le même sens que la foule donnèrent à d'Artagnan le mot de l'énigme, qu'il avait, au reste, assez vite deviné. À la vue de toutes les physionomies, d'Artagnan jugea que, pour cette fois, ce n'était plus du triomphe, ni même de l'extase : c'était du délire.

Ce qui motivait toutes ces bruyantes manifestations n'était autre que le retour de l'une des deux flottes qui traversaient l'Atlantique chaque année, pour rapporter à l'Espagne les dons précieux qui étaient comme la rançon que les Indes lointaines n'auraient jamais fini de payer.

Séville vivait presque douze mois par an les yeux tournés vers l'horizon bleu. Était-ce folie, était-ce sagesse, que de confier son sort à celui, de tous les éléments, qui fut de tout temps choisi par les poètes pour être l'emblème de l'incertitude ? Il arrivait parfois que la flotte manquât, soit qu'elle eût sombré, soit qu'elle eût été prise par un de ces ennemis dont l'Espagne ne manquait pas ; mais chaque heureux retour effaçait un peu plus de la mémoire, cette stèle infidèle, les défaites passées.

Chaque vaisseau, avec son capitaine et son équipage, était autant fêté, admiré, encensé, que si ce génie des *Mille et une nuits* qui promettait de donner à son sauveur tous les trésors de la Terre eût tenu sa parole, et que c'était un peu de ces trésors que chacune des embarcations eût tenu renfermés dans ses flancs.

Quevedo a eu bien raison d'écrire : *Poderoso caballero es don Dinero*[1] *!*

En ces journées de fête, Sévillanes et Sévillans sortaient joyeusement dans les rues, de manière à justifier cette réputation de raffinement et d'élégance qui faisait l'envie de toutes les Espagnes.

Après les hommes et les femmes, ou plutôt avant eux, Dieu aussi avait sa part ; et comme on pense bien, cette part n'était pas moins magnifique, pour être renfermée dans la cathédrale de Santa María, que celle que les habitants de Séville promenaient au vu des passants.

L'extérieur de cette cathédrale était déjà superbe ; et l'intérieur réservait d'autres impressions de rêve.

Il fallait s'imaginer cette chose inouïe, un vaisseau aussi long que large, et si long, si large, que, pour trouver plus

1. L'Argent est un puissant seigneur !

grandiose sous de pareilles latitudes, il faut aller chercher la basilique Saint-Pierre de Rome.

Chaque pilier avait la figure d'un géant ; chaque ombre vers laquelle l'un de ces piliers montait avait la profondeur d'une nuit. Or, pourvu que l'œil guettât un moment dans cette obscurité, il voyait apparaître, au-dessus de lui, toutes les nervures jaillies des murailles, qui s'élançaient, se croisaient, se recourbaient, gracieuses comme des jets d'eau qu'on aurait pétrifiés ; seulement ces jets d'eau étaient accompagnés de fleurons d'une exquise harmonie ; seulement ces jets d'eau composaient, comme seul dessin digne d'apparaître sur le ciel de la maison de Dieu, l'enchantement d'une étoile.

Signe de temps, ces merveilles de pierre recevaient l'hommage des merveilles de l'or. Aussi, que l'on se représente, si l'on peut, sous cette étoile et sous cette ombre, le flamboiement des quatre-vingts chapelles parées d'objets précieux, dons resplendissants adressés par le ciel à la terre.

De telles visions paraissaient accomplir le vœu que fit son fondateur, lorsqu'il déclara : – Bâtissons un monument qui fasse croire à la postérité que nous étions fous.

Santa María, c'était l'étendard qui brandissait, avec des caractères lumineux, cette même vérité que la sombre Inquisition étalait de ses lettres sinistres à travers les royaumes de Sa Majesté Philippe IV : que Dieu était pour l'Espagne ; que Dieu était espagnol.

Dans ses promenades, qui, on le voit, ne négligeaient pas même la cathédrale, d'Artagnan constatait que Séville marchait tout éveillée dans un songe de gloire et de prospérité, de richesse et d'éclat ; il avait pour elle la bienveillance pleine de tendresse de ceux qui pensent toucher eux-mêmes au bonheur qui leur revient.

Toutefois, quiconque eût observé à son tour la marche de notre observateur se fût étonné d'une chose : c'est qu'elle semblait revenir, de façon qui devait sans doute assez peu au hasard, vers un endroit bien précis.

Il y avait alors à Séville une rue que l'on avait baptisée la rue des Français ; nom que l'on n'avait point choisi selon quelque raison, comme pour tout nom qui se respecte. Car, si dans cette partie de l'Andalousie le commerce était véritablement roi, ce ne sont pas les Espagnols qui en étaient les ministres, car l'honneur, ou la *honra*, cette passion nationale, détournait les sujets de Philippe IV de servir ce roi-là : aussi les étrangers s'y taillaient-ils la plus large part. Cette rue des Français était particulièrement celle des joailliers.

Certes, ce n'était pas un homme à perdre la tête à la vue de pareilles richesses que d'Artagnan ; mais, chaque fois qu'il passait dans cette rue, ses yeux, presque malgré lui, recherchaient les diamants : ce qui ne manquait jamais de l'entraîner sur la pente des plus agréables des souvenirs.

Comme on le pense bien, ce n'est pas à une pluralité de diamants que revolait la mémoire de d'Artagnan, mais à un diamant unique, qui lui avait été donné autrefois par une reine de France, en récompense d'un service qu'il avait eu le bonheur de lui rendre. Ce service-là avait été la première véritable aventure de notre héros, celle qui avait achevé de le lier à sa souveraine et à ses trois amis pour la vie, du moins le croyait-il.

Seulement, ce diamant donné par une reine, l'esprit de d'Artagnan était son seul écrin ; car, par une fatalité inconcevable qui semblait s'attacher à tous les actes passés de d'Artagnan, il n'en avait plus aucun gage : ce diamant, disions-nous, il avait dû le vendre. Aussi n'avait-il plus *cette étoile du ciel*, comme l'avait nommé Athos, qui, en passant du doigt de la reine au sien, avait comblé le jeune homme de joie et d'orgueil.

Aussi, si d'Artagnan souriait en entrant dans la rue des Français, il en sortait en poussant des soupirs à fendre l'âme.

— Ce que c'est que d'avoir été jeune, entouré, vainqueur ; et de ne plus l'être, mon Dieu !...

Notre héros devait s'avouer qu'il eût été parfaitement heureux, s'il eût eu l'assurance de trouver quelque jour un gage du souvenir de la reine, une assurance de ses exploits de jadis, et que son avenir, en somme, pût receler comme un garant de son passé ; mais cette imagination-là, il l'effaçait, comme étant par trop inaccessible. Aussi forçait-il sa pensée, lorsqu'elle suivait ce cours mélancolique, à revenir à son autre rêve, celui d'apparaître comme l'héritier de Tréville : car ce rêve-là, au moins, il le touchait pour ainsi dire du doigt.

XLIX

Les chevaliers du miracle

Nous avons vu qu'Aramis s'était présenté, aux yeux du duc de Medina Sidonia, comme l'homme qui lui avait été dépêché par le stathouder hollandais Frédéric-Henri, dont il avait pris la place.

Il appartenait au génie et aux ambitions d'Aramis d'avoir intercepté, recueilli, pénétré les informations qui entouraient l'existence de cet émissaire secret ; et plus encore, d'avoir mesuré l'importance de ces renseignements, et l'usage que seul un homme tel que lui pouvait en faire.

Sur ce qu'était devenu l'envoyé hollandais, nos sources sont muettes.

À la fin de son entrevue avec le duc, Aramis avait formé une résolution précise ; deux jours, ou plutôt deux nuits, lui furent nécessaires pour découvrir ce qu'il cherchait. Alors, il se déplaçait et agissait avec une tournure et un habit qui faisaient entièrement oublier le chevalier français, le pieux étudiant de Nancy, ou le faux envoyé hollandais. La troisième nuit, et toujours sous cette apparence, qui était presque absence d'identité, Aramis pénétra d'un pas ferme dans ce qu'on appelait le *Corral de los naranjos*.

Ce *corral*, que son nom vouait aux orangers, était l'un des lieux les plus célèbres de la ville. Cette célébrité n'était cependant pas aussi lumineuse que celle de l'Arenal ou de la cathédrale ; et chacun à Séville, quels que fussent son âge, sa condition, son rang, avait appris à le craindre, et à ne l'évoquer qu'avec ce qui ressemblait à de l'audace, et qui n'était souvent que de l'effroi.

Un mot, peut-être, servira à éclaircir cette mauvaise réputation faite à la cour des Orangers.

Ce mot, c'est celui de *picaros.*

Le picaro est une figure dorée, anoblie, sanctifiée par la littérature, qui lui a fait, à sa manière, une auréole de gloire, en le plaçant sous l'illustre patronage de Lazarillo de Tormes, puis de Gil Blas de Santillane : et cependant, si la fiction peut réclamer des droits sur lui, le picaro a commencé par appartenir à une terrible réalité.

C'était une pègre ordonnée, organisée, hiérarchisée, que celle des picaros ; qui avait ses codes, ses lois, et même son langage ; qui élisait, pour se dissimuler, tous les métiers du monde, et qui rassemblait tout ce qui était connu, ou même inconnu, en matière de crime et d'illégalité.

C'étaient souvent des âmes dont les derniers scrupules et les dernières illusions avaient chu en lambeaux, tandis que les habits qui recouvraient les corps s'étaient effeuillés à toutes les bourrasques du monde : et c'était presque une petite affaire que de parcourir le monde, quand on avait pour mère cette rose des vents que formait la péninsule ibérique.

L'honneur était un beau nom, mais qui avait le grand tort de ne rien pouvoir acheter : aussi on avait l'habitude de ne s'en embarrasser que fort peu.

C'est là ce qui faisait toute la différence avec les bandoleros, que le lecteur a déjà rencontrés en Catalogne.

La cour des Orangers était à Séville ce que la cour des Miracles avait été autrefois à Paris, et qu'elle était même encore, dans les heures ambiguës où nous situons notre histoire ; toutefois, si la cour des Miracles pouvait régner sans partage, étant unique, celle des orangers, quelque puissante qu'elle fût, voyait son empire limité par l'existence de plusieurs de ses semblables, qui pouvaient lui faire concurrence ou bien l'assister de leur complicité, pour ces pratiques qui recherchent si souvent le couvert de la nuit.

Cette nuit, les picaros, dans leur langue si sombre, si poétique et si juste en même temps, l'appelaient *la capa*.

Et si, maintenant, le lecteur nous interroge pour savoir où se situait ce *Corral de los naranjos*, où se concevait de la merveille dans l'ignoble, nous répondrons que c'était tout simplement la cour qui recevait chaque jour l'ombre de la cathédrale de Séville, puisqu'elle n'avait fait que croître sur son flanc, puisque la muraille de Santa María fermait cette cour sur un côté, puisque les trois autres étaient délimités par une rigide ceinture de pierre qui faisait comme une longue dépendance du monument sacré.

C'étaient autant de détails qui, s'ils sont probablement nouveaux pour celles et ceux qui lisent nos lignes, ne l'étaient guère pour l'abbé ou le chevalier d'Herblay, lorsqu'il pénétra dans la cour des Orangers, à une heure où *la capa* était étendue sur toutes les têtes.

L'intérieur de la cour, qu'illuminaient seulement deux ou trois frêles lumières dont le battement d'aile s'affolait par moments aux grands souffles de l'ombre, grouillait d'une vie obscure, étouffée, ricanante. Cette société de brigands, de voleurs et de criminels parut à peine troublée de l'intrusion ; mais aussi, ces hommes et ces femmes savaient n'avoir rien à craindre de qui passait devant eux. L'œil hésitait à pénétrer cette obscurité, redoutait d'y apercevoir des ébauches, des apparitions vagues, des monstruosités dont seul le cauchemar, jusque-là, aurait paru donner l'idée.

Aramis alla droit à un homme qu'il avait paru chercher. On échangea plusieurs paroles à voix basse ; Aramis produisit sans doute quelque chose comme un signal ou un gage, car son interlocuteur parut hocher la tête en signe d'adhésion, et, l'invitant par un geste à le suivre, il se leva et prit la direction de la sortie.

À peine le guide d'Aramis eut-il franchi le seuil de la cour des Orangers, qu'il se produisit un de ces événements qui valaient à cette illustre confrérie le surnom, qu'on leur donnait parfois, de *chevaliers du miracle*, même si les chevaliers étaient sans noblesse, et le miracle, sans religion : car le guide, vaillant naguère, et qui avait assez la mine d'un étudiant, parut soudainement avoir vieilli de trente ans ; et son pied droit ayant pour ainsi dire disparu, il eût sans doute été bien en peine de continuer sa progression, s'il n'eût en même temps sorti une canne d'on ne savait où, et dont il se servit avec une aisance qui dénotait l'habitude prolongée de cet instrument.

On alla une bonne demi-heure dans le silence le plus complet ; on suivit des ruelles, on traversa des *corrales*, en usant de tours et de détours qui firent comprendre à Aramis que son guide ne voulait pas précisément être une seconde Ariane.

Soudain, Aramis eut la surprise de voir son cicerone obliquer à gauche, et disparaître complètement, comme s'il avait été avalé par la muraille. En réalité, il n'avait fait que se faufiler par une étroite ouverture, comme une espèce de faille, dissimulée aux regards par l'ombre portée, épaisse, opaque, d'un renflement dans le mur, derrière lequel veillait une lanterne borgne. Aramis s'y engagea.

Il retrouva devant lui son guide, qui, toujours sans mot dire, se détourna et se mit à gravir les marches de bois d'un escalier.

Nous oublions de dire que canne et vieillesse avaient disparu aussi soudainement qu'elles étaient apparues.

On arriva jusqu'à un palier, qui semblait appartenir à un établissement tenant à la fois du bouge et de l'hôtel garni.

Le guide d'Aramis frappa à une porte en usant d'un code ; puis, quoiqu'on eût entendu aucun son qui répondît à son appel, il entra dans la pièce en refermant cette porte derrière lui. Une minute plus tard, il ressortait et invitait à Aramis à entrer à son tour, après lui avoir remis ses armes.

Quand il eut donné à celui qui les lui demandait son épée et ses deux pistolets, on entendit une voix qui provenait de l'intérieur de la pièce, et qui disait :

— C'est bien, Morales ; tu peux te retirer.

Et Morales, puisque tel était le nom que se reconnaissait l'introducteur d'Aramis, s'inclina et disparut.

On était dans une chambre assez pauvrement meublée, et surtout assez pauvrement éclairée : une bougie solitaire, à la flamme roussie, et qui brûlait dans le coin le plus éloigné de la porte, faisait s'étirer de grandes ombres sur le sol et sur les murs.

Un homme se trouvait nonchalamment assis dans un fauteuil ; il avait en face de lui une petite table couverte d'un large livre refermé et d'un encrier dans lequel se trouvait une plume. On voyait à cet homme un chapeau à plumes, un pourpoint de buffle, ainsi qu'une longue épée où de fugitives lueurs réveillaient parfois des éclats d'acier bruni. De sa figure précisément, on ne distinguait rien qu'un profil long et fin, dont les traits aigus lui donnaient une apparence de jeunesse.

Aramis demanda d'une voix ferme, qui n'avait pas plus l'accent français que l'accent hollandais :

— Est-ce bien vous que l'on nomme Deogràcies Borja ?

En entendant ce nom, l'ombre eut un sourire ; et pendant ce sourire, on vit briller, comme à travers les ouvertures d'un masque, ses dents dont l'une au moins était de ce fameux métal qui faisait tant pour la renommée de Séville, et ses yeux, qui semblaient d'un métal plus cruel et plus froid.

— En effet, répondit-il, c'est bien moi.

Le dénommé Borja croisa tranquillement ses jambes, et, dans la posture aisée et familière de l'homme qui reçoit chez lui, reprit avec le même calme :

— Je suis un homme assez difficile à trouver ; on apprend à ne me déranger jamais pour rien. Mais vous comprendrez aisément, mon cher chevalier… Bah ! voilà qu'on s'étonne, dit Borja en voyant un geste d'Aramis. Moi, je ne fais que vous rendre le titre auquel appartient votre façon de vous exprimer et de vous tenir, et rien de plus. J'ai pour habitude de me mettre au diapason des personnes qui arrivent jusqu'à moi.

— Eh bien ! j'espère que cette réputation qui vous précède, si fidèle sur le chapitre de l'inaccessibilité, ne l'est pas moins sur le compte de vos actions.

— Quant à cela, tout dépend de ce que vous venez chercher ici, mon gentilhomme. Mon bataillon comporte nombre de spécialités ; cependant, je ne commettrai point l'offense de vous proposer les services de mes gens dont ce n'est pas le métier de se mêler à des gens tels que vous. Je crois savoir ce qui ferait votre affaire. Une ville comme Séville abonde en rivaux insultants, en adversaires arrogants, que des seigneurs de votre étage ne peuvent pas châtier sans s'abaisser eux-mêmes.

À cette idée émise par l'*espadachín*, d'Herblay n'opposait qu'une sorte de dédain poli et froid.

— Je n'ai rien à demander de tout cela.

— Alors, que vous faut-il ?

— Il s'agit de récupérer une lettre.

— Une lettre !

— Oui.

— Importante ?

— Je crois vous avoir dit que je voulais la récupérer ; c'est assez répondre, ce me semble.

— Je vous demande pardon : l'élégance et la clarté qui sont les vôtres font parfois défaut à un pauvre hère tel que moi. Il ne fait aucun doute pour moi que l'éloignement de cette lettre vous plonge dans l'affliction ; aussi, ma question voulait dire : à combien estimez-vous cette affliction ?

Aramis donna un chiffre, avec une expression de suprême indifférence.

Borja écouta avec attention la réponse qu'on lui donnait ; puis, durant un instant, il parut apprécier la lointaine résonance que cette réponse avait paru laisser dans l'atmosphère.

— Mon cher chevalier, dit-il finalement, nous sommes partis pour nous entendre. Vous avez vos prières ; je détiens vraisemblablement le moyen de les exaucer et de vous délivrer de vos tourments. Procédons vite et bien. Cette lettre qui fait votre douleur, elle est détenue par un particulier, qui loge dans Séville ?

— Oui.

— Il est entendu que vous ne pouvez pas mettre vous-même la main dessus ?

— Non, je ne le puis.

— Par tous les moyens ? demanda Borja. Voyons d'abord les moyens légaux.

— Je pourrais trouver un prétexte pour revenir dans cette maison, que j'ai eu l'occasion d'examiner avec attention une fois ; mais je ne désire pas attirer la suspicion du maître des lieux.

— Cette lettre est donc détenue par lui ?

— Il la conserve dans ses appartements.

— Bon, dit Deograciès Borja comme si ce point était négligeable ; passons aux moyens illégaux ?

— Je crois les domestiques trop proches de la cause de leur maître pour être corruptibles.

À ces mots, Borja donna l'impression de retenir un sourire.

— Il est donc exclu, reprit Aramis, que je puisse agir moi-même, soit directement, soit indirectement.

— Ah ! pour cette fois, je suis sûr de voir ce que c'est. C'est donc le service de mes *apóstoles*, mes apôtres, qui doit vous intéresser.

Nombreux étaient les *picaros* à se voir honorer d'un nom qui renvoyât à la spécialité qu'ils s'étaient choisie : les apôtres, eux, se reconnaissaient à l'usage singulier qu'ils faisaient de clés qui ne l'étaient pas moins, et auxquelles ils tenaient comme saint Pierre était attaché aux siennes.

— C'est exact, répondit Aramis ; comme il est exact que la discrétion et la sûreté sont indispensables en cette affaire. Si vos hommes étaient pris...

— C'est improbable.

— S'ils parlaient...

— C'est impossible.

— Il importe aussi, reprit Aramis, qu'on ne puisse pas même dire qu'un souffle est entré pendant la nuit dans ces appartements : il faut que l'on croie momentanément cet objet perdu, ou déplacé.

— On s'y conformera.

— Cette lettre devra être subtilisée avant que cinq jours soient écoulés.

— On le fera. Il me faut la connaissance des localités, en bon stratège.

— Il s'agit du *palacio* du duc de Medina Sidonia.

Si Aramis s'était attendu à déclencher la surprise ou l'hésitation chez son interlocuteur, force lui fut d'avouer qu'il s'était trompé.

— Et vous dites, continua tranquillement Borja, que la lettre est dans les appartements du duc ?

— Oui. Je comprends donc que cela n'est pas un obstacle pour vous ?

— Mes subordonnés contrôlent et gardent la partie de Séville qui est au nord du monastère de San Jeronimo, comme ils surveillent pour moi d'autres quartiers de cette ville ; le palais du duc est compris dans cette zone : par conséquent, il est dans ma paroisse.

— Le duc garde cette lettre dans une pièce située à l'angle nord de son palais, au premier étage.

— Inutile de vous mettre en peine de la configuration du *palacio*. Je suis homme à me rappeler les champs de manœuvre les plus importants.

— J'espère, dit Aramis d'une voix ferme, que cette si grande facilité d'accès que vous vantez d'avoir dans le palais ne se traduira pas par des violences, des dommages ou des prélèvements qui ne seront pas nécessaires ; rappelez-vous que j'en fais un article de notre… notre…

— *Association* est le mot que vous cherchez ; je me trompe ?

Quelque chose comme une rougeur sur le visage d'Aramis lui répondit.

— Mais, soyez tranquille, dit Borja comme s'il n'avait rien perçu ; si vous ne voulez pas que l'on devine le vol, je désire encore moins, moi, que l'on voie le voleur. Au reste, il n'est pas dans mes habitudes de tolérer le moindre manquement aux règles que je prescris ; et en Espagne, pays d'armée et pays d'Église, la discipline est chose trop importante pour que l'on y déroge, y compris dans notre métier. À présent, ayez la bonté de me décrire la lettre que vous désirez.

— C'est une missive carrée, en papier, assez petite ; le dessus de lettre comporte, à l'encre rouge, le nom du duc, sans autre précision. Elle est, ou plutôt, elle était fermée par un sceau, à présent brisé, aux armes des Bragance. Je vais vous le décrire.

— C'est encore une peine inutile que vous prendriez : je sais déjà à quoi ces armes ressemblent.

Cette fois, Aramis, surpris, fixa sur interlocuteur un regard un peu plus attentif qu'il ne l'avait fait jusque-là ; et peut-être serait-il allé jusqu'à formuler à haute voix une interrogation, lorsque deux coups furent frappés à la porte.

Deogràcies Borja y répondit comme la fois précédente, c'est-à-dire par un absolu silence ; signal manifestement convenu, car le même homme qui avait introduit Aramis reparut aussitôt dans la pièce.

Pendant qu'il ouvrait la porte, un mince filet d'air s'immisça en même temps que lui : la flamme de la bougie se mit à vaciller plus fort que jamais, comme si elle eût cherché à s'en détacher, et une lumière plus vive toucha pour un instant tous les détails de la scène.

Dans cette fugitive illumination, la figure étroite et allongée de Deogràcies Borja ne révéla rien qu'une brutale énergie, qui allumait son œil d'une lueur fauve.

Celui que Borja avait appelé Morales alla droit à son maître, qui s'adressa à lui sans plus s'occuper d'Aramis.

Chacun des deux hommes, dans le dialogue qui suivit, s'exprima sans prendre la moindre précaution pour baisser la voix ; seulement, tous deux usaient, dans leurs phrases, de ces expressions propres aux picaros qui sont une habitude plutôt qu'une prudence, et une expression de la vérité, bien plus que son travestissement.

Aussi ces deux bandits conversaient-ils dans la pénombre avec un calme, ou du moins une indifférence, qui avait quelque chose d'effrayant.

Autant Borja, dans sa conversation avec Aramis, avait fait usage du castillan le plus pur et le plus raffiné ; autant, en conversant avec celui qui semblait être son bras droit, il s'exprimait d'une voix rapide, sifflante, que venaient parfois traverser des éclats qui coupaient comme du verre.

On nous pardonnera, nous l'espérons, de ne pas donner la traduction fidèle des termes de la *jerga* que nous allons retranscrire ; car si nous l'eussions fait, le pardon aurait été autrement difficile à espérer.

— Eh bien ! Morales, dit Borja, qu'y a-t-il ?

— *Maestre*, le *cisne* est venu me trouver.

— Il te cherchait ? À quel sujet ?

— Sur les événements de la poterne de l'Alcázar.

— Ah ! dit Borja dont l'intérêt parut s'aiguiser à cette précision. Alors ?

— Il y a eu querelle, *Maestre.*

Plus que tout ce qu'il avait entendu, et qu'il allait entendre, ce fut ce *Maestre* répété qui frappa Aramis.

Il avait reconnu le titre dont se servaient les chevaliers de l'ordre de Calatrava pour s'adresser à leur grand-maître ; et cette double profanation, faite à la fois à l'armée et à l'Église, le laissa rêveur.

— Ainsi le *rufián* avait dit vrai ? reprit Borja. Et pour quel motif, cette querelle ?

— Le bilan n'a pas été à la hauteur de ce qu'on prévoyait : une poignée de billons.

— *¡ Echacantos !* s'exclama Borja avec une sorte de rugissement. L'*enganchador* aura mal fait son travail.

— Je ne sais ; toujours est-il qu'il s'est battu avec le *fullero.*

— Le résultat ?

— Balafre à huit points, *Maestre.* Pour l'*enganchador.*

— Tant pis pour lui, il se l'est attiré, dit Borja ; mais nul autre que moi n'a droit de vie et de mort sur tous mes hommes. Il y a deux choses à régler. Occupons-nous d'abord du butin récolté, ajouta Borja, ouvrant le registre qu'il tenait devant lui afin de le consulter. Ce sera à l'*esportillero* de faire la commission.

— La commission ?

— Oui ; la loi n'a rien reçu de nous ce mois-ci. Ensuite, au sujet du combat. As-tu vu l'*enganchador* ?

— Oui, *Maestre* ; le *cisne* l'avait amené avec lui.

— Alors, tu as observé l'endroit où le *fullero* a donné cette balafre ? Sois précis.

— L'homme va perdre l'usage de son œil.

— Il me semble, dit Rojas avec une impatience glaciale, t'avoir commandé d'être précis.

— L'œil gauche.

— Dans quelle direction le coup a-t-il été porté ?

— Vers le côté ; la blessure a failli lui emporter une partie de l'oreille.

— Huit points, as-tu dit ?

— Oui.

— Bien. À présent, Morales, va me trouver le *fullero*. Tu lui diras que j'attends qu'il vienne se présenter devant moi, dit Borja qui avait sorti de sa poche un couteau qu'il s'était mis à considérer avec intention. Comme nous l'enseigne le livre des *Proverbes* : il faut rendre à chacun selon ses œuvres.

— Ce sera fait, *Maestre*.

Morales sortit.

Quand il eut disparu, l'attention de Borja revint à Aramis.

— On ne règne pas, dit-il avec un long sourire, sans avoir l'embarras de traiter plusieurs affaires à la fois. Revenons à notre conversation. Vous alliez vous étonner tout haut de ma science sur les armes des Bragance.

— J'ignore les hauts faits qui ont été les vôtres, et ne veux pas les connaître, dit Aramis non sans quelque rudesse.

— Je ne vous en entretiendrai pas, puisque vous ne le désirez point, dit Deogràcies Borja d'une voix plus affable que jamais. Seulement, vous auriez tort de croire que je ne suis que l'un de ces pauvres étudiants, de ces paysans sans terre ou de ces artisans ruinés qui grossissent les rangs de notre confrérie. Mon nom m'apparente à une très vieille famille de Valence, que l'on connaît en Espagne aussi bien qu'en Italie. Quelques-uns de ses membres ont laissé là-bas une trace à la fois grandiose et sinistre du côté de Rome ou de Ferrare, frappée du sceau de leur nom de *Borgia* ; nom qui s'était légèrement modifié, comme vous le constatez, afin de s'acclimater au pays qui a mis Néron sur un trône et Sénèque au tombeau. Moi, je n'ai point eu l'heur d'être aussi bien partagé du sort que mes aînés ; en revanche, j'ai acquis cette faculté, dont on fait un usage précieux dans la confrérie que je sers, d'avoir le sens aigu de mes intérêts :

aussi, laissons là donc mon histoire pour revenir à la vôtre, mon cher chevalier.

— C'est ce dont j'allais vous prier, dit Aramis, pour qui ce dernier mot, chaque fois que Borja l'employait, était de plus en plus insupportable.

— Voyons si j'ai bien compris. Il s'agit de récupérer, avec discrétion, une lettre que le duc de Medina Sidonia serre dans ses appartements. La lettre est petite, carrée, autrefois fermée d'un sceau aux armes des nouveaux souverains de Portugal ; le dessus porte le nom du duc, sans l'adresse, écrit à l'encre rouge. Il faut, enfin, que nous passions à l'acte avant que cinq jours soient écoulés. Est-ce bien cela, et mon résumé est-il complet ?... Y aurait-il un obstacle dont vous ne m'auriez pas fait part jusqu'à présent ?

Arrivé à ce point, Aramis hésita.

Borja, qui avait vu cette hésitation, se raidit.

— Chevalier, s'il y a quoi que ce soit que vous ne jugiez pas sage de me transmettre, j'aurai le regret de vous informer que notre association ne compte absolument pour rien, avant de vous prier de sortir d'ici.

— Ce ne sera pas nécessaire, répliqua vivement Aramis en homme qui a pris son parti. Au reste, celui auquel je pensais n'est pas vraiment un obstacle ; c'est une gêne, tout au plus.

— Eh bien ! chevalier, il me semble que les choses sont claires ; ou bien vous faites ce qui vous plaît pour que cette gêne qui est la vôtre ne devienne pas la mienne ; ou bien c'est moi qui ferai ce que je puis pour vous êtes aussi agréable sur ce chapitre que sur le précédent. De ces deux solutions, laquelle a votre préférence ?

— La seconde, assurément ; car je ne doute point que, ayant commencé à résoudre cette affaire, vous apprécierez de la mener jusqu'au bout.

— Vous savez la fierté d'un artiste, et vous ne voulez pas corrompre le travail de ma main en faisant intervenir la vôtre, fit le picaro avec une grimace odieuse. J'apprécie votre présence d'esprit. Venons-en à cette gêne dont vous parlez. Je ne vous demande point une confession en règle sur les peines qui sont les vôtres : seulement que vous m'expliquiez en quoi je peux vous être utile.

— Un homme est sur mon chemin ; je souhaiterais l'en voir écarté.

— Oui ; seulement, cet écart imposé peut revêtir diverses formes et durer plus ou moins longtemps.

— N'était-ce donc pas assez clair ? dit le prêtre. Je vous demande de le tuer.

— C'est très bien ; mais alors, j'aurai besoin de tout ce que vous pouvez m'apprendre à son sujet. Quel est son nom, d'abord ?

— D'Engelier.

— Ah ! c'est un Français. Mais, ensuite ?

— De lui, je sais seulement que, d'après les fonctions qui l'appellent à Séville, et surtout d'après le maître qui l'emploie, ce doit être un homme fort, dans son ordinaire, et prompt à la riposte, s'il se sent attaqué. À la fin, ce n'est qu'un homme ; mais vous auriez tort de le sous-estimer.

— Bien ! on ira à plusieurs. Sera-ce avant, ou après l'affaire de la lettre ?

— Ce ne peut être avant : car, cette personne disparue, peut-être Medina Sidonia en serait-il alarmé. En revanche, une fois cette opération-ci accomplie, l'autre devra se faire au plus vite ; si le duc ne doit pas avoir de soupçons sur ce qui est advenu de sa lettre, il ne faut pas qu'un autre se mêle de lui en inspirer.

Le visage de Borja restait tourné vers Aramis avec une fixité effrayante ; au-dessus d'un sourire dérangeant, on voyait s'allumer dans son regard cette flamme glaçante qui indique la folie.

— J'approuve votre raisonnement, dit-il. Je vous donnerai une date, une heure et un lieu ; ce sera à vous de vous assurer que celui que vous nous confiez sera présent au moment prévu.

— Il le sera.

— Seul ?

— Je vous le garantis.

— À merveille. Quoique vous ne souhaitiez pas nous troubler dans notre travail, vous y serez aussi, je présume.

— Assurément. Ce sera l'occasion de régler nos comptes. Pour le premier service, nous nous sommes entendus sur vingt pesetas ; le second me paraît en devoir cent : l'ensemble se monte à six doublons d'or.

— Mon cher chevalier, vous comptez comme un ministre.

— Ah ! une dernière chose, dit Aramis. Je suis homme à ne point tolérer le hasard ; mais, si par malheur je devais vous faire porter un contre-ordre, comment pourrais-je vous trouver ?

— Pour ici, n'y comptez pas. J'ai les goûts de Tibère ; j'aime si fort ma tranquillité, que je change de logement quasiment chaque soir.

— Alors, comment faire ?

— Posez la question à Morales lorsque vous sortirez : il vous donnera le nom d'un *ermitage* où vous pourrez laisser votre message.

— D'un *ermitage* ? répéta Aramis.

— Je ne sais à quoi je pensais ; j'avais eu l'impression que vous le comprendriez, celui-là. Dans notre langue, mon cher chevalier, cela veut dire une *auberge*.

Après quoi, ils se séparèrent. Morales, qui attendait derrière la porte, remit à Aramis les armes qu'il lui avait confisquées au départ ; puis il le guida, de la même façon tortueuse et embrouillée dont il avait usé à l'aller, jusque devant le *Corral de los naranjos* : là, le futur évêque et général des Jésuites, ayant eu de Morales le renseignement qu'il désirait, s'éloigna dans la nuit.

L

La chambre à deux portes

QUELQUES jours plus tard, d'Artagnan se trouvait aux abords d'une demeure de taille moyenne, à la lisière de Séville, et environnée de ce silence relatif qui annonce la campagne. Cette maison n'avait qu'un voisinage : c'était celui du monastère de Santiago de la Espada, sombre et recueilli. Il y avait encore les remparts de la ville, mais ceux-là ne comptaient pour rien ; une présence comptait pour moins encore, c'était celle du Guadalquivir, qui passait derrière ces remparts, mais si furtivement et si discrètement, que son activité de fleuve ne se haussait pas même jusqu'au murmure.

Une lumière solitaire brillait à une des fenêtres, à l'étage de la maison.

Neuf heures allaient sonner : c'était l'instant où la lumière n'avait pas encore totalement disparu, où la mer lente et sombre de la nuit recouvrait peu à peu la grève que le jour montrait encore à l'horizon ; et, à en juger par l'attitude de d'Artagnan, celui-ci comptait profiter jusqu'au bout de la plus petite lueur consentie par cette heure équivoque.

En effet, au lieu de se diriger vers la maison, d'Artagnan était resté à quelque cinquante pas du perron, penché en direction du sol, qu'il était occupé à scruter, avec toute l'attention d'un lecteur qui s'emploie à déchiffrer une écriture difficile.

Ce n'est pas la première fois, à l'intérieur de notre récit, que notre Gascon prenait des airs d'Ulysse. Mais Ulysse n'était pas seulement le guerrier qui avait conçu le stratagème du cheval de Troie ; et cette fois-ci, le modèle ne serait pas à chercher parmi les chants d'Homère ou de Virgile, mais dans ce que montre Sophocle au début de sa tragédie sur le malheureux Ajax. Et, pareil à l'Ulysse du dramaturge d'Athènes, d'Artagnan se tenait penché sur la terre ; comme lui, il relevait des traces qui devaient le conduire, sans qu'il s'en doutât encore, dans la direction d'un homme coupable de crimes. Une chose manquait toutefois : c'était la compagnie d'Athéna, ou d'une divinité de rang supérieur, qui vînt lui dire, comme cette déesse fit au fils de Laërte, qu'il se conduisait en véritable limier, en déployant le flair des chiens de Laconie.

Nous ne connaissons pas d'Athéna, et d'Artagnan non plus ; mais il est quelqu'un, dans son entourage, qui n'aurait pas été complètement indigne de remplir son office : aussi nous donnerons cette place au brave Planchet, dont son maître, on le sait bien, avait plus d'une fois daigné faire le confident de ses pensées et de ses agissements.

Pour le dialogue qui suit ces lignes, d'Artagnan le rêvait, ou bien ne le rêvait pas : il n'importe, du moment que nous le rêvons pour lui.

Tout esprit qui aime à réfléchir, aime la compagnie d'un autre capable de le suivre et au besoin de l'exciter en avant ; et, sous ce rapport, le hasard, ou la chance, avait autrefois doté ce maître du modèle des serviteurs.

— Monsieur, dit Planchet, il me semble que vous vous livrez à une activité qui est, pour vous, du plus haut intérêt.

— Et, comme souvent, tu n'as pas tort, Planchet. Sais-tu ce qu'est cette maison ?

— Nullement ; à qui est-elle ?

— Elle appartient à un ami de notre Medina Sidonia, ce duc que j'ai un peu rudoyé, il est vrai, mais qui ne doit pas m'en vouloir trop fort ; et la meilleure preuve, c'est qu'il me convie, avec l'envoyé hollandais, afin que nous nous accordions tous ensemble, une bonne et dernière fois, sur les termes de notre marché.

— Ainsi, c'est lui qui vous a demandé de venir ici ?

— J'ai reçu un mot de lui, un mot charmant. Il y a apparence que la grandesse, en Espagne, donne de l'éloquence et du raffinement d'esprit : ce qui m'en donne envie d'en essayer, une fois que j'aurai du temps pour moi.

— Bon ! je comprends à présent les circonstances ; mais non point encore vos actions.

— Tu veux dire que tu ne saisis point pourquoi je reste le nez penché sur un sol dont je devrais n'avoir que faire, au lieu de courir à cette maison où l'on m'attend ?

— Oui, monsieur, c'est bien cela.

— Eh bien ! Planchet, ne tiendrais-je pas le rôle d'une bête bien niaise et bien risible, d'un pitoyable gibier, en somme, si je m'aventurais à entrer là-dedans sans examiner un peu au préalable ce que je vais y trouver ?

— Voilà qui convient lorsqu'on peut redouter de trouver des ennemis ; mais il me semblait, à moi, que vous ne devez vous attendre à rencontrer que des alliés.

— Tu oublies deux choses, Planchet. D'abord, parmi ces alliés, l'un est un Hollandais, et il m'est, dans cette histoire, moins un ami qu'un concurrent. En outre, j'ai eu la pensée que, peut-être, Medina Sidonia n'était pas venu seul ; et, si le Hollandais est arrivé avant moi, il aura peut-être eu le temps de mettre tout le monde de son côté, c'est-à-dire contre le mien. Et voilà donc, Planchet, pourquoi je m'intéressais à ce que tu peux voir sur le sol.

— Ce sont des traces, je les distingue dans cette pénombre ; mais quel est l'animal qui les a laissées ?

— C'est cet animal que l'on appelle une voiture. Ne remarques-tu pas l'empreinte que les roues, en passant, ont laissée dans la terre ? C'était d'ailleurs une voiture de ville, une voiture élégante, et même, aristocratique, et non un de ces vulgaires véhicules de louage comme il en court de par Séville.

— À quoi le voyez-vous ?

— Aux sabots des bêtes, pour commencer : ce sont des mules, au nombre de quatre, ce qui exige un entretien coûteux. Au rythme de leur pas, ensuite : un pas égal, uni, cadencé. Ce sont des équidés que l'on ne se contente pas de nourrir et d'entretenir ; on les élève avec soin.

— Et cette voiture, quel a été son parcours ?

— Arrivées à ce point que je te désigne, les roues se sont enfoncées dans la terre, les mules ont piétiné de façon visible : elle s'est donc arrêtée là pour déposer à cet endroit son chargement humain ; après quoi, elle est repartie, guidée par le cocher, en direction de l'arrière de la maison, où je devine que sont les écuries.

— Ah ! c'est ma foi vrai, dit Planchet : j'entends une bête hennir et s'ébrouer.

— Et tu as raison.

— Voilà pour les mules ; mais vous avez parlé d'un chargement humain.

— En effet, je l'ai dit, Planchet : cinq… non, je fais erreur : six personnes en sont descendues.

— Six !

— Impossible de s'y tromper. Regarde tous ces pas qui se sont imprimés sur le sol : en les comptant, on repère le pas de six hommes. Mais il est clair que tous ces hommes n'avaient pas la même position, comme il est clair que l'un d'eux menait tous les autres.

— Comment pouvez-vous faire une telle affirmation ?

— Parce que celui-là marchait en tête du groupe, ce qui est bien naturel. Les cinq autres, derrière lui, étaient quasiment en rang : ils avançaient de conserve, leurs pas ne se mêlant ou ne se confondant point, ce qui n'aurait pourtant pas manqué de se produire, s'ils avaient cheminé plus librement. Pour ce qui est du premier, ses talons ont laissé dans la terre une marque nette et profonde, mais que recouvre parfois celle des cinq dont je te parlais : ainsi, il est évident qu'il cheminait devant eux, et seul. J'ajoute que, partout où ses traces personnelles sont discernables, on observe un pas large, décidé, important en un mot. On est espagnol en diable ; on a le sens de la hiérarchie : on est le maître, en somme.

— Et je présume que ces six hommes n'avaient rien d'autre à faire que de se diriger tout droit vers la maison, dans laquelle ils se trouvent toujours.

— Exactement.

— Je vois, monsieur, que vous aimez toujours autant à raisonner.

— Peste ! le raisonnement est parfois la dernière lumière dont un homme dispose pour se sauver ; aussi, cette lumière, j'y tiens.

— Il reste encore quelqu'un, monsieur, dit Planchet qui aimait en toutes choses la précision et l'exactitude, et qu'un manquement à l'une ou l'autre de ces deux valeurs froissait : vous croyez que votre rival de Hollande, dont vous n'avez pas dit mot jusqu'à présent, se trouvait parmi eux ?

— Et qu'il aurait donc cheminé au côté de ces graves Espagnols, et rangé derrière son illustre allié ? Non pas, Planchet ; non pas !

— Mais en ce cas, il faut qu'il lui soit poussé des ailes depuis la place jusqu'à la maison ; car je ne vois pas de marques de son passage.

— Sot que tu es ! observe bien.

— Quoi ! cela !

— Oui, Planchet, oui.

— Et vous appelez cela des empreintes !

— Je n'appelle cela rien du tout. D'ailleurs, selon les lois de la vénerie, ce n'est pas d'empreintes qu'il faudrait parler. Ces marques récentes portent le nom de *voie saignante.*

— C'est un nom violent, monsieur.

— Sans doute ; mais, puisque l'on chasse ? Au reste, tu as eu raison de te récrier tout à l'heure : si ces marques prennent une forme aussi rétive et aussi peu voyante, c'est qu'elles dénotent la marche d'un homme furtif, d'un homme secret, d'un homme qui se cache et veut demeurer caché.

— Et, le résultat de toutes ces observations ?

— Que je disais vrai ; que Son Illustrissime est à l'intérieur, et qu'il m'attend, avec des familiers d'un rang plus bas que lui, et surtout avec l'émissaire du pays des fromages. C'est fâcheux, pour deux raisons. D'abord parce que, comme je te le disais, arrivé le dernier, je risque de trouver face à moi un front uni. Du moins, ainsi averti, je serai sur mes gardes.

— Et, la seconde raison ?

— Je t'ai dit que ce Hollandais avait un nom insupportable. Eh bien ! il va falloir que je l'apprenne.

— Bah ! M. d'Artagnan, avez-vous jamais eu la moindre difficulté à mémoriser les lieux de vos victoires, où qu'elles se déroulassent ? Cela ne vous en fera jamais qu'une de plus.

— Décidément, Planchet, je crois que tu es un sage.

— En ce moment, il y a plus que cela, mon bon maître ; je suis heureux.

— Heureux ! et de quoi donc ?

— De ce que je vous ai vu sourire, lorsque j'ai fait cette remarque.

— Sans doute ; et après ? Ce que tu as dit le méritait bien.

— Oh ! je n'en disconviens pas ; seulement, c'était un de ces sourires comme vous en aviez autrefois. Et, de ces sourires-là, j'en ai compté si peu !

— Baste ! Planchet, voilà que tu bavasses. C'est assez comme cela : rentrons, puisqu'on m'attend. D'ailleurs, on n'y voit presque plus rien.

Et d'Artagnan, sûr de cette lumière qu'il appelait son raisonnement, monta avec assez de confiance les marches du perron.

C'était le moment où neuf coups sonnaient à la cloche de Santiago de la Espada.

Pendant que d'Artagnan était occupé à ces observations à l'extérieur, l'intérieur de la maison, quant à lui, bruissait d'une étrange activité.

En effet, au lieu d'être répartie en plusieurs points de la demeure, elle était concentrée en un lieu bien précis ; et ce lieu, c'était la pièce dont la fenêtre était éclairée.

Cette pièce, meublée et entretenue, aurait pu déployer le même faste que l'on observait chez un Medina Sidonia ; mais l'endroit était laissé dans un abandon et dans un dénuement qui, s'il était moins visible en d'autres parties de la maison, éclatait à la lueur de la triste lanterne qu'on avait placée sur une longue table.

Cette lanterne éclairait plus sinistre encore, et c'étaient six figures à peu près humaines, les unes installées sur des sièges, les autres allongées à même le sol. Néanmoins, on pressentait, à quelque frissonnement horrible de l'ombre, que l'abandon de leur posture, la lenteur de leurs gestes, et jusqu'au silence qui les environnait, devaient voler en éclats à la première alerte ; que l'immobilité, chez de pareils êtres, n'était que le prélude à un mouvement rapide, celui de la créature qui fond sur sa proie.

Parmi ces six figures, une seule était debout ; elle guettait quelqu'un ; car, tout en maintenant sous son regard la porte principale qui donnait dans cette chambre, Borja, puisque c'était lui, n'oubliait pas de tendre son oreille en direction d'une tapisserie qui masquait une portière.

Bientôt cette portière s'ouvrit, la tapisserie se souleva, et Aramis parut.

— Eh bien ? demanda Deogràcies Borja de sa voix aiguë et railleuse.

— Eh bien, vous disiez vrai, répondit d'Herblay : il y a un passage qui donne sur le parc.

— *¡ Eray !* Certainement que je disais vrai ; croyez-vous que j'aie pour habitude d'employer des rabatteurs sans valeur ?

— Certes, et dorénavant, je sais par où je ferai ma sortie ; seulement, il vous faudra veiller à ce que celui que vous attendez n'ait ni l'idée, ni l'occasion, d'en faire également la sienne.

Un geste d'Aramis, en direction des sbires qui semblaient de vivantes images du repos, et même, si vivantes, qu'elles en paraissaient mortes, renseigna Borja à l'endroit de ses appréhensions.

— Ne soyez point en peine d'eux, chevalier, dit Borja avec un sourire : à mon commandement, ces gaillards-là se dresseront comme au jour du Jugement dernier.

— Qu'il en soit ainsi. Seulement, rappelez-vous bien ce que je vous ai dit : vous aurez affaire à forte partie.

— Vos frayeurs sont bien inutiles ; car, ayant si bien accompli la première partie de notre traité, nous avons droit, je suppose, à toute votre confiance en ce qui concerne la seconde.

— Ah ! oui, dit Aramis qui, depuis qu'il était entré, n'avait pas voulu aborder lui-même le sujet ; il y a ce que je vous avais demandé. L'avez-vous ?

— Oui ; juste ici.

— Donnez-le-moi.

Et Borja, sans paraître s'offusquer de la brièveté avec laquelle Aramis avait énoncé cet ordre, allongea complaisamment sa main dans sa direction ; cette main tenait la précieuse enveloppe que le lecteur a déjà vue chez le duc de Medina Sidonia.

Un pénétrant coup d'œil avait suffi à Aramis pour s'assurer de son authenticité ; aussi la serra-t-il avec hâte.

Et il sentait dans son pourpoint la lettre que lui avait remise le picaro, avec la même ferveur qu'il avait mise, auparavant, à sentir celle que lui avait donnée Athos.

— Il est inutile, reprit-il, de vous demander si vous avez été surpris ; en revanche, je désirerais bien savoir ce qu'il en est de Medina Sidonia.

— Je suis en mesure de vous l'affirmer : le duc ne s'est aperçu de rien, et il ne soupçonne rien.

— Vraiment ! qui vous l'a dit ? ne put s'empêcher de demander Aramis.

— Je le sais, c'est tout.

— Nul n'a pu vous suivre jusqu'ici, je l'espère ?

— Je ne crois pas. Nous sommes venus en voiture.

— Ah ! en voiture ? dit Aramis en feignant la surprise.

— Oui. Il se trouve que j'en avais une à ma disposition.

— Qu'en avez-vous fait ?

— Elle est dans l'écurie, où un septième homme, qui conduisait, la garde en ce moment.

— Cette voiture n'est pas à vous, je présume, dit distraitement Aramis, qui, au fond, était soulagé de cette franchise de Borja, qui recoupait ses propres observations.

— Vous présumez bien, répondait Borja. Mes moyens ne me permettent pas d'avoir un équipage à moi, ce dont je suis au désespoir ; mais son légitime propriétaire a pour moi d'immenses complaisances, quoiqu'il l'ignore.

— Mais, pourquoi avoir pris un conducteur, si tout son emploi, par la suite, se borne à rester dehors ? Il est important qu'il ne nous fasse pas repérer ; ne serait-il pas mieux occupé ici même, en compagnie des autres ?

— Tenez-vous vraiment à le savoir ?

— Mais, oui.

— D'abord, il n'est pas mauvais de s'assurer toujours l'appui d'un homme valide à l'issue d'une épreuve, ne serait-ce que pour régler la question du cadavre. C'est une vilaine question, certes ; mais qui exige ses réponses, comme vous en conviendrez.

— J'en conviens, dit simplement Aramis. Et l'autre raison ?

— C'est que, chevalier, le métier que j'exerce me force à la prudence ; or si, depuis l'endroit où je me trouve posté en ce moment, je peux suivre ce qui se passe sur les devants de cette demeure, je ne dois pas négliger ce qui se passe à l'arrière. C'est là qu'intervient mon septième homme : mon conducteur, comme vous le nommez, mon *almiforero*, comme je le nomme, moi. Et si jamais lui ou moi venions à remarquer quelque imprévu, alors, chevalier, je serai heureux de vous savoir en position de vous expliquer, soit à mes braves ici, soit au cocher en bas ; car je suis sûr que vous ne demanderez pas mieux que de rester vous expliquer avec moi, afin que soit dissipé tout risque d'un affreux malentendu.

— Faites comme vous l'entendez, dit Aramis en haussant les épaules.

Cette froide insouciance suscita l'étonnement et même l'appréciation de Borja.

— À présent, dit le picaro, il ne faut plus espérer qu'une chose : c'est que vous ayez accompli votre part du marché comme j'ai fait la mienne, et que ce d'Engelier soit aussi ponctuel que vous.

— Il le sera.

— Bien ; et vous ?

— Que voulez-vous dire ?

— Serez-vous là pour l'accueillir ?

— Il me semble vous avoir dit qu'à ce moment, je descendrais dans le jardin.

— C'est vrai ; mais, avant l'acte, il y a les prémisses : et j'aurais cru que vous étiez précisément de ceux pour qui les premiers instants d'un assaut, autant que l'attaque dans son ensemble, constituaient une vision pleine d'intérêt.

— Quelle attaque ? fit Aramis en laissant glisser un sourire de dédain. Celle où l'on est à six contre un seul homme ; où l'on n'agit qu'en profitant de l'effet de surprise et de l'obscurité ; et où, à ce que je crois comprendre, on ne compte pas même donner à l'adversaire l'opportunité de se défendre.

— Peut-être ; mais tout cela fait justement votre affaire, chevalier : et, si je ne me trompe, c'est vous qui l'avez voulu ainsi. Mais, qu'importe ! On suivra vos ordres, et vous n'en verrez rien. En revanche, il n'est pas en mon pouvoir que vous n'entendiez rien.

— C'est prévisible, surtout s'il est armé, comme je le crois. Quant à vous...

— Oh ! pour nous, cela va de soi, dit Borja en souriant, et en faisant un geste pour renvoyer à sa troupe : chaque homme ici porte sur lui au moins un spécimen de *démailleur*, je veux dire de poignard.

— Est-ce là bien tout ?

— Non ; pour moi, voici mon *milanés*, dit Borja en écartant un pan de son habit, révélant la crosse luisante d'un pistolet. C'est sans doute par là que l'ouvrage commencera ; et, pour le finir, ma *Joyosa*, de laquelle, ajouta-t-il avec une sorte de rire, personne sur Terre ne pourrait trouver à redire.

Aramis eut l'air approbateur et sûr d'un général inspectant ses armées.

Mais, au moment où il faisait à Deogràcies Borja un signe que tout lui convenait, un mot, prononcé par le picaro, vint frapper la mémoire du chevalier d'Herblay.

Ce mot, c'était *Joyosa*, ou *Joyeuse*, le nom de l'épée de Charlemagne, et sous la protection de laquelle les picaros semblaient mettre tous leurs forfaits ; et ce nom qu'Aramis connaissait bien, venait d'éveiller, par la grâce du choc inattendu qu'il avait excité dans son esprit, tout un monde étincelant d'idées qui lui étaient associées.

Il fallut à Aramis toute sa force de contention et toute sa puissance sur lui-même pour ne pas révéler au picaro cette révélation qui s'était faite en lui ; il se réservait d'employer sa lumière à déchiffrer ce qui lui était déjà apparu, et ce qui devait lui apparaître encore, dans l'obscurité de son esprit.

Comme on s'était tout dit et qu'il n'y avait plus qu'à attendre, le *Maestre* ne fit aucune difficulté à délivrer Aramis des obligations d'une conversation suivie.

Puis celui-ci se recula dans un coin de la pièce, le plus près de la portière par laquelle il devait sortir ; et, tandis que nul ne prêtait attention à lui, il murmura pour lui-même :

— D'Engelier !... Il me semblait bien que j'avais déjà entendu ce nom-là quelque part. C'est un nom d'épopée, cela, puisqu'il provient de l'histoire de Roland à Roncevaux. Il n'appartient, en réalité, à personne ; on l'a pris ; on s'en couvre... Bah ! ajouta-t-il avec un long sourire, qu'on se déguise, soit ; seulement, il est peu intelligent de se charger du nom d'un homme qui n'a fait parler de lui que par sa mort.

Aramis en était là de ses réflexions, lorsque, au milieu du demi-silence qui s'était fait, on entendit nettement les pas d'un homme sur le perron, cependant que Santiago de la Espada sonnait neuf heures.

Aramis releva la tête et fixa Borja de son regard perçant.

Aussitôt, le bandolero se leva en redressant sa haute taille ; il fit claquer sa langue, et l'on entendit, bien plutôt qu'une parole, le sifflement ou le susurrement d'un ordre qui était :

— *¡ Artillad !*

À cet appel, chacun de se dressa ; en une seconde, tous furent armés.

— Maintenant, se disait Aramis qui, avec fièvre, s'était replongé dans ses pensées, il serait assez curieux que je connusse cet homme-là. Deux choses indiquent un gentilhomme : le choix du nom, d'abord ; et le fait qu'un Medina Sidonia eût consenti à traiter avec lui. Le cardinal a le jugement assez fin pour prévoir, depuis Rueil ou le Louvre, l'orgueil d'un allié à Séville.

Pendant que se déroulait ce monologue d'Aramis, à l'étage inférieur, on entendait progresser les pas de celui qui se hâtait, dans cette maison noire et déserte, d'arriver jusqu'à cette pièce où il avait vu de la lumière.

D'Herblay allait toujours :

— Il le fallait adroit, comme diplomate et homme d'action. Il est encore nécessaire que le cardinal eût déjà éprouvé sa valeur à l'étranger : les élus sont rares. Il est impossible que cette terre ait été l'Espagne, ou cet agent y aurait été « brûlé » ; ce peut être l'Angleterre, ou les Provinces-Unies. Enfin, cet élu doit être absolument insoupçonnable : car on l'emploie au milieu d'une puissance ennemie, sans craindre qu'il ne lui vienne des ambitions dangereuses. Si l'on résume, c'est l'oiseau rare ; voyons, qui le cardinal aurait-il... Oh ! s'exclamait Aramis tout bas, sous le coup d'une illumination intérieure. Et si c'était... Non !... D'Artagnan !...

Et en articulant ces syllabes, Aramis jetait autour de lui le coup d'œil d'un homme égaré, d'un homme qui vient de voir se renouer devant lui, au milieu des plus invraisemblables des circonstances, le fil d'une histoire vieille d'environ treize ans.

Aramis répétait, éberlué :

— D'Artagnan ! d'Artagnan !... Oh ! qui m'aurait dit, qu'en un tel jour, et en pareil lieu !... Ce cher ami ! Enfin ! enfin, il serait vengé ! s'écria Aramis, les traits illuminés d'une joie sanglante ; puisque voilà que, sans même le vouloir, je lui tue peut-être Rochefort.

Les picaros avaient pris place, quasiment sans un bruit, tout autour de la porte qui devait s'ouvrir d'un instant à l'autre.

On perçut encore le bruit du chien d'un pistolet qu'on armait.

Borja, froid, précis, fit encore quelques commandes à voix basse ; après quoi, il se tourna vers Aramis :

— À la fin, restez-vous, ou non ?

Cette question fit courir un frisson par les veines de son interlocuteur.

Les pas montaient les escaliers ; encore un instant, et ils seraient parvenus sur le palier.

Quelques secondes plus tard, Aramis était sorti par la petite porte.

C'était le moment où d'Artagnan entrait par l'autre.

Borja donna aussitôt le signal de l'hallali, usant de ce mot qui, dans la *jerga* des picaros, signifie *la peine de mort.*

— ¡ *Noche !* s'écria-t-il.

Ce mot était bien sûr : *la nuit.*

Table

Cet ouvrage a été composé en Adobe Garamond Pro
par Nord Compo à Villeneuve-d'Ascq.

Cette police est inspirée des « Grecs du Roi », fameux caractères
gravés par Claude Garamont sur commande de François Ier, en 1540,
pour l'Imprimerie royale. Dispersés après la mort du typographe,
les poinçons furent vendus à Genève. Ce n'est qu'au siècle suivant
qu'ils furent rachetés et rapatriés, à l'initiative de Louis XIII.
Ils retrouvèrent les presses royales en 1640,
année où débute notre récit…

Achevé d'imprimer en mai 2025
par la société SEVEN – 91942 Courtabœuf

Dépôt légal : juin 2025
Imprimé en France